U0956479

译文名著精选

YIWEN CLASSICS

复活

[俄] 列夫·托尔斯泰 著　安东 南风 译

Л.Н.Толстой

Воскресение

上海译文出版社

图书在版编目(CIP)数据

复活/(俄罗斯)托尔斯泰著;安东,南风译.
—上海:上海译文出版社,2011.1(2024.10重印)
(译文名著精选)
ISBN 978-7-5327-5240-9

Ⅰ.①复… Ⅱ.①托… ②安… ③南… Ⅲ.①长篇小
说—俄罗斯—近代 Ⅳ.①I512.44

中国版本图书馆CIP数据核字(2010)第230667号

Л. Н. Толстой
ВООКРЕСЕНИЕ

复活
〔俄〕列夫·托尔斯泰 著 安 东 南 风 译

上海译文出版社有限公司出版、发行
网址:www.yiwen.com.cn
201101 上海市闵行区号景路159弄B座
上海景条印刷有限公司印刷

开本 890×1240 1/32 印张 16.5 插页 2 字数 322,000
2011年1月第1版 2024年10月第19次印刷
印数:57,401—60,400册

ISBN 978-7-5327-5240-9
定价:58.00元

本书中文简体字专有出版权归本社独家所有,非经本社同意不得转载、摘编或复制
如有质量问题,请与承印厂质量科联系。T:021-59815621

译本序

一八二八年九月九日，在俄罗斯图拉省的雅斯纳雅·波良纳庄园，一个新生命降生了，他就是后来成为俄国十九世纪一代文豪的列夫·尼古拉耶维奇·托尔斯泰。他一生创作无数，题材之丰富，篇幅之浩瀚，在世界文坛上首屈一指。从一八六三年到一八九九年，列夫·托尔斯泰先后完成了长篇小说《战争与和平》、《安娜·卡列尼娜》和《复活》，把俄国文学推向了新的巅峰，也征服了世界。列宁曾经给予托尔斯泰以很高的评价，称他是“俄国革命的镜子”，“是一个天才的艺术家，不仅创作了无与伦比的俄国生活的图画，而且创作了世界文学中第一流的作品”。确实如此，托尔斯泰的作品，尤其是这三部长篇小说，犹如一卷十九世纪俄国社会的百科全书。我们通过这些作品可以非常感性地了解当时俄国社会各阶层的生活状态和各种复杂尖锐的阶级矛盾。

《复活》始写于一八八九年，完成于一八九九年，前后持续了十年时间，真可以用“十年磨一剑”来形容，这充分显示出作家对这一创作的重视程度。

说到《复活》的创作，还有一段背景故事。一八八七年六月的一天，法官柯尼到雅斯纳雅·波良纳庄园做客，他对托尔斯泰讲述了自己亲手经办的一件案子：一个贵族青年在出席陪审时认出被诬告偷了客人一百卢布的妓女原来是几年前被他强占后抛弃的姑娘。这个贵族青年顿时觉得良心不安，要求法官带信给女犯，表示要娶她为妻。后来女犯在狱中染病身亡，贵族青年也不知去向。这个故事给托尔斯泰留下了深刻印象，后来就成了他创作《复活》的原始素材。

托尔斯泰起初为这部长篇小说起的名字叫《柯尼的故事》，只是到了后来，在数易其稿之后，才定下了篇名《复活》，隐喻一个人泯灭的良知在某种精神力量的感化下可以获得重生。“复活”点出了这部小说的主题。作家正是围绕着这一主题去展开情节，塑造人物的。

涅赫柳多夫和卡秋莎·玛斯洛娃是小说《复活》中的男女主人公。我们从他们身上可以清楚地看到灵魂复活的不同轨迹。涅赫柳多夫原先也是一个正直而富有自我牺牲精神的青年，可是在服役期间染上了许多恶习，成了贪淫好色的极端利己主义者，挥金如土，整天喝酒打牌玩女人。他在一次探望自己姑妈的时候，与婢女卡秋莎·玛斯洛娃相遇，并且在一个晚上诱奸了她。几年以后，当他在一次旁听法庭庭审的时候，发现被诬告犯有杀人罪的妓女正是当年被他引诱以致走向堕落的卡秋莎·玛斯洛娃。他感到愧疚，良心受到深深的谴责。他曾经对自己的姐姐说过这样一句话："……犯罪的是我，受到惩罚的却是她。"在内心深处他意识到自己的那个行为十分"残酷、卑鄙、下流"，但是，在出席庭审以前的整整十年中，"一块可怕的布幕以神奇的方式一直遮掩着他的眼睛，使他看不见自己的这一罪行，"现在他终于认清了自己。他决心"清扫"自己的灵魂，并付诸行动。涅赫柳多夫开始东奔西忙，企图打通各方面的关节，减轻玛斯洛娃的罪名。当这一切努力失败以后，他决定变卖地产，跟随玛斯洛娃一起流放，并且同她结婚。他的这个想法被玛斯洛娃所拒绝。他虽然感到伤心和羞愧，然而流放途中的所见所闻，可怕的监狱更使他痛苦，使他受到心灵的折磨。作为一个宗教徒，涅赫柳多夫希望按照圣经的戒律去把千百万受苦受难的人们从惨不忍睹的罪恶中拯救出来。小说的最后这样写道："从这天晚上起，涅赫柳多夫开始了一种新的生活。不仅因为他步入一个新的生活环境，而且因为他从此以后遭遇的一切，对他来说都具有一种与过去截然不同的意义。"

卡秋莎·玛斯洛娃是作家在小说中塑造的一个最丰满最动人的形象，她不仅是一个被伤害与被侮辱者，而且也是一个精神上觉醒，走向新生活的女性。在狱中和政治犯的朝夕相处使她认识到自己是广大受欺凌的人民中的一个，她决心把自己的命运和这些优秀分子联系在一起，她渐渐恢复了自己的人格尊严，心灵纯洁的本性又在玛斯洛娃的身上复活了。书中对她的思想觉醒过程有着许多精彩动人的描写。当涅赫柳多夫第一次到看守所去探望玛斯洛娃的时候，她竟然认不出站在自己面前的是她以前曾经深爱过的人。涅赫柳多夫的出现，非但没有使她感到惊喜和快乐，反而使她再次陷入更加痛苦的回忆。“现在面前这位穿着洁净、胡子上洒过香水、保养得很好的先生，对她来说已不是她曾经爱过的涅赫柳多夫，而只是在需要的时候享用一下像她这样的女人的身体的那种人之中的一个……”当涅赫柳多夫再三向她表白，他这样做是为了改正错误，赎自己罪孽的时候，玛斯洛娃对他说：“你离我远点。我是苦役犯，你是公爵，你没有必要来这里。你想利用我来拯救你自己！我讨厌你，讨厌你这副眼镜，讨厌你这张肮脏丑恶的脸。你走，你走！”玛斯洛娃把多年来积压在心里的仇恨都发泄出来了。

然而，涅赫柳多夫确实是真心实意的。他的一次次表白，一件件实际行动，终于打动了玛斯洛娃，使她又产生了爱意，使她逐渐从颓唐和绝望中醒悟过来。但是，玛斯洛娃对涅赫柳多夫的感情，自始至终都是在爱恨交加的矛盾中徘徊着，斗争着。当涅赫柳多夫提出要娶她为妻时，她虽然感到高兴，但当她坐下来冷静思考以后，终于意识到涅赫柳多夫原先对她有过的爱情之火早已熄灭，出自怜悯和失去爱情的婚姻不会带来真正的幸福，只会给她带来新的不幸。她终于选择了政治犯西蒙松做自己的终身伴侣。

卡秋莎·玛斯洛娃真正的精神复活是从和政治犯接近开始的。托尔斯泰在小说的第三部中用浓重的笔墨刻画了一大批以西蒙松为代表的政治犯。这些被玛斯洛娃称为“优秀的人们”和贵族青年涅赫柳多夫迥然不同。他们中有的人彻底背叛了自己的阶级，和最底层的平民百姓站在一起，为了他们的利益宁愿坐牢、被流放，甚至牺牲自己的生命。玛斯洛娃和这些革命者生活在一起，感到从未有过的心情舒畅，仿佛跨进了一个崭新的世界。当涅赫柳多夫到火车站送别她的时候，他见到的已经不是往日的那个精神萎靡、愁眉不展的玛斯洛娃，而是一个性格开朗、乐观向上的玛斯洛娃，“汗水涔涔，红彤彤的脸蛋上绽开了爽朗的笑……”

涅赫柳多夫和玛斯洛娃在经历了这一段人生磨炼之后，终于开始了精神上的“复活”。不过，与贵族社会有着千丝万缕联系的涅赫柳多夫注定不可能成为本阶级的彻底叛逆者，他的“精神复活”中充满着宗教元素。他打算用信奉的基督教教义继续净化自己的灵魂，感化周围的人，去改造沙皇专制制度。作家在小说的最后一句话中向读者宣示了自己的疑虑：“至于他生活的新旅程将会怎么结束，那只有等到将来才会知道。”

虽然小说《复活》以男女主人公的爱恨情仇为主线来展开情节，但是我们不能够把它看成是一则讲述男女私情的故事，正像我们不能把曹雪芹的《红楼梦》单纯归结于贾宝玉和林黛玉的爱情悲剧一样。列夫·托尔斯泰在《复活》中通过男女主人公的人生经历，无情揭露了贵族上流社会豪华奢侈的生活、沙皇司法制度的腐败和法官们的昏庸无能、官办教会的伪善和冷酷，充分暴露了监狱的黑暗和囚犯们的悲惨命运，生动描绘了农奴制度下农民们在饥饿线上挣扎的赤贫生活以及他们和地主阶级之间的尖锐矛盾。

陈恩冬

二〇〇六年二月

第一部

《马太福音》第十八章第二十一节至第二十二节："那时彼得进前来，对耶稣说：主啊，我弟兄得罪我，我当饶恕他几次呢？到七次可以么？耶稣说：我对你说，不是到七次，乃是到七十个七次。"

《马太福音》第七章第三节："为什么看见你弟兄眼中有刺，却不想自己眼中有梁木呢？"

《约翰福音》第八章第七节："……你们中间谁是没有罪的，谁就可以先拿石头打她。"

《路加福音》第六章第四十节："学生不能高过先生，凡学成了的不过和先生一样。"

一

尽管几十万人聚集在一块不大的地方，千方百计将他们聚居的土地糟蹋得面目全非，尽管他们用石头覆盖地面，不让地上长出任何东西，尽管出土的小草都被清除，尽管煤炭和石油燃烧的浓烟四处弥漫，尽管树木被滥伐，鸟兽被驱逐，即使在这样的城市里，春天仍然是春天。阳光和煦，小草复活，只要除根不尽，它们就生长、绽绿，不仅在林荫道的草地上，而且在铺路石板的夹缝中。桦树、杨树、稠李长出黏稠清香的嫩叶，菩提树鼓起一个个饱胀欲裂的新芽。寒鸦、麻雀、鸽子怀着春天的喜悦，已经在欢乐地筑巢，就连被阳光照暖的苍蝇也在墙脚嗡嗡作声。草木也好，鸟雀也好，昆虫也好，孩子也好，全都生气勃勃，喜气洋洋。唯独人，唯独大人，成年人，却不停地在欺骗、折磨自己和别人。人们认为神圣而重要的不是这春天的早晨，也不是上帝为造福一切生灵而赐予的这个世界的美，那种促使和平、协调、相爱的美。他们认为神圣而重要的是他们自己发明的统治别人的种种手段。

比如，省监狱办公室里的人们认为，眼下神圣而重要的并不是春天带给一切生灵和人类的祥和与欢乐，他们认为神圣而重要的是头天接到的一份编号加印、注明案由的公文。公文指定今天，即四月二十八日上午九时之前，务必将三名在押审查的人犯，两女一男，解送法庭受审。其中一名女犯系主犯，必须单独押解。根据这个命令，于是，现在，四月二十八日早晨八时，看守长走进女监昏暗而臭气熏人的走廊。紧随其后的是一个面容疲惫、鬈发花白的女人，她穿着袖口镶金边的制服，束着一根镶蓝边的腰带。这是女看守。

“您要提玛斯洛娃吧？”她和值班看守走到面朝走廊开的其中一间牢房门口，问道。

值班看守哐啷一声开了铁锁，打开牢门，从里面顿时冲出一股比走廊里更令人掩鼻的臭气。值班看守冲里吆喝：

“玛斯洛娃，过堂！”随即又掩上牢门，在门外等着。

即使在监狱的院子里，也有风从城外刮来的清新爽人的自然空气。可是走廊里却弥漫着令人作呕的污浊空气，充满伤寒病菌，充斥着粪便、焦油和腐败物的恶臭，任何人一进来，立即就感到忧郁和烦闷。虽然女看守闻惯了这污浊的空气，可是她从院子里一进来，就会产生这种感觉。她一进走廊，顿时感到疲倦，昏昏欲睡。

牢房里传来一片忙乱声——女人的说话声和光脚板走路的啪嗒声。

“快点，玛斯洛娃，手脚麻利点，听见没有！”看守长冲着牢门喊道。

约莫过了两分钟，一个身量不高、胸脯隆起的年轻女人健步走出牢门，一个急转身，在看守长身旁停下。她内穿白上衣、白裙子，外罩灰色的长袍；脚上穿着亚麻布袜，外面套着囚犯穿的棉鞋；头上扎着一块白头巾，头巾下显然有意露出几绺拳曲的黑发。这个女人的整张脸呈现着只有长期遭受幽禁的人才有的特殊的苍白，使人联想起地窖里的马铃薯的幼芽。一双不大的手和从灰袍的宽领子里露出的肤色白皙、丰满的脖子也是这样的颜色。在这张脸上，尤其是在暗淡无光的苍白的肤色衬托下，她的眼睛显得乌黑发亮，虽然有点浮肿，但是很有生气，其中一只眼睛略带斜视。她笔直地站着，挺着丰满的胸脯。她来到走廊，微微仰起头，直视着看守的眼睛，停在那里，随时准备执行对她的任何吩咐。看守刚想锁上牢门，从里面探出一张没戴头巾的白发老太婆的苍白、端正、满是皱纹的脸。老太婆对玛斯洛娃说着什么，可是看守将牢门对着老太婆的脑袋推去，那个脑袋蓦然不见了。牢房里响起一个女人的哈哈大笑声。玛斯洛娃也微微一笑，转身对着门上装有铁栅的小窗。里边的老太婆紧贴小窗，用嘶哑的声音说道：

“最要紧的是别说废话，咬定一条就行。”

“好歹得有个结果，总不会比现在更糟。”玛斯洛娃晃了一下

头，说。

“结果当然只有一个，不会有两个，”看守长摆出一副长官的架势，深信自己说得俏皮。“跟我走！”

小窗口里现出的老太婆的那只眼睛消失不见了。玛斯洛娃走到走廊中央，迈着细碎的快步跟着看守长走了。他们沿着石砌的台阶往下走，从比女监更臭、更闹的男监旁走过，男监的每扇牢门的通气窗里都有眼睛盯着他们。他们走进办公室，里边已经站着两个持枪的押送兵。坐着的文书将一份满是烟味的公文交给其中一个士兵，指着女犯说：

“带走吧。”

下诺夫哥罗德农民出身的红脸麻子士兵将公文掖在军大衣的翻袖里，微笑着对他的高颧骨的楚瓦什人同伴挤了挤眼目光投向女犯。两个士兵押着女犯走下台阶，朝大门走去。

大门上的一扇小门打开了，两个士兵押着女犯跨过门槛，来到院子里，然后出了院墙，来到城中石铺的街道上。

马车夫、小铺老板、厨娘、工人、官吏都停下脚步，好奇地打量着女犯。一些人摇着头，心中思忖：“瞧，这号人行为不端，不像我们，结果弄到这样的地步。”孩子们惊恐地望着女犯，幸亏有两个士兵押着，她现在再也不能作恶，这使他们感到放心。一个卖了焦炭、在小饭馆里喝足了茶的乡巴佬走到她身旁，画了个十字，递给她一个戈比。女犯脸红了，低下头，说了句什么。

女犯感觉到人们的目光向她射来，她虽然未掉头，但悄悄侧目瞟了那些人一眼，人们对她的注意使她觉得快乐。与监狱里相比，这里春天的空气比较洁净，这也使她快乐，只是走在石铺路上双脚生痛，因为她久不走路，而且还穿着笨重的囚犯棉鞋，于是她瞧着脚下，尽量下脚轻些。他们经过一家面粉店，店门前有一群鸽子大摇大摆地走着，没人去惊动它们。女犯的脚差一点碰到一只瓦灰鸽，鸽子扑棱一声飞起来，扇动着翅膀贴着女犯的耳边飞过，给她带来一股清风。女犯微微一笑，可是想起自己的处境，不禁喟然长叹。

二

女犯玛斯洛娃的身世极其平常。她是一个未出嫁的女农奴的女儿。这个女农奴跟着饲养牲口的母亲住在乡下，母亲为地主的一对老处女姐妹做工。未出嫁的女农奴每年都生孩子，并且按农村的惯常做法，给婴儿行洗礼，但她不给婴儿喂奶，于是这个不该出生的、妨碍干活的、多余的婴孩很快也就饿死了。

这样已经死了五个孩子。五个孩子都受过洗礼，都不给喂奶，统统都是饿死。第六个孩子是她同一个过路的茨冈人生的，是个女孩。本来这个孩子的命运也会同前五个一样，可是事有凑巧，两个老处女中的一个偶然来到牲口棚，斥责女饲养工，说奶油有牛骚气。这时正好产妇带着美丽健康的婴儿躺在牲口棚里。老处女说完奶油的事，又责备不该让产妇进牲口棚。她正打算离开，突然看到婴儿，忽发慈悲之心，自愿做这个婴儿的教母。她为女婴行了洗礼，后来因为可怜自己的教女，常常送点牛奶和钱给她的母亲，女孩就这样活下来了。老处女两姐妹为此叫她“幸存女”。

女孩三岁那年，她母亲得病死了。饲养牲口的老外婆觉得外孙女是个累赘，两个老姑娘便把她领去抚养。黑眼睛的小姑娘很快就出落得非常活泼可爱，为此两个老姑娘常常觉得快慰。

两个老姑娘中的妹妹叫索菲娅·伊万诺夫娜，心地比较善良，正是她给小姑娘行了洗礼，而姐姐玛丽娅·伊万诺夫娜则较为严厉。索菲娅·伊万诺夫娜给小姑娘打扮，教她念书，打算收她做养女。可是玛丽娅·伊万诺夫娜说，女孩应该干活，成为贴身使女，所以对她很严格，遇到情绪不佳就罚她，甚至还打她。小姑娘在这两种不同心态的影响下，长大后成了半是使女，半是养女的姑娘。连她的名字也是不俗不雅的，既不叫卡季卡，也不叫卡坚卡，而叫卡秋莎。她缝纫刺绣，收拾房间，擦拭圣像，烧烤食物，准备咖啡，洗洗零星衣物，有时还陪两个老姑娘闲坐，为她俩读书消遣解闷。

有人来求婚，她谁也不嫁，她觉得与那些出卖劳力的求婚者共同生活，对她这个过惯了地主家舒适日子的人来说，未免太艰难了。

就这样她生活到十六岁。满十六岁那年，两个老姑娘的侄子，一个大学生，富裕的公爵，来到她们家。卡秋莎暗暗爱上了他，尽管她既不敢向他表示，也不敢对自己承认。两年后这个侄子上战场时顺路拜访两个姑妈，在她们家住了四天。临走前夜，他诱奸了卡秋莎，第二天塞给她一张一百卢布的钞票就走了。他走后过了五个月，卡秋莎才断定自己怀孕了。

从那时候起，她对一切都感到厌烦，一心想着如何逃避行将临头的耻辱。她不但不愿好好侍候两个老姑娘，而且自己也不知道是怎么回事，竟突然发起脾气来了。她对她们说了许多无礼的话，事后自己觉得懊悔，于是要求辞去活儿。

两个老姑娘也对她很不满意，就放她走了。从老姑娘家出来后，她到警察局长家当使女，可是只待了三个月，因为年已半百的警察局长却不停地纠缠她。有一次他骚扰得太厉害，把她惹火了，骂他混蛋和老鬼，而且当胸推了他一下，把他推倒在地。她因粗暴无礼遭到辞退。再找活儿已不合适，因为她很快就要分娩，她只好住到一个接生兼贩酒的农村寡妇家。分娩很顺利，可当时接生婆为村里有病的产妇接过生，把产褥热传给了卡秋莎。生下来的婴儿是个男孩，被送到育婴堂，据送他去的老太婆说，婴儿一送到那里就死了。

卡秋莎住到接生婆家的时候，身上总共带着一百二十七卢布，其中二十七卢布是做工得来的，一百卢布是诱奸她的人给的。她离开接生婆家的时候，身上只剩六卢布。她不懂得爱惜钱，不但自己花，别人要，她也给。接生婆收了她四十卢布的生活费，算作两个月吃喝的钱，二十五卢布用来雇人送婴儿去育婴堂，接生婆又借去四十卢布买奶牛，二十卢布买衣服买礼品零花，所以等到卡秋莎身体复原，已经身无分文，不得不找活儿干。她在林务官家找到了活儿。林务官虽是有妻室的人，可是那副德行和那个警察局长一个样。卡秋莎进门第一天，他便来纠缠。卡秋莎很讨厌他，千方百计躲避他。可是他很世故狡猾，更主要的，他是主人，可以随意支使她，终于抓住机会占有了她。林务官的妻子知道了，有一次遇见丈夫和卡秋莎单独在一间屋里，就扑上去打她。卡秋莎也不示弱，于是厮打起来，结果被赶出门，连工钱都没有拿到。于是卡秋莎进城住到姨妈家里。姨父是个装订工，以前生活过得很好，现在没有顾主，就借酒浇愁，把能到手的东西都换酒喝了。

姨妈开了一家小洗衣店，借以养活子女，供养不可救药的丈夫。姨妈建议玛斯洛娃到她的洗衣店里当洗衣女工，但是玛斯洛娃看到姨妈家的洗衣女工生活实在艰辛，因此迟迟拖延着，同时到各个佣工介绍所里寻找女仆的活儿。不久活儿找到了，是到一位带着两个上中学的儿子的太太家去。她干了一个星期后，这家上六年级、蓄着小胡子的大儿子干脆不去上学了，整天缠着玛斯洛娃，搅得她不得安宁。他母亲把一切都归罪于玛斯洛娃，把她辞退了。新的活儿没找到，但玛斯洛娃在女佣介绍所里遇到一位手上戴着宝石戒指、裸露的胖胳膊上戴着手镯的太太。这位太太得知玛斯洛娃的处境，知道她在找活计，便给了地址，让玛斯洛娃去找她。玛斯洛娃去了她家，这位太太热情招待她，请她吃馅饼，喝甜酒，并打发使女去某地送一封信。晚上，一个留着斑白长发和灰白胡子的高个男子走进房间，老头子一进来，就坐到玛斯洛娃身边，两眼闪闪放光，脸上堆着笑容，仔细打量着她，同她开玩笑。女主人把他叫到隔壁房间，玛斯洛娃听见女主人说："鲜嫩得很，乡下来的。"后来女主人又叫去玛斯洛娃，说这人是作家，钱多得很，只要她合他的心意，他什么都在所不惜。她果然令作家称心，作家给了她二十五卢布，还答应经常与她相会。这笔钱很快就花完了，一部分付了在姨妈家的生活费，一部分买了衣服、帽子和丝带。过了几天，作家派人来找她，她又去了。他又给她二十五卢布，还建议她搬到他单独的住处去住。

玛斯洛娃住在作家租的寓所里，她爱上了同院住着的一个快活的店员。她主动将此事告诉作家，于是她又搬进单人住的小寓所。那个店员答应娶她，可是后来却不告而别，显然他把她抛弃了，自己去了尼日尼，撇下玛斯洛娃孤零零一个人。她本想独自在寓所里住下去，可是人家不许她住。派出所长告诉她，只有申领了黄色执照①并接受体检，才准许这样住下去。这时她只得又回姨妈家。姨妈看到她穿戴着时髦的衣裙、斗篷和帽子，以为她过上了上等人的生活。客客气气地接待她，再也不敢叫她当洗衣女工。对玛斯洛娃来说，现在已经不存在当不当洗衣女工的问题。现在她同情地望着几间陋屋里那些脸色苍白、胳膊枯瘦的洗衣女工，她们过着苦役犯般的生活，其中有些女工已经得了肺痨病，可是她们不得不在三十度②的肥皂水蒸气中不停地洗啊、熨啊，那里的窗子无论冬夏永远开着。她想到自己本来也可能去干这样的苦差事，不禁胆战心惊。

正当玛斯洛娃失却任何依靠，生活特别穷困的时候，一个专为妓院物色姑娘的牙婆找到了她。

玛斯洛娃早就开始抽烟，在与店员姘居的后期及被店员抛弃之后，又越来越上瘾地喝起酒来。酒之所以使她上瘾，不仅因为她觉得酒好喝，更主要的是因为酒能使她忘却她所遭受的一切苦难，酒能给她无拘无束的自由和对自己人格尊严的自信，没有酒便没有自由和自信。因此不喝酒，她便感到苦闷和羞耻。

牙婆请姨妈吃饭，把玛斯洛娃灌醉，让她到本城最上等的妓院营

---

① 指妓女执照。

② 此处系列氏温度，相当于摄氏 37.5 度。

生，给她列举了那里的种种好处和优势。玛斯洛娃面临选择：要么去当有损尊严的女仆，免不了受男性的追逐纠缠，与人秘密临时通奸，要么去干有保障的、合法的、安定的行当，即公开的、法律许可的、报酬丰厚的经常性的通奸。她选择了后者。此外，她想通过这个途径向那个诱奸她的人、向那个店员及所有坑害过她的人报复。同时，还有另一个原因诱使她作出最终的抉择，那就是牙婆对她说的，她可以随心所欲地定做各种质料的衣服，比如天鹅绒的、罗缎的、丝绸的，或者袒胸露臂的舞服。玛斯洛娃想象着自己穿着黑天鹅绒滚边的、黄灿灿的、袒胸露肩的绸缎舞衫的情景，再也经不住诱惑，交出了自己的身份证[①]。当晚牙婆雇来马车，将她送进著名的基塔耶娃妓院。

玛斯洛娃从此过起了违反上帝戒律和人类道德的长期性的罪恶生活，千千万万妇女过的这种生活不仅得到关心国民利益的政府当局的批准，而且还得到它的鼓励。过这种生活的妇女十有八九会染上痛苦的疾病，未老先衰，过早死亡。

她们夜间纵酒行乐，白天沉沉昏睡。下午两三点钟才懒懒地从肮脏的床铺上爬起来，喝矿泉水解酒，喝咖啡，穿着宽大的罩衣、短上衣或长衣在各个房间懒洋洋地闲逛，隔着窗帘往窗外眺望，有气无力地互相对骂几声，然后洗头洗脸，往头上、身上抹油，洒香水，接着是试衣服，为衣衫不称心与老鸨吵嘴，对着镜子细照，涂脂抹粉、描眉，吃又甜又油腻的食物，然后换上袒胸露臂的鲜亮的绸衫，走进装饰华丽、灯火辉煌的大厅。客人们陆续来到，于是奏乐，跳舞，吃糖，喝酒，抽烟，与男人通奸，其中有青年、中年，也有半大小子、老态龙钟的老头，有单身汉，也有娶妻室的，有商人，也有店员，有亚美尼亚人、犹太人，也有鞑靼人，有富人，也有穷人，有身体健康的，也有患病的，有喝得醉醺醺的，也有清醒的，有行事粗鲁的，也有态度温柔的，有军

---

①交出身份证以换领黄色执照。

人，也有百姓，有大学生，也有中学生，总之各个阶层、各种年龄、各类性格的应有尽有。喊叫调笑，打架奏乐，抽烟喝酒，喝酒抽烟，通宵达旦，奏乐声不绝于耳。她们只有早晨才得脱身，方可昏昏入睡。她们天天如此，整整持续一周。到了周末，她们就去政府机关——警察分局，那里有政府官员和医生，都是男人，他们有时认真严格，有时则失却了自然界为阻止犯罪不仅赋予人类也赋予动物的羞耻心，以调笑取乐的态度为她们检查身体，发给许可证，准许她们继续犯罪，就像她们与自己的同谋者上一周所干的。于是，又开始一星期的生活。就这样，无论春夏秋冬，不分平日假日，她们天天如此。

玛斯洛娃就这样生活了七年。在这七年中，她换过两家妓院，住过一次医院。在她进妓院的第七年，也就是在她初次失身后的第八年，在她二十六岁那年，出了一件事，为此她进了监狱，在与杀人犯、盗贼同狱待了六个月之后，现在被押往法院受审。

三

玛斯洛娃被押解兵押着，走了很长的路，累得筋疲力尽，就要走到区法院[1]大楼的时候，她的两个收养人的侄子、那个曾经诱奸她的德米特里·伊万诺维奇·涅赫柳多夫公爵正躺在铺着羽绒床垫、被单已经揉皱的高高的弹簧床上，穿着干净的荷兰式睡衣，敞着领口，胸前的褶皱熨得笔挺，吸着纸烟。他失神地望着前方，思索着今天该办的和头天发生的事情。

昨天晚上他在有钱有势的科尔恰金家度过。人们都认为他一定会

① 区法院系帝俄时期的审判机关，根据 1864 年审判条例设立。法院管辖区包括两三个县。审理刑事案件有陪审员参加。

娶这家的小姐。想起昨晚的事情，他叹了一口气，扔掉烟蒂，想从银烟盒中另取一支，但又改变了主意。他从床上垂下两只光滑白净的脚，用脚摸索着穿上鞋，将一件丝绸长衣往圆滚滚的肩膀上一披，迈着急促沉重的脚步，来到卧室隔壁散发着甘香酒剂、花露水、发蜡、香水等的人工香气的盥洗室。他用特制的牙粉刷干净多处补过的牙齿，又用喷香的漱口剂漱了口，然后用各种不同用途的毛巾将浑身上下洗净擦干。他用香皂洗净双手，用小刷子仔细刷干净长指甲，在大理石的大洗脸盆边洗了脸和粗脖子，然后又走到卧室旁边的第三个房间，那里可以淋浴。他用冷水冲洗肌肉发达、脂肪丰盈的白净躯体，用毛茸茸的浴巾擦干，穿上熨得笔挺的干净衬衣和擦得像镜子般光亮的皮鞋，坐到梳妆台前，用两把不同的梳子梳理他那把拳曲的、不大的黑胡子和头顶前部已见稀疏的鬈发。

凡是他使用的东西，比如衣着打扮用品：内衣、外衣、皮鞋、领带、别针、袖扣，都是最高级名贵的，样样都高雅、大方、坚固、贵重。

涅赫柳多夫从十来条领带和胸针中随手拿了一套（从前挑选领带胸针颇感新奇有趣，如今全都无所谓了），再穿上摆在椅子上的事先刷净的外衣，现在他虽说不上是朝气蓬勃，但也算整洁干净，香气四溢了。他走进长长的餐厅。餐厅的镶木地板已由三个农民于头天擦得发亮，餐厅里摆着高大的橡木餐柜和一张同样很大的、桌面可以拉长的大餐桌，雕成狮爪状的桌脚张得大大的，显出一派庄严的气势。桌上铺着浆过的绣有花字组成的大族徽的薄桌布，上面有盛着香气扑鼻的咖啡的银咖啡壶、银糖缸、装着煮开过的奶油的壶，还有一篮新鲜的白面包、面包干和饼干。餐具旁边摆着刚收到的信件、报纸和一本新到的《两个世界评论》[1]。涅赫柳多夫刚要看信，从通走廊的门里轻手轻脚地走进来一个

---

① 法国期刊，创办于 1829 年，以其文学评论方面的影响而著名。撰稿人包括巴尔扎克、雨果、泰纳等人。原文为法文。

身穿丧服、上了年纪、体态肥胖的女人，她头戴花边头饰，以掩盖日见其宽的头路。她是不久前刚刚在这个住宅里去世的涅赫柳多夫母亲的女仆阿格拉费娜·彼得罗夫娜，现在她留在少爷家里做女管家。

阿格拉费娜·彼得罗夫娜先后约有十年时间跟随涅赫柳多夫的母亲旅居国外，颇具贵妇人的外貌和风度。她从小在涅赫柳多夫家生活，在德米特里·伊万诺维奇还叫米坚卡[1]的时候就知道他了。

“早安，德米特里·伊万诺维奇。”

“您好，阿格拉费娜·彼得罗夫娜。有什么新闻吗？”涅赫柳多夫开玩笑地问道。

“公爵家的女仆送来一封信，不知是公爵夫人写的，还是公爵小姐写的。女仆早就来了，现在我房间里等着。”阿格拉费娜·彼得罗夫娜说着把信递给他，脸上露出意味深长的微笑。

“好的，这就办。”涅赫柳多夫说。他接过信，发现阿格拉费娜·彼得罗夫娜脸上的笑容，不禁皱起眉头。

阿格拉费娜·彼得罗夫娜的笑容意味着信是公爵小姐科尔恰金娜写来的。照阿格拉费娜·彼得罗夫娜的看法，涅赫柳多夫打算娶公爵小姐科尔恰金娜。阿格拉费娜·彼得罗夫娜的笑容所表示的这种推测使涅赫柳多夫感到不快。

“那么我让她再等一会儿。”阿格拉费娜·彼得罗夫娜拿起一把放错地方的刷桌子用的小刷子，将它放到另一个地方，然后从从容容地走出餐厅。

涅赫柳多夫拆开阿格拉费娜·彼得罗夫娜送来的散发着香气的信，看了起来。

“为履行我所承担的替你记事的职责，”一张纸边不齐的灰色

---

① 米坚卡是德米特里的小名。

厚纸上用尖细而稀疏的字迹写着，“现提醒您，今天，四月二十八日，您必须到庭当陪审员，因此您无论如何不可能如您昨天以一贯轻率的态度所答应的，陪我们和科洛索夫去看画展，除非您肯向区法院支付三百卢布的罚金，相当于您舍不得买的那匹马的价钱，[1]因为您没有按时出庭。昨天您刚离开，我就记起这件事。请您不要忘记。

玛·科尔恰金娜公爵小姐”

信纸背面还有附言：

妈妈让我告诉您，您的晚餐将等您到深夜。请您务必光临，不管什么时间。

玛·科

涅赫柳多夫皱起了眉头。这封便函是科尔恰金娜公爵小姐两个月以来针对他进行的巧妙计划的继续，这项计划的目的是要用无形的线将他与她紧紧拴在一起。不过，除了那些年纪不轻而又未热恋的人们在结婚问题上总是表现犹豫不定这一原因之外，涅赫柳多夫还有一个重要原因，这就使他即使拿定了主意结婚也不可能现在立即就求婚。这倒并非因为他十年以前诱奸了卡秋莎，并且过后又将她抛弃了，这件事他已完全忘却，他也不认为这是自己结婚的障碍。原因是他现正与一个有夫之妇在私通，这种关系现在从他这头说来已经断绝，但是对方并未承认断绝。

涅赫柳多夫与女人打交道总是胆小怕事，正因为这种胆小怕事，才

---

① 原文为法文。本书法文使用较多，以后不再注明，仅以字体区别，其他外文均加注文种。

使那个有夫之妇产生了征服他的欲望。这个女人是涅赫柳多夫常去参加贵族选举的那个县的首席贵族的妻子。这个女人引诱他发生了关系，而这种关系对于涅赫柳多夫来说，一天天变得更有吸引力，同时也越来越可憎。起初涅赫柳多夫抵挡不住诱惑，后来他感到负疚，他不能不经她同意就扯断这种关系。正是由于这个原因，涅赫柳多夫才认为自己即使有心向科尔恰金娜求婚，也无权这么做。

桌子上放着的这封信正是这个女人的丈夫写来的。看到信封上的笔迹和邮戳，涅赫柳多夫脸红了，立即感到情绪激动，每当危险临近他都有这种感觉。但是这次情绪激动却是毫无意义，涅赫柳多夫的主要地产所在县的首席贵族在信中通知他，五月底将召开地方自治局特别会议，请涅赫柳多夫一定赴会，在讨论学校和道路等重大问题时给予支持，预料在这些重大问题上将遇到反动派的强有力的阻挠。

首席贵族是个自由派，他和一些志同道合者一起，与亚历山大三世时期涌现的反动浪潮展开斗争。他全身心地投入斗争，以致对自己不幸的家庭生活一无所知。

涅赫柳多夫回忆起自己同这个人交往过程中的所有痛苦难堪的时刻。有一次，他以为那个女人的丈夫知道了底细，准备与其决斗，他打算在决斗时朝天开枪。另一次，场面也很可怕，那个女人绝望之中跑往花园里的池塘，打算投水自尽，而他跑去找她。“在她没有答复之前，现在我不能到她那里去，也不能采取任何行动，”涅赫柳多夫心中想道。一星期之前，他给她写了一封态度坚决的信，信中承认自己有罪，并准备以任何方式和代价赎罪，不过他仍然认为，为了她的利益，他们的关系应当彻底结束。他等待的就是对这封信的答复，但是还没有等到。没有答复，在某种程度上也是好征兆。如果她不同意断绝关系，她早就写回信了，甚至还会亲自找上门来，就像以往那样。涅赫柳多夫听说，现在有个军官在追求她，这既使他忌妒难过，也使他高兴，他有望从恼人的虚伪中解脱出来。

另一封信是管理地产的总管写来的。总管在信中说，涅赫柳多夫必须亲自来一趟，以便确定遗产继承权，此外，对如何经营地产作出决定：是继续像已故公爵夫人在世那样经营，还是按他以往向公爵夫人建议、现在又向年轻公爵建议的方式经营，即增加农具，把原先租给农民的土地全部收回来自己耕种。总管在信中说，后一种经营方式获益更多。总管同时在信中道歉，按计划应在本月一日寄出的三千卢布稍稍耽搁了几天。这笔钱将随下一个邮班寄出。他之所以没有及时寄出，是因为无论怎样也无法从农民手中收齐这笔钱，农民极不诚实，以致不得不请求官方采取强制措施才奏效。这封信使他既愉快又不快。愉快的是，他感觉到自己具有支配巨大财产的权力；不快的是，他青年时期曾是赫伯特·斯宾塞①的忠实信徒，由于自己是大地主，赫伯特·斯宾塞在《社会静力学》②中提出的关于正义不允许土地私有的论点特别使他惊讶。他凭着青年人的率直和果断，不仅在口头上说土地不能成为私有财产的对象，还在大学里写论文论述这个问题，而且付诸行动，当时他就把一小块土地(不属于他母亲的，是从父亲名下继承的属于他个人的)送给农民，他不愿违背自己的信仰而占有土地。现在因为继承遗产他成了大地主，他必须作出选择：要么放弃财产，就像十年前处理父亲的二百俄亩③土地那样，要么以默认的方式承认自己以往的所有想法都是错误的、虚伪的。

前一种选择他做不到，因为除了土地，他没有任何其他生活资料。他不想去做官，可是又养成了奢侈的生活习惯，而且认为不可能改变。再说也没有必要，因为青年时代的那种信念的力量、果断、虚荣心和一鸣惊人的愿望，都已不复存在。后一种选择他无论如何也做不到，他不

① 赫伯特·斯宾塞(1820—1903)，英国哲学家，社会学家，早期的进化论者。
② 原文为英文。
③ 1 俄亩等于 1.09 公顷。

能否定，当初从斯宾塞的《社会静力学》中汲取的，许多年后又从亨利·乔治[1]的文章中找到光辉的论证的，关于占有土地不合法的明白确凿的理由。

正因为如此，总管的信使他不快。

四

涅赫柳多夫喝过咖啡就去书房查看法院通知，他应在几点钟到法庭，另外他要给公爵小姐写回信。要去书房必须经过画室。画室里放着一个画架，画架上有一幅上下颠倒的未画完的画。画室里挂着几幅画稿。看到他已经花了两年工夫的这幅画，看到那些画稿和整个画室，他再次深切地感到，他在绘画方面已经无法再提高了。他把这一感觉解释为发展得过于精细的审美感，但是这种感觉毕竟是很不愉快的。

七年之前，他认定自己有绘画的天赋，于是辞去军职。他从艺术创作的高度，以带点蔑视的态度看待其他所有工作。现在发现他没有权利这样做。他心情沉重地打量着画室里所有这些豪华的设备，闷闷不乐地走进书房。书房十分高大宽敞，各种摆设、家具、设施应有尽有。

涅赫柳多夫在大写字台的标有"紧急"字样的抽屉里立刻找到那张通知，上面写着必须在十一时到庭。他坐下来给公爵小姐写信，说他感谢他们邀请，尽可能在饭前赶到。他写完后，觉得口气过于亲密，就把它撕了。于是另写了一张，可是又太冷淡，几乎是轻慢。他又撕了，按了一下墙上的电铃按钮。一个系着灰细布围裙的上了年纪的男仆走进门，他脸色阴沉，胡子刮得精光，但留着低低的鬓角。

"请您派人叫辆马车来。"

---

① 亨利·乔治(1839—1897)，美国经济学家和社会活动家。

“遵命。”

“另外，告诉在等回音的科尔恰金家的来人，谢谢他们东家，就说我会尽力赶到。”

“是。”

“这不太礼貌，可是信不能写。反正今天要同她见面的。”涅赫柳多夫心里想，走出去穿衣服。

等他穿戴整齐来到门廊，一辆熟悉的胶皮轮马车已在等候他。

“昨天您刚从科尔恰金公爵家离开，”马车夫半转过衬衣白领子里黝黑、粗壮的脖子，说，“我就赶到了，看门人说，老爷您刚走。”

“连马车夫也知道我与科尔恰金家的关系。”涅赫柳多夫心想，于是近来一直盘踞在他心头的该不该与科尔恰金娜结婚这个悬而未决的问题又摆在他面前，可是他对这个问题也像对他眼下面临的大多数问题一样，左右为难，无法决断。

应当结婚的理由概括起来是：第一，结婚除了给予他家庭的温暖快乐之外，还可排除不正常的性生活，使他可能过上合乎道德的生活；第二，也是主要的理由，涅赫柳多夫希望家庭和子女能为他目前这种毫无内容的生活增添意义。这就是应当结婚的全部理由。而不该结婚的理由概括起来是：第一，害怕丧失自由，这是所有中年单身汉所共有的顾虑；第二，对女人这种神秘的生命体抱着一种莫名的恐惧。

具体说来，恰恰应该同米西(科尔恰金娜名字叫玛丽亚，如同名门望族所有家庭一样，也给她起了一个诨名)结婚的理由有：第一，她出身贵族家庭，无论衣着打扮、言谈举止、音容笑貌都与众不同，这种与众不同倒不是超群脱俗，而是一种“正派”，他不知道还有什么字眼可以形容这种品质，但是他对这样的品质极其推崇；第二，她比任何人都看重他，因而在他看来，她是了解他的。对他的了解，也就是说对他的种种高尚品格的承认，在涅赫柳多夫看来正是她聪明过人、判断准确的明证。不该与米西结婚的理由有：第一，完全有可能找到比米西优点更多因而与他更般配的姑娘；第二，她已经二十七岁，因此以往肯定有过恋爱经历，这个想法颇使涅赫柳多夫苦恼。他的自尊心不能容忍她以往曾经爱过除他之外的别人。当然，她不可能知道后来她会遇上他，然而，一想到她以前可能爱过别人，他就觉得受了侮辱。

结果，赞成的理由和反对的理由相差无几，至少这两类理由势均力敌，不分上下。涅赫柳多夫嘲笑自己成了布里丹笔下的驴子[①]。他始终下不了决心，不知道应该选择两捆干草中的哪一捆。

“其实，在接到玛丽亚·瓦西里耶夫娜(首席贵族之妻)的回信之前，在彻底了断那个关系以前，我的确也不能采取任何行动。”涅赫柳多夫对自己说。

意识到自己可以、而且应该拖延一段时间再作决定，他感到愉快。

“总之，这些事以后我会仔细考虑的。”他对自己说，他的轻便马车此时已经无声地驶到法院门口的柏油路上。

“现在我应当认认真真地履行社会职责，就像我以往一直这样做，而且认为应该这样做的那样。再说，这种事常常是很有趣的。”他对自己说，从看门人身边走过，进入法院的前厅。

五

涅赫柳多夫走进法院的时候，法院走廊里已是人来人往，十分热闹。

法警们手拿公文，时而疾步行走，时而大步奔跑，脚不离地，拖着地板，来回奔忙，气喘吁吁。民事执行吏、律师、法官们也是来去匆

---

①这里说的是14世纪法国哲学家布里丹写的一则故事，意指极端优柔寡断的人。

匆，马不停蹄，那些原告和不曾拘押的被告没精打采地在墙脚边走来走去，或者坐在那里，等待开庭。

“区法庭在哪儿？”涅赫柳多夫向一个法警打听。

“您要找哪一个法庭？有民事法庭，也有高等法庭。”

“我是陪审员。”

“那么是找刑事庭。您该说清楚。从这儿向右走，再向左，第二个门便是。”

涅赫柳多夫按法警的指点走去。

在他要找的门的旁边站着两个人，一个是高大肥胖的商人，慈眉善目的，显然是吃饱喝足了，此刻心情十分愉快；另一个是犹太店员。两个人正在谈论羊毛的价格，这时涅赫柳多夫走近前来，向他们打听，这儿是不是陪审员的议事室。

“是这儿，先生，是这儿。您和我们一样，也是陪审员？”面目慈善的商人乐滋滋地眨着眼睛问道。“好呀，我们一起共事，”得到涅赫柳多夫肯定的回答之后，他接着说道，“二等商人巴克拉绍夫，”说着，他伸出柔软、宽大、肥厚的手。“是该干些事。请教贵姓？”

涅赫柳多夫说了自己的姓名，走进陪审员议事室。

在这间不大的议事室里已有十来个各种各样的人。全都是刚刚到，有些人坐着，有些人来回走动，互相打量着，然后是互相自我介绍。其中一个是退役军人，穿着军服，其他人都穿礼服和便服，只有一人穿着腰部带褶的长外衣。

尽管其中许多人都是搁下别的事情来当陪审员的，而且他们嘴上也说陪审员是件麻烦事，但是所有的人无一例外都流露出某种得意的神色，因为他们意识到自己在从事重大的社会公益事业。

互相通报过姓名的陪审员，或者互相猜测对方是陪审员的人们，大家都在交谈，谈论天气，谈论早到的春天，谈论行将审理的案子。涅赫柳多夫还不认识的陌生人，一个个都过来与他结识，他们显然认为这是非凡的光荣。而涅赫柳多夫像往常处在陌生人中间那样，认为这是自然而然的事情。如果有人真的问他，为什么他认为自己高人一等，他肯定无法回答，因为他的全部生活并未表现出任何特别优越的地方。至于他能说一口流利的英语、法语、德语，他穿戴的内衣、外衣、领带、袖扣都是上等货，这些都不能成为他自以为优越的理由，这一点他自己也明白。然而他又毫不怀疑地承认，自己有这种优越感，对于别人对他表示的恭敬处之泰然，一旦没有恭敬便觉得受了侮辱。现在议事室里就有人对他表示不敬，使他不得不产生受辱之感。陪审员中有一个涅赫柳多夫认识的人。这个人叫彼得·盖拉西莫维奇(涅赫柳多夫从来就不知道他的姓，甚至因此而感到些许得意)，曾是他姐姐的孩子的家庭教师。这个彼得·盖拉西莫维奇大学毕业后现在成了中学教师。涅赫柳多夫对他的不拘礼节，对他那种旁若无人的纵声大笑，总之对他那种如涅赫柳多夫姐姐所说的“平民式的作风”一向十分反感。

“啊，连您也扯进来了，”彼得·盖拉西莫维奇迎着涅赫柳多夫哈哈大笑，“您没能逃避掉？”

“我根本就没想逃避。”涅赫柳多夫严厉而冷淡地说道。

“啊，真是公民的忘我精神。走着瞧吧，等到您吃不上饭、睡不成觉的时候，您就不会唱这个高调了！”彼得·盖拉西莫维奇说，他的笑声更响亮了。

“这个大祭司的儿子马上就要对我称呼‘你’了。”涅赫柳多夫心里想，脸上露出极其悲伤的神情，如此悲伤的神情只有刚刚听到亲人一齐死光的噩耗才可能出现。涅赫柳多夫撇下他，走向人群。那群人围着一个身材高大、仪表堂堂、胡子刮得精光、正在兴致勃勃地说话的先生。这位先生说的是民事法庭现正在审理的一个案子，这个案子他似乎很了解，提到法官和名律师时他都称他们的名字和父称。他在述说那个名律师如何神通广大，竟然不可思议地将案子翻过来，迫使一位年迈的太太平白无故地付给诉讼对方一大笔钱，虽然老太太完全有理。

“真是一位天才的律师！”他说。

大家都恭恭敬敬地听他说，有几个人竭力想插嘴说说自己的见解，但都被他打断，似乎唯独他一人真正了解案子的全部详情细节。

尽管涅赫柳多夫来得很迟，他也不得不久久地等待。耽搁到现在还开不了庭，是因为一位法官还没有到。

六

法庭庭长今天早早来到法院。他高大而又肥胖，一大把络腮胡子已经变得花白。他虽有妻室，但是生活极其放荡，他的妻子也是如此。他们各管各，互不干扰。今天早晨他接到瑞士籍家庭女教师的信，信中说她今天下午三点至六点在本城的“意大利”旅馆等他。这个瑞士女人去年夏天住在他们家，现在从南方去彼得堡，途经本城。由于这个缘故，庭长希望今天早点开庭， 早点结束， 以便在六点以前能与这位火红头发的克拉拉·瓦西里耶夫娜会面，去年夏天在别墅里他与这个女人有过一段风流韵事。

他走进办公室，咔嚓一声锁上房门，从文件柜的底层取出两个哑铃，向上、向前、向两侧、向下各做了二十个动作，然后高举哑铃，轻松地做了三个下蹲动作。

“没有比洗淋浴和做体操更好的保养方法了。”他心想，并用他那无名指上戴着戒指的左手抚摸右臂上紧绷的肌肉。他还要做一套击剑式的动作(他在长时间审理案件之前都要做这两套运动)，这时房门推动了一下。有人想把门打开。庭长匆匆把哑铃放回原处，把门打开。

“对不起。”他说。

一个戴着金丝边眼镜的法官走进屋，他个子不高，双肩耸起，脸上愁眉不展。

“马特维 · 尼基季奇又没有来。”法官不满地说。

“还没来，”庭长边穿制服边说，“他总是迟到。”

“真奇怪，他怎么会不害臊。”法官说，气呼呼地坐下来，掏出纸烟。

这个法官办事太认真，今天早晨他跟妻子闹了一场不愉快，因为妻子把应该用一个月的钱提前统统花光了。她求他预支一点钱，可是他说他不能违例，结果大闹了一场。妻子说，既然这样，家里不开饭了，他别想回家吃饭。说到这里，他就走了。他害怕她说了真做，因为她什么事都做得出来。“瞧，正正经经、规规矩矩生活倒是这个下场。”他暗自思忖，眼睛望着面前这位容光焕发、身体健壮、快快活活、性情温和的庭长。此刻庭长大大地伸开两肘，用两只细嫩白净的手将又密又长的花白络腮胡子理拨到绣花衣领两侧。“他永远心满意足，快快乐乐，可我总是受折磨。”

书记官走进屋，送来一份卷宗。

“多谢，”庭长说，点上一支烟。“我们先审哪个案子？”

“我看就审投毒案吧。”书记官似乎漫不经心地说。

“嗯，好吧，投毒案就投毒案吧，”庭长说，他认为这个案子四点之前可以审结，之后就可以走了。“马特维 · 尼基季奇还没来？”

“还没来。”

“那么布列韦到了吗？”

“到了。”书记官回答。

“如果您见到他，那就告诉他，我们先审投毒案。”

布列韦就是在这个案子审理过程中出庭提起公诉的副检察官。

书记官出门来到走廊，遇见了布列韦。布列韦两肩高耸，制服纽扣没有扣上，腋下夹着公文包，沿着走廊疾步走来，几乎是一路小跑，鞋后跟橐橐地敲击着，那只空着的手在胸前使劲摆动着。

“米哈伊尔 · 彼得罗维奇让我问您，您准备好了没有？”书记官问道。

“那当然，我总是准备好了的，”副检察官说，“先审哪一个案子？”

“投毒案。”

“那很好。”副检察官说，其实他丝毫不认为这有什么好。他昨夜通宵未眠。他们为一个同事饯行，喝了很多酒，玩纸牌一直玩到下半夜两点，然后坐马车到玛斯洛娃六个月前所待的那家妓院玩女人，因此恰恰没来得及阅读有关投毒案的卷宗，所以现在想粗粗浏览一遍。书记官明知道他没有看过投毒案的卷宗，却故意向庭长建议先审这个案子。按思想方式来说，书记官是个自由派，甚至是激进派。而布列韦则是保守派，他像所有在俄国做官的德意志人一样，对东正教特别虔诚。书记官不喜欢他，但对他的职位又很羡慕。

“喂，关于阉割派[①]教徒的案子怎么样了？”书记官问。

“我说过了，我无法提起公诉，”副检察官说，“因为缺乏证人，我也将这样向法庭声明。”

“其实没有关系……”

“我不能。”副检察官说，他仍然那样摆动着那只手，跑向自己的办公室。

他用一个无关紧要、无足轻重的证人不能到庭作借口，拖延审理案件，只是因为这个案子如果由知识分子陪审员组成的法庭来审理，那有可能宣告无罪而结案。如果与庭长商量妥当，这个案子必然转到县城法庭去审理，那里农民陪审员较多，因此判罪的机会也更多。

走廊里人来人往，越来越热闹。大部分人聚集在民事审判庭附近，那里正在审理刚才那位仪表堂堂、喜好打听讼案的先生向陪审员们陈述

---

① 阉割派系 18 世纪末出现于俄国的宗教派别，宣扬用阉割的办法摆脱世俗生活，在同肉欲作斗争中“拯救灵魂”。

过的案子。休庭的时候，从民事审判庭里出来一个老太婆，那位天才的律师已经将她的财产剥夺，交给那个毫无权利占有这份财产的生意人。生意人无权占有，这一点法官们都知道，原告和他的律师更清楚。但是他们想出来的计策很刁钻，非得让老太婆拿出财产交给生意人不可。老太婆身材肥胖，穿着华丽的连衣裙，帽子上插着大花朵。她走出门，站在走廊里，摊开又粗又短的双手，对着她的律师反复说："这是怎么一回事？您帮帮忙吧！这是怎么一回事？"律师望着她帽子上的花，想着自己的心事，对她的话充耳不闻。

那个著名的律师在老太婆之后快步走出民事法庭，他那大敞着的坎肩的硬胸熠熠闪亮，得意洋洋的脸上也是神采奕奕。他已经使戴花的老太婆倾家荡产，而那个付给他一万卢布的生意人却得到了十万多卢布。所有人的目光都朝律师投来，他也觉察到了这一点，但是他的全部姿态似乎在说："丝毫不必表示忠诚。"他从大家身旁匆匆走过。

七

马特维·尼基季奇终于来了。那个身体消瘦、颈脖很长、步子歪斜、下嘴唇也歪斜的民事执行吏走进了陪审员议事室。

这位民事执行吏是个实在人，受过大学教育，但是不管什么职位他都保不住，因为他狂饮成癖。三个月以前，他妻子的靠山，一位伯爵夫人，为他谋得这份差使，他至今还保着这份差使，为此他很高兴。

"怎么样，先生们，人到齐了吗？"他说，戴上夹鼻眼镜[①]，从眼镜上方瞧着。

"好像到齐了。"快活的商人说。

---

①原文为英文。

“我们来核实一下。”民事执行吏说，他从衣袋里掏出一页纸，开始点名，每点到一人，他或者从眼镜上方，或者透过眼镜朝对方看一眼。

“五等文官尼基福罗夫。”

“是我。”仪表堂堂、熟知各种讼案的先生说。

“退役上校伊万·谢苗诺维奇·伊万诺夫。”

“到。”一个穿着退役军官制服的瘦子应声答道。

“二等商人彼得·巴克拉绍夫。”

“是我。”性情温和的商人咧着大嘴笑吟吟地说，“都准备好了！”

“近卫军中尉德米特里·涅赫柳多夫公爵。”

“我是。”涅赫柳多夫应道。

民事执行吏从眼镜上方望着涅赫柳多夫，特别恭敬优雅地朝他鞠了一躬，仿佛对他与众不同。

“上尉尤里·德米特里耶维奇·丹琴科，商人格里戈里·叶菲莫维奇·库列绍夫。”等等，等等。

除了两人，其他全到了。

“现在，诸位先生，请进入法庭。”民事执行吏以优雅的手势指着门说道。

大家都纷纷起身，互相谦让着走出门，来到走廊上，又从走廊进入法庭。

法庭是一个又大又深的房间。房间的一头是一个高台，台边有三级台阶。高台中央摆着一张桌子，桌上铺着绿呢桌布，桌布边缘饰有深绿色流苏。桌子后边放着三把圈椅，橡木椅背很高，雕刻着各种花纹。圈椅后边的墙上挂着镶金边的镜框，镜框里嵌着一幅色彩鲜明的将军[①]全身肖像。将军穿着军服，佩着绶带，手扶军刀刀柄，两脚稍息姿势。右

① 指沙皇。

边墙角上挂着一个神龛，里边供着头戴荆冠的基督圣像，圣像前摆着一个读经台。右侧还有检察官用的斜面高写字台。与写字台相对的左侧，靠后摆着书记官的一张小桌，靠前离旁听席较近的地方，有一道光滑的橡木栏杆，里边摆着供被告坐的长凳，现在长凳还空着。高台的右边摆着两排供陪审员坐的高背椅子，高台下边的右侧摆着几张供律师用的桌子。法庭被一道栏杆一隔为二，上述所说的都是法庭的前半部。法庭的后半部摆满了一排排长凳，一排比一排高，一直到后墙根。在法庭后半部前排的几条长凳上坐着四个既像女工又像女仆的妇女，还有两个男人，也是工人。他们显然被法庭豪华摆设的威严所震慑，因此怯生生地低声交谈着。

陪审员落座后，民事执行吏便踉跄着走到台中央，他像是要吓唬在场的人似的高声喊道：

“开——庭！”

大家起立，法官们登上高台。领头的是肌肉发达、留着漂亮的络腮胡子的庭长，其次是戴金丝边眼镜的、脸色阴沉的法官，此刻他的脸色更加阴沉了，因为就在开庭前，他遇见了在法庭见习的内弟，内弟告诉他，他刚去过姐姐家，姐姐对他说，家里不开饭了。

“看来，我们只好上小酒馆了。”内弟笑着说。

“没有什么可笑的。”阴郁的法官说，他的脸色愈发阴沉了。

末了，上台的第三个法官便是那个一向迟到的马特维·尼基季奇。他留着大胡子，善良的眼睛大大的，眼角往下耷拉着。这位法官长期患有胃炎，今天早晨开始根据医嘱采用新疗法，正是这个新疗法使他在家耽搁得比往日更久。此刻他登上高台，脸上的神情特别专注，因为他养成了一种习惯，利用各种可能的办法来预测自己提出的种种问题的最终答案。现在他就在算卦，如果从办公室门口到圈椅所走的步数能被三整除，那么新疗法定能治好他的胃炎。如果不能整除，那就治不好。本来应该是二十六步，可是他又多走了一小步，结果正好是二十七步走到他的圈椅跟前。

庭长和法官身穿衣领镶金线的制服登上高台，他们的确气度威严。他们自己也意识到这一点，三个人仿佛都为自己的庄严气势而发窘，赶忙谦虚地垂下眼睛，坐到铺着绿呢的桌子后边的雕花圈椅里。桌子上竖立着一个雕有鹰的三角形器物，还摆着几个像小餐室里放糖果用的玻璃缸，另有一个墨水瓶，几支羽毛笔，一叠上等白纸和几支新削的、长短不一的铅笔。副检察官与法官们一起走进来，他仍然是急急匆匆，腋下夹着公文包，仍然那样摆动着手，走向他那靠窗的座位，并立即埋头阅读和反复浏览文件，他要争分夺秒地做好审讯的准备。这位副检察官出庭公诉还只是第四次，他功名心极强，一心想向上爬，因此认为，凡是由他提起公诉的案件，最终都必须判刑。这个投毒案的实质他大致明白，而且拟好了发言提纲，不过他还需要一些论据，他现在正从卷宗中匆匆摘录这类论据。

书记官坐在台上另一端，他已将可能需要当庭宣读的所有文件准备就绪，正在看昨天弄到并已看过的一篇遭查禁的文章。他很想与持有相同观点的大胡子法官谈谈这篇文章，所以想在交谈之前再好好看一遍。

八

庭长看过一些文件，向民事执行吏和书记官提了几个问题，在得到肯定的答复后，命令传被告到庭。栏杆后边的门立即打开，进来两个头戴军帽、手握出鞘军刀的宪兵，跟着进来的先是一个头发火红、满脸雀斑的男被告，然后是两个女被告。那个男子穿着囚衣，囚衣又长又肥，与他的身材很不相称。他走进法庭，两手的拇指翘起来紧贴着裤缝，不让长得过分的衣袖滑落下来。他既不看法官，也不看旁听者，而是死死盯着他正在绕行的那条长凳。他绕过长凳，规规矩矩地坐在凳子的一边，留出位子给别人坐。他两眼紧盯着庭长，面颊的肌肉抖动着，就像在轻声说着什么。紧随其后进来的是一个年纪不轻的妇女，她也穿着囚衣，头上裹着囚犯用的三角头巾，脸色灰白，没有眉毛和睫毛，一双眼睛通红通红的。这个女人看上去十分镇定。她走到自己位子旁边，囚衣被什么东西钩住了，她不慌不忙地尽力把衣服摘下，然后坐下。

第三个被告就是玛斯洛娃。

她一走进法庭，在场的所有男人的目光全都集中到她身上，久久地、目不转睛地盯着她白皙的脸、亮闪闪的黑眼睛和囚衣下高高隆起的胸部。就连那个宪兵，当玛斯洛娃从他身旁经过时，也直勾勾地盯着她，直到她走过去，坐下来。在她坐下之后，他仿佛意识到心中有愧，赶忙转过脸来，振作起精神，两眼正视着正前方的窗子。

庭长等着被告坐好，玛斯洛娃刚坐下，他便转身面对书记官。

例行的程序开始了：清点陪审员人数，讨论陪审员缺席原因，确定对他们罚金的数额，对请假的陪审员作出决定，并从候补陪审员中指定人选来替补缺席的陪审员。然后庭长折好一些纸片，放入玻璃缸中，接着稍稍挽起制服的绣花袖口，露出汗毛浓密的手臂，变魔术似的逐一取出纸片，展开来念着纸片上的字。之后庭长放下袖口，请司祭带领陪审员宣誓。

司祭是个小老头，面部浮肿，脸色白里透黄，穿着棕色法衣，胸口别着金质十字架，法衣侧面还别着一枚小小的勋章。他慢慢地挪动着法衣罩着的浮肿的双脚，走向摆在圣像下方的读经台。

陪审员们都站起身来，拥挤着走向读经台。

“请过来。”司祭说，他用一只浮肿的手摸着胸前的十字架，等待所有陪审员走来。

这位司祭已经任职四十六年，他打算再过三年，也像不久以前教堂的大司祭那样庆祝自己任职五十周年。自从区法院设立之日，他便开始在法庭供职，他感到自豪的是，他已带领数万人宣过誓，而且在晚年还能继续为教会、祖国、家庭效力。他日后给家属留下的财产，除了一所房子，还有不下三万的有息证券。他在法庭里带领人们凭着福音书宣誓，而福音书里恰恰禁止起誓，因此他在法庭上干的事是不正当的，这一点他从来就没有想过。他非但不感到心里有愧，而且非常热爱这项干惯了的、常常可以结识许多上层人物的工作。现在他不无得意地认识了那位著名的律师，对他佩服得五体投地，这位律师仅仅打赢了帽子上插着大花的老太婆的一桩官司，就捞取了一万卢布。

等到所有陪审员沿着台阶登上高台，司祭偏着头顶光秃、白发苍苍的脑袋，钻进油腻腻的圣带的项圈，理了理稀疏的头发，转身面对那些陪审员。

“请举起右手，手指这样并拢，”他那苍老的声音慢吞吞地说道，同时举起每个手指都有小圆窝的浮肿的手，将手指并拢成捏东西状。“现在请跟我念，”他说，然后开始领读誓词。“凭万能的上帝，凭他神圣的福音书和赋予生命的十字架，我承诺并宣誓，在审理本案时……”他说着，说一句停顿一下。“手别放下，这样举好，”他朝放下手的一个年轻人说道。“在审理本案时……”

留络腮胡子的仪表堂堂的先生、上校、商人和另外几个人，遵照司祭的要求，举起手指并拢的右手，他们似乎特别满意，姿势特别准确，手举得高高的，另外一些人似乎有些勉强，姿势也不准确。有些人跟读誓词的声音特别响亮，似乎带着一种寻衅的意味，仿佛是说：“我就要这样说，我就要这样说。”另一些人则低声嗫嚅着，跟不上司祭，一会儿好像害怕了，匆匆赶上去，却又超前了。有些人气势汹汹地紧紧攥着拳头，那模样像是怕丢了手中的宝贝，而另一些人手指一会儿松开，一会儿又捏拢。大家都觉得挺不自在，唯有司祭小老头儿毫不怀疑地坚信，自己在进行一项有益而重要的事业。宣誓之后，庭长让陪审员们选举一名首席陪审员。陪审员们纷纷起立，争先恐后地前往议事室。一进议事室，几乎所有的人立即都掏出烟抽上了。有人提议选那位仪表堂堂的先生当首席陪审员，大家当即都同意，于是扔掉烟蒂，踩灭烟头，他们又回到法庭里。当选的首席陪审员向庭长报告谁已当选，大家又都挤挤插插的，这个跨过那个的腿，那个越过这个的脚，回到那两排高背椅子上坐定。

一切都进行得准时、迅速、庄严，这种准确、有序和庄严显然给参与者带来满足，使他们更加坚信自己从事的是严肃而重大的社会工作。涅赫柳多夫此刻也有这种感觉。

陪审员们一落座，庭长便向他们宣布陪审员的权利、义务和责任。在说这番话的时候，庭长不停地变换着姿势，一会儿伸出左手支着桌子，一会儿伸出右手支着桌子，一会儿又仰靠在椅背上，一会儿斜靠在椅子的扶手上，一会儿将一叠纸弄弄整齐，一会儿摸摸裁纸刀，一会儿又摸摸那支铅笔。

按他的说法，他们的权利是：可以通过庭长向被告发问，可以拥有铅笔纸张，可以查看物证。他们的义务是公正审判，不得做假。他们的责任是：一旦泄露会议秘密，经查明向无关人员私通消息，他们必须接受惩罚。

大家都恭恭敬敬地专心听着。那个商人不停地向四周喷吐酒气，强压着才没大声打嗝，每听完一句话，都点点头表示赞同。

九

庭长说完陪审员的权利、义务和责任，转身对着被告。

“西蒙·卡尔京金，站起来。”他说。

西蒙神经质地跃起身来，两颊的肌肉抖动得更快了。

“您的名字？”

“西蒙·彼得罗夫·卡尔京金。”他爆豆似的急急说道，显然是早有准备。

“您的出身？”

“农民。”

“哪省、哪县人？”

“土拉省，克拉皮文县，库皮扬乡，博尔基村。”

“您的年龄？”

“三十三岁多了，生于一八……”

“宗教信仰？”

“我们都信俄罗斯教，东正教。”

“结过婚吗？”

“没有，老爷。”

“做什么工作？”

“我在‘马夫里塔尼亚’旅馆里当茶房。”

“以前受过审吗？”

“从来没有受过审，因为我们以前日子过……”

“以前没有受过审判？”

“上帝保佑，从来没有。”

“起诉书副本收到吗？”

“收到了。”

“坐下。叶夫菲米娅·伊万诺夫娜·博奇科娃。”庭长对下一个女被告说。

可是西蒙仍然站着，把博奇科娃遮住了。

“卡尔京金，坐下！”

卡尔京金还是站着。

“卡尔京金，坐下！”但是卡尔京金一直站着，直到民事执行吏跑上前，侧身低下头，不自然地瞪起双眼，用悲痛的语调低声说：“坐下！坐下！”他才坐下。

卡尔京金坐下的动作也像他刚才起立那样急遽。他把身上的长衣裹裹紧，两颊又开始无声地颤抖。

“您的名字？”庭长疲乏地叹了一口气，开始问第二个被告。他的目光并未盯着这个女被告，而是落在摊在面前的公文上查阅什么。对于庭长来说，这种案子司空见惯，他可以将两个案子合并审理，以加速审案进程。

博奇科娃年龄四十三岁，出身科洛缅斯科耶的小市民，职业也是“马夫里塔尼亚”旅馆的茶房。以前未受过审判和侦讯，起诉书副本已收到。博奇科娃应答十分大胆泼辣，语调抑扬顿挫的，仿佛每句话都有弦外之音：“是的，我叫叶夫菲米娅，对，博奇科娃，副本收到，我为此感到骄傲，我不允许任何人笑话我。”博奇科娃根本不等别人吩咐，问话一结束，马上就坐下。

“您的名字？”好色的庭长似乎特别亲切地问第三个被告。“应当站起来。”发现玛斯洛娃仍然坐着，他又温柔亲切地补充道。

玛斯洛娃赶忙站起来，流露出顺从的表情，高高挺起胸部，一双含笑盈盈的、微微斜睨的黑眼睛直视着庭长的脸，什么也没说。

“叫什么名字？”

“柳博芙。”她匆匆答道。

涅赫柳多夫戴着夹鼻眼镜[①]，随着庭长审问被告，细细打量着。“这绝不可能，”他心里想，目不转睛地盯着女被告。“但是她怎么也叫柳博芙呢？”听到她的回答，他又想。

庭长打算继续问下去，但是戴眼镜的法官气冲冲地嘟哝了一句，阻止了庭长。庭长点头表示同意，于是问女被告：

“怎么会是柳博芙？”他说。“您登记的是另一个名字。”

被告默不作声。

---

① 原文为英文。

“我问您，您的真名叫什么？”

“出生后起的本名叫什么？”那个怒气冲冲的法官问。

“以前叫卡捷琳娜。”

“这绝不可能，”涅赫柳多夫继续对自己说，但与此同时，他毫无疑问地明白，这是她，就是那个养女兼使女的姑娘，他曾有一段时间爱上了她，真心实意地爱她，可是后来中了邪似的昏头昏脑地诱奸了她，并将她抛弃，此后再也没有想到她，因为这种回忆太痛苦，会清清楚楚地揭露他的真实面目，会表明他这个深为自己的正派而自豪的人，对待这个女人非但不正派，而且是彻头彻尾的卑鄙下流。

的确，这是她。现在他已经看清了那个独特的、神秘的特点，这个特点能将一张脸与别的脸区别开，使这张脸成为独特的、唯一的、不能重复的脸。尽管这张脸苍白得不自然，而且变得丰满了，但是这个特点，可爱的、与众不同的特点，仍然表现在这张脸上，表现在嘴唇上，表现在微微乜斜的眼睛里，尤其表现在天真含笑的目光中，表现在不仅是脸上，而且在全身显露出来的顺从的表情中。

“您早就该这样说，”庭长仍然格外温柔地说，“父称呢？”

“我是私生女。”玛斯洛娃回答。

“那么按教父您的父称呢？”

“米哈伊洛娃。”

“她能干过什么坏事呢？”涅赫柳多夫这时继续琢磨着，他的呼吸有些急促了。

“姓什么？平常别人叫您什么？”庭长继续问。

“按母亲的姓，叫玛斯洛娃。”

“出身？”

“小市民。”

“信东正教？”

“东正教。”

“职业？什么工作？”

玛斯洛娃默然不语。

“什么工作？”庭长重复问道。

“在院里。”她说。

“在什么院里？”戴眼镜的法官厉声问道。

“您自己也知道在什么院里。”玛斯洛娃说着笑了，不过她蓦然回顾了一下，又定定地盯着庭长。

她的脸上出现了一种不同寻常的表情，在她说的这句话的含意中，在她的笑容和匆匆环顾法庭的目光中，有一种既可怕又可怜的味儿，庭长不禁低下了头，法庭上一时间鸦雀无声。旁听席上某人的笑声打破了这种寂静。有人发出了嘘声。庭长抬起头，又继续发问：

“以前没有受过审判和侦讯吗？”

“没有。”玛斯洛娃轻声说，叹了一口气。

“起诉书副本收到吗？”

“收到了。”

“坐下吧。”庭长说。

被告用一身盛装的妇女理理长裙后襟的动作提起身后的裙裾，坐下来，一双不大的、白净的手拢在长囚衣的袖子里，依旧目不转睛地望着庭长。

这以后便开始传证人，打发走证人，确定法医，将法医请到庭。接着，书记官站起来宣读起诉书。他读得又清楚又响亮，只是太快了，“Л”和“Р”两个字母都分不清，结果他的声音混合成一片连续不断的、催人昏睡的嗡嗡声。法官们时而靠在椅子左边的扶手上，时而靠在右边的扶手上，时而趴在桌子上，时而仰靠在椅背上；一会儿闭上眼睛，一会儿睁开眼睛，互相交头接耳。有个宪兵几次将开始痉挛、刚要打的哈欠压回去。

三个被告中卡尔京金的面颊上的肌肉仍在不停地颤抖。博奇科娃镇定自若地坐得笔直，偶尔将手指头伸到头巾里搔搔头皮。

玛斯洛娃一会儿纹丝不动地坐着听书记官宣读，眼睛望着书记官，一会儿全身颤抖，满脸通红，仿佛想起来反驳，过后只是沉重地叹息，改变一下两手搁的位置，环顾一下四周，重新又盯着书记官。

涅赫柳多夫坐在前排靠边第二把高椅上，他摘下夹鼻眼镜，望着玛斯洛娃，心中展开了复杂而又痛苦的活动。

十

起诉书内容如下：

“一八八×年一月十七日，‘马夫里塔尼亚’旅馆内一名旅客突然身亡，该旅客系库尔干城二等商人费拉蓬特·叶梅利亚诺维奇·斯梅利科夫。

“经当地第四警察分局法医验明，此人系过量饮用酒精饮料，引起心力衰竭而死亡。斯梅利科夫之尸体已经掩埋。

“数日之后，斯梅利科夫之同乡、友人、商人季莫欣，自彼得堡返回，获悉斯梅利科夫死亡前后种种情形，表示怀疑，声称此事系谋财害命之大案。

“此项怀疑业经预审证实，现已查明：（一）斯梅利科夫在死亡之前不久，自银行取出三千八百银卢布。然据财产保全程序查验死者财物所列清单内，仅有三百一十二卢布十六戈比。（二）斯梅利科夫临死前一天整夜均与妓女柳布卡（叶卡捷琳娜·玛斯洛娃）在妓院及‘马夫里塔尼亚’旅馆度过。叶卡捷琳娜·玛斯洛娃曾接受斯梅利科夫之委托，在其不在场之时，自妓院前往旅馆取钱，当着旅馆茶房叶夫菲米娅·博奇科娃与西蒙·卡尔京金之面，使用斯梅利科夫给予的钥匙，打

开皮箱，取出款项。玛斯洛娃打开皮箱之后，在场者博奇科娃与卡尔京金亲眼目睹箱内有百卢布大钞数沓。（三）斯梅利科夫与妓女柳布卡自妓院返回‘马夫里塔尼亚’旅馆，后者受茶房卡尔京金唆使，将卡尔京金所给之白色齑粉掺入一杯白兰地中，让斯梅利科夫喝下。（四）翌日上午，妓女柳布卡(叶卡捷琳娜·玛斯洛娃)将斯梅利科夫一枚钻石戒指变卖于其女掌班，即妓院业主及本案证人基塔耶娃，声称此戒指系斯梅利科夫所赠。（五）斯梅利科夫死亡翌日，‘马夫里塔尼亚’旅馆女茶房叶夫菲米娅·博奇科娃在本地商业银行个人活期存款账户上存入一千八百银卢布。

“经法医解剖尸体，化验内脏，死者斯梅利科夫肌体中确有毒剂无疑，据此，足以断定死亡确系中毒所致。

“玛斯洛娃、博奇科娃、卡尔京金作为被告，受审讯时均否认本人有罪。玛斯洛娃供认：她确实曾受斯梅利科夫派遣，从她所谓工作之妓院，赴‘马夫里塔尼亚’旅馆为商人取款，她用商人所给之钥匙，打开商人之皮箱，取出商人吩咐要取之数四十银卢布，并未多取分文，以上事实博奇科娃与卡尔京金均可证明，她开箱、关箱、取钱之际，二人均在现场。被告还供认，第二次进入商人斯梅利科夫客房之后，受卡尔京金唆使，她确实让商人喝下掺有一种齑粉之白兰地，她以为是安眠药，商人喝了可以入睡，早点放她回去。戒指系斯梅利科夫本人亲手所赠，当时他打了她，她哭着要走。

“叶夫菲米娅·博奇科娃表示，所谓失窃之钱款她一无所知，她从未进过商人房间，唯有柳布卡一人在那里张罗，如果商人钱物被窃，一切均系柳布卡携商人钥匙来取钱款之时所为。”读到此处，玛斯洛娃全身一震，她张着嘴，回头望着博奇科娃。“当法庭向叶夫菲米娅·博奇科娃出示存有一千八百银卢布之银行存折，”书记官继续念道，“问及她此大笔款项来源时，她供称，此系她与西蒙·卡尔京金十二年来之积蓄，她已打算嫁与西蒙。西蒙·卡尔京金初审时供称，他与博奇科娃受携钥匙自妓院来旅馆之玛斯洛娃之唆使，窃取商人钱款，并与玛斯洛娃、博奇科娃平分。”读到这里，玛斯洛娃又是全身一震，甚至跳起来，脸涨得通红，嘴里说着什么，但是民事执行吏将她按住了。“最后，”书记官接着念道，“卡尔京金供认，他曾将齑粉给予玛斯洛娃用以催眠商人；再次受审时否认参与盗窃钱款，否认曾将齑粉给予玛斯洛娃，且把一切罪行皆推给玛斯洛娃一人。关于博奇科娃存入银行之款项，他之供词如同博奇科娃，声称系二人在旅馆效力十二年之所得，系诸位旅客所给小费云云。”

此后起诉书分别列举了对质笔录，证人证词，鉴定人意见，等等。

起诉书最后的结论如下：

“综上所述，博尔基村农民西蒙·彼得罗夫·卡尔京金，三十三岁，小市民叶夫菲米娅·伊万诺夫娜·博奇科娃， 四十三岁， 小市民叶卡捷琳娜·米哈伊洛娃·玛斯洛娃，二十七岁，被指控于一八八×年一月十七日经共同预谋，窃取商人斯梅利科夫之钱款及戒指一枚，价值共计二千五百银卢布，并蓄意谋害商人性命，用毒酒灌醉斯梅利科夫，致使斯梅利科夫中毒身亡。

“此项罪行触及《刑法典》第一千四百五十三条第四款与第五款。因此，据刑事诉讼程序条例第二百零一条之规定，现将农民西蒙·卡尔京金、叶夫菲米娅、小市民叶卡捷琳娜·玛斯洛娃交由区法院会同陪审员审判。”

书记官终于宣读完毕这份冗长的起诉书，他收拾好文件，在他的座位上坐下，用双手理了理他的长发。大家都轻松地叹了一口气，愉快地意识到现在就要开始审讯，一切都会立即水落石出，正义也将得到伸张。只有涅赫柳多夫一个人没有这种愉快的感觉，他惊恐满腹，这个玛斯洛娃，十年前他所认识的那个天真可爱的小姑娘，竟然干出这样的事。

十一

起诉书宣读完毕，庭长与两位法官商量了一阵，然后转身对着卡尔京金，脸上的神情分明在说，现在我们就要把案子的详情细节一五一十弄个明白。

“农民西蒙·卡尔京金。”庭长将身体倾向左侧，开口说道。

西蒙·卡尔京金站起来，两手紧贴裤缝，全身前倾，面颊上的肌肉仍在不停地无声颤抖。

“您被指控于一八八×年一月十七日，伙同叶夫菲米娅·博奇科娃和叶卡捷琳娜·玛斯洛娃，盗窃商人斯梅利科夫皮箱中属于斯梅利科夫的钱款，然后取来砒霜，指使叶卡捷琳娜·玛斯洛娃放入酒中，让商人斯梅利科夫喝下，因而导致斯梅利科夫死亡。您承认自己有罪吗？”庭长说完将身体歪向右侧。

“绝不可能，因为我们的工作是侍候客人……”

“这些话您以后再说。您承认自己有罪吗？”

“绝对没有，老爷。我只是……”

“以后再说。您承认自己有罪吗？”庭长平静但又坚定地重复道。

“我不会干这种事，因为……”

民事执行吏又跳到西蒙·卡尔京金跟前，用悲痛的语调低声阻止他。

庭长露出此事到此结束的神情，将拿有公文的那只手的胳膊肘挪了一下位置，转身对叶夫菲米娅·博奇科娃说：

“叶夫菲米娅·博奇科娃，您被指控于一八八×年一月十七日，在‘马夫里塔尼亚’旅馆，与西蒙·卡尔京金、叶卡捷琳娜·玛斯洛娃合伙盗窃了商人斯梅利科夫放在皮箱中的钱款和戒指，并将其分赃，此后为掩盖罪行，你们用毒酒将斯梅利科夫灌醉，致使他中毒身亡。您承认自己有罪吗？”

“我没有任何罪过，”女被告坚定利落地说。“我连客房都没有进过……既然这个下贱女人进去过，那么事情就是她干的。”

“这些话您以后再说，”庭长照例温和而坚定地说，“那么您不承认自己有罪啰？”

“我没拿过钱，也没灌过酒，我连客房都没有进去过。要是有我在，我会撵走她。”

“您不承认自己有罪？”

“永远不承认。”

“很好。”

“叶卡捷琳娜·玛斯洛娃，”庭长开始问第三个被告，“您被指控带着商人斯梅利科夫的皮箱的钥匙，从妓院来到‘马夫里塔尼亚’旅馆，盗走皮箱内的钱款和戒指，”他像背书似的说道，同时将耳朵凑近左侧的法官，那个法官说，根据物证清单还缺一个玻璃瓶。“盗走皮箱内的钱款和戒指，”庭长又重复了一遍，“分赃后，您又与商人斯梅利科夫一道乘车来到‘马夫里塔尼亚’旅馆，您让斯梅利科夫喝下掺有毒药的酒，导致他死亡。您承认自己有罪吗？”

“我没有任何罪行，”她急促地说。“我原先怎么说，现在还怎么说：我没拿钱，我没拿钱，我没拿钱，我什么也没拿，戒指是他自己给我的……”

“您不承认自己犯有盗窃二千五百卢布钱款的罪行？”庭长问。

“我说过，除了四十卢布，我什么都没拿。”

“那么您承认自己犯有给商人斯梅利科夫喝掺有齑粉的酒的罪行吗？”

“这我承认。不过我以为像别人告诉我的，那是安眠药，喝了不会出什么事。我没有想到，也不想那样。对着上帝，我说一句：我不想那样。”她说。

“如此说来，您不承认自己犯有盗窃商人斯梅利科夫的钱款和戒指的罪行，”庭长说。“但是您承认您给商人喝了掺有齑粉的酒了？”

“应当承认，不过我以为是安眠药。我给他喝只是想让他睡觉。我不想，也没有想到要那么干。”

“很好，”庭长说，他显然对审问取得的结果感到满意。“那么您详细说说事情的经过，”他说，身子靠在椅背上，两只手搁在桌子上。“您把事情的经过原原本本说一遍。您从实招供，可以从轻发落。”

玛斯洛娃仍然直勾勾地望着庭长，默不作声。

“把事情的经过详细说说。”

“事情的经过？”玛斯洛娃突然开口匆匆说道。“我来到旅馆，他们把我带到房间里，他就在那里，醉得很厉害。”她说到“他”字，脸上露出特别恐惧的表情，双眼瞪得大大的。“我想离开，他不放我走。”

她沉默不语，似乎失去了思路，或者是想起了另一件事。

“那么后来呢？”

“后来有什么？后来我待了一会儿，就坐车回家了。”

这时候副检察官不自然地将一个胳膊肘支撑在桌上，欠起半个身子。

“您要提问吗？”庭长问，在得到副检察官肯定的答复后，他向副检察官示意，他把自己的提问权交给副检察官了。

“我想提一个问题：被告原先和西蒙·卡尔京金熟悉吗？”副检察官说，眼睛并不看玛斯洛娃。

提问后他紧闭双唇，皱起眉头。

庭长把问题重复了一遍。玛斯洛娃恐惧地盯着副检察官。

“和西蒙？原先就熟悉。”她说。

“现在我想知道，被告和卡尔京金的交情怎么样。他们常常见面吗？”

“交情怎么样？他常叫我去陪客人，这不是交情。”玛斯洛娃回答，眼睛不安地在副检察官和庭长之间来回打量。

“我想知道，为什么卡尔京金单单找玛斯洛娃去陪客人，而不找别的姑娘。”副检察官眯起双眼，脸带刻毒狡猾的微笑，说道。

“我不知道。我怎么知道，”玛斯洛娃回答，她惊恐地四下环顾了一下，目光在涅赫柳多夫身上停留了一下。“他想找谁，就找谁呗。”

“莫非她认出来了？”涅赫柳多夫惊慌地想道，他觉得血直往脸上涌。但是玛斯洛娃并没有认出他，她立即转过头，又带着惊恐的表情盯着副检察官。

“那么，被告否认自己同卡尔京金有过什么亲密关系啰？很好。我再没有什么要问了。”

副检察官立即把支在桌子上的胳膊肘放下来，并提笔记录着什么。实际上他什么也没记，只是用笔将记录本上原先写着的字母描了描。不过他以前见过检察官和律师们都这样做：在提过巧妙的问题之后，在自己的发言稿上添上一些肯定可以击败对方的记号。

庭长没有马上追问被告，因为这时候他正在问戴眼镜的法官，是否愿意将事先准备好并且记在纸上的问题提出来。

“接下去又怎样呢？”庭长继续提问。

“我回到家里，”玛斯洛娃接着说，已经比较大胆地望着庭长一个人，“把钱交给女掌班，就躺下睡觉。刚刚睡着，我们的姑娘别尔塔就把我叫醒：‘快去吧，你那个商人又来了。’我不想出门了，可是女掌班硬要我去。他就在这儿，”说到这个他字，她又带着明显的惊恐神色，“他不停地给我们姑娘们灌酒，后来他还想叫人去拿酒，可是他的钱用光了。女掌班信不过他。于是他就打发我去他住的旅馆。还告诉我，钱放在哪里，要取多少。我就去了。”

庭长这时正与左边的法官在悄声说话，没有听见玛斯洛娃说了什么，但是为了表明自己全都听清了，他把她说的最后几个词重复了一遍。

“您就去了。那么，又怎样了呢？”他说。

“到了那里，一切都按他吩咐的做了：我走进房间。不是独自一人走进房间，还叫上西蒙·米哈伊洛维奇和她。”她指着博奇科娃说道。

“她胡说，我压根儿就没进去……”博奇科娃刚开口说，就被人阻止。

“当着他俩的面，我取了四张红色的钞票。”玛斯洛娃皱着眉头不看博奇科娃，继续说道。

“那么，被告取出四十卢布时，是否看见里边有多少钱？”副检察官又发问。

副检察官刚向她提问，她就打了个哆嗦。玛斯洛娃虽不明白具体情况究竟如何，但觉得他有意要害她。

“我没有数，看见里边都是百卢布票面的钞票。”

“被告看见了百卢布票面的钞票……我没有别的话要说了。”

“那么，怎么样，把钱带回去了？”庭长瞧着怀表，继续发问。

“带回去了。”

“那么，后来呢？”庭长问。

“后来他又把我带回来。”玛斯洛娃说。

“那您是怎样把齑粉掺进酒里拿给他喝的呢？”

“怎样拿给他喝？撒在酒里，就端给他喝了呗。”

“您为什么要给他喝？”

她没有回答，只是沉重地、深深地叹了一口气。

“他一直不放我走，”她沉默了一阵说。“我被他折腾得疲乏不堪。我走到走廊里，对西蒙·米哈伊洛维奇说：‘他能放我走就好了。我累极了。’西蒙·米哈伊洛维奇说：‘我们也讨厌他。我们让他吃点安眠药，等他睡着，你就可以走了。’我说：‘好吧。’我想，这种齑粉没有毒性。他给了我一个小纸包。我回到房间，他正躺在间壁后面，当即吩咐我给他倒白兰地。我拿起桌子上的一瓶上等白兰地，倒了两杯，自己一杯，他一杯，在他的杯子里撒了齑粉，就端给他喝。要是知道那是毒药，难道我会给他喝？”

“那么戒指怎么到您手的呢？”庭长问。

“是他自己送给我的。”

“他什么时候送给您的？”

“我和他一到旅馆的房间，我就要走，他打我的脑袋，梳子也被打断了。我生气了，我要走。他摘下手指上的一枚戒指送给我，让我别走。”她说。

这时候副检察官再次欠起身子，又故作天真的姿态，请求允许他再提若干问题。得到允许后，他歪着竖在绣花领子上方的脑袋问：

“我想知道，被告在商人斯梅利科夫的房间里逗留了多长时间。”

玛斯洛娃又是一阵惊恐，不安地将目光从副检察官的脸上移到庭长的身上，急促地说：

“记不得待了多长时间了。”

“那么被告是否记得，离开商人斯梅利科夫以后，是否去过旅馆的其他地方？”

玛斯洛娃想了一会儿。

“去过隔壁的一个空房间。”她说。

“您去干什么？”副检察官饶有兴趣地直接问她。

“去理理身上的衣服，等马车。”

“那卡尔京金是否也和被告一起进房间了？”

“他也去了。”

“他去干什么？”

“商人剩下一些上等白兰地，我们一起喝掉了。”

“嚄，一起喝掉了。很好。”

“那么被告和西蒙说过话没有？说了些什么？”

玛斯洛娃突然皱起眉头，脸涨得通红，急急地说：

“说了些什么？我什么都没有说。当时的情形我全都说了，别的我什么都不知道。您要拿我怎么样？我没有罪，就是这样。”

“我再没有什么要问的了。”副检察官对庭长说，并且很别扭地耸起双肩，急匆匆地将被告承认自己和西蒙一起去过空房间的供词记在自己发言稿摘记本上。

接着是一阵沉默。

“您还有什么话要说？”

“我全都说了。”玛斯洛娃说，她叹了口气，坐下。

随后，庭长在公文纸上写了些什么，左边的法官悄声对他说了几句，于是他宣布休庭十分钟，自己赶忙站起来，走出法庭。原来，左边那位个儿高高、长着一双和善的大眼睛的大胡子法官刚刚对庭长说，他感到胃有点不舒服，想按摩按摩，再吃点药。他将此事告诉庭长，庭长根据他的要求宣布休庭。

在法官们之后，陪审员、律师、证人们也都站起身，他们意识到一件要案已经完成了一部分，于是心情愉快地到处走动。

涅赫柳多夫离开法庭来到陪审员议事室，在靠窗的位子上坐下来。

十二

的确，这个人是卡秋莎。

涅赫柳多夫和卡秋莎有过这样一段关系。

涅赫柳多夫第一次见到卡秋莎是在大学三年级，当时他为了写一篇关于土地所有制方面的论文，到两个姑妈家住了一个夏天。往年夏天，他和母亲、姐姐都住在莫斯科近郊的母亲的大庄园里。这一年他的姐姐出嫁了，母亲到国外的温泉疗养地去了。涅赫柳多夫必须写一篇论文，于是他决定到姑妈家去度夏。她们家的庭园幽深僻静，没有娱乐消遣，两个姑妈都很钟爱他这个侄子和遗产继承人，他也敬爱姑妈，喜爱她们那种旧式简朴的生活。

住在姑妈家的这个夏天，涅赫柳多夫体验到一种喜悦、激奋的心情。一个青年人，首次不经人指点，自己领悟到生活的全部美好与重要性，领会到生活赋予人类活动的全部重要意义，看到人类和整个世界达到无限完美的可能性，因而他不仅怀着希望，而且信心十足地致力于他认为是可以完全实现的完美。这一年，他在大学里已经读过斯宾塞的《社会静力学》，斯宾塞关于土地所有制的论述给他留下了深刻的印象，尤其是因为他是大地主的儿子。他的父亲不很富有，但是母亲获得了近万俄亩土地的陪嫁。他第一次懂得了土地私有制度的全部残酷和不公正，再说他又是一个把为道德需求而牺牲视为最高的精神享受的人，因此他决定不享受土地所有权，当时就把从父亲名下继承的土地赠送给农民。他现在写的论文就是论述这方面的问题。

这一年，他在乡间姑妈家的生活是这样度过的：他每天很早就起床，有时三点就起身，日出之前他去山脚下的河里洗澡，有时晨雾未散他就去了，回来的时候青草、花朵上还挂满露珠。上午他有时喝完咖啡便坐下来写论文，或者阅读与撰写论文有关的资料，但是他常常既不写作，也不阅读，而是再次出门到田野上和树林中散步。午饭前，他在花园里睡上一会儿，吃午饭时他便兴致勃勃地逗两位姑妈开心、满心欢喜。饭后骑马或者划船，傍晚或者看书，或者陪姑妈们坐坐，摆摆牌阵[①]。夜里，特别是月夜，他常常睡不着，因为心中汹涌着生活的巨大的快乐，有时他干脆不睡觉，带着他的理想和念头在花园里散步，直至

① 一种单人玩的纸牌游戏。

黎明。

在姑妈家的第一个月就这样快乐平静地过去了，他丝毫没有留意那个养女兼使女，步履匆匆、眼睛黑黑的卡秋莎。

这时候，在母亲羽翼下长大的十九岁的涅赫柳多夫还是一个十分纯洁的青年。他想望中的女人只能是妻子。凡是在他看来不可能成为他妻子的女人，对他说来，便不是女人，而是人。可是事情发生了转折，在这个夏天，在耶稣升天节，姑妈的女邻居带着自己的孩子来姑妈家玩，其中有两个小姐，一个男中学生，还有一个客居于他们家的农民出身的青年画家。

吃过茶点之后，他们在屋前割过草的草坪上玩“捉人”游戏[1]。他们带卡秋莎一起玩。几轮过后，轮到涅赫柳多夫和卡秋莎一起跑。涅赫柳多夫以往见到卡秋莎，总感到愉快，但是他压根儿就没想到过他与她之间会发生什么特殊的关系。

“唉，现在这两个人无论如何也捉不到了，”现在担任“捉人”角色的快乐的画家说，他能跑得很快，虽长着两条很短的罗圈腿，但这双农民的腿脚很有劲。“除非他们自己磕绊跌倒在地。”

“您是捉不到的！”

“一，二，三！”

他们击了三下掌。卡秋莎勉强忍住笑，迅速和涅赫柳多夫交换位置，伸出粗糙有力的小手，握了握他的大手，朝左边撒腿就跑，她身上那浆过的裙子发出窸窸窣窣的响声。

涅赫柳多夫飞快地奔跑，他不想让画家捉住，竭尽全力地跑着。他回头一看，看见画家在追赶卡秋莎，而她那双年轻而富有弹性的腿快速运动着，她不愿被他捉住，朝左边飞奔。前面有一个丁香花坛，谁也不

---

① 游戏时由前立的一人捉后面轮次分跑的两人中的一个，捉到算赢，如果分跑两人在再度会合握手前未被捉到，则前者输，后者赢。

向花坛后边跑，这时卡秋莎回头看了涅赫柳多夫一眼，向他点头示意，到花坛后边会合。他明白了她的意思，朝丁香花丛后边跑去。但是花丛后边有一条小沟，长满荨麻，涅赫柳多夫不知道，脚下一绊，摔倒在沟里。他的双手被荨麻刺疼了，还沾满了傍晚的露水。不过，他摔倒后立即又爬起来，自嘲地笑笑，拍拍身上的衣服，跑到空地上去了。

卡秋莎满面笑容，像湿润的醋栗一样的黑眼睛闪闪发亮，朝他飞奔而来。他俩跑到一起，互相握住手。①

“您受伤了吧，我想。”她说，用空着的那只手理了一下松散的发辫，喘着粗气，微笑着仰面直视着他。

“我不知道这里有一条沟。”他也含笑地说，没有放开她的手。

她往他身边靠了靠，他也情不自禁地把脸凑近她；她并不避开，他将她的手握得更紧，吻了吻她的嘴唇。

“你这是怎么了！”她说着猛地挣脱自己的手，从他身边跑开了。

她跑到丁香花丛跟前，折了两枝已经凋谢的白丁香花，用它们轻轻拍打发烫的脸，回头望了他一眼，然后灵活地朝前面挥挥手，转身向游戏的其他同伴走去。

从此以后，涅赫柳多夫和卡秋莎之间的关系发生了变化，成了纯洁无邪的青年与同样纯洁无邪的少女之间互相爱慕时常有的那种特殊关系。

每当卡秋莎走进房间，甚至远远看见她的白围裙，涅赫柳多夫就觉得，一切仿佛都被阳光照亮，一切都变得更有趣、更快乐、更有意义，生活变得更令人兴奋。卡秋莎也有同样的感觉。但是，不仅是卡秋莎在场或者在附近时会对涅赫柳多夫产生这样的作用，只要一想到有卡秋莎这个人，他便有这种感觉。而对卡秋莎也是一样，只要一想到世上有涅

---

①在“捉人”游戏中，被追的两个人在追者捉住他们之前会合、握手，就算胜了。

赫柳多夫这个人，她也有那种感觉。涅赫柳多夫收到母亲写来的不愉快的信也罢，论文写得不顺利也罢，心中出现青年人莫名的烦恼也罢，只要想到世上有卡秋莎，想到他马上就会见到她，那么一切不快和烦恼都会烟消云散。

卡秋莎在家里有许许多多事情要做，但是她总能把所有事情及时做完，腾出时间看书。涅赫柳多夫把自己刚刚读完的陀思妥耶夫斯基和屠格涅夫的作品拿给她看。她最喜爱的书是屠格涅夫的《世外桃源》。他们只能在相遇时短促地交谈几句，比如在走廊里、阳台上、院子里，有时在姑妈的老女仆玛特廖娜·帕夫洛夫娜的房间里，因为卡秋莎与老女仆住在一起，涅赫柳多夫偶尔到小屋里来，就着糖块喝茶。有玛特廖娜·帕夫洛夫娜在场，他俩交谈就特别愉快。要是光是他们两人，那么说话就挺别扭。这时候眼睛就开始说话，眼睛说的与嘴上说的完全是两码事，而且比嘴上说的重要得多，嘴唇这时就嘟起来，心里一害怕，于是他们就赶紧分开了。

涅赫柳多夫与卡秋莎之间的这种关系，在他第一次住在姑妈家的那段时间里，始终这样保持着。两位姑妈察觉这种关系，心中甚是害怕，甚至写信到国外，把此事告诉叶莲娜·伊万诺夫娜公爵夫人——涅赫柳多夫的母亲。玛丽娅·伊万诺夫娜姑妈担心德米特里与卡秋莎发生暧昧关系，但是她这是瞎操心，因为涅赫柳多夫自己还不知道爱上了卡秋莎，就像那些纯洁无邪的人相爱时那样，他的这种爱正是使他和她避免堕落的主要屏障。他不仅没有在肉体上占有她的愿望，而且想到与她有可能产生那种关系，就胆战心惊。可好幻想的索菲娅·伊万诺夫娜的忧虑倒是更有充分的理由，她担心性格严整、果断的德米特里爱上姑娘后，会不顾她的出身和地位，毫不犹豫地与她结婚。

如果涅赫柳多夫当时清楚地意识到自己对卡秋莎的爱情，特别是如果当时有人劝说他，无论如何他不能、也不该把自己的命运与这样的姑娘联结在一起，那么事情完全有可能这样： 一向率直的他会认定，如果他爱她，那么不管她是什么样的人，他都没有任何理由不跟她结婚。可是两个姑妈并未对他明说她们的忧虑，所以他并未意识到自己爱上了姑娘，他就这样走了。

他深信，他对卡秋莎的这种感情，只是当时他全身心充溢着的生活快乐感的一种表现，而这个活泼可爱的小姑娘也有与他同样的感情。当他临别上车，看到卡秋莎和姑妈一起站在门廊上，用那双满含泪水、微微斜睨的黑眼睛目送他的时候，他才觉得自己正在失去一种美好、珍贵、一去不复返的东西。他感到无比惆怅。

“再见了，卡秋莎，谢谢你为我所做的一切。”他隔着索菲娅·伊万诺夫娜的包发帽说，他坐上马车。

“再见，德米特里·伊万诺维奇。”她用甜润悦耳的声音说，强忍着满眶的泪水跑进前厅，在那里她可以痛痛快快地大哭。

十三

从那时起，接连三年涅赫柳多夫没能和卡秋莎见面。他们再见面的时候，他已被提升为军官，在去军队的路上顺便来看望姑妈，这时的他与三年前在她们家度夏的他已经是判若两人。

原先他是一个正直而富有自我牺牲精神的青年，随时准备为任何美好的事业献身。如今他成了贪淫好色的极端利己主义者，一心只顾自己享乐。原先上帝创造的世界对他是一个秘密，他怀着极大的热情竭力想解开这个秘密，如今生活中的一切都简单明白，一切都由他在其中生活的条件所确定。原先他认为与大自然交往，与在他以前生活、思想、感觉的人们（哲学家、诗人）交流十分必需和重要，如今必需和重要的是各种人事关系和人际交往。原先女人是神秘的，并以其神秘而迷人，如今女人，除了他的家属和朋友的妻子，所有女人的作用已经十分明确：

女人不过是他尝试过的那种享乐的最好工具。原先他不需要钱，母亲给的钱连三分之一都用不了，他可以拒绝继承父亲的田产，把田地分给农民，如今母亲每月给他一千五百卢布他都不够用，每每为钱多钱少与母亲发生不愉快的争执。原先他认为，自己的精神存在是真正的我，如今他认为，强健、勃发的动物的我才是他自己。

他之所以发生这种可怕的变化，是因为他不再相信自己而开始相信别人。他不再相信自己而开始相信别人，则是因为相信自己，生活过得实在太艰难：如果相信自己，那么所有问题就得亲自解决，解决起来往往对于追求轻松快乐的动物的我不利，甚至几乎总是相对立；相信别人，那么不需要解决任何问题，一切都已解决妥当，而且解决得总是不利于精神的我而有利于动物的我。不仅如此，相信自己，他总是遭到人们的谴责，相信别人，他常常受到周围的人的称赞。

比如，涅赫柳多夫思考有关上帝、真理、财富、贫穷等问题，阅读有关书刊，谈论这类问题的时候，周围所有的人都认为，这不合时宜，有点儿荒谬可笑，母亲和姑妈善意地讽刺他，称他为“我们喜爱的哲学家”。他读长篇小说，讲淫秽笑话，到法国剧院看滑稽可笑的轻松喜剧，兴致勃勃地述说剧中情节的时候，大家全都夸奖他，赞扬他。他认为有必要减少开支而穿旧军大衣、不喝酒的时候，大家便认为这是脾气怪僻，别出心裁；他耗费大笔大笔钱款置办猎具猎装，装饰布置异常豪华的书房的时候，人们纷纷夸他趣味高雅，送给他贵重物品。他原先保持童贞，并打算一直保持到结婚，这时家属亲友便为他身体担忧，后来母亲听说他已成了真正的男子汉，从同事手里将一个法国太太争夺到手，她不但不感到痛心，反而大为高兴。这位公爵夫人想到儿子同卡秋莎的这段插曲，想到他居然考虑同她结婚，不能不感到可怕。

同样，涅赫柳多夫达到法定成年人的年龄之后，把从父亲名下继承的一块不大的土地赠送给农民，因为他认为占有土地是不公正的，他的这个举动使得母亲和亲友大惊失色，成了所有亲戚责难、讥笑他的口实。人们喋喋不休地对他说，农民得到土地后，不仅未能致富，反而更加贫穷，因为他们开了三家小酒馆，自己根本不干活了。涅赫柳多夫加入近卫军之后，同一帮门第高贵的同事一道花天酒地，吃喝嫖赌，弄得叶莲娜·伊万诺夫娜不得不动用存款，这时候她几乎也不伤心，认为是人之常情，甚至认为年轻时在上流社会种一次牛痘反而是好事。

起初，涅赫柳多夫也作过抗争，但是实在太艰难，因为相信自己的时候，凡是他认为是好事，别人都认为是坏事，相反，凡是他认为是坏事，周围所有人都认为是好事。结果，涅赫柳多夫屈服了，他不再相信自己，转而相信别人。开始一段时间，这种对自己的否认是不愉快的，不过这种不愉快的感觉持续的时间不很长，并且在此期间他开始抽烟喝酒，不再有这种不愉快的感觉，甚至感到十分轻松。

涅赫柳多夫生性富有激情，他彻底地沉湎于这种受他周围所有人所称道的新的生活，完全压制了他内心那个要求他改弦易辙的声音。这一变化始于他抵达彼得堡之后，完成于他进入军界之时。

军役本身就促使人堕落，它置服役者于完全无所事事的条件之中，也就是说，让他们脱离理智而有益的劳动，解除他们本该承担的人类共同的义务，代之以假定的荣誉，团队的、军服的、军旗的荣誉，一方面给予他们统治别人的无限权力，另一方面要求他们像奴隶一样，绝对服从自己的上峰。

服军役本身就追求军服、军旗的荣誉，允许强暴和屠杀，具有一般的堕落，而在经过精心挑选的近卫军团队的环境中，只有家财豪富、门第显赫的军官方能在其中服役的团队中，则另加一种堕落，那就是财富和接近皇室而造成的堕落。这种堕落使陷于其中的人达到利己主义的彻底疯狂的状态。涅赫柳多夫自从进入军界服役便处于这样的疯狂状态，他开始像他的同事一样生活。

他没有任何正经事要做，只是穿上由别人缝制、由别人洗刷干净的漂亮军服，戴上头盔，拿着也是由别人制造、擦拭和交予他的武器，骑上同样由别人养大、调教和饲养的现成的骏马，带着那些人去参加训练或检阅，也就是纵马奔驰、挥舞军刀、开枪射击，并且将这一套武艺教给别人。这种训练一成不变，可是那些达官贵人，无论年轻人还是老头儿，还有沙皇及其亲信，不仅赞成这种训练，而且还因这种训练而夸奖他，感谢他。训练结束后，最好、最重要的事情，就是拥到军官俱乐部或最昂贵的饭店里大吃大喝，特别是痛饮，大把大把地挥霍不问来路的金钱，然后是看戏、跳舞、玩女人。此后又是纵马奔驰、挥舞军刀，又是挥霍钱财、喝酒、打牌、玩女人。

这样的生活对于军人具有特别厉害的腐化作用，因为如果是普通百姓过这样的生活，其内心深处不会不对这种生活感到羞耻。可是军人认为，这是理所当然，他们夸耀这种生活，并为这种生活感到骄傲，尤其是在战争时期，就像涅赫柳多夫遇到的那样，他入伍时正是对土耳其宣战之后。“我们随时准备在战场上牺牲生命，所以这种无忧无虑的快乐生活对于我们不但是情有可原，而且是必不可少的。所以我们才过这种生活。”

涅赫柳多夫在自己生活的这个时期，思想就是这样模模糊糊的，在整个这段时间里，他感觉到在摆脱了原先给自己设置的所有道德羁绊之后的欢乐，始终处在持续的利己主义的疯狂状态之中。

三年之后，他顺路去探望姑妈时仍然处于这种状态。

十四

涅赫柳多夫去探望两个姑妈，是因为她们的庄园位于已开赴前方的他的团队驻地的必经之路上，另外，姑妈们一再热情相邀，然而，更主要的是想和卡秋莎见面。也许在他的内心深处已经对卡秋莎起了歹念，现在已经放荡不羁的动物的人向他悄声提示过，不过他并未意识到有这种企图。他只是想去原先感到可心的地方待一阵，见一见两个有点可笑、但又可亲的好心肠的姑妈，她们以往总是让他处于他所不觉的爱怜和赞美的氛围中；他也想见见卡秋莎，关于她只留下一种愉快的回忆了。

他是在三月底基督受难日这个星期五到达的。路上泥泞不堪，下着倾盆大雨，到达姑妈家时他已全身透湿，冻得浑身发僵，但是他仍然朝气蓬勃、精神焕发，就像这段时期他一直感觉的那样。“她还在她们家吗？”他暗自想道，这时马车驶入他所熟悉的姑妈家的老式地主庄园的院子，院子打着砖墙围，院子里还堆着从房顶上掉下来的积雪。他预料听到他的马车的铃铛声，她会跑到外面的门廊上，可是只有两个光脚板的女人腰里掖着裙裾，手里提着水桶来到边门的门廊上，她俩显然是在擦地板。正门的门廊上也不见她，出来的只有男仆吉洪，他也系着围裙，大概也在忙着擦地板。索菲娅·伊万诺夫娜来到前厅，她穿着丝绸连衣裙，戴着包发帽。

“太好了，你到底来了！”索菲娅·伊万诺夫娜说着，吻了吻他。“玛申卡[①]有点不舒服，在教堂里累的。我们领过圣餐了。”

“祝贺您，索尼娅[②]姑妈，”涅赫柳多夫说着，吻了吻索菲娅·伊万诺夫娜的手。“请原谅，把您的衣服沾湿了。”

“快到你的房间里去，你浑身湿透了。你都长小胡子了……卡秋莎！卡秋莎！快给他端咖啡。”

“马上就来！”走廊里传来了熟悉悦耳的声音。

涅赫柳多夫兴奋得连心都揪紧了。“她在这里！”仿佛太阳从乌云里露出脸来。他随着吉洪喜盈盈地去他原先住过的房间换衣服。

涅赫柳多夫本想向吉洪打听卡秋莎的事：她身体好吗？日子过得

---

①玛申卡是玛丽娅的爱称。

②索尼娅是索菲娅的爱称。

怎样？是不是要出嫁了？可是吉洪的态度那样毕恭毕敬，而且那样一本正经，在涅赫柳多夫洗手的时候，他那么固执地要亲自拧开悬壶洗手器给他倒水，使得涅赫柳多夫不好意思向他打听卡秋莎的情况，只是问了问他的孙子一向可好，那匹名叫“老兄”的公马怎么样了，看家狗波尔康又怎么样了。他们都活着，都挺健康，只有波尔康去年得了恐水症。

涅赫柳多夫脱下所有的湿衣服，刚刚穿上干净的衣服，就听见了急促的脚步声，随后是敲门声。涅赫柳多夫听得出是谁的脚步声和敲门声。这样走路和敲门的只能是她。

他披上湿的军大衣，走到门口。

“请进！”

果然是她，卡秋莎。一切都跟从前一样，只是比以前更加妩媚可爱了。那双含着笑意、天真无邪、微微斜视的黑眼睛依然这样自下往上地望着他。她像往昔一样，系着干干净净的白围裙。她从姑妈那边拿来一块刚刚打开包装纸的香皂和两条毛巾，一条是俄国式的大浴巾，另一条是毛茸茸的面巾。无论是从未用过的印字清楚的香皂，还是毛巾，还是她本人，一切都是同样地干净、清新、完整、招人喜爱。她那可爱坚毅的红唇依然像以往那样，看到他时因难以克制的喜悦而紧抿着。

“德米特里·伊万诺维奇，欢迎您！”她费劲地说道，脸上泛起了红晕。

“你好……您好！”他不知道该称“你”，还是“您”，因而也像她那样满脸通红。“您好吗？您身体好吗？”

“很好……姑妈让我给您送来您喜爱的香皂，玫瑰香的。”她说，她把香皂放在桌子上，把毛巾搭在圈椅的扶手上。

“客人自己有，”吉洪骄傲地指着已经打开的涅赫柳多夫的化妆用品箱说，仿佛是在捍卫客人的独立性。这个大箱子里有许多银盖子的瓶子、刷子、发蜡、香水以及各种各样的化妆用品。

“请替我谢谢姑妈。我多么高兴，我又来到这里。”涅赫柳多夫说，觉得心里又变得像以往那样开朗、温柔。

她听了这些话，只是微微一笑作为回答，然后就出去了。

以往一向喜爱涅赫柳多夫的两个姑妈，这次见到他，喜悦之情非同往常。德米特里这次是奔赴战场，在战场上他可能受伤，也可能阵亡。这就触动了两个姑妈的怜悯心。

涅赫柳多夫原来安排的旅程只能在姑妈家待一昼夜，可是见到卡秋莎后，他就同意在姑妈家过复活节。到复活节还得等两天，于是他打电报给他的朋友和同事申博克，让他也到姑妈家来，而原先他们约好在敖德萨会合。

从看见卡秋莎的头一天起，他又体验到原先对她的那种感情。他像往昔那样，现在看到卡秋莎的白围裙他依然不能不激动，听到她的脚步声、说话声、笑声，他不能不感到喜悦，望着她那像湿润的醋栗一样的黑眼睛，特别是在含笑的时候，他不能不感动，更主要的是，她遇到他，脸上便泛起红晕，这使他见了不得不发窘。他感到他在恋爱，但不像从前，从前这种爱情对于他是一种秘密，他自己也不敢承认他在恋爱，他坚信恋爱只能一次；现在他恋爱了，他知道自己在恋爱，并为此而高兴，他隐隐约约地知道这种恋情是怎么回事，将会有怎样的结局，尽管他对自己隐瞒。

涅赫柳多夫像所有人一样，身上有两个人。一个是精神上的人，这个人寻求的是给别人也带来幸福的那种幸福。还有一个是动物的人，这个人寻求的只是自己个人的幸福，为了这种幸福，他随时可以牺牲天下所有人的幸福。彼得堡生活和军队生活唤起了他心中的极端利己主义，在这极端利己主义疯狂时期，他身上的这个动物的人占据了统治地位，并且完全压制了精神的人。但是见到卡秋莎后，他又产生了昔日对于卡秋莎的那种感情，这时候精神上的人抬起头来，声明自己的权利。在复活节前这两天中，在涅赫柳多夫身上一刻不停地进行着他本人也未意识到的内心斗争。

他在内心深处明白，他应该离去，现在他没有必要留在姑妈家，他知道这不可能有什么好结果，但是这些话他并没有对自己说，他留下来了，并为此感到高兴。

在基督复活节前夜，星期六晚上，司祭带着助祭和诵经士乘雪橇来这里做晨祷，据他们说，他们是经过水塘和干地好不容易才走完教堂到姑妈家的那三俄里路的。

涅赫柳多夫和两个姑妈、女仆们站着做完晨祷，他目不转睛地望着卡秋莎，她站在门边，送来一个个手提香炉。他按东正教过复活节的习俗，同司祭、姑妈们互吻了三次，准备去睡觉，这时他听见玛丽娅·伊万诺夫娜的老女仆玛特廖娜·帕夫洛夫娜在走廊里打算和卡秋莎一起去教堂，为甜面包和甜奶酪饼净化。“我也去。”他心想。

去教堂没有大路，既不能坐马车，也不能乘雪橇。因此，在姑妈家跟在自己家一样随便的涅赫柳多夫，吩咐为他备好那匹名叫“老兄”的公马，他不再上床睡觉，而是换上十分漂亮的军服和紧身马裤，外面穿上军大衣，跨上那匹肥壮、沉重、不住地嘶鸣的老公马，摸黑穿越水塘、踏着积雪去教堂。

十五

这次晨祷在涅赫柳多夫一生中留下了鲜明、强烈的印象。

一路上只有偶尔几堆残雪在黑暗中泛着白光，他骑着那匹看见教堂四周的点点灯火便竖起耳朵的公马，蹚过一片片水洼，来到教堂的院子，这时教堂里的礼拜已经开始了。

认识玛丽娅·伊万诺夫娜的侄子的几个农民，领他到干燥的地方下马，为他拴好马，带他走进教堂。教堂里已经挤满了过节的人。

右边是庄稼汉，老头儿都穿土布长衣和树皮鞋，脚上包着干净的白

色脚布，小伙子们穿着粗呢长衣，腰里束着色彩鲜艳的宽腰带，脚上蹬着靴子。左边是妇女，她们头上裹着红色的丝绸头巾，身穿配有鲜红袖子的棉绒小袄，下穿蓝色、绿色、红色或杂色的裙子，脚蹬打了掌的短皮靴。朴素的老太婆们站在她们后边，老太婆都裹白色头巾，身穿灰色长衣和老式的毛织裙子，脚蹬平底鞋或新树皮鞋。这两群人中还夹杂着一些穿得漂漂亮亮、头上抹得油光光的小孩。男人们画着十字，鞠躬，不时地往后甩头发。妇女们，特别是老太婆，都用暗淡无光的眼睛定定地望着四周点着蜡烛的圣像，将撮起的手指使劲在头巾遮住的额头、两肩和腹部点着，嘴里念念有词，她们或弯腰站着，或者跪倒在地。那些孩子看到旁人注意他们，便都模仿大人一本正经地做祈祷。镀金的圣像壁被大大小小的蜡烛照得金光闪闪，那些小蜡烛围着包金的大蜡烛，插满了枝形大烛台。从唱诗班那里传来了业余歌手欢乐的歌声，其中夹杂着粗野的男低音和尖细的童声。

涅赫柳多夫朝前面走去。教堂中央站着上层人物，其中有一对地主夫妇和他们穿水兵服的儿子，警察局长，电报员，穿靴子的商人，佩戴奖章的军士。读经台右边，在地主太太身后站着玛特廖娜·帕夫洛夫娜和卡秋莎。玛特廖娜·帕夫洛夫娜穿着亮闪闪的淡紫色连衣裙，披着饰有流苏的白色披肩，卡秋莎穿着腰上打有细褶的白色连衣裙，系着浅蓝色的腰带，黑头发上扎着一个红色蝴蝶结。

一切都富有节日的气氛，一切都是那样庄严、欢乐、美好。司祭们穿着鲜亮的银圣衣，挂着金色的十字架，助祭和诵经士穿着银丝线和金丝线织成的圣衣。业余歌手身穿节日盛装，头发都抹过油。节日的颂歌听起来就像欢乐的舞曲。司祭们手举插有三支蜡烛的、饰有花朵的烛台，不停地向人们祝福，一遍又一遍地欢呼："基督复活了！基督复活了！"所有这一切都是那样美好，然而，最美好的是穿着白色连衣裙、系着浅蓝色腰带、黑头发上扎着红蝴蝶结、眼睛里闪耀着喜悦的光芒的卡秋莎。

涅赫柳多夫感觉到，她虽然没有回头张望，但是已经看见他了。他在走向祭坛经过她身旁时看出这一点。他本来没有什么话可以对她说，但在经过她身旁时，他终于想出话来，于是对她说：

“姑妈说，做完晚祷，她就开斋。”

像往常看见他时那样，青春的血液又涌上她那张可爱的脸，那双黑眼睛流露出欢乐的笑意，自下而上地、天真地望着涅赫柳多夫。

“我知道。”她笑着说。

这时候一个诵经士手持铜质咖啡壶，挤过人群，在经过卡秋莎身边时，眼睛没有看着她，圣衣的衣襟擦着了她。诵经士显然出于对涅赫柳多夫的尊敬，想从他身边绕过去，结果擦着了卡秋莎。涅赫柳多夫感到惊奇，这个诵经士竟然不懂得，这里的一切，乃至世上的一切，仅仅只为卡秋莎而存在，对于世上的一切都可以漠视，唯独对她不能轻视，因为她是一切的中心。金圣像壁为她金光闪烁，大小烛台上的所有蜡烛为她大放光明，为了她，人们欢乐地唱着：“基督复活节到了，欢乐吧，人们！”世上一切美好的东西都为她而存在。他觉得，卡秋莎本人也明白，一切都为了她而存在。涅赫柳多夫看到她那穿着带有褶皱的白色连衣裙的匀称苗条的身材，看到她神情专注、喜气洋洋的脸，心中便产生了这样的感觉。他从她脸上的表情看出，她心中唱的与他心中唱的完全是同一首歌。

在晨祷与晚祷之间的那个间歇，涅赫柳多夫走出教堂。人们在他面前让出一条路，纷纷向他鞠躬行礼。有些人认识他，另外一些人则问：“他是谁家的？”他在教堂门前的台阶上站住，乞丐们围住他，他把钱夹里的零钱统统分给乞丐，然后走下台阶。

天色已经大亮了，四周的景物已经看得分明，但是太阳还未升起。人们分散在教堂四周的墓地上。卡秋莎留在教堂里，涅赫柳多夫便停下来等她。

人们不断地从教堂里出来，靴底的铁钉敲击着石板，他们走下台阶，散到教堂的院子里和墓地上。

玛丽娅·伊万诺夫娜的点心师，一个脑袋不停地摇晃的龙钟老人拦住了他，按复活节的习俗与他互吻了三次。点心师的妻子头上扎着绸头巾，是个小脸皱成一团的老太婆，她从手帕里取出一个红里泛黄的鸡蛋，送给涅赫柳多夫。这时一个年轻健壮的农民，身穿紧身小袄，腰里系着绿色宽腰带，笑吟吟地走上前来。

“基督复活了。”他说，双眼含着笑意，走到涅赫柳多夫跟前，浑身散发着农民所特有的令人愉快的气味，用他那坚实湿润的嘴唇对着涅赫柳多夫的嘴唇的正中吻了三次，那拳曲的大胡子蹭得他痒痒的。

正当涅赫柳多夫与青年农民亲吻，收下他给的深棕色鸡蛋的时候，玛特廖娜·帕夫洛夫娜的闪亮的连衣裙和那个黑发上扎着红蝴蝶结的可爱的小脑袋出现了。

她从走在她前面的人们的头顶上立即看见了他，他也看见她满脸放光。

他们和玛特廖娜·帕夫洛夫娜一起来到台阶上，停在那里向乞丐撒钱。一个鼻子烂得只剩下一个小红疤的乞丐，走到卡秋莎面前。她从手帕里取出一样东西递给他，然后靠近他，丝毫没有厌恶，相反，两眼闪着同样喜悦的光芒，吻了他三次。就在她吻乞丐的时候，她的目光与涅赫柳多夫的目光相遇了。她似乎在问他，她这样做对吗？好吗？

“对，对，亲爱的，一切都很好，一切都很美，我喜欢这样。”

她俩一起走下台阶，他来到她跟前。他不想按复活节的习俗吻她，只想和她靠得更近些。

“基督复活了！”玛特廖娜·帕夫洛夫娜微微低下头，笑着说，她的语调似在说，今天我们大家都平等了。她用卷成一团的手帕将嘴擦干净，将嘴唇伸向涅赫柳多夫。

“真的复活了。”涅赫柳多夫回答，吻着她的嘴唇。

他回过头看着卡秋莎。她顿时满脸通红，同时向他身边靠近。

“基督复活了，德米特里·伊万诺维奇。”

“真的复活了。”他说。他们互相吻了两次，似乎停下来在考虑，该不该再吻，似乎考虑成熟了，认为应该再吻，于是又吻了第三次，然后两人都笑了。

“你们不是去找司祭吗？”涅赫柳多夫问。

“不，德米特里·伊万诺维奇，我们就在这里坐一会儿。”卡秋莎说，仿佛是在愉快的劳动之后，用整个胸部深深地呼吸着，同时用她那双温顺、贞洁、充满爱意的、微微斜睨的眼睛直视着他。

男女之间的爱情总有达到顶点的那个时刻，这时候的爱情既没有任何自觉的、理性的成分，也没有任何肉欲的成分。对于涅赫柳多夫来说，这个基督复活节的夜晚就是这样的时刻。涅赫柳多夫现在回忆起卡秋莎来，这个时刻的卡秋莎的形象盖过其他各种场合他所见到的卡秋莎。头发乌黑、平滑、放光的小脑袋，带褶皱的白色连衣裙恰到好处地裹着她那匀称苗条的腰身和隆得不高的胸脯，她脸上这种红晕，她那双因一夜未眠而微微斜睨的、温顺的、亮闪闪的黑眼睛，还有她全身上下体现出来的两个主要特点：清纯贞洁的爱情爱的不仅是他（他已知道，她爱他），而且爱世上所有的人和物，不仅爱世上所有美好的事物，而且也爱她吻过的那个乞丐。

他了解她心中的这种爱，因为这一夜和这个早晨，他感到自己心中也有这样的爱，他意识到，他和她在这样的爱情中融合成一体。

如果一切都停留在这一夜的那种感情上，那该多么好啊！“是啊，可怕的事情是在基督复活节夜晚之后发生的！”现在他坐在陪审员议事室的窗口，这样想道。

十六

从教堂回来后，涅赫柳多夫和两个姑妈一起开斋，为了提神，他按在军队里养成的习惯，喝了伏特加和葡萄酒。回到自己房间后，他和衣倒下便睡。一阵敲门声将他惊醒。他听出是她敲门，于是坐起来，揉了揉眼睛，伸了个懒腰。

“卡秋莎，是你吗？进来吧。”他边起床边说。

她推开一道门缝。

“让您去吃饭。”她说。

她仍然穿着白色连衣裙，不过头上没扎蝴蝶结。她看了一眼他的眼睛，喜笑颜开的，倒像是来报告一个不同寻常的喜讯。

“我马上就来。”他回答，抓起一把梳子，梳梳头。

她站在那里没有走。他发觉后，扔下梳子朝她走去。然而就在这时候，她一个急转身，迈着平常那样轻快的步子，踏着走廊上的花条布地毯走了。

“我真蠢，”涅赫柳多夫对自己说，“我为什么不留住她？”

他追出去，在走廊里追上了她。

他要对她怎么样，他自己也不知道。不过他觉得，在她朝他房间走来时，他想做一件事，做一件别人在这种场合都会做的事，可是他没有做成。

“卡秋莎，等一等。”他说。

她回过头来望着他。

“您有什么事？”她停住脚步，说。

“没什么事，不过……”

他竭力勉励自己，想到别人处在他的地位在这种场合会怎么做，于是伸手搂住卡秋莎的腰。

她站住了，瞧了一眼他的眼睛。

“别这样，德米特里·伊万诺维奇，别这样。”她说，急得满脸绯红，眼泪就要夺眶而出，她用生硬有力的手掰开了那只搂着她的手。

涅赫柳多夫松开她，一时间心中觉得窘困、害臊，而且厌恶自己。他本来应该相信自己，可是他不懂，这种窘困和害臊正是他心中最善良的感情，这种感情在寻求表露，相反，这说明他愚笨，应该像别人所干的那样去干。

他再次追上她，又搂住她，吻她的颈脖。这一吻与前两次的吻截然不同。前两次，一次是在丁香花丛后边的不由自主的吻，另一次便是今天清晨在教堂里的吻。可是刚刚这一吻颇为可怕，而且她也感觉到了这一点。

“您这是干什么？”她惊叫道，那声调倒像是他无法挽回地打碎了一件无比珍贵的东西。她大步跑开了。

他来到餐厅。穿戴华贵的两个姑妈和一位大夫、一个女邻居站在摆着凉菜的桌边。一切都是平平常常，可是涅赫柳多夫心中犹如翻江倒海。大家对他说话他充耳不闻，他回答人家也是答非所问，一心只想着卡秋莎，回味着刚才在走廊里追上她之后那最后一吻。现在其他一切事情他都无法考虑。她进来之后，他全身便感觉到她在场，根本不用看，现在他必须竭力克制自己才能不去看她。

饭后他立即回到自己房间，心情十分激动，久久地在房间里走动，侧耳倾听着家中的动静，他在等候她的脚步声。他身上那个动物的人现在不但昂起头，而且将那个精神的人踩在脚下。第一次来姑妈家时他是这个精神的人，甚至今天早晨在教堂里他还是这个精神的人。此刻这个可怕的动物的人独自统治着他的心灵。这一天，尽管他无时无刻不在守候她，但是始终没有与她单独会面的机会。她大概在躲避他。傍晚，有一件事使她不得不到他住的那个房间的隔壁房间来。那位大夫留下来过夜，卡秋莎得为客人铺床。涅赫柳多夫听见她的脚步声，屏息静气，蹑手蹑脚地悄悄跟着她走进房间，就像要去干什么犯罪的勾当。

她把两只手伸进干净的枕套，抓住枕头的两只角，这时她回过头来瞧他一眼，微微一笑。这一笑并非以往那种欢欢喜喜的笑，而是恐惧、哀愁的笑。这个笑容仿佛告诉他，他要做的是坏事。他一时停住脚步。这时他心中可能在斗争。尽管对她真诚的爱情的声音很微弱，但还是能听得见，这个声音对他说，要为她着想，为她的感情、为她的生活着想。可是另一个声音在说，你当心别错过自己的享乐，自己的幸福。而且这后一个声音盖过了前一个声音。他决然地朝她走去。可怕的、不可抑制的兽性感情控制住了他。

涅赫柳多夫死死搂住她，把她按坐在床上，这时他觉得还需做点什么，于是坐到她身边。

“德米特里·伊万诺维奇，亲爱的，您就放了我吧，”她用悲戚的声音说，“玛特廖娜·帕夫洛夫娜来了！”她挣扎着惊呼，这时果然有人朝门走来。

“那么我夜里来找你，”涅赫柳多夫匆匆说道，“你是一个人住吗？”

“您说什么？千万别来！别这样！”她只是嘴上这样说，但是她那激动不安的、慌乱的身子表示的却是另外一种意思。

来人果然是玛特廖娜·帕夫洛夫娜。她拿着一条被子，用责备的目光瞪了涅赫柳多夫一眼，气冲冲地责备卡秋莎拿错了被子。

涅赫柳多夫默默地走出房间。他甚至不感到羞耻。他从玛特廖娜·帕夫洛夫娜的面部表情看出，她在谴责他，她谴责得对，他知道自己要干的是坏事。但是兽性的感情摆脱了原先对她那种美好的感情的束缚，攫住了他的全身心，容不得其他感情存在。现在他只知道应该怎样做才能满足兽性的感情，他在想方设法做成这件事。

整个晚上他都丧魂失魄，不知如何是好。一会儿他去姑妈的房间，一会儿又离开她们回自己房间，一会儿又走到门廊上，一心考虑着如何单独见到她。但是她在躲避他，玛特廖娜·帕夫洛夫娜也紧盯着她，不让她离开一步。

十七

整个傍晚就这样过去了，黑夜来临。医生睡觉去了。两个姑妈也躺下歇息。涅赫柳多夫知道，此时玛特廖娜·帕夫洛夫娜在姑妈的卧室里，只有卡秋莎一人在女仆的房间里。他再次走到门廊上。室外昏暗、潮湿、暖和，弥漫着白蒙蒙的雾，这种雾在春天能融化残雪，或者是因残雪融化而生成。房子前面百步外的陡坡下有一条河，河上传来一种奇怪的响声，那是冰层开裂的声音。

涅赫柳多夫走下台阶，踏着上冻的积雪走过水塘，来到女仆住房的窗口。他的心在胸腔里怦怦直跳，这心跳声他都听见了。他时而屏住呼吸，时而沉重地喘着粗气。屋里亮着一盏油灯。卡秋莎独自坐在桌子旁边沉思，两眼望着前方。涅赫柳多夫久久地、一动不动地望着她，他想知道，她以为没有人看见她的时候，她会做些什么。有两分钟光景，她坐着一动不动，后来抬起眼睛，笑了笑，仿佛自责地摇了摇头，然后换了个姿势，猛地将双手放到桌子上，眼睛呆呆地望着前方。

他站在那里望着她，耳朵不由自主地听着自己的心跳声和河上传来的古怪的声音。河那边，浓雾笼罩下正进行着一项持续的缓慢的工程，不知什么东西时而发出呼哧呼哧的喘息声，时而响起噼噼啪啪的开裂声，时而传来轰然崩塌声，时而出现薄冰像玻璃相击的叮当声。

他站在那里，望着卡秋莎那沉思的、因内心斗争而痛苦的脸，他很可怜她，然而真是怪事，这种怜悯心反而加剧了他对她的欲念。

他被这种欲念完全控制了。

他敲了敲窗子。她像触电似的全身猛一哆嗦，脸上露出惊惧的神色。然后她跳起来，走到窗前，将脸贴近窗玻璃。她用两只手掌像眼罩一样圈住双眼，认出是他的时候，她脸上恐惧的表情仍然没有消失。她的脸色异常严肃，他从未见过她有这种表情。只有在他笑的时候她才笑，她的笑似乎只是表示对他的服从，而在她心中只有害怕，她根本不想笑。他做了一个手势，让她到院子里来见他。可是她摇摇头，意思是不，她不出去，依然站在窗前。他再次将脸凑近玻璃，想喊她出来，但这时她转身对着房门，显然有人在叫她。涅赫柳多夫离开窗前。大雾浓重，离屋五步远就看不见窗户，只能看到黑糊糊的一团，从中透出红色的、大片的灯光。河上仍然响着那种古怪的呼哧声、沙沙声、噼啪声、薄冰相撞的叮当声。院子里近处雾中一只公鸡啼了一声，附近的公鸡便都应声啼鸣，远处村子里传来一声连着一声、转眼混成一片的打鸣声。除了河上，周围一切都是静悄悄的。这已经是第二遍鸡叫了。

涅赫柳多夫在墙角边来回走了两趟，几次将脚踩进水塘，后来又来到女仆住房的窗前。屋里的灯还亮着，卡秋莎独自一人又坐在桌子旁边，似乎处在犹豫不决之中。他刚走到窗前，她就抬头看着他。他敲了一下窗子。她并未细看谁在敲窗，立即跑出女仆房间。他听见门搭扣咔的一声，接着大门吱扭一声。他已经在前室旁边等她，立即不作声地将她搂住。她紧紧偎着他，抬起头，用嘴唇迎接他的吻。他们站在前室墙角后边干燥的地方，他的全身充满煎熬着他的、没有得到满足的欲望。突然又是咔的一下门搭扣声，又是吱吱扭扭的开门声，然后便是玛特廖娜·帕夫洛夫娜怒气冲冲的喊声：

“卡秋莎！”

她挣脱开了他，回到房间里去了。他听见了门搭扣扣上的声音。此后一切都寂静下来，窗子上的红光消失了，只剩下一片迷雾和河上的嘈杂声。

涅赫柳多夫走到窗前，一个人也没看见。他敲敲窗子，可是毫无动静。涅赫柳多夫从正门门廊回到屋里，然而他无法入睡。他脱掉靴子，沿着走廊朝紧挨着玛特廖娜·帕夫洛夫娜的房间的她的房门走去。起先他听见玛特廖娜·帕夫洛夫娜发出平稳的鼾声，他刚想往前走，突然听见玛特廖娜·帕夫洛夫娜咳嗽起来，翻了个身，床铺发出吱吱嘎嘎的响声。他屏息静气，站了大约五分钟。等到一切又归寂静，再次传来平稳的鼾声，他尽量踩着不发响声的地毯，继续朝前走，来到她的房门口。里边没有任何声音。她肯定没有睡，因为听不见她的呼吸声。他刚悄声叫了一声："卡秋莎！"她当即跳起来，走到门口，用他听起来气呼呼的口气劝他离开。

"这像什么话？能这样吗？姑妈会听见的，"她只是嘴上这样说，心里说的是："我整个人都是你的。"

这只是涅赫柳多夫的理解。

"喂，你开一开门。我求你，"他说着这些无理性的话。

她不作声，接着他听见手在摸索门搭扣的声音。门搭扣咔的一声，他便从门缝里钻进屋。

这时她只穿着又硬又粗糙的布衬衣，胳膊裸露着。他抓住她，抱起她就走。

"哎呀！您这是干什么？"她低声说。

可是他丝毫不顾她说什么，抱着她往回走。

"哎呀，别这样，快放下我。"她说，可是身体紧紧贴着他。

等她浑身发抖，默不作声，也不答理他的话，从他屋里离开后，他来到门廊上，站在那儿竭力想象着刚才发生的这件事的意义。

天更亮了，下边河上冰层的噼啪声、咯吱声、呼哧声更响了，而且还多了一种淙淙的流水声。浓雾开始下沉，雾墙后边漂出一钩弦月，阴郁地照着黑沉沉的可怕的大地。

"这是怎么一回事：我遇到的是巨大的幸福，还是巨大的不幸？"他在问自己。"总是这样，大家都这样。"他对自己说，然后便回去睡觉了。

十八

第二天，申博克衣冠楚楚、兴致勃勃地来姑妈家找涅赫柳多夫，他以文雅、殷勤、乐观、慷慨和对德米特里的友爱将两个姑妈迷住了。他的慷慨虽然很使她们喜欢，但这过分的慷慨也使她们产生一些疑惑。来了几个盲乞丐，他一出手就是一卢布。给仆人的赏金一次就有十五卢布。他来家后，索菲娅·伊万诺夫娜的小狮子狗休泽特卡脚碰伤了，在出血，他自告奋勇要替它包扎，只见他毫不迟疑地撕碎自己那块绣花边的麻纱手帕做绷带，给休泽特卡包扎(索菲娅·伊万诺夫娜知道，这种手帕每打价格不会低于十五卢布)。这样的人两个姑妈还真没见过，可她们不知道这位申博克已经欠下二十万卢布的债务。他知道这些欠债永远都还不清，所以多二十五卢布或少二十五卢布对他反正无所谓。

申博克只待了一天，第二天晚上就和涅赫柳多夫一起走了。他们不能再待下去，因为赴团里报到的最后期限已经到了。

涅赫柳多夫在姑妈家度过的这最后一天里，头天夜里的情形还历历在目，所以他心中有两种感情在斗争。一种是对兽性交合的强烈的肉欲的追念，虽然这种兽性的爱远未像他想象的那样，但是给了他一种达到目的后的满足。另一种感觉，即他意识到自己干了一件很坏的事，对于这件事必须作些弥补，这种弥补不是为她，而是为自己。

处在那种利己主义的疯狂状态中的涅赫柳多夫，一切都是为自己考虑，他在想，如果人们知道他对她干的事，会不会谴责他，会谴责到何种程度；他并不考虑她目前的心境和今后的遭遇。

他想到申博克可能猜出了他与卡秋莎的关系，这使他的虚荣心得到满足。

“怪不得你突然孝顺起姑妈来了，”申博克见到卡秋莎后对他说，

“在她们这里住了一星期。我要是处在你这种地位，也不会走。太迷人了！”

他还想到，尽管没有充分享受够他与她的爱情，现在就这样走了实在遗憾，可是客观上的非走不可也有好处，那就是可以将这种难以保持的关系一刀斩断。他也想到要给她一些钱，这不是为她，不是因为她可能需要这笔钱，而是因为别人通常都这样做的。如果他享用了她，却不付给她钱，别人会认为他不是个正派人。他真的给了她钱，他认为这笔钱的数目相对于他和她的身份来说是相当体面的。

临走这一天午饭后，他在前室等她。她一看见他，脸就红了，想从他身边走过去，同时给他使了个眼色，让他注意女仆住房的门开着，可是他拦住她。

“我想跟你告别，”他说，手里团着一个装了一百卢布钞票的信封。“这是我……”

她猜到了，皱起眉头，甩了一下头，推开他的手。

“不，拿着吧。”他低声含糊地说，把信封塞到她的怀里，然后像烫了手似的皱起眉，嘴里哼哼着，跑回自己房间去。

此后，他在房间里久久地来回走动，一想起刚才这个场面，他的身子就痉挛，甚至跳起来，大声地叹气，好像有什么肉体上的疼痛。

“要不然，又怎么办？别人从来都这样。申博克和一个家庭女教师也是这样，他自己说的。格里沙叔叔也这样，父亲也有这种事，父亲住在乡下的时候，和一个农家女人生了私生子米坚卡，现在私生子还活着。既然所有的人都这样做，那么就是说，做得理所应当。”他就这样安慰自己，可是他无法使自己心安理得。他一想起这件事，良心便受到谴责。

他从内心，内心深处知道，自己的行为下流、无耻、残忍，意识到这一点，他知道自己今后不但不能责备别人，而且不能正眼看人，更不要说像以前那样，自认为是高尚、纯洁、慷慨的青年人了。可是为了继续兴致勃勃、快快活活地生活，他必须认为自己是那样的人。于是只有一个办法，就是不想这件事。他真的这样做了。

他所参与的生活，新的环境、同事和战争，在这方面帮了他忙。他在其中生活的时间越长，忘得越多，最后果然彻底地忘却了。

只有一次，战争结束后，他想见见她，顺路去了姑妈家，得知卡秋莎已不在姑妈家。他被告知，他走后不久，她就离开她们去生孩子，在某地生了孩子，姑妈听说她完全变坏了。听了这些，他心中感到酸楚。根据时间推算，她生的孩子可能是他的，不过也可能不是他的。两个姑妈说，她变坏了，她本来就像她母亲那样生性淫荡。姑妈这种判断很合他的心意，因为这似乎证明了他与她的堕落无关。起初他仍然想要找到她和孩子，可是后来由于内心深处想到这件事就感到极端痛苦和可耻，他没有付出应有的努力去寻找，随着对自己罪孽的进一步的忘却，他干脆不再想她。

可是现在这奇怪的意外促使他回想起以往的一切，要求他承认自己没有心肝、残忍、无耻，背着这种良心受责备的罪孽，居然还能心安理得地生活整整十年。不过，要他承认这一切现在还远着呢，现在他一心想的只是事情千万别让人知道，她和她的辩护人千万别将事情和盘托出，别让他在大庭广众之中名誉扫地。

十九

涅赫柳多夫正是怀着这种心情离开法庭，来到陪审员议事室。他坐在窗前，听着四周人们交谈，不停地抽烟。

那个快活的商人显然十分赞赏商人斯梅利科夫的消闲享乐的方式。

“嘿，老兄，他玩得可真痛快，真是西伯利亚人的气派。他口味倒挺讲究，选中这样一个小妞。”

首席陪审员发表了一通高见，认为事情的关键在于鉴定。彼得 · 盖拉西莫维奇正在与犹太籍店员开玩笑，他俩为什么事哈哈大笑起来。涅赫柳多夫对于别人的问话只回答片言只语，他只希望别人别来打搅他。

民事执行吏步态踉跄地过来邀请陪审员们重返法庭，这时候涅赫柳多夫仿佛觉得，他不是去审判别人，而是他被带去受审。他在内心深处已经感觉到他是恶棍，应该羞于正视别人，可是他仍按习惯照例自信地走上台阶，坐到首席陪审员旁边第二把椅子上，架起二郎腿，手里摆弄着夹鼻眼镜。

被告也被带出法庭，现在刚被带回庭来。

法庭里新来了一些人，那都是证人。涅赫柳多夫发现，玛斯洛娃好几次盯着一个身穿华丽的绸缎和天鹅绒衣衫的胖妇人看，好像她的目光离不开她似的。这个女人坐在栏杆前面第一排，头戴饰有花结的高帽，裸露到肘部的胳膊上挂着精致的坤包。后来他知道，这个女人也是证人，是玛斯洛娃所在那个妓院的女掌班。

审问证人开始了，问他们的姓名、宗教信仰等等。然后庭长问左右两边的法官，在他们审问以前，要不要让证人宣誓。于是那个老司祭费劲地移动着双脚走进来，照例又正了正绸圣衣胸襟上那枚金十字架，依然是那样从容不迫，深信自己在进行一项十分有益而重要的事情，带领证人和鉴定人宣誓。宣誓结束后，其他证人都被带走，只留下基塔耶娃一人，就是妓院的女掌班。法官问她，关于本案知道些什么。基塔耶娃脸上堆着假笑，每说一句话就点一点戴着高帽的头，用带有德国口音的话详详细细、有条不紊地说了一遍。

最早是她所熟悉的茶房西蒙到她的妓院里来，为西伯利亚的富商找姑娘。她就派柳芭莎[①]去了。过了一些时间，柳芭莎和商人一起回到妓院。

---

①柳芭莎系柳博芙的小称。

“那个商人已经神魂颠倒了，”基塔耶娃微微一笑，说，“到了我们那里又接着喝，还请姑娘们喝，可是他带的钱不够了，于是就打发这个柳芭莎到他的旅馆房间里取钱，他对她有点偏爱了。”她瞟了女被告一眼，说。

涅赫柳多夫觉得玛斯洛娃听到这里微微一笑，这种笑容他觉得令人厌恶。他心中产生了一种奇怪的、模糊的厌恶感，其中带有几分怜悯。

“您对玛斯洛娃有什么看法？”由法庭指派担任玛斯洛娃的辩护人的见习律师满脸通红，怯生生地问道。

“是个很好的人，”基塔耶娃回答，“姑娘受过教育，人也漂亮。她在上等人家长大，看得懂法文书。她有时候酒喝得多了点，但从来没有喝醉胡来过。是个好姑娘。”①

卡秋莎望着女掌班，后来突然她把目光转向陪审员，并且停留在涅赫柳多夫身上，她的脸色变得严肃，甚至变得严厉了。两只严厉的眼睛中一只斜睨着。这双异样看人的眼睛对着涅赫柳多夫瞧了很久，尽管他满怀惊惧，但是他的目光无法脱离这双眼白白得发亮的、微微斜视的眼睛。他不由得回想起那个可怕的夜晚，那一夜冰层开裂，大雾弥漫，尤其是那钩弯弯的弦月，直到天亮前才升起来，照着黑沉沉的可怕的大地。这双黑眼睛似乎瞧着他，又像没瞧着他，使他想起了当初那片黑沉沉的可怕的大地。

“她认出来了！”他心里想。涅赫柳多夫蜷缩起身子，仿佛有人要给他当头一棒。可是她并没有认出他。她缓缓地叹了一口气，转眼又望着庭长。涅赫柳多夫也舒了一口气。“唉，快点结束才好，”他心里盼道。他此刻的心情就像一个猎人，不得不打死一只受伤的鸟儿，既厌恶，又怜悯，还懊恼。可是这只尚未断气的小鸟仍在猎物袋里扑腾，使

---

① 基塔耶娃说的这段话里有大量的语法错误，但原文一看就明白，故不照错直译。

人感到既讨厌又可怜，不由得想赶快把它打死，忘掉。

涅赫柳多夫此刻听着审问证人，心中体验的就是这样一种复杂的感情。

二十

但是，仿佛故意跟他为难似的，这个案子审理的时间拖得特别长。在逐一询问证人和鉴定人之后，副检察官和辩护人故作郑重地照例提出各种可有可无的问题，然后庭长请陪审员们检查物证，其中有一枚粗大的嵌有梅花形钻石的戒指，原先显然是戴在粗壮的食指上的，还有一个过滤器，化验出来里边曾装有毒药。所有这些东西都盖有火漆印记，而且都贴着标签。

陪审员们刚要去查看这些物证，这时副检察官又欠起身子，要求在检查物证之前先宣读一下验尸报告。

庭长本想尽快结束这个案子，以便赶去见那个瑞士姑娘，尽管知道宣读验尸报告不会有别的结果，只会使人觉得无聊并推迟吃饭的时间，尽管还知道副检察官要求宣读报告仅仅是因为他知道自己有这份权利，但是他无权拒绝这个要求，只得表示同意。书记官取出文件，又用无精打采的声调，“Л”与“Р”不分地念道：

“外表检查结果：

“(一) 费拉蓬特·斯梅利科夫身高二俄尺十二俄寸[①]。”

“这汉子真够高大的。”那个商人关切地凑着涅赫柳多夫的耳边小声说。

“(二) 据外表推测，年龄约摸四十岁。

---

①旧俄长度单位，1俄尺等于0.71米。2俄尺12俄寸约合1.95米。

“（三）尸体浮肿。

“（四）全身皮肤呈浅绿色，间有深色斑点。

“（五）尸体表皮突起若干大小不一的水泡，数处表皮脱落，如破布挂于其上。

“（六）头发为深褐色，浓密，一经触摸，极易脱落。

“（七）眼球突出眶外，角膜无光。

“（八）鼻孔、两耳、口腔均有泡沫状浓液流溢，嘴微张。

“（九）因面部、胸部肿胀，几乎不见颈部。”

等等，等等。

就这样，四页公文纸写了二十七条的尸体外表检查报告，将原先在本城寻欢作乐的这个商人那可怕、魁梧、肥胖、且已膨胀、正在腐烂的尸体的外表描述得详详细细。涅赫柳多夫心中原有那种模糊的厌恶感，在听了这一尸体外表描述后，变得更加强烈了。卡秋莎的生活，鼻孔里流出的浓液，凸于眶外的眼球，商人对她的行径，这一切在他看来都是同一类事物，他觉得他已被这些事物四面包围，被吞没了。外表检查报告终于念完了，庭长喘了一口粗气，抬起头来，以为结束了。可是书记官立即又念起内部检查报告来。

庭长又低下头，一手支着头，两眼闭上了。坐在涅赫柳多夫身旁的那个商人强忍着不打瞌睡，身子偶尔摇晃一下。被告像其身后的宪兵那样，一动不动地坐着。

“内部检查结果：

“（一）颅骨表皮与颅骨极易脱离，各处均未见淤血。

“（二）颅骨厚度中等，完整无损。

“（三）硬脑膜上有两片不大的色斑，各有四英寸大小，脑膜本身呈浊白色。”等等，等等，足足又有十三条。

随后是见证人的姓名、签字，之后是医生的结论。从医生的结论可以看出，尸体解剖发现并记录在案的死者胃部及部分肠子和肾脏的变化，使人有权以极大的概率断定，斯梅利科夫系因毒药和酒一起进入胃部而中毒死亡。根据现有的胃、肠变化，要说出进入胃部是何种毒药尚很困难，至于认为毒药与酒一起进入胃部，是因为在斯梅利科夫胃中发现大量酒液。

“看来他很能喝。”瞌睡刚醒的商人又小声地说。

这份报告读了近一小时，但是副检察官还不满足。报告读完之后，庭长对副检察官说：

“我看再念内脏检查报告是多余的了。”

“我倒请求念念这个报告。”副检察官微微侧着欠起身子，厉声说，他不看庭长，那口气是要让他体会到，要求宣读报告，这是他的权利，他不会放弃这一权利，拒绝他的要求将会成为上诉的理由。

那位留着大胡子，长着一双善良的、眼角向下耷拉着的眼睛，患有胃炎的法官感到极端疲乏，他对庭长说：

“为什么要读这个？只能拖延时间。这些新扫帚不会扫得更干净，只会更耗费时间。”①

戴金丝边眼镜的法官一声不吭，只是阴郁而坚定地瞧着前方，无论是对妻子还是对生活，他都不抱什么希望。

书记官开始宣读文件。

“一八八×年二月十五日，本人，下有署名，受医务科的委托，依据第六三八号指令，”书记官提高嗓音，又毅然开腔道，仿佛要驱除使在场者都感到烦恼的睡魔似的，“在副医务检察官的督察下，对下列内脏做过检验：

“（一）右肺和心脏（盛于六磅玻璃瓶内）。

“（二）胃内容物（盛于六磅玻璃瓶内）。

---

①语出俄罗斯谚语“新扫帚扫得特别干净”。通常贬指新领导更挑剔，要求更严。

“（三）胃脏本身（盛于六磅玻璃瓶内）。

“（四）肝脏、脾脏、肾脏（盛于三磅玻璃瓶内）。

“（五）肠（盛于六磅陶罐内）。”

庭长在书记官宣读这份文件的时候，侧身与身边的一位法官低声交谈，后来又与另一位法官交谈，在得到他们肯定的回答后，这时他打断了书记官。

“法庭认为，宣读这份文件是多余的。”他说。

书记官不作声了，一边收拾文件，副检察官则气呼呼地记下什么。

“诸位陪审员先生现在可以检查物证。”庭长说。

首席陪审员和另外几位陪审员欠起身来，手忙脚乱地走到桌旁，依次轮流察看戒指、玻璃瓶、过滤器。那个商人还将戒指套在自己手指上试了试。

“嚯，这手指，”他回到自己的座位上说。“像根大黄瓜。”他又说，显然为自己把中毒而死的商人想象为勇士而感到开心。

二十一

物证检查完毕，庭长宣布法庭审讯到此结束。他并未宣布休息，希望能尽快结束此案，于是当即请公诉人发言。他指望这位公诉人也是人，也要吸烟吃饭，会怜悯在场各位。然而，副检察官既不怜悯自己，也不怜悯他们。副检察官天生愚蠢，更不幸的是，他中学毕业时得过金质奖章，在大学里他因写了论罗马法的地役权的论文而得奖，因此特别自命不凡，自鸣得意（他在女人方面得到的成功更使他志得意满），由于这些原因，他的愚蠢就变得格外出众。听到让他发言，他慢慢地站起来，显露着他那穿着绣花制服的优美的身躯。他将两只手按在斜面高桌上，微微低下头，扫视了一遍法庭，但目光避开被告，然后开始说。

“诸位陪审员先生，你们承办的这个案件，”他开始发表在宣读各种报告和文件期间准备就绪的演说，“是一种典型的——如果可以这样表述的话——罪行。”

根据他的想法，副检察官的发言必须具有一种社会意义，就像已经出名的大律师所作的著名的发言那样。不错，旁听席上只坐着三个妇女：一个女裁缝，一个厨娘，西蒙的一个妹妹，另有一个马车夫，但这有什么关系呢？那些名律师当初开始的时候也都是这样。副检察官的原则就是要永远站在自己位置的高处，也就是要深刻洞察犯罪心理影响，揭露社会弊病。

“诸位陪审员先生，摆在你们面前的是一个典型的——如果可以这样表述的话——世纪末的罪行，它带有可悲的腐败现象的各种特征，在我们这个时代，我们社会中那些处在这个腐败过程的所谓特别强烈的射线之下的分子，已经受到腐败的影响……”

副检察官说了很久，他一方面要把事先想好的所有警句无一遗漏地记起来，另一方面，也是更主要的，他丝毫不能停顿，必须使自己的发言在一小时零一刻钟内不停顿地、滔滔不绝地一泻千里。他只停顿了一次，久久地吞咽着唾沫，可是他立即又重整旗鼓，以口若悬河的雄辩弥补了这一间歇。他一会儿用温柔取悦的声音说话，这时他倒换着双脚，眼睛望着陪审员，一会儿又用平静的公事公办的声音，眼睛不时地瞧一下他的笔记本，一会儿改用高亢的谴责的声音，时而对着旁听者，时而对着陪审员。只有那三个被告，虽然他们眼睛紧盯着他，他却不瞧他们一眼。在他的发言中引用了当时流行于他们这个圈子里的各种最新学说，这些学说不仅在当时，而且现在仍被视为最新的科学智慧的结晶。其中包括有遗传学、先天犯罪说、龙勃罗梭[①]、塔尔德[②]、进化论、生

---

① 龙勃罗梭（1835—1909），意大利精神病学家，犯罪学家。犯罪学和刑法学中人类学派的创始人。他认为有的人生来具有犯罪倾向。

② 塔尔德（1843—1904），法国社会学家和刑法学家。

存竞争论、催眠术、暗示说、沙尔科[①]、颓废论。

据副检察官判断，商人斯梅利科夫是强壮、纯正的俄罗斯人的典型，具有俄罗斯人宽厚的本性，他由于轻信和宽宏大量而落入极度腐化的那些人的陷阱，成了他们手中的牺牲品。

西蒙·卡尔京金是农奴制隔代遗传的产物，是受压制却不敢反抗的人，没有教养，毫无原则，甚至没有宗教信仰。叶夫菲米娅是他的姘妇，也是遗传的牺牲品。在她身上可以发现人性退化的所有特征。引发犯罪并起主导作用的是玛斯洛娃，她本身就是颓废派现象最卑劣的代表。

“这个女人，”副检察官说，也不瞧着她，“受过教育，我们在法庭上听过她的女掌班的证词。她不仅能读会写，她还懂法文。她，这个孤女，大概携有犯罪性格的胚胎。她在有知识的贵族家庭长大成人，本来可以凭诚实劳动生活，但是她抛弃了她的恩人，沉湎于情欲，为了满足这种情欲进了妓院，在妓院的同事中她以自己所受的教育而走红，更主要的，正如你们，诸位陪审员先生，在这里听她的女掌班说过的，她善于用一种神秘的特性操纵嫖客。这种神秘的特性近来已由科学，特别是沙尔科学派研究明白，被定名为‘暗示’。她就是凭着这种特性控制了俄罗斯壮士，宽宏大量而又轻信的萨特阔[②]，豪富的客人，她利用他对她的信任，先是盗窃他的钱财，然后是残酷地剥夺他的生命。”

“唉，他这是在胡说八道。”庭长笑着侧身对那个神色严厉的法官说。

“可怕的蠢物。”板着脸的法官说。

“诸位陪审员先生，”这时候副检察官扭动优雅的细腰，继续说道，“这几个人的命运掌握在你们手中，但是社会的命运也部分地掌握

---

① 沙尔科(1825—1893)，法国科学家，医师，神经病学及心理疗法的创始人之一。

② 萨特阔，俄罗斯壮士歌中的主人公。

在你们手中，你们的判决将对其产生影响。你们要深切地注意这个罪行的意义，关注像玛斯洛娃这种所谓病态个体对社会造成的危害，要保护社会不受传染，要保护这个社会中的纯洁健康的分子不受传染，避免经常性的死亡。”

副检察官仿佛肩负着未来判决的全部重大责任，显然，又被自己的发言所深深陶醉，终于在自己的座位上坐下。

他的发言除去雄辩的色彩，剩下的中心意思便是：玛斯洛娃施催眠术征服了商人，获得了他的信任，带着钥匙去客房取钱，本想全数拿走钱财，却被西蒙和叶夫菲米娅抓获，只得与他俩平分。此后，为了掩盖自己犯罪形迹，又与商人一起回到旅馆，并在房内将其毒死。

副检察官发言结束后，一个身穿燕尾服、露着半圆形宽阔的白色硬衬胸的中年律师从座位上站起来，发表振振有词的演说，为卡尔京金和博奇科娃辩护。这是他俩花三百卢布雇请的律师。他为他俩开脱，将所有罪责推到玛斯洛娃身上。

他驳斥了玛斯洛娃所说的她在取钱时博奇科娃和卡尔京金在场的供词，他坚持说，作为被揭发为投毒犯的玛斯洛娃，其供词无足轻重。律师说，两个勤劳正直的人，有时每天能从客人处得到三五卢布小费，故能攒下两千五百卢布的钱。商人的钱款系玛斯洛娃所窃，早已转交别人或者甚至遗失，因为当时她处于不正常状态。投毒一事纯系玛斯洛娃一人所为。

因此，他请求陪审员们认定，卡尔京金和博奇科娃并未犯盗窃钱款罪。如果陪审员们认定他们犯有盗窃罪，那么也不要认定他们参与投毒和预谋。

律师在结束发言时故意刺激了副检察官一番，说副检察官先生关于遗传的高论虽然阐明了遗传学上的若干科学问题，但在这个案子中并不适用，因为博奇科娃的父母身份还不得而知。

副检察官像要咬人的狗似的发出短促的唔唔声，恼怒地在纸上记录着什么，带着轻蔑的惊讶的神情耸了耸肩。

接着，玛斯洛娃的辩护人站起来，怯生生地、结结巴巴地为她辩护。他不否定玛斯洛娃参与盗窃，只是坚持说她并无毒死斯梅利科夫的意图，她给他齑粉，只是想让他吃了睡觉。他想乘机显示一下自己的口才，简略地评论起来，说玛斯洛娃受人引诱而堕落，那个引诱她的男子至今逍遥法外，可她却要承担堕落的全部沉重的责任。可是这个辩护人在心理学领域的漫游并未获得成功，反而使大家都为他害臊。当他结结巴巴地说到男人的残忍和妇女的孤立无援的时候，庭长有意为他解围，请他发言紧扣案件实质。

辩护人发言之后，副检察官再次站起来，为自己的遗传学论点辩护，批驳第一个辩护人。他说，即使博奇科娃父母身份不明，遗传学的真理性也不会因此有丝毫丧失，因为遗传法则业经科学充分论证，以致我们不仅可以由遗传推断犯罪，而且可以由犯罪推断遗传。至于另一辩护人提出的玛斯洛娃的堕落是因为某个凭空想象的(他用特别恶毒的语气说出“凭空想象的”这几个字)引诱者的引诱，那么所有证据证明的恰恰是她引诱了许许多多人，是她亲手将他们变为牺牲品。副检察官说完这些，得意洋洋地坐了下来。

此后，庭长让被告们为自己辩护。

叶夫菲米娅·博奇科娃反复地说，她什么都不知道，什么事都没有参与，一口咬定一切罪行都是玛斯洛娃干的。西蒙只是一次次地重复：

“随你们怎么办，反正我是无辜的，我是冤枉的。”

玛斯洛娃什么也没说。庭长让她说说为自己辩护的话时，她只是抬起双眼，望了望庭长，然后又望了望在场的人们，像一头被追捕的野兽。她立即又垂下双眼，淌下泪水，大声地啜泣。

“您怎么啦？”坐在涅赫柳多夫身边的商人，听见涅赫柳多夫突然发出一种奇怪的声音，问道。这种声音是勉强克制的号哭。

涅赫柳多夫还没有理解自己目前这种处境的全部意义，他把勉强克制的号哭和涌入眼眶的泪水的原因归结于自己神经脆弱。他戴上夹鼻眼镜作掩饰，然后掏出手帕，开始擤鼻涕。

他极端恐惧，如果法庭上的人们知道他的行径，他就会丢尽脸面。这种恐惧盖过了他内心正在进行的思想斗争。在最初一段时间里，这种恐惧比其他一切情绪都强烈。

二十二

在被告作了最后陈述之后，各方对问题的提法又作了长时间的磋商，问题终于拟定，于是庭长开始作总结发言。

在叙述案情之前，他先用亲切随和的口气长时间地向陪审员们解释，抢劫就是抢劫，盗窃就是盗窃，在上锁的处所偷窃就是在上锁的处所偷窃，而在未锁的处所偷窃就是在未锁的处所偷窃。在作这些解释的过程中，他多次用特别的目光看看涅赫柳多夫，似乎特别希望他明白这些重要的道理，希望他理解这些道理后再向同事们解释。此后，他认为陪审员们已经充分领会这些道理，便开始阐述另一个道理。他说，实施一种导致他人死亡的行为就是谋杀，因此，毒死人命也是谋杀。他认为这个道理也已经被陪审员们所领会，于是又向他们解释，如果盗窃和谋杀同时实施，那么盗窃和谋杀均构成了犯罪要素。

尽管庭长本人也想尽快脱身，那位瑞士姑娘已经在等候他，然而他对自己所从事的这项工作习以为常，以致一开口便刹不住。他滔滔不绝地详细向陪审员们解释，如果他们认为被告有罪，那么他们有权裁定被告有罪；如果他们认为被告无罪，那么他们有权裁定被告无罪；如果他们认为被告犯了一项罪，并未犯另一项罪，那么他们有权裁定被告犯了一项罪而未犯另一项罪。接着，他又向他们解释，尽管他们享有这项权利，但是他们应当合理行使这一权利。他本来还想向他们阐述，如果他们对所提出的问题作肯定的回答，那么这个答复本身就裁定了问题中所提出的全部罪行，如果他们不认定问题中所提出的全部罪行，那么应当预先声明不认定。可是，他看了看表，发现已经是三点差五分，于是他决定立即转入陈述案情。

“这个案子的情况是这样的。”他开始说道，于是又将辩护人、副检察官、证人们说过多次的所有的话又重复一遍。

庭长在说，坐在他两侧的法官带着沉思的神态听着，偶尔瞧瞧怀表，他们认为他的发言虽然很好，就是说完全合乎规范，但毕竟长了些。副检察官也有这样的看法，所有法庭成员和所有在场的人都有这种看法。庭长结束了总结发言。

该说的似乎都已经说了。可是庭长无论如何不肯就此放弃说话的权利，听着自己富有感染力的音调他感到舒心，于是他认为有必要再说说赋予陪审员的那个权利的重要性，说说他们应当认真谨慎地行使这一权利，不能滥用这个权利，提醒他们是宣了誓的，他们是全社会的良心，他们应当严守议事室里的神圣秘密，等等，等等。

自从庭长开始说话，玛斯洛娃一直目不转睛地望着他，仿佛生怕漏掉一个字。因此，涅赫柳多夫不担心会和她的目光相遇，他就一刻不停地注视着她。他的心中产生了一种常见的现象：相爱的人久别重逢时，亲人外貌的变化先是让你吃惊，渐渐地又变成多年以前的模样，所有的外貌变化都消失了，于是在你理性的双眼中又看到了独特的、唯一的精神的人的主要神态。

涅赫柳多夫心中正是产生了这样一种现象。

的确，尽管她穿着囚袍，身体发胖，胸部高耸，下巴变宽，前额和两鬓出现细微的皱纹，眼睛微微浮肿，毫无疑问，这就是那个卡秋莎；在基督复活节早晨，就是她用爱恋的、因为喜悦和生活的充实而满含笑意的眼睛，纯洁无邪地自下而上地望着他，她所心爱的人。

“竟是这样令人惊奇的凑巧！这个案子偏偏在我任陪审员的法庭上

开庭审理，整整十年不见她的面，现在竟然在这里遇见她，坐在被告席上！这一切怎样结束呢？唉，快一点吧，但愿快一点！”

他还不肯服从在他心中开始抬头的悔恨心情。他认为这件事只是一种巧合，很快就会过去，也不会破坏他的生活。他觉得自己的处境就像一只小狗，在房间里拉了屎尿，被主人揪住颈项，将鼻子往屎尿上按。小狗尖叫着往后退，尽可能躲远一些，并将其忘却，但是铁石心肠的主人不放过它。涅赫柳多夫已经意识到自己干的事情很肮脏，已经感觉到主人那只强有力的手，但是他仍然没有理解他所干的坏事的恶果，他不承认这个主人。他总不肯相信，面前这件事是他一手造成的。然而那只无形的手毫不留情地抓住他，他已经预感到自己无法逃脱了。他仍硬充好汉，依照业已养成的习惯，将一条腿架在另一条腿上，若无其事地坐在前排第二把椅子上，漫不经心地摆弄着那副夹鼻眼镜。不过，在内心深处他不仅意识到自己那个行为十分残酷、卑鄙、下流，而且意识到自己无所事事、放荡、残暴、得意的全部生活都是卑鄙、下流的。在整个这段时间，在整整十二年中，一块可怕的幕布以神奇的方式一直遮掩着他的眼睛，使他看不见自己的这一罪行，看不见自己后来的全部生活，现在这块幕布已经掀动，他间或已经看见了幕布后面的景象。

二十三

庭长终于结束了发言，他用优雅的动作拿起问题纸，交给走到他跟前的首席陪审员。陪审员们站起身，他们都为可以离庭而高兴，一个个仿佛为什么事而害羞，手忙脚乱地一个紧跟一个地前往陪审员议事室。他们身后的门刚刚关上，一个宪兵便来到门边，从刀鞘里拔出军刀，将军刀靠在肩上，站在门边。法官们起身离开，被告们也被押走。

陪审员们一进陪审员议事室，第一件事照常是掏出烟抽起来。他们一进议事室，抽上烟，原先坐在法庭里自己位子上或多或少地体会到的自己姿势的别扭和虚伪便消失了，他们颇感轻松地坐在议事室内，立即兴致勃勃地交谈起来。

“那个姑娘没有罪，是一时糊涂，”心地善良的商人说，“应该从宽发落。”

“这正是我们要讨论的，”首席陪审员说，“我们不应当凭我们个人的印象办事。”

“庭长作的总结发言很好。”那位上校说。

“哼，太好了！我差点睡着了。”

“关键在这儿，要是玛斯洛娃不与那两个茶房串通，他们就不可能知道有那么一大笔钱。”那个犹太人模样的店员说。

“照您这么说，钱是她偷的？”其中一个陪审员问。

“我无论如何不相信，”好心肠的商人喊道，“这都是那个红眼睛的女骗子干的勾当。”

“他们都是好货。”上校说。

“她可是说过，她没进房间。”

“那您就去相信她吧。我一辈子都不会相信这个卑鄙可憎的贱女人。”

“可是您光是不相信也不解决问题呀。”店员说。

“钥匙在她手里嘛。”

“在她手里又怎样？”商人反驳说。

“还有那枚戒指呢？”

“她可是说过，”商人又喊道，“那个身体粗壮的买卖人脾气暴躁，况且又喝多了，把她揍了一顿。后来嘛，很明白，又可怜她。就是说，喏，拿去吧，别哭了。那个人，据说，大概有二俄尺十二俄寸高，八普特[①]重呢！”

---

①旧俄重量单位，1 普特等于 16.38 公斤。

“问题不在这里，”彼得·盖拉西莫维奇插嘴说，“问题在于究竟是她，还是两个茶房唆使和策划了这件事？”

“光是茶房干不了。钥匙在她手里。”

这种东拉西扯、七嘴八舌的议论持续了很长时间。

“对不起，诸位先生，”首席陪审员说，“请大家坐到桌边来讨论。请吧。”他说，并在主席位置上坐下来。

“这些姑娘都是坏蛋。”店员说。为了证明玛斯洛娃是主犯，他又讲述了他的一个同事在林荫道上被这种姑娘偷走怀表的事儿。

上校趁机讲了一个更为惊人的偷银茶炊的案件。

“诸位先生，请大家讨论正题。”首席陪审员用铅笔敲着桌面，说。

大家都住口不说了。提出的问题有以下这些：

（一）克拉皮文县博尔基村三十三岁的农民西蒙·彼得罗夫·卡尔京金是否犯有下述罪行：于一八八×年一月十七日在某某城，为了掠夺商人斯梅利科夫的钱财，蓄意谋害他的生命，串通他人将毒药放进白兰地中让其喝下，结果导致斯梅利科夫死亡，然后盗走属于他的两千五百卢布的钱款和一枚钻石戒指？

（二）四十三岁的小市民叶夫菲米娅·伊万诺夫娜·博奇科娃是否犯有第一个问题所述的罪行？

（三）二十七岁的小市民叶卡捷琳娜·米哈伊洛娃·玛斯洛娃是否犯有第一个问题所述的罪行？

（四）如果被告叶夫菲米娅·博奇科娃未犯第一个问题所述罪行，那么她是否犯有以下罪行：于一八八×年一月十七日在某某城的“马夫里塔尼亚”旅馆服务时，偷走该旅馆客人、商人斯梅利科夫客房内锁在皮箱中的两千五百卢布钱款，为此，她用随身带去的事先配好的钥匙打开皮箱的锁？

首席陪审员将第一个问题念了一遍。

“怎么样，诸位先生？”

对于这个问题大家立刻作出回答。所有的人一致认为“他的确有罪”，认定他是投毒和盗窃的参与者。只有一位老年搬运工人不同意裁定卡尔京金有罪，他对所有问题的答复一律都是开脱。

首席陪审员心想，他不懂法律，于是向他解释说，根据各方面的情况判断，卡尔京金和博奇科娃毫无疑问是犯了罪。但是搬运工说，他懂这些道理，但最好还是可怜可怜他们。“我们自己也不是圣人。”他说，于是他仍然坚持自己的意见。

有关博奇科娃的第二个问题，经过长时间的讨论和解释之后，作出了“她没有罪”的答复，因为并无明显的证据证明她参与投毒，她的律师对此特别作了强调。

那位商人有意为玛斯洛娃开脱，坚持认为博奇科娃是整个案件的主谋。不少陪审员都同意他的意见，但是首席陪审员为表示自己严格执法，声称没有根据证明博奇科娃参与投毒。经过长时间的反复争论，首席陪审员的意见最后占了上风。

对有关博奇科娃的第四个问题的答复是“她的确有罪”，但由于那位搬运工人的一再坚持，答复中加了一句“但应从宽发落”。

有关玛斯洛娃的第三个问题，引起了激烈的争论。首席陪审员坚持认为，她同时犯有投毒罪和掠夺罪，但是商人和上校、店员、搬运工人不同意他的意见，其余陪审员的态度摇摆不定。不过，首席陪审员的意见开始占优势了，特别是因为所有陪审员都已经疲乏，他们更愿意附和那种很快就能一致、因而能使他们大家脱身的意见。

根据法庭审讯的全部情况来看，同时根据涅赫柳多夫对玛斯洛娃的了解，他相信她既没有犯盗窃罪，也没有犯投毒罪，开始他还相信所有的人都会这样认定。可是他看到，由于商人喜爱玛斯洛娃的姿色，这一点他毫不掩饰，为她作了拙劣的辩护，由于首席陪审员正是针对这一点作了反驳，更主要的是，由于大家都疲乏了，争论的结果倾向于判她有罪。这时他想奋起反驳，可是他又害怕为玛斯洛娃说话，因为他觉得，这样一来大家立刻就都知道他和玛斯洛娃的关系。不过，他仍感到他不能这样听之任之，他应当起来反驳。他的脸一阵红，一阵白，他刚想开口说话，不料，在此以前一直沉默寡言的彼得·盖拉西莫维奇，显然被首席陪审员那盛气凌人的权威口气所惹怒，突然开始反驳，说出了涅赫柳多夫想说的话。

“对不起，”他说，“您说她偷了钱是因为她身上有钥匙。茶房难道就不能在她之后用事先配的钥匙打开皮箱上的锁吗？”

“是啊，是啊。”商人附和道。

“她不能拿那些钱，因为处在她当时的地位，她拿了钱没地方放。”

“我要说的也是这个意思。”商人证明说。

“也可能是因为她到旅馆里来引发了茶房的歹心，他们利用这个机会作案，事后把事情全都推到她身上。”

彼得·盖拉西莫维奇说话时火气很大，这种火气也传给了首席陪审员。因此，首席陪审员特别执拗地坚持自己的相反意见。可是彼得·盖拉西莫维奇的话令人信服，以致大部分人认定，玛斯洛娃并未参与盗窃钱款和戒指，戒指是商人赠送给她的。说到她是否参与投毒时，那个热心为她辩护的商人说，应该认定她无罪，因为她毫无必要毒死商人。首席陪审员说，不能裁定她无罪，因为她自己供认给他下过蓖粉。

“是下过药，但是她以为那是鸦片。”商人说。

“她用鸦片也能毒死人，”喜欢打岔的上校说，于是他趁机说起他的内弟媳妇服鸦片自尽，要不是附近有医生，抢救及时，她肯定死了。上校说得如此动情、自信、得体，谁也没有勇气去打断他的话，只有那个店员受了他的感染，决定打断他的话，以便说一说他的故事。

“有些人习惯了，”他开口说道，“一次能服四十滴鸦片。我有一个亲戚……”

但是上校不允许别人打断他的话，接着又说起他内弟媳妇服了鸦片的后果。

“唉，诸位先生，已经四点多了。”其中一个陪审员说。

“这么办，诸位先生，”首席陪审员说，“我们裁定她有罪，但没有掠夺的企图，也没有盗窃财物。这样行吗？”

彼得·盖拉西莫维奇很满意自己得胜，于是同意了。

“不过要从轻发落。”商人补充说。

大家都同意了。只有搬运工人坚持要裁定“她无罪”。

“结果是一样的，”首席陪审员解释道，“既没有掠夺的企图，也没有盗窃财物，这样她就无罪了。”

“就这样办吧，再要求从轻发落，如有漏洞，后一条也能统统堵上。”商人喜滋滋地说。

大家都累了，争辩得糊涂了，谁都没有想到要在答复中补上一句：“是的，但无意谋害性命。”

涅赫柳多夫激动不安，竟然也没发现这一点。答案就照这样记录下来，送到法庭。

拉伯雷[①]描写过一个法学家，人家找他办案，他先是向人家指点各种各样的法律，再读上二十页毫无意义的拉丁语法律条文，然后让打官司的人掷骰子，看看是单数还是双数。如果是双数，那就是原告有理。如果是单数，那就是被告有理。

这里的情况也是这样。作出这种而不是另一种决定，并非因为大家都表示同意，而是因为一，庭长作了如此冗长的总结发言，这次却偏偏漏掉了他以往一直说的、他们在回答问题时正是可以说的：“是的，她犯有罪，但无意谋害性命”；二，上校说的关于内弟媳妇的故事太长、太枯燥；三，涅赫柳多夫太激动，没有发现遗漏了关于并无意谋害性命

---

① 拉伯雷(1494—1553)，法国人文主义作家。

这一说明，他以为写了“没有掠夺的企图”的说明，就消除了判罪的可能；四，彼得·盖拉西莫维奇不在议事室，首席陪审员重读问题和答案的时候，他正出去了；不过，最主要的原因是大家太疲劳，都想早点脱身，所以都同意这个可以尽快结案的决定。

陪审员们按了铃。站在门口的宪兵将出鞘的军刀插回刀鞘，并让到一旁。法官们都已就位，陪审员们一个跟着一个回到法庭。

首席陪审员神态庄严地拿着那张纸。他走到庭长面前，把纸交给庭长。庭长看了一遍，显然感到惊讶，他摊着双手，转身与两位法官商量。庭长惊讶的是，陪审员们写了“无掠夺的企图”这第一个保留条件之后，竟没有写“无意谋害性命”这第二个保留条件。这样一来，根据陪审员这个决定，玛斯洛娃既未偷窃，也未掠夺，同时又毫无明显目的毒死一条人命。

“您瞧瞧，他们的答案多么荒唐，”庭长对左边那位法官说，“要知道这得判她服苦役，可她却无罪。”

“哼，她怎么无罪？”那个严厉的法官说。

“实在是无罪，依我看，这种情形适用第八百一十八条。”（第八百一十八条规定，如果法庭认为裁决不当，可以取消陪审员的裁定。）

“您看怎么样？”庭长问心地善良的法官。

善良的法官没有马上回答，他看了看面前公文纸的页码，将数字加起来，结果不能被三整除。本来他打算，如果能被三除尽，他就同意，现在尽管不能除尽，出于善良的天性，他也同意了。

“我也是这样想，应该这么办。”他说。

“那么您呢？”庭长问那个气冲冲的法官。

“无论如何不同意，”他断然回答，“报界一直在说陪审员们总是为罪犯开脱；如果法官们也为罪犯开脱，他们会怎么说？我无论如何不同意。”

庭长看了看怀表。

“很遗憾，但有什么办法呢！”他把问题纸交给首席陪审员宣读。

全体起立，首席陪审员倒换着双脚，清了清嗓子，将问题和答案读了一遍。法庭上所有官员，包括书记官，律师，甚至还有副检察官，全都露出惊讶的神色。

被告们毫不焦急地坐着，他们显然不理解答案的含义。大家又都坐下，庭长问副检察官，他认为应该给几个被告判处什么样的刑罚。

副检察官对于处置玛斯洛娃的意外成功喜不自禁，他将这个成功归功于自己出色的口才，他在法典里查了查，欠起身，说：

“我认为，西蒙·卡拉京金应根据第一千四百五十二条和第一千四百五十三条第四款判处，叶夫菲米娅·博奇科娃应根据第一千六百五十九条判处，叶卡捷琳娜·玛斯洛娃应根据第一千四百五十四条判处。”

所有这些刑罚都是依法所能判处的最重的刑罚。

“法官退庭商议判决。”庭长站起身，说。

大家跟着站起来，仿佛完成了重大的事业，怀着轻松愉快的心情走出法庭，或者在庭内来回走动。

“老兄，我们可是闹出丢脸的丑事来了，”彼得·盖拉西莫维奇走到涅赫柳多夫跟前说，当时首席法官正向他说着什么。“我们把她搞去服苦役了。”

“您在说什么？”涅赫柳多夫扬声叫道，这一次他根本没察觉这位教师令人讨厌的不拘礼节的态度。

“不是吗，”他说。“我们在答案中没有写上：‘她犯有罪，但并无意谋害性命。’书记官刚才告诉我，副检察官要判她服十五年苦役。”

“本来就是这样裁定的。”首席陪审员说。

彼得·盖拉西莫维奇开始争辩说，事情本来就是不言而喻的，她既然没拿钱，也就不可能有意谋害性命。

“要知道，在离开议事室之前，我将答案读过一遍，”首席陪审员辩白道。“当时谁也没有表示异议。”

“那时我离开议事室了，”彼得·盖拉西莫维奇说，“你们怎么也打哈欠啦？”

“我怎么也没有想到。”涅赫柳多夫说。

“这就是没有想到的结果。”

“这件事还可以纠正。”涅赫柳多夫说。

“哦，不行了，现在全完了。”

涅赫柳多夫望着那些被告。他们的命运已经决定了，可是他们仍然一动不动地端坐在栏杆后边，坐在士兵面前。玛斯洛娃不知为什么事还在微笑。涅赫柳多夫心中一种可恶的情绪在活动。在此以前，他以为她会被判无罪释放，留在这座城市，他正在犹豫，不知道该怎样对待她；处理与她的关系是很困难的事情。苦役和西伯利亚一下子消除了与她有任何关系的可能性：受伤未死的小鸟不再在猎物袋里扑腾，也就不再使人想到它。

二十四

彼得·盖拉西莫维奇的推测是正确的。

庭长从议事室回来后，手里拿着公文读道：

“一八八×年四月二十八日，本区法院刑事庭奉皇帝陛下圣谕，按照诸位陪审员先生裁定，根据刑事诉讼程序法第七百七十一条第三款、第七百七十六条第三款和第七百七十七条判决如下：农民西蒙·卡尔京金，三十三岁，小市民叶卡捷琳娜·玛斯洛娃，二十七岁，褫夺公权，流放服苦役：卡尔京金八年，玛斯洛娃四年，并承担刑法典第二十八条所列后果。小市民叶夫菲米娅·博奇科娃，四十三岁，褫夺个人拥有和地位赋予的一切特权、优先权，处监禁三年，并承担刑法典第四十九条所列后果。本案诉讼费由各被告平均分担，如被告无力承担，则由国库支付。本案各种物证予以变卖，戒指返还，酒瓶销毁。”

卡尔京金仍然挺直身体站着，手指翘着，两手贴着裤缝，两颊不住地抖动。博奇科娃显得十分镇定。玛斯洛娃听完判决后，满脸涨得通红。

“我没有罪，没有罪！”她突然大叫，声音响彻整个法庭。“冤枉啊。我没有罪。我没有起坏心，连想都没有想过。我说的是实话。是实话。”她跌坐在凳子上，放声大哭。

卡尔京金和博奇科娃出去之后，她仍坐在位子上哭泣，宪兵只得拉她囚袍的袖子。

“不行，不能让这个案子就这样了结。”涅赫柳多夫对自己说，完全忘掉了刚才那种可恶的情绪，自己也不知为什么匆匆赶到走廊里，想再看她一眼。门口拥挤着一群要出门的活跃的陪审员和律师，他们都为办完案子而感到满意，结果涅赫柳多夫在门口耽搁了几分钟。等他来到走廊，她已经走远了。他快步追了上去，丝毫不顾引起别人注意，他超过她，站在她面前。她已经停止哭泣，只是抽抽搭搭地饮泣，用头巾一角擦着有红斑的脸，从他身旁走过，并未朝他看一眼。等她走过去后，他匆匆赶回去，想见庭长，可是庭长已经走了。

涅赫柳多夫一直追到门房间才追上庭长。

“庭长先生，”涅赫柳多夫走到他跟前说，这时庭长刚穿上浅色大衣，接过看门人递来的上端镶银的手杖，“我能与您谈谈刚才判决的案子吗？我是陪审员。”

“哦，当然可以，涅赫柳多夫公爵？很高兴，我们见过面，”庭长说，一边握着涅赫柳多夫的手，非常得意地想起与他见面那一晚，他舞跳得又好又快活，比所有年轻人跳得都好。“有什么事需要我效力？”

“关于玛斯洛娃的答案里产生了误会。她并没有犯投毒罪，却判她服苦役。”涅赫柳多夫神情颇为忧郁地说。

“法官是根据你们的答案作出判决的，”庭长说着朝大门走了一步，“尽管法官也觉得答案与案情不相符。”

他想起来了，他本想向陪审员们解释，他们那个“是的，她犯有罪行”的答案没有否定有意谋杀，就是肯定了预谋杀人罪，可是当时急于结案，就没有解释。

“不错，可是难道就不能纠正这个错误了吗？”

“上诉申请撤销原判的理由总是可以找到的。必须去找律师。”庭长说，将帽子微微歪戴，继续朝门口走去。

“这可是太可怕了。”

“是啊，您要知道，玛斯洛娃本来就面临着两种前途，”庭长说，他显然是想对涅赫柳多夫表现得亲切、谦恭一些。他将自己那络腮胡子理到大衣领子外，轻轻挽起涅赫柳多夫的胳膊肘，朝大门走去，并且继续说：“您不是也要走吗？”

“是的。”涅赫柳多夫说，匆匆穿上大衣，和他一起走。

他们来到令人愉快的明媚的阳光下，马路上来往车辆隆隆作响，立即必须提高嗓门说话。

“您知道，这个局面是这样奇怪，”庭长提高嗓门，接着说，“怪就怪在她，这个玛斯洛娃，曾面临着两种前途：或者几乎无罪开释，只判处监禁，而且原先坐牢的时间也可以抵消，甚至只判处拘留，或者服苦役，中间道路是没有的。如果你们当初加上‘但无意谋杀’这几个字，那她就无罪开释了。”

“我不可原谅地忽视了这一点。”涅赫柳多夫说。

“事情的关键就在这一点。”庭长微笑着说，又瞅了瞅怀表。

离克拉拉约定的最后时限还剩三刻钟。

“现在如果您愿意，可以去找律师。需要找到上诉的理由。这总是可以找到的。去贵族街，”他回答马车夫说，“三十戈比，多一个也不给。”

“老爷，请上车吧。”

“再见。如果有什么事需要我效劳，请到贵族街德沃尔尼科夫宅邸，这个地址很好记。”

他亲切地鞠了一躬，坐上马车走了。

二十五

与庭长的谈话和室外清新的空气使涅赫柳多夫的情绪稍稍平静了。现在他想到，他原先不愉快的心情是因为在极不习惯的环境里度过一上午而加剧的。

“不用说，这是令人震惊的巧合！必须尽一切可能减轻她的厄运，而且要尽快就办。立即就办。现在必须就在这里，在法院里，打听明白法纳林或米基申的住处。”他想到了这两位著名律师。

涅赫柳多夫回到法院，脱了大衣，登楼上去。他在第一条走廊里就遇上法纳林。他拦住法纳林，说有事找他。法纳林认识他，知道他的名字，说很高兴能为他办事。

“虽然我累了……但如果时间不长，那就把您的事情告诉我吧，到这里来。”

法纳林把涅赫柳多夫领进一个房间，大概是某位法官的办公室。他们在桌子旁边坐下。

“那么，是什么事？”

“首先我请求您，”涅赫柳多夫说，“别让任何人知道我插手这个案子。”

“嗯，这理所当然。那么……”

“我今天是陪审员，我们判处一个女人服苦役，一个无辜的女人。这使我很难过。”

涅赫柳多夫没有料到，自己突然脸红了，一时说不下去了。

法纳林瞟了他一眼，又垂下双眼，继续听着。

“说吧。”他催促道。

“我们判处了一个无辜的女人有罪，我希望撤销原判，将这个案子转到高级法院重审。”

“转到枢密院。”法纳林纠正道。

“所以我请求您来办这件事。”

涅赫柳多夫想把最难出口的话赶快说完，因此立即接着说：

“办这桩案子的酬劳和各项费用不管多少都由我承担。”他红着脸说。

“哦，这我们回头再商量。”律师说，对他这种不谙世情宽厚地笑笑。

“那么问题究竟在哪里？”

涅赫柳多夫把事情的始末详细地说了一遍。

“好吧，明天我着手办这件事，看一看案情。后天，不，星期四晚上六点钟，您来找我，我给您答复。就这样吧？那我们走吧，我还得在这里查一些材料。”

涅赫柳多夫向他告辞之后便走了。

他与律师谈了话，外加自己又采取了措施为玛斯洛娃辩护，使得他更安心了。他来到院外，天气晴和，他舒心地吸了一口春天的空气。马车夫们纷纷上前兜生意，可是他宁愿步行，一连串的思绪和关于卡秋莎、关于他以往对卡秋莎的行径的种种回忆，顿时袭上心头，在他的脑海中翻腾。他又感到沮丧，周围的一切都显得暗淡阴郁。“不行，这件事以后再仔细考虑，”他对自己说，“现在得把这些沉重的印象丢开。”

他想起了去科尔恰金家吃饭的事，于是看了看表。现在还不算太迟，能赶上吃饭。一辆马车正在他旁边叮叮当当地行驶，他紧跑几步，跳上了马车。他在广场下了车，雇了一辆华丽的马车，十分钟后他已到达科尔恰金家大宅院的大门口了。

二十六

“请进，老爷，他们都在等您呢，”科尔恰金家的肥胖的看门人亲热地说，无声地打开了安装英国造的铰链的橡木大门。“他们正在吃饭，不过吩咐请您一到就去。”

看门人走到楼梯旁，拉了拉通往楼上的铃。

“有外人吗？”涅赫柳多夫说着，脱下大衣。

“科洛索夫先生在，还有米哈伊尔·谢尔盖耶维奇，不过都是自家人。”看门人回答。

一个穿燕尾服、戴白手套的漂亮的听差从楼梯上往下看。

“请吧，老爷，”他说，“主人吩咐过，请您就去。”

涅赫柳多夫登上楼梯，然后沿着熟悉的宽敞华丽的大厅走到餐厅。餐厅的桌边围坐着全家人，只有母亲索菲娅·瓦西里耶夫娜公爵夫人不在场，她从来不出她的房间。桌子上首坐着老科尔恰金，紧挨他左侧的是医生，右侧的是客人伊万·伊万诺维奇·科洛索夫，他原先是本省的首席贵族，现在是银行董事，又是科尔恰金自由派思想的志同道合者。左边往下是米西妹妹的家庭教师雷德小姐，她身旁坐着她的学生、四岁的小姑娘。右侧坐着米西的弟弟，科尔恰金的独生子，六年级学生彼佳，全家人就为他迎考而留在城里。彼佳旁边是一位大学生，他是彼佳的家庭补习教师。左边再往下是斯拉夫派的信徒、四十岁的老姑娘卡捷琳娜·阿列克谢耶夫娜，坐在她对面的是米西的表兄弟米哈伊尔·谢尔盖耶维奇，也叫米沙·捷列金。桌子的下首坐着米西，她旁边摆着一份没有动过的餐具。

“嗯，这很好。请坐，我们刚在吃鱼，”老科尔恰金费劲地、小心翼翼地用假牙嚼着说道，并抬起布满血丝的、看不见眼睑的双眼望着涅赫柳多夫。“斯捷潘。”他满嘴都是食物，用目光示意那副空餐具，对一个粗壮而神情庄严的餐厅侍者说。

尽管涅赫柳多夫与老科尔恰金很熟悉，多次在饭桌上见过他，可是今天不知怎的，他那张红脸，他那在坎肩上衬着的餐巾上方两片津津有味地吃着的嘴唇，尤其是养得肥肥壮壮的将军式的身躯，使人看了特别讨厌。涅赫柳多夫不由得想起以往听说的此人的残忍，他在担任某个地区的长官的时候，天知道为了什么常常鞭打甚至绞死人，其实他有钱有势，不必借此邀功请赏。

“马上就上菜，老爷。”斯捷潘说，他从摆着许多银餐具的餐具橱中拿出一把分汤用的大汤勺，并朝留有络腮胡子的漂亮男仆点点头，那个男仆当即把米西身旁的那套未动用过的餐具摆摆正，餐具上原先覆盖着浆过的、折叠得非常精巧、正好凸现族徽的餐巾。

涅赫柳多夫围着餐桌绕行一周，与大家一一握手。除了老科尔恰金、太太和小姐，其他人在他走近时都起立。这样绕行一周，与所有的人逐一握手，尽管其中大多数人他从未与他们说过话，他今天仍觉得特别厌烦、可笑。他为晚到道了歉，打算在桌子下首，在米西和卡捷琳娜·阿列克谢耶夫娜之间的空位子上坐下来，但是老科尔恰金要求他，即使不喝伏特加，也要坐到摆有龙虾、鱼子酱、干酪、鲱鱼的那张桌子旁边吃一点。涅赫柳多夫没有料到自己饿到这个地步，一开始吃夹干酪面包，竟然停不住嘴而狼吞虎咽地大吃起来。

“喂，怎么样，挖社会墙脚了吧？”科洛索夫借用反对陪审员制度的反动报纸的说法讽刺道。“将罪犯判无罪，将无辜的判有罪？”

“挖社会墙脚……挖社会基础……”老公爵笑着重复道，他对自己自由派思想的志同道合者兼朋友的才智与学识无限信赖。

涅赫柳多夫贸然失礼了，毫不理睬科洛索夫，他坐到刚刚端来的冒热气的汤旁边，继续吃着。

“让他吃吧。”米西笑着说，她用代词“他”来暗示自己与他的亲密关系。

这时候科洛索夫滔滔不绝地高声说起报上一篇反对陪审员制度的、煽起他愤怒的文章的内容。公爵的表侄子米哈伊尔·谢尔盖耶维奇附和他，又说了这份报纸上另一篇文章的内容。

米西照例总是极其雅致，穿着漂亮，但不引人注目。

“您大概累坏了，饿坏了。”等涅赫柳多夫吃完，她对他说。

“不，还行。那么您呢？去看画展了吗？”他问。

“没有，我们改期了。我们去萨拉马托夫家打网球[①]了。说真的，克鲁克斯先生打得好极了。”

涅赫柳多夫到这儿来是为了散散心。他在这个宅院里总是感到很愉快，不仅仅是因为这里有使他心情快乐的、格调优美的豪华，而且因为有一种奉承的热情气氛在无形之中攫住了他。然而今天，事情却很奇怪，这个家庭的一切都使他讨厌，从看门人、宽阔的楼梯、花卉、仆人、桌上的摆设到米西本人，一切都使他厌恶，他觉得米西今天并不令人喜爱，而且显得矫揉造作。他讨厌科洛索夫这种自以为是的庸俗的自由派论调，讨厌老公爵那种充满自信的、像公牛一样浑身是肉的身躯，讨厌信奉斯拉夫派的卡捷琳娜·阿列克谢耶夫娜说的法国话，讨厌家庭女教师和男教师那种拘谨的神态，他特别厌恶米西说的指代他的那个代词“他”……涅赫柳多夫对待米西总是在两种态度之间摇摆。有时候他仿佛眯着双眼，仿佛在月光下，看到她全身都是优点，觉得她是那样的鲜嫩、美丽、聪颖、自然……有时候他仿佛在明亮的阳光下，突然看见，而且不能不看见她身上的缺陷。对于他，现在就是这种阳光明亮的白天。现在他看见了她脸上所有细微的皱纹，知道而且也看见了她蓬松的头发，看见她的胳膊肘是那样尖削，尤其是她大拇指的宽大的指甲，简直就像她父亲的大拇指甲。

---

①原文为英文。

“乏味至极的游戏，”科洛索夫评论网球说，“我们小时候玩的棒球要有趣得多。”

“不对，您没有体验过。这种游戏好玩极了。”米西反驳道，在涅赫柳多夫听起来，她那个“极”字说得特别不自然。

于是激烈的争论开始了，米哈伊尔·谢尔盖耶维奇和卡捷琳娜·阿列克谢耶夫娜也参与这场争论。只有两个家庭教师和孩子们默不作声，他们显然觉得这种争论枯燥乏味。

“总是争吵！”老科尔恰金哈哈大笑着说，他取出掖在坎肩里的餐巾，哗地一推身下的椅子，仆人立刻扶住椅子，老公爵从桌旁站起身来。其他人全都跟着他站起来，走到摆着漱口杯的小桌旁边，杯子里已经倒好香喷喷的温水。他们漱过嘴，继续进行谁都不感兴趣的谈话。

“是这样吧？”米西对涅赫柳多夫说，她要他肯定自己的见解：游戏最能看出一个人的性格。她看见他的脸上有一种聚精会神的、而且她觉得像是谴责的表情，她害怕他的这种表情，她很想知道这是什么原因造成的。

“说实话，我不知道，从来没有想过这个。”涅赫柳多夫回答。

“去看看妈妈？”米西问。

“好吧，好吧。”他说着掏出烟，那口气分明是说，他并不想去。

她沉默了，用疑问的目光望着他，于是他觉得问心有愧了。“真是的，到别人家里来却让别人扫兴。”他暗自想道。他竭力装作亲切地说，如果公爵夫人肯接见，他很愿意去。

“是的，是的，妈妈会高兴的。您到那里也能抽烟。伊万·伊万诺维奇也在那里。”

这个家庭的女主人索菲娅·瓦西里耶夫娜公爵夫人长期卧病在床。她躺着见客已经七年多了，身上穿着饰有花边和丝带的衣服，旁边摆着天鹅绒的、镀金的、象牙的、青铜的、漆器的器物和花卉。她从不出门，只肯见如她所说的“自己的朋友”，也就是说，只肯见她认为是出类拔萃的人物。涅赫柳多夫就在这些朋友之列，因为他被认为是有才智的青年，而且他的母亲是这个家庭的亲密朋友，还因为米西若能嫁给他，这是求之不得的好事。

索菲娅·瓦西里耶夫娜公爵夫人的房间在大客厅和小客厅的后边。在大客厅里，走在涅赫柳多夫前面的米西果断地停住脚步，手扶镀金椅子的椅背，望着他。

米西很想出嫁，涅赫柳多夫是个相称的好配偶。不仅如此，她还喜欢他，她习惯了一种想法，他将是她的（不是她将是他的，而是他将是她的），于是她用精神病人常有的、不知不觉的、然而是固执的狡猾手段去达到自己的目的。现在她跟他说话，目的是要他解释。

“我看得出，您遇到什么事情了，”她说。“您怎么啦？”

他想起在法庭上遇见了卡秋莎，便皱起眉头，涨红了脸。

“是的，我是遇到一件事，”他说，很想表示诚实，“而且是奇怪的不平常的大事。”

“什么事？您不能说吗？”

“现在不能说。请原谅我不说。发生的这件事，我还没来得及仔细考虑。”他说，他的脸红得更厉害了。

“那么您不能对我说啰？”她脸上的肌肉抖动了一下，她推开了原先抓着的椅背。

“是的，我不能说。”他感觉到，他回答她就像回答自己一样，承认自己的确遇到一件重大的事情。

“好吧，那我们走吧。”

她甩了一下头，仿佛要甩掉那些不必要的想法，用比平时更快的步子走在了前头。

他觉得，她不自然地闭着嘴，强忍着没掉泪。他心中自觉惭愧和痛苦，因为他惹得她伤心，但他很明白，丝毫的软弱都会坑害自己，就是说，会束缚住他的手脚。他现在最害怕的就是这一点，于是他就这样默默地和她一起走到公爵夫人的房间。

二十七

索菲娅·瓦西里耶夫娜已经吃完十分精致、富有营养的午饭，她总是独自一人吃饭，免得别人看见她在做这件毫无诗意的事之时的模样。她的卧榻旁边摆着一张小桌，桌上放着咖啡，她正在吸烟。索菲娅·瓦西里耶夫娜公爵夫人是个瘦长的黑发女人，模样打扮得还算年轻，牙齿长长的， 眼睛又黑又大。

关于她和那个医生的关系，有一些流言蜚语。涅赫柳多夫本来已经忘却这些事，现在他不但想起来了，而且当他看见她圈椅旁边坐着的这个胡子抹得油光光并分成两半的医生，心中不由得极其厌恶。

科洛索夫坐在索菲娅·瓦西里耶夫娜身旁的一把低矮的软椅上，靠近那张小桌，正在搅动杯里的咖啡。桌子上还有一杯甜酒。

米西和涅赫柳多夫一起走进母亲的房间，但她并没有在房间里逗留。

“等妈妈累了，赶你们的时候，就到我那里去。”她对科洛索夫和涅赫柳多夫说，那口气就像她与涅赫柳多夫之间从未发生过任何不快，她喜盈盈地笑着，在厚地毯上悄然无声地走着，离开了房间。

“啊，您好，我的朋友，请坐，说说吧，”索菲娅·瓦西里耶夫娜说，她装出巧妙得逼真的笑容，露出两排漂亮的长牙，这两排假牙做得那样精巧，简直跟真牙一模一样。“我听说您从法庭回来之后心情特别阴郁。我想，这种工作对于好心肠的人来说，是很痛苦的。”她用法语说。

“的确，是这样，”涅赫柳多夫说，“你常常觉得自己没有……觉得你没有权利审判……”

“这话说得太对了，”她惊呼道，仿佛被他的意见的正确性所震惊。她总是这样巧妙地奉承自己的交谈者。

“嗯，您那幅画怎么样啦？我对它很关心，”她接着说，“要不是害病，我早就去您家了。”

“我彻底把它丢开了，”涅赫柳多夫干巴巴地回答，他觉得她今天这种奉承的虚假，就像她的老态那样难以掩饰地明显。他无论如何不能调整自己的情绪，使自己变得亲切、殷勤。

“这不应该！您知道吗，列宾[①]亲口对我说，他很有才华。”她转身对科洛索夫说。

“这样撒谎她怎么不害臊。”涅赫柳多夫皱着眉头暗想。

索菲娅·瓦西里耶夫娜深信涅赫柳多夫情绪恶劣，无法使他加入愉快得体的谈话，于是转身询问科洛索夫，关于新上演的一出戏他有什么看法，她的口吻听起来仿佛科洛索夫的意见能解决一切疑问，他的见解的每一个字肯定都将流芳百世。科洛索夫批评了这出戏，并趁机将自己对艺术的见解说了一番。索菲娅·瓦西里耶夫娜公爵夫人被他的见解的正确性所震动，她本想为剧本的作者辩护，但立刻又服输了，或者只是折衷地支吾几句。涅赫柳多夫一边看着、听着，但是他看到的和听到的完全不是面前的情形。

涅赫柳多夫听着索菲娅·瓦西里耶夫娜和科洛索夫的对话，他发现，第一，无论是索菲娅·瓦西里耶夫娜，还是科洛索夫，他们对那出戏丝毫不关心，彼此对对方的谈话也并不重视，如果说他们在谈话，那不过是为了满足舌头和喉头肌肉在饭后想活动活动的生理要求；第二，他发现科洛索夫喝了伏特加、葡萄酒、甜酒之后微微有点醉意，不是难得喝酒的农民常有的那种烂醉，而是饮酒成习的人们常常出现的那种微

---

①列宾(1844—1930)，俄国画家，巡回展览派成员。创作有《伏尔加河纤夫》、《伊凡雷帝和他的儿子》等著名作品。

醉。他身体不摇不晃，嘴里不胡言乱语，但是处于一种不正常的兴奋和得意的状态；第三，涅赫柳多夫发现，索菲娅·瓦西里耶夫娜在谈话过程中常常不安地望望窗子，一束斜阳开始透过窗户照到她的身上，阳光会十分明显地照出她的老态。

“说得太对了。”她针对科洛索夫的某个意见说道，然后按了按床榻旁边墙上的电铃按钮。

这时候医生站起来，像家里人一样随便，什么也没说就走出了房间。索菲娅·瓦西里耶夫娜嘴里继续说着话，目送他出了门。

“菲利普，请把这个窗帘放下来。”英俊的仆人听见按铃声进来后她用目光示意着窗帘说。

“不，无论您怎么说，它里边总是有一种神秘主义的东西，没有神秘主义的东西，也就没有诗歌。”她说着，一只黑眼睛气冲冲地盯着仆人放窗帘的动作。

“没有诗歌，神秘主义便是迷信，而没有神秘主义，诗歌也就成了散文。”她说，苦笑着仍然盯着正在拂平窗帘的仆人。

“菲利普，您放错了窗帘，是让您放大窗户的窗帘，”索菲娅·瓦西里耶夫娜苦恼地说，她显然怜惜自己，为了说出这句话，她不得不作这一番努力。为了安慰自己，她抬起戴有许多宝石戒指的手，把正在冒烟的芳香扑鼻的香烟送到嘴边。

胸膛宽阔、肌肉发达的美男子菲利普微微一鞠躬，仿佛表示歉意，然后轻轻地在地毯上移动强劲有力、小腿肚突起的双腿，恭顺地默默走到另一个窗户旁边，眼睛瞧着公爵夫人，小心翼翼地调整着窗帘，不让一丝阳光照到她身上。可是这样他也没有做对，受苦受难的索菲娅·瓦西里耶夫娜不得不再次中断自己关于神秘主义的谈话，纠正冥顽不灵并无情地打扰了她的菲利普。菲利普的眼睛里倏地闪出了火星。

“‘只有鬼才知道你要怎样，’他内心大概这样说。”涅赫柳多夫目睹这场闹剧，心中想道。可是美男子兼大力士菲利普即刻掩饰住自己不耐烦的表示，沉着地依照疲惫不堪、衰弱无力、虚伪透顶的公爵夫人索菲娅·瓦西里耶夫娜的命令行事。

“当然，达尔文学说有很大一部分是真理，”科洛索夫说，他懒洋洋地坐在低矮的圈椅上，睡眼蒙眬地瞧着索菲娅·瓦西里耶夫娜公爵夫人，“可是他超过了度。就是这样。”

“那您相信遗传吗？”索菲娅·瓦西里耶夫娜问涅赫柳多夫，她对他的沉默觉得苦恼。

“遗传？”涅赫柳多夫反问道。“不，我不相信，”他说，此刻他的全副精神都被不知什么原因而出现在他想象中的一个个奇怪的形象所吸引。他想象着，美男子大力士菲利普现在是赤身裸体的模特儿，他旁边坐着赤裸的科洛索夫，科洛索夫的肚子像个西瓜，头顶光秃秃的，胳膊全无肌肉，像两根藤条。索菲娅·瓦西里耶夫娜此刻盖着绸缎和天鹅绒的双肩的应有的实际形象也隐约出现在他的想象中，不过这种形象实在太可怕了，他竭力驱赶着这个形象。

索菲娅·瓦西里耶夫娜用眼睛将他上下打量了一番。

“米西在等您呢，”她说，“去找她吧，她想给您弹奏舒曼[①]的新作品……很有意思。”

“她压根儿没有想到要弹什么曲子。她不知为什么老是撒谎。”涅赫柳多夫暗想，他站起来，握了握索菲娅·瓦西里耶夫娜那只白净的、骨瘦如柴、满是戒指的手。

他在客厅里遇见卡捷琳娜·阿列克谢耶夫娜，她立即开口说话。

“真是的，我看出，陪审员的职责太使您苦恼了。”她说，照例用法语。

“是啊，请原谅，我现在情绪不好，但我没有权利使旁人跟着烦恼。”涅赫柳多夫说。

---

①舒曼(1810—1856)，德国作曲家，德国浪漫主义音乐美学的代表人物。

“什么原因使您情绪不好呢？”

“请原谅，我不能说是什么原因。”他说，一边在找他的帽子。

“还记得吗，您曾经说，要永远说真话，而且当时您还对我们大家说了一些残酷无情的真话。那么为什么您现在不愿说真话呢？米西，你还记得吗？”卡捷琳娜·阿列克谢耶夫娜转身问刚刚进来的米西。

“因为那时候我们是在做游戏，”涅赫柳多夫严肃地回答，“游戏时可以说真话。可是在现实生活中，我们很坏，就是说，我太坏了，坏得至少我不能说实话。”

“您别纠正自己的话了，最好还是说说我们坏在哪里。”卡捷琳娜·阿列克谢耶夫娜说，她故意在玩弄辞藻，装作没有看见涅赫柳多夫那严肃的神情。

“没有比承认自己情绪不好更糟的事了，”米西说，“我向来不承认自己情绪不好，所以情绪总是很好。好吧，到我房间里去吧。我们尽量将您的坏情绪排遣掉。”

涅赫柳多夫产生了一种感觉，马在戴笼头、套上车之前被人抚摩时必定会有这种感觉。可是他今天比任何时候都更不愿拉车。他道歉说，他该回家了，于是开始告别。米西比往常更久地握着他的手。

“您要记住，对您是重要的事情，对您的朋友同样重要。”她说。“明天您会来吗？”

“未必能来。”涅赫柳多夫说，他感到羞耻，自己也不明白，究竟是为自己还是为她而脸红，他匆匆地走出去了。

“这是怎么回事？这太使我感兴趣了，”涅赫柳多夫走后卡捷琳娜·阿列克谢耶夫娜说。“我一定要打听明白。想必是有关自尊心的事：他很委屈嘛，我们亲爱的米佳[①]。”

“不如说是有关桃色案件的事。”米西本想这样说，但是没有说。

---

①米佳系涅赫柳多夫的名字德米特里的爱称。

她望着前方，脸上的神色与刚才望着他时的神色完全两样，变得暗淡无光。但是，她甚至对卡捷琳娜·阿列克谢耶夫娜也不说这句格调低下的双关语，她只是说：

“我们大家都有这种伤心的日子和开心的日子。”

“难道这个人也欺骗我，”她暗自思忖，“事情到了这一步，他这样做可就太不像话了。”

如果硬要米西解释“事情到了这一步”的意思，她倒说不出个所以然了。不过，她毫无疑问地知道，他不仅唤起了她心中的希望，而且几乎向她作了许诺。虽然没有明确的诺言，但是有那些目光、微笑、暗示、默认。所以她终究认为他是属于她的，失去他，对于她来说太痛苦了。

二十八

“可耻而又可恶，可恶而又可耻，”涅赫柳多夫这时候心里想道，他正沿着熟悉的街道徒步走回家去。与米西谈话引起的沉重心情仍然攫住他。他觉得，形式上，如果可以这样表述的话，他对她并无过错，他没有对她说过会束缚自己手脚的话，更没有向她求婚；可是实质上，他感觉到已将自己与她联系在一起，已经答应她。然而，他现在凭着整个生命体觉得，他不能娶她。“可耻而又可恶，可恶而又可耻，”他暗自这样重复着，不仅是指与米西的关系，而是泛指一切。“一切都可恶而又可耻。”他仍然重复着，走到了自家的门廊。

“我不吃晚饭了，”他对跟在他身后走进餐厅的科尔涅伊说。餐厅里已经摆好餐具和茶。“您去吧。”

“是，”科尔涅伊说，但没有离开，而是开始收拾桌上的餐具。涅赫柳多夫望着科尔涅伊，对他产生了反感。他希望所有的人都离开他，别来打搅他，可是他觉得大家都故意来纠缠他，不让他安静。科尔涅伊端着餐具离开后，涅赫柳多夫本想走到茶炊旁边倒杯茶，可是听见阿格拉费娜·彼得罗夫娜的脚步声，赶紧走到客厅里，并随手关上门，免得看见她。客厅这个房间就是三个月之前母亲去世的地方。现在走进这个被两盏装有反光镜的灯(一盏在父亲的遗像旁边，另一盏在母亲的遗像旁边)所照亮的房间，他就想起了自己在最后一段时间对待母亲的态度，他感到这种态度是虚伪和令人厌恶的。所以也是可耻而又可恶的。他回想起来，在她病重的最后一段时间，他简直是盼着她早点死掉。他对自己说，他之所以这样是希望母亲早点摆脱痛苦，实际上，他希望自己能早点不再看到她的痛苦。

为了在自己心中唤起对她的美好回忆，他望着她的肖像，这是花了五千卢布请著名画家画的。肖像上的母亲穿着黑色天鹅绒连衣裙，袒露着胸部。画家显然是特别认真地描绘了胸部、两个乳房之间的乳沟、美丽得耀眼的肩膀和颈脖。这本身已经是既可耻，又可恶。在母亲被画成半裸的美人的这张画像上，有一种令人厌恶的亵渎的意味。更令人厌恶的是，三个月以前就在这个房间里躺着的这个女人，干瘪得像木乃伊，却又使整个房间、甚至整座房子充满令人作呕的难闻气味。那种难闻气味，无论使用什么方法都无法消除。他觉得现在还能闻到这股气味。他又想起她临死那一天，用她瘦骨嶙峋的、发黑的小手抓住他强健有力的白皙的手，望着他的眼睛说："别责怪我，米佳，如果我有什么做得不对。"在她那双因痛苦而失去光泽的眼睛里涌上了泪水。"多么可恶！"望着这个半裸的、肩膀和胳膊美丽得像大理石的、脸上露着得意洋洋的微笑的女人，他再次对自己说道。肖像上裸露的胸部使他想起另一个年轻的女人，几天前他看到她也这样裸露着，这就是米西。那天晚上她找了个借口，叫他到她房间里去，看看她为参加舞会而穿上舞衣的模样。他怀着厌恶的心情想起了她的漂亮的肩膀和胳膊。还有这个劣迹斑斑、残酷无情、粗鲁无礼、像野兽一样的父亲和看似机敏其实可疑的母亲。

所有这一切都是令人厌恶的，同时又是可耻的。可耻而又可恶，可恶而又可耻。

“不行，不行，”他心里想道，“必须摆脱，摆脱同科尔恰金一家、同玛丽亚·瓦西里耶夫娜、同遗产、同其他一切的所有虚伪的关系……对，要自由地呼吸。到国外去，去罗马，去学习绘画……”他想起自己对绘画才能的怀疑。“唉，反正无所谓，只要能自由地呼吸。先到君士坦丁堡[1]，再到罗马，只要尽快辞去陪审员这个职务。还要与律师安排好这个案子。”

于是在他的想象中突然异常逼真地出现了长着斜睨的黑眼睛的女囚犯。在让被告作最后陈述时，她哭得多么伤心啊！他将吸剩的烟头在烟灰缸里熄灭，揉了揉，又点上一支，开始在房间里来回走动。于是，他与她一起度过的一幕幕景象又浮现在他的脑海中。他回想起最后一次与她相会的情形，当时攫住他全身心的兽性的激情，以及兽性的情欲得到满足后所体会到的失望。他忆起她的白色连衣裙和天蓝色的腰带，想起那次晨祷。“我是爱她的，在这个夜里我是用纯洁美好的感情真心爱她的，在此以前我早就爱她，我第一次住到姑姑家写论文的时候，就深深地爱上了她！”于是他又回想起当初自己是怎样一个人。那时候他朝气蓬勃，充满青春活力，生活无比充实，想到这些，他不由得感到痛苦和悲伤。

当初的他与现在的他两者之间的差别很大。这个差别即使不比教堂里的卡秋莎与陪商人酗酒、今天上午被他们审判的妓女之间的差别更大，那至少也同样大。当初的他生气勃勃，自由自在，前途无量，而现在他觉得自己被愚蠢、空虚、毫无目的、微不足道的生活的罗网四面兜住，而且看不见出路，甚至多半不想摆脱罗网。他回想到，以前他曾为自己的正直而自豪，曾为自己规定了永远讲真话的原则，事实上也做到

---

① 土耳其伊斯坦布尔市的旧称。

了实话实说，现在他完全陷于虚伪的泥潭，陷于极其可怕的虚伪之中，而这种虚伪被他周围所有人公认为真理。没有任何出路可以摆脱这种虚伪的泥潭，至少他没有看出有什么出路。他全身沾满虚伪的污泥，已经习惯了这种虚伪，在虚伪的泥潭中生活得十分舒适。

如何处理同玛丽亚·瓦西里耶夫娜、同她丈夫的关系，以致面对他和他的子女而不感到羞耻？如何不说谎话而摆脱与米西的关系？如何从既承认土地私有不合法，又要继承母亲的遗产这一矛盾中摆脱出来？如何向卡秋莎赎罪？绝不能就此弃之不顾。“绝不能抛弃自己爱过的女人，不能因为向律师付了钱，使她免除她本不该遭受的苦役，自己就满足，用钱赎不了罪，不能像我从前所想象的那样，我给了她钱，我就做了我该做的。”

于是他又清晰地回想起当初他在走廊里追上她，塞给她钱，然后匆匆逃离她的情景。“唉，这些钱哪！”他又像当初那样既可怕又厌恶地回忆起这一幕情景。“哎呀！多么可恶！”他又像当初那样说出声来。“只有坏蛋、恶棍才会这样干！而我，我就是这种恶棍，这种坏蛋！”他出声地说。“难道真的，”他停住脚步，“难道我真的，难道我真的是恶棍？不是我，又是谁呢？”他回答自己。“难道光是一件事？”他继续揭发自己。“难道你对待玛丽亚·瓦西里耶夫娜和她丈夫的态度不可恶下流吗？还有你对待财产的态度？你以这是母亲的钱为借口，滥用你自己也认为是不合法的钱财。还有你整个游手好闲的肮脏的生活。还有这一切的顶点：你对卡秋莎的行径。恶棍，坏蛋！随便他们(人们)愿意怎样评判我，我可以欺骗他们，但是我不能欺骗我自己。”

他突然明白，近来他心中产生的对人们的憎恶，特别是今天对公爵、对索菲娅·瓦西里耶夫娜、对米西、对科尔涅伊的憎恶，实际上是对自己的憎恶。事情真是奇怪，承认自己下流卑鄙虽则是痛苦的，但同时又是令人高兴和欣慰的。

涅赫柳多夫一生已经有过几次被他称为“清扫灵魂”的事情。有时在间隔很长一段时间后，他突然意识到内心生活停滞，有时是停顿了，于是他着手清扫累积于内心、造成精神生活停顿的所有垃圾，他把这样的精神状态称为清扫灵魂。

每次在这样的觉醒之后，涅赫柳多夫总是给自己制订出一些规则，并打算永远遵照这些规则行事，比如记日记，开始一种他希望永不改变的新生活，如他对自己所说的，翻开新的一页[①]。但是，尘世的诱惑又一次次地捉住他，他不知不觉地堕落了，而且往往比原先还要深沉。

他这样清扫自己、振奋自己已有若干次了。那个夏天到姑姑家度夏是第一次清扫。这是一次最生动、最热烈的觉醒。它的效果持续了很长时间。后来，诸如这样的觉醒发生在他辞去文职，在战时去服兵役，准备献出生命的时候。可是这次觉醒很快又被精神垃圾所葬送。再次觉醒是在他退役之后去国外学习绘画的时候。

从那时候到今天，在这样漫长的一段时间，他从未清扫过灵魂，因此，他的灵魂达到了前所未有的肮脏的地步，他的良心所要求的和他所过的生活之间的分歧达到了极不协调的程度。看到如此巨大的差距，他不由得胆战心惊了。

差距如此之大，肮脏程度如此之严重，一开始使得他对清扫的可能性感到绝望。“要知道，你已经尝试过要自我完善，要做个好人，可是毫无结果，”他心中那个诱惑者说，“那么，为什么还要尝试呢？又不光是你这样，大家都这样，生活本来就是这样。”但是，那个自由的、精神的人在涅赫柳多夫身上觉醒了，这个自由的、精神的人是唯一真实的、唯一强大的、唯一永恒的。涅赫柳多夫不能不信赖他。无论现实中的他与他希望成为的人之间的差距是多么巨大，对于业已觉醒的精神的人来说，一切都是可以实现的。

“我要扯断束缚住我身子的虚伪的绳索，无论这将付出什么样的代

---

①原文为英文。

价，我要承认一切罪过，向所有人说实话，我要办老实事，”他果断地、出声地对自己说，“我要对米西说实话，说明我是个放荡的人，我不能娶她，我只是无缘无故地打扰了她；我要对玛丽亚·瓦西里耶夫娜（首席贵族的妻子）说实话。不过，对她没什么好说的，我要对她的丈夫说，我是个恶棍，欺骗过他。我要以合乎真理要求的方式处置遗产。我要对她、卡秋莎说，我是个恶棍，我对她是有罪的，我要竭尽所能减轻她的苦难。对，我去见她，请求她宽恕我。对，我去请求她饶恕，就像孩子那样求饶。”他停住脚步。“如果需要的话，我就娶她。”

他站在那里，双手交叉在胸前，就像小时候那样，抬起双眼看着某人，轻声对某人说：

“主啊，帮帮我吧，教教我吧，快到我身边，住在我心里，清除我身上的一切污垢！”

他祈祷着，祈求上帝帮助他，住到他心里，清洗他的灵魂，与此同时，他祈祷的事情已经实现了。原先住在他心里的上帝在他的意识中苏醒了。他觉得自己像是上帝，因此不仅感觉到自由、振奋和生活的喜悦，而且感觉到善的巨大力量。他觉得人类所能做到的一切、一切好事，他现在都能够做到。

当他对自己说着这些话的时候，泪水涌入了他的眼眶。这泪水既可喜，又可悲。喜的是，这么多年来一直在他心中沉睡的精神的人终于在他心中觉醒了，悲的是，他仍在怜悯自己，为自己的美德而感动。

他觉得身上发热，于是走到已卸下护窗板的窗子跟前，打开窗子。窗子朝着花园。这是清新无风的月夜，街上隆隆滚过车轮，过后一切又归沉寂。紧靠窗口的地上呈现着一棵高大光秃的白杨树枝杈的影子，纵横交错的树影清晰地印在一块空旷的沙地上。左边是一个仓房，房顶在明亮的月光下显得发白。再往前是枝杈交织的树丛，透过树丛隐约可见栅栏的黑影。涅赫柳多夫望着被月光照亮的花园、房顶，望着白杨树影，呼吸着令人兴奋的清新空气。

“多么好啊！多么好啊，我的上帝，多么好啊！”他说着自己心中的感觉。

二十九

晚上六点，玛斯洛娃才回到自己的牢房。她久已不习惯走路，现在走了十五俄里的石子路，便感到精疲力竭，两脚疼痛，她被料想不到的严厉判决弄得悲观绝望，此外，她也饿了。

还在一次审讯暂停休息，法警们吃起面包和煮鸡蛋的时候，她满嘴都是唾沫，便觉得饿了，但是她认为，向他们要吃的是有伤自尊的事情。此后又过了三个钟头，她已经不再想吃东西，只是觉得软弱无力。在这样的状态下，她听见了她所料想不到的判决。最初一刻她以为自己听错了，她无法相信自己听到的判决，无法将自己与苦役犯的概念联系在一起。但是，当她看见法官、陪审员那平静、认真的面部表情，看见他们将这个消息看成极为平常的事情的态度，她不禁愤怒了，对着整个大厅高喊，说她是无辜的。可是当她发现自己的喊叫也被看成很自然的、意料之中的事，不可能改变事情的结局，于是她哭了，觉得必须屈从于这个残酷的、令她惊愕的、强加于她的不公正。特别令她惊奇的是，如此严厉地判决她的竟是这些年轻而不是年老的男人，是这些总是那样亲切地望着她的男人。只有一个人，就是那个副检察官，她看出来怀有别样的心情。在她等候开庭和审讯暂停时坐在囚犯候审室里的时候，这些男人装作有事，故意从门口走过，或者进入候审室，目的只是来看看她。可是这些男人不知为了什么，突然不顾她并未犯所指控的罪行的事实，判她去服苦役。起初她哭了，但后来她停止哭泣，神志不清地坐在候审室里，等待被押回监狱。现在她只有一个念头：想抽烟。正是处在这种状态中，她看见判决后也被押回候审室的博奇科娃和卡尔京金。博奇科娃一来就破口大骂玛斯洛娃，称她是苦役犯。

“怎么，你赢啦？没罪啦？这下你大概逃脱不掉了，下贱的婊子。这是罪有应得。服苦役了，大概不会再花枝招展了吧。”

玛斯洛娃坐着，双手插在囚衣的袖管里，低垂着头，一动不动地望着面前两步远的地方，望着被踩脏了的地板，只是说：

“我没有冒犯您，您也别惹我。我又没有冒犯您。”她这样重复了几次，然后便一声不吭。等到卡尔京金和博奇科娃被押走，法警给她送来三卢布的时候，她才稍稍振作起来。

“你是玛斯洛娃？”法警问。“拿去，一位太太给你的。”他说，把钱交给她。

“哪位太太？”

“拿去就得了，还啰唆什么！”

这笔钱是妓院的掌班基塔耶娃让他送来的。她临离法庭时去找民事执行吏，问，自己能不能给玛斯洛娃一点钱。民事执行吏说可以。得到准许后，她摘下戴在又白又胖的手上的钉着三个纽扣的麂皮手套，从绸裙子后面的皱裥里掏出一个时新的钱夹，钱夹里装着厚厚一沓刚刚从她在妓院里赚来的证券上剪下来的息票①。她从中挑出一张两卢布五十戈比的息票，再加上两枚二十戈比、一枚十戈比的银币，交给民事执行吏。民事执行吏叫来一个法警，当着女捐助人的面，将这笔钱交给法警。

“请您一定交到她手里。”卡罗利娜·阿尔贝托夫娜说。

法警对她的这种不信任很恼火，因此对玛斯洛娃也就这样气冲冲的。

玛斯洛娃有了钱便很高兴，因为钱能给她带来眼下她最想得到的东西。

---

①帝俄时代息票往往当现钱流通。

“设法弄几支烟来抽抽就好了。”她想，她的全部精神都集中到抽烟这个念头上。她太想抽烟了，因此闻到从办公室的门里飘到走廊里来的烟味，她就贪婪地大吸几口空气。然而，她不得不再等很长时间，因为负责派人押送她回监狱的书记官忘了被告，他在与人聊天，甚至为一篇遭查禁的文章与一位律师争论。有几个年轻人和老年人在闭庭后还弯过来瞧瞧她，一边互相窃窃私语。但是现在她并不去注意他们了。

四点多钟，她终于被押走了。两个押解兵——下诺夫哥罗德人和楚瓦什人，押着她从后门离开法院。还在法院的门厅里时她就给了他俩二十戈比，求他们去买两个白面包和一包烟。楚瓦什人笑了，他接过钱说：

“行啊，我们给你买。”他果然买来一包烟和两个面包，还把找头还给她。

路上不许抽烟，因此玛斯洛娃只得不过烟瘾走回监狱。押送兵押着她刚走到监狱大门口，从火车上正巧押解来百名左右的囚犯。她在过道上与他们相遇了。

这些囚犯有的留着大胡子，有的刮了胡子，有年老的，也有年轻的，有俄罗斯人，也有其他民族的，有些人头发剃了半边，他们的脚镣叮当响着，过道里被弄得尘土飞扬，到处是杂乱的脚步声、说话声，还有呛人的汗臭。囚犯们走过玛斯洛娃身旁的时候，全都贪婪地盯住她看，有几个被欲火烧得变了脸形的囚犯故意靠近她，碰碰她的身体。

“嘿，姑娘长得真俊。”有一个人说。

“您好啊，姑娘。”另一个眨眨眼睛说。

一个皮肤乌黑，后脑勺剃得光亮发青，刮净的脸上留着小胡子的囚犯，脚上戴着脚镣，当啷啷地一下子跳到她跟前，将她搂住。

“难道你不认得老朋友啦？别装腔作势了！”他高声说道，龇牙咧嘴的，眼睛闪着凶光，因为她把他推开了。

“你要干什么，混蛋？”从后边赶上来的副典狱长吼道。

那个囚犯全身缩成一团，急忙跑开了。副典狱长又冲玛斯洛娃吼道：

“你在这里干什么？”

玛斯洛娃本想说，她刚从法庭里押回来，可是她太累了，懒得开口。

“刚从法院里回来，长官。”年长的押解兵挤出人群，手举到帽檐边，说道。

“那就把她交给看守长。这太不像话！”

“是，长官。”

“索科洛夫，把她带走！”副典狱长喊道。

看守长走过来，恶狠狠地推了一下玛斯洛娃的肩膀，对她点了一下头，把她带到女监的走廊里。她在走廊里被上上下下搜索了一遍，没有发现有什么东西(那盒烟已塞在面包里)，于是又被关进今天早晨离开的那间牢房。

三十

囚禁玛斯洛娃的这间牢房是个长方形的房间，长九俄尺，宽七俄尺，有两个窗户，一个占地很大的灰泥剥落的大火炉，几张木板干裂的板铺占去整个房间三分之二的空地。正对牢门的那堵墙中央挂着发黑的圣像，旁边插着一支蜡烛，圣像下边挂着一束满是灰尘的蜡菊。门后左边一块发黑的地板上放着一个臭气熏人的木桶。晚点名刚刚进行过，女人们已被锁在牢里过夜。

这个牢房里一共关着十五个人，其中有十二个妇女和三个孩子。

天还很亮，只有两个女人躺在板铺上。其中一个用囚衣蒙着头，这是个傻子，因为没有身份证而遭关押，她一天到晚几乎都在睡觉。另一个患了肺结核，因犯盗窃罪而在这里服刑。这个女人并未睡觉，她头枕着囚衣躺在铺上，两眼睁得大大的，为了不咳嗽，费劲地压着涌上喉头、刺得嗓子痒痒的浓痰。其他妇女都没有戴头巾，只是穿着粗亚麻布衬衣，有的坐在板铺上做针线活，有的站在窗口，观望着院子里走过的男囚犯。三个正在做针线活的女人当中有一个就是今天早晨送玛斯洛娃的那个老太婆，她叫科拉布廖娃，脸色阴郁，双眉紧锁，满脸皱纹，下巴挂着像口袋一样的松弛的皮肤。这是一个高大强健的女人，两鬓开始斑白的淡褐色头发扎着根短小的辫子，面颊上长有一颗毛茸茸的疣子。老太婆因为用斧子劈死丈夫而被判服苦役。她劈死丈夫是因为他老是缠住她的女儿不放。她是这间牢房的头儿，她还偷卖私酒。她戴着老花眼镜在做针线活，干惯农活的大手照农民那样用三个手指头捏住针，针尖对着自己。坐在她旁边的女人在缝帆布口袋，这个女人身量不高，肤色微黑，鼻子短而翘，眼睛黑而小，她心地善良，喜好唠叨。这是铁路岗亭的女看护工，被判处三个月的监禁，因为她未出来打旗接火车，结果火车出了事故。另一个做针线活的女人是费多西娅，同伴们叫她费尼奇卡。她的肤色白里透红，有一双像孩子那样的明亮的天蓝色的眼睛，两根长长的淡褐色的辫子盘在不大的头上，她是一个十分年轻可爱的女人。她因蓄谋毒死丈夫而遭监禁。她还是十六岁的小姑娘的时候就出嫁了，一过门，她就想毒死丈夫。在取保候审的八个月中，她不仅与丈夫和解了，而且深深爱上了他，临到法庭开庭的时候，她已经与丈夫恩恩爱爱地生活在一起了。尽管她的丈夫、公公，特别是喜欢上儿媳的婆婆在法庭上竭力为她辩解开脱，她还是被判流放西伯利亚服苦役。善良、快活、常常含笑盈盈的费多西娅与玛斯洛娃是邻床，她不但喜欢玛斯洛娃，而且将关心她，为她效力视为自己的义务。无事闲坐在板铺上的还有两个女人，其中一个四十岁上下，她的脸瘦削而又苍白，原先大概十分漂亮，现在又瘦又苍白。她双手抱着婴儿，露着白而长的乳房，在为婴儿哺乳。她的罪行是这样：他们村里有一人被抓去当兵，照农民的看法，抓这个人是不合法的，于是村民们拦住警察局长，夺回这个被抓的青年。这个女人就是那个非法被抓的青年的姑姑，她首先冲上前，抓住被抓的青年骑着的那匹马的缰绳。闲坐在板铺上的另一个是个子不高、满脸皱纹、头发灰白的驼背的好心老太婆。这个老太婆坐在炉子旁边的板铺上，装出要抓那个四岁的小男孩的样子。男孩头发剪得短短的，肚子圆圆的，从老太婆身边跑过，发出一串笑声。男孩只穿着一件小褂，在她面前跑过，嘴里老是重复着一句话："瞧，你抓不住！"老太婆和儿子一起被控犯了纵火罪，她对于自己坐牢极其宽宏大量地忍受着，只是想到儿子和她一起坐牢，就觉得伤心，最不放心的是家中的老头子，担心自己不在家，老头子会全身长虱子，因为儿媳妇走了，没有人能为他烧水洗澡。

除了以上说到的七个女人，另有四个女人站在敞着的一扇窗户跟前，手抓着窗子的铁栅栏，或眉目传情，或大声喊叫，与院子里走过的、玛斯洛娃刚才在大门口遇到的那些男犯搭腔。其中一个女人因犯盗窃罪而服刑，她生得高大笨重，浑身是肉，头发火红，脸上满是雀斑，脸和手的肤色白里泛着淡黄，粗壮的头颈敞露在解开的衣领外。她用嘶哑的声音朝窗外大声喊着猥亵的话。她身边站着一个上身长、腿脚却很短，身高如同十岁女孩，各部分极不匀称，肤色微黑的女犯。她脸色发红，脸上布满斑点，两只眼睛分得很开，嘴唇厚而短，遮不住白色的龅牙。她对院子里发生的事情不时发出尖细刺耳的笑声。这个女犯因喜好打扮而被称为"俊姑娘"，她因为偷窃和纵火而受审。她俩身后站着一个腆着大肚子的孕妇，她穿着一件极其肮脏的灰衬衣，青筋毕露，模样瘦得可怕而又可怜。她因窝赃而受审。这个女人沉默不语，但是对院里发生的事情总是报以赞许、同情的微笑。站在窗前的第四个女人是因出售私酒而服刑，这是一个个子不高、但很结实的农村妇女，眼睛暴突得很厉害，面相却还和善。这个女人就是和老太婆玩耍的男孩的母亲，她的七岁的小女孩也跟着她一起住在监狱里，因为家里没人带她。她也像其他女人一样望着窗外，但是手里仍然一刻不停地织着袜子，听到院子里走过的男犯们说的粗话，她不以为然地皱起眉头，闭上眼睛。她的七岁的女儿披散着浅色的头发，只穿着一件衬衣，站在火红头发的女人旁边，细瘦的小手揪住她的裙子，眼神定定地专心听着女人们和窗外的男犯们互相詈骂，同时轻声重复着这些骂人话，仿佛要将它们记熟。第十二个女人是教堂诵经士的女儿，她把自己的私生子扔到井里淹死。这是一个身量很高、体格匀称的姑娘，她虽扎着一条不长的淡褐色粗辫，但发辫已经松散，头发乱蓬蓬的。她那双暴突的眼睛呆呆的。她对周围的一切毫不注意，光是穿着一件肮脏的灰布衬衣，光着脚在牢房内的空地上来回走动，每次走到墙脚，骤然来个急转身。

三十一

铁锁哗啦啦一阵响，玛斯洛娃被送进牢房，大家全都转过头来瞧着她。连诵经士的女儿也停下脚步，扬起双眉，望着进来的玛斯洛娃，不过她一声不吭，立即又迈着坚定的大步，继续走她的路。科拉布廖娃把针插在粗麻布上，透过眼镜，询问地望着玛斯洛娃。

“哎呀！你回来了。我还以为你会无罪释放呢，”她用嘶哑的、像男人一样的低音说，“看来，判你坐牢了。”

她摘下眼镜，把手中的活计放到身边的板铺上。

“好闺女，我刚才和大婶还念叨着呢，说不定会立刻释放你。听说有这种事，还给很多钱，看你摊上什么样的福分，”铁路女看守工立即用歌唱家的嗓音开始说道，“可是事情竟是这样。看来，我们猜得不准。好闺女，上帝自有安排。”她不停地说着亲切悦耳的好话。

“真的判罪了？”费多西娅问，用孩子般的浅蓝色的眼睛同情温柔地望着玛斯洛娃，她那张快活年轻的脸完全变了样，好像马上就要哭了。

玛斯洛娃一声不吭，走到自己紧挨着科拉布廖娃的靠墙第二个铺位，坐到铺板上。

“我想你还没吃饭吧。”费多西娅说，她站起来，走到玛斯洛娃身边。

玛斯洛娃没有回答，她把面包放在床头，开始脱衣服。她脱下满是尘土的囚衣，从拳曲的黑头发上取下头巾，坐下来。

原先坐在板铺另一头和男孩玩耍的驼背老太婆这时也走过来，站在玛斯洛娃对面。

“啧，啧，啧！”她怜悯地摇着头，咂着嘴。

男孩也跟着老太婆走过来，睁大眼睛，噘起上嘴唇，盯着玛斯洛娃带回来的面包。在经历了今天她所遭受的种种痛苦和屈辱之后，看到一张张同情的脸，她只是想哭，她的嘴唇颤抖起来。但是她竭力忍住没哭，直到老太婆和小男孩走到她身边。听到老太婆善良的怜悯的啧啧声，特别是在与小男孩看了面包，转而看她的那种严肃的目光相遇之后，她再也忍不住了。她的整张脸都颤抖了，终于号啕大哭。

“我说过，要请一个真正的好律师，”科拉布廖娃说，“怎么，要将你流放？”她问。

玛斯洛娃本想回答，可是她说不出来，她一边哭，一边从面包里掏出那盒烟，交给科拉布廖娃。烟盒上印着一个脸色胭红的女士，梳着高耸的发型，袒露着一块三角形的胸部。科拉布廖娃望了一眼烟盒上的图案，不赞成地摇了摇头，多半是认为玛斯洛娃不该这样乱花钱。她从烟盒中抽出一支烟，在灯上点燃，自己先吸了一口，然后递给玛斯洛娃。玛斯洛娃并未停止哭泣，同时贪婪地一口紧接一口地猛吸，吐出团团烟雾。

“苦役。”她哽咽着说。

“他们不怕上帝惩罚，这些该死的恶霸、吸血鬼。”科拉布廖娃说。“无缘无故就把姑娘判了罪。”

这时候站在窗前的几个女人突然纵声大笑起来。那个小姑娘也在笑，她那孩子的尖细的笑声与其他三个女人的嘶哑、尖声刺耳的笑声汇成一片。院子里的一个男犯不知做出什么古怪的动作，惹得站在窗内观看的女人如此狂笑。

“嘿，剃了毛的公狗！他在干什么！”那个火红头发的女人说，全身的肥肉都在抖动，脸紧贴窗子上的栅栏，毫无理性地大声高喊着下流话。

“一个皮包骨头的瘦鬼！有什么好笑的！”科拉布廖娃说，朝着火红头发的女人摇摇头，然后又转过头来问玛斯洛娃：“判多少年？”

“四年。”玛斯洛娃说，滚滚的泪珠夺眶而出，其中一滴掉到香烟上。

玛斯洛娃恼怒地揉了揉并扔掉这支烟，重新抽出一支。

铁路女看护工虽说不抽烟，却赶紧拾起玛斯洛娃扔掉的烟，将它弄直，嘴里仍在不停地说着。

“看来是真的了，好闺女，”她说，“真理让骟猪给吃了。他们想怎么干就怎么干。玛特维耶夫娜刚才说，会把她放了的，我却说，不会的，我说，好大婶，我的心感觉到，他们会折磨她这个可怜的姑娘，结果真是这样，”她不停地说着，非常满意地听着自己说话的声音。

这时候所有男犯都已穿过院子走光了，与他们搭话的女人也都离开窗口，走到玛斯洛娃身边。最先过来的是那个暴眼睛、卖私酒的女人，她的女儿跟在身边。

“怎么判得那么重？”她问，坐到玛斯洛娃身边，手里仍在飞快地织着袜子。

“没有钱就重判呗。要是有钱，再雇个能说会道的律师，大概早就无罪释放了，”科拉布廖娃说，“想不起来了，那个头发乱蓬蓬、鼻子挺大的，叫什么来着，好家伙，我的太太，他能把你从水里捞出来，还让你身上不沾一滴水。要是能把他请来就好了。”

“她哪能请得起，”坐到她们身边的“俊姑娘”龇着牙说，“那家伙没有一千卢布连正眼都不会瞧你一眼。”

“看来，这是你的命，”那个因犯纵火罪而坐牢的老太婆插嘴说。“容易吗，我小儿子的媳妇被抢走，他被关进牢里喂虱子，我这么一大把年纪也被关在这里，”她上百次说起自己的遭遇，“监牢和要饭袋看来是躲不掉的。不背要饭袋，就得进牢房。”

“看来，他们全都这样，”卖私酒的女人说。她仔细瞧了瞧小女孩的头，把手中的袜子扔到一边，将小女孩拉过来，夹在自己两腿之间，手指头飞快地在女孩头上寻找着。“‘你为什么卖私酒？’那么我靠什么养活孩子？”她说，手中继续做着早已做惯的事情。

卖私酒的女人说的这几句话勾起了玛斯洛娃对酒的渴念。

“有点酒就好了。”她对科拉布廖娃说，她用衬衣的袖子擦掉泪水，偶尔哽咽一下。

“喝点加梅尔卡？行啊，给钱。”科拉布廖娃说。

三十二

玛斯洛娃从面包里取出钱，将一张息票交给科拉布廖娃。科拉布廖娃接过息票瞧了瞧，尽管不识字，她相信无所不知的“俊姑娘”说的，这张纸值两卢布五十戈比。科拉布廖娃爬到炉子通气口旁边，取出藏在那儿的一瓶酒。那些不与玛斯洛娃邻床的女人，看到这个情形，便都回自己的床位去了。这时候玛斯洛娃抖掉头巾和囚衣上的灰尘，爬到板铺上，吃起面包来。

“我给你留着茶，不过大概已经凉了。”费多西娅说，从架子上取下一把用包脚布裹着的白铁茶壶和一个茶杯。

茶完全凉了，而且白铁味比茶味更重，但是玛斯洛娃仍然倒了一杯，就着茶吃了面包。

“菲纳什卡，给。”她大声说，掰下一块面包，递给盯着她的嘴看的小男孩。

这时候老太婆科拉布廖娃摆好酒瓶和一个茶杯。玛斯洛娃请科拉布廖娃和“俊姑娘”一起喝。这三个女囚犯组成了这个牢房的贵族，因为她们有钱，总是分享各人所有的食物。

过了几分钟，玛斯洛娃精神振作了，滔滔不绝地说起法庭上的情景，模仿着副检察官的腔调，述说着法庭上那些特别使她惊奇的事情。她说，法庭上所有的人都喜欢看她，为此还故意走到她所在的罪犯候审室里来。

“就连押解兵都说：‘这都是来看你的。’进来某个人，说是来拿什么纸，或者拿什么别的东西，可是我看到，他根本就不需要纸，只是两眼死盯着我看。”她说，嘴上露着微笑，而且仿佛不理解似的摇摇头。“也算是演员吧。”

“的确是这样，”铁路女看护工接腔说道，她那像唱歌似的说话声立刻响了起来。“就像苍蝇遇见糖。其他东西对它们都不见效，只有这个才见效。这些家伙用面包是喂不饱的……”

“这里也是一样，”玛斯洛娃打断她的话，“我在这里也遇到这种事情。我刚被押回来，就遇到从车站押回的一批人。他们死缠住我，我简直不知道怎样摆脱。多亏副典狱长把他们赶走。有一个人死死缠住我，我拼尽全力才脱身。”

“他长得什么模样？”“俊姑娘”问。

“黑糊糊的，留着小胡子。”

“肯定是他。”

“他是谁？”

“是谢格洛夫。就是刚刚过去的。”

“谢格洛夫是什么人？”

“连谢格洛夫都不知道！谢格洛夫两次从服苦役的地方逃跑。现在抓住了，他以后还会跑掉。连看守们都怕他，”“傻姑娘”说。她常常和男犯们传递纸条，监狱里发生的事情她全知道。“肯定还会逃掉。”

“他逃离这儿，又不会带我们一起走，”科拉布廖娃说，“你还是说说，”她转脸对玛斯洛娃说，“律师关于上诉的事是怎么对你说的，现在总应该上诉吧？”

玛斯洛娃说，她什么都不知道。

这时候火红头发的女人将两只布满斑点的手插进蓬乱浓密的红发，用指甲搔着头皮，走到正在喝酒的三个贵族旁边。

“卡捷琳娜，我全都告诉你吧，”她开始说道，“首先你要写个呈文，说你对法庭不满意，然后再向检察官声明。”

“关你什么事？”科拉布廖娃气冲冲地用男低音对她说，“闻到酒香了，别在那里支支吾吾。没有你，别人也知道该怎么办，用不着你来瞎叨叨。”

“又没有跟你说，你插什么嘴？”

“想喝酒吧？你靠近来。”

“好啦，给她喝点。”玛斯洛娃说，她总是将自己的所有东西分给大家共享。

“瞧我给她喝点……”

“哼，来吧！”红发女人朝科拉布廖娃逼近说。“我才不怕你。”

“臭犯人！”

“你才是臭犯人。”

“贱货！”

“我是贱货？你这苦役犯，杀人凶手！”火红头发吼道。

“滚，我让你滚。”科拉布廖娃阴沉地说道。

可是火红头发逼得更近，科拉布廖娃照着她那袒露的肥胸推了一下。火红头发仿佛等的就是这一下，她突然用迅雷不及掩耳的动作伸出一只手揪住了科拉布廖娃的头发，举起另一只手想打耳光，可是科拉布廖娃抓住了这只手。玛斯洛娃和“俊姑娘”上来抓住火红头发的两只手，竭力想把她拉开，可是火红头发的一只手死死揪住科拉布廖娃的发辫，不肯放开。她略略松了松头发，那只是为了将头发绕在她的拳头上。科拉布廖娃歪着头，伸出一只手猛击火红头发的身体，并用牙齿咬住她的手。女人们都拥到两个打架的女人身边，又是掰她俩的手，又是喊叫。连患了肺病的女人也跑过来，一边咳嗽，一边望着扭在一起的两个女人。孩子们互相挤在一起哭叫着。听见吵闹声，一个女看守和一个男看守走进牢房。两个女人被拉开了。科拉布廖娃解开淡发辫子，拣出几绺被揪下的头发，火红头发用撕烂的衬衣掩住黄色的胸部，两人都在喊叫、解释、诉说。

“我知道这都是酒引起的。我明天就去告诉典狱长，他会来收拾你们。我闻出来了，这里有酒味，”女看守说，“你们当心点，把所有东西都收起来，要不你们会倒霉，我们可没空给你们评理。快回自己的铺位，别再吵闹了。”

可是她们久久没有安静下来。两个女人又互相对骂了很久，互相争辩着，事情是怎样起因的，是谁的责任。男看守与女看守最后都走了，女人们渐渐安静下来，躺到板铺上。老太婆站在圣像前，做起晚祷。

“两个苦役犯凑到一起了。”火红头发突然在板铺的另一端用嘶哑的声音说，每个字都带有尖锐刻毒得出奇的骂人字眼。

“当心你别再挨揍。”科拉布廖娃当即还击，说话中也加上那些骂人字眼。然后两人都不吭声了。

“要不是她们拉住我，我早把你的眼珠抠出来了。”火红头发又开口说，科拉布廖娃照例立即还击。

接着是一段时间的沉默，时间比第一次更长，然后又是对骂。每次争吵后的间隔时间变得越来越长，最后终于彻底沉默了。

大家都躺下来了，有几个还打起鼾，只有每天都要长时间祷告的那个老太婆仍在圣像前顶礼膜拜，还有教堂诵经士的女儿，在女看守走后立即起身下床，在牢房里来回走动。

玛斯洛娃没有睡着，在反复想一件事——她成了苦役犯，今天博奇科娃和火红头发先后两次这样称呼她，可是她无法习惯这个称呼。原先背对她躺着的科拉布廖娃这时翻过身来。

“真没有想到，没有料到，”玛斯洛娃低声说，“别人干了坏事，不受任何惩罚，我平白无故却要受苦受难。”

“别难过，姑娘。就是在西伯利亚，人们照样活着。你就是到了那里，也不会没有活路。”科拉布廖娃安慰她。

“我知道不会没有活路，可是我终究觉得委屈。我不该遭受这样的命运，我过惯了好日子。”

“上帝无法违抗，”科拉布廖娃叹道，“无法违抗他。”

“我知道，大婶，可是这毕竟太苦了。”

两个人又都沉默了。

“听见吗？是那个骚货。”科拉布廖娃说，让玛斯洛娃注意听从板铺另一头传来的奇怪的声音。

这是火红头发的女人压抑的哭泣声。火红头发之所以哭泣，是因为刚刚别人骂她，打她，不给她酒喝，而她太想喝酒了。她这样哭泣还因为她平生除了辱骂、讽刺、侮辱和殴打之外，还没有得到过别的什么东西。她本想自我安慰一下，于是回忆起与工人费季卡·莫洛坚科夫的初恋。可是想到这次爱情，她自然要想起这次爱情的结局。结局却是这样，这个莫洛坚科夫有一次喝醉了恶作剧，将明矾涂在她身上最敏感的地方，看到她疼得直发抖，他和同伴们却哈哈大笑。想到这里，她不禁可怜自己，于是她哭了，哭得像个孩子，嘴里呻吟着，鼻子呼哧呼哧地响着，一边还吞咽着咸苦的泪水，她以为谁也听不见。

“她挺可怜的。”玛斯洛娃说。

“当然可怜，可是不该胡闹。”

三十三

第二天涅赫柳多夫醒来之后的第一个感觉，便是意识到他遇到了一件事情，甚至在他想起是什么事情之前，他已经明白这是一件重大的好事情。“卡秋莎，审讯。”是呀，应当停止撒谎，应当完全说真话。事情真是出奇地凑巧，今天早晨他终于收到久已盼望的首席贵族的妻子、玛丽亚·瓦西里耶夫娜的来信，一封他现在特别需要的信。她给了他充分的自由，祝愿他拟议中的婚姻幸福。

“婚姻！”他讽刺地说。“我现在离这件事是多么遥远啊！”

他想起了昨天的打算，打算把一切统统对她的丈夫说，向他悔过、认错，表示愿意随时接受他的责罚。可是今天早晨这件事在他看来并不像昨天那样容易了。“既然他不知道，何必要弄得他痛苦不堪呢？如果他本人问起来，那我该对他说。可是有必要特地跑去对他说吗？不，这没有必要。”

对米西统统说实话，这件事在今天早晨看来同样十分困难。同样，不能首先启齿，这会使人难堪。就像生活中许多平常事一样，有些事只能是心照不宣。今天早晨他只决定了一件事：他不再去科尔恰金家，如果他们问他，他就对他们说实话。

可是对待卡秋莎，没有什么必须隐瞒的。

“我要去监狱，我要告诉她，请求她宽恕我。如果有必要，如果的确有必要，我就娶她。”他心里想。

为了满足道德上的需要而牺牲一切娶她，这个想法今天早晨特别令他感动。

他已经很久没有这样生气蓬勃地迎接一天的生活了。阿格拉费娜·彼得罗夫娜一进他的房间，他就以自己都未曾料到的果断口气正式对她说，往后他不再需要这套住宅，也不需要她来服侍。原先他们相互默认，他保留这套宽大昂贵的住宅是为了结婚时用。因此，退出这套住宅肯定有特殊的含义。阿格拉费娜·彼得罗夫娜惊讶地望着他。

“十分感谢您，阿格拉费娜·彼得罗夫娜，感谢您为我操心。不过，现在我不再需要这一大套住宅，也不需要所有的仆人。如果您还想帮助我，那就劳驾您照我母亲在世时那样安放整理这些器物。娜塔莎来了，她会处理的。”（娜塔莎是涅赫柳多夫的姐姐。）

阿格拉费娜·彼得罗夫娜摇了摇头。

“怎么能处理呢？要知道这些东西都要用的。”她说。

“不，用不着了，阿格拉费娜·彼得罗夫娜，肯定用不着了，”涅赫柳多夫说，同时也回答了她摇头所表示的意思。“请您告诉科尔涅伊，我会再预支给他两个月的工资，不过我不需要他了。”

“您不该这样做，德米特里·伊万诺维奇，”她说，“唉，您即使到国外去，以后房间总是要用的。”

“您想错了，阿格拉费娜·彼得罗夫娜，我不去国外。要是我外出，肯定也不是去国外。”

他突然脸涨得通红。

“对，应当对她说，”他想，“用不着隐瞒，应该把一切都对所有的人说。”

“昨天我遇到一件十分奇怪、十分重要的事情。您还记得玛丽娅·伊万诺夫娜姑妈家的卡秋莎吗？”

“怎么不记得，我还教过她做针线活呢。”

“唉，就在昨天，这个卡秋莎在法庭上受审判，我还是陪审员呢。”

“我的天哪，多么可怜！”阿格拉费娜·彼得罗夫娜说。“她犯了什么罪受审判？”

“犯了杀人罪，这件事全是我干的。”

“您怎么会干这种事呢？这事您说得太离奇了。”阿格拉费娜·彼得罗夫娜说，她那老年人的眼睛里燃起了顽皮的火星。

她知道他与卡秋莎的旧事。

“不错，我是事情的全部原由。所以这件事改变了我的全部计划。”

“这件事会使您发生什么样的变化呢？”阿格拉费娜·彼得罗夫娜忍住笑，说。

“是这样，既然我是她走上这条路的全部缘由，那么我就得尽自己所能帮助她。”

“这是您的一片好心，只是在这件事情上您并没有什么特别的过错。这种事大家都有过，按常理说，这种事会淡忘，人们照样生活，”阿格拉费娜·彼得罗夫娜严肃认真地说，“您没有必要将这件事归在自己账上。我以前就听人说过，她走上了邪路，那么这又怪谁呢？”

“怪我。所以我想纠正。”

“哦，这可是很难纠正的。”

“这就是我的事了。要是您考虑自己的事儿，那么我妈妈的愿望是……”

“我没有考虑自己。去世的夫人待我恩重如山，我没有什么要求。利宗卡(这是她的已出嫁的侄女)叫我去，这里不需要我的时候，我就去她家。只是您不必把这件事老放在心上，大家都有过这种事。”

“唉，我不这么想。不过我还是请求您，帮我腾出这套住房，整理好东西。您别生我的气。我无比感激您对我的一切照顾。”

真是奇怪，自从涅赫柳多夫认识到自己很坏，并且自己憎恶自己那一刻起，他便不再厌恶别人；而且相反，他心中对阿格拉费娜·彼得罗夫娜、对科尔涅伊产生了亲近尊敬的感情。他本想向科尔涅伊道歉，可是科尔涅伊的神情是如此的恭敬，使得他不敢这么做了。

涅赫柳多夫雇了平时一直雇的那辆马车，沿着平时一直经过的那些街道前往法院，路上他对自己的想法感到很惊讶，现在他彻底地感到自己完全成了另一个人。

与米西结婚，昨天看来还是那样合意的事情，可是现在他认为是完全不可能的事儿。昨天他认为，自己的地位毫无疑问能使她在嫁他之后获得幸福，可是现在他感到自己不仅不配娶她，而且不配与她亲近。“如果她知道我是什么样的一个人，那么她无论如何不愿搭理我。而我还责备她不该对那位先生卖弄风情呢。不行，即使她现在肯嫁给我，难道我在知道那个人现在关在这里的监狱里，明天或者后天将随同一批犯人前去服苦役的情况下，我能心安吗，更不要说幸福了。那个被我毁了的女人去服苦役，而我将在这里接受别人的道贺，和年轻的妻子一起出门拜访亲友。或许我和那个被我与他的妻子无耻地欺骗了的首席贵族一起开会，一起清点赞成或反对学校实行地方自治监督等决议的票数，会后又和他妻子约定幽会(多么卑鄙！)；或许我会继续画画，可是那幅画显然永远不可能完成，因为我原本不该去干这类无聊的小事，而且现在我也无法干这种事。”他对自己说，并且继续为自己内心所发生的变化感到高兴。

“首先，”他想，“我现在去见律师，问清他的决定，然后……然后去监狱看望昨日的女犯人，把一切都对她说。”

他想象着自己去看望她，把前前后后的所有事情都对她说，向她承认自己的过错，郑重地告诉她，他将为她竭尽所能，为了赎罪，他还要娶她。一想到这些，他心中充满了特殊的喜悦，泪水涌入了他的眼眶。

三十四

涅赫柳多夫来到法院，在走廊里遇见昨天那个民事执行吏，于是向他详细打听已经判决的犯人都关在什么地方，与他们见面得由谁批准。民事执行吏告诉他，那些犯人关在不同的地方，在最终宣判之前要与他们见面得由检察官批准。

“审讯结束之后我来告诉您，亲自带您去见他。检察官现在还没有来。等审讯之后再去吧。现在先去法庭，马上就要开庭了。”

涅赫柳多夫觉得这个民事执行吏今天特别可怜。涅赫柳多夫向他道了谢，然后前往陪审员议事室。

他刚走到议事室门口，陪审员们正好从里面出来，准备去法庭。商人仍然那样快活，像昨天那样吃饱喝足了，他像老朋友那样与涅赫柳多夫打招呼。彼得·盖拉西莫维奇那种不拘礼节的态度和哈哈大笑的声音今天并未在涅赫柳多夫心中引起不快。

涅赫柳多夫真想向所有陪审员说出自己与昨天那个女被告的关系。“说实在的，”他想，“昨天在法庭审讯的时候，就应该站起来当众宣布自己的罪状。”可是当他和陪审员们一起进入法庭，昨天那套程序又开始了：照例又是“开庭”，又是那三个衣领镶金线的法官坐在高台上，又是肃静，陪审员们又坐到高背椅子上，还是那几个宪兵，还是那张画像，还是那个司祭。涅赫柳多夫觉得，虽然他本该那样做，可是在昨天他也不可能打破这种庄严肃穆的气氛。

开庭前的种种准备程序与昨天一样(只是免去了陪审员的宣誓和庭长对他们的交代)。

今天审理的是一桩撬锁盗窃案。被告是由两个手握出鞘军刀的宪兵押来的，这是一个二十来岁的半大孩子，他身子瘦削，肩膀很窄，穿着灰色囚衣，一脸灰白，毫无血色。他独自一人坐在被告席上，皱着眉头打量着进庭的人们。这个孩子被控与同伴一起撬开库房门锁，从中偷走几块陈旧的粗地毯，共值三卢布六十七戈比。从起诉书中可以看出，这个孩子和肩扛着粗地毯的同伴在街上走的时候，一个警士抓住了他们。男孩和他的伙伴当即认罪，于是两人都被投进监狱。男孩的伙伴是个钳工，已经死在监狱里，所以这个男孩独自一人受审。那两条旧的粗地毯现在就放在物证桌上。

案件审理过程完全与昨天那个案子的审理过程一样，也有全套的证词，罪证，证人，证人的宣誓，有审问，有鉴定人，有反反复复的盘问。作为证人的警士，对于庭长、公诉人和辩护人的提问，总是有气无力地、简短地回答："是"，"不知道"，然后又是"是"……但是尽管他表现出这种士兵式的愚笨和呆板，但还是可以看出，他可怜这个男孩，不愿讲述捕捉的经过。

另一个证人是个有病的老头儿，他是房产主，也是这些粗地毯的主人，显然是肝火很旺的人。当问到他是否承认这些粗地毯是他的，他很不乐意地承认是他的；当副检察官盘问他准备拿这些粗地毯派什么用场，他是否迫切需要这些粗地毯时，他发火了，回答说：

"这些粗地毯丢就丢了吧，我根本就用不着它们。早知道会惹出那么多麻烦，我不但不会寻找它们，反而情愿倒贴一张红票子，倒贴两张也行，只是别把我拉到这里来受审。我乘马车花了差不多五卢布。而且我身体不好。我既患有疝气，还患有风湿病。"

证人们都是这样说的，被告本人对被指控的罪行则一概供认，他像被逮住的一只小兽，毫无表情地向四周张望，用断断续续的嗓音将事情的经过一五一十地作了供述。

案情已经清楚了，可是副检察官仍像昨天那样耸起肩膀，提出一个又一个微妙的问题，迫使狡猾的罪犯就范。

他在发言中论证，偷窃是在居室里实施的，况且有撬锁行为，因此这个男孩必须接受最严厉的惩罚。

法庭为被告指定的辩护人证明，偷窃并非在居室内实施，虽然罪行不可否认，但是罪犯毕竟还不像副检察官所断定的那样对社会构成危害。

庭长也像昨天那样，装出公正无私的模样，反复详尽地向陪审员们解释和提示他们本来就明白、而且不可能不明白的道理。一切都像昨天一样，照例是审讯暂停，照例是抽烟，民事执行吏照例又高喊“开庭”，那两个手握出鞘军刀威吓犯人的宪兵坐在那里，照例竭力忍着不打瞌睡。

从此案审讯中得知，这个男孩很小的时候就被父亲送到卷烟厂做工，他在烟厂里做了五年。今年厂主和工人之间发生纠纷，他被厂主解雇了。他一直没有找到活儿，整天在城里闲逛，把最后一点钱都喝光了。他在小饭馆里遇到了那个也像他一样失业的钳工，这个钳工失业更早，酒喝得很凶。他们两人夜里醉醺醺地撬开锁，随手从里边拿走了一些东西。他俩被抓住，当即也供认了。他们被关进监狱，钳工在等候审讯期间死在狱中，而这个半大孩子现在却被当做社会必须防范的危险分子在这里接受审讯。

“他要是算危险人物，那与昨天那个女犯也没什么差别。”涅赫柳多夫听着面前发生的种种情况，心里想道。“他们是危险人物，那我们就不是危险人物吗？我本人就是贪淫好色之徒，浪荡汉，骗子，可是我们大家，所有知道我的真实面目的人们，为什么不仅不蔑视我，反而尊敬我？即使这个半大孩子真的是这个法庭里所有人当中对社会最有危险的一个，那么按常理说，他被抓住了，应该如何处置？

“事情很明白，这个男孩并非什么特别凶狠的恶棍，而是极其普通的人，这大家都有目共睹。他之所以会成为现在这样，是因为他生活在必然要产生这样的人的条件中。因此，道理也很明白，为了防止产生这样的孩子，必须全力消除产生这类不幸的人的条件。

“可是我们在做什么呢？我们抓住一个偶然落到我们手里的这样的孩子，明知成千上万个同样的孩子并未抓住，把这个孩子投入监狱，将他置于完全无所事事或者从事有害健康的和毫无意义的劳动的环境之中，让他和那些与他同样意志薄弱、迷失了生活方向的人待在一起，然后由国家出钱，把他从莫斯科省流放到伊尔库茨克省，让他与最腐败的人们为伍。

“我们不但未做任何有益的事情去消除产生这些人的条件，反而奖励制造这些人的机构。人所共知，这些机构就是那些大大小小的工厂、作坊、小饭馆、酒馆、妓院。我们不仅不去消灭这些机构，反而认为它们是必需的，还去奖励它们，协调它们。

“我们这样培育出来的人不是一个，而是数百万，然后我们抓住一个，便自以为我们做了该做的，将自己保护起来，再不必做其他事情，我们将他从莫斯科省遣送到伊尔库茨克省，”涅赫柳多夫异常活跃、清晰地思考着，此时他坐在紧靠上校的自己那把椅子上，听着辩护人、副检察官、法官语调各异的说话声，望着他们颇为自信的动作手势。“要知道，这种装腔作势该耗费多少高度紧张的精神啊，”涅赫柳多夫继续思考着，环顾着这个宽大的大厅，目光扫过那些画像、灯、圈椅、制服、那些厚厚的墙壁、窗户。他想起整座庞大的建筑，更加庞大的整个机关本身，不仅在这里，而且全俄国都有的法官、书记官、法警、差役组成的大军，他们领取薪金，表演这种谁都不需要的喜剧。“如果我们拿出这种精力的百分之一去帮助那些被抛弃的人，那将会是怎样一种情形，可是我们现在仅仅将他们视作为我们获取安宁和舒适所必需的手和身体。可是，当初他因贫困而从乡村来到城里，那时能有一个人肯稍稍怜悯他，周济一下他的贫困就好了，”涅赫柳多夫望着男孩那恐惧而病态的脸，想道。“即使在他进城后，每天在工厂里干满十二个钟头的活儿，下班后被年纪比他大的一帮伙伴带往小饭馆的时候，如果有人肯对他说‘别去，瓦尼亚，这不好’，那么男孩就不会去，不会堕落，不会干坏事了。

“可是，自从进城当学徒以后，他像一只小兽似的，为了不长虱子而剃光头发，整天进进出出为师傅们买东西，可是从来没有一个人肯怜悯他；与此相反，自从他在城里住下之后，他从师傅和伙伴们嘴里听到的都是，谁能骗人，谁能喝酒，谁能骂人，谁能打架，谁能放荡，谁就是好汉。

“他病了，被有害身体的劳动、酗酒、放荡毁了，傻子似的昏头昏脑地、毫无目的地在城里到处游荡，一时糊涂钻进某个库房，从那里拿走几块谁也不要的粗地毯，这时候我们这些丰衣足食、家财万贯、受过教育的人不是考虑如何消除促使这个孩子走到今天这个地步的原因，而是准备惩罚这个孩子，想以此来纠正事情。

“真是可怕！真不知道是残酷还是荒唐更主要。不过，看来两者都到了登峰造极的地步。”

涅赫柳多夫思考着这一切，对他面前发生的事情已是充耳不闻了。他对展现于心中的一切感到恐惧。他觉得惊讶，他以前怎么没能看出这一点，别人怎么没能看到这一点。

三十五

法庭宣布第一次暂停审讯，涅赫柳多夫立即起身来到走廊里，他打算再也不进法庭。随他们拿他怎么办，他再也不能参与这种既可怕又可恶的事了。

涅赫柳多夫打听清楚检察官办公室的所在，便去找他。一个差役不放他进去，说检察官正忙着，但涅赫柳多夫根本不睬他。他朝门走去，迎面遇见一个官吏，于是请他通报检察官，说他是一名陪审员，因为有极其紧急的事情要见检察官。公爵的头衔和考究的穿戴帮了涅赫柳多夫的忙。那个官吏通报了检察官，涅赫柳多夫被放进门。检察官站着接待他，显然，对涅赫柳多夫坚持要见他不满意。

“您有什么事？”检察官严肃地问道。

“我是陪审员，姓涅赫柳多夫，我必须见到女被告玛斯洛娃。”涅赫柳多夫迅速而坚决地说道，他红着脸，觉得他在进行一项对自己一生都将产生决定性影响的事情。

检察官是个身量不高、肤色黝黑的人，白发剪得短短的，灵活的双眼闪闪发亮，前突的下巴蓄着浓密的短胡子。

“见玛斯洛娃？我知道。她被指控犯了投毒罪，”检察官平静地说。“您为什么要见她？”接着似乎为了缓和一下语气，他又说：“我不知道您为什么要见她，就不能允许您去见她。”

“我有一件对我来说是特别重要的事情要见她。”涅赫柳多夫满脸通红地说。

“是这样，”检察官说，抬起双眼仔细打量着涅赫柳多夫。“她的案子审讯过没有？”

“她昨天受审的，极不公正地被判了四年苦役。她是无辜的。”

“是这样。如果她是昨天刚判的，”检察官说，丝毫不顾涅赫柳多夫关于玛斯洛娃无辜的申述，“那么在最后宣判之前，她应该仍旧关在拘留所里。在那里只有在规定的日子方可探监。我建议您到那里去问问。”

“可是我必须尽快见到她。”涅赫柳多夫抖动着下巴说，他觉得决定性的时刻临近了。

“您这究竟是为了什么？”检察官稍微不安地扬起眉毛问道。

“为的是她无缘无故被判罚苦役。我才是整个事情的罪魁祸首。”涅赫柳多夫声音发抖地说，同时觉得他说了本来不必说的话。

“这话怎么讲？”检察官问。

“因为我欺骗过她，害得她落到现在这个境地。要不是我将她变成那种人，她也不会受到这样的指控。”

“我仍然看不出这与要见她有什么关系。”

“其实我想跟她去……我还想娶她。”涅赫柳多夫说。他像以往一样，一说到这件事，泪水就涌入眼眶。

“是吗？原来是这样！”检察官说。“这的确是一件特别例外的事情。您好像是克拉斯诺彼尔斯克地方自治会的议员吧？”检察官问，他似乎想起来了，现在作出如此奇怪的决定的涅赫柳多夫，他以前就听说过他的事。

“对不起，我不认为这与我的请求有什么关系。”涅赫柳多夫脸色绯红，凶狠地说。

“当然没有关系，”检察官说，脸上露出一丝不易觉察的微笑，丝毫都不觉得窘困。“可是您的愿望也太不平常，太出乎常规了……”

“那么我能得到许可吗？”

“许可？行啊，我马上给您办许可证。请您先坐一会儿。”

他走到桌边，坐下来，开起许可证来。

“请您先坐一会儿。”

涅赫柳多夫依然站着。

检察官开好许可证，将它递给涅赫柳多夫，同时好奇地望着他。

“我还有一件事要声明，”涅赫柳多夫说，“我不能继续参与审讯了。”

“您知道，这得向法庭提出正当理由。”

“原因就是，我认为一切审判不仅无益，而且不道德。”

“是这样，”检察官说，脸上仍然露出一丝难以察觉的微笑，仿佛用这丝微笑来表明，这种议论他见得多了，都不过是他所熟悉的令人可笑的发泄。“是这样，不过您显然明白，我作为法院的检察官，不能同意您的意见。所以我建议您向法庭提出，法庭会解决您的申请，会裁定您的申请是否正当，如果裁定下来是不正当的，就会处您罚金。您去找法庭吧。”

“我已经声明过了，我谁也不找。”涅赫柳多夫气冲冲地说。

“再见。”检察官说，他低下头，显然想尽快摆脱这个奇怪的来访者。

“刚刚来找您的是什么人？”一位法官问检察官。涅赫柳多夫刚出门，这个法官便走进检察官的办公室。

“是涅赫柳多夫，您知道，还在克拉斯诺彼尔斯克县的时候，他就在地方自治会上发表各种奇谈怪论。您瞧，他身为陪审员，被告中有这么一个妇人或者是姑娘被判服苦役，可是据他说，他曾经欺骗过她，现在他想要娶她。”

“竟有这等事？”

“他亲口对我这样说的……而且情绪激动得有点奇怪。”

“现在的年轻人是有点那个，有点反常。”

“可是他并不很年轻呀。”

“唉，老兄，您那位远近闻名的伊瓦申科夫也真让人讨厌。他简直是死磨硬缠，说起来没完没了。”

“这种人干脆别让他说，否则就是十足的捣乱……”

三十六

涅赫柳多夫从检察官办公室出来后，径直去了拘留所。可是玛斯洛娃根本就不在拘留所，所长向他解释，她应当关在古老的解犯监狱。涅赫柳多夫当即又去解犯监狱。

叶卡捷琳娜·玛斯洛娃果然关在那里。检察官忘了，大约六个月以前，发生了一起政治事件，宪兵们将事态夸大到极点，所以拘留所里的所有牢房都关满了大学生、医生、工人、高等女校学生和女医士。

拘留所与解犯监狱相距很远，涅赫柳多夫抵达解犯监狱已经是傍晚了。他想进那座高大阴森的大楼的大门，可是哨兵不让他过去，只是按了按铃。听见铃声，出来一个看守。涅赫柳多夫出示了通行证，可是看守说，没有典狱长的命令，他不能放他进去。涅赫柳多夫只得去找典狱长。涅赫柳多夫还在楼梯上就听见房门内传出钢琴弹奏的复杂雄壮的曲子。当一个一只眼睛包扎着的女仆气呼呼地为他打开门后，房内的琴声仿佛夺门而出，震得他耳膜生疼。这是李斯特[①]的一首令人厌烦的狂想曲，弹奏得很娴熟，可是一弹到某处就弹不下去了。每到此处，便又从头弹起。涅赫柳多夫问眼睛包扎着的女仆，典狱长是否在家。

女仆说，不在家。

“很快能回来吗？”

狂想曲又停住了，于是又从头弹起，琴声响亮地向那个中了魔法似的老是打住的段落弹去。

“我去问一下。”

女仆走了。

狂想曲刚刚开始重新奔驰，还没到老是中魔法打住的地方，突然中断了，传来了说话声。

“你去告诉他，不在家，今天也不会回来。他出门做客去了，人们老缠住他。”门内传出一个女人的声音，此后琴声又响起，过后又停下，传来移动椅子的声音。很明显，被惹恼的女钢琴家想亲自来训斥这个讨厌的不速之客。

“爸爸不在家，”一个头发蓬松、模样可怜、脸色苍白的姑娘出来恼怒地说道，她那双忧郁的眼睛下方有一道青紫的眼圈。当她看见门外站着一个穿着考究的大衣的年轻人时语气便缓和了。“您请进……您有什么事？”

“我需要进监狱探望一个女囚犯。”

“大概是政治犯吧？”

“不，不是政治犯。我有检察官开的许可证。”

---

①李斯特（1811—1886），匈牙利作曲家、钢琴家、指挥家。

“哦，我不懂，爸爸不在家。不过，您请进来吧，”她站在不大的前室里，再次让着。“要不您去找副典狱长，他现在在办公室里，您去跟他说。您贵姓？”

“谢谢您。”涅赫柳多夫说，他并未回答她的问题，转身走了。

他身后的门未及关上，又响起了原先那种激越欢快的琴声，这琴声与弹奏的地点，与顽强地练琴的可怜姑娘的模样都极不相称。涅赫柳多夫在院子里遇见一个唇髭上翘并抹着油膏的年轻军官，向他打听副典狱长的办公处。原来这就是副典狱长。他接过通行证，瞧了一眼说，凭这张进拘留所的通行证他不敢放人进去。再说时间也很晚了……

“请您明天来吧。明天十点钟人人都可以探监；您那时候来，典狱长本人也在家。那时候您可以在公共房间里见犯人，如果典狱长准许，也可以在办公室里见。”

涅赫柳多夫当天探监没成功，于是只得动身回家。想到明天就要见到她，他心情很激动，走在街上，他现在并不去回想法庭上的事，而是回想着自己与拘留所长和副典狱长的谈话。他想到自己努力寻求与她见面，想到他对检察官说了自己的打算，想到自己到过两个监狱，准备同她见面，心情十分激动，以致久久不能平静。涅赫柳多夫一到家，立即取出久已不碰的日记本，读了其中几段，然后又记下如下一些内容：“两年不写日记，本以为永远不会再做这种幼稚的事。但这事并非幼稚，而是与自己谈话，与每个人心中都有的真实美好的自我谈话。长期以来这个我一直在沉睡，我没有人可以交谈。四月二十八日在我担任陪审员的法庭上发生的不平常的事件，把他惊醒了。我看见她，被我欺骗了的卡秋莎，身穿囚衣坐在被告席上。由于奇怪的误会，也由于我的过错，她被判服苦役。我刚刚找过检察官，去过监狱。他们不让我进去见她，但是我决心竭尽所能要见到她，要向她认错，要赎罪，哪怕与她结婚。上帝啊，帮帮我吧！我心情很好，心中很快乐。”

三十七

这天夜里玛斯洛娃久久不能入睡，睁大着眼睛躺在铺上，望着被来回走动的诵经士的女儿的身影不时遮挡的牢门，耳朵听着火红头发的鼾声，脑子里思考着。

她暗自思忖，她无论如何不能在萨哈林岛[①]嫁给苦役犯，得另作安排，比如嫁给某个官员，嫁给书记官，哪怕嫁给看守，嫁给副典狱长。他们全都是色鬼。“人千万别瘦下去，否则就完了。”她回想着辩护人、庭长以及法庭上那些遇到她和故意绕到她身旁的人们看她时的眼神。她回想起来监狱探望她的别尔塔曾对她说，她在基塔耶娃妓院里爱过的那个大学生曾到她们那里，问起她的情况，并且可怜她。她回想起红头发女人打架的情形，心中甚是可怜她。她想起卖面包的人曾多给她一个面包。她前前后后想起许多人，只是没有想到涅赫柳多夫。她从来不去回想自己童年、青年时期的事，特别是与涅赫柳多夫的爱情。这太使人痛苦了。这类往事的回忆早已埋藏在她内心某处，久已不去触动。即使在梦中，她从来未梦见涅赫柳多夫。今天在法庭上她未认出他，这倒并非因为她最后一次见到他的时候，他是一个军人，下巴上没留胡子，只蓄着小小的唇髭，拳曲的头发虽然很短，但很浓密，现在他已是初露老相的人，蓄着大胡子，而是因为她从来就没有想起过他。她已经将她以往与他发生的事情的全部回忆，在那个可怕的漆黑的夜里统统埋葬了，那一夜他从军队里回来，顺路却不到姑妈家来。

在这一夜以前，她一直抱着希望，以为他会来，所以她心脏下边怀

---

① 萨哈林岛(库页岛)，位于亚洲东部鄂霍次克海与日本海之间的岛屿，帝俄时代系苦役犯的流放地。

着的胎儿不但不使她感到苦恼，而且轻微的、有时是剧烈的胎动反而常常使她产生奇怪的感动。可是自从那一夜起，一切都不同了。未来的婴孩成了纯粹的累赘。

两个姑妈在等待涅赫柳多夫，请求他顺路来一趟，可是他打电报来说，他不能来，必须按期赶到彼得堡。卡秋莎得知这一情况，决定去火车站看他。火车深夜两点经过车站。卡秋莎服侍两个老姑娘睡下之后，暗中怂恿厨娘的女儿、小姑娘玛什卡跟她一起去。她穿上旧皮鞋，裹上头巾，拾掇了一下身上的衣裙，便朝车站跑去。

这是一个黑暗的秋夜，下着雨，刮着风。天上时而哗哗地落下暖和的大颗大颗雨滴，时而雨又停了。在田野上，脚下看不见路，而树林里像是炉子里，漆黑一团，尽管卡秋莎本来路很熟，还是在林中迷了路，等她跑到这个列车只停三分钟的小站，她未能像她所期望的那样提前赶到车站，站台上已经响过第二遍铃声。卡秋莎跑到站台上，当即看到头等车厢窗内的他。这节车厢里的灯光特别明亮。两个没穿常礼服的军官面对面坐在有天鹅绒椅套的靠椅上打牌。窗边的小桌上点着几支淌油的粗蜡烛。他穿着紧身马裤和白衬衣，坐在靠椅的扶手上，双手支在椅背上，不知在笑什么。她一认出他，就伸出冻僵的手敲车窗。就在这个时候，第三遍铃声响了，火车缓缓启动，先是向后退，然后一节节车厢依次相互撞击着，开始向前移动。两个打牌的军官中有一个手拿纸牌站起来，开始看窗外。她又敲了一下车窗，将脸贴近玻璃。就在这个节骨眼上，她身边的车厢猛地一动，向前开了。她望着车窗，跟着车厢跑。那个军官想放下窗玻璃，可是怎么也放不下来。涅赫柳多夫站起来，推开那个军官，开始放车窗。列车加速了。她也快步跑着不肯落下，可是列车的速度越来越快，就在车窗放下的当口，一个列车员推了她一下，自己跳上车厢。卡秋莎落下了，但是她仍然沿着湿透的木铺站台奔跑。跑到站台尽头了，她竭力放慢脚步，免得摔倒，但是仍然沿着台阶跑到地面。她在奔跑，可是头等车厢已经远在前头。一节节二等车

厢在她身边驰过，接着一节节三等车厢以更快的速度在她身旁飞驰而过，可是她仍然在奔跑。当尾部亮着信号灯的最后一节车厢飞驰而去的时候，她已经跑过水塔，四周无遮无掩，风吹打着她，掀起她头上的头巾，刮得一侧的裙裾紧贴着她的腿。风掀掉了她头上的头巾，可是她仍然在奔跑。

“阿姨，米哈伊洛夫娜！”小姑娘高喊，已经追不上她。“您头巾掉了！”

“他在明亮的车厢里，坐在有天鹅绒椅套的靠椅上，说笑，喝酒，可是我在这里，在泥泞里，在黑暗中，任由风吹雨打，站着哭泣。”卡秋莎心里想着，她停下脚来，仰起头，双手抱住头，放声大哭起来。

“他走了！”她大声喊道。

小姑娘害怕了，抱住了衣裙湿透的她。

“阿姨，我们回家吧。”

“再来火车，冲到车厢底下也就了啦。”这时卡秋莎心里想，并未回答小姑娘。

她横下心要这样做。可是这时候，就像情绪激动之后刚刚平静下来通常总会出现的那样，他——她腹中的胎儿、他的孩子，突然一抖一撞，然后缓缓地舒展开，接着又用某个细小、柔软、尖锐的东西顶撞起来。于是，一分钟以前所有折磨她、使她觉得无法活下去的苦难，她对他的满腔仇恨，她那不惜牺牲生命要向他复仇的欲望，突然全都消退了。她平静下来，理了理身上的衣衫，裹上头巾，匆匆走回家去。

她回到家里已筋疲力尽，全身湿透，浑身污泥。从这一天起，在她身上开始发生一种精神转变，这种转变使她最终成为现在这样的人。自从这个可怕的夜晚开始，她再也不相信善了。在此以前，她自己相信善，而且还深信别人也相信善，从这一夜开始，她认定没有人相信善，认定人们谈论上帝，谈论善，这样做全都是为了欺骗别人。他，那个她爱着、而且知道也爱着她的人，将她玩弄够了，将她的感情粗暴地污辱了之后，现在将她抛弃了。可是他原先还是她所见过的所有人当中最好的一个。其他一切人比他更坏。她在生活道路上每走一步所遇到的事情都证明了这一点。他的两个姑妈，虔诚的老太婆，在她不能像以往那样服侍她们的时候，将她赶出家门。她遇到的所有的人，凡是妇女，就竭力利用她去获取金钱，凡是男人，从警察局长老头到监狱的看守，无一不把她视作消遣作乐的对象。对于世上的一切人来说，一切都为了享乐，一切只为了享乐。她被赶出姑妈家之后的第二年，曾与一个老作家同居，这个老作家的言行更加确证了她的这种看法。他直率地对她说，全部幸福都在于这种享乐，他把这种享乐称作诗和美。

所有的人只是为自己、为自己享乐活着，那些关于上帝和善的言谈统统都是骗人的鬼话。要是头脑里冒出问题，为什么世界上的一切被安排得如此糟糕，弄得人人互相坑害，个个都得受苦，那么你就不要再想这种事。要是感到苦闷了，那就抽烟喝酒吧，或者最好找个男人玩一玩，苦闷也就过去了。

三十八

第二天是星期天，早晨五点钟，女监的走廊里照例响起了哨声，早已醒来的科拉布廖娃叫醒了玛斯洛娃。

“苦役犯，”玛斯洛娃恐惧地想道。她揉了揉眼睛，不由自主地呼吸着早晨变得臭不可闻的空气，想再入睡，回到无知无觉的状态，可是习惯的恐惧战胜了睡意，她爬起来，盘起腿，坐在那里四下张望。妇女们都起来了，只有孩子还睡着。卖私酒的暴眼睛女人轻手轻脚地将囚衣从孩子身下慢慢拉出来，免得把孩子惊醒。那个女造反者将做尿布用的破布条晾在火炉旁边，而蓝眼睛的费多西娅抱着的孩子在声嘶力竭地大哭，费多西娅轻轻摇晃着，柔声唱着摇篮曲。患肺病的女人双手揪住胸口，满脸通红地咳嗽，间或停下来喘气，喘气的声音响得如同喊叫。红头发的女人睡醒后，仰面朝天躺着，屈起粗壮的双腿，兴致勃勃地大声说着梦中所见的情景。犯纵火罪的老太婆又站在圣像跟前，嘴里轻声念着千篇一律的祷词，又是画十字，又是鞠躬。教堂诵经士的女儿一动不动地坐在板铺上，她还未睡醒，无神的目光茫然地望着面前。“俊姑娘”将她抹了油的、又黑又硬的头发绕在手指上，使之拳曲。

走廊上响起趿拉着棉鞋的脚步声，开锁的哗啦声，随后进来两个身穿短上衣和露着半截小腿的灰布棉裤的抬便桶的男犯。他们神情严肃，脸带怒色，用木棍抬起臭烘烘的便桶，走出牢房。妇女们走到走廊上，来到龙头旁洗漱。红头发的女人在龙头旁边与隔壁牢房的一个女人发生争吵。照例又是詈骂、喊叫、哭诉……

“你们想进单人牢房吗？”一个男看守喊道，同时朝红头发的女人裸露的肥厚的脊背击了一掌，响声整条走廊都能听见。“别让我再听见你的声音！”

“瞧，老头儿又起劲了。”红头发说，她把这一掌当作亲热的表示。

“喂，快一点！快收拾整齐去做弥撒。”

玛斯洛娃还未梳理好头发，典狱长就带着随从来了。

“早点名了！”一个看守喊道。

从另一间牢房也出来一批女犯，于是全体女犯在走廊上排成两排，而且后排的女人必须把手搭在前排女人的肩上。所有女犯的人数清点过了。

早点名后，一个女看守来了，她把女犯们带往教堂。玛斯洛娃和费多西娅处在由所有一百多名女犯组成的队伍中间。全体女犯都戴着白头巾，穿着白上衣和白裙子，其中只有几个妇女穿着花衣裙。她们是带着孩子自愿跟随丈夫流放的妻子。整座楼梯上挤满了这些行进的人们。听得见穿着棉鞋走路的轻微的脚步声、说话声，间或几声笑声。在拐弯处玛斯洛娃看见走在前面的仇人博奇科娃那张凶恶的脸，并指给费多西娅看。妇女们走到楼下便都安静下来，画着十字，低下头，经由敞开的大门，走进此刻还是空荡荡的、金碧辉煌的教堂。她们的位置是在右边，她们拥挤着，互相紧挨着站停下来。紧随妇女之后进入教堂的是身穿灰色囚衣的男犯，其中有暂时羁押等待转送的解犯、正在服刑的监犯和由村社判处流刑的犯人。他们大声咳嗽着，挤成一团站在教堂的左边和中央。在上边的敞廊上已经站着先进来的犯人，一边是剃着阴阳头的苦役犯，他们身上叮当作响的锁链声表明了自己的存在，另一边是未剃头、未戴镣铐的未决犯。

这座监狱教堂是一个富商出钱重新翻造和装修的，商人为此花了好几万卢布。现在整座教堂金碧辉煌，光彩夺目。

教堂里一片宁静，只有擤鼻涕和咳嗽声，婴儿哭叫声，偶尔发出响亮的锁链的叮当声。后来，站在中央的男犯急急忙忙闪开，互相挤压着，在教堂中央让出一条通道，典狱长沿着这条通道走到最前面，站在教堂正中。

三十九

礼拜开始了。

礼拜的仪式是这样的： 先是一个身穿特别古怪的、极不方便的锦缎圣衣的司祭，将面包在碟子里切成小块，再将它们放进盛了酒的大酒杯里，嘴里一直念着各种各样的姓名和祷词。与此同时，诵经士不停地先是念着，然后与由犯人组成的唱诗班轮流唱着。这些斯拉夫语祷词本来就难懂，现在读得和唱得太快而更难懂。这些祷词的内容大都是祈求皇帝和皇室幸福安康。这些祷词由人们跪在地上反复念叨许多遍，有时和其他祷词一起念，有时单独念。此外，诵经士还念了《使徒行传》[①]中的几首诗，他的嗓音古怪而又紧张，弄得人们一句也听不懂。司祭倒是十分清楚地念了《马可福音》[②]中的一段文字，这段文字说的是，基督复活后，在飞到天上、坐到父亲的右侧之前，先向抹大拉的马利亚显灵，从她身上驱走了七个魔鬼，然后向十一位门徒显灵，吩咐他们向普天下的人传播福音，他同时还宣布，谁不相信，谁就将毁灭，谁相信并受洗礼，谁就得救，而且能驱除魔鬼，能医治别人的疾病，只需将手在病人身上一按，能说各种新的语言，能拿蛇，即使喝了毒药也不会死亡，反而活得健康。

礼拜的实质据说是，司祭将切碎的面包浸到酒里，通过巧妙的手法和祈祷，就变成了上帝的肉和血。这些巧妙的手法是这样：司祭尽管穿着碍手碍脚的像口袋一样的锦缎圣衣，但能从容不迫地、平稳地举起双手，然后就这样举着双手跪到地上，吻着桌子和桌上的东西。最最主要的动作是，司祭双手拿起餐巾，均匀平稳地在碟子和金酒杯上方来回拂动。据说面包和酒就是在这个时候变成了肉和血，所以礼拜做到这一步气氛特别庄严。

“至圣、至洁、至美的圣母啊，”司祭做完上述事情后，在隔板后面大声喊道。于是，唱诗班庄严地唱起来：光荣应当归于圣母马利亚，她生下基督却没有丧失童贞，她应该得到比司智天使更多的荣誉，比六翼天使更多的光荣。这时面包和酒被认为变成了肉和血。司祭取下盖在碟子上的餐巾，将中央那块面包切成四小块，先将面包在酒里浸了浸，再送进嘴里。这样他算吃了一块上帝的肉，喝了一口上帝的血。此后，司祭拉开一道帷幕，打开正中一道门，双手捧着金酒杯，从正中

---

①《使徒行传》，收入《新约》的早期基督教著作，述说基督死后使徒们传播基督教的事迹。

②《马可福音》，叙述耶稣基督“尘世生活”的早期基督教福音书中真传福音之一种。

那道门里出来，请那些想吃的人来吃装在金杯中的上帝的肉和血。

有几个孩子想吃。

司祭先问清孩子们的姓名，再小心翼翼地用小勺子从金杯里舀出一小块浸过酒的面包，逐一深深地送到每个孩子的嘴里，诵经士立即擦净孩子们的嘴，用快乐的声音歌唱孩子们在吃上帝的肉，喝上帝的血。接着司祭将金杯拿到隔板后面，吃尽杯中剩下的上帝的肉，喝尽剩下的上帝的血，竭力舔干净唇髭，擦干净嘴和金杯，怀着极其愉快的心情，迈着矫健的步伐，从隔板后边走出来，脚上的小牛皮靴子尖细的后跟发出橐橐的响声。

基督教礼拜的主要仪式到这里就结束了。可是司祭想安慰一番囚犯们的心灵，在平常所做礼拜之外又加一项特殊的仪式。这个特殊的仪式是，司祭站到被认为是他刚刚吃掉的那个上帝的铸铁包金、黑脸黑手的圣像面前，面对被十支蜡烛照亮的圣像，用一种既不像唱歌、又不像说话的古怪的假嗓子，说起以下这些话：

“最温柔的耶稣，使徒们的荣耀，我的耶稣，受难者的赞美，万能的主耶稣，拯救我，我的救主耶稣，我的最美的耶稣，拯救来到你面前的人，救主耶稣，饶恕我，全体圣徒、全体先知祈祷中诞生的耶稣，我的救主耶稣，赐给我们天堂的快乐，热爱人类的耶稣！”

说到这里，他略作停顿，喘了一口气，画了一个十字，深深地一鞠躬，所有的人也都跟着做了一遍。典狱长、看守和囚犯都鞠躬，上边敞廊上镣铐的叮当声特别频繁。

“天使的创造者，力量的主宰，”他又继续道，“最神妙的耶稣，天使们的惊奇，万能的耶稣，祖先们的拯救，最温柔的耶稣，族长们的赞美，最光荣的耶稣，皇帝们的巩固，最良善的耶稣，先知们的实现，最奇妙的耶稣，受难者的堡垒，最温和的耶稣，修道士们的快乐，最仁慈的耶稣，神父们的欢乐，最慈悲的耶稣，持斋者的克制，最甜美的耶稣，圣徒们的喜悦，最纯洁的耶稣，童贞男女的纯洁，永生不灭的耶稣，罪人们的拯救，耶稣，上帝的儿子，饶恕我吧，”他终于停顿下来，反复念着“耶稣”，声音愈来愈声嘶力竭。他一手微微提起圣衣的绸里子，单腿跪到地上，深深地一躬到地，唱诗班开始唱起最后一句：“耶稣，上帝的儿子，饶恕我吧。”囚犯们时而跪下，时而起身，甩动着半边头上残留的头发，脚镣叮当作响，磨擦着他们细瘦的脚。

这项仪式持续了很长时间。开头总是赞美词，总是以“饶恕我吧”结束，后来则是以一套新的赞美词，以“哈利路亚”结束。囚犯们画着十字，鞠躬，跪到地上。开始的时候，他们每句赞美词之后便鞠躬，后来每隔一句一鞠躬，再后来每隔两句一鞠躬。等到所有赞美词都念完，司祭轻松地舒了一口气，合上小书，走到隔板后面，大家都非常高兴。现在只剩下最后一项仪式，那就是司祭从大桌子上拿起一个四端镶有珐琅质圆形饰物的包金十字架，走到教堂中央。典狱长首先走到司祭跟前，吻了吻十字架，然后是副典狱长，其次是看守们，最后是囚犯。囚犯们拥挤着，轻声咒骂着开始走上前去。司祭与典狱长交谈着，将十字架和自己的手递到走近他的囚犯们的嘴边，有时送到他们的鼻子上，囚犯们千方百计要吻一吻十字架和司祭的手。旨在安慰和训诫迷途的弟兄的基督教礼拜就这样结束了。

四十

从司祭、典狱长到玛斯洛娃，所有出席礼拜仪式的人谁都没有想到，就是这个被司祭声嘶力竭地重复着、用尽种种荒诞的词句予以赞美的耶稣，他禁止的恰恰是这里所进行的一切；他不但禁止这种毫无意义的连篇废话和身为导师的司祭对面包、酒所施的亵渎的魔法，而且以极其明确的方式禁止一些人把另一些人称为导师，禁止在教堂里祈祷，吩咐人们单独祈祷，他禁止建造教堂，曾说他是来拆教堂的，不应该在教堂里祈祷，应该在精神里、在真理中祈祷；更主要的是，他不仅禁止审讯、监禁、折磨、侮辱、处死人，就像这里一直所干的，而且禁止对人使用任何暴力，他说他是来释放囚徒，使之获得自由的。

在场的所有人谁都没有想到，这里所做的一切是极严重的亵渎，以基督的名义所干的一切正是对基督本人的嘲弄。谁都没有想到，司祭拿出来让人吻的那个四端镶有珐琅质圆形饰物的包金十字架，不是别的东西，正是基督受刑的绞架的形象，而基督受刑正是因为他禁止现在以他的名义在这里干的那些事情。谁都没有想到，那些将吃面包和喝酒想象为吃基督的肉和喝基督的血的司祭，实际上是在吃他的肉，喝他的血，不过不是以吃面包块和喝酒的方式，而是以那样一种方式，即不仅诱惑那些被基督视为与己同样的“弱小者”，而且剥夺他们的最大利益，使他们遭受最残酷的折磨，并向人们隐瞒他给他们带来的福音。

司祭心安理得地做着他所做的一切，是因为他从小接受的是这样的教育，认为这是唯一真正的信仰，所有以前的信徒都信奉这一信仰，而且现在的宗教界和非宗教界的首领们也都有这种信仰。他不相信面包能变成肉，不相信说那么多的赞美词会对灵魂有益，或许也不相信他真的吃了上帝的肉，这些都是无法相信的，他相信的只是必须相信这个信仰。更主要的，十八年来他奉行这个信仰的圣礼所获得的报酬供养了他的家庭，送他的儿子进了中学，送他女儿进了宗教学校，这使他对这种信仰更加深信不疑。诵经士也奉行这个信仰，甚至比司祭更加虔诚，因为他忘记了宗教教义的本质，只知道他的热情、追荐亡灵的法事、诵经、普通祈祷和带赞美诗的祈祷，所有这一切都是有明确的价格的，真正的基督徒都愿意支付这笔钱，因此他在高喊“饶恕吧，饶恕吧”，在唱赞美诗和诵经文的时候，非常平静而又坚定地相信这一切都是必须的，就像人们在出卖木柴、面粉、土豆时的想法一样。典狱长和看守尽管从来就不明白、也不注意这种信仰的教义，也不懂教堂里所进行的这一切的含义，但是他们相信，必须毫不怀疑地奉行这一信仰，因为上级官员直至沙皇本人都奉行这一信仰。不仅如此，他们还隐约地感觉到，这个信仰证明了他们所从事的残暴职务是正确的（至于为什么会产生这样的感觉，他们无论如何都解释不清）。如果没有这种信仰，那么他们不但很难，甚至可能完全不能将自己的全部力量用来折磨人们，就像他们现在心安理得地所做的那样。典狱长是个心地善良的人，要不是从这个信仰中找到精神支柱，他无论如何无法这样生活着。正因为如此，他直挺挺地、一动不动地站着，虔诚地鞠躬，画十字，当人们唱《司智天使们》时，他竭力使自己产生怜悯心，当给孩子们授圣餐的时候，他走上前，亲手抱起一个领圣餐的男孩，并且抱了一会儿。

在这些囚犯之中，只有少数几个人看透了这种信仰不过是愚弄奉行这种信仰的人们的骗局，因而心中对它抱着讥笑的态度。大部分囚犯相信，在这些包金的圣像、蜡烛、金杯、圣衣、十字架，在反复念叨着的无法听懂的“最温柔的耶稣”和“饶恕吧”等话语中蕴含着一种神秘的力量，借助这种力量能够在今生和来世获得许多好处。尽管其中大多数人作过多次尝试，想借助祈祷、蜡烛在今生获得好处，可是他们没有得到，他们的祈祷始终没有实现，即使这样，他们仍然坚信，这种失败出于偶然，受到有学问的人和总主教们赞扬的这套做法毕竟是极其重要的制度，即使对于今生并非必要，那么对于来世是肯定必需的。

玛斯洛娃也抱有这种信念。她像别人一样，在做礼拜的时候心中产生了既虔敬又厌烦的复杂感情。起初她站在隔板后面的人群中央，除了同牢房的女伴，她谁也看不见。等到领圣餐的人们向前移动，她和费多西娅也往前移动，这时她看见了典狱长，看见站在典狱长身后、看守之间的一位胡子浅白色、头发淡褐色的青年农民，这是费多西娅的丈夫，他眼神定定地望着妻子。在唱赞美诗的时候，玛斯洛娃一直望着他，并与费多西娅低声交谈，当别人画十字、鞠躬的时候，她也机械地跟着做。

四十一

涅赫柳多夫一清早就乘车出门了。一个乡村农民赶着大车在小巷里怪声怪调地叫喊：

“牛奶，牛奶，牛奶！”

头天晚上下了第一场暖和的春雨。只要是未铺马路的地方，到处都突然冒出了绿草，园中的白桦树上满是绿色的茸毛，稠李和白杨长出了细长的散发着浓香的树叶，住宅和商店都卸下了护窗板，擦净了玻璃。在涅赫柳多夫经过的旧货市场里，在排成一列的货棚旁边拥挤着密密匝匝的人群，衣衫褴褛的人们腋下夹着靴子，肩上搭着熨烫过的裤子和背心在走动。

小饭馆外挤满了歇班的男男女女，男的穿着干净的腰部带褶的外衣和擦得亮亮的皮靴，女的头上扎着鲜亮的绸头巾，身上穿着缀有玻璃串珠的外衣。警察挎着系有黄带子的手枪站在各处，注视着可能发生的骚乱，以便借此排解恼人的无聊。在林荫道的小径上，在刚刚发绿的草地上，孩子们带着小狗在玩耍，保姆们坐在长凳上愉快地谈天。

街道左侧林荫下，此时凉爽而又潮湿，而街道中央则已干燥。沉重的载货马车一辆接着一辆在马路上来回辘辘作响，轻便马车叮叮当当地奔驰，有轨公共马车也在叮当奔忙。从四面八方传来的各种各样的钟声震得空气发抖，钟声召唤人们去做此刻监狱里正在做的礼拜。于是，穿得漂漂亮亮的人们散往各自教区的教堂。

马车并未把涅赫柳多夫送到监狱门口，而是送到通往监狱的那条路的路口。

有几个男人和女人，大都拎着小包裹，站在离监狱一百步远的这个路口。右边有几所不高的木板房，左边是一座两层的楼房，挂着一块招牌。监狱那高大的石砌大楼还在前方，探监的人不让走近这幢大楼。站岗的士兵背着枪来回走动，严厉呵斥那些想走到他跟前的人。

在右侧木板房的小门旁边，在哨兵对面的长凳上，坐着一个身穿镶有金银饰带的制服的看守，手里拿着一本小本子。探监的人走到他面前，说出要探望的囚犯的姓名，他便在本子上记下。涅赫柳多夫也走到他面前，说了卡捷琳娜·玛斯洛娃的姓名。制服镶饰带的看守也记下了姓名。

“为什么还不让人进去？”涅赫柳多夫问。

“正在做礼拜。等做完礼拜，就放进去。”

涅赫柳多夫回到等候的人群里。这时人群里走出一个衣衫褴褛、戴着皱巴巴的帽子、光脚穿着破鞋、脸上满是条条血印的人，他径直朝监狱里走去。

“你往哪里钻？”荷枪的哨兵朝他吼道。

“你吼什么？”衣衫褴褛的人答道，哨兵的斥责丝毫未使他发窘，他转身往回走。“你不让进，我就等着。干吗吼叫，像个将军似的。”

人群中响起一片赞许的笑声。探监的人大都穿着寒酸，甚至褴褛，但也有外表体面的男人和女人。涅赫柳多夫身旁站着一个穿戴讲究、脸刮得精光、面色红润、体态丰满的男子，手上拎着一个小包裹，里边肯定是内衣裤。涅赫柳多夫问他，是不是第一次来这里。拎小包裹的人回答，他每个星期天都到这里来，于是他俩攀谈上了。这个人是银行的门房，到这里来探望犯了伪造票证罪的弟弟。这个心地善良的人将自己的经历对涅赫柳多夫细述了一遍，刚要反过来问涅赫柳多夫，这时他们注意到一匹黑色的良种高头大马拉着一辆胶皮轮轻便马车来到他们身边，车上坐着一个大学生和一位戴着面纱的女士。大学生双手抱着一个大包裹，他走到涅赫柳多夫面前，向他打听，能不能将他带来的白面包施舍给犯人，如果能这样做，那么需要办什么手续。

“我这是按我未婚妻的愿望做的。这是我的未婚妻。她的父母亲劝

我们把东西送给囚犯。”

“我自己也是第一次来，我不知道可不可以这样做，不过，我想应该去问问这个人。”涅赫柳多夫说，指了指身穿镶金银饰带的制服、手拿小本子、坐在右边的看守。

正在涅赫柳多夫与大学生说话的时候，中间有小窗的监狱大铁门打开了，门里走出一个穿制服的军官和一个看守。手拿小本子的看守宣布，现在开始放人进去探监。哨兵退到一旁，所有来探监的人个个争先恐后地急步朝大门走去，有些人甚至一路跑着冲向大门。门边站着一个看守，他数着从他面前经过的探监者的人数，大声地报着数字：“十六，十七……”监狱大楼里还有一个看守，他用手逐一拍着每一个人的背，也在清点着进入下一道门的人数，目的是在探监结束出来时可以再核对人数，保证不使一个探监者留在监狱里，不让一个囚犯溜出监狱。这个计数员不看从他面前走过的人的脸面，朝涅赫柳多夫的背上拍了一下。看守的这一拍在最初的一瞬间使涅赫柳多夫觉得自己受了侮辱，不过，他立即想到自己来此的目的，于是他为自己这种不满和受辱的感觉而惭愧。

门后的第一个房间是一个有拱顶的大房间，几个不大的窗子上安装着铁栅栏。在这个被称为会面室的房间里，涅赫柳多夫完全意外地看到壁龛里贴着一幅很大的耶稣受难的画像。

“为什么要贴这个？”他心中想道，不由自主地在自己的观念中将基督的画像同被解救的人联系在一起，而不是同囚犯联系在一起。

涅赫柳多夫缓步走着，让那些急性子的探监者先走，心中涌起复杂的感情，既有对关在这里的恶人的恐惧，也有对关在这里，像昨天那个男孩和卡秋莎一样的无辜受难者的同情，还有对他所面临的会面的胆怯和动情。走出这个房间的时候，在房间的另一头，看守说了句什么话。可是涅赫柳多夫只顾想自己的心事，对此未加注意，继续随着人数较多的那部分探监者走去，也就是前往男探监室，而不是去他该去的女探监室。

他让那些急性子的先走，自己最后一个走进探监室。他打开门，走进探监室，首先使他震惊的是成百个喉咙的喊叫汇成的一片震耳欲聋的嘈杂声。等他走近像苍蝇叮着砂糖似的、紧贴着将房间一隔为二的铁丝网上的人群，他才明白是怎么一回事儿。后墙上开着几扇窗户的这个房间，并非用一道铁丝网将其一分为二，而是隔着两道顶天立地的铁丝网。在这两道铁丝网之间看守们在来回走动。在两道铁丝网那一边是囚犯，而在这一边是探监者。两边的人群之间隔着两道铁丝网，中间有三俄尺的距离，相互之间不仅不能递送任何东西，而且看不清对方的面容，特别是那些近视的人。说话也很困难，必须高声大喊，方能让对方听见。两边的人的脸紧贴着铁丝网，有妻子、丈夫、父亲、母亲、子女，他们竭力想看清对方，说着要说的话。可是因为每个人都高声喊叫，希望对面的亲人能听清自己说的话，而他们旁边的人也与他们有同样的想法，结果他们的喊声互相干扰，于是大家全都想竭力盖过别人的声音。正因为这样，涅赫柳多夫一进来便被夹杂着高呼低喊的一片嘈杂声所震惊。要听清说话的内容没有丝毫的可能。只能根据人们脸上的表情判断他们要说的是什么，他们相互之间是什么关系。涅赫柳多夫旁边是一个扎着小头巾的老太婆，她紧贴着铁丝网，下巴抖动着，正向一个剃着阴阳头、脸色苍白的青年喊着什么。那个青年囚犯扬起眉，皱起前额，仔细听她说。老太婆旁边是一个穿着腰间打褶的外衣的年轻人，他双手遮在耳后，摇着头在听一个与他面貌相像、脸色憔悴、胡子花白的男犯对他说话。再远一点的地方站着一个衣服褴褛的人，他挥着手，在喊着什么，而且还笑了。在他身旁的地板上坐着一个怀抱婴孩的妇女，她头上戴着漂亮的羊毛头巾，在号啕大哭，显然是第一次看见对面那个身穿囚衣、剃着阴阳头、戴着脚镣、头发花白的人。在这个妇女的上方是那个与涅赫柳多夫说过话的银行的门房，他正竭尽全力朝对面那个头顶光秃，目光炯炯的囚犯大声喊叫着。当涅赫柳多夫清楚地意识到，自己必须在这样的环境中与玛斯洛娃说话，胸中腾起了对那些居然作出并维持这样的规定的人的愤恨。他感到惊奇，对这种可怕的规定，对这种对人的感情的侮弄，竟然没有人感到自己受了侮辱。士兵也罢，典狱长也罢，探监者也罢，囚犯也罢，他们全都照这种规定行事，仿佛承认这样做是应该的。

涅赫柳多夫在这个房间里待了五分钟左右，心中产生了某种奇怪的烦恼，感到自己无能为力，与整个世界格格不入，一种与晕船相仿的精神上的恶心感攫住了他的心。

四十二

“但是我必须做我到这里来要做的事情，”他暗自鼓励自己说，“该怎么办呢？”

他开始用目光寻找狱中的官员，发现一个身材不高、身子瘦弱、留着唇髭、佩戴着军官肩章的人正在人们背后走动，于是就去找他。

“先生，您能不能告诉我，”他特别恭敬地说，“妇女关押在什么地方，能在什么地方与她们会面？”

“您莫非要去女探监室？”

“是的，我想探望一个被囚禁的女人。”涅赫柳多夫仍然那样恭敬地回答。

“您在会面室里就该这样说。您要见谁？”

“我要见叶卡捷琳娜·玛斯洛娃。”

“她是政治犯？”副典狱长问。

“不，她只是……”

“这么说，她已经判决了？”

“是的，她已经判决两天了。”涅赫柳多夫恭顺地回答，生怕破坏这个似乎抱有同情心的副典狱长的情绪。

“要是想去女探监室，请朝这边走，”副典狱长说，他显然根据涅赫柳多夫的外表断定，这是值得他关照的人。“西多罗夫，”他对一个留着浓密的唇髭、佩着几枚奖章的军士说，“带这位先生去女探监室。”

“是。”

这时候铁丝网旁边传来揪心的号啕大哭声。

涅赫柳多夫觉得一切都是那样的奇怪，最使他感到奇怪的是，他不得不感激副典狱长和看守长，觉得自己欠着他们的情，而这些人却干着这所房子里正在干的残酷的事情。

看守领着涅赫柳多夫出了男探监室，来到走廊上，随即又打开对面一扇门，将他带进女探监室。

这个房间与男探监室一样，也用两道铁丝网隔为三个部分。不过这个房间要小得多，房间里探监者和囚犯也少一些，可是喊叫声、嘈杂声与男探监室不相上下。两道铁丝网之间也有监狱官员走动。这里的监狱官员是一个女看守，她也穿着袖子上镶有金银饰带和滚着蓝边的制服，腰里扎着和男看守一样的宽腰带。这里也和男探监室一样，铁丝网两侧贴满了人群，这一边是身穿各式各样衣服的城市居民，那一边是女囚犯，有些人穿着白色的囚服，有些穿着自己家里带来的衣服。整片铁丝网边都站满了人。有一些人踮着脚，使自己的声音越过别人的头顶而被对方听见，另一些人坐在地上互相对话。

有一个女犯的模样和喊声最引人注目，让人惊讶。这是一个头发蓬乱，身子瘦小的茨冈人，她的头巾从鬈曲的头发上滑到一侧，她几乎是站在这个房间正中，贴着那一边的铁丝网的支柱，急急地打着手势，朝一个穿蓝色上衣、腰带扎得又低又紧的茨冈男子喊着什么。这个茨冈男子身旁蹲着一个士兵，正在与对面一个女犯说话。再旁边，紧贴铁丝网站着一个年轻的农民，他留着浅色的唇髭，脚上穿着树皮鞋，脸涨得通红，显然勉强地克制着没流泪。和他说话的是一个相貌俊美、头发淡黄色的女犯，她那双浅蓝色的眼睛一直望着对方。这一对便是费多西娅和她的丈夫。他俩身旁分别站着另一对男女，男的衣衫褴褛，女的头发散乱，脸盘宽大，两人正在说话。再旁边是两个妇女，然后是一个男人，接着又是一个妇女，他们每个人的对面各有一个女囚犯。这些女囚犯里并没有玛斯洛娃。不过，在对面女囚犯们的身后还站着一个女人，涅赫柳多夫当即明白，这就是她，他立即觉得心跳加剧，呼吸都快停止了。决定性的时刻来临了。他走近铁丝网，认出了她。她站在蓝眼睛的费多西娅身后，脸上露着微笑，在听费多西娅说话。她并未穿前天穿的长囚衣，而是穿着白色短上衣，腰里紧紧地扎着腰带，胸部高高地耸起。仍像在法庭上那样，一绺乌黑的鬈发从头巾下边显露出来。

“事情马上就要决定了，”他思忖着，“我该怎样称呼她呢？也许她自己会走近前来？”

可是她并没有自动走近前来。她在等候克拉拉，怎么也不会想到，这个男人是来找她的。

“您找谁？”在两道铁丝网之间走动的女看守走到涅赫柳多夫跟前，问道。

“找叶卡捷琳娜·玛斯洛娃。”涅赫柳多夫勉强说出口。

“玛斯洛娃，找你的！”女看守喊道。

四十三

玛斯洛娃回头望了望，抬起头，挺起胸，脸上露出涅赫柳多夫所熟悉的那种恭顺的神情，走到铁丝网旁边，挤在两个女犯之间，惊奇而询问地盯着涅赫柳多夫，没有认出他来。

但是她根据穿着看出，他是一个富人，于是面露微笑。

"您找我？"她说，将眼睛微微斜视的笑脸贴近铁丝网。

"我想见见……"涅赫柳多夫不知道该说"您"还是"你"，不过他决定说"您"。他说话的声音不比平时高。"我想见见您……我……"

"你别跟我说废话，"他身旁那个衣衫破烂的人吼道，"你拿没拿？"

"跟你说，人都快要死了，还要说什么？"对面有个人喊道。

玛斯洛娃听不清涅赫柳多夫说的话，但他说话时的面部表情突然使她想起了他。可是她不敢相信自己的眼睛，不过她脸上的笑容消失了，前额痛苦地起皱了。

"您说什么，听不见。"她眯着眼睛喊道，额头的皱纹越来越深了。

"我来……"

"是啊，我在做我该做的事，我来认错。"涅赫柳多夫想道。一想到这一点，泪水就涌入眼眶，哽住了喉咙，于是他手指抓住铁丝网网眼，说不下去了，竭力克制着没有哭出声来。

"我说，你为什么要管不该管的闲事……"这边有人喊道。

"你该相信上帝，我真不知道。"那边的一个女犯喊道。

玛斯洛娃看到涅赫柳多夫激动的样子，终于认出是他。

"好像是，可是我认不出来。"她喊道，眼睛不看他，突然涨红的脸变得更阴沉。

"我是来请求你宽恕的。"他大声地喊道，声调呆板，就像在背书似的。

喊出这句话之后，他觉得羞惭，于是环顾了一下四周。不过他立即又想到，如果他感到羞惭，那就更好，因为他应当承受这种耻辱。于是他继续大声高喊。

"请你宽恕我，我很对不起……"他又喊道。

她站着一动不动，乜斜的目光一直盯着他。

他再也说不下去了，离开铁丝网，竭力克制着翻腾起伏的胸膛，没有哭出声来。

将涅赫柳多夫打发到女探监室来的副典狱长显然对他产生了兴趣，于是也来到这里。看见涅赫柳多夫并未站在铁丝网旁边，便问他为什么不和他要找的那个女犯说话。涅赫柳多夫擤了擤鼻子，振作起精神，尽量摆出镇定的样子，回答：

“无法隔着铁丝网说话，什么都听不见。”

副典狱长沉思了一会儿。

“那好吧，可以把她带到这儿来一会儿。”

“玛丽亚·卡尔洛夫娜！”他转身对一个女看守说。“把玛斯洛娃带出来。”

过了一分钟，玛斯洛娃从旁边一扇门里走出来。她迈着轻柔的步子走到涅赫柳多夫跟前站住，皱着眉头望着他。像前天那样，几绺拳曲的黑发露在外面，浮肿苍白的脸略带病态，但仍显得漂亮和镇定，微肿的眼睑下那双乌黑发亮的斜眼睛显得格外明亮。

“可以在这里说话。”副典狱长说毕，就走到一旁。

涅赫柳多夫走近靠墙放着的长凳。

玛斯洛娃询问地望了一眼副典狱长，然后仿佛惊奇似的耸了耸肩膀，跟着涅赫柳多夫走近长凳，理了理裙子，在他身边的凳子上坐下。

“我知道，您很难宽恕我，”涅赫柳多夫开口说道，不过他又停下，觉得泪水妨碍他说下去，“可是，如果过去的事已无法纠正，那么我现在要尽我一切力量去做。您说吧……”

“您是怎样找到我的？”她并不回答，反而问道，那双微微斜视的眼睛对他似看未看。

“我的上帝！帮帮我吧。教教我该怎么办！”涅赫柳多夫对自己说，瞧着她那张变化很大、现在令人不快的脸。

“前天审问您的时候，我是陪审员，”他说，“您没有认出我吗？”

“是的，没认出来。我没有空认人。我根本没看。”她说。

“不是有个孩子吗？”他问，觉得脸上通红。

“感谢上帝，当时就死了。”她简短、凶狠地回答，目光离开了他。

“怎么死的，什么原因？”

“我自己病得差一点死了。”她眼睛不抬地说道。

“两个姑妈怎么会放您走？”

“谁肯留怀小孩的女仆？发觉了，就赶出来了。有什么好说的，我什么都记不得，全忘了。那件事全都了结了。”

“不，没有了结。我不能丢开这件事不管。就是现在我也想赎罪。”

“没什么可赎的，过去的事过去了。”她说。他万万没想到，这时她突然令人不快地、献媚而又怜悯地朝他微微一笑。

玛斯洛娃怎么也想不到会见到他，特别是现在，在这样一个地方，所以在最初一刻他的出现使她震惊，迫使她想起她从未想过的往事。在最初一刻她隐隐约约想起了感情和思想的那个新的神奇的世界，那个爱着她、也被她爱着的可爱的青年，为她打开的新的神奇的感情和思想的世界，接着她又想起了他那无法理解的残酷，想起紧随那美妙的幸福之后，而且由此产生的种种屈辱和苦难。她感到痛苦。可是她无法理解这件事，于是她现在也像以往所做的那样，把这些回忆从心中驱除，竭力用一种特别的淫荡生活的迷雾遮盖这些回忆，现在她的确是这样做的。最初一刻，她将此刻坐在她面前的这个人与那个她曾经爱过的青年联系在一起，可是后来她发现这样做太痛苦，她也就不再将他和那个青年联系起来。现在面前这位穿着洁净、胡子上洒过香水、保养得很好的先生，对她说来已不是她曾爱过的涅赫柳多夫，而只是在需要的时候享用一下像她这样的女人的身体的那些人之中的一个，像她这样的女人也必须尽可能地利用那些人为自己谋求利益。因为这个原由，她对他献媚地一笑。她沉默了一阵，心中盘算着怎样从他身上捞到好处。

“那些事全都了结了，”她说，“现在我被判服苦役。”

她在说出这个可怕的词的时候，嘴唇都在哆嗦。

“我知道，我相信您是无罪的。”涅赫柳多夫说。

“我当然没罪。我怎么会是贼或强盗？我们这里的人说，事情全靠律师，”她继续说，“她们说，得上诉。不过，据说得花很多钱……”

“对，一定得上诉，”涅赫柳多夫说，“我已经找过律师。”

“别舍不得钱，请好律师。”她说。

“只要办得到，我都要做。”

一阵沉默。

她又露出那种笑容。

“我想求您……给点钱，要是能够。不多……十卢布，用不着更多。”她突然说。

“行，行。”涅赫柳多夫难为情地说，同时掏出钱夹。

她朝正在房间里来回走动的副典狱长匆匆瞟了一眼。

“别当着他的面给，等他走开给，要不会被没收的。”

副典狱长刚转过身去，涅赫柳多夫便掏出钱夹，可是还没来得及将十卢布的纸币递给她，副典狱长又转过身来面对着他俩。涅赫柳多夫就把钱攥在手心。

“这是一个没有希望的女人。”他寻思道，望着这张曾经那么可爱、现在却已被玷污的臃肿的脸。她那双斜视的黑眼睛闪着不正经的光，注视着副典狱长和攥着纸币的那只手。他心中有一刻动摇了。

昨天夜里说过话的那个诱惑者又在涅赫柳多夫心中说话了，像以往一样，它千方百计诱使他不去考虑应该做什么，而只考虑他的行动会有什么结果，怎么做才有利。

“你对这个女人毫无办法，”这个声音说，“你只是往自己脖子上挂石头，这块石头会使你淹死，妨碍你成为对别人有益的人。给她钱，把手头所有的钱都给她，然后和她分手，从此一刀两断，岂不更好？”他暗自想道。

可是他立即就感觉到，现在，就是在此刻，他的灵魂发生着某种重大的变化，他的内心活动此刻仿佛处在摇摆不定的天平上，任何微小的努力都可能使天平向这边或那边倾斜。于是他就作了这种努力，召唤他昨天感觉到在自己心中的那个上帝，那个上帝立即在他心中作出响应。他决定现在把一切都对她说。

“卡秋莎，我是来向你请求宽恕的，可是你没有回答我，你是不是宽恕我了，以后你会不会宽恕我。”他说，突然对她改称“你”。

她并不听他说，而是一会儿瞧瞧他的手，一会儿瞧瞧副典狱长。等到副典狱长转过身去，她迅速向他伸出手，抓过那张纸币，塞到腰带里。

“您说的真奇怪。”她说，他觉得她在蔑视地冷笑。

涅赫柳多夫感觉到，她心中有一种直接敌视他的情绪，卫护着她目前的心态，妨碍他深入她的内心。

可是事情也真奇怪，这不仅没有排斥他，反而以某种新的特殊的力量将他吸引到她身边。他感到他有义务在精神上唤醒她，但也感到这件事极为困难；可正是这种困难本身吸引了他。他现在对她产生了这样一种感情，这种感情以往无论对她还是对别人都不曾有过，这种感情里丝毫没有私心：他不想从她身上得到任何东西，一心只希望她不再是目前这种状态，希望她觉醒，成为她从前那样。

“卡秋莎，你为什么这样说？我是了解你的，我记得从前在帕诺沃的你……”

“何必提那旧事。”她冷淡地说。

“我回忆往事是为了改正错误，赎我的罪，卡秋莎。”他开始说道，他刚要说他要娶她，可是遇到了她的目光，目光中有一种令人可怕的、粗野的、排斥的意味，使得他没能说下去。

这时候探监的人往回走了。副典狱长走到涅赫柳多夫身边说，探监的时间结束了。玛斯洛娃站起来，驯服地等候别人来把她带走。

“再见，我还有许多话要对您说，但是您瞧，现在不能说了，”涅赫柳多夫说，并伸出一只手。“我还会来。”

“好像全都说完了……”

她也伸出手，但没有握他的手。

“不，我要争取和您再见面，在可以说话的地方，那时候我将告诉您一件极其重要的事情，我必须告诉您。”涅赫柳多夫说。

“行啊，您来吧。”她说，脸上流露出要讨男人喜欢的微笑。

“对于我，您比姐妹还要亲。”涅赫柳多夫说。

“真奇怪。”她又重复这个词，并摇了摇头，回到铁丝网那一边去了。

四十四

第一次见面时，涅赫柳多夫以为卡秋莎见到他，得知他打算为她效力，听了他的悔过之后，定会满心欢喜，大受感动，并重新成为过去的卡秋莎，然而结果使他惊骇，过去的卡秋莎不存在了，只剩下一个玛斯洛娃。这的确令他惊讶和恐惧。

使他感到惊奇的主要是，玛斯洛娃对自己的身份不仅不感到可耻（不是指囚犯的身份，她对囚犯的身份感到可耻。这里说的是妓女的身份），而且似乎甚至很满意，几乎为此而自豪。可是话又说回来，这也必然是这样。任何人要干某类事情，他一定认为这类事情既重要又美好。因此不管是什么身份的人，他对人类生活必定有自己的观点，持有这种观点，他所干的事情在他看来，将是重要而又美好的了。

人们通常会这样想，小偷、杀人犯、暗探、妓女认为自己的职业是坏职业，定会对自己的职业感到可耻。可是现实恰恰相反。凡是因为命运或因为自己的罪孽而堕落到这种地步的人，无论地位多么卑贱，他们都对整个人生抱有一种观点，有了这种观点，他们便认为自己的地位是崇高而又可敬的。为了保持这种观点，他们本能地将自己的人际交往局限在一定的圈子之内，这个圈子内的人对生活，对自己在生活中的位置，都有相同的理解。小偷夸耀自己狡猾，妓女夸耀自己淫荡，杀人犯夸耀自己残忍，这种事会使我们惊讶。但是，这种事之所以令我们惊讶，不过是因为这些人的圈子颇为狭小，更主要的是，因为我们处在这个圈子之外。然而，富翁夸耀自己的财富，即夸耀自己掠夺，军官夸耀自己的胜利，即夸耀自己杀戮，统治者夸耀自己的威力，即夸耀自己暴虐，莫非这有什么不同吗？我们并不认为这些人对生活的理解是歪曲的，为自己地位辩解而对善恶的看法是颠倒的。我们之所以这样认为，仅仅是因为这样是非颠倒的人的圈子更大，而我们自己也属于这个圈子之内的人。

玛斯洛娃对自己的生活，对自己在世界上的地位也形成了这样一种观点。她是一个妓女，而且被判服苦役，尽管如此，她也形成了一种世界观，基于这种世界观，她也能赞扬自己，甚至还能在人们面前为自己的身份而自豪。

她的世界观认为，所有男人，无论是老头还是小伙子，无论是中学生还是将官，无论是受过教育的还是没有受过教育的，他们都无一例外地认为最大的快乐是与迷人的女人性交。因此，所有男人尽管装作在忙各种各样别的事务，实际上他们想干的只有这一件事。而她是一个迷人的女人，她既可以满足他们的这个欲望，也可以不满足他们的欲望，所以她就是一个重要而必需的女人。她以往和现在的全部生活都证明了这个观点是正确的。

整整十年来，无论在什么地方，她看到所有男人，从涅赫柳多夫、老警察局长到小心谨慎的男看守，都需要她，她从未看到过有不需要她的男人，她也未去注意这类男人。所以，她认为整个世界只是好色之徒的大聚会，他们从四面八方窥伺她，使出各种可能的手段，比如欺骗、强暴、购买、诡计等等，千方百计地占有她。

玛斯洛娃就是这样理解生活的，基于这样的生活观念，她不仅不是卑微的小人，而且是一个重要的人物。所以玛斯洛娃珍惜这个生活观念胜过珍惜世上其他任何事物，她不能不珍惜，因为一旦改变这个生活观念，她便失去这个生活观念所赋予她的在人间生活的意义。为了不致丧失自己的生活意义，她本能地将自己限定在与她持有同样生活观点的人的圈子里。她觉得涅赫柳多夫想把她带往另一个世界，她就抗拒他，她预料到在他带她去的那个世界，她肯定会丧失给予她自信和自尊的这种生活地位。由于这个原因，她一直在心中驱逐对青春时代，对与涅赫柳多夫最初关系的回忆。这些回忆与她现在的人生观格格不入，所以被彻底地从她的记忆中勾销了，或者不如说，埋藏在记忆的深处从未触动，关得紧紧的，封得严严的，就像蜜蜂将螟虫(幼虫)封在蜂巢里，不留任何出口，免得它们毁掉蜜蜂的全部劳动成果。所以，现在的涅赫柳多夫对于她已不是当初她纯洁地爱过的恋人，而只是一个她可以而且应该利用的阔佬，与他只能有她同其他一切男人所有的那些关系。

“是的，我没能说出最重要的话，”涅赫柳多夫想道，他随着人群往门口走去。“我没有对她说我要娶她。我没有说，但以后要说。”他想道。

站在门口的两个看守伸手逐个拍着探监者的背，数着人数放人，免得多放走一个，或者还有人留在监狱里。现在他们拍涅赫柳多夫的背，他不但不感到受了侮辱，甚至丝毫没有介意。

四十五

涅赫柳多夫想要改变自己的外部生活：腾出这套大住宅，辞掉仆人，搬到旅馆里住。但是阿格拉费娜·彼得罗夫娜证明说，在入冬以前没有任何理由改变生活现状，夏天没有任何人会来租房，再说也得有住人、放家具、放东西的地方。因此，涅赫柳多夫想改变外部生活（他想按大学生时期那样安排简朴的生活）而付出的全部努力都没有任何结果。不仅一切依然如故，家中还开始了繁忙的工程：各种各样的毛料和皮货都搬出来晾晒、拍打，打扫院子的仆人、他的助手、厨娘，还有科尔涅伊本人都参加了这项工程。一开始先把那些制服和怪模怪样的皮货搬出来晾在绳子上，这些东西从来就没有人穿过、用过；然后开始往外搬地毯和家具，打扫院子的仆人和他的助手挽起袖子，露出肌肉饱绽的胳膊，有节奏地使劲拍打这些东西，于是所有房间都弥漫着臭樟脑的气味。涅赫柳多夫经过院子或者从窗口往外看的时候，心里就感到惊讶，这些东西简直多得可怕，而且无疑是毫无用处的。“这些东西唯一的用处和目的，”涅赫柳多夫心想，“便是给阿格拉费娜·彼得罗夫娜、科尔涅伊、打扫院子的仆人及其助手、厨娘提供一个锻炼身体的机会。”

“现在玛斯洛娃的事儿还没有解决，用不着改变生活方式，”涅赫柳多夫想，“再说事情做起来也很困难。等到她被释放，或者她被流放，我跟着她去，到那时一切也就自然而然地改变了。”

在法纳林律师指定的日子，涅赫柳多夫乘马车去找他。律师住的是豪华的私人宅邸，里边种着高大的植物，窗子上挂着异常华丽的窗帘，总之一切都是那样地华贵，证明主人发了横财，即毫不费力地捞到大笔钱财，这里的一切只有在暴发户那里才能见到。涅赫柳多夫进入律师的住宅，在客厅里遇到许多排队求见律师的人，他们仿佛在等候医生诊治，愁眉不展地坐在几张桌子旁边，桌子上摆着几本供他们消遣解闷的画报。律师的助手也坐在这里的一张高高的斜面写字桌旁边，他认出涅赫柳多夫，便走近前来，打过招呼后说，他现在就去禀报主人。助手还没有走到办公室门口，那扇门便打开了，传出高声、热烈的谈话声。其中一个中年人，身材矮胖，脸色通红，唇髭浓密，穿着崭新的衣服，另一个便是法纳林。两个人的脸上都流露着刚刚做成一件有利可图、但并不那么高尚的事情的人所常有的那种表情。

“您自己不好，老兄。”法纳林笑着说。

“我也愿意进天堂，可是罪孽不让进呀。”

“行啦，行啦，我们都知道。”

两个人都不自然地笑了。

“啊，公爵，您请进，”法纳林看到涅赫柳多夫后说。他朝离去的商人点了点头，然后领着涅赫柳多夫走进他那风格严谨的办公室。“请抽烟。”律师说，并在涅赫柳多夫对面坐下来，极力忍住因刚才那桩案子办得成功而带来的微笑。

“谢谢，我是为玛斯洛娃的案子来的。”

“对，对，马上就来谈这个案子。这些财主真是滑头！”他说。“您看见这个家伙了吧？他有一千两百万资产，可他却说，也不让他进天堂。哼，只要能从您身上捞到一张二十五卢布的钞票，他用牙齿咬也要咬到手。”

“他说‘也不让进天堂’，可你说‘二十五卢布钞票’。”涅赫柳多夫心里想道，同时对这个谈吐随便的人产生了难以克制的厌恶，这个人说话的口气想要表明，他和涅赫柳多夫是同一营垒的人，而与那些来委托他打官司的当事人则不属同一营垒。

“他把我折腾得够呛，这个大坏蛋。真想吐吐心中的怨气，”律师说，似乎在为自己未谈正事表白。“好吧，关于您的事……我仔细查阅了案卷，正如屠格涅夫说的，‘不赞成它的内容’①，就是说那个辩护律师糟糕得很，所有上诉的理由都错过了。”

“那么您决定怎么办？”

---

①引自屠格涅夫的中篇小说《多余的人的日记》。

"请等一等。您去告诉他，"他转身对刚刚进来的助手说，"就照我说的做，行就行，不行就算了。"

"可是他不同意。"

"那就算了。"律师说，他那喜悦、和善的脸色转眼间便变得阴沉而凶狠。

"人们都说律师都是白拿钱，"他说，脸上又装出愉快的表情。"我曾帮助一个无力还债的债务人从完全无理的控告中摆脱出来，所以他们现在全都来找我。可是这种案子办起来都得费很大精力。要知道我们也像某个作家说的，把一块块肉留在墨水瓶里。好吧，现在说您的案子，或者说，您所关心的案子，"他接着说，"很糟糕，没有充足的理由可以上诉，要求撤销原判，不过毕竟可以想办法上诉的，所以我写了这样一个诉状。"

他拿出一页写满字的纸，一目十行地浏览了一下那些无关紧要的公文用语，然后特别清楚有力地念起其他重要段落：

"为某某、某某案呈某某刑事上诉法院，等等，等等。根据某某、某某裁定，等等，等等，某某玛斯洛娃被裁定犯有以毒药剥夺商人斯梅利科夫生命之罪行，根据刑法典第一千四百五十四条等等，判处该犯服苦役，等等。"

他停顿下来。显然，他虽然对这类东西已经极其习惯，但是仍然非常得意地听着自己的大作。

"'此项判决纯属严重违反诉讼程序及诸项错误所造成之结果，'"他继续有声有色地念道，"'因此应予撤销。第一，在开庭审讯期间，斯梅利科夫内脏化验报告刚开始宣读，即被庭长打断。'此为一。"

"不过，这是公诉人要求宣读的。"涅赫柳多夫用惊讶的口气说。

"反正都一样，辩护人同样有理由要求这一点。"

"可是当时这样做无论如何没有必要。"

“但这毕竟是理由。接下来：‘第二，玛斯洛娃之辩护人，’”他继续念道，“‘在发言时意欲对玛斯洛娃之个性作一说明，故而触及她堕落之内在原因，不料却被庭长以辩护人之发言似乎与案情并无直接关系为理由而打断。然而，正如枢密院一再指示，在刑事案件审理时，查明被告性格及其整个道德品格具有头等重要意义，即使对于正确认定罪责，亦是如此。’此其二。”他望了一眼涅赫柳多夫说。

“的确，他说得很糟，令人无法理解。”涅赫柳多夫说，他比刚才更加惊讶了。

“那小子很笨，当然说不清什么道理，”法纳林笑着说，“不过，那毕竟是一条理由。好吧，接下来。‘第三，庭长在总结发言中，违反《刑事诉讼程序法》第八百零一条第一款之明确要求，未曾向陪审员解释，由哪些法律因素构成犯罪之概念，也未向他们说明，他们即使认定玛斯洛娃向斯梅利科夫投毒事实确凿，他们依然有权裁定她之行为无罪，因为她并无谋杀之企图，因此有权裁定她并未犯刑事罪，只是犯有过失，系一时疏忽，出乎玛斯洛娃意料，导致商人死亡。’这是最主要的。”

“是啊，我们自己也应能明白这一点。这是我们的错误。”

“‘最后，第四，’”律师继续说，“‘陪审员对于法庭提出玛斯洛娃是否有罪问题之答复，形式上包含有明显矛盾。玛斯洛娃被控出于纯粹谋财之目的毒死斯梅利科夫，谋财则系杀人之唯一动机，然而陪审员在答复中否定了她有掠夺钱财之目的，否定玛斯洛娃参与盗窃钱财，因此十分明显，他们打算否定被告杀人企图，只因庭长总结发言不完全引起之误会，使他们在答复中未能以恰当形式写明此点，因此，对于陪审员这一答复，无疑可以要求适用《刑事诉讼程序法》第八百一十六条和第八百零八条，即要求庭长就陪审员所犯差错向陪审员作出解释，并将答复发还重议，重新就被告是否有罪作出答复。’”法纳林念道。

“那么庭长为什么没有这样做呢？”

“我也想知道为什么。”法纳林笑着说。

“那么枢密院会纠正这个错误吗？”

“这要看到时候由哪些老昏庸来审理这个案子。”

“怎么是老昏庸？”

“衙门里的老昏庸。是啊，就是这样。接下来我写：‘陪审员这样裁决，’”他匆匆念道，“‘使法庭无权判处玛斯洛娃刑罚，对她适用《刑事诉讼程序法》第七百七十一条第三款，对我们刑事诉讼之基本原则构成粗暴严重破坏。根据上述种种理由，我特提出请求，等等，等等，依据《刑事诉讼程序法》第九百零九条、第九百一十条、第九百一十二条第二款、第九百二十八条撤销原判，等等，等等，并将此案发还原审法院另组法庭重新审理。’就是这样，凡是能做的都已经做了。不过，说句实话，成功的可能性很小。话又说回来，事情取决于枢密院审案的班子由哪些人组成。如果您有路，那就去通通。”

“我倒是有熟人。”

“那就快点去，否则他们全都去治痔疮，那就得等三个月……嗯，要是失败了，那只有去告御状。这也要靠私下活动打点。那时候我也愿意效劳，不是指私下活动，是指写状子。”

“谢谢您，那么酬劳……”

“我的助手会交给您一份誊清的诉状，他会告诉您。”

“我还想向您提个问题：检察官给我开了一张去监狱探望这个人的许可证，可是监狱里的人对我说，要想在规定的探监日期和地点以外探望，还必须有省长的准许。是需要这样吗？”

“是的，我想是这样。不过现在省长不在，由副省长代理省长职务。可是这人是个十足的笨蛋，您找他未必能办成什么事。”

“是马斯连尼科夫？”

“不错。”

“我认识他，”涅赫柳多夫说，他站起身准备离开。

这时候一个身材矮小、相貌难看、鼻子上翘、瘦骨嶙嶙、肤色泛黄的女人急步冲进房间，她是律师的妻子，看来她丝毫不为自己长得难看而沮丧。她不仅衣着打扮出奇地别致，身上的衣服都是天鹅绒和绸缎做的，颜色有鹅黄的，也有绿色的，而且她那稀疏的头发也着意卷过。她得意洋洋地冲进客厅，身旁跟着一个身体瘦长、满脸堆笑的男人，那人脸色土黄，穿着镶缎子领子的礼服，系着白领带。这是一个作家，涅赫柳多夫见过这张脸。

"阿纳托利，"她打开门说，"到我房间去吧。谢苗·伊万诺维奇答应朗诵他的诗歌，那你无论如何要朗诵迦尔洵[①]的作品。"

涅赫柳多夫想走，可是律师的妻子对丈夫悄悄说了两句，赶忙转过身来对他说。

"您好，公爵，我认识您，我想用不着介绍了，请您参加我们的文学晨会。那是很有趣的。阿纳托利朗诵得好听极了。"

"您瞧，我有多少乱七八糟的杂事啊。"阿纳托利摊开双手，笑着指指妻子说，借此表明对这样迷人的女人是无法抗拒的。

涅赫柳多夫脸色阴郁而严肃，但是极为客气地向律师的妻子道了谢，感谢她的盛情邀请，但是实在无暇赴会，只得谢绝，说完便走到客厅里。

"真是个装腔作势的怪人！"在他出来的时候，律师的妻子议论他。

在客厅里，律师的助手将一份现成的状子交给涅赫柳多夫，并针对酬劳问题说，阿纳托利·彼得罗维奇指定收一千卢布，同时解释说，阿纳托利·彼得罗维奇本来不承接这类案子，但是为了他办了这个案子。

"状子怎么签名，由谁签名？"涅赫柳多夫问道。

---

① 迦尔洵(1855—1888)，俄国作家。著有《四天》、《胆小鬼》、《艺术家》等短篇小说。

“可以由被告自己签名，如果有困难，那么阿纳托利·彼得罗维奇接受她的委托，也可以签名。”

“不，我现在去找她签名。”涅赫柳多夫说，他为在规定的探监日子之前能有机会见到她而感到高兴。

四十六

到了规定时间，监狱的走廊里响起了看守们吹的哨音，铁锁哗哗响着，走廊的门和牢房的门都打开了，光脚和穿棉鞋走路的声音噼里啪啦地响起，倒粪桶的囚犯沿着走廊走过，空气中充满了难闻的臭气，男囚犯和女囚犯们洗完脸，穿上衣服，来到走廊上接受点名，早点名之后他们就去打开水喝早茶。

这一天喝茶的时候，这个监狱所有牢房都在纷纷议论，说今天要用树条惩罚两个男犯。其中一个囚犯是很有文化的年轻人瓦西里耶夫，他本是店员，因为一时吃醋杀死了情妇。同牢房的难友们都喜欢他，因为他很开朗、慷慨，对待监狱管理官员态度强硬。他懂法律，要求履行法律。监狱当局因为这一点而不喜欢他。三个星期以前，一个看守殴打一个抬粪桶的囚犯，说那个囚犯把粪水溅到他的新制服上。瓦西里耶夫为抬粪桶的囚犯辩护，说没有一条法律允许殴打犯人。“我让你看看法律，”那个看守说，将瓦西里耶夫痛骂了一顿。瓦西里耶夫照样回嘴骂他。看守想动手打他，可是瓦西里耶夫抓住了他的两只手，这样持续了三分钟，后来将看守转过身推出门外。看守告了他，于是典狱长吩咐将瓦西里耶夫关进单人牢房。

单人牢房是一排阴暗的小屋，外边上了锁。阴暗、冰冷的单人牢房里既没有床，也没有桌椅，关在里面的囚犯只能在肮脏的地上坐着或躺着，任凭大老鼠在他们身旁跑过，或者在他们身上窜来窜去。单人牢房里老鼠特别多，而且胆子也特别大，在黑暗中别想保住一块面包。它们从囚犯手中抢面包，如果囚犯不动，它们甚至直接咬他们。瓦西里耶夫说，他不去单人牢房，因为他没有错。于是就用武力拖他去。他开始挣扎，有两个囚犯帮他挣脱了看守。于是看守们都赶来了，其中有那个力气大得出名的彼得罗夫。囚犯们顶不住，都被拖进单人牢房。省长很快接到报告，说是发生了某种类似暴动的事件。于是监狱收到公文，上面写明要给为首的两个肇事者——瓦西里耶夫和流浪汉涅波姆尼亚希各责打三十下树条。

这次惩罚预定在女探监室进行。

狱中的所有囚犯头天傍晚就知道这件事，各个牢房都在纷纷谈论即将进行的惩罚。

科拉布廖娃、“俊姑娘”、费多西娅和玛斯洛娃坐在角落里，她们已经喝过伏特加，脸色红红的，情绪很活跃。玛斯洛娃现在不缺酒，她还慷慨地请同伴喝酒。此刻她们喝着茶，谈论着那件事。

“难道他胡闹了还是怎么的，”科拉布廖娃针对瓦西里耶夫这件事说，一边用她那结实的牙齿咬下小块小块砂糖。“他不过是为同伴打抱不平。因为现在不能打人了。”

“据说他是个好人。”费多西娅接腔说，她没戴头巾，拖着长长的发辫，坐在板铺对面的一块劈柴上，板铺上摆着茶壶。

“这事应该告诉他，米哈伊洛夫娜。”铁路女看护工转身对玛斯洛娃说，她说的“他”是指涅赫柳多夫。

“我会说的。他为我什么都肯做。”玛斯洛娃晃着头，笑着回答。

“可是那得等他来了才能说，可他们据说马上就要去提他们了，”费多西娅说，“这太可怕了。”她叹了口气，又说。

“我有一次在乡公所里看见打一个农民。我的公公让我去找乡长，到了乡公所，可他，忽然看见……”铁路女看护工讲起一个冗长的故事。

女看守工的讲述被楼上走廊上鼎沸的吵闹声和脚步声打断了。

妇女们都静下来仔细倾听。

“那些魔鬼在抓人呢，”“傻姑娘”说，“他们现在会用树条把他打死的。看守们对他恨死了，因为他不肯向他们低头。”

楼上的响声渐渐停息，铁路女看护工又接着说她的故事，说她看到在乡公所的仓房里抽打那个农民，她吓得要命，五脏六腑都七颠八倒。“傻姑娘”也说了一件事，她看到别人用皮鞭抽打谢格洛夫，可他一声没吭。后来费多西娅收拾好茶具，科拉布廖娃和铁路女看护工开始缝补衣服，玛斯洛娃坐在板铺上，双手抱膝，感到苦闷得发愁。她刚要躺下睡觉，女看守来叫她去办公室见探监者。

“你一定要说说我们的事。”老太婆梅尼绍娃对玛斯洛娃说，这时玛斯洛娃正对着水银半已剥落的镜子整理头巾，“我们没有放火，是他自己放的火，坏蛋，有个工人看见的，他不会昧着良心乱说的。你去告诉他，让他把米特里叫去。米特里会把一切都对他说得清清楚楚。否则这算怎么回事？我们平白无故被关在牢里，可他，那个坏蛋，霸占了别人的老婆，在小酒馆里舒舒服服地待着。”

“没有这条法律！”科拉布廖娃毋庸置疑地说。

“我会说，一定会说，”玛斯洛娃说，“要不，再喝两口壮壮胆。”她眨了眨眼，补充道。

科拉布廖娃给她倒了半杯。玛斯洛娃喝干酒，擦干净嘴巴，心情甚是舒畅，嘴里反复念叨着“壮壮胆”，摇晃着头，脸上露着微笑，跟着女看守沿走廊走去。

四十七

涅赫柳多夫已经在前室里等了很长时间。

他来到监狱，按响了大门上的门铃，然后将检察官开的探监许可证给看守看。

“您找谁？”

“我要见女犯玛斯洛娃。”

“现在不行，典狱长正忙着。”

“他在办公室吗？”涅赫柳多夫问。

“不，在这里，在女探监室。”看守说，涅赫柳多夫觉得他神色尴尬。

“莫非今天是探监的日子？”

“不是，有件特别的事情。”他说。

“我怎么才能见到典狱长？”

“等他们出来，您再跟他说。您等着吧。”

这时候司务长从侧面的门里走出来，他穿着镶金银饰带的制服，脸色光灿灿，唇髭被烟熏得发黄，他严厉地对看守说：

“为什么放人到这里来？……让他去办公室……”

“我听说典狱长在这里。”涅赫柳多夫说，对司务长明显表现出来的不安感到奇怪。

这时候里边的一道门打开了，满头大汗、情绪激昂的彼得罗夫走出来。

“让他记着。”他对司务长说。

司务长用目光示意了一下涅赫柳多夫，彼得罗夫便不说了，他皱着眉头朝后门走去。

“让谁记着？他们为什么都这么慌张？司务长为什么朝他使眼色？”涅赫柳多夫暗自思忖。

“不能在这里等，请去办公室吧。”司务长又对涅赫柳多夫说。涅赫柳多夫刚要走，这时从后门走进典狱长，他的神色比他的部下还要慌张。他不停地唉声叹气。看到涅赫柳多夫，他便对看守说：

“费多托夫，把五号牢房的玛斯洛娃带到办公室去。”

“请吧。”他对涅赫柳多夫说。他们沿着陡直的楼梯前往办公室。办公室是一个小房间，开着一个窗户，摆着一张写字桌、几把椅子。典狱长坐了下来。

“太艰难，这份差使太艰难，”他对涅赫柳多夫说，掏出一根粗大的纸烟。

“您看样子是太累了。”涅赫柳多夫说。

“这份差事干腻了，实在是太艰难。你想减轻他们的苦难，结果却更糟。我只想早点离开。太艰难，这份差事太艰难。”

涅赫柳多夫不明白，典狱长到底遇到什么特别艰难的事情，不过今天他看到典狱长的心情特别沮丧、绝望，令人怜悯。

“是啊，我想是很艰难，”他说，“可是您为什么要担任这个职务呢？”

“我没有财产，可得养家糊口。”

“可是您既然感到艰难……”

“唉，好歹我都跟您说吧，我尽力在为他们谋利益，尽自所能好歹减轻他们的遭遇。换个人处在我的地位，绝不会这样做。这件事说起来容易，两千多人哪，而且是些什么人啊。得知道怎样对付。他们也是人啊，总要可怜他们。可是也不能放纵呀。”

典狱长说起了不久前发生的一起犯人之间斗殴，结果闹出人命的事。

看守领着玛斯洛娃走进办公室，打断了典狱长的叙述。

涅赫柳多夫看见她走到门口，这时她还未看到典狱长。她的脸色红红的，步子敏捷地跟在看守后边，脸上一直露着笑容，脑袋不停地摇晃。她看到典狱长，立即面露惧色，盯着典狱长，不过马上又镇定下来，活泼愉快地转身对着涅赫柳多夫。

“您好。”她拉长声调说，脸上露着笑容，使劲握着他的手甩了甩，与上次大不相同。

“我带来状子让您签名，”涅赫柳多夫说，他对于她今天见他时这种活泼的表情感到有些惊奇。“律师写好了状子，需要签上名，然后我们把状子送到彼得堡。”

“行啊，可以签个名。干什么都可以。”她说，眯起一只眼，脸上微笑着。

涅赫柳多夫从口袋里取出一张折叠着的纸，走到桌边。

“能不能在这里签名？”涅赫柳多夫问典狱长。

“过来吧，坐着，”典狱长说，“给你笔。会写字吗？”

“以前会。”她说，微笑着理了理裙子和上衣的袖子，在桌子旁边坐下来，伸出小巧有力的手，笨拙地拿起笔，笑着回头望了涅赫柳多夫一眼。

他指点她，该在哪里签上什么名字。

她认真地蘸了蘸笔，然后又抖掉笔上的墨水，写下了自己的名字。

“不用再写别的了吗？”她问，时而望望涅赫柳多夫，时而望望典狱长，一会儿把笔搁在墨水瓶上，一会儿又拿下来放在纸上。

“我有些话要跟您说。”涅赫柳多夫说，从她手中接过笔。

“行啊，您说吧。”她说，突然神情严肃起来，仿佛想起什么心事，或者是想睡觉了。

典狱长站起身走到外面，现在涅赫柳多夫和她单独二人留在办公室里。

四十八

带玛斯洛娃来的那个看守在离桌子较远的窗台上坐着。对涅赫柳多夫来说，决定性的时刻来临了。他一直不停地责备自己，上次见面时没有对她说自己要娶她这件最紧要的事，现在他下定决心要对她说。她坐在桌子的这一边，涅赫柳多夫坐在她对面，桌子的另一边。房间里光线明亮，涅赫柳多夫第一次在这么近的距离看清楚她的脸，看见了眼角和嘴角上那细微的皱纹，看见了微微浮肿的眼睑。他心中对她产生了比以往更强烈的怜悯。

他将胳膊肘支在桌子上，免得那个样子像犹太人、留着花白的络腮胡子、坐在窗台上的看守听见他的话，只让她一个人听见。他说：

“如果这个状子没有结果，那我们就向皇帝上诉。我们要尽一切可能去做。”

“要是当初请个好律师就好了，”她打断他的话，“可是我这个辩护人是个十足的笨蛋。他光是给我说好听的，”她说着笑了起来。“要是当初他们知道您认识我，结局就不一样了。可现在呢？大家都认为我是贼。”

“她今天是多么奇怪。”涅赫柳多夫暗想，他刚要说自己的打算，她又开口说了。

“我要跟您说。我们这里有一个老太太，您知道吧，大家甚至都感到奇怪。这么好的老太太，却无缘无故坐牢，她坐牢，她儿子也坐牢。大家全都知道他们没有罪，可是他们却被控告犯了纵火罪，现在都关在这里。您知道吧，她听说我认识您，”玛斯洛娃说，她的头来回转动着，眼睛望着他，“就说：‘你去告诉他，让他说说，让他们把我儿子叫去，他会把一切都向他们说明白。’他们姓梅尼绍夫。行吗？您能办吗？您知道吧，这个老太太真是个大好人，一眼就看得出是冤枉的。您，亲爱的，想法帮帮忙吧。”她说，抬起头望了他一会儿，然后又垂下眼睛，笑着。

“好吧，我会办，我去打听一下，”涅赫柳多夫说，他对她这种毫不客气的态度愈来愈觉得惊讶。“不过我还想和您谈谈我自己的事。您还记得我上次跟您说的话吗？”他说。

“您说了很多。那次您说什么了？”她说，脸上始终微笑着，她的头一会儿转向左面，一会儿转向右面。

“我说了，我是来向您请求宽恕的。”他说。

“唉，干吗老说宽恕、宽恕，压根儿就没有这个必要……您最好……”

“我说我要赎罪，”涅赫柳多夫接着说，“而且不是用言语，而是用行动。我决定娶您。”

她的脸上突然现出恐惧的神色。她那双微微斜视的眼睛停住不动，似看非看地望着他。

“用得着这样吗？”她说，同时恼恨地皱起眉头。

“我觉得我在上帝面前有这个义务。”

“又从哪儿找出什么上帝？您说的都不对。上帝？什么上帝？您当初记着上帝就好了。”她说，她张开嘴，可是顿住没有说。

涅赫柳多夫到这时才闻到她嘴里喷出的浓重的酒气，才明白她为什么这样激动。

“您安静些。”他说。

“我没有什么可安静的。你以为我喝醉了？我是醉了，可我明白我说的话，”她突然急促地说起来，而且满脸涨得通红。“我是苦役犯，是……可您是老爷，是公爵，别让我弄脏了你。找你那些公爵小姐去吧，我的身价只是一张红钞票。”

“不管你说得怎样刻薄，你都无法说出我心中的感受，”涅赫柳多夫浑身发抖，低声说道，“你无法想象我感到对你犯下多么大的罪行！……”

“我感到犯下罪行……”她气愤地、讥讽地模仿说。“当初你却不感到犯罪，而是塞给我一百卢布。瞧，这就是你出的身价……”

“我知道，我知道，可是现在该怎么办呢？”涅赫柳多夫说。“现在我打定主意再不离开你，”他又重复了一遍，“我说到做到。”

“可是我说，你做不到！”她说毕放声大笑。

“卡秋莎！”他开口说，一边抓住了她的手。

“你离我远点。我是苦役犯，你是公爵，你没有必要来这里，”她喊道，气得模样都变了，将手从他手中挣脱出来。“你想利用我来拯救你自己，”她继续说，急于要将心中升腾起来的一切统统都说出来。“你在今生利用我来消遣取乐，来世还想用我来拯救你自己！我讨厌你，讨厌你这副眼镜，讨厌你这张肮脏丑恶的胖脸。你走，你走！”她喊叫着，猛地站了起来。

看守来到他们跟前。

“你胡闹什么？难道能这样……”

“您不用管她。”涅赫柳多夫说。

“不能让她放肆。”看守说。

“不，您再等一会儿吧。”涅赫柳多夫说。

看守又退回窗口。

玛斯洛娃重又坐下，垂下双眼，一双小巧的手手指交叉，紧紧地握着。

涅赫柳多夫站在她面前，不知如何是好。

“你不相信我。”他说。

“您想跟我结婚，这永远办不到。我宁可上吊！我告诉您。”

“我还是要为你效力。”

“嗯，那是您的事。不过我什么也不要求您做。我对您说的是实话，”她说，“我为什么那时候没有死掉呢？”她又说了一句，然后悲戚地哭泣起来。

涅赫柳多夫说不出话来，他也跟着她掉泪。

她抬起双眼，朝他看了一眼，似乎感到奇怪，用头巾擦起流淌在两颊的泪水。

看守现在又走到他们身边，提醒他们该分手了。玛斯洛娃站起身来。

“您现在很激动。如果行的话，我明天再来。您考虑一下吧。”涅赫柳多夫说。

她什么也没回答，也没朝他看，跟着看守走出房间。

“哎，闺女，现在你要走运了，”玛斯洛娃回到牢房，科拉布廖娃对她说。“看来，他迷上你了，他来找你，可别错过这机会。他会救你出去。有钱人什么都能办到。”

“这话一点不假，”铁路女看护工用唱歌似的嗓音说，“穷人结婚，夜也短。可是富人只要想得到，就能办得到。我们那儿，姑娘，有这样一个体面的人，他什么都能……”

“怎么样，我的事说过吗？”老太婆问道。

可是玛斯洛娃对同伴们的问话什么也没回答，她躺在板铺上，微微斜视的眼睛盯着墙角，就这样一直躺到傍晚。她内心展开了痛苦的活动。涅赫柳多夫对她说的话把她引到另一个世界，她在那个世界受苦受难，既不理解、也不仇视那个世界，她从那个世界出来了。现在她失却了过去那种浑浑噩噩的生活状态，可是带着对往昔经历的清晰的记忆生活实在又太痛苦。晚上她又买了酒，和同伴们一起开怀痛饮。

四十九

“唉，想不到事情竟会这样。竟然是这样。”涅赫柳多夫心里想道，他走出监狱，只是到现在，他才充分理解到自己的全部罪孽。如果他不是想到要悔改，要为自己的行为赎罪，他永远体会不到自己的罪行是何等的严重；不仅如此，连她也可能体会不到受他伤害之深重。只是到现在，所有这一切才触目惊心地暴露出来。只是在现在，他才看清自己对这个女人的心灵造成了多么大的危害，她也才看到并理解自己受到多么大的伤害。在此之前，涅赫柳多夫对自己、对自己的忏悔抱着一种欣赏的态度，可是现在他简直感到恐惧了。弃她而去的想法他曾经产生过，可是现在他做不到，然而，他与她之间的关系会有什么样的结局他也无法想象。

在监狱的大门口，一个佩戴着十字勋章和许多奖章的看守走到他面前，面带讨好的神色，鬼鬼祟祟地递给他一封信。

“这是一个女人给大人的一封信。”他说着把信交给涅赫柳多夫。

“哪个女人？”

“您看了信就知道了。是个女囚犯，政治犯。我在她们那里当差。这是她托我办的事。虽说这种事违法，可是出于人道……”看守不自然地说道。

涅赫柳多夫感到奇怪，一个奉命监管政治犯的看守，竟然在监狱里，几乎当着众人的面传递信件。当时他还不知道，这个看守同时又是奸细，但是他接过信，一边走出监狱，一边看信。这是一封用铅笔写的信，字迹粗犷，没有硬音符号那种旧字母。信是这样写的：

“听说您常来监狱，关心一个女刑事犯，因此我想与您见面。您去请求与我见面。您如果得到准许，我将把对您所关心的人和对我们小组都很重要的许多情况告诉您。感谢您的维拉·博戈杜霍夫斯卡娅。”

维拉·博戈杜霍夫斯卡娅原先是诺夫戈罗德省一个偏僻乡村的女教师，涅赫柳多夫曾经和朋友一起去那里猎熊。女教师为了外出求学，曾请求涅赫柳多夫资助她一笔钱款，涅赫柳多夫给了她一笔钱，过后也就将她忘了。现在这位女士成了政治犯，关在监狱里。她大概在狱中得知他的事，于是提出要帮助他。当初一切是那样地轻松、简单，可是现在一切竟是这样地沉重、复杂。涅赫柳多夫生动而喜悦地回忆起当时的情景和自己与博戈杜霍夫斯卡娅的相识过程。这件事发生在谢肉节[①]前

---

①谢肉节，大斋前的一个星期，是斯拉夫民族春天的节日。

夕，在离铁路线约六十俄里之外的偏僻地方。这次打猎很顺利，打死了两只熊。吃了饭准备上路回家，这时他们歇息的农舍的男主人过来说，本地教堂助祭的女儿来了，她想见见涅赫柳多夫公爵。

“长得漂亮吗？”同伴中有人问道。

“喂，别胡说！”涅赫柳多夫说，脸色变得严肃。他从桌边站起来，朝主人的屋子走去，一边擦着嘴，心中感到纳闷，教堂助祭的女儿找他会有什么事。

房间里有一个戴着毡呢帽子、穿着短皮袄的姑娘，她身体结实，面容消瘦，也不漂亮，上扬的眉毛下的一双眼睛倒很好看。

“那么，维拉·叶夫列莫夫娜，你跟他们谈谈吧。”上了年纪的女主人说，“这位就是公爵。我先出去了。”

“我能为您做点什么事？”涅赫柳多夫说。

“我……我……您知道，您是有钱人，您把钱花在小事上，花在打猎上，我知道，”姑娘开口说，口气极其为难，“可是我只想一件事，想做一个对人们有用的人，可是什么事也做不了，因为我什么都不懂。”

她的眼睛真诚而善良，她那果断而又胆怯的全部表情那么动人，涅赫柳多夫像他以往常常所表现的那样，立即设身处地地明白了她的处境，并对她产生了怜悯。

“我能具体地做点什么呢？”

“我是个教师，想进修，可是人家不让。不是不让进，人家让进，可是得有钱。您给我吧，等我一毕业就还给您。我在想，有钱人猎熊，还给农民喝酒，这都不是好事情。为什么他们不做点好事呢？我只需要八十卢布。要是您不愿意，我也无所谓。”她气呼呼地说。

“恰恰相反，我很感激您，您给了我一个机会……我现在就去拿。”涅赫柳多夫说。

他走到前室，当即遇上在偷听他们说话的同伴。他顾不得同伴们的取笑，从钱包里取出钱，送给她。

“拿着，拿着，您别谢我。我应该向您道谢。”

涅赫柳多夫现在想起这些事，心情很愉快。他愉快地回想起来，当时同去的一个军官想把这件事编成下流的笑话，他差点儿跟他吵起来。另一个同伴赞同他的做法，后来他俩的关系变得更加亲密。这次狩猎从头至尾都很顺利，令人喜悦。他们夜里回火车站的时候，一路上他的心情好极了。一对对雪橇组成的长队，从容不迫地沿着狭窄的小道无声地行进，两旁是时高时低的夹杂着云杉的树林，树上积压着密实的雪团。黑暗中闪出一点红光，有人点燃了气味宜人的香烟。猎人奥西普在没膝深的雪地里从这架雪橇奔到那架雪橇，等他坐上雪橇，便说起麋鹿，它们现在在厚厚的积雪中走动，啃着白杨树皮；还说到熊，它们现在躺在密林中的洞穴里，熊窝的通气孔里冒出一股股热气。

涅赫柳多夫回想起这一切往事，最使他感到幸福的是意识到自己健康、有能力，而且无忧无虑。他的肺部呼吸着寒冷的空气，将短皮袄绷得紧紧的。轭具将树枝上的积雪碰落下来，撒在他的脸上。身上很暖和，脸上挺凉快，心中没有心事，没有内疚，没有恐惧，也没有欲望。那时候是多么好啊！可是现在呢？我的上帝，这一切是多么痛苦，多么艰难啊！……

维拉·叶夫列莫夫娜显然是个革命者，现在因为干了革命工作而被关在监狱里。应当见见她，尤其是因为她答应要为改善玛斯洛娃的境况出主意。

五十

第二天早晨，涅赫柳多夫醒来后便想起头天发生的所有事情，他不禁觉得恐惧。

然而，他尽管感到恐惧，却要用比以前更大的决心将业已开始的事情继续做下去。

他怀着这种责任感走出家门，去找马斯连尼科夫，请求允许他在监狱里除探望玛斯洛娃之外，再见见那个老太婆母子，因为玛斯洛娃为老太婆梅尼绍娃的事求过他。此外，他还想请求马斯连尼科夫准许他见见对玛斯洛娃有利的博戈杜霍夫斯卡娅。

涅赫柳多夫早在军队服役时就认识马斯连尼科夫，当时马斯连尼科夫是他们团的会计主任。他是一个心地善良、严守纪律的军官，除了团队和皇室之外，世上一切事情他都一无所知，而且也不想知道。现在涅赫柳多夫知道他成了行政长官，原先管理团队，现在换成管理省和省政府。他娶了一个富有而泼辣的妻子，妻子迫使他退出军役，转到政界任职。

她常讥笑他，同时又把他当做宠物怜爱。涅赫柳多夫在上一个冬天曾去过他们家一次，但是觉得这一对夫妻甚是乏味，所以后来再没有去过。

马斯连尼科夫见到涅赫柳多夫便满脸堆笑。他的脸仍然那样肥胖而红润，身躯仍然那样魁梧而壮实，衣着仍然像在军队里那样考究。在军队里他穿的总是干净而时新的军服或制服，将双肩和胸部裹得紧紧的。现在则穿最时髦的官服，照例将他那营养充裕的身子裹得紧紧的，使他显现出宽阔的胸部。他穿的是一套文官制服。尽管年龄有差距(马斯连尼科夫已近四十岁)，他们仍然以“你”相称。

“啊，你来啦，谢谢。我们去见我妻子吧。我在开会之前正好有十分钟的空闲时间。省长外出了，省里我主事。”他带着掩盖不住的得意心情说。

“我找你有事。”

“什么事？”马斯连尼科夫突然用惊惧而带严肃的口吻说道，似乎还带着戒备。

“监狱里有一个人我很关心（听到监狱这个词，马斯连尼科夫的脸色变得更加严肃），我想去看望，不是在探监室里见面，而是在办公室见面，不仅是在规定的探监日子，而且要在规定以外的日子。我听说，这件事你可以做主。”

“不用说，我亲爱的，我随时准备为你做任何事情，”马斯连尼科夫说，两手摸摸他的膝盖，似乎想显得亲近些。“这件事可以做主，不过，你知道，我是临时君王。”

“那么你能给我开一个证明，让我与她见面吗？”

“是个女人？”

“不错。”

“那么她犯了什么罪？”

“投毒。不过对她的判决不恰当。”

“是啊，这就是公正的审判，他们不可能作出别的判决，”他不知为什么说起了法文。“我知道你不同意我的看法，可是有什么办法呢，这是我的坚定的信念，”他补充说，将一年来在反动保守派的各种报纸上所看到的形形色色的观点说了一遍。“我知道，你是自由派。”

“我不知道我是自由派，还是什么别的派。”涅赫柳多夫笑着说。他始终觉得奇怪，大家总把他划到某个党派，称他为自由派，仅仅是因为他在审讯的时候说，应该先听人把话说完，所有的人在法律面前一律平等，不应该折磨人、殴打人，尤其是不能折磨和殴打尚未判决的人。“我不知道我是不是自由派，不过我知道，现在的法律制度再糟也总比从前的好。”

“那么你请了哪位律师？”

“我请了法纳林。”

“唉，法纳林！”马斯连尼科夫皱起眉说，他想起去年就是这个法纳林，在法庭上盘问他这个证人，并以特别恭敬的口气捉弄了他半个钟头，引得大家哄堂大笑。“我倒劝你别跟他打交道。法纳林是个名声不好的人。”

“我还求你一件事，”涅赫柳多夫并不回答他，“我很久以前认识一个姑娘，是个教师。她是个很可怜的人，现在也关在监狱里，可她想和我见次面。你能不能给我开一张去看她的许可证？”

马斯连尼科夫微微侧着头沉思。

“这是个政治犯？”

“是的，听说是。”

“你知道，政治犯只准许家属看望，不过对你我可以开一张普通许可证。我知道你不会滥用……她叫什么名字，你所关心的人？……博戈杜霍夫斯卡娅？她长得漂亮吗？”

“很难看。”

马斯连尼科夫不赞成地摇摇头，走到桌子旁边，在一张印着头衔的纸上麻利地写道：“兹准许德米特里·伊万诺维奇·涅赫柳多夫公爵在监狱办公室内会晤在押小市民玛斯洛娃及医士博戈杜霍夫斯卡娅。”他写完，签上豪放的花字。

“你会看到那里的秩序是怎么样的。可是要维持那里的秩序是很困难的，因为那里太拥挤，尤其是那些待解送的犯人。但是我依然管得很严，我喜爱这项工作。你会看到，他们在那里很好，他们很满意。只是必须善于对付他们。这不，最近发生了一件不好的事——不服从命令。要是别人就会认为这是暴动，会弄得很多人遭殃。可是我们就处理得很好。必须一方面关心他们，另一方面对他们严加管束，”他说，从镶金扣的衬衣的浆硬的白袖子里露出那只戴绿松石戒指的白皙的手，握成了丰满的拳头，“必须是关心加严厉管束。”

“唉，这个我不懂，”涅赫柳多夫说，“我到那里去过两次，我只觉得心情极端沉重。”

“你听我说，你应该和帕谢克伯爵夫人见见面，”谈兴愈来愈浓的马斯连尼科夫继续说，“她全身心地投入这项事业。她做着很多好事。

多亏她，或许还有我，我可以不客气地说，一切才得到改变，再也没有发生以前曾经发生过的可怕的事情，现在他们在那里生活简直好极了。你就会看到的。至于那个法纳林，我跟他并无私交，再说依据我的社会地位，我与他也不可能有什么交往，可是他确实是个坏人，而且他在法庭上居然说出那样的话，那样的话……”

“好吧，谢谢你啦。”涅赫柳多夫说，他拿起那张纸，没听他的昔日战友说完，便告辞了。

“你不去我妻子那边啦？”

“不啦，请你原谅，我现在没有时间。”

“唉，不用说，她不会原谅我的，”马斯连尼科夫说，把昔日的朋友送到第一个楼梯平台，如果不是头等重要的，而是次等重要的客人，他都送到这里，他把涅赫柳多夫归入次等重要的客人。“别走，请去吧，哪怕去待上一分钟也行。”

然而涅赫柳多夫丝毫不改变原来的主意，这时候听差和看门人走到涅赫柳多夫跟前，将外衣和手杖递给他，并把门打开，门外站着一名警士。涅赫柳多夫说，他现在无论如何不能去。

“那么请你星期四来。那是她的待客日子。我去告诉她！”马斯连尼科夫在楼梯上对他喊道。

五十一

当天，涅赫柳多夫从马斯连尼科夫家出来直接就去监狱，前往他已经熟悉的典狱长的住处。像上一次一样，那架质量低劣的钢琴又在轰响，不过这一次奏的不是狂想曲，而是克莱曼蒂[1]的练习曲，弹奏得仍

---

①克莱曼蒂（1752—1832），意大利作曲家，钢琴家。

然那样节奏分外有力、清晰、急骤。一只眼睛包扎着的女仆开了门，说典狱长在家，并将涅赫柳多夫带到狭小的客厅。客厅里摆着一张沙发，一张桌子，桌上铺着毛线编织的桌布，桌布上放着一盏粉红色纸灯罩半已烧焦的大台灯。典狱长走进客厅，他的神色疲乏而又阴郁。

“请问您有什么事？”他问，同时扣上制服中间那个纽扣。

“我刚刚去过副省长家，这是许可证，”涅赫柳多夫说着递上那张纸。“我想见玛斯洛娃。”

“玛尔科娃？”典狱长反问，由于琴声太响他未听清。

“玛斯洛娃。”

“嗯，对了！嗯，对了！”

典狱长站起来，走到传来克莱曼蒂的华彩乐段的那扇门口。

“玛鲁霞，你稍稍停一会儿吧，”他说，从他说话的声音里可以听出，这种音乐已经成了他生活的苦难。“什么也听不见。”

琴声停止了，那边传来表示不满的脚步声，有人朝房门里看了一眼。

典狱长仿佛因琴声中断而感到轻松，他点起一支粗大的淡味香烟，并向涅赫柳多夫敬烟，涅赫柳多夫谢绝了。

“我是想去见一见玛斯洛娃。”

“今天不便见玛斯洛娃。”典狱长说。

“为什么呢？”

“是这样，这要怪您自己，”典狱长微微笑着说。“公爵，您别直接给她钱。如果您愿意，可以把钱先交给我，以后都属于她的。您昨天大概给了她钱，她弄来酒，这个恶习无论如何根除不了，今天她已经烂醉，甚至还发酒疯。”

“是真的吗？”

“可不是，甚至使我不得不采取严厉措施，把她迁到另一间牢房。她是一个温顺的女人，可是钱，请您别给她。这是那样一类人……”

涅赫柳多夫清楚地想起昨天的情形，他又感到害怕了。

“那么能见博戈杜霍夫斯卡娅吗？政治犯？”涅赫柳多夫沉默片刻后，问道。

“行，这可以，”典狱长说。“喂，你来干什么？”典狱长转身对走进客厅的一个五六岁的小姑娘说。小姑娘眼睛盯着涅赫柳多夫，侧着头朝父亲走去。“你要摔跤了。”他微笑着说，看见小姑娘眼睛不看地，在地毯上磕绊了一下，往父亲身边跑去。

“要是可以的话，我这就去。”

“可以，请吧。”典狱长说，一边搂住一直盯着涅赫柳多夫看的小姑娘，站起来，轻轻地放下小姑娘，走到前厅。

典狱长还没穿好眼睛包扎着的女仆递来的外衣，走到门口，克莱曼蒂的华彩乐段又清晰地响了起来。

“她原先在音乐学院学习，那里秩序不好。可是她很有天赋，”典狱长边下楼边说，“她想到音乐会上演奏。”

典狱长领着涅赫柳多夫来到监狱。典狱长刚走到大门外，那扇小门便打开了。看守们行举手礼，目送着典狱长。四个剃着阴阳头的人抬着装有什么东西的木桶，在过道上遇见他俩，他们看到典狱长，全都缩成一团。其中一个身子弯得特别低，阴沉地皱眉蹙额，一双黑眼睛炯炯放光。

“当然啰，才能总该发掘，不能埋没，可是住在这么小的房子里，您也知道，很艰难哪。”典狱长继续说着，丝毫不注意那些囚犯，他在涅赫柳多夫陪同下，拖着疲乏的步子朝会见室走去。

“您想要见谁？”典狱长问。

“博戈杜霍夫斯卡娅。”

“她关在塔楼里。您只好等一会儿。”他转身对涅赫柳多夫说。

“那么能不能先去见见囚犯梅尼绍夫母子呢？母子俩被控犯了纵火罪。”

“他们关在二十一号牢房。好吧，可以把他们叫来。”

“我能不能到牢房里去看梅尼绍夫呢？”

“您还是在探监室里清静些。”

“不，我觉得那里更有意思。”

“您竟然以为那里有意思。”

这时候从侧门进来一个穿着讲究的军官，那是副典狱长。

“您把公爵带到梅尼绍夫的牢房去，二十一号牢房，”典狱长对副典狱长说。“过后再带到办公室。我现在去叫人。她叫什么名字？”

“维拉·博戈杜霍夫斯卡娅。”涅赫柳多夫说。

副典狱长是个长着一头淡黄发的年轻军官，唇髭上抹着油膏，周身散发着花露水的气味。

“请吧，”他转身对涅赫柳多夫说，脸上露出愉快的笑容。“您对我们这个机构感兴趣？”

“是啊，我对这个据说毫无过错、却被关在这里的人感兴趣。”

副典狱长耸了耸肩膀。

“是的，这是常有的事，”他平静地说，客气地让客人走在前面，进入宽大的散发着臭气的走廊。“他们常常说谎话。请。”

牢房的门都开着，走廊上有几个囚犯。副典狱长朝看守们微微点着头，眼睛斜视那些囚犯，囚犯们或者紧贴着墙壁走回自己的牢房，或者双手下垂紧贴裤缝，站在牢门旁，像士兵那样目送着长官。副典狱长领着涅赫柳多夫穿过这条走廊，朝左侧铁门上了锁的另一条走廊走去。

第二条走廊比第一条走廊更阴暗，臭气更浓。走廊两边的门都上了锁。门上都有小孔，那是所谓的监视孔，直径约有半俄寸①。走廊上除了一个神色阴郁、满脸皱纹的老看守，再没有其他人。

“梅尼绍夫在哪间牢房？”副典狱长问看守。

---

①1 俄寸等于 4.4 厘米。

“左边第八间。”

五十二

“能看看吗？”涅赫柳多夫问。

“可以，请吧。”副典狱长面带愉快的微笑说，然后向看守打听什么。涅赫柳多夫朝一个小孔里张望，里面有一个身材高大的年轻人，只穿一件内衣，下巴留着稀疏的黑胡子，正在快步来回走动。听见门口轻微的脚步声，他瞟了一眼，皱起眉头，继续来回走着。

涅赫柳多夫朝另一个小孔里看，刚好遇到从里朝外看的一只惊恐的大眼睛，于是赶忙避开。他又朝第三个监视孔里看，看见里边有一个身材特别瘦小的人蜷缩着身子睡在床上，从头到脚盖着大衣。第四个牢房里坐着一个脸庞宽大、脸色苍白的人，低垂着头，两个胳膊肘支在膝盖上。这个人听见脚步声，便抬起头，朝外张望。在他的整个脸上，特别在他那双大眼睛里，流露出绝望的苦闷。对于谁在向他的牢房里张望，他显然是丝毫没有想知道的兴趣。无论谁来张望，他显然都不指望有任何好处。涅赫柳多夫觉得害怕，不再朝里边张望，径直朝梅尼绍夫的二十一号牢房走去。看守开了锁，打开门。里边有个脖子长长、肌肉发达、长着一双善良的圆眼睛、下巴留着稀疏的胡子的年轻人，站在小床边，脸上露出恐惧的神色，匆匆穿上囚衣，眼睛望着来人。最使涅赫柳多夫惊讶的是，这双善良的圆眼睛疑惑而恐惧地在他、看守、副典狱长之间来回打量。

“这位先生想问问你的案子。”

“多谢您了。”

“的确，有人对我说起您的案子，”涅赫柳多夫说着，走进牢房里面，站在肮脏的铁栅窗口，“所以想听您亲口说说。”

梅尼绍夫也走到窗口，立即开口述说起来，开始还不时胆怯地望望副典狱长，后来胆子愈来愈大，等到副典狱长从牢房走到走廊上，在那里下达什么命令的时候，他已是毫不胆怯了。从语言和姿态上看，讲这个故事的人是一个极其正直善良的农村小伙子，可是涅赫柳多夫在监狱里听一个穿着耻辱的囚衣的犯人讲述这个故事，不由得觉得特别惊奇。涅赫柳多夫一边听，一边打量着铺着草垫的矮床，钉着粗铁栅的窗子，涂得乱七八糟的潮湿、肮脏的墙壁，因为穿着棉鞋和囚衣而变得丑陋、不幸的农民那可怜的面容和身躯。他变得越来越忧郁，他不愿相信这个善良的人说的是事实，这种事想起来就令人惊骇，他们竟然平白无故将一个受了侮辱的人抓起来，套上囚衣，关进这个可怕的地方。然而，想到这个善良的青年所讲的确凿有据的故事也可能是谎言和捏造，这更令人惊骇。事情的始末是这样的：这个青年结婚不久就被酒店老板抢走妻子。他到处告状，可是酒店老板买通了各处的官府，官府判他无罪。有一次，他硬把妻子拖回家，第二天妻子又跑了。于是他去要妻子。酒店老板说，他妻子没来(可是他进门时看见他妻子)，还命令他出去。他不走。酒店老板和伙计将他打得浑身是血，第二天酒店老板的院子起火了。他和母亲被告了一状，可是他没有放火，当时他在教父家。

“你当真没有放火？”

“老爷，我连想都没想过。肯定是他，我的仇人自己点的火。听说他刚把房产保了险。可是他们却把事情推在我和母亲身上，说我们去过他家，恐吓过他。这倒是真的，那一次我是骂过他，心中的怒火实在憋不住。可是我根本没放火。火着起来的时候，我也不在那里。是他故意硬说我和我妈那天在那里。他想捞一笔保险费，自己放了火，却把事情栽到我们头上。”

“这是真的吗？”

“千真万确，我当着上帝说，老爷。求您做主了！”他想跪到地上，涅赫柳多夫使劲拦住他。“您救救我吧，我平白无故落到这个地步。”他接着说道。

他突然两颊抽搐，哭了起来。他卷起囚衣的袖子，用肮脏的衬衣的袖子擦起眼睛。

“你们说完了吗？”副典狱长问。

“是的。您也别伤心，我们会尽力去做的。”涅赫柳多夫说毕，就走出牢房。梅尼绍夫站在门口，看守关门的时候，门撞了他一下。看守锁门的时候，梅尼绍夫对着门上的小孔往外看。

五十三

涅赫柳多夫沿着宽阔的走廊往回走(正是开饭的时候，牢门都开着)，身边尽是那些穿着浅黄色囚衣、肥短的棉裤和棉鞋的人群，他们贪婪地盯着涅赫柳多夫看。涅赫柳多夫心中产生了种种奇怪的感觉，既有对这些坐牢的人的同情，又有对那些将他们投入监狱、关在这里的人的恐惧和困惑，不知什么原因他还为自己感到羞耻，因为他面对这些事情竟能泰然自若。

在一条走廊上，有个人棉鞋啪啪响着跑进一扇牢门，转眼从那里涌出一群人，拦住他的路，向他鞠躬。

“求您下命令，老爷，我不知道如何称呼您，好歹把我们的事情解决了。”

“我不是长官，我什么都不知道。”

“反正一样，您跟长官说一下就是了，”一个不满的声音说，“我们没有任何罪，却在这里受苦一个多月了。”

“怎么会这样？这是为什么？”涅赫柳多夫问。

“就是这样把我们关在监狱里。我们坐牢一个多月了，可是自己还不知道为了什么。”

“的确，这是因为凑巧，”副典狱长说，“这些人因为没有身份证被抓来，本来应该遣送回原籍，可是那里的监狱被火烧了，省政府与我们联系，叫我们别把人遣送回去。我们已将其他各省的人全都遣送回去了，只有这些人还关着。”

“怎么？就这个原因？”涅赫柳多夫站在门口问道。

这群人约有四十个，都穿着囚衣，他们将涅赫柳多夫和副典狱长围住。同时有好几个争着说话。副典狱长制止说：

“让一个人说。”

人群中走出一个身材高高、相貌堂堂、年龄五十岁左右的农民。他向涅赫柳多夫解释，他们都是因为没有身份证而被送到这里关起来的。他们原先有身份证，只是过期了一两个星期。往年也有身份证过期的事，可是不曾处罚过，现在却把他们抓起来，而且像囚犯一样关了一个多月。

“我们都是石匠，全是一个工程队的。听说我们省的监狱着火烧了，这又不能怪我们。你们看在上帝分上行行好吧。”

涅赫柳多夫听着，他几乎不明白那位相貌堂堂的老人说的是什么，因为他的全部注意力都被相貌堂堂的老石匠面颊上胡子中间爬着的一只多足的深灰色的大虱子吸引住了。

“怎么能这样？难道仅仅因为这件事？”涅赫柳多夫对副典狱长说。

“是的，这是长官办事疏忽。本来应该遣送他们回原籍安置。”副典狱长说。

副典狱长刚说完，人群中立刻走出一个也是穿着囚衣的小个子，他奇怪地撇着嘴，说起他们在这里无缘无故受折磨的事。

“比狗都不如……”他开始说道。

“喂，喂，别说废话，快住嘴，要不，你知道……”

“我知道什么，”小个子不顾一切地说，“难道我们犯了什么罪？”

“住嘴！”副典狱长喝道，小个子不吭声了。

“这究竟是怎么回事？”涅赫柳多夫心中暗自说道，他从两排牢房之间走出来，牢房里的和迎面遇到的那些犯人的成百只眼睛盯着他，他仿佛在穿过一个棒阵[①]。

“莫非真的是把无辜的人们这样关着？”当他俩走出走廊后，涅赫柳多夫说。

“您说怎么办？不过刚才他们都是胡说。要是听他们的，全都是无辜。”副典狱长说。

“要知道，这些人并没有罪过。”

“这些人就算是这样。可是这类人都很坏。对他们不严厉不行。其中有些人胆大妄为，不是那么好对付的。比如昨天，就不得不惩罚了两个。”

“怎么惩罚的呢？”涅赫柳多夫问。

“根据上峰命令，用树条抽打……”

“可是已经取消体罚了。”

“对于褫夺了公权的人并未取消。对这些人仍然可以体罚。”

涅赫柳多夫想起了昨天他在门厅里等候时所看到的情景，现在他明白了，体罚正是他在等候的时候施行的，于是一种复杂的特别强烈的感觉涌上了他的心头，既好奇，又苦恼、困惑，还有一种精神上的恶心感，几乎转变成肉体上的恶心感，这些复杂的感觉像从前那样攫住了他的心，但是以往从来没有这样强烈。

他不再听副典狱长说话，也不去看周围的情形，急急忙忙离开走廊，前往办公室。典狱长在走廊里忙别的事情，忘了派人去叫博戈杜霍夫斯卡娅。等到涅赫柳多夫走进办公室，他才想起自己答应过要派人叫她。

---

①帝俄军队的一种惩罚方法，让受罚者穿过棒阵。

“我马上派人去叫她，您先坐一会儿。”典狱长说。

五十四

这个办公室由两个房间组成。第一个房间里砌着一个灰泥剥落、炉膛显露的大火炉，开有两个肮脏的窗户，一个墙角竖着一根测量犯人身高用的黑尺，另一个墙角上挂着一幅基督的大画像，这是所有受难场所向来都有的装饰，仿佛专为嘲笑它的教义。这个房间里站着几个看守。另一个房间里靠墙坐着二十来个男女，他们或者成双结对，或者三五成群，在低声交谈。窗边摆着一张写字桌。

典狱长坐在写字桌旁边，他请涅赫柳多夫在旁边的一把椅子上坐下。涅赫柳多夫坐下来，开始打量室内的人们。

最先引起他注意的是一个穿短夹克、面容漂亮的青年，他站在一个年纪不轻、眉毛浓黑的女人面前，热烈激昂地对她说着什么，一边还打着手势。旁边坐着一个戴蓝边眼镜的老头儿，他抓住一个穿囚服的青年女子的一只手，一动不动地听她说着什么。一个中学生模样的男孩，脸上凝着惊恐的神色，目不转睛地望着老头儿。离他们不远的墙角里坐着一对恋人，女的留着淡黄的短发，神色刚毅，面容姣好，穿着时髦的连衣裙，是个年纪很轻的姑娘；男的是一个英俊的小伙子，面庞清秀，留着波浪式的发型，穿一件橡胶短上衣。他俩坐在角落里，低声地说着悄悄话，显然陶醉于爱情中。靠写字桌最近处坐着一个穿黑色连衣裙、头发灰白的妇女，很明显，这是一位母亲。她全神贯注地望着一个也穿着那种橡胶短上衣、看得出是患有肺结核的青年，她想说什么话，可是泪水哽住使她说不出来，欲言又止。这个青年双手拿着一张小纸片，显然不知道该怎么办，他面带气愤的神色，不停地折叠着、搓揉着小纸片。他们旁边坐着一个身材丰满，面色红润，模样俊俏的姑娘，她长着一双暴突的眼睛，穿着灰色连衣裙，披着短披肩。她坐在母亲身旁，母亲在嘤嘤啜泣，她则温存地抚摩着母亲的肩膀。姑娘身上的一切都长得很漂亮：一双白皙的大手，剪得短短的波浪式的头发，端正的鼻子，坚实的嘴唇。不过，长得最美的是她脸上那双深棕色的眼睛，善良、真诚，就像羔羊的眼睛。这双美丽的眼睛在涅赫柳多夫进屋时离开了母亲的脸，与他的目光相遇。可是她立即又转过脸去，开始对母亲说话。离那对恋人不远处，坐着一个头发蓬乱、脸色阴沉、肤色黧黑的男子，正在气冲冲地对一个不长胡子、像是阉割派教徒的探监者说话。涅赫柳多夫坐在典狱长旁边，极为好奇地瞧着四周。这时候一个剃着小平头的小男孩走到他跟前，吸引了他的注意力，小男孩用尖细的嗓音问他：

“您在等谁？”

涅赫柳多夫听到小男孩的问话感到挺奇怪，不过他望了小男孩一眼，发现他脸上的神色认真而懂事，活泼的眼睛是那样专注，于是严肃地回答，他在等一个熟悉的女人。

“这么说，她是您的妹妹？”男孩问。

“不，不是妹妹，”涅赫柳多夫惊奇地回答，“那你和谁一起到这里来的呢？”他问男孩。

“我和妈妈。她是政治犯。”男孩自豪地说。

“玛丽娅·帕夫洛夫娜，您把科利亚带走吧。”典狱长说，他大概认为涅赫柳多夫和男孩的谈话是违法的。

玛丽娅·帕夫洛夫娜就是刚才引起涅赫柳多夫注意的、长着一双羔羊般的眼睛的那个漂亮姑娘。只见她站起来，挺直高高的身躯，迈着像男人一样有力的大步，走到涅赫柳多夫和男孩的跟前。

“他问您什么啦？您是谁？”她问涅赫柳多夫。她脸上微微露出笑容，信赖地望着他的眼睛，神情是那样坦率，似乎是无可怀疑，她以往、现在对任何人都抱着这样坦诚、亲切、友善的态度，而且不可能不这样。“他什么都要知道。”她说，对男孩露出那样善良、亲切的微笑，使得涅赫柳多夫和男孩两个人都不由自主地报以笑容。

“是的，他问我来找谁。”

“玛丽娅·帕夫洛夫娜，不能跟外人交谈。这您是知道的。”典狱长说。

“行，行。”她说，伸出白皙的大手，抓住眼睛紧盯着她的科利亚的小手，回到患肺病的青年的母亲身边。

“这是谁的孩子？”涅赫柳多夫问典狱长。

“一个女政治犯的孩子，他是在监狱里出生的。”典狱长带着几分得意说，似乎要炫耀自己这所监狱的稀罕之物。

“是真的吗？”

“是真的，他现在就要和母亲一起去西伯利亚了。”

“那这个姑娘呢？”

“我不能回答您，”典狱长耸耸肩膀说，“瞧，博戈杜霍夫斯卡娅来了。”

五十五

身材矮小、头发剪短、身子消瘦、肤色发黄、长着善良的大眼睛的维拉·叶夫列莫夫娜迈着蹒跚的步子从后门走了进来。

“噢，您来了，谢谢，”她握住涅赫柳多夫的手，说，“您还记得我吗？我们坐下吧。”

“没有想到会是这样见到您。”

“哦，我觉得挺好！很好，很好，我不希望更好了。”维拉·叶夫列莫夫娜说，她像以往那样睁着一双善良的大眼睛，惊恐地望着涅赫柳多夫，并转动着从破烂不堪的、又脏又皱的上衣领子里露出来的肤色泛黄、青筋毕露的细脖子。

涅赫柳多夫开口问她，怎么会落到这个境地。她在回答的时候，兴致勃勃地叙述起自己的事业。她的话里夹着有关宣传、破坏组织、团体、小组、分组等等的外来语，她显然深信这些词语人人都懂，哪知道涅赫柳多夫从来都没有听说过。

她向他讲述着，显然深信他对民意党①的种种秘密会感兴趣，乐于知道。涅赫柳多夫则望着她那细得可怜的脖子，望着她的稀疏蓬乱的头发，心中感到奇怪，她为什么要做那些事，为什么要讲述这一切。他可怜她，但不同于可怜农民梅尼绍夫，梅尼绍夫无缘无故被关在臭气熏人的监狱里。她最令人可怜的是，她头脑里那种极其明显的混乱。显而易见，她认为自己是随时准备为事业成功而献身的英雄，可是她未必能解释清楚这一事业究竟是什么，这一事业的成功又是怎么一回事。

维拉·叶夫列莫夫娜想对涅赫柳多夫说的是这样一件事，她有一个姓舒斯托娃的同伴，照她说的，同她还不是一个小组，五个月以前与她一起被捕，关在彼得保罗要塞里，仅仅是因为在她那里搜到一些别人托她保管的书籍和文件。维拉·叶夫列莫夫娜认为，舒斯托娃被囚禁自己有一部分责任，因此请求关系众多的涅赫柳多夫想尽一切办法解救她出狱。博戈杜霍夫斯卡娅求涅赫柳多夫的另一件事是，设法让囚禁在彼得保罗要塞里的古尔克维奇获准与父母见面，准许他得到他科研所需的科技书籍。

涅赫柳多夫答应她，等去彼得堡的时候尽力办成这件事。

关于自己的经历，维拉·叶夫列莫夫娜这样说，助产士学校毕业后，她和民意党人结识，并与他们一道工作。开始一切都很顺利，他们编写传单，到工厂里去搞宣传，可是后来一位重要的人物被捕，文件被查获，于是所有的人遭到逮捕。

---

①成立于1879年的俄国革命组织。该组织极力主张对国家政权实行政治斗争，并以恐怖手段进行改革和颠覆活动。

“我也被抓，现在就要被流放……”她说完了自己的经历。“不过，这没有什么。我觉得很好，内心有一种神圣庄严的感觉。”她说，脸上露出哀怨的微笑。

涅赫柳多夫问起那个长着羔羊般的眼睛的姑娘的情况，维拉·叶夫列莫夫娜说，这是一位将军的女儿，早就参加革命党，她被捕是因为她将向宪兵开枪的罪名揽到自己身上。她原先住在地下工作者的住所里，住所里有一架印刷机。有一天夜里遇到大搜捕，住所里的人决定进行自卫，他们熄了灯，开始销毁罪证。警察冲进来，这时一个地下工作者开枪，将一名宪兵打成致命的重伤。审问的时候，问起是谁开的枪，她说是她开的枪，尽管她的手从来就没有握过枪，连只蜘蛛都没打死过。结果就这样定了罪。现在她也得去服苦役。

“一位利他主义的好人……”维拉·叶夫列莫夫娜赞扬说。

维拉·叶夫列莫夫娜要说的第三件事与玛斯洛娃有关。就像监狱里都知道的那样，她也知道玛斯洛娃的经历，知道涅赫柳多夫和她的关系。她建议涅赫柳多夫设法将玛斯洛娃换到政治犯的牢房，至少转到医院里去当护理员。现在医院里病人特别多，需要女护理员。涅赫柳多夫感谢她出的主意，并且说，他将尽力按她的建议去做。

五十六

他俩的谈话被典狱长打断。典狱长站起来宣布，探监的时间结束，必须分手了。涅赫柳多夫站起身与维拉·叶夫列莫夫娜告别，朝门口走去，然后站在门口，观察面前的情形。

“诸位先生，时间到了，时间到了。”典狱长说，他一会儿站起来，一会儿又坐下。

典狱长的话只是使房间里的囚犯和探监者变得特别活跃，可是谁也没有想到要分手。有些人站起来继续说话。另一些人仍然坐着交谈。还有一些人开始告别，哭泣。特别让人动容的是那位母亲和她患肺病的儿子。年轻人不停地摆弄着那张纸片，脸色越来越愤怒，他竭力克制着，免得受母亲的情绪的感染。母亲听到必须分手，伏在儿子的肩头号啕大哭，吸溜着鼻子。长着羔羊般的眼睛的姑娘——涅赫柳多夫不由自主地注视着她——站在号啕大哭的那位母亲面前，说着安慰的话。戴蓝边眼镜的老人站在那里，他握着女儿的手，一边听她说话，一边连连点头。那对青年恋人站起来，手拉着手，默默地望着对方的眼睛。

"只有这两个人心情愉快，"站在涅赫柳多夫旁边的那个穿短夹克的小伙子指着那对恋人说。穿短夹克的小伙子也像涅赫柳多夫一样，正望着即将分手的人群。

那对恋人——穿橡胶短上衣的青年和容貌姣好的淡黄发姑娘——察觉涅赫柳多夫和小伙子注视着他们，就将互相拉着的手伸直，身子后仰，脸上漾着笑容，转起了圈子。

"今天晚上他俩在这里，在监狱里结婚，她要跟他一起去西伯利亚。"小伙子说。

"他是什么人？"

"苦役犯。让他们快乐一阵子吧，要不这里的声音让人听着都无比痛苦。"穿夹克衫的小伙子补充说，这时他正听着患肺病的青年的母亲的痛哭。

"诸位先生！请吧，请吧！不要逼得我采取严厉措施，"典狱长说，这句话他已经重复过多次。"请吧，行啦，请吧！"他的口气显得无奈而又不坚决。"这算是怎么回事呢？早就过了时间。要知道这样是不行的。我说最后一次。"他沮丧地重复道，时而点起马里兰香烟，时而又将其熄灭。

事情很明白，那些允许人们损害别人而不必为此负责的理由无论多么巧妙、古老和司空见惯，典狱长还是不能不觉得自己是造成这个房间里所出现的痛苦的罪人之一，很明显，他现在的心情极其沉重。

囚犯和探监者最后终于开始分手了，一部分人朝里边的门走，另一部分人朝外边的门走。穿橡胶短上衣的两个男子走了，患肺病的青年和肤色黧黑、头发蓬乱的人走了，玛丽娅·帕夫洛夫娜领着那个在监狱里出生的男孩也走了。

探监的人开始往外走。戴蓝边眼镜的老人迈着艰难的步子往外走，涅赫柳多夫跟着他走了。

“是啊，真是奇妙的好办法，”健谈的小伙子仿佛要继续业已中断的交谈，在与涅赫柳多夫一起走下楼梯的时候说。“还得谢谢典狱长呢，真是个好人，不死守规定。见面痛痛快快地说一说，内心也就轻松些。”

“难道其他监狱就没有这样的探监吗？”

“咳！根本不是这样。糟透了，一个一个地见面且不说，还要隔着一道铁丝网。”

健谈的小伙子自称姓梅登采夫。涅赫柳多夫一边与他谈话，一边走进门厅，典狱长神色疲乏地来到他们面前。

“这样吧，如果您想见玛斯洛娃，那就请您明天来吧。”他说，显然想对涅赫柳多夫表示殷勤。

“很好。”涅赫柳多夫说，匆匆走了出来。

梅尼绍夫毫无罪过却遭受苦难，这种事显然令人惊骇，然而令人惊骇的与其说是他肉体上所受的折磨，倒不如说是他看到人们无缘无故折磨他的那种残酷之后必然会产生的困惑和对善良、对上帝的不信任。令人惊骇的是，这上百个无辜的人仅仅因为身份证上写的几个字不规范便横遭侮辱和折磨。令人惊骇的是这些头脑麻木的看守，他们干着折磨自己弟兄的事情，却相信自己在从事高尚而重要的事业。涅赫柳多夫觉得最可怕的是这个年老体衰的善良的典狱长，他不得不把母子、父女拆散，而这些人与他和他的子女丝毫无异。

“这都是为了什么？”涅赫柳多夫问，现在他更强烈地体验到那种由精神上渐渐转变为生理上的恶心感。每次来到监狱他便产生这种恶心感，可是他找不到产生这种恶心感的原因。

五十七

第二天，涅赫柳多夫去找律师，将梅尼绍夫母子的案子告诉他，并请求他为他们辩护。律师听完他的话，说要去看一看案卷，如果事情都像涅赫柳多夫说的那样，这是完全可能的，那么他将义务为他们辩护。涅赫柳多夫顺便又说起了那一百三十人莫名其妙被关押的事，并问这件事归谁管，是谁的过错。律师沉默不语，显然，是在考虑准确的措词。

“谁的过错？谁都没有过错，”他断然说道，“您去找检察官，检察官会说，这是省长的过错。您去找省长吧，省长会说，这是检察官的过错。谁都没有过错。”

“我这就去找马斯连尼科夫，我去告诉他。”

“得了吧，毫无用处，”律师笑着反驳道，“他是个……他不是您的亲戚朋友吧？恕我直言，他是个笨蛋，同时又是头狡猾的畜生。”

涅赫柳多夫想起马斯连尼科夫议论律师的话，没有接腔说下去，匆匆告辞，去找马斯连尼科夫。

涅赫柳多夫去求马斯连尼科夫两件事，一是，将玛斯洛娃转到医院里，二是，那一百三十人因为没有身份证而被关在监狱的事。去求一个自己所鄙夷的人，对他来说，是极其艰难的事，但这是唯一能达到目的的办法，必须走这条路。

涅赫柳多夫来到马斯连尼科夫家，发现门廊外边停着好几辆马车，有四轮轻便马车、带弹簧的四轮马车和轿式马车，他才想起今天正巧是马斯连尼科夫妻子的会客日，马斯连尼科夫曾邀请他来赴会。涅赫柳多夫的车子驶到屋子跟前，这时正好有一辆轿式马车停在台阶旁，一个戴着缀有帽徽的帽子、穿着短斗篷的听差将门廊台阶上的一位太太扶上车。那位太太微微提起长后襟，露出穿着便鞋的纤细的、黑黑的脚踝。涅赫柳多夫在停在那里的几辆马车中认出科尔恰金家的扯起车篷的四座马车。头发花白、面色红润的车夫恭敬客气地摘下帽子，向这位特别熟悉的老爷致意。涅赫柳多夫还未来得及向看门人打听米哈伊尔·伊万诺维奇（马斯连尼科夫）在哪里，他本人便出现在铺着地毯的楼梯上，送一个极其重要的客人，这样的客人他自然不能送到楼梯平台上为止，而是一直送到楼下。这位穿着军服的贵客一边下楼，一边用法语说着为在城里筹建孤儿院举办摸彩的事，他认为这对女士们来说是件好事，"既可以玩乐，又可以筹款"。

"让她们欢乐一番吧，愿上帝赐福于她们……啊，涅赫柳多夫，您好！怎么长久不见您哪？"他向涅赫柳多夫打招呼。"您去向女主人致敬吧，科尔恰金一家人也在这里。纳丁·布克斯格夫登也来了。全城的美人儿都来了。"他说，微微耸起他那军人的双肩，凑近他的穿着镶金饰带的号衣的出色的听差跟前，好让他替他穿上军大衣。"再见，我亲爱的！"他再次握了握马斯连尼科夫的手。

"那我们上楼吧，我多么高兴啊！"马斯连尼科夫兴奋地说，挽起涅赫柳多夫的手，快步将他拉上楼，尽管他的身躯是那样地肥胖。

马斯连尼科夫的心情特别兴奋，原因是那位显赫的人物对他表示了青睐。照理说，马斯连尼科夫在与皇室颇为接近的近卫军团队里服役，早该习惯与皇室交往，然而事情很明显，与皇室的一次次交往反而加强了他的卑微感，于是任何这类青睐都会使他欣喜欲狂，就像温顺的小狗受到主人的抚摩、拍打和搔耳之后那样。它会摇着尾巴，缩起身子，扭动着，耳朵贴着头皮，发疯似的围着主人团团转。马斯连尼科夫也准备这样做。他没有发现涅赫柳多夫脸上的严肃表情，也不容他分说，一个劲儿地将他拉往客厅，使得他无法拒绝，只得跟他走。

“正事以后再说。只要你吩咐，我都会照办，”马斯连尼科夫说，他领着涅赫柳多夫穿过大厅。“去向将军夫人通报，涅赫柳多夫公爵来了，”他一边走，一边吩咐听差。听差一路小跑，绕过他们，赶到前头。“你只要吩咐一声就行。可是你一定得去见见我的妻子。上次我没带你去见她，已经挨了一顿骂。”

等到他们走进客厅，听差已经通报过了。自称将军夫人的副省长夫人安娜·伊格纳季耶夫娜已经在长沙发上从围着她的许多帽子和脑袋里边满脸堆笑地向涅赫柳多夫点头致意。在客厅的另一头放着一张摆了茶具的桌子。桌边坐着几位太太，旁边站着几个男子，有军人，也有文职人员，男男女女闹哄哄的说话声一刻也不停。

“终于来了！您为什么不愿意和我们来往呢？我们哪里得罪您啦？”

安娜·伊格纳季耶夫娜有意用这种显示她与涅赫柳多夫关系亲密的话与来客打招呼，其实他们之间从无亲密关系。

“你们认识吗？认识吗？这位是别利亚夫斯卡娅太太，这位是米哈伊尔·伊万诺维奇·切尔诺夫。您坐近些。”

“米西，您到我们这张桌来吧。您的茶会送到这里……还有您……”她转身对那位正和米西说话的军官说，显然忘了他的名字，“请到这边来吧。公爵，您要茶吧？”

“我说什么也不同意，说什么也不同意。她根本就不爱他。”一个女人的声音说。

“那她爱小馅饼。”

“老是说愚蠢的笑话。”另一位戴着高帽子的太太笑着插嘴说，她身上的绸缎、黄金、宝石闪闪发光。

“好极了，这些华夫小饼干，挺薄脆。再拿点来。”

“怎么，很快要走？”

“是啊，今天是最后一天。我们就是为此而来的。”

“如此明媚的春天，现在乡间是多么美好！”

米西戴着帽子，穿着一条深条子的连衣裙，连衣裙特别合身，毫无一丝褶皱地紧裹着她那纤细的腰肢，使她显得十分漂亮。她看见涅赫柳多夫，脸就红了。

“我还以为您走了呢。”她对他说。

“差一点走了，”涅赫柳多夫说，“让事情给耽搁了。我也是到这里来办事的。”

“您去看看妈妈吧。她很想见见您。”她说，感到自己在说谎，而且让他看出来，她的脸更红了。

“恐怕来不及了。”涅赫柳多夫阴郁地回答，竭力装出没有发现她脸红的样子。

米西气恼地皱起眉，耸耸肩，转身与一个姿态优雅的军官说话，那军官从她手中接过空茶杯，雄赳赳地将茶杯送到另一张桌子上，一路上军刀磕碰着一张张圈椅。

“您也得为建孤儿院捐些钱。”

“我本来就没有拒绝，不过我想将我的慷慨留待摸彩的时候再显示。到那时候我会全力表现自己。”

“您自己看着办吧！”响起一阵明显做作的笑声。

这个会客日非常辉煌，安娜·伊格纳季耶夫娜满心欢畅。

“米卡对我说，您在忙监狱里的事。我很理解这一点，”她对涅赫柳多夫说，“米卡(这是她的胖丈夫马斯连尼科夫)可能有各种各样的缺点，但是您知道，他是多么善良。所有这些不幸的囚犯都是他的孩子。他没法不这样看待他们。他是那样地善良……”

她顿住了，没能找到表述她那下令鞭打犯人的丈夫的善良的词语，不过她立即笑着转身去与刚进来的一位扎着淡紫色花结的、满脸皱纹的老太婆打招呼。

涅赫柳多夫为避免失礼，恰如其分地说了几句空洞的应酬话，便起身走到马斯连尼科夫面前。

“那么你能不能听我说几句？”

“行啊！哦，什么事？我们到这边来吧。”

他们走进一个日本式的小书房，靠窗坐了下来。

五十八

“说吧，我愿意为你效劳。想抽烟吗？等一等，我们别把这里弄脏了，”他说毕拿来一个烟灰缸。“嗯？”

“我找你有两件事。”

“原来是这样。”

马斯连尼科夫的脸色变得阴郁沮丧。小狗被主人搔过耳朵后兴奋的神情顿时消失得无影无踪。客厅里传来人们说话的声音。一个女人的声音说：“我绝不相信，我绝不相信。”客厅另一头一个男人的声音在叙述一件事情，说话中间一再重复着“伯爵夫人沃龙佐娃和维克多·阿普拉克辛”。客厅的另一边传来一片嗡嗡响的说话声和笑声。马斯连尼科夫一边仔细听着客厅里发生的事情，一边听涅赫柳多夫说。

“我又是来说那个女人的事。”涅赫柳多夫说。

“噢，是那个无故问罪的女人。我知道，我知道。”

“我想请求把她转到医院里做女仆。有人对我说，这是办得到的。”

马斯连尼科夫抿起嘴唇沉思起来。

“未必办得到吧，”他说，“不过，我会跟他们商量，明天给你回电。”

“我听说那里病人很多，需要女帮手。”

“好吧，好吧。我无论如何会给你回音。”

“那就费心了。”涅赫柳多夫说。

客厅里传来一片甚至是自然的哄堂大笑声。

“这又是维克多，”马斯连尼科夫笑着说，“他精神一好，就出奇地俏皮。”

“还有，”涅赫柳多夫说，“现在监狱里关着一百三十个仅仅因为身份证过期的人。他们关在这里一个月了。”

于是他讲述了他们被关的具体原因。

“你是怎么知道这件事的？”马斯连尼科夫问道，他的脸上突然流露出不安和不满的神情。

“我去看一个被告，这些人在走廊里围住我，请求……”

“你去看哪一个被告？”

“一个农民。他没有犯罪却被指控，我为他请了一个辩护律师。可是事情不在这里。难道这些人没有犯任何罪行，仅仅因为他们的身份证过期，就被关在监狱里，而且……”

“这是检察官的事，”马斯连尼科夫懊恼地打断了涅赫柳多夫的话。“这就是所谓的迅速而公正的审判。副检察官的职责就是视察监狱，了解囚犯被关押是否合法。可是他们什么事情都不干，只顾打牌。”

“那么你是毫无办法了啰？”涅赫柳多夫阴郁地说，他回想起律师说过的话，律师说省长会把事情推到检察官身上。

“不，我要管。我现在就去查。”

“这对她更糟。这是个苦命人，”客厅里传来一个女人的声音，她显然对自己说的那件事漠不关心。

“那样更好，那我把这个也拿走。”客厅另一边传来一个男人的顽皮的话音，还有一个女人顽皮的笑声，她不让他拿某样东西。

“不行，不行，说什么也不行。”那个女人的声音说。

“那么所有的事情都由我来办，”马斯连尼科夫重复道，他伸出戴着绿松石戒指的白皙的手掐灭了烟蒂，“现在我们先到太太们那边去。”

“对了，还有一件事，”涅赫柳多夫说，他并未走进客厅，而是站在门外。“有人告诉我，昨天监狱里又体罚人了。这是真的吗？”

马斯连尼科夫顿时脸红了。

“唉，你问这件事？不行，我亲爱的，绝对不该让你进去，你所有的事情都要过问。我们走吧，走吧，安娜在叫我们了。”他挽起涅赫柳多夫的一只手说，脸上又露出那种受显要人物青睐之后的激昂的神色，不过现在已经不是喜悦的神情，而是不安的神情。

涅赫柳多夫挣脱出手来，不向任何人点头打招呼，一声不吭地阴沉着脸，穿过客厅、大厅，经过匆匆跑过来的仆人的身边，来到前厅，然后来到街上。

“他怎么啦？你对他怎么啦？”安娜问丈夫。

“这是法国人的派头。”有人说。

“这哪是法国人的派头，这是苏鲁人①的派头。”

“唉，他一向如此。”

有人起身告辞，有人刚刚来到，叽叽喳喳的说话声一直在继续，涅赫柳多夫这一插曲自然而然被当作今天聚会的话题。

涅赫柳多夫在拜访马斯连尼科夫的第二天，收到了他用优美刚健的笔迹写在一张厚厚的印有官衔和印鉴的道林纸上的一封信，信上说，他为玛斯洛娃转往医院的事给医生写了信，他的愿望很有可能会实现。信上的署名为“热爱你的老同事”，在“马斯连尼科夫”这个署名下边画了一个出奇优雅而又遒劲的大花笔。

“蠢货！”涅赫柳多夫忍不住骂道，特别是因为他在“同事”这个词中体会到马斯连尼科夫对他有一种屈尊俯就的意味，就是说，尽管他

---

①苏鲁人系南非一个民族，此处意为野蛮人。

马斯连尼科夫担任着道德上极其肮脏可耻的职务，但是认为自己是极端重要的人物，他觉得称自己是涅赫柳多夫的同事，即使不是取悦他，至少也表示了自己没有因为地位显赫而过分骄傲。

五十九

有一种极其常见而广为流传的迷信，认为每一个人都有自己固定的本性，认为人有善良、凶恶、聪明、愚笨、热情、冷漠，等等之分。其实并非如此。我们评论一个人的时候，可以说他善良的时候多于凶恶的时候，聪明的时候多于愚笨的时候，热情的时候多于冷漠的时候，或者反过来说。如果我们评论某个人时，说他善良或者聪明，评论另一个人时，说他凶恶或者愚笨，那就不对了。可是我们总是将人这样分类。这是不正确的。人好比是河流，所有河流中的水都是一样的，到处都是同样的河水，可是每一条河都是有的地方窄，水流湍急，有的地方宽，水流平缓，有的地方河水清澈、冰凉，有的地方河水浑浊、温暖。人也是这样。每一个人的身上都有人类各种品性的萌芽，有时候表现这一些品性，有时候表现另一些品性，常常完全不像是他自己，可是始终是他同一个人。有些人身上的这些变化常常特别急剧，涅赫柳多夫就属于这类人。他身上发生的这些变化既有生理上的原因，也有心理上的原因。现在他身上就发生了这种变化。

在开庭和首次探望卡秋莎之后产生的那种庄严、喜悦的感受完全消失了，代之而起的是最后一次见面产生的恐惧，甚至还有对她的厌恶。他打定主意不离开她，只要她愿意，他也不会改变娶她的决心，但这对于他既艰难又痛苦。

在拜访马斯连尼科夫之后的第二天，他又前往监狱看望她。

典狱长虽然准许探监，但不是在办公室，也不是在律师事务室，而是在女探监室。尽管典狱长心地善良，但是他对涅赫柳多夫的态度比以前谨慎了。很明显，与马斯连尼科夫的谈话产生了后果：上峰吩咐对这个探监者要小心提防。

“见面可以，”他说，“只是，劳驾，关于钱，我请求过您……关于把她转去医院，如上头公文所写的，这也可以办到，医生也同意了。不过她本人不想去，她说：‘我才不愿意为那些讨厌的家伙倒尿盆……’公爵，要知道她就是那样一类人。”他补充说。

涅赫柳多夫什么也没说，只是要求准许他去探监。典狱长派一个看守带他去，涅赫柳多夫跟着看守走进空荡荡的女探监室。

玛斯洛娃已经在探监室里，她从铁丝网里边走出来，既温顺，又胆怯。她走到涅赫柳多夫紧跟前，眼睛望着别处，低声说：

“原谅我，德米特里·伊万诺维奇，前天我说的不好。”

“不该让我原谅您……”涅赫柳多夫开了腔却没有说下去。

“不过，您还是得离开我。”她接着说，用斜视得很厉害的眼睛瞟了他一眼。涅赫柳多夫从她的目光中又看到紧张而愤恨的表情。

“为什么我非得离开您呢？”

“就该是这样。”

“为什么该是这样呢？”

她又用在他看来是一种愤恨的目光望着他。

“嗯，事情就是这样，”她说，“您得离开我，我跟您说的是真话。我不能。您干脆丢掉这个想法，”她嘴唇哆嗦着说，然后沉默了一会儿。“这是真话。我宁愿上吊。”

涅赫柳多夫感觉到，她的这一拒绝中既包含有对他的仇恨和不肯饶恕的怨恨，但是也有某种别样的情感，崇高而伟大的情感。这种在完全平静的心境下再次拒绝，立即消除了涅赫柳多夫心中原先产生的所有疑虑，使他恢复了原来那种严肃、庄重、怜悯的心情。

“卡秋莎，我原来怎样说，现在还要怎样说，”他特别严肃地说。

“我请求你嫁给我。如果你的确不愿意，或者眼下你不愿意，那么我将一如既往，跟你在一起，你被发配到哪里，我也跟到哪里。”

“这是您的事，我没有什么可说的。”她说，嘴唇又开始哆嗦。

他也默不作声，觉得说不出话来。

“我现在要到乡下去一趟，然后去彼得堡，”他终于振作起精神说，“我要为您的事，为我们的事奔走。要是上帝保佑，他们会撤消原判。”

“就是不撤消，也无所谓。不为这件事，为别的事我也该这样……”她说。他看出，为了忍住不掉泪，她费了多么大的努力。“嗯，对了，您见到梅尼绍夫吗?”为了掩饰激动的心情，她突然问道。“他们确实无罪吧?”

“是的，我认为是这样。”

“这么好的老太太。”她说。

他将梅尼绍夫说的情况统统告诉她，然后问她是否需要什么东西。她回答说，什么都不需要。

他们又都沉默不语。

“噢，关于去医院的事，”她用斜视的眼睛看了他一眼，突然说，“既然您希望我去，我就去，往后酒也不喝了……”

涅赫柳多夫默默地望着她的眼睛。她的眼睛露出了笑意。

“这很好。”他只说了这几个字，然后便与她告别。

“是啊，是啊，她完全成了另一个人。”涅赫柳多夫想道，他不仅消除了原先的种种疑虑，心中还产生了一种前所未有的全新的感觉：爱情是无敌的。

玛斯洛娃在与涅赫柳多夫见面之后回到臭气熏人的牢房，她脱下长衣，坐到自己的板铺上，双手放在膝盖上。牢房里只有带着吃奶婴儿的弗拉基米尔省的患肺病的女人、梅尼绍娃老太婆，铁路女看护工及其两个孩子。教堂诵经士的女儿昨天被确诊患了精神病，送到医院去了。其他女犯都去洗衣服了。梅尼绍娃老太婆躺在板铺上睡觉，孩子们在走廊里玩，牢房的门开着。弗拉基米尔省的女人怀里抱着孩子，铁路女看护工手里拿着袜子不停地、飞快地织着，她们走到玛斯洛娃旁边。

“喂，怎么样，你们见面啦？”她们问。

玛斯洛娃并不回答，坐在高高的板铺上，晃动着够不到地的两只脚。

“干吗哭哭啼啼的？”铁路女看护工说。“最要紧的是别灰心。哎，卡秋莎！好啦！”她说，手指头飞快地织着袜子。

玛斯洛娃仍然不吭声。

“我们的人都去洗衣裳了。听说今天来了一大批施舍物。都说送来了很多东西。”弗拉基米尔省的女人说。

“菲纳什卡！”铁路女看护工冲着门外喊道。“小淘气鬼不知跑到哪里去了。”

她抽出一根毛线针，插到毛线球和织袜里，出门到走廊上去了。

这时候走廊里传来杂乱的脚步声和女人的说话声，住在这个牢房里的那些女人光脚穿着棉鞋走进牢房，她们每人都拿着一个白面包，有些人还拿着两个。费多西娅立即走到玛斯洛娃身边。

“怎么啦，什么事不顺心？”费多西娅问道，一双明亮的天蓝色的眼睛爱怜地望着玛斯洛娃。“这是给我们喝茶时吃的。”她说着将面包放到小架子上。

“怎么，莫非他变卦了？不想娶你了？”科拉布廖娃问。

“没有，他没变卦，可是我不愿意，”玛斯洛娃说，“我就这样说了。”

“真是个傻瓜！”科拉布廖娃用她那低沉的嗓音说道。

“也是，既然不能住在一起，结婚又有什么意思？”费多西娅说。

“可是你的丈夫就和你一起走呀。”铁路女看护工说。

“是啊，我跟他是正式夫妻呀，”费多西娅说，“既然不住在一起，他干吗要娶她？”

“真是傻瓜！‘干吗？’他要是娶她，就可以让她披金戴银。”

“他说：‘不管你被发配到哪里，我都跟你去。’”玛斯洛娃说。“他愿去就去，不愿去就别去。我不会求他。他现在去彼得堡张罗。那里的所有大臣都是他的亲戚，”玛斯洛娃接着说，“不过，我不需要他帮忙。”

“那是当然！”科拉布廖娃突然赞同说。她在整理口袋，显然在想别的事情。“怎么样，我们喝点儿酒？”

第二部

一

玛斯洛娃的案子要过两个星期才能在枢密院里审理。涅赫柳多夫打算赶在这之前到彼得堡去一次，这样，在枢密院里一旦败诉，就可以按照写诉状的律师的建议，去向沙皇告御状。如果这次上诉没有结果，那么根据律师的意见，就必须早做准备，因为上诉的理由很不充分。这样，包括玛斯洛娃在内的一批苦役犯，就可能在六月初出发。涅赫柳多夫已经打定主意跟玛斯洛娃一起去西伯利亚，为了给这次远行做好准备，他必须到乡下去一次，把那里的事情安排妥当。

涅赫柳多夫首先坐火车到最近的庄园库兹明斯科耶去，他在那儿有一大片黑土地的地产，主要的收入都是从那儿来的。他的童年和青年时代都是在这片庄园里度过的。后来，长大成人后，他又去过两次。有一次他是奉母亲之命把一个德国籍总管送去，并且跟他一起去检查田产的经营情况，所以他对家里的田产以及农民跟账房间的关系，也就是农民跟地主的关系，早已非常熟悉。农民跟地主的关系是这样的：说得委婉一些，农民完全依赖账房间，简言之，农民受到账房间的奴役。这不是那种一八六一年废止的明目张胆的奴役，即某些人受一个主人的奴役，而是无地或少地的农民受大地主们的共同奴役，有时，偶尔也受到生活在农民中间的某些人的奴役。涅赫柳多夫知道这一点，也不可能不知道，因为他的田产就是建筑在奴役的基础上的，而且他自己也在经营这份产业。可是涅赫柳多夫不仅知道这一点，而且知道这是不公正的、是残酷的，他早在大学生时代就知道这一点，那时他信奉并且宣传过亨利·乔治的学说，而且根据这个学说，他把父亲留传下来的土地分给了农民。他认为在我们这个时代，占有土地就如同五十年前占有农奴一样，是一种罪恶。不错，自从他去军队服役，对一年花两万卢布已习以为常之后，他以前的一些认识在自己的生活中已经变得可有可无，完全被置之脑后。他非但从来不问一下自己对财产抱什么态度，母亲给他的这些钱是从哪儿来的，而且竭力不去想这些问题。可是，母亲去世后，他继承了遗产，必须管理财产，也就是管理土地，这时又一次把他对土地所有制的态度问题提到了他的面前。如果在一个月以前，涅赫柳多夫就会对自己说，他没有能力去改变现行制度，加上管理庄园的不是他，于是他多少可以心安理得一点，一如既往地住在这远离田产的地方，接收从那儿寄来的钱。然而，现在他决定，虽然他即将动身到西伯利亚去，就要跟牢狱里的人发生复杂而困难的关系，这一切都需要钱，他还是不能容许保持现状，而必须改变它，即使自己蒙受损失，也在所不惜。为此，他决定不再亲自经营土地，而是把它廉价租给农民，使他们有可能基本上不再依赖地主。涅赫柳多夫不止一次地把地主的地位跟农奴主的地位作比较，认为不雇工耕种土地而把土地租给农民，是与奴隶主把徭役制改为代役租制一样的。这样做不能解决问题，却是解决问题的第一步：这是压迫从粗暴的形式向比较温和的形式的过渡。他就是打算这样做的。

中午时分，涅赫柳多夫到了库兹明斯科耶。他一切从简行事，没有打电报叫人去接，而是自己在车站上雇了一辆两匹马拉的小四轮马车。马车夫是个小伙子，穿一件紧腰细褶的土布长外衣，在腰身下面打褶的地方系着一根皮带。他按照马车夫的习惯，侧身坐在驭座上，兴致勃勃地跟老爷聊天，因为他们一聊天，那匹疲劳不堪的瘸腿白辕马和那匹拉边套的患气肿病的瘦马就可以一步一步地慢慢走，这是它们求之不得的。

马车夫滔滔不绝地谈起库兹明斯科耶的总管，却全然不知车上坐着的就是他的东家。涅赫柳多夫故意没有告诉他。

“好一个阔气的德国佬，”这个在城里住过、读过小说的马车夫说。他坐在驭座上，半侧着身子对着车厢里的乘客，一会儿握着长鞭的柄，一会儿又握着长鞭的梢，看得出来想找一些漂亮的词儿来炫耀自己的知识。“他买了辆马车，配了三匹草黄大马，带着自己的太太坐上马车出去到处兜风。嘿，真够气派！”他继续说道，“冬天，到了圣诞节，宽敞的屋子里摆上一棵圣诞树，我送客人去过，那儿已经用上电灯啦，在省里也找不出这么阔气的人家！他捞的钱多得吓死人！他有什么事情办不到！权都在他手里。听说他已置下了一份好田产。”

涅赫柳多夫想，无论那个德国佬怎样管理他的田产，也无论他怎样从中捞油水，他都毫不在乎。然而，腰身细长的马车夫所说的一番话他听了很不舒服。他欣赏着白天美丽的景色，看到浓密的乌云不时地把太阳遮住，看到春播作物的田野上农民们在扶犁翻耕燕麦地，看到绿茸茸的草场上空百灵鸟在飞翔，看到树林里除了橡树还未吐绿，都已是一片绿茵，看到牧场上星星点点地放牧着牛群和马群，看到农田里有几个农夫在耕地。他看着，看着，突然想起一些让他扫兴的事。他问自己：什么事呢？于是，他想起了马车夫对他所说的那个德国佬在库兹明斯科耶作威作福的那一番话来。

到了库兹明斯科耶，处理完事务之后，涅赫柳多夫才忘了那种不愉快的感觉。

涅赫柳多夫查过账，又跟总管谈了次话，总管不遮不掩地说，多亏农民缺少土地，而且他们的地都被地主的地围在中间，地主才能得到这么多好处。这番话更加坚定了涅赫柳多夫的打算：不再经营田产，把全部土地租给农民。从账本上、从他跟管家的谈话中，他知道情况和以前一样，最好的耕地中三分之二是由自己的雇工使用改良农具耕种的，其余的三分之一由雇佣的农民耕种，每俄亩五卢布工钱，这就是说，一个农民为了得到五卢布，必须把一俄亩地犁三遍，耙三遍，播下种子，然后收割、打捆、或者收割后送到打谷场，这也就是说，完成这些活儿，如果去雇佣廉价的自由工人，每一俄亩至少要付十卢布工钱。农民从账房那儿取得的日常必需品，都得按最高的价钱折算成工役来支付。他们使用牧场，在树林里砍些劈柴，割一点番薯的茎叶，都得用工役去换，因此几乎所有的农民都欠了账房的债。这样，耕地以外的土地由雇来的农民耕种，一俄亩的收入要比按五分利计算的地租收入还要高出四倍。

对于这一切，涅赫柳多夫虽然已经知道，可是他现在听来好像感到特别新鲜，而且他感到奇怪，他以及所有处在他这种地位的人怎么未能看到这种关系的反常性。总管提出种种理由说，如果把土地交给农民，所有的农具就会白白毁掉，连原价的四分之一都卖不出去，还说什么农民会把土地糟蹋掉，总而言之，涅赫柳多夫会因此蒙受极大损失。可是这些理由反而使涅赫柳多夫相信，他把土地交给农民，他自己却损失大部分收入，这正是一种善举。他决定趁此次下乡的机会，把这件事了结掉。收割和出售已经播下的粮食，卖掉农具和闲置的房屋——这些事情等他离开以后由总管去经办。至于现在，他要求总管召集库兹明斯科耶田地周围三个村子里的农民第二天来开会，向他们宣布自己的打算，并跟他们谈妥出租给他们土地的租金。

涅赫柳多夫想到自己坚定地反对总管提出的种种理由，并准备为农民作出牺牲，心里感到十分高兴。他走出账房，一面盘算着要办的事情，一面绕过正房，穿过如今荒芜的花圃（总管住的房子对面却新辟了一个花圃）和长满蒲公英的网球场[1]，沿着椴树林里的林荫道走去。以前他常到这里来散步，吸一支雪茄。三年前，到母亲这里来做客的、容貌姣好的基丽莫娃就是在这里向他卖弄风骚的。涅赫柳多夫把明天要对农民们说的话大致想好以后，就去找总管，在跟他共进茶点时又商量了一下清理财产的问题，直到在这方面完全放下心来以后，才回到大住宅中为他准备好的房间去。这个房间平时都是用来接待客人的。

房间不大，但收拾得很整洁，墙上挂着几幅威尼斯的风景画，两个窗户之间挂着一面镜子。房间里摆着一张干净的弹簧床和一张小桌子，桌上放着一只玻璃水瓶、一盒火柴和一个灭烛器。镜子旁边的大桌子上

①原文为英文。

放着一只打开的箱子，里面放着他的一只梳妆盒和几本随身带的书，其中一本是研究刑法的俄文书，还有两本是同样内容的德文书和英文书。他想趁这次下乡抽空读读，不过现在已经没有时间了，他打算上床睡觉，因为明天要早点起来，准备向农民解释自己的想法。

房间的墙角里放着一把老式的红木雕花圈椅。涅赫柳多夫记得，这把椅子以前是在母亲的卧室里的。他见物生情，心里不由得产生一种突如其来的感觉。他忽然舍不得即将夷为平地的房子，舍不得就要荒芜的花园，舍不得那片就要任人砍伐的树林，舍不得那些畜棚、马厩、工具房、机器、牛、马，这些东西虽然不是他购置的，但是他知道，这份家产能维持到现在也是不容易的。以前他觉得放弃这些东西轻而易举，可是现在，他不仅舍不得这些东西，还舍不得这一大片土地和一半的收入。他现在多么需要用钱啊。他立刻又想出一个论点为自己辩护，根据这个论点，把土地租给农民，从而毁掉自己的产业的做法是极不明智的，因此也是不应该的。

“我不应占有土地。我不占有土地就无法维持这份产业。再说，我就要到西伯利亚去了，所以房子也好，地产也好，我都不需要，”一个声音在说。“话虽如此，”另一个声音说，“然而，第一，你不会在西伯利亚待一辈子，如果你结了婚，就会有孩子。你当时怎么接受这份像模像样的地产，那你也应该像模像样地把它传给你的后代。对土地要负起责任。交出去，或是毁掉它容易，可是要攒起这份家产，就难得多了。最重要的是，你应该为自己的生活着想，应该决定今后自己怎么过日子，然后再来考虑如何处置自己的财产。你真的下定决心了吗？还有，你做这件事真的是出于良心吗？还是做给别人看，在众人面前炫耀自己？”涅赫柳多夫在问自己，他不能不承认，众人对他所做的事的评论对他的决定是会产生影响的。他越往下想，问题就越多，越难以解决。为了摆脱这些想法，他就躺到刚铺好的床上，想好好睡一觉，以便明天在头脑清醒的时候再来解决今天剪不断、理还乱的种种问题。可是他久久不能进入梦乡。新鲜的空气和皎洁的月光夹杂着青蛙的聒噪，一齐涌入敞开的窗户，偶尔从远处的花园中传来几声夜莺的啭鸣，有一只夜莺就停在近处，在窗下盛开的丁香丛中。涅赫柳多夫听着夜莺和青蛙的叫声，不禁想起典狱长女儿的琴声。他想起典狱长，就想起了玛斯洛娃，想起她曾对他说过："你还是死了这条心吧。"她说这句话的时候，嘴唇也像青蛙聒噪一样，不停地颤动。后来，那个当总管的德国人走下坡去捉青蛙。应该去拦住他，可是他不仅下去了，而且变成了玛斯洛娃，开口责备他说："我是苦役犯，您是公爵。""不，我决不让步，"涅赫柳多夫想。他醒来以后问自己："我做的事究竟对不对？我不知道，对我反正都一样，反正都一样。现在我只想睡觉。"于是，他也顺着总管和玛斯洛娃走过的路走下坡去，在那儿，一切都成了泡影。

二

第二天早晨九点钟，涅赫柳多夫醒来。一个专门来侍候主人的年轻办事员听见房里有动静，就给他送去一双从未擦得如此锃亮的皮鞋和一杯清凉纯净的矿泉水，并且禀告说，农民们已快到齐了。涅赫柳多夫一骨碌从床上爬起来，头脑也清醒了。昨天那种为自己把土地交给农民和因毁掉自己的家业而惋惜的感情已经消失得无影无踪。现在他想起这种感觉反而觉得奇怪。现在他为自己将要做的事感到高兴，不由自主地感到自豪。从房间的窗口望出去，可以看见长满蒲公英的网球场。按照总管的吩咐，农民都聚集在那里。昨天晚上青蛙不停地叫是有道理的。今天天色阴晦，从清晨开始就下起了润物无声的蒙蒙细雨，暖洋洋的，没有一点风，树叶上、树枝上、青草上挂满了一颗颗小水珠。站在窗口，不仅闻到一股股青草的芳香，而且还有渴望甘霖的泥土气息。涅赫柳多夫一边穿衣服，一边好几次望望窗外，看着农民纷纷来到场地上。

他们三三两两结伴而来，见了面，都脱帽致意，拄着手杖，围成一个圈子。总管是一个身强体壮、肌肉发达的年轻人，身穿一件绿色立领、钉着大纽扣的短夹克。他进来向涅赫柳多夫报告说，农民们都到齐了，不过叫他们等着吧，涅赫柳多夫可以先喝完咖啡或者茶再去，这两样东西都已准备好了。

“不，我还是先去见他们。”涅赫柳多夫说。他想到马上就要同农民谈话，突然感到有点胆怯和腼腆。

他就要去实现农民们的愿望：把土地廉价租给他们，而这样的事情，农民们连想都不敢想。换句话说，他现在要去赐给他们恩惠，可是内心却有一种说不出来的羞愧。涅赫柳多夫走到聚集在一起的农民跟前，他们纷纷摘下帽子，露出长着浅黄色的、拳曲的、花白头发的或者秃顶的脑袋，向他行礼，使他窘得很久说不出一句话来。蒙蒙细雨一直下着，雨点落在农民的头发上、胡子上、长袍的绒毛上。农民们望着地主老爷，等他讲话，可是他窘得一句话都说不出来。这个难堪的沉默被镇定自若又妄自尊大的德国佬打破了。他自以为很了解俄罗斯农民，能说一口流利而地道的俄语。这个身强力壮、营养过分丰富的人和涅赫柳多夫一样，跟农民们爬满皱纹的老脸和从长袍里隆起的瘦削的肩胛骨形成惊人的对照。

“现在公爵大人想为大家做件好事：把土地交给你们去种，可是你们不配。”总管说。

“我们怎么不配，瓦西利·卡尔雷奇？敢是我们没给你干过活？我们对过世的太太感恩不尽，但愿她的灵魂早日升天，我们也要谢谢公爵少爷，他没有扔下咱们。”一个喜欢饶舌的、长着浅棕红色头发的农民说。

“我就是为这事找大家来的，要是你们希望这么做，我愿意把全部土地都交给你们。”涅赫柳多夫开口说。

农民们一声不吭，好像没有听懂他的话，或者不相信他的话。

“把土地交给我们，这话是什么意思？”一个穿长外衣的中年农民说。

“这就是说，把土地租给你们，让你们出不高的价钱就能使用土地。”

“这倒是件好事。”一个老头儿说。

“不过，要让我们出得起租金才行，”另一个老头儿说。

“给土地，干吗不要！”

“我们种惯了地，是靠地吃饭的！”

“您也可以省事多了，只管收钱就行，要不，麻烦可多着呢！”人群中传来几个声音。

“麻烦都是你们惹出来的，”德国佬说，“要是你们好好干活，守规矩……”

“这我们这帮兄弟可不行，瓦西利·卡尔雷奇，”一个尖鼻子的瘦老头儿说，“你说，干吗把马放到麦地里去？是谁放的？我整天干活，过一天好比过一年，从早到晚抡钐刀，晚上才轮到打个盹，可是那马不知怎么就钻到燕麦地里去了。可你剥削得我也太狠了。”

“你们要守规矩。”

“你说得倒好：守规矩，可是我们做不到。”一个高个子的中年男子反驳说，他长着一头黑发，满脸都是络腮胡子。

“我对你们说过，把地围起来。”

“你要给我们木料，”一个相貌难看的矮个子农民从后面插嘴说，“去年夏天，我是打算把地围起来的，可是你把我关进牢里喂了三个月蚊子，这就是你说的‘围起来’。”

“他说的究竟是怎么一回事？”涅赫柳多夫问总管。

“村里的头号小偷[①]，”总管用德语说。“每年都到树林里去偷树。

---

①原文为德文。

你要学会尊重别人的财产。”总管说。

“敢情是我们不尊重你吗？”老头儿说，“我们不能不尊重你，因为我们都捏在你的手心里。你能把我们搓成绳子。”

“得啦，老弟，没人欺负你们，你们也别欺负别人。”

“还说不欺负我们！去年夏天你就打过我一个嘴巴，也就这么算了。看来，跟有钱人没法说理。”

“你做事只要守法就行了。”

显然，展开了一场舌战。参加的双方都不清楚他们说了些什么和为什么说这些话。不过，看得出来，舌战的一方由于害怕，竭力在压住心中的怒火，而舌战的另一方，有恃无恐，知道自己有权有势。涅赫柳多夫在一旁听着，心里很沉重。他竭力想把话题引到正事上来：商定租金和交款期限。

“有关土地的事情你们看怎么办？你们愿意吗？要是把全部土地交给你们，你们可以出什么价钱？”

“土地是您的，您给开个价吧。”

于是，涅赫柳多夫定了一个价钱，尽管他定的价比周围一带的租金低得多，农民们却照例讨价还价，认为开价太高。涅赫柳多夫本来以为他的开价农民会乐意接受，可是他从他们的脸上丝毫看不出满意的表情。涅赫柳多夫只能根据下面一件事断定，他提出的价格是对农民有利的。当大家讨论到由谁来承租土地，是由整个村子承租，还是由三三两两合伙承租的时候，农民中间展开了激烈的争论。有些人想把年老体衰的和没有支付能力的农民排除出去，而那些被排除在外的农民当然不会答应。最后，多亏了总管，才把租金和交款期限确定下来。农民们一边闹哄哄地说着话，一边走下山坡回村去了，涅赫柳多夫则回到账房间去，跟总管一起拟订契约。

一切事情都按照涅赫柳多夫所期盼的那样安排停当了。农民们交付的土地租金比本区土地的租金低百分之三十，而他从土地上所得的收入几乎减少了一半。不过，对于涅赫柳多夫来说，这笔收入仍然是很丰裕的。特别是他卖掉树林和农具以后，还有一些额外的进账。事情办得似乎很圆满，可是涅赫柳多夫的内心总感到某种歉疚。他看到，尽管有些农民对他说了几句感谢的话，可是他们并不满足，还想得到更多的好处。结果是他虽然蒙受了很大损失，却未能满足农民们的期望。

第二天，涅赫柳多夫在家庭契约上签了字，然后在由众人推举出来的几位长者陪同下，怀着几分未能将事情办妥的惆怅心情，并且向那些困惑地、不满地摇着头的农民告别以后，坐上火车站上那个马车夫讲到过的那辆豪华的三驾四轮马车向车站驶去。涅赫柳多夫对自己很不满意，究竟什么使他不满意，他自己也不知道，然而他始终感到有点郁郁不乐和问心有愧。

三

涅赫柳多夫离开库兹明斯科耶后，就去了从姑妈们名下继承的庄园，他和卡秋莎就是在那儿相识的。他想用处理库兹明斯科耶田产的办法来处理那里的田产。此外，他还想打听一下卡秋莎以及他和她的孩子的事。那个孩子是否真的死了？是怎么死的？他一清早就到了帕诺沃。当他坐着马车进入院子的时候，使他触目惊心的第一件事，就是所有的建筑物，特别是正房都呈现一片衰颓破败的景象。原来是绿色的铁皮屋顶，已经很久未刷油漆，现在锈得发红，有几块铁皮卷了边，大概是被暴风雨刮得翻卷起来的，正房四周的护墙板，有些地方已经被人撬走，这些人专挑钉子生锈而容易撬掉的地方下手。两处门廊，一处是正门的门廊，另一处是他印象最深的后门门廊，都已经枯朽坍塌，只剩下几根横梁。有些窗子的玻璃都掉了，钉上了木板。管家住的厢房、厨房和马厩都已陈旧不堪，颜色发灰。唯独花园不但没有衰败，反而郁郁葱葱，枝繁叶茂，现在正当百花争艳的季节。从围墙外面就可以看见樱桃树、苹果树、李树也开满了花，仿佛朵朵白云。当作绿篱的丁香也像十四年前一样，花儿盛开。那一年，涅赫柳多夫和十八岁的卡秋莎在丁香丛中玩捉迷藏游戏，不小心跌了一跤，被荨麻刺破了皮。当初索菲娅·伊万诺夫娜在正房旁边种下的一棵落叶松像根短木桩子，现在已长成了可以做栋梁的大树，枝条上长满了黄绿色的、绒毛般柔软的针叶。河水在两岸之间奔流，从磨坊的水闸上哗哗地向下泻去。河对岸的草场上放牧着农民们的色彩交杂的牛马。管家，一个没有读完宗教学校的人，在院子里满面笑容地迎接涅赫柳多夫，又满面笑容地将他请到账房间，最后又是满面笑容地走到隔板后面，好像他要用这种笑容来预示一件特别的事情即将发生。隔板后面，他跟别人窃窃私语了几句，接着就没了声音。马车夫领了酒钱，就赶着车叮叮当当地出了院子，随后四周又沉寂下来。过了一会儿，一个穿着绣花衬衣、耳朵上挂着绒球耳环的赤脚姑娘从窗外跑过，后面跟着一个男人，他脚上穿的一双大皮靴的铁钉子把坚实的小路踩得橐橐直响。

涅赫柳多夫坐在窗口，望着花园，听着。春天的清新空气和翻耕地的芳香泥土气，从双扉小窗里飘进来，轻轻地吹拂着他汗涔涔的额上的头发，吹动着放在刀痕累累的窗台上的纸张。河边响起阵阵农妇们劈劈啪啪的捣衣声，这声音此起彼伏，在被阳光照得熠熠闪亮的河面上飘荡。从磨坊那边传来阵阵流水直泻而下的节拍分明的声音。一只苍蝇嗡嗡地叫着，惊恐地从涅赫柳多夫的耳边飞过。

突然涅赫柳多夫回想起，在很久以前，当他还年轻，还很天真的时候，也是在这儿，透过磨坊有节奏的喧闹声，听见洗衣棒捶打湿衣服的声音；春风，也像现在一样，吹拂着他汗涔涔的额上的头发和放在刀痕累累的窗台上的纸张，也有一只苍蝇惊恐地在他耳边飞过。他不仅回想起当时他还是个十八岁的孩子，而且觉得他现在还像那时一样，青春焕发，纯洁无邪，有着无限的前程；同时他又知道，这一切都不过是一场梦，已经不再存在了。想到这里，他不禁黯然神伤。

“请问，您什么时候用餐？”管家笑着问他。

“随您便吧，我不饿，我想到村里去走走。”

“您愿意上正房去看看吗？我已把里里外外收拾干净了。请您去看看，要是在外表上……”

“不，过会儿再说。请您告诉我，这儿有一个叫玛特廖娜·哈丽娜的女人吗？”

她就是卡秋莎的姨妈。

“有，当然有，就住在村子里，我简直拿她没有办法。她卖私酒，我知道以后，揭发过她，也骂过她；要是去告发她，我又不忍心，老太婆了，又有孙儿孙女。”管家说这些话时，又是满面堆笑，表示他想让主人高兴，也表示相信，涅赫柳多夫在对所有事情的看法上都是跟他一样的。

“她住在哪儿？我想去找她。”

“她住在村子的那一头，从那头数起第三家。左边是一间砖房，过了砖房，就是她住的小屋了。最好还是让我陪您去吧。”管家满脸高兴地对他说。

“不用了，谢谢您，我能找到。请您去通知农民到这里来开会，我需要跟他们谈谈土地的问题。”涅赫柳多夫说。他打算采取库兹明斯科耶用过的办法来跟农民了结这里的事情，如果可能的话，今天晚上就办妥它。

四

涅赫柳多夫走出大门，在一条被踩得很结实的小路上又遇上了那个穿花围裙、耳朵上挂绒毛球的乡下姑娘。她迈着厚实的光脚，穿过长满车前草和独行菜的放牧地，飞快地走过来。她正在回家的路上，左胳膊飞快地在胸前来回摆动，右胳膊搂着一只红毛公鸡，把它紧紧地贴着肚子。那公鸡不停地抖动着红鸡冠，好像很驯顺，只是转动着眼珠子，时而伸出一条黑腿，时而又缩回去，用爪子钩住姑娘的围裙。那姑娘向老爷这边走过来，开始放慢脚步，把小跑改成走路。她走到老爷跟前，停下脚步，把头往后一仰，对他鞠了个躬，一直等到老爷走过去，才抱着公鸡继续往前赶路。涅赫柳多夫走下坡，来到井台旁边，又遇上了一个弯腰曲背的老太婆，她穿着一件肮脏的粗布衬衣，挑着一副打满水的沉重的木桶。老太婆小心翼翼地放下水桶，也把头往后一仰，向他鞠了个躬。

过了井台，就是村庄。那一天天气晴朗，十分炎热，十点钟已是溽暑蒸人，聚拢起来的云团只是偶尔将太阳遮住一会儿。整条街上弥漫着一股浓烈刺鼻、但又并不很难闻的厩肥的气味，它是从顺着碾平的道路爬上山坡的大车上散发出来的，但主要是从各家院子里刚耙松的畜粪中冒出来的。涅赫柳多夫刚巧从那些院子敞开的大门口走过。跟着大车爬坡的农民们个个光着脚板，裤子和衬衣上溅满了粪水。他们不时地回过头来望望身高体壮的老爷，他头上戴了一顶灰色礼帽，绸缎的帽箍在阳光下闪闪发亮，手里拄着锃亮的银头曲节手杖，每走两步就用手杖点点地上，他一路爬坡往村子走去。从地里回来的农民们坐在空马车的驭座上，一路颠簸赶着车，他们摘下帽子，用惊奇的目光注视着这个走在街上的不平常的人。女人们走到门外，站在台阶上，朝他指指点点，目送他一路过去。

涅赫柳多夫走到第四户人家的院子门口的时候，被一辆从里面吱吱嘎嘎驶出来的大车拦住了去路。大车上装着厩肥，堆得又高又结实，上面铺着一张供人坐的粗席。一个六岁的男孩跟在大车后面，急不可耐地要坐上车去。这时一个脚穿树皮鞋的小伙子大步流星地赶着马从门里出来。一匹浅灰色的长腿小马驹从门里跳出来，见了涅赫柳多夫，吓了一跳，赶紧贴紧大车，腿蹭着车轮，奔到母马前面。那母马已经拉着沉重的大车走出院子，焦躁不安地轻轻嘶鸣着。接着走出来的一匹马由一个面容清癯、神采奕奕的老头儿牵着，他也光着脚板，穿着条纹裤子和肮脏的长衬衣，背上耸起一对瘦削的肩胛骨。

这些马车爬上了被碾压出来的道路，一路上撒满了灰色的、像烧焦了的粪块。那个老头儿又回到大门口，向涅赫柳多夫鞠了一躬。

“您就是我们那两位小姐的侄儿吧？”

“是的，我就是她们的侄子。”

“欢迎您光临。怎么样，是不是来看看我们的？”老头儿健谈地打开了话匣子。

“对，对，你们的日子过得怎么样？”涅赫柳多夫不知道该说些什么，就顺便问了一句。

“我们过的算啥日子哟！我们的日子糟透了。”健谈的老头儿仿佛很愉快似的拖长声调说。

“为什么说糟透了？”涅赫柳多夫一边朝门里走，一边说。

“这算过的什么日子？不能再糟了。”老头儿说，一边跟着涅赫柳多夫走进院子，他走到敞棚底下一块铲干净的空地上。

涅赫柳多夫也跟着他走到敞棚底下。

“瞧，我家里有十二口人，”老头儿指着那边的两个女人继续说道。那两个女人，头巾已经滑到肩膀上，裙裾掖在腰里，小腿肚子的下半截都溅满了粪水，手里拿着大叉子，满头大汗，站在还没有铲干净的粪堆上。“每个月要买六普特粮食，可是钱打哪儿来呀？”

“难道你们自己打的粮食不够吃？”

“自己打的粮食？”老头儿冷笑一声说，“我那几分地只够三个人吃的。眼下我们一共收了八垛粮食，还不够吃到圣诞节。”

“那你们怎么办？”

“我们只能这么办：把一个孩子送去当长工，再向您老人家那儿借了点钱。到不了斋戒日就用完了，而且税还没有缴呢。”

“要缴多少税？”

“我家每季度要缴十七卢布。唉，上帝啊，这算什么日子啊！我自己也不知道，这日子怎么对付。”

“我能进屋去看看吗？”涅赫柳多夫说着，向前走去，穿过小院子，从铲掉厩肥的地方走到尚未翻动的和刚用大叉翻过的、臭气熏天的、棕黄色的粪堆上。

“当然可以，请进，”老头儿说着，迈开光脚，大步地走去，粪水从他的脚趾间扑哧扑哧地冒出来。他绕到涅赫柳多夫前面，为他打开小屋的门。

两个女人整了整头巾，放下方格毛料裙子的裙裾，既好奇又害怕地望着这位衣冠楚楚、袖口上缀着金扣子的老爷走进她们的家门。

两个穿粗布衬衣的小姑娘从小屋里跳跳蹦蹦地走出来。涅赫柳多夫弯下腰，脱下帽子，走进门廊，又走进一间又脏又挤的、散发着食物酸味的小房间，房间里摆着两架织布机。炉灶旁边站着一个老太婆，她卷着衣袖，露出又黑又瘦、青筋嶙嶙的手臂。

“瞧，老爷上我们家做客来了。”老头儿说。

“太好了，欢迎光临。”老太婆放下卷起的袖管，亲切地说。

“我想看看你们是怎么过日子的。”涅赫柳多夫说。

“怎么过日子的，您看了就明白了。这屋子眼看就要塌了，说不定哪天会压死人。可是老头子说，这屋挺好。住在这儿，就是我们的天下，”手脚勤快的老太婆神经质地扭了扭头，说，“现在我要去开饭，我得给干活的人喂饱肚子。”

“你们吃些什么？”

“吃什么？我们吃得很好，第一道菜是面包加克瓦斯[①]，第二道菜

---

①一种用麦芽或面包屑制成的日常饮料。

是克瓦斯加面包。”老太婆笑着说，露出半已蛀蚀的牙齿。

“不，别开玩笑，让我看看这顿饭你们吃些什么。”

“吃什么？”老头儿笑着说，“我们吃得并不讲究。老太婆，拿给老爷看吧。”

老太婆摇摇头。

“您想看看我们庄稼人吃些什么吗？我看您呀，老爷，好问个一清二楚，什么都想知道。对您说了，面包加克瓦斯，还有汤，还有昨天婆娘们送来的羊角芹菜。瞧，这就是汤，喝完汤就吃土豆。”

“没有别的了？”

“还能有什么呢，最多不过在汤里加点儿牛奶。”老太婆望着门外，笑着说。

门是开着的，外屋里挤满了人，男孩，女孩，怀抱婴儿的女人，一个个挤在门口，望着这位前来调查庄稼人饭食的古怪的老爷。老太婆分明因为善于应付老爷的问话而感到很得意。

“是的，我们的生活，老爷，太苦了，太苦了，那还用说吗，”老头儿说，“你们在这儿干吗？”他对着站在门口的人喊道。

“好，再见。”涅赫柳多夫说，他不知道为什么觉得困窘和羞愧。

“多谢您来看我们。”老头儿说。

外屋里的人互相挤了挤，给他让出一条道来。他走到街上，沿着这条路往上走。有两个男孩赤着脚跟着他从屋里走出来：一个大点的男孩穿一件脏得已经看不出一点儿白颜色的衬衣，另一个男孩穿一件窄小的、褪了色的粉红衬衣。涅赫柳多夫回过头去向他们望了一眼。

“现在你上哪儿？”穿白衬衣的男孩问。

“到玛特廖娜·哈丽娜家里去，”他说，“你们认识她吗？”

穿粉红衬衣的小男孩不知什么原因笑了起来，大男孩一本正经又问他：

“哪个玛特廖娜？是不是年纪大的那个？”

“对，年纪大的。”

“哦——哦，”他拉长声调说，“原来是谢苗尼哈，她住在村子尽头。我们领你去，喂，费季卡，我们领他去。”

“那么，那些马怎么办？”

“大概不会有事的。”

费季卡同意了，于是他们三个沿着这条路往上坡走去。

五

涅赫柳多夫觉得，跟孩子们在一起要比跟大人们在一起心里自在得多。一路上他跟两个孩子聊了起来。穿粉红衬衫的男孩不再发笑，说起话来和大男孩一样有条有理，十分得体。

“那么，你们村里谁最穷？”涅赫柳多夫问。

“谁最穷吗？米海拉穷，谢苗·马卡罗夫穷，还有玛尔法也很穷。”

“那个阿尼西娅还要穷。他们家连一头奶牛都没有，只能去要饭吃。”小费季卡说。

“她家没有奶牛，可是只有三口人，玛尔法家有五口人。”大男孩反驳说。

“可是阿尼西娅是个寡妇。”穿粉红衬衫的男孩替阿尼西娅辩解说。

“你说阿尼西娅是寡妇，可是玛尔法比起寡妇也好不了多少，”大男孩继续说，“反正她也没有丈夫。”

“她的丈夫呢？”

“在监牢里喂虱子。”大男孩说，也用了一句农民的口头语。

“去年夏天，他砍了东家树林里的两棵小白桦树，就被送去坐牢了，”穿粉红衬衫的小男孩抢着说，“如今坐牢快半年了，女人天天出去要饭，还拖带着三个孩子和一个害病的老太婆。”他详详细细地说着。

“她住在哪儿?”涅赫柳多夫问。

“就住在这个院子里。”男孩指着一间小屋说。小屋对面有一个瘦小的、长着一头浅发的男孩子站在涅赫柳多夫走过来的小路上。他那两条畸形的罗圈腿摇摇晃晃，站都站不稳。

“瓦西卡，你这淘气鬼，跑到哪儿去啦?”一个穿着肮脏的、仿佛沾满炉灰的灰衬衣的女人从小屋里跑出来，喊道。她神色惊恐地跑到涅赫柳多夫跟前，抱起孩子就往屋里走，好像涅赫柳多夫会欺负她的孩子似的。

这就是刚才说起的那个女人，她的丈夫因为砍了涅赫柳多夫树林里的小白桦树而坐了牢。

“你们说说，玛特廖娜穷吗?”他们快到玛特廖娜的小屋的时候，涅赫柳多夫问。

“她怎么算穷，她靠卖酒过日子。”穿粉红衬衣的瘦男孩语气坚定地回答说。

他们走到玛特廖娜小屋门口之后，涅赫柳多夫就打发两个孩子回去，自己一个人走进门廊，然后又进入小屋。玛特廖娜老太婆的小农舍只有六俄尺宽，炉灶后面放了一张小床，高个子男人睡在上面，恐怕连腿都伸不直。“卡秋莎就是在这张床上生下孩子的，”他想，“后来又害了病躺在这儿。”一架织布机几乎把整个房间占满了。涅赫柳多夫走进房门，一头撞在低矮的门楣上，这时候老太婆和大孙女一起在修理织布机。还有两个小孙子跟在老爷后面，飞也似的跑进来，用小手抓住门框，站在门槛上。

“你找谁?”老太婆怒气冲冲地问，一来因为织布机坏了，心情不好；二来因为她偷卖私酒，怕见任何陌生人。

“我是地主。我想跟您聊聊。”

老太婆一声不吭，盯着他看，过了一会儿，突然神色大变。

“哎呀，是你，亲爱的，瞧我这个蠢婆子，没把你认出来，我还以为是过路人呢，”她摆出一副亲热的样子说，“哎呀，英俊的老爷啊……”

“我想跟您单独谈谈。”涅赫柳多夫一面说，一面看着打开的房门。门口站着一群孩子，他们的身后站着一个瘦女人，她怀抱着一个头戴用碎布拼缝起来的小圆帽的婴儿，婴儿很孱弱，由于害病而脸色十分苍白，但还是一直笑着。

“有啥好看的，看我来揍你们，把我的拐杖拿来！”老太婆朝站在门口的人喊道，“关上门，听见没有？”

孩子们走了，抱孩子的女人关上了门。

“我心里正琢磨着：是谁上门来了？原来是老爷你啊，我亲爱的，叫人看不够的美男子啊！”老太婆说，“你怎么上这儿来啦，也不嫌弃我们。哎呀，你像金刚钻一样高贵！老爷，你上这儿来坐，就坐在躺柜上吧。”她说着，用围裙擦了擦躺柜。“我还以为是哪个魔鬼找上门来了，想不到是你老爷，我的好东家，我的大恩人，施给我们吃喝的大善人，请宽恕我这个蠢老婆子，我真是瞎了眼啦！”

涅赫柳多夫坐了下来，老太婆站在他面前，右手托着面颊，左手抓住右手尖削的胳膊肘，然后用唱歌般的声音说了起来：

“你也见老了，老爷。想当年，你像龙芽草一样漂亮，如今可不一样了！看得出来，你是操劳过度。”

“我到这儿来是想问问你，你还记不记得卡秋莎·玛斯洛娃？”

“是卡捷琳娜吗？怎么会不记得，她是我的外甥女……怎么会不记得，我为了她不知流了多少眼泪。这件事我全知道。老爷，谁在上帝面前没有罪？谁在沙皇面前没有错？年轻人的事嘛，喝了几杯咖啡红茶，就让魔鬼迷住了心窍，魔鬼的力量大着呢。这有什么法子！要是你当初把她抛弃，也就算了，可你赏给她一百卢布。但她干了什么呢？她太糊涂了。要是她听我的话，日子也就能过下去。她虽说是我的外甥女，可是说实话，这姑娘很不正经。后来，我替她找了一个多么好的差使，可是她不听话，骂起主人来。难道我们可以骂东家吗？这下可好，人家把她辞退了。后来，她到一个林务官家里干活，日子也过得去，可是她不想干了。”

“我想打听一下那孩子的下落。她不是在你这儿生了个孩子吗？这孩子现在在哪儿？”

“至于那孩子的事，老爷，我当时仔细考虑过。那时，她病得很厉害，我想她可能不会好了。我按照规矩让孩子受了洗礼，就把他送进育婴堂了。眼看他母亲快死了，何必再让天真的心灵受折磨呢。换了别人，早就扔下孩子不管，不给他吃的，让他自生自灭。可是我想，宁可我费点心，把孩子送到育婴堂去吧。当时，手头还有点钱，这样就把孩子送走了。”

“有登记的号码吗？”

“有的。不过他当时就死了。她说，一送进去就死了。”

“她是谁？”

“就是那个住在斯科罗德诺村的女人。她专干这一行。她叫玛拉尼娅，现在人死了。这女人很聪明，干起活来真利索！有时候人家把孩子送到她那儿，她收下来以后，就养在自己家里，喂他吃。她喂养着，我的好老爷，一边再凑几个，一起送去。等到凑满了三四个，就一起送走。她干起这活挺聪明：一只大摇篮，做得像只双层床，上下两层都可以睡孩子。摇篮上还安了把手。她把四个孩子都放进去，让他们脚对着脚，脑袋和脑袋分开，免得磕磕碰碰，她这么干，一次可以送四个。每张小嘴巴里都塞进一只假奶头。这样，他们就安静地躺着，不会哭了。”

“后来怎么样？”

“卡捷琳娜的孩子也是这样送走的，养在她家里大约有两个星期。孩子在她家的时候，就得病了。”

“这孩子长得好看吗？”涅赫柳多夫问。

“这孩子太好看了，找不到比他更好看的孩子了。他长得跟你一模一样。”老太婆眨眨眼睛，补了一句。

“为什么那孩子这样虚弱呢？是不是喂养得不好？”

“这能算喂吗！只是做做样子罢了。当然，又不是自己的孩子。只要把孩子活着送走就行。她说，刚把这孩子送到莫斯科，他就断气了。她还带回来一张证明，一切照章办事。这女人真够聪明的。”

关于他孩子的下落，涅赫柳多夫只能打听到这一些。

六

涅赫柳多夫走出门的时候，他的头接连两次撞在门廊和里屋的门楣上。他走到街上，有几个孩子在等他：一个穿着白衬衣，一个穿着烟灰色衬衣，一个穿着粉红色衬衣。还有几个新来的孩子也和他们凑到一起。有几个抱着婴儿的女人也在等他，其中一个就是轻松地抱着头戴用碎布缝制起来的小圆帽的、面无血色的小孩的瘦女人。那小孩的脸干瘪得像个小老头子，却老是露出古怪的笑容，老是在抖动痉挛的大拇指。涅赫柳多夫知道，这是一种痛苦的笑容。他问一个男孩，这女人是谁。

“她就是我对你说过的阿尼西娅。”大男孩说。

涅赫柳多夫转过身走到阿尼西娅跟前。

“你过得怎么样？”他问，“你靠什么养家糊口？”

“我过得怎么样？我天天要饭吃。”阿尼西娅说着，就哭了起来。

像小老头儿的孩子露出满脸笑容，扭动他那像蚯蚓一样的细腿。

涅赫柳多夫掏出钱夹，给了那女人十卢布。他还没来得及走出两步路，另一个抱着小孩的女人追了上来，接着是一个老太婆，接着又是一个女人。她们个个诉说自己怎么穷，求他帮助。涅赫柳多夫把钱夹里的六十卢布的零票都拿出来，分送给她们，然后就闷闷不乐地回到家里，就是说回到管家住的厢房里。管家笑吟吟地迎接涅赫柳多夫，并且告诉他农民们今天傍晚都到这里来开会。涅赫柳多夫谢过他以后，没有进房休息，转身去了花园，沿着撒满苹果花瓣和长满青草的小路散步，怅怅地想着他刚才见到的一切。

起初，厢房附近静悄悄的，可是后来，涅赫柳多夫听见管家的厢房里有两个女人在你一句我一句地争吵，吵得很凶。其中偶尔夹杂着笑容可掬的管家心平气和的声音。涅赫柳多夫侧耳倾听着。

"我已经没有力气了，你干吗还要逼我走上死路？"一个女人气势汹汹地说。

"它刚闯进去一会儿，"另一个女人说，"我说，还给我吧。干吗要折磨我的牲口，要害得我孩子没牛奶喝？"

"要么赔钱，要么做工顶债。"管家慢腾腾地说。

涅赫柳多夫从花园出来，走到厢房的门廊上，那儿站着两个衣衫不整的女人，其中一个挺着大肚子，看来就要生孩子了。管家站在门廊的台阶上，两只手插在帆布大衣的口袋里。两个女人一见老爷，就不作声了，赶紧整整滑下来的头巾。管家也从口袋里抽出手来，脸上露出了笑容。

事情是这样的：据管家说，农民们常常故意把自己的小牛，甚至奶牛放到地主的草场上。这两个女人家里的两头奶牛在草场上被人逮住了，赶到这里来了。管家要她们每人赔三十戈比或者做两天工来抵偿。可是，那两个女人一口断定，第一，她们不是故意把牛放进去的；第二，她们拿不出钱；第三，即使她们答应做工抵偿，也要求立即把牛还给她们，因为那两头牛一早起就在太阳底下烤，没有吃过一点饲料，现在正可怜地叫着。

“我好言好语劝过你们多少次了，”管家笑嘻嘻地说，他望着涅赫柳多夫，好像希望他出来作证似的。“要是你们回家吃午饭，就得把牛赶拢来，好好看住。”

“我刚跑回去照料孩子，它们就跑散了。”

“既然在看管牛，就不能走开。”

“可是谁去喂孩子？你总不会去给孩子喂奶吧。”

“要是牲口真的把草场踩坏了，我们也没话可说。可是，这一回是无意中跑进去的。”另一个女人说。

“草场全被踩坏了，”管家对涅赫柳多夫说，“要是不处罚她们，一点干草都要收不到了。”

“哎，别造孽了，”怀孕的女人嚷道，“我的牲口可从来没有被人捉住过。”

“可这一回被捉住了，你不是赔钱，就是用做工来抵。”

“好吧，我用做工来抵，可你得把牛放了，别让它挨饿！”她愤恨地说，“没日没夜地干就是了，婆婆患病，我丈夫只知道喝酒。我一个人从这头忙到那头，一点儿力气都没有了。你还口口声声要我们做工，就不怕这么做不得好死！”

涅赫柳多夫要管家把奶牛放了，自己又走到花园里去想自己的心事，可是现在已没有什么可想的了。在他看来，一切都明明白白，因此他很奇怪，为什么这些一清二楚的事情人们会看不见，而他自己也很久没有看出来。

“老百姓正在死亡，他们对死亡已经习以为常，在他们中间已经形成适应死亡的生活方式。儿童夭折，妇女们从事力不胜任的劳动，食品匮乏，老人们尤其如此。老百姓一步步地陷入这种境况，他们自己看不到这种境况的可怕，也不怨天尤人。所以，我们认为这种境况是很自然的，是理所当然的。”现在他已经一清二楚，正像老百姓意识到的和经常指出的那样，他们贫困的主要原因在于他们赖以生存的土地都被地主夺走了。同时，他十分清楚，孩子和老人纷纷死亡，是因为他们没有牛奶喝，而所以没有牛奶喝，是因为没有用来放牧和收割粮草的土地。他也十分清楚，人民遭受的全部灾难，或者至少是人民遭受灾难的主要和直接原因，是他们赖以生存的土地不掌握在自己手里，而是在那些利用土地所有权并且依靠人民的劳动来养活自己的人的手里。老百姓是多么需要土地，没有土地，就会饿死。土地靠一无所有的老百姓去耕种，收下的粮食却被地主拿到国外去出售，用这笔钱替自己买回礼帽啦、手杖啦、马车啦、铜器啦，等等。对于这一点，他现在已经十分明白，就像他十分明白：如果不把马群放到能源源不断找到饲料的草场上，而是把它们圈在栅栏里，这样，它们吃完身边的青草，就会瘦下去，就会慢慢饿死……这太可怕了，无论如何不能让这种现象继续下去。必须找到一种办法使这种现象不再存在下去，或者至少使自己不再参与进去。“我一定要找到这种办法，”他在近处的一条种着白桦树的林荫道上踅来踅去，思考着。“在学术团体里，在政府机关里，在报纸上，我们一直在讨论造成人民贫困的原因和提高人民生活的办法，却唯独没有谈到必然能提高人民生活的唯一的、无可怀疑的办法，那就是停止剥夺人民所必需的土地。”他一下子想起了亨利·乔治提出的基本原理，想起过去他曾经热衷于研究他的理论，但他怎么会把它忘记得一干二净了呢，他自己也觉得奇怪。“土地不能成为财产的对象，不能成为买卖的对象，就像水、空气和日光一样。所有的人对土地，对土地赋予人们的种种恩惠都享有同等的权利。”他现在明白了，为什么每当他想起在库兹明斯科耶处理土地的办法的时候，他就会感到羞愧。他在欺骗自己。他明明知道人不可能拥有土地所有权，却默认自己能享有这种权利，他虽然将一部分的土地收益送给农民，但他内心深处十分清楚，他自己实际上是没有权利享用这些收益的。现在他不再照此行事，要改变在库兹明斯科耶的做法。他在脑子里已经拟定了一个方案，就是把土地出租给农民，收取地租，并且承认地租是租地农民的财产，由他们自行支配，或缴纳税金，或用于公益。这不是单一税制[1]，但是在现行制度下还是接近于单一税制的一个比较行得通的办法。主要的一点是，他放弃了土地所有权。

涅赫柳多夫回到屋里，看见管家脸上特别高兴。他笑着请涅赫柳多夫吃午饭，说他担心，他的妻子在那个耳朵上挂绒毛球的侍女帮助下做出来的菜肴说不定煮得太烂，烤得太焦。

桌上铺着粗桌布，一块花边面巾代替餐巾。桌上放着一只盆耳已经断裂的撒克逊古瓷汤盆[2]，盆里盛着土豆鸡汤，那只时而伸出这条黑腿，时而伸出那条黑腿的公鸡已经被宰了切成块，有好些地方还留着鸡毛。喝完汤以后，端上来的还是那只公鸡，连毛都烤焦了。接下来的一道菜是加了好多牛油和糖的乳酪馅饼。这些菜虽然烧得不太可口，涅赫柳多夫还是吃了，也没留意吃了些什么，因为他一直在想心事。这样一来，他倒把从乡下带来的烦恼都驱散了。

每当戴绒毛球的姑娘惶惶不安将菜端上来的时候，管家的妻子总要从门缝里张望。管家则为自己的妻子做得一手好菜而洋洋得意，笑得越来越开心了。

午饭以后，涅赫柳多夫费了好大的劲才让管家坐定下来，他想在别人面前检验一下自己的想法，同时也想把自己感兴趣的问题说给别人听听。他向管家谈了自己准备把土地交给农民的方案，并且问他对此有何意见。管家面带笑容，装出一副自己早已考虑过这种方案并且现在听得正高兴的样子，可是实际上，他一点也不明白，显然这不是因为涅赫柳多夫解释得不清楚，而是因为如果按照这个方案办事，涅赫柳多夫就要为了别人的利益而放弃自己的利益；他认为世界上只有一条真理，就是每一个人都是损人利己的。这个思想在管家的头脑里已经根深蒂固。

---

①原文为英文。单一税是亨利·乔治为反对大规模土地所有制而主张实行的土地税。

②原文为英文。

所以，当涅赫柳多夫谈到土地的全部收益都应当成为农民公积金的时候，他的确觉得有点儿摸不着头脑。

“我懂了，就是说，这笔公积金的利息是不是由您来收取？”他喜笑颜开地说。

“不对。您要明白，土地不应当成为个人的私有财产。”

“这话很对。”

“因此，土地产生的一切财富都属于大家。”

“这样一来，您岂非没有收入了？”管家收起笑容问。

“是的，我不要了。”

管家沉重地叹了口气，不一会儿，又露出了笑容。现在他明白过来了。他明白，原来涅赫柳多夫的神志不太正常，于是他立刻着手研究涅赫柳多夫放弃土地的方案，找一找他个人能否从中得到好处，他无论如何要钻这个方案的空子，使他能在交出去的土地上捞到好处。

当他明白这一切想法都不可能实现的时候，他确实犯愁了，对这个方案再也不感兴趣了，只是为了讨好主人而不得不装出一副笑容。涅赫柳多夫看出管家并不理解他，就放他走了。他自己一个人坐在刀痕累累、墨迹斑斑的写字桌旁，埋头起草自己的方案。

太阳已经落到刚刚吐出新绿的菩提树后面，成群的蚊子飞进房间，不停地叮着涅赫柳多夫。他刚起完草稿，就听见从村里传来牛羊的叫声，吱吱嘎嘎的开门声和前来参加村社集会的农民们的说话声。涅赫柳多夫对管家说，不必把农民叫到账房间来，他自己到村里去，到他们集合的院子里去。涅赫柳多夫匆匆忙忙喝完管家端来的茶，就到村子里去了。

七

村长的院子里，人声嘈杂，但涅赫柳多夫一进去，顿时静了下来。

农民们也像在库兹明斯科耶见到的一样，一个个地脱下帽子向他致意。这里的农民比起库兹明斯科耶的农民要穷得多。小姑娘和婆娘们的耳朵上都戴着绒毛球，男人们几乎都穿着树皮鞋、土布衬衫和长衣。有些人刚干完活回来，光着脚板，身上只穿一件衬衫。

涅赫柳多夫打起精神，开始讲话，他向农民们宣布，他打算把土地全部交给他们。农民们听着默不作声，脸上的表情没有丝毫改变。

“因为我认为，”涅赫柳多夫涨红了脸说，“土地不应当由不在土地上劳动的人占有，每个人都有使用土地的权利。”

“这话还用说吗。这话说得很对。”传来几个农民的声音。

涅赫柳多夫继续说，土地的收益应该大家平分，因此他建议他们收下土地，支付由他们自己确定的价钱作为公积金，而这笔公积金今后仍归他们使用。这时又传来一些赞许的声音。可是，农民们严肃的神情变得越来越严肃了。原来一直注视着东家的眼睛低垂了下去，似乎他们已经识破了他的诡计，不会受他的欺骗，但又不愿意使他感到难堪。

涅赫柳多夫把话说得十分透彻，而农民也是明白事理的，可是他们也不理解，也不可能理解他的话，其原因也同管家为什么一直不能理解他的话一样。他们毫不怀疑地坚信，维护自己的利益是每个人的本性。他们根据祖辈的经验，对地主早有深刻的认识，知道地主一向用损害农民的利益去换取自己的利益的。因此，如果地主把他们召集在一起，向他们提出一个新的主张，显然是为了更巧妙地欺骗他们。

“好吧，那么，你们打算出多少钱租下这土地呢?”涅赫柳多夫问。

“干吗要我们来定价钱，我们不能定，土地是您的，权在您手里。”人群中有人回答说。

“不，这些钱将来由你们自己支配，用在村社的需要上。”

“我们不能这么做，村社是一回事，这又是一回事。”

“你们要明白，”随涅赫柳多夫一起来的管家想把事情解释得清楚一些，就笑着对大家说，“公爵现在把土地交给你们，要你们拿出一笔钱，而这笔钱又给你们当本钱，供村社使用。”

“这道理我们全明白，”一个掉了牙的、满脸怒气的老头儿，眼皮抬也不抬，说，“这跟银行差不多，不过我们得按时交钱。我们不想这么办。不交钱，我们的日子已经够艰难的了，交了钱，我们就全完了。”

“这办法行不通，我们还是一切照旧吧。”有些人发出不满意的、甚至是粗鲁的声音。

涅赫柳多夫告诉他们，要立一个契约，他先签字，然后他们再在上面签字，他的话刚一说完，大家反对得更凶了。

“我们干吗要签字？我们现在干活，往后还是照样干活，签字有屁用？我们都是两眼一抹黑的大老粗。”

“我们不同意，因为这套办法我们不习惯，以前怎么办，往后还怎么办吧；不过，种子要是能取消就好了。”又听到几个农民在说。

所谓取消种子，就是根据现行规定，用于对分制的播种地上的种子应由农民出，而现在他们要求种子由地主来出。

“这么说来，你们不愿意接受这个办法，不想要土地啰？”涅赫柳多夫问一个面露喜色、光着脚板的壮年农民。他穿了一件破旧的长衣，弯着左胳膊，直溜溜地拿着一顶破帽子，就像士兵听到脱帽的命令后拿帽子的姿势一样。

“是的。”这个农民应了一声，显然，他还没有摆脱士兵的习惯，听到命令，就好像中了催眠术。

“这么说，你们的土地已经足够了？”涅赫柳多夫问。

“不是的。”那老兵装出一副高兴的样子说。他竭力将他那顶破帽子握在胸前，好像要把它献给想要戴这顶帽子的人。

“不过，你们还是要仔细考虑一下我所说的话。”感到惊讶的涅赫柳多夫说，他又重复了一遍自己的建议。

“我们用不到再考虑。我们怎么说，就怎么做。”那个掉了牙的、脸色阴沉的老头儿生气地说。

“我明天还要在这儿住一天，要是你们改变主意，就派个人来跟我说一声。”

农民们一句话也没有回答。

于是，涅赫柳多夫一无所获地回到账房间。

“我要向您禀告，公爵，”他们回来以后，管家说，“您是没法跟他们商量的。这些人都是死心眼。只要一开会，他们总是固执己见，谁也说不动他们，因为他们什么都怕。这些农民，无论是那个白头发的，还是那个黑头发的，虽说他们不同意您的办法，其实都是聪明人。他们到账房间来的时候，你请他们坐下喝茶，”管家笑着说，“他们跟你说起话来聪明透顶，就像一位大臣，议论起什么事来头头是道。可是开起会来，却完全变了个人，死死认定一个理……”

“那么，能不能叫几个最明事理的农民到这儿来呢？”涅赫柳多夫说，“我想详详细细向他们解释清楚。”

“行。”管家笑着说。

“那么，请您叫他们明天来。”

“我照办就是，我明天把他们找来。”管家说着，笑得更开心了。

“嘿，这人真鬼！”一个皮肤黝黑、乱蓬蓬的胡子从不梳理的庄稼汉摇摇晃晃地骑着一匹肥马，对另一个并排骑着马(拴在马腿上的铁链叮当作响)的穿一件破长衣的瘦老头说。

这两个庄稼汉趁着夜色将马赶到大路上，并且偷偷地将它们赶到地主的树林里去吃草。

“你只要签个字，我就把土地送给你。他们算计我们还不够吗？不，老兄，办不到。现在，我们也明白过来了，”他又说了一句，就去叫唤一匹离群的刚满周岁的小马驹。“小马驹，小马驹！”他勒住马，回头望望，喊着。可是，那匹小马驹不在后面，而从旁边溜到草场上去了。

“瞧这狗杂种，溜到东家的草场上去了。”那个皮肤黝黑、胡子蓬乱的庄稼汉听到几声马蹄践踏酸模的声音后说。那匹离群的小马驹嘶鸣着，在沾满露水，散发着沼泽地清香的草场上奔跑着。

“你听见吗，草场上长满了杂草，到过节的时候，叫娘儿们到对分制的地里锄草去，”穿破长衣的瘦个子说，“要不，镰刀会割豁口的。”

“他说，签字吧，”那个胡子蓬乱的庄稼汉继续对东家的话大发议论，“你要是签了字，他就会把你活活吞下去。”

“这话一点不假。”老头儿答道。

他们没有再说下去，只听见坚硬的道路上马蹄的嘚嘚声。

八

涅赫柳多夫回到屋里，看到账房间已经收拾干净供他过夜。房间里放着一张大床，床上铺着鸭绒褥子，放着两只枕头和一条绗着花纹的、厚得卷不起来的双人绸被，一看就知道，这是管家妻子的嫁妆。管家请涅赫柳多夫吃午饭剩下的饭菜，可是被涅赫柳多夫谢绝了。管家为招待不周和设备简陋表示歉意后，就走了，把涅赫柳多夫一个人留在房间里。

农民们的拒绝丝毫没有使涅赫柳多夫感到不安，相反，尽管在库兹明斯科耶农民们接受了他的建议，而且一再向他表示感谢，而在这里农民不信任他，甚至对他怀有敌意，他的内心仍很平静，仍很舒畅。账房间又闷又脏。涅赫柳多夫步出室外，想到花园里去走走，可是他一想起那个夜晚、女仆房间的窗户和后面的门廊，就不愿意用罪恶的回忆再去玷污那个地方。他又在门廊上坐定下来，呼吸着弥漫在温暖空气里的桦树嫩叶的浓郁清香，久久地凝望着黑沉沉的花园，倾听着磨坊的水声、夜莺的啭鸣，还有一只不知名的鸟在门廊附近的灌木丛中发出单调的啁啾声。管家的窗户里灯火熄了。在东边，在仓房后面，冉冉升起的月亮光华四射。夜晚远处的闪光越来越亮，照亮了百花斗艳的花园和破旧的房屋。远处响起了雷声，三分之一的天空布满了乌云。夜莺和别的鸟停止了歌唱，透过磨坊里哗哗的水声，隐隐听见鹅群的聒噪。过了不久，从村庄里，从管家的院子里，早醒的公鸡开始打鸣，每逢炎热的、雷雨交加的夜晚，它们啼得总比平时要早。常言道，公鸡叫得早，晚上乐陶陶。这个夜晚对涅赫柳多夫来说，还不止是快乐而已；对他来说，这是一个欢乐幸福的夜晚。以往的一幕重又浮现在他眼前。那时他还是一个天真的少年，也是在这里，度过了一个幸福的夏天，他感到现在他不仅和那时一样，而且和他生活中最美好的时刻一样。他不仅回忆起，而且真正感到自己依旧像他十四岁的时候一样，那时他曾向上帝祷告，祈求上帝为他揭示人生的真谛，像小孩子一样，扑在母亲的膝盖上哭着向她告别，答应她永远做一个心地善良的人，决不让她伤心。他感到自己依旧像当时和尼科连卡·伊尔捷涅夫共表决心的时候一样，他们两人曾经发誓要永远在纯洁的生活中互相帮助，并且要努力使所有的人的生活都过得幸福。

现在涅赫柳多夫回想起自己在库兹明斯科耶经受的考验，他留恋那幢房子、那片树林、那些家产、那块土地。他现在又问自己：他现在还留恋吗？他甚至感到奇怪，他怎么去留恋这些东西。他想起今天看到的种种情景：那个拖儿带女而失去丈夫的女人，她的丈夫只因砍了他涅赫柳多夫的树林里的树木被关进了监狱；他想起那个生性泼辣的玛特廖娜，她认为，至少是她说过，像她这种地位的女人理应去当东家的情妇；他想起她对孩子的态度以及把他们送到育婴堂去的办法；他想起那个长得像小老头儿、脸上总是带着笑容、戴着一顶小圆帽的不幸的孩子正嗷嗷待哺，面临着死亡的威胁；他想起那个身体虚弱的怀孕的女人，由于一天劳累，无力看管好挨饿的奶牛，不得不去为他做工。这时候他又想起了监狱，剃光头发的脑袋、牢房、令人作呕的臭气和镣铐，同时也想起他自己城市里和京城里的王公贵族们过的骄奢淫逸的生活。这一切都十分清楚，不容怀疑。

一轮皎洁的满月从仓房后面升了起来，院子里铺着一片黑影，破旧房子上的铁皮屋顶闪闪发光。

沉默良久的夜莺又在花园里唱起歌来，似乎它不愿错过这明月之夜。

涅赫柳多夫想起，他在库兹明斯科耶的时候，考虑过自己今后的生活，并且着手解决他今后要做些什么和怎样去做的问题。他想起，他如何被这些问题困扰而无法解决，因为他解决每一个问题，都有许许多多的设想。他现在再对自己提出这些问题，惊奇地发现，解决这些问题原来十分简单。其所以会变得简单，是因为他已经不去考虑自己的后果，他对此已毫无兴趣，他所考虑的只是他应该做些什么。说来奇怪，对于他自己需要什么，他自己怎么也决定不了，而对于需要为别人做些什么，他却一清二楚。现在他完全意识到，必须把土地交给农民，因为占有土地是错误的。他完全认识到，不能丢下卡秋莎不管，应该帮助她，应该不惜一切去向她赎罪。他完全认识到，他必须研究、分析、了解和弄清楚有关审判和量刑方面的问题。他觉得他已经从中看出了一些别人没有看出来的问题。至于这一切的后果如何，他不知道，但是他完全认识到，无论是第一件事、第二件事，还是第三件事，他都必须去做。正是这坚定的信念使他感到十分高兴。

天空中堆满了黑压压的乌云，现在他看见的已经不是远处的闪光，而是亮得晃眼的闪电，它照亮了整个院子、破旧的房屋和倒塌的门廊。雷声在他的头顶上滚动，鸟儿们停止了歌唱，只有树叶在簌簌作响，风一阵阵吹到涅赫柳多夫坐着的门廊上，抚弄着他的头发。雨，一点接着一点，敲打着牛蒡和铁皮屋顶。一道闪电照亮了整个夜空。万籁俱寂。

涅赫柳多夫还没有来得及数到三，突然头顶上响起一声不及掩耳的霹雷，紧接着整个天空都滚动着隆隆的雷声。

涅赫柳多夫走进屋里。

“对，对，”他想，“我们生活中的一切事情，这一切事情的全部意义，我是不理解的，也是不可能理解的：我为什么有两个姑妈？为什么尼科连卡·伊尔捷涅夫死了，而我却活着？为什么会出现卡秋莎？为什么我会疯狂地爱她？为什么会发生这场战争？为什么我后来的生活会变得放荡不羁？要理解这一切，理解上帝的全部安排，我是无能为力的。然而，去执行铭刻在我良心上的上帝的意志，我却是能够做到的，这一点我毫无疑问。我去做了，我毫无疑问会心安理得。”

疏疏落落的雨点很快变成了瓢泼大雨，雨水从屋顶上哗啦哗啦地倾泻下来，灌进屋檐下的一只小木桶里。闪电偶尔照亮一下院子和房屋。涅赫柳多夫回到房间里，脱去衣服，躺到床上，他担心床上有臭虫，因为他看到贴在墙上的壁纸又破又脏，那里很有可能藏着臭虫。

“对，现在我不是东家，而是仆人。”他想到这里，心里觉得很高兴。

他的担心不是多余的。他刚一关灯，小虫子就纷纷爬到他身上，开始一口口地咬他。

“交出土地，到西伯利亚去，那里有的是跳蚤、臭虫、肮脏……这算得了什么，如果需要我忍受这些，我也忍受得住。”可是，尽管他有这种愿望，眼下他却受不了臭虫的叮咬。他起身坐到打开的窗口，欣赏着飘逝远去的乌云和重露玉面的月亮。

九

涅赫柳多夫直到天色快亮的时候才睡着，所以第二天他醒得很晚。

中午，管家请来的七个经过挑选的农民来到了苹果园，他们站在苹果树下。在那儿，管家叫人在地里打上几根木桩，上面搁上木板，搭成一只小桌子和几条小板凳。经过好说歹说，农民们才肯戴上帽子，坐到小板凳上。那个老兵，还是照他的老规矩，把一顶破帽子紧紧握在手里，就像参加葬礼时握帽的姿势一样，他今天裹了一条干净的包脚布，穿一双干净的树皮鞋。他们中间有一个相貌不凡、肩膀宽阔的老人，蓄着拳曲的花白胡子，就像米开朗琪罗雕塑的《摩西》，他那光秃的前额被太阳晒成棕色，周围长着浓密的拳曲的白发。他戴上他的大帽子，紧一紧身上的新土布外衣，从容不迫地走到板凳跟前坐了下来，其他几个人也跟着坐了下来。

等到大家坐定，涅赫柳多夫也在他们对面坐了下来，他把胳膊搁在桌子上，看着写着方案的稿纸，说了起来。

不知道是因为今天来的农民比较少，还是因为涅赫柳多夫不是关心他自己的得失，而是关心这件事的成败，他今天丝毫没有感到有什么不自在。他常常不由自主地朝着肩膀宽阔的白胡子老人说话，想看看他是赞成还是反对。可是涅赫柳多夫对他的看法并不正确。这个仪表端庄的老人虽然也赞许地点点具有家长风度的漂亮的脑袋，或者遇到别人提出异议的时候，就皱起眉头摇摇头，可是他显然要费好大的劲才能听明白涅赫柳多夫说的话，而且要等到别的农民用他们自己的话再解释一遍，他才能够听明白。倒是坐在摆出一副家长派头的老人旁边的一个瞎了一只眼睛的、脸上几乎不长胡子的小老头儿，对涅赫柳多夫说的话要明白得多。这个人身上穿一件打补丁的土布长外衣，脚上穿一双半边脚底已经磨损的旧皮靴，后来涅赫柳多夫得知，他是一名砌炉匠。他迅速地抖动着眉毛，竖耳倾听着涅赫柳多夫讲些什么，而且马上能用自己的话把听到的复述一遍。还有一个个头不高、身子结实的老头儿也能很快领会他的话，这个人胡子雪白，目光机灵有神，在涅赫柳多夫说话的时候，寻找一切机会插科打诨来卖弄自己的聪明。那老兵本来也是可以理解他的话的，可是，兵营生活使他变得头脑迟钝，老是被过去毫无意义的士兵用语弄得糊里糊涂。对这件事情的态度比较认真的，要数那个说话声音很粗的高个子农民，他长着长鼻子，留着小小的胡子，身穿一件干净的土布衬衣，脚蹬一双新的树皮鞋子。他全都领会，只有当他认为必要的时候才开口。另外还有两个老头儿，一个就是昨天在开会时一直嚷着坚决拒绝涅赫柳多夫建议的掉了牙的那个，另一个是高个儿、白头发的瘸子，他长得慈眉善目，瘦瘦的脚上缠着一条白包脚布，外面套着白桦树皮鞋。两个老头儿虽然仔细听着，但自始至终几乎一声不吭。

涅赫柳多夫首先阐明自己对土地所有制的看法。

“我认为，”他说，“土地不能买卖，因为要是可以出卖土地的话，那么有钱人就可以统统把土地买去，那时候你们要取得土地使用权，就必须让他们随心所欲地掠夺你们这些没有土地的人的财物。哪怕你们在土地上站一站，他们就要向你们收钱。”他引用斯宾塞的理论补充说。

“只有一个办法，就是把他的翅膀捆起来，看他还能不能飞。”一个眼睛笑眯眯的白胡子老头儿说。

“说得很对。”长鼻子农民扯起粗嗓门说。

“一点不错。”老兵说。

“一个婆娘替自己的奶牛割点草，就被抓走了，坐了牢。”慈眉善目的瘸腿老头儿说。

“我们自己的地在五里以外，租地呢，租金太贵，租不起，即使缴了租金，本钱也收不回来，”那个牙齿落光的老头儿生气地补充说，“我们被别人捏在手心里当绳子搓，要怎么样就怎么样，还不如劳役制呢。”

“我的想法也跟你们一样，”涅赫柳多夫说，“我认为占有土地是不对的，所以我想把地交出来。”

“这当然是好事。”留着摩西式胡子的老人说，显然，他以为涅赫柳多夫是把地租给他们。

“我就是为这件事到这儿来的。我不想再占有土地。现在我们必须好好考虑一下，怎样来分配这些土地。”

“把地交给农民，不就完事了。”牙齿落光、面有愠色的老头儿说。

涅赫柳多夫最初有点儿局促不安，他从老头儿的这句话里听出，他们对他的做法是否真有诚意表示怀疑。不过，他立刻镇定下来，干脆顺水推舟地把自己要说的话统统说出来。

“我很乐意把地交出来，”他说，“可是交给谁呢？怎么交呢？交给哪些农民？为什么要交给你们的村社，而不交给杰明斯科耶村社？”（这是邻近的一个村子，份地[1]极少。）

大家默不作声。只有那个老兵说：

“是这么回事。”

“那么，好吧，”涅赫柳多夫说，“请你们告诉我，要是沙皇说，把地主的土地拿出来分给农民……”

“莫不真有这回事？”牙齿落光的老头儿问。

“不，沙皇没有说过，是我自己说的，假定沙皇说，把地主的土地拿出来交给农民，那你们会怎么办？”

“怎么办？按人头平分呗，农民有份，地主也有份，”砌炉匠飞快地一上一下抖动着眉毛说。

“要不怎么办？按人头平分，”面带善意、裹着白包脚布的瘸腿老头赞许地说。

大家赞成这个意见，认为这个做法符合大家的利益。

“那么怎样按人头分呢？”涅赫柳多夫问，“地主家的仆人也有份吗？”

---

① 十月革命前村社或地主分给农民的土地。

“绝对不行。”老兵说，竭力想显出一副高兴来劲的表情。

可是，那个通情达理的高个子农民不同意他的话。

“要分，就人人有份。”他想了想，用低沉的声音回答说。

“不行，”涅赫柳多夫说，他早就想好了反驳他的话。“要是把土地平分给大家，那些不劳动的人，不种地的人，那些老爷、听差、厨师、官吏、文书、所有城里人都能够得到一份，然后再把地卖给有钱人。这样一来，土地又慢慢地到了有钱人的手里，而那些靠自己一份地生活的人，他们生儿育女，人口越来越多，地却越来越分散。有钱人又会把缺地的人攥在手心里。”

“是这么回事。”老兵急忙表示赞同。

“要禁止出卖土地，只允许耕种自己的土地。”砌炉匠生气地打断老兵的话。

对于这个意见涅赫柳多夫反驳说，种自己的地，还是种别人的地，是看不出来的。

这时通情达理的高个子农民建议，大家按劳动组合的形式耕种土地。

“凡是种地的，就分，凡是不种地的，就不分。”他用厚实的低音果断地说。

对于这种共产主义方案，涅赫柳多夫也准备好了反驳意见。他说，要做到这一点，首先大家要有犁，要有数量相等的马，谁也不能比谁少，或者一切东西，马、犁、脱谷机，总之，一切农具都必须归公用，而要做到这一点，必须得到全体农民的同意。

“我们这些人一辈子也不会同意的。”面有愠色的老头儿说。

“那就要一天到晚打架了，”眼睛笑眯眯的白胡子老头说，“娘儿们准会打得彼此把眼珠子都抠出来。”

“再说，土地有好有坏，怎么分？”涅赫柳多夫说，“凭什么有的人分到黑土，而有的人却分到黏土地和沙地呢？”

“那就把这些地划成一块一块，平分给大家。”砌炉匠说。

对于这个意见，涅赫柳多夫反驳说，“问题不在于一个村社分地，而是要各个省普遍分地。如果土地是无偿分配给农民的，那么，凭什么这些人得到好地，而另一些人得到坏地呢？大家都希望分到好地。”

“是这么回事。”老兵说。

其余的人都默不作声。

“所以，这事情做起来不是那么简单，”涅赫柳多夫说，“这些问题不仅是我们，很多人都在考虑。有一个美国人叫乔治，他想出了一个办法。我同意他的主张。”

“您是东家，您分就是了。谁能拦住您？您想怎么分就怎么分。”面有愠色的老头儿说。

他的插话使涅赫柳多夫很不自在，可是使他高兴的是，他发现不是他一个人对老头儿的插话感到不满意。

“别着急，谢苗大叔，让老爷把话说完。”那个通情达理的农民用他那威严的男低音说。

这使涅赫柳多夫的精神为之一振，他向他们阐述起亨利·乔治的单一税方案。

“土地不属于任何人，它属于上帝。”他说。

“是的，说得对。”有几个农民应声说道。

“一切土地都是大家的。人人对土地享有同等权利。然而，土地有好坏。每一个人都想得到好地。那么，怎样分才能做到好坏均等呢？应该这么办：凡是拿到好地的人，就应该按地价付给那些没有土地的人，”涅赫柳多夫自问自答地说，“由于很难确定，究竟谁应该付给谁钱，再说，还要筹集一笔钱供村社之用，所以应该这么办：凡得到土地的人都应该按地价付钱给村社，供村社使用。这样，大家就平均了，你想得到土地，就得出钱，想要好地，就得多出钱，得到坏地的，就少出钱。不需要土地的，一分钱都不用出，由获得土地的人替你把钱交给村社。”

“这话很对，”砌炉匠扬扬眉毛说，“谁要好地就多出钱。”

“这个乔治真有头脑。”相貌堂堂、胡子拳曲的老人说。

“不过，价钱要我们出得起才行。”高个子农民用低音说，他已经预料到接下去要谈什么问题。

“价钱应当合理，不能太高，也不能太低……要是太高，我们付不起，以后要亏本；要是太低，大家就会卖出买进，拿土地去做生意。我就是想在你们这儿办妥这件事情。”

“您说得很对，一点也不错。这么说，这办法能行。”农民们说。

“真有头脑，”肩膀宽阔、胡子拳曲的老人重复了一遍，“这个乔治啊，亏他想出了好办法！”

“要是我想得到一块地，该怎么办?”管家笑着说。

“要是有地闲着，您就拿去种吧。”涅赫柳多夫说。

“你要地干什么? 即使没有地，你已经吃得够饱了。”眼睛笑眯眯的老头说。

会就到此结束了。

涅赫柳多夫又说了一遍自己的方案，可是他没有要求他们当场答复，而是建议他们回去跟村社商量商量，再来把答复告诉他。

农民们说，他们会去和村社商量的，然后把结果告诉他。接着，他们起身告辞，带着激动的心情走了。过了很久还能听见从大路上传来他们响亮的、渐渐远去的说话声。农民们一直议论到深夜，交谈声从村庄里沿着河流一直传来。

第二天农民们都没有下地，在议论东家的方案。村社里的人分成两派：一派认为东家的方案对他们有利，没有危险。另一派认为其中有诈，他们无法理解这方案的实质，所以特别感到害怕。不过到了第三天，大家都一致同意接受东家提出的条件，于是来到涅赫柳多夫的住处，向他宣布村社的决定。在同意接受东家方案这件事上，有一个老太婆的一番话起了相当大的作用。她说，东家在忏悔他的灵魂，这样做是为了拯救自己的灵魂。老人们同意她的话，于是就打消了对东家做法有诈的顾虑。涅赫柳多夫在帕诺沃逗留时曾经广施钱财的事更证实了老太婆说的话是对的。涅赫柳多夫在那里施舍钱财，是因为他第一次了解到农民们生活贫穷艰辛的程度，并因此大为震惊，虽然他知道，这样施舍并非明智之举，却不能不这样做，因为眼下他手头的钱特别多；去年，他卖掉了库兹明斯科耶的一片树林，除此以外，卖掉农具也拿到了一笔定金。

大家一听说东家有求必应，乐善好施，都成群结队地从附近各地赶来求他施舍，来的人中间大部分是妇女。他简直不知道应该怎样应付他们，应该按照什么原则解决问题，应该把钱给谁、给多少。他觉得前来求助的虽然都是穷人，不给他们钱是不可能的，况且他现在有很多钱；不过，仅仅偶尔几次向求助的人施舍些钱是没有意义的。摆脱这种局面的唯一办法，是一走了事，所以他要赶紧把事办完。

涅赫柳多夫住在帕诺沃的最后一天，去了自己的屋子，动手把留在那里的东西清理一下。整理东西时，他在姑妈一个安狮头铜环的红木旧衣柜底下一个抽屉里找到许多信件，其中有一张许多人合影的照片，上面有索菲娅·伊万诺夫娜、玛丽娅·伊万诺夫娜、大学生时代的他，还有卡秋莎。她是那么纯洁、娇嫩、美丽，充满青春活力。在保存的全部东西中，涅赫柳多夫只拿了一些信件和这张照片。他把其余的东西统统让给了磨坊主。由于笑嘻嘻的管家的说情，他只出了十分之一的价钱，就把正屋拆掉，连同全部家具都运走了。

现在，涅赫柳多夫回想起他在库兹明斯科耶时对即将放弃自己的财产曾经感到心疼时，觉得奇怪，他当时怎么会产生这种心情。现在，他体验到的是摆脱束缚所带来的无限欢乐和旅行家发现新大陆时的那种新鲜感。

十

涅赫柳多夫这次回到城里，觉得这座城市特别新奇。他是在傍晚，华灯初放时从火车站坐马车回到住宅的。每个房间里都有一股樟脑味。阿格拉费娜·彼得罗夫娜和科尔涅伊都已精疲力竭，怨气冲天，甚至为了收拾衣物斗起嘴来，而这些衣物的用处只不过是挂出去晾晾，吹吹风，然后再收藏起来。涅赫柳多夫的房间没有人住，也没有收拾干净。一只只箱子堵住了进房间的通道，出入很困难。涅赫柳多夫回来，显然妨碍了按照某种奇怪的习惯在房间里进行着的工作。这种工作涅赫柳多夫以前也参加过，但是自从农民的贫困在他的心里留下深刻的印象以后，他觉得这种工作十分荒唐，对此十分反感。他决定第二天搬到旅馆去住，这样，可以让阿格拉费娜·彼得罗夫娜随心所欲地去收拾东西，等到他姐姐回来，由她作最后处理。

第二天早晨涅赫柳多夫就出门了，在监狱附近随意找了一家肮脏简陋的、带家具的公寓，选了有两个房间的套房，然后吩咐把他在家里整理出来的东西搬过来，接着，就找律师去了。

外边天气很冷，雷雨过后，春寒仍浓，北风刺骨，涅赫柳多夫只穿一件薄大衣，冻得有点受不住，他加快脚步，竭力使身上暖和一些。

他的回忆里都是农村里的人：妇女、孩子、老人，以及他们的贫困和劳累，他好像现在第一次看见他们，特别是那个长得像小老头儿、乱蹬着两条没有腿肚子的细腿的、面孔总是笑嘻嘻的婴儿。他不由自主地拿他们跟城里人作比较。他走过肉店、鱼店、服装店，吃惊地感到，他仿佛第一次见到这么多衣冠楚楚、大腹便便的小店老板，这种样子的人在农村里一个都找不到。这些人坚信，他们竭力欺骗不识货的顾客，并不是出于无聊，而是有利可图。那些臀部肥大、背上钉着纽扣的马车夫，那些头戴缀金线帽子的看门人，那些头发拳曲、系着围裙的女仆，特别是那些舒舒服服坐在四轮双座敞篷马车上用轻蔑和好色的眼光打量着过往行人、后脑勺上头发剃光的出租马车夫，他们也是一个个吃得饱饱的。涅赫柳多夫无意中发现，这些人原来也是失去土地后被赶到城里来的乡下人，其中有些人抓住进城后的机会，也过起城里人的生活，他们对自己的现状感到很高兴。可是有些人的生活却比在乡下还苦，更显得可怜。涅赫柳多夫觉得，那些在地下室窗口干活的鞋匠是很可怜的，那些身体瘦弱、脸色苍白、头发蓬乱的洗衣女工也很可怜的，她们光着手臂，在冒着一团团肥皂味蒸汽的敞开的窗口熨衣服。涅赫柳多夫遇到的两个油漆工也很可怜，他们系着围裙，光脚上套着一双破得不能再穿的鞋子，从头到脚沾满油漆。他们把袖管卷到胳膊肘上面，露出晒黑的青筋毕露的干瘦的手臂，手里提着漆桶，不停地骂着。他们疲倦的脸上充满着怒气。运货马车的车夫的脸色也是这样。他们满脸乌黑，一身尘土，被板车颠得摇摇晃晃。那些衣衫褴褛、面孔浮肿的男人和女人也是很可怜的，他们拖儿带女，站在街角上，向行人乞讨。涅赫柳多夫从必须经过的一家小饭店的敞开的窗口望进去，也看见了这样的面容。肮脏的小饭桌上放着酒瓶和茶具，几个穿着白衣服的伙计摇晃着身子，在桌子中间来往穿梭。桌旁坐着的是一些喝得满头大汗、脸色通红、昏头昏脑的顾客，他们不停地嚷着，大声地唱着。有一个人坐在窗口，皱起眉头，噘起嘴巴，直愣愣地望着窗外，好像在想什么事情。

“为什么他们都到这儿来？”涅赫柳多夫想，不知不觉地呼吸着由寒风吹过来的灰尘和弥漫在空气里的、新鲜油漆的刺鼻气味。

在一条街上，一队装着铁器的运货马车从后面赶了上来。铁器被高低不平的道路震得隆隆作响。他感到耳朵生疼，脑袋发胀。他加快步伐，想赶到车队前面去；这时，在铁器的轰鸣声中，他忽然听到有人在叫他的名字。他停住脚步，看见前面不远的地方，在一辆四轮敞篷轻便马车上坐着一个留着油光光的八字胡子的军人，他容光焕发，满面笑容，露出一口洁白如玉的牙齿，正在向涅赫柳多夫招手致意。

“涅赫柳多夫！是你吗？”

涅赫柳多夫的第一个感觉就是高兴。

“啊！申博克。”他高兴地说，不过他立刻明白过来，完全没有什么可高兴的。

这个申博克曾经到过他姑妈的家。涅赫柳多夫已经很久没有见到他了，不过曾经听到过他的消息，说他虽然背了一身债，而且从军团里调到了骑兵队，但仍然凭着某种手段在有钱人的圈子里应酬自如。他那春风得意的样子证实了这一点。

“能遇上你真是太好了！要不然，城里一个熟人也没有。哎，老兄，你也见老啦，”他说着，从马车上下来，舒展了一下肩膀。“我从你走路的样子就知道是你。怎么样，一块儿去吃饭吧？这儿哪一家饭店比较好？”

“我不知道是不是来得及，”涅赫柳多夫说，一心想着怎样避开这位朋友，却又不至于使他难堪。“你为什么到这儿来？”他问。

“有事啊，老兄，有关监护方面的事，你知道，我现在当了监护人了。我在管理萨马诺夫的产业。你知道，这是个富翁。他得了痴呆症。他拥有五万四千俄亩的土地，”他用得意非凡的口气说，好像这些土地都是他自己置下的。“这些田产都荒废了，都分给了农民，而农民们却一个钱都不付，欠款就超过八万卢布。我用一年时间就扭转了局面，使东家的收入增加了百分之七十。怎么样？”他得意地问。

涅赫柳多夫想起来，他曾经听说过，这个申博克荡尽家产，背了一身还不清的债，后来找到某个特殊的靠山，当上了一个挥霍无度的老财主的产业监护人，显然，现在他就以此为生。

“想什么办法躲开他而又能不得罪他呢？”涅赫柳多夫一边想，一边看着他那胖乎乎的脸和抹过发蜡的胡子，听着他用亲昵的口气唠叨哪一家饭馆酒菜烧得好，又夸他如何监护东家的财产的。

“喂，我们上哪儿去吃饭？”

“现在我没有空。”涅赫柳多夫看了看怀表说。

“那么这样吧，今天傍晚有赛马。你去吗？”

“不，我不去。”

“去吧。我现在没有自己的马，可是我总是在格里沙的马上下赌注。记得吗？他有几匹好马。你还是去吧，我们一起去吃晚饭。”

“晚饭我也不能去吃。”涅赫柳多夫笑着说。

“这是怎么回事？你现在上哪儿？要不，我用车送你去。”

“我去找律师。他就住在拐角上。”涅赫柳多夫说。

“哦，对了，你是不是在忙监狱里的事？想当囚犯的辩护人？科尔恰金家的人告诉我的，”申博克笑着说，“他们已经走了。究竟是怎么回事？说给我听听。”

“对，对，这都是事实，”涅赫柳多夫答道，“在街上怎么能说呢？”

“是啊，是啊。你向来是个怪人。那么，去看赛马好吗？”

“不，我不能去，也不想去，请你不要生气。”

“怎么会生气呢！你住在哪儿？”他问，脸上的表情突然变得一本正经，眼睛发呆，眉头皱起，他显然在想一件事。涅赫柳多夫从他的脸上看到一种木然的表情，就像他在小饭店的窗口看到的那个皱起眉头、噘起嘴巴的人的表情一样。

“天好冷啊！啊？”

“对，对。”

“买的东西在你车上吗？”他转过身去问马车夫。

“好，那么再见，能遇到你，我感到非常高兴。”申博克说，他紧紧地握了一下涅赫柳多夫的手，就跳上了马车，他把戴着白麂皮手套的大手举到光净的面孔前面，向他挥了挥，习惯地咧开嘴笑着，露出一排异常洁白的牙齿。

“难道我以前也像他一样吗？”涅赫柳多夫一边想，一边继续向律师家走去。“是的，虽然我不完全是这样，但曾经很希望做这样的人，也想这样过上一辈子。”

十一

律师没有按照先后次序，而是提前接见了涅赫柳多夫，并且立刻提到了梅尼绍夫母子的案子。他看过案卷，认为对他们的起诉没有根据，因此感到十分愤慨。

“此案看了令人气愤，”他说，“火极有可能是房东自己放的，为的是能够拿到一笔保险金。不过问题是，现在还没有证明梅尼绍夫母子是否有罪，没有任何罪证。这是因侦讯官特别卖力和副检察官粗心大意造成的。只要案子不是在县里，而是在本地审讯，我担保能打赢这场官司，而且不收分文酬金。好，现在谈另一个案子。费多西娅·比柳科娃要告的御状已经写好了。要是您到彼得堡去，就顺便带走，亲自呈上去，再托托人情。否则，他们就随便问一下司法部，那边就敷衍您一下，赶紧把案子推出去，也就是说，驳回诉状，不了了之。您应当设法找到最高当局。”

“去找皇上吗？”涅赫柳多夫说。

律师大笑起来。

“那可是最高的了，至高无上的了。我说的‘最高’是指上诉委员会的秘书或者主任。那么，现在都办全了吧？”

“不，这里还有一封教派信徒写给我的信，”涅赫柳多夫说着，从口袋里把信拿了出来。“如果他们写的都是事实，那倒是一件奇案了，我今天要想法见见他们，问个究竟。”

“我看，您已经成了一只漏斗或者瓶子了，监狱里的冤案都从您那儿流出来，”律师笑着说，“太多了，您忙不过来的。”

“不，这的确是一件惊人的案子，”涅赫柳多夫说，接着他简要地介绍了一下案情：在一个村子里，一些人聚在一起读福音书，一个当官的走来把他们驱散了。到了下一个礼拜天，那些人又聚到一起，上面派来了一名警察，还写了公文，把那些人送交法院。侦讯官对他们进行审问，副检察官写好起诉书，高等法院批准了起诉，并把他们送上了法庭。副检察官宣读起诉书，桌上放着物证——福音书，结果他们被判处流放。“这案子太可怕了，”涅赫柳多夫说，“难道真有这样的事吗？”

“这件案子在哪些方面使您感到奇怪呢？”

“所有方面。警察奉命抓人，这我理解，然而，写起诉书的副检察官，他应该是一个受过教育的人。”

“错就错在这里。我们习惯上总认为，检察官、法官都是具有新思想的人，都是自由派。他们曾经是这样的人，但现在完全变了。他们是官僚，只关心每月十二号领薪水，还希望越多越好。他们的全部原则就是围着这个转。他们要控告谁就控告谁，爱怎么审就怎么审，想怎么判就怎么判。”

“一个人只因为他和别人一起读福音书，就要被判处流放。难道有这种法律吗？”

“只要能够证明，他们在读福音书的时候，违反规定，纵容自己向别人讲解福音书，从而歪曲了教会释义，不仅可以把他们流放到不很远的地方，而且可以把他们送到西伯利亚服苦役。当众诽谤东正教，根据刑法第一百九十六条，可以判处终身流放。”

“这不可能。”

“我对您说的是实话。我总是对那些法官大人说，”律师继续说道，“我一见到他们不能不感激涕零，因为如果我没有被关进监牢，你也没有被关进监牢，我们大家都没有被关进监牢，那只是多亏他们对我们仁慈为怀。至于想要剥夺我们每个人的特权，把我们流放到不很远的地方，那是再容易不过的事了。”

“如果真是如此，一切都凭检察官和有权引用法律或者不引用法律的人为所欲为，那还要法律干什么呢？”

律师开心地哈哈大笑起来。

“瞧您提出的问题！哎，老兄，这是一个哲学问题。好吧，我们不妨来探讨一下。您星期六来吧，您可以在这儿见到学者、文学家、画家。到那天我们可以谈谈一些共同性的问题，”律师说，在说“共同性问题”这几个字的时候，他带有几分讥讽的口气。“您认识我妻子。来吧。”

“好，我一定想法子来。”涅赫柳多夫答道。他感到他没有说实话。如果说到想法子，那只能是想法子不去律师家参加晚会，跟聚在他家里的学者、文学家和画家打交道。

刚才涅赫柳多夫讲到，如果法官能随心所欲地引用或者不引用法律，那么法院就失去了意义。律师对他的这番话只能报之一笑，而在说到“哲学问题”、“共同性问题”的时候，又用了一种特别的语调，这一切都向涅赫柳多夫表明，他同律师，也许也同律师的朋友在对某些事物的看法上是不一致的。尽管涅赫柳多夫现在跟申博克之流的旧友有了距离，可是他觉得自己和律师以及律师圈子里的人的距离要更大。

十二

这儿离监狱很远，而且时间已经很晚，涅赫柳多夫只得雇了一辆马车直奔监狱而去。马车夫是个中年汉子，相貌憨厚聪明。车到一条街上，他转过身来，向涅赫柳多夫指了指一幢正在兴建的大楼。

“瞧，这房子造得多气派啊。”他说，好像他也是造房的一个小合伙人，因此洋洋得意。

的确，这房子规模很大，结构复杂，风格别致。坚固的脚手架是用整根高大的松木搭成的，再用铁钩扣紧，围着建造中的大楼。一道薄板墙把建筑物和街道隔开。满身石灰浆的工人们像蚂蚁似的在脚手架上走来走去：有的在砌墙，有的在砍石料，有的在把装砖的沉重的吊架和泥桶提上去，又把空的放下来。

有一个穿着讲究、身材肥胖的先生，大概是一名建筑师，站在脚手架旁边，用手指着上面，在对弗拉基米尔县来的包工头说话，那包工头毕恭毕敬地听着。一辆辆满载建筑材料的板车和一辆辆空车经过建筑师和包工头的身边，通过大门，进进出出。

“他们这些人，不论是做工的，还是迫使别人做工的都认为，这一切都天经地义。尽管他们身怀六甲的老婆做着力不胜任的家务，他们的孩子戴着小圆帽，像小老头儿一样干笑着，蹬着两条细腿，快要饿死了，他们还是认为他们应当为一个愚蠢的、对公众无益的人，为一个掠夺他们财产从而使他们家破人亡的人建造一个愚蠢的、毫无用处的宫殿。”涅赫柳多夫望着这幢楼房在想。

“是的，造这房子真荒唐。”他说出了自己的想法。

“怎么能说是荒唐？”马车夫生气地反驳说，“谢天谢地，这样老百姓有活干了，不能说荒唐。”

“要知道他们的劳动没有用处。”

“既然造了，就有用处，”马车夫反驳说，“它使老百姓有饭吃。”

涅赫柳多夫不作声了，况且车轮的隆隆声使得说话很不方便。到了离监狱不远的地方，马车夫将马车从石子路拐到一条大马路上，这样说话就方便多了，他又跟涅赫柳多夫聊起来。

“今年老百姓都往城里涌，多得不得了，”他说着，从驭座上转过身来，对涅赫柳多夫指指一群群从农村来的工人，他们身背锯子、斧头、短皮袄和麻袋，迎面走来。

“难道人数比往年多？”涅赫柳多夫问。

“多得多！眼下到处都挤满了人，真是多得要命，那些工头把他们扔来扔去，就像扔刨花一样。到处都挤满了人。”

“怎么会这样？”

“人越来越多。没有地方可以容纳。”

“那么，为什么人越来越多呢？为什么他们不待在乡下？”

“乡下没活可干。没有地。”

涅赫柳多夫有一种受伤的感觉，觉得有人总是故意碰他的伤口，其实，这仅仅是因为只有碰到痛处才会有这种感觉。

“难道到处都是这样？”他想。他开始问马车夫，他们村里有多少土地，他自己有多少土地，为什么他要住在城里。

“我们那儿，老爷，一个人只有一俄亩地。我们家有三口人的地，”马车夫兴致勃勃地说。“我家里有父亲、弟弟，还有一个弟弟在外面当兵。他们在地里干活，可是也没有多少活好干。所以，我那个弟弟也想到莫斯科来。”

“不能租点地种吗？”

“眼下到哪儿去租呢？原先的那些地主都把家业吃尽卖光了。商人们都把地抓在自己手里，你休想从他们手里租到地，他们自己经营土地。我们那儿有个法国人占有一片土地，是从我们以前的东家手里买下的。他不肯出租土地，那就没法子了。”

“那个法国人叫什么名字？”

“他叫迪福尔，您也许听说过。他过去在一家大剧院里专给演员做假发。这是份好差使，他赚了好多钱，把我们女东家的田产全部买下了。现在他骑在我们头上，想怎么样就怎么样。谢天谢地，他倒是个好人，只是他的俄国老婆像只母老虎。求上帝保佑别碰上她。她搜刮民脂民膏，可凶哩。瞧，监狱到啦。您在哪儿下车？在大门口吗？我想，他们不会放我们过去的。”

十三

涅赫柳多夫在大门口拉响门铃，想到玛斯洛娃今天的心情会怎么样，想到她与她同监的犯人会对他保守什么秘密，不由得心慌意乱，胆战心惊。他向一个出来开门的看守说，要见玛斯洛娃。看守进去查对以后对他说，她现在在医院里。涅赫柳多夫就到医院去了。医院的看门人，一个很面善的小老头马上就放他进去，在问清他要见什么人以后，就领他到儿科病房。

一个浑身散发着石炭酸味的年轻医生走到走廊里，板起面孔问涅赫柳多夫有什么事。这个医生对犯人还算体恤，所以经常同监狱当局，甚至同主任医生发生不愉快的冲突。他担心涅赫柳多夫要他做违反规章的事情，此外，他希望表明自己对任何人都一视同仁，于是装出一副铁面无私的样子。

“这里没有女人，是儿科病房。”他说。

“我知道，不过有一个从监狱里调来的助理护士在你们这儿。”

“对，这里有两个。那么您究竟有什么事？”

“我和其中的一个，叫玛斯洛娃的很熟悉，”涅赫柳多夫说，“我想见见她，我要到彼得堡去为她的案子提出上诉。我还想把一件东西交给她，这不过是一张照片。”涅赫柳多夫说着，从口袋里摸出一个信封。

“好吧，这可以，”医生说，态度缓和下来。他转过身去对一个系白围裙的老太婆说，要她把当助理护士的女犯人玛斯洛娃叫来。“您要不要在这儿坐一会？要不，到接待室去？”

“谢谢您。”涅赫柳多夫说，他看到医生对自己态度有了转变，就趁机问他，玛斯洛娃对医院的工作是否感到满意。

"还好，由于想到过去的生活条件，所以她在这里工作得不错，"医生说，"看，她来了。"

老太婆从一扇门里走出来，身后跟着玛斯洛娃。她穿一条条纹连衣裙，外面系着白围裙，头上扎着三角巾，盖住头发。她一见到涅赫柳多夫，脸上便泛起了红晕，迟疑不决地停住了脚步，接着皱起双眉，垂下眼睛，轻捷地沿着走廊里铺着的花条布地毯走来。她走到涅赫柳多夫跟前，本不想把手伸给他，后来还是伸出来，脸也涨得越来越红。上一次他们谈话，她发了脾气又向他道歉以后，涅赫柳多夫一直没有见到过她。现在他估计她的心情会跟上次一样。可是今天她完全变了，脸上露出一种新的表情：拘谨、腼腆，涅赫柳多夫觉得她对他很反感。他对她说了刚才对医生所说的话，说他要到彼得堡去，然后交给她一个装着从帕诺沃带来的照片的信封。

"这张照片是我在帕诺沃找到的，是很早以前拍的，也许您会喜欢的。您收下吧。"

她微微抬起乌黑的眉毛，乜斜着眼睛惊奇地看着他，好像在问为什么给她这个。然后她默默地拿起信封，把它塞进围裙里。

"我在那儿见到了您的姨妈。"涅赫柳多夫说。

"是吗？"她冷冷地说。

"您在这儿过得好吗？"涅赫柳多夫问。

"还可以，很好。"她说。

"不太苦吧？"

"不，还可以，我还没有习惯。"

"我为您感到高兴，这儿总比那儿好。"

"那儿是什么地方？"她说，脸上泛起了红晕。

"那儿，在监狱里。"涅赫柳多夫急忙说。

"这儿好在哪里？"她问。

"我想，这儿的人比较好，跟那儿的人不一样。"

“那儿也有很多好人。”她说。

“我为梅尼绍夫的案子忙乎了好久，希望能把他们放出去。”涅赫柳多夫说。

“愿上帝保佑他们。这老太太人真好。”她再一次说了自己对老太太的看法，然后微微一笑。

“我今天要到彼得堡去。您的案子很快就会审理，我希望他们能撤消原判。”

“撤消不撤消现在反正都一样。”她说。

“您说‘现在反正都一样’是什么意思？”

“说说罢了。”她说，用探问的目光瞅了瞅他的脸。

涅赫柳多夫从她的话里和她的眼神里似乎看出，她想知道他是否还坚持自己的决定，还是接受了她的拒绝从而改变了他的决定。

“我不知道您为什么觉得反正都一样，”他说，“然而对我说来，判您无罪也好，有罪也好，倒确实是一样的。不管怎样，我都准备按照您说的去做。”他坚定地说。

她抬起头，一对斜睨的黑眼睛看着他，又好像不在看他，她的整张脸上漾开了愉快的笑容。可是她说的话和她眼神里所表示的意思完全不一样。

“您不该说这话。”她说。

“我说这话是要让您明白我的心意。”

“这事该说的都说了， 再没有什么话好说了。”她说， 好容易忍住没笑出来。

病房里吵吵嚷嚷，传来一阵孩子的哭声。

“好像在叫我。”她心神不安地回头看看说。

“好，那么再见。”他说。

她装作没有看见他伸过来的手，没有握别就转过身去。她竭力想掩饰自己内心的高兴，匆匆地沿着走廊上的花条布地毯离开了。

“她究竟怎么啦？她现在怎么想的？她现在的心情怎样？她是想考验我，还是确实不肯原谅我？她是不能把自己所想的和感受到的一切都说出来，还是不愿说？她心肠软下来了，还是怀恨在心？”他一再问自己，但是怎么也找不到答案。有一点他是知道的，那就是她变了，她的心灵正在发生重大的变化，这变化不仅把他和她联结在一起，而且也把他和促成这变化的上帝联结在一起。这样的联结给他带来了欢欣，也给他带来了平静。

玛斯洛娃回到设有八张儿童病床的病房里，就按照护士的吩咐开始铺床。在铺床单的时候，由于腰弯得太低，她脚下一滑，差一点跌一跤。一个脖子上绕着纱布、正在康复的小男孩瞧着她，笑了起来。玛斯洛娃再也忍不住了，一屁股坐到床边上，放声大笑起来。有几个孩子也被她引得哈哈大笑。那个护士生气地对她喝道：

“笑什么！你当是还在以前待的地方！快拿饭去！”

玛斯洛娃马上抿拢嘴巴，拿起餐具，到吩咐她去的地方去了。可是临走，她和那个绕着纱布、被禁止发笑的男孩互相看了一眼，又扑哧一声笑了起来。这一天里，只要玛斯洛娃看见旁边没有人，总要偷偷地把照片从信封里抽出一半欣赏一下。直到晚上值完班以后，独自一人待在同另一个助理护士同住的房间里，她才从信封里拿出照片，温情脉脉地、久久地凝视着，端详照片上每一个细节、他们的面庞、他们的装束、阳台的台阶和灌木丛，以及灌木丛前面的他的脸、她的脸和两个姑妈的脸。她拿着这张褪色发黄的照片，对那时的她总是百看不厌；那时她多么年轻，多么漂亮，额头上飘着鬈发。她看得那么出神，竟然没有发现和她同住的助理护士走进来。

“这是什么？是他给你的？”那个心眼很好的胖助理护士弯下腰来看着照片，说，“这个人就是你吗？”

“还能是谁呢？”玛斯洛娃看着同伴的脸，笑着说。

“这人是谁？是他吗？这人是不是他母亲？”

“那是他姑妈。难道你认不出我来了？”玛斯洛娃问。

“怎么认得出？永远也认不出来。你的脸和现在完全不一样。我想，离现在有十来年了吧。”

“不是十来年，是隔了一辈子。”玛斯洛娃说，她的高兴劲儿一下子消失了，脸色变得阴郁，两条眉毛之间嵌进一条皱纹。

“怎么样，那边的生活一定很轻松吧。”

“是啊，很轻松，”玛斯洛娃闭上眼睛，摇着头，重复着她的话说，“比服苦役还不如。”

“怎么会这样呢？”

“就是这样，从晚上八点一直忙到第二天早上四点，天天都是这样。”

“为什么不抛开这种生活呢？”

“想抛开，可是做不到。现在说这些有什么用！”玛斯洛娃说着站起身来，把照片往小桌子的抽屉里一塞，强忍住愤懑的泪水，跑到走廊上，随手砰的一声关上了房门。她望着照片，觉得自己还是照片上的模样，她幻想着她那时候多么幸福，如果现在能和他在一起，那又该是多么幸福啊。同伴的话使她想起现在的处境，也使她想起当年在那边的生活，那种可怕的生活，她当时只是朦朦胧胧地感觉到，但并没有真正意识到。直到现在她才清晰地回忆起那些可怕的夜晚，特别是那个谢肉节的夜晚，她等候着一个答应替她赎身的大学生。她记得那天晚上她穿了一条酒迹斑斑的袒胸红绸连衣裙，蓬乱的头发上扎了一个花蝴蝶结，她喝得醉醺醺的，拖着疲惫无力的身体，到半夜两点才把客人一个个送走。她趁跳舞的间隙，坐到那个瘦骨嶙嶙、脸上长着粉刺的为小提琴伴奏的女钢琴师边上，向她诉说自己艰难的生活。那女钢琴师也说她为自己的境况感到苦恼，想改变一下。这时，克拉拉走了过来。她们三个人突然决定要抛弃这种生活。她们认为今晚总该结束了，就打算各自回房去。哪知喝得醉醺醺的客人们又在前厅里吵吵嚷嚷起来，小提琴师拉起了前奏曲，女钢琴师敲响了琴键，弹起了卡德里尔舞曲第一节——一首欢快的俄罗斯歌曲。一个身穿燕尾服、系着白领结的身材矮小的男人头上冒汗，满身酒气，不住地打嗝，等到舞曲奏到第二节时，就脱去外套，走到玛斯洛娃的面前，一把搂住她的腰。另一个留着络腮胡子、也穿着燕尾服的胖子(他们刚刚参加过另一个舞会)搂住克拉拉。他们不停地跳啊，转啊，叫啊，唱啊……这样的生活过了一年，二年，三年。一个人怎么会不变呢！这一切都是他造成的。对他的旧恨又涌上了她的心头，她想骂他，责备他。她后悔今天错过了机会，没能再对他说一次，她知道他的为人，决不会对他让步，不容许他再从精神上利用她，就像他过去从肉体上利用她一样，也不容许他把她当做他的宽宏大量的对象。她既怜惜自己，又徒然地责备他，她真想痛快地喝杯酒来浇灭心中的痛苦。如果她现在是蹲在监狱里，她就会违背自己的诺言，喝起酒来。在这里，只有从医士那儿才能弄到酒。可是她怕那个医士，因为他总是对她纠缠不休。她讨厌跟男人们交往。她在走廊里的长凳上坐了一会儿，就回到小房间里去了。她没有和同伴答话，独自一人为自己的不幸身世暗暗哭泣。

十四

涅赫柳多夫在彼得堡要办三件事情：为玛斯洛娃向枢密院提出上诉，把费多西娅·比柳科娃的案子递交上诉委员会，受维拉·博戈杜霍夫斯卡娅之托到宪兵司令部或者到第三厅去请求释放舒斯托娃。维拉·博戈杜霍夫斯卡娅还写过信给他，请他设法让一个母亲与她关在要塞里的儿子见一次面。他把这两件事合起来做，算是第三件事。第四件事，就是教派信徒的案子，他们因为诵读和讲解福音书而被迫背井离乡，流放到了高加索。他与其说对他们，还不如说对自己已经许下诺言，无论如何要澄清这个案子。

自从上次拜访过马斯连尼科夫，特别是去了乡下以后，涅赫柳多夫已不是下定决心，而是彻底感觉到，他憎恶他现在生活的圈子，憎恶那些为了维护少数人安逸生活而让千百万人受苦，并竭力将真相加以掩盖的人。这个圈子里的人看不见，也无法看见百姓们的痛苦，因此也就无法看见自己生活的残酷和罪恶。现在涅赫柳多夫和这个圈子里的人交往，心里不能不感到别扭，不能不扪心自责。当然，他往日生活所养成的习惯也吸引他到这个圈子中去，他的亲朋好友也吸引他过去；不过，一个主要的原因是，他为了完成他目前唯一关心的事，也就是为了帮助玛斯洛娃和他愿意帮助的其他一切受难者，他必须去向这个圈子里的人求情，请他们帮忙，尽管那些人不仅不能令他肃然起敬，反而常常引起他的愤恨和蔑视。

到了彼得堡，涅赫柳多夫住在他姨妈恰尔斯卡娅伯爵夫人家里。他的姨夫当过大臣。于是他立刻落到了已经与他格格不入的贵族社会的核心中去了。他不愿意这样做，但又不得不这样做。如果他不住在姨妈家里，而住到旅馆里去，那就要得罪姨妈，况且姨妈交际甚广，说不定对他要为之奔波的各种事情大有帮助。

“关于你，你知道吗，我听到了些什么？什么样的奇谈怪论都有。”卡捷琳娜·伊万诺夫娜伯爵夫人等他一进门，就端上咖啡请他喝，并且对他说：“你简直是霍华德[1]。帮助犯人，视察监狱，平反冤案。”

“不，我不这样认为。”

“那就很好。不过这里头似乎有一段风流韵事吧。说来听听。”

涅赫柳多夫对她如实地讲述了他和玛斯洛娃之间的一段旧情。

“我记起来了，记起来了。你住在那两个老太婆家里的时候，你可

① 约翰·霍华德(1726—1790)，英国慈善家，曾为改良监狱制度而斗争。

怜的妈妈艾伦对我说起过一件事，她们好像要你跟她们的养女成亲（卡捷琳娜·伊万诺夫娜一向看不起涅赫柳多夫的两个姑妈）……你说的就是她吗？她现在还漂亮吗？”

卡捷琳娜·伊万诺夫娜伯爵夫人，今年六十岁，身子硬朗，精力充沛，爱说爱笑。她身材又高又胖，嘴唇上有黑色的毫毛。涅赫柳多夫很喜欢她，从小就耳濡目染她表现出来的生气勃勃、活泼开朗的性格。

“不，姨妈，这一切都结束了。我现在只是想帮助她，因为第一，她是无辜的，却被判了刑，而在这件事上我是有罪的，她现在落到如此地步，我是有责任的。我觉得我有责任尽力为她做一点事。”

“可是，你知道吗，别人怎么告诉我说你想跟她结婚？”

“是的，我曾经想过，可是她不愿意。”

卡捷琳娜·伊万诺夫娜皱起眉头，低下眼睛，露出惊讶的神情，默默地看着她的外甥。突然，她脸色一变，显出一副高兴的样子，说：

“瞧，她比你聪明。唉，你可是个傻瓜！你真的想跟她结婚吗？”

“当然。”

“她干了那种事以后，你还想跟她结婚吗？”

“那就更想和她结婚了，我对她是有罪的。”

“不，你是个十足的傻瓜，”姨妈忍住笑说，“你傻得不能再傻了，我倒是喜欢你这种傻瓜。”她又说了一遍，看来，她特别喜欢“傻瓜”这个字眼，因为在她的眼里，这个字眼确切地表达了她外甥的智力和精神状态。“你要知道，凑巧有这么个机会，”她继续说道，“阿林办了个很出色的抹大拉[1]收容所。我去过一次。她们真叫人恶心。回来以后，我浑身上下好好地洗了一遍。可是阿林倒是全身心地投入这一工作。我们可以把她，你所说的那个姑娘交给他。只有阿林能让她改恶从良。”

①系《新约·路加福音》中的马利亚。

“她已经判服苦役了。我就是为这件事来的，希望通过奔走能撤消这个判决，这就是我求您的头一件事。”

“原来如此！现在她的案子到了哪里？”

“到了枢密院。”

“枢密院？是啊，我的那位亲爱的表弟列武什卡就在枢密院里工作。不过，他是在傻瓜局，也就是在贵族宣令局[①]里当差。真正负责审理案子的人我一个都不认识。谁知道是些什么人，要不就是德国人，什么盖啊，费啊，德啊，就像读字母表，要不就是各种各样的伊万诺夫、谢苗诺夫、尼基京，再不就是伊万年科、西蒙年科、尼基坚科，五花八门，都是另一个阶层里的人。反正我对你姨夫说一下就是了。他认识这些人。他什么人都认识。我一定对他说。不过，你也要跟他详细说说，要不，他永远也弄不明白我对他说的话，不管我说什么，他总说听不懂。他是存心装不懂，大家都听得懂，就是他一个人听不懂。”

这时一个穿长筒袜的听差用银托盘送来一封信。

“正巧是阿林写来的信。你可以听听基泽维捷尔的高论了。”

“基泽维捷尔？他是谁？”

“基泽维捷尔吗？你今天晚上来，就会知道他是什么人了。他说起话来那么感人，就连怙恶不悛的罪犯也会跪下来痛哭流涕，忏悔自己的灵魂。”

不论这件事在卡捷琳娜·伊万诺夫娜伯爵夫人看来多么稀奇古怪，也不论这件事与她的性格多么格格不入，她却是狂热地信奉基督教的实质就是赎罪的这一种学说。她常去参加宣传这种曾经风行一时的学说的集会，并且邀请信徒到自己家里来。尽管根据这种学说，不但反对一切宗教仪式，反对悬挂圣像，而且反对举行圣礼，卡捷琳娜·伊万诺夫娜依旧在她的所有房间里，甚至在她的床头挂着圣像，而且一切都按照

①1722 年至 1917 年帝俄管理贵族爵位称号等事务的机关。

教规行事，因为她不认为这样做与这种学说有什么矛盾。

“你的那个抹大拉应该听一听他布道，那她就会从善的，”伯爵夫人说，“你今天晚上务必留在家里，听听他的演说。他是个了不起的人。”

“我对这种事不感兴趣，姨妈。”

“可是我告诉你，这事很有趣，你一定要来。好吧，你说，还有什么事需要我帮忙的？全说出来吧。”

“还有一件是要塞里的事。”

“要塞？好吧，我写一封信给你，你拿着信去见克里格斯穆特男爵。他是个德高望重的人，你自己也认识他。他是你父亲的同事。他热中于招魂术，不过，这没关系，他人很好。你在那儿要办什么事？”

“我想请求他们准许让一位母亲跟关在那里的儿子见见面。不过，我听说，这件事不归克里格斯穆特管，而归切尔维扬斯基管。”

“我不喜欢切尔维扬斯基这个人，但他是玛丽埃塔的丈夫。可以求她帮忙，她肯为我出力的。她很可爱。”

“我还要求您帮帮另外一个女人，她已经坐了好几个月的牢，可是谁也不知道为什么？”

“那不行，她自己一定知道为什么坐牢的。她们自己心里明白。这些剪短头发的女人自作自受，罪有应得。”

“我们不知道是否罪有应得。她们正在受苦，您是基督教徒，相信福音书，可是没有一点恻隐之心。”

“这并不相干。福音书归福音书，可恶的事总是可恶的。我恨虚无主义者，尤其讨厌那些剪短头发的、信仰虚无主义的女人，如果我又要装出喜欢她们的样子，那就不对了。”

“为什么您要恨她们？”

“三月一日事件[①]以后，难道你还要问为什么吗？”

① 系指 1881 年 3 月 1 日，沙皇亚历山大二世被俄国民意党人刺死。

“但是她们并不全参与了三月一日事件。”

“反正一样。她们为什么要管闲事？这不干女人的事。”

“可是，您却认为玛丽埃塔可以参与公事。”涅赫柳多夫说。

“玛丽埃塔？玛丽埃塔是玛丽埃塔。天知道她是什么人，一个轻薄的女人倒打算教训起别人来了。”

“她们不想教训别人，而仅仅是为了帮助老百姓。”

“不用她们，大家也知道该帮谁，不该帮谁。”

“要知道，老百姓太穷了。我刚从乡下回来。农民们干得精疲力竭，填不饱肚子，而我们却过着挥霍无度的生活。这难道是应该的吗？”涅赫柳多夫说，不知不觉地被姨妈的善心所感染，把心里的话都说了出来。

“你是不是也要我去干活而挨饿吗？”

“不，我并不想让您挨饿，”涅赫柳多夫不禁笑了起来，答道，“我只是希望每人都有活干，每个人都有饭吃。”

姨妈又低下头，眯起眼睛，好奇地盯着他看。

“亲爱的，你不会有好结果的。”她说。

“为什么？”

这时一个身高肩宽的将军走了进来。他就是恰尔斯卡娅伯爵夫人的丈夫，退休大臣。

“啊，德米特里，你好，”他说着，把刮得光光的面颊凑过去，让涅赫柳多夫吻一下。“你什么时候到的？”

他默默地吻了吻妻子的额头。

“不，他这个人太妙了，”卡捷琳娜·伊万诺夫娜对丈夫说，“他叫我到河边洗衣服，而且光吃土豆。他是个大傻瓜。不过，他求你的事，还是帮他办一下。他是个大笨蛋，”她改正说，“你听说了吗，据说卡缅斯卡娅伤心得痛不欲生，大家怕她性命难保，”她对丈夫说，“你最好到她家里去一次。”

“是啊，这真可怕。”丈夫说。

“好，你去跟他聊聊，我要去写几封信。”

涅赫柳多夫一走进客厅旁边的一个房间，她就对他叫道：

“要给玛丽埃塔写信吗？”

“麻烦您了，姨妈。”

“那么我在信上留一块空白，你自己把短头发女人的事写上去，她就会叫她的丈夫去办。他会照办的。你别以为我心狠。她们那些受你保护的人都十分令人讨厌，可是我对她们并无恶意。愿上帝保佑她们！现在你去吧。晚上你务必待在家里。你可以听听基泽维捷尔布道。我们还要一起做祈祷。只要你不反对，你就会得益不少。我知道，艾伦也好，你也好，在这方面都很闭塞。那么，再见吧。”

十五

伊万·米哈伊洛维奇伯爵是个退休大臣，是个有坚定信念的人。

伊万·米哈伊洛维奇伯爵从青年时代起就有一种信念，就是鸟天生要吃昆虫，要身披羽毛和绒毛，要在空中飞翔；同样，他天生就该吃名厨烹调的山珍海味，就该穿绫罗绸缎，就该坐最舒适、最快捷的马车，因此这一切都理应为他准备周全。此外，伊万·米哈伊洛维奇认为，他从国库里领取的各类款项越多，获得的勋章，包括钻石勋章就越多，同皇亲国戚的交往越频繁，他的身价也就越高。伊万·米哈伊洛维奇认为，其他一切事情和这基本信条相比都微不足道，无足轻重。其他一切事情可以这样，可以那样。伊万·米哈伊洛维奇伯爵本着这种信念在彼得堡安身立命，经过四十年的钻营，终于谋到了大臣的职位。

伊万·米哈伊洛维奇谋到高位的主要因素是：第一，他能看懂公文和法规，能起草虽不十分通顺、却可以一看就懂的公文，而且没有什么拼写错误；第二，他生得气宇轩昂，在必要的时候，不仅可以装得十分傲慢，而且使人觉得他高不可攀、不可一世，而在另一些场合中，他又可以低三下四，令人肉麻和作呕；第三，无论在个人道德方面，还是在处理公务方面，没有一定的原则和准绳，在他觉得需要的时候，他可以什么都同意，也可以什么都不同意。他在处理一件事情的时候，总要竭力摆出一副道貌岸然的样子，不要让人一看就发现他自相矛盾。至于他的行为本身是否符合道德标准，对于俄罗斯帝国，以至对于全世界会带来好处，还是带来坏处，他是完全不放在心上的。

他当了大臣以后，不仅所有依赖他的人（很多人和他的亲信都依赖过他），一切圈外人，甚至他自己都相信，他是一位贤明的治国栋梁。然而，随着时间的推移，他毫无建树，更无政绩可言，于是根据生存竞争的法则，一些跟他半斤八两的、也长得仪表堂堂、毫无原则的官僚，在学会了看懂和起草公文以后，就把他排挤出去了。他只好告老退休。直到这时，大家才明白，他非但不是一个贤明出众、深思远虑的人，而是一个鼠目寸光、学识浅薄、但又刚愎自用的人。他的见解与最庸俗的保守派报纸的社论的水平不相上下。显然，他跟那些学识浅薄、刚愎自用、将他排挤出去的官僚没有什么两样。他自己也明白这一点，然而这丝毫没有动摇他的信念，这就是他仍然应当年年领取大量俸禄，年年获得新的勋章来点缀他华丽的衣服。这信念是如此强烈，以致谁都不敢贸然拒绝他在这方面的要求，于是他每年照拿好几万卢布，一部分算是养老金，一部分算是参与国事的酬金，因为他在最高政府机关里挂了个名，还在五花八门的委员会里担任了主席，此外，他每年还获得他十分看重的缀在肩上或长裤上的新丝绦、礼服上的新绶带和珐琅星章。结果，伊万·米哈伊洛维奇的交际更加广泛了。

伊万·米哈伊洛维奇伯爵，就像听办公室主任汇报那样，听涅赫柳多夫说话，他听完以后，就说要为他写两封信，其中一封信给上诉厅的枢密官沃尔夫。

“大家对他的议论颇多，但不管怎么说，这个人还是相当正派的，”他说，“他还欠我的情，所以一定会尽力去办的。”

伊万·米哈伊洛维奇的第二封信是写给上诉委员会一个有权势的人。他对涅赫柳多夫所说的费多西娅·比柳科娃一案很感兴趣。涅赫柳多夫对伯爵说，他想就此案写信给皇后，伯爵说此案的确非常感人，如有机会，他可以到那里去说说，但是不能担保一定能行。上诉的事情还是按手续办吧。他想，如有机会，比如说，如有机会去参加星期四的私人聚会，他可以谈谈这个案子。

涅赫柳多夫拿了伯爵的两封信和姨妈写给玛丽埃塔的信，就分头找他们去了。

他先去了玛丽埃塔的家。他认识她的时候，她还是一个并不富裕的贵族家庭里的少女。后来他知道，她嫁给了一个善于钻营的人。他听到过一些有关这个人的不光彩的事情。主要是，他对成百上千的政治犯残酷无情，千方百计虐待犯人成了他的主要责职。涅赫柳多夫想到他为了被压迫者，不得不站到压迫者那一方，感到心里十分沉重，因为他这样做，就要向他们去求情，要他们对某几个人高抬贵手。稍稍减轻他们习以为常的、不当一回事的残酷手段，这无异于承认压迫者的行为是合法的。在这种时候，他总是感到内心矛盾和动摇不定：究竟要不要向他们去求情，但结果还是决定去求他们。他现在去向玛丽埃塔和她的丈夫求情，确实感到别扭、羞愧和不好受，然而他这样做了，那个囚在单身牢房里受尽折磨的不幸女人，也许因此而能得到自由，她和她的亲人可以不再痛苦了。此外，他觉得向那班人求情，完全是虚与委蛇，因为他早已不把他们看作自己人，而他们却把他当作自己人。他感到，一旦他置身在这个圈子里，就陷进习以为常的旧轨道中去了，并且不知不觉地被充斥着圈子中的轻浮和不道德的风气所征服。在卡捷琳娜·伊万诺夫娜姨妈家中他已经有了这种感受，他今天早上和姨妈谈到极其严肃的问题时，已经用上了开玩笑的口气。

他很久没有到彼得堡来了，总的说来，这座城市照例对他起了刺激肉体和麻痹精神的作用：一切都是那样清洁、舒适、方便，主要的是，人们在精神上无所追求，因此生活显得特别轻松。

一个漂亮干净、彬彬有礼的马车夫载着他经过漂亮干净、彬彬有礼的警察身旁，沿着洒过水的漂亮干净的街道，经过一幢幢漂亮干净的房屋，终于到了河滨玛丽埃塔的寓所。

大门口停着一辆马车，套着两匹戴遮眼罩的英国马。一个英国人模样的马车夫，下半截脸上留着络腮胡子，穿着号衣，手拿马鞭，得意洋洋地坐在驭座上。

一个穿着一套特别干净的制服的看门人打开通向门廊的大门，门廊里站着一个听差，穿一件更加干净的镶着丝绦的号衣，脸上的络腮胡子梳得整齐漂亮。另外还站着一个值勤兵，穿一套干净的军装，腰里佩着一把军刀。

“将军不会客，将军夫人也不会客。夫人马上就要坐车出去。”

涅赫柳多夫拿出卡捷琳娜·伊万诺夫娜伯爵夫人的信，然后又拿出自己的名片，走到放着来宾留言簿的小桌子跟前，开始写道：“来访未晤，甚为遗憾。”这时听差向楼梯口走去，看门人走到大门口高喊：“备车！”勤务兵两手紧贴裤缝，肃然而立，望着从楼上走下来的太太，她个儿不高，但身材苗条，脚步很快，这和她的高贵身份很不相称。

玛丽埃塔头戴插着羽毛的大帽子，身穿黑色连衣裙，外披一件黑斗篷，手上戴一副黑手套，脸上蒙着一块面纱。

她看见涅赫柳多夫，便撩起面纱，露出一张十分可爱的脸和一双明媚动人的眼睛，用疑问的目光看了他一眼。

“啊，德米特里·伊万诺维奇公爵！”她用动听的声音开心地说，“我应该认得……”

“怎么，你甚至还能叫出我的名字？”

“可不是吗，我和妹妹当年都爱上了您，”她用法语说，“您现在变得好多了。哎，可惜，我现在要出去。要不，我们到楼上去坐一会吧，”她犹豫不决地站着说。

她看了看墙上的挂钟。

“不，不行。我要到卡缅斯卡娅家去参加追悼仪式，她太伤心了。”

“卡缅斯卡娅是谁？”

“难道您没有听说过？她的儿子在决斗中死了。他是跟波津决斗的。他是独生子。太可怕了。他母亲伤心极了。”

“哦，我听说过。”

“不，我最好是去一次，您明天或者今天晚上来吧。”她说着，便迈开轻快的步子向大门走去。

“今天晚上我不能来，”他一边随她走向门廊，一边说。“我是有事来找您的。”他望着向门廊走来的两匹栗色马说。

“什么事？”

“这是我姨妈写给您的有关这件事的信。”涅赫柳多夫说着，把一个印着花体字母的长信封递给她。“您看了信就知道了。”

“我知道，卡捷琳娜·伊万诺夫娜伯爵夫人以为我在公事方面可以对丈夫施加影响。她错了。我不能，也不愿意插手他的事。不过，当然啰，为了伯爵夫人，为了您，我可以破一次例。究竟是什么事？”她一边说，一边将一只戴黑手套的小手伸到口袋里找东西，但是没有找到。

“有一个姑娘被关在要塞里，她病了，而且她和案子并无牵连。”

“她姓什么？”

“舒斯托娃。莉季娅·舒斯托娃，信上都写着哩。”

“好吧，我去试试，”她说着，轻盈地跳上挡泥板的油漆在阳光下闪闪发光的蒙皮软席四轮马车，打开阳伞。听差在驭座上坐定下来，然后示意车夫可以出发了。马车刚要启动，她立刻用阳伞敲了敲马车夫的背脊，那两匹漂亮的英国种的细皮母马就被马嚼子勒住，昂起漂亮的脑袋，停了下来，细长的腿在原地不停地踏着。

“欢迎您光临，但请您不要为了公事才来。”她说着，莞尔而笑，她很懂得这一笑的力量。接着，仿佛演完戏降下幕布似的，她把面纱放了下来。“好，我们走吧。”她又用阳伞敲敲马车夫的背脊。

涅赫柳多夫掀起帽子向她告别。那一对栗色的纯种母马打着响鼻，马蹄敲打着地面，沿着马路向前奔去。马车的新橡胶轮胎碾在几处不平的路面上，偶尔轻轻地跳动几下。

十六

涅赫柳多夫想到他竟会和玛丽埃塔相视而笑，不禁直摇头，对自己感到很不满意。

“还没来得及回顾一下，就又一头栽进这种生活里去了。”他想着，内心感到十分矛盾，疑虑重重。当他不得不去巴结奉承他并不尊敬的人的时候，总会产生这种感觉。为了不走冤枉路，涅赫柳多夫考虑一下先上哪儿，后上哪儿，最后决定先到枢密院去。他被带到一间办公室，在这富丽堂皇的房间里，看见许多彬彬有礼、衣冠楚楚的官员。

那些官员告诉涅赫柳多夫，玛斯洛娃的诉状已经收到，并且交给枢密官沃尔夫审阅和呈报。涅赫柳多夫姨夫的信就是写给沃尔夫的。

“枢密院将在本星期开庭审理，玛斯洛娃的案子不一定能排得上号，如果您去托托人，也许能在本星期三审理。”有一个官员对他说。

涅赫柳多夫在枢密院办公室里静候回音的时候，又听到他们谈起那场决斗，听到他们详详细细地描述年轻的卡缅斯基是如何被对方打死的。在这里，他第一次了解到，这个使全彼得堡为之轰动的事件的详情。事情是这样的：有几个军官在一家饭店里吃牡蛎，照例喝了很多酒。有一个军官对卡缅斯基服役的军团说了几句坏话，卡缅斯基就骂他造谣诽谤，那人一听就动手打卡缅斯基。第二天，他们进行决斗，卡缅斯基的肚子上中了一枪，两个小时后就死了。凶手和两个副手被抓了起来，不过，听说现在他们虽然在关禁闭，过两个星期就要放出来的。

涅赫柳多夫从枢密院办公室出来，坐车到上诉委员会去找颇有权势的沃罗比耶夫男爵。他住在一座豪华的官邸里。看门人和听差一本正经对涅赫柳多夫说，除接待日外，男爵一律不会客。男爵今天在皇上那儿，明天还要去见皇上。涅赫柳多夫只得将信交给他们，然后坐车去拜访沃尔夫枢密官。

沃尔夫刚吃完早餐，像平时一样，为了帮助消化，抽一支雪茄，在房间里踱着步。他接见了涅赫柳多夫。弗拉季米尔·瓦西里耶维奇·沃尔夫的确是个正派人，他把这种品质看得高于一切，而且从这个高度看待别人。他不能不高度评价这种品质，因为正是凭着这种品质才能飞黄腾达，才能使他的美好愿望得以实现，也就是说，通过联姻，他获得了一笔财产，每年给他带来一万八千卢布的收入；此外，又靠自己努力，当上了枢密官。他认为自己不仅是个正派人，而且还是一个像骑士一样的正直的人。他所谓的正直，就是不暗中接受私人的贿赂，而诸如向公家报销各种各样的差旅费、房租费，像奴隶一样执行政府要他办的一切公务，他都不认为是不正直的。当年，他在波兰王国[1]某省任省长的时候，残酷迫害数以百计的当地无辜平民，将他们流放和监禁，使他们家破人亡，仅仅因为这些人热爱自己的同胞，信仰传统的宗教。他对自己的所作所为非但不认为是不正直的，反而认为这是一种体现高尚、勇敢、爱国主义的功勋。同样，他不认为霸占热爱他的妻子的财产和小姨子的财产是不正直的。恰恰相反，他认为这是对家庭生活的合理

---

① 根据1814年至1815年维也纳会议的决定，波兰一部分国土归并俄罗斯帝国。

安排。

和弗拉季米尔·瓦西里耶维奇一起生活的有：他的没有个性的妻子和她的妹妹——小姨子的财产同样也被他侵吞了，他卖掉了她的田产，把钱存到自己的名下——以及他的那个柔弱胆怯、其貌不扬的女儿。她过着孤独沉闷的生活，为了排忧消愁，最近皈依了福音教派，经常去参加阿林和卡捷琳娜·伊万诺夫娜伯爵夫人家里的聚会。

弗拉季米尔·瓦西里耶维奇的儿子是个心地善良的孩子，十五岁就长出了胡子，从那时起，他就开始喝酒，过起放荡不羁的生活，到二十岁，他被赶出家门，因为他换了好几个学校都没能读到毕业，成天跟一些不三不四的人鬼混，欠了一屁股债，败坏了父亲的名声。他父亲有一次替他偿还了二百三十卢布的债，后来又替他偿还了六百卢布的债。他告诉儿子，这是最后一次替他还债，如果他再不迷途知返，就要把他从家里赶出去，并且断绝父子关系。可是，他不但没有悔改，而且又欠了一千卢布的债，他对父亲说，生活在这个家庭里简直是一种折磨。于是，弗拉季米尔·瓦西里耶维奇就对儿子说，他想去什么地方，就去什么地方，他不再是他的儿子。从此以后，弗拉季米尔·瓦西里耶维奇就只当自己没有儿子，家里人也不敢当着他的面提起儿子的事情，而弗拉季米尔·瓦西里耶维奇却深信，他已经用最完善的方式安排好了自己的家庭生活。

沃尔夫在书房里停止了踱步，向涅赫柳多夫打了个招呼，脸上露出亲切而又带几分讥讽的微笑，这是他的一种风度，即自然而然地表示出自己要比别人高尚和体面。他把涅赫柳多夫带来的信看了一遍。

“您请坐，不过请原谅，如果您允许的话，恕我在房间里走走。”他说着，就把双手插在上衣口袋里，迈着轻柔的步子在格调庄严的大书房里，沿着对角线走来走去。“能认识您非常高兴，不用说，我一定会替伊万·米哈伊洛维奇伯爵效劳的。”他说着，从嘴里吐出一缕缕芳香的淡蓝色烟雾，小心翼翼地从嘴里抽出雪茄，生怕把烟灰抖落下来。

“我只求能尽快审理这件案子，如果被告不得不流放到西伯利亚，那也最好能早一点动身。”涅赫柳多夫说。

“对，对，那就可以从下城乘第一批轮船动身了。这我知道，”沃尔夫带着故作大度的微笑说。他总是这样，别人刚一开口，就知道对方要说什么。“被告姓什么？”

“玛斯洛娃……”

沃尔夫走到桌前，看了看放在公文夹上的一张纸。

“对，对，玛斯洛娃。好吧，我去跟同僚说一下。我们在星期三审案。”

“我能否打个电报通知律师？”

“您请了律师？为什么？不过，要是您愿意这么做，就听便吧。”

“上诉的理由可能不充分，”涅赫柳多夫说，“不过从案子本身来看，我认为一审判决是出于误会。”

“对，对，有此可能，不过枢密院不可能审理案件的事实真相，”弗拉季米尔·瓦西里耶维奇看着烟灰，用严肃的口气说，“枢密院只审查在引用和解释法律方面有无不当。”

“我觉得，这个案子是个例外。”

“我知道，我知道。每件案子都有例外的情况。我们会依法办事的。就谈到这里吧。”烟灰还留在雪茄上，不过已经出现了一道裂缝，马上就要掉下来了。“您大概难得到彼得堡来吧？”沃尔夫说，他一动不动地拿着雪茄，唯恐烟灰落到地上。可是烟灰还是摇晃了一下，于是，沃尔夫小心翼翼把雪茄凑到烟灰缸上，烟灰一下子就掉下来了。“卡缅斯基的事太可怕了！”他说，“多好的一个年轻人啊，而且是个独生子。特别是他母亲的处境太不幸了。”他几乎又把彼得堡街谈巷议的有关卡缅斯基的事逐字逐句地重复了一遍。

弗拉季米尔·瓦西里耶维奇还谈到卡捷琳娜·伊万诺夫娜伯爵夫人，说她热中于新的宗教派别，对此，他既不反对，也不支持；但是他认为，为了保持贵族的体面，这一切都是多此一举，毫无意义。他说完以后，拉了拉铃。

涅赫柳多夫起身告辞。

“如果您方便的话，就来吃饭。”沃尔夫说着，向他伸过手去。“要不，您星期三来，我给您一个明确的答复。”

天色已晚，涅赫柳多夫坐马车回家，也就是回到他姨妈家里去。

十七

卡捷琳娜·伊万诺夫娜伯爵夫人家七点半用餐，开饭上菜用的是一种新方法，这是涅赫柳多夫从来没有见到过的。上菜以后，仆人们就立刻退下，用餐的人自己动手取菜。男人们为了不让太太们过分劳累，凭着自己身强力壮，勇敢地承担起为太太们添菜斟酒的全部重担。第一道菜吃完了，伯爵夫人揌了揌放在桌上的电铃，仆人们就轻手轻脚地走进来，很快地把桌子收拾干净，换上干净的餐具，端出下一道菜。菜肴十分精致，酒也是上等的。在一间宽敞明亮的厨房里，掌勺的是一名法国厨师长和两个穿白衣服的下手。同桌进餐的有六个人：伯爵和伯爵夫人，他们的儿子——一个面色阴沉的近卫军军官，他总是把臂肘撑在桌子上，还有涅赫柳多夫、法国女朗诵员和从乡下来的伯爵家的总管。

餐桌上，大家又谈起那场决斗，议论皇上对这件事抱什么态度。众所周知，皇上是很怜恤卡缅斯基的母亲的。大家也为她难过。不过，大家也知道，皇上虽然对她深表同情，但也不愿严惩捍卫军人荣誉的凶手，因此大家也就跟着宽容了这个捍卫军人荣誉的凶手了。只有卡捷琳娜·伊万诺夫娜伯爵夫人敢于直言，毫无顾忌地谴责凶手。

“他们喝醉了酒，把一个品行端正的青年打死了，我怎么也不能原谅他们。”她说。

“你说这话，我就不懂了。”伯爵说。

“我知道，我说的话你从来就不懂，”伯爵夫人转过身来对涅赫柳多夫说，“大家都懂，只有我丈夫不懂。我是说，我可怜他母亲，我不愿看到凶手杀了人还得意洋洋。”

一直默不作声的儿子这时站出来为凶手辩解，责难他的母亲，粗声大气地对她说，作为一名军官，除此之外，别无选择，否则军官审判会就会把他从团里赶出去。涅赫柳多夫在一旁听着，没有加入他们的谈话。他虽然不能同意小恰尔斯基提出的理由，但是作为一名过去的军官，能够理解他所说的话。这时他不由自主地把杀人的军官同他在监狱里见到的一个年轻漂亮的犯人作比较，这犯人是因在一次殴斗中将人打死而被判服苦役的。这两个人都是酒后杀人，成了凶手。那个人是个农民，一时性起，将人打死，从此离开了妻子、家庭、亲属，戴上镣铐，剃光了头，去服苦役。而这一个军官却坐在禁闭室的一间漂亮的房间里，吃着可口的饭菜，喝着上等的美酒，看看书籍，过一两天就会放出来，一切照旧，反而成了一个公众关注的人物。

他把心里话说了出来。起初，卡捷琳娜·伊万诺夫娜伯爵夫人赞同外甥的话，可是后来却沉默了。别人也都一言不发。涅赫柳多夫这才感到，他的这一番话说得似乎有点失礼。

晚上刚吃完饭，客厅里就摆好了几排高背雕花椅子，是专为听众准备的。桌子后面放了一把圈椅，旁边是一只茶几，上面放一只供传教士喝水用的玻璃水瓶。听众们陆陆续续来了，外国人基泽维捷尔就要在这里布道。

大门口停着许多华丽的轻便马车，在陈设奢华的客厅里坐着身穿绫罗绸缎、头戴假发，将腰勒得细细的女人，在这些女人中间还坐着些男人，有军人，有文官。另外还有五个平民百姓：两个打扫院子的仆人，一个小店老板，一个听差和一个马车夫。

基泽维捷尔身体结实，头发花白，说一口英语，一个瘦弱纤巧、戴着夹鼻眼镜的年轻姑娘非常流利地把它翻成俄语。

他说，我们的罪孽如此深重，将受的惩罚又如此严厉，而且无法逃避，因此我们不能坐着等待惩罚的降临。

“亲爱的兄弟姐妹们，我们只要想一想我们自己，我们的生活，我们在做些什么，我们是怎样生活的，我们怎样触怒了仁慈的上帝以及怎样迫使基督受难的，我们就会明白我们不可能得到宽恕，不可能得到出路，不可能得到拯救。我们注定要灭亡。灭亡是可怕的，永恒的磨难等待着我们，”他用发颤的、哭泣的声音说，“怎样才能得救呢？兄弟姐妹们，怎样才能从这场可怕的烈火中得救呢？烈火已经吞没了房屋，我们已经无路可逃。”

他沉默了一会儿，泪水顺着面颊流下来。八年来，每当他说到这个自以为最得意的地方，他都会感到喉咙哽咽，鼻子发酸，泪如断珠。他一流泪，自己也就更加感动。客厅里响起了一片哭声。卡捷琳娜·伊万诺夫娜伯爵夫人坐在一只拼花桌面的茶几旁，双手托着头，丰满的肩膀在不住地颤动。马车夫惊恐地望着这个德国人，仿佛他赶着一辆马车，辕杆马上就要撞到德国人的身上，而德国人却不肯让开。大多数人的坐姿跟卡捷琳娜·伊万诺夫娜伯爵夫人一样。沃尔夫的女儿相貌酷似父亲，穿了一条时髦的连衣裙，双手捂住脸，跪在地上。

传教士突然脸色开朗，绽开了犹如演员表现欢乐的逼真的笑容。他柔声细语地说：

“现在有救了。这是一种轻松愉快的拯救。这种拯救就是上帝的独生子为了我们去受苦受难，为了我们流血。他的受难，他的流血拯救了我们。兄弟姐妹们，”他又抽泣着说，“我们一起来感谢上帝吧，上帝为了替人类赎罪，献出了他的独生子，他圣洁的鲜血……”

涅赫柳多夫心里十分反感，实在听不下去了，就悄悄站起身来，皱紧眉头，忍住羞愧的唉叹，踮着脚尖走出客厅，回到自己的房间去了。

十八

第二天涅赫柳多夫刚穿好衣服，准备下楼，听差给他送来了一张莫斯科律师的名片。律师是为自己的事到彼得堡来的，如果枢密院能在近期审理玛斯洛娃的案子，那么他可以顺便出庭辩护。由于他当时已经动身，所以涅赫柳多夫打给他的电报没有收到。涅赫柳多夫告诉律师玛斯洛娃的案子什么时候开庭审理，负责审理的枢密官是谁。律师听后，笑了起来。

“这三个枢密官恰好是三种类型，”他说，“沃尔夫是彼得堡的官僚，斯科沃罗德尼科夫是个有学问的法学家，而且是个讲究实际的法学家，所以他最富有生气，”他说，“只有指望他了。上诉委员会那边的情况怎么样？”

“我现在就去拜访沃罗比耶夫男爵，昨天我没能见到他。”

“您知道沃罗比耶夫怎么会当上男爵的吗？”律师听到涅赫柳多夫在说与俄罗斯姓氏连在一起的外国爵位时，语调有几分滑稽，就说。“这是保罗皇帝[1]在位时赐给他祖父的，他祖父当时好像是宫廷总管，他不知什么事博得了皇上的欢心，皇上就说，让他当男爵吧，这是我的旨意，任何人不得阻拦。如此这般，就出了个沃罗比耶夫男爵。他为此洋洋得意，其实是个诡计多端的人。”

“我现在就去找他，”涅赫柳多夫说。

“太好了，我们一起去，我用车送您。”

他们刚要出门，一个听差在前厅迎上前来，把一封玛丽埃塔写来的信交给涅赫柳多夫。信是用法文写的：

---

①指俄国皇帝保罗一世（1754—1801）。

“为了满足您的要求，我破例在丈夫面前为您所庇护的人求情。此人不久便可获释，我丈夫为此已写信给要塞司令，这样，您就一心一意来看我吧，我等着您。玛。”

“怎么样？！”涅赫柳多夫对律师说，“这太可怕了！一个女人什么罪名也没有，在单身牢房里关了整整七个月，最后，只须凭一句话，就放人了。”

“这种事历来如此。至少，您如愿以偿了。”

“是的，然而这种成功却使我伤心。那么，他们究竟想干什么？他们为什么把她关起来？”

“算了，这种事最好别追根究底。我现在用马车送您去，”律师说。这时他们两人已经走到大门口的台阶上，一辆由律师雇的外表漂亮的四轮轿式马车驶了过来。“您不是要去找沃罗比耶夫男爵吗？”

律师告诉车夫要去什么地方。于是几匹骏马很快就把涅赫柳多夫送到沃罗比耶夫的寓所。男爵正好在家。进门第一个房间里有一个身穿制服的年轻官员，他脖子细长，喉结凸出，步伐轻快，另外还有两位女士。

“请问贵姓？”喉结凸出的年轻官员从两位女士身边潇洒地走到涅赫柳多夫跟前，问。

涅赫柳多夫自报了姓名。

“男爵说起过您。请稍候片刻！”

年轻官员走进一间关着的房间，然后从里面带出一个身穿丧服、满面泪痕的夫人，她用细瘦的手指放下凌乱的面纱，免得让别人看见她在流泪。

“请进。”年轻官员对涅赫柳多夫说，迈开轻盈的脚步走到书房门口，推开房门，自己留在门外。

涅赫柳多夫走进书房，看见一个身穿礼服、头发理得很短的人坐在一张大写字桌旁的圈椅上。他中等身材，体格健壮，一双眼睛骨碌碌地看着前面。他那红润的面颊在雪白胡子的映衬下格外引人注目。他一见涅赫柳多夫走进来，慈祥的脸上顿时露出亲热的笑容。

“见到您很高兴。我和令堂早就认识，是老朋友了。我当初见到您的时候，您还是个小孩子，后来当了军官。请坐，您请说吧，要我帮您做什么事？对，对，”他一边听涅赫柳多夫讲费多西娅的案情，一边摇晃着白头发理得很短的脑袋说，“说吧，说吧，我全听明白了。对，对，这件案子的确叫人感动。怎么样，您把诉状呈上去了吗？”

“我已经把诉状写好了。”涅赫柳多夫说着，把诉状从口袋里拿出来。“不过，我想求您帮个忙，希望您能对此案件加以特别关照。”

“您做得很对。我一定亲自向上报告，”男爵说，他想在眉开眼笑的脸上添上一点怜悯的表情，却反而有点不伦不类。“这案子非常感人。看样子，她还是个孩子，丈夫待她很粗暴，她讨厌他。过了一些日子，他们又重归于好了……就这样吧，我会向上面报告的。”

“伊万·米哈伊洛维奇伯爵说，他想去求皇后。”

还没等到涅赫柳多夫把话说完，男爵的脸色就变了。

“不过，您把状子交到办公室去吧，我会尽力去办的。”他对涅赫柳多夫说。

这时年轻官员走了进来，似乎故意要卖弄他的潇洒的步态。

“那位夫人要求再说几句话。”

“请她进来吧，哎，老弟，您在这儿会看见多少眼泪啊，但愿能把这些眼泪都擦干。一个人只要尽力而为就行了。”

那位夫人走了进来。

“我刚才忘了求您，千万不能让他抛弃女儿，因为他已经横了心。”

“我已经说过，我会去办的。”

“男爵大人，看在上帝分上，救救我这个母亲吧。”她抓住男爵的手，开始吻它。

“一切都会办妥的。”

那位夫人走了以后，涅赫柳多夫也起身告辞。

“我一定尽力去办。先跟司法部联络一下，等他们答复以后，我们就尽力去办。”

涅赫柳多夫从书房出去，走进一个办公室。和在枢密院一样，他在这个豪华的房间里又见到许多风度翩翩的官员，他们个个衣冠楚楚、彬彬有礼，从穿着到谈吐都十分得体，尤其是说起话来一本正经，有板有眼。

“这些人为什么这样多，而且多得要命，他们的身体保养得那样好，他们的衬衫和手洗得那样干净，他们的皮靴擦得那样亮。这一切靠的是谁？别说跟囚犯比，就是跟乡下人比，他们的生活也显得多么优裕啊！”涅赫柳多夫又在情不自禁地想。

十九

那个有权赦免彼得堡囚犯的是一个德国男爵出身的老将军，他战功赫赫，得过许多勋章，但平时只在纽扣孔里吊一枚白十字勋章，据说，他现在已经老得不中用了。他在高加索服役过，这枚引以为荣的十字勋章就是在那儿获得的。当时他率领一批剪短头发的和身穿军装的俄罗斯农民，手持步枪和刺刀，屠杀了一千多个保卫自由、保卫家园和亲人的民众①。后来他又到了波兰，在那儿他又唆使俄罗斯农民犯下各种罪

① 系指 19 世纪上半叶高加索山区少数民族反抗沙皇统治的斗争，遭到沙皇军队的残酷镇压。

行[1]。为此，他又得到许多勋章，他的军装上又增添了许多新的饰品；后来他在别的地方服役过，如今他已经年老体衰，得到了一幢考究的房子，一份可观的俸禄和目前的职位。他严格执行上级的各项命令，而且执行起来不折不扣。他非常重视上级的命令，认为世界上一切事物均可改变，唯独上峰的命令不容改变。他的职责就是把男女政治犯囚禁在地牢和单人牢房里，而且要在十年之内使他们死去一半，一部分发疯，一部分死于肺痨病，一部分自杀：有的绝食而死，有的用玻璃割断血管，有的上吊，有的自焚。

老将军对此一清二楚，这一切都是在他眼皮底下发生的，但丝毫没有触动他的良心，就像雷雨和洪水等造成的灾难未能触动他的良心一样。这一切都是他以皇上的名义执行上级命令的结果。这些命令当然是非执行不可，因此根本无须考虑它所产生的后果。老将军从来不去考虑这些事情，因为他认为，爱国军人的天职就是不容考虑这些事，以免在履行在他看来极其重要的职责时心慈手软。

老将军按职责规定，每周巡查一次牢房，问问囚犯有什么要求。囚犯们向他提出各种要求。他平心静气地听着，一声不吭，然后就不了了之，因为他认为所有的要求都是违反规定的。

涅赫柳多夫坐着马车来到老将军寓所，塔楼上的自鸣钟正用清脆的钟声奏着《荣耀归于上帝》的曲子，然后敲了两下。涅赫柳多夫听着钟声，不由自主地想起他在十二月党人的回忆录里读到的情景：每小时奏一回美妙音乐如何震荡着终身囚徒们的心。涅赫柳多夫的马车驶到寓所门口的时候，老将军正坐在光线暗淡的客厅里的一张嵌花小桌旁边，跟一个年轻人在一张纸上转茶碟。这年轻人是个画家，是他的一个

---

① 波兰当时为帝俄属地，1830 年举行反抗沙皇的武装起义，遭到沙皇军队的残酷镇压。

部下的弟弟。画家湿润而纤细的手指夹在老将军骨节僵硬和皮肤发皱的手指中间，两只手合在一起，按住一个倒扣的茶碟，在一张写满字的纸上推来推去。那个茶碟正在回答将军提出的一个问题：人死后，他们的灵魂怎样才能相互认识？

一个专门侍候将军的勤务兵拿了涅赫柳多夫的名片走了进来，这时贞德[①]的灵魂正附在茶碟上说话。贞德的灵魂已经按照字母拼成的话说："灵魂相识，"而且这几个字已经写下来了。勤务兵进来的时候，那茶碟正巧停留在"灵魂"这两个字上，当要指出第三个字的时候，它却滑来滑去，不肯停下来，因为照将军的意思，下一个字应该是"清"，也就是说，照他的看法，贞德应该说，人们的灵魂只有在清除尘世杂念之后才能相互认识。所以下一个字应该是"清"；而画家认为，下一个字应该是"光"，因为灵魂会说，灵魂的相互认识是借助于晶莹剔透的灵魂发出的光。将军脸色阴沉地拧起两道浓密的白眉毛，盯着茶碟上的两只手，想把碟子推到"清"字上，并且设想茶碟自己在移动，可是脸色苍白、把稀疏的头发梳到耳根的青年画家，却对着客厅的一个阴暗角落看着，他的一双浅蓝色的眼睛涣散无神，两片嘴唇急剧地颤动着，他把茶碟往"光"字上推过去。将军见到勤务兵来打断他的兴头，便皱起眉头；他沉默片刻以后，接过名片，戴上夹鼻眼镜，由于他的粗壮的腰部酸痛，咳了一声，挺直魁梧的身子，搓了搓发麻的手指。

"请他到书房去。"

"大人，请您让我一个人做完它，"画家站起来说，"我觉得灵魂还在。"

"好，您去做完吧，"将军果断而严厉地说，然后迈开两条僵直的腿，庄严而稳重地大步向书房走去。"很高兴见到您，"将军向涅赫柳多夫指指写字桌旁的圈椅，用粗厚的声音亲切地对他说，"您来彼得堡

---

① 贞德（1412—1431），法国民族女英雄。

很久了吗？”

涅赫柳多夫回答说，他刚到彼得堡。

“公爵夫人身体好吗？”

“家母已经去世了。”

“请您原谅。我深感悲痛。我儿子告诉我，他见到过您。”

将军的儿子和他父亲一样，官运亨通，军事学院毕业以后，就进了侦察局，对委派他的差使感到十分满意，他的工作就是管理暗探。

“是啊，我和令尊大人共过事，我们是老朋友、老同事了。您现在担任什么公职？”

“我没有担任公职。”

将军不以为然地低下头。

“将军，我有一件事求您帮忙。”涅赫柳多夫说。

“非——常高兴。我能为您做些什么呢？”

“如果我的请求不得当，请您务必原谅我。不过，我不得不把这个请求提出来。”

“究竟什么事？”

“您这儿关着一个姓古尔凯维奇的人，他母亲要求跟他见一次面，或者至少能把几本书转交给他。”

将军对涅赫柳多夫的请求，既不表示同意，也不表示不同意，只是歪着脑袋，眯起眼睛，仿佛在认真考虑。实际上，他什么也没有考虑，甚至对涅赫柳多夫的请求毫无兴趣，因为他心里明白，他的回答是照章办事。他现在不过是闭目养神，什么也没有去想。

“这件事，要知道，我不能做主，”他歇了一会儿，说。“探监一事，必须根据最高当局批准的法令办事，法令上许可的，才能获准探监；至于书，我们有图书馆，准许他们阅读的书，可以借给他们看。”

“是的，但他需要的是学术方面的书籍，他想从事研究。”

“您不要去相信这种话，”将军停顿了一会儿，“这不是为了研究学问，只会惹出麻烦。”

“可是他们处境十分艰难，总得想法子打发时间。”涅赫柳多夫说。

“他们总是满腹牢骚，”将军说。“我们很了解他们。”他说起他们来，就好像谈论某个特殊的劣等人种。“我们为这些犯人提供的条件是很舒适的，这在其他监狱里是很少有的。”将军继续说道。

他似乎为了证实自己的话，开始详详细细列举为犯人提供的种种方便，好像这个机构的主要目的就是为犯人安排一个舒适的住所。

“以前，条件的确很艰苦，现在他们生活得很好，每餐三道菜，其中一道总是荤的，不是牛排，就是肉饼，每逢星期天，还加一道甜食。上帝保佑，但愿每个俄国人都能吃上这么好的伙食。”

将军如同所有上了年纪的人一样，一旦说起陈年旧事，就会反反复复说个没完，以此证明那些犯人贪得无厌，不知感恩。

“我们可以向他们提供宗教书籍和各种过期杂志。我们的图书馆有许多这方面的书刊。可是他们很少阅读。起初，他们似乎还感兴趣，可是到后来，有一半新书原封不动，无人问津，至于旧书，也没有人去翻它。我们甚至做过试验，”将军淡淡一笑说，“我们故意在书里夹一张纸条，过些日子，拿来一看，纸条还在原处。我们也不禁止他们写字，”将军继续说，“我们发给他们石板、石笔，可以擦了再写，写了再擦。可是他们不写。不，他们很快就会安下心来的。他们只是开始有点烦躁不安，以后甚至会发胖，变得很安分。”将军说，他根本没有想到他说的话有多么可怕。

涅赫柳多夫听着他那苍老嘶哑的声音，望着他那动作迟钝的手脚和白眉毛下边一双暗淡无光的眼睛，望着他军服直领撑住的、衰老干瘪的光光的颧骨，望着他由于极端残忍地大肆屠杀而获得的、使他引以为荣的白十字勋章，心里明白，反驳和点穿他说的话是徒劳无益的。尽管如此，他还是耐着性子向他打听另一个案子，就是关于女犯舒斯托娃的事情，他今天得到消息，说上边已经下命令释放她了。

“舒斯托娃？舒斯托娃……我可记不住每个犯人的名字。犯人太多了。”他显然在抱怨监狱里人满为患。他拉了拉铃，吩咐把文牍员叫来。

文牍员还没有来，将军趁此机会劝涅赫柳多夫到政府机关里来效力。他说，皇上和“国家”特别需要正人君子(言下之意，他也是这样的人)，他加上“国家”两个字，显然是为了说起来更加优美动听。

“我老了，可是我还要鞠躬尽力。”

文牍员是个精瘦强壮的人，一对骨碌碌转的眼睛显得十分精灵，他报告说，舒斯托娃关在一个戒备特别森严的地方，并且说关于释放她的公文至今还未收到。

“我们一收到公文， 就会立即释放她。我们不会扣住他们， 我们并不欢迎他们前来光顾。”将军又想装出愉快的笑容， 反而使他的老脸更加丑陋了。

涅赫柳多夫起身告辞，竭力克制自己，以免流露出对这个心狠手辣的老头儿既厌恶又怜悯的复杂心情。老头儿也认为，他大可不必对老同事的儿子过于严厉，虽然他办事轻率，不走正道，也只须开导他几句就行了。

“再见，亲爱的，请不要见怪，我是出于爱护才说这番话的。您不要跟关在我这里的犯人来往，没有一个不是犯过罪的。这些人个个道德败坏。我是了解他们的，”他用毋庸置疑的口气说。他也确实不怀疑自己说的话，这倒不是因为这是事实，而是因为如果不这样说，就等于承认自己不是一个令人敬佩的英雄，不配度过美好的余生，而是一个出卖过自己的良心，并且到了晚年仍在继续出卖自己良心的奸佞。“您最好担任点公职，”他继续说道，“皇上需要正人君子……国家也需要，”他补了一句，“如果我和大家都像您一样，不为政府服务，那怎么办？谁会留下来干？我们批评现在的制度，可自己又不愿意帮助政府。”

涅赫柳多夫长叹一声，向他深深鞠一躬，握了握他宽容大度地伸过来的青筋嶙嶙的大手，走出房间。

将军无可奈何地摇摇头，揉揉腰，又走进了客厅。画家已经记下了来自贞德灵魂的答复，正等候着将军。将军戴上夹鼻眼镜，念了一遍："灵魂的相互认识是借助于晶莹透剔的灵魂发出的光。"

"啊，"将军闭上眼睛，赞许地说，"如果每一个人的光都是一样的，那怎么认得出来呢？"他说着，就坐到小桌子旁边，又把他的手指插到画家的手指中间。

涅赫柳多夫雇来的马车驶出了大门。

"这儿真够闷气的，老爷，"马车夫回过头来对涅赫柳多夫说，"我本来想不等您出来就走了。"

"是的，很闷气。"涅赫柳多夫说着，深深地吸了一口气，如释重负地凝望着烟灰色的云朵在天空飘浮，凝望着涅瓦河上大大小小的船只激起的闪闪粼波。

二十

第二天玛斯洛娃的案子要开庭审理，涅赫柳多夫坐上马车到枢密院去。在枢密院大厦雄伟的大门口已经停了好几辆马车，他刚巧遇上坐马车赶来的律师法纳林。他们沿着富丽堂皇的楼梯登上二楼，熟门熟路的律师带着他往左一拐，走进一扇上面写着诉讼条例实施年份的门。法纳林在第一个长方形房间里脱了大衣，露出燕尾服、白胸衬和白领结。他从看门人那里获悉，枢密官已经全部到齐，最后一个刚刚从这里走过。于是，他信心十足，高高兴兴地走进第二个房间。在第二个房间里，右面放着一口大橱、一张桌子，左面是一道旋梯。一个风度翩翩、身穿制服的官员夹着皮包正从上面走下来。房间里有一个具有族长风度的小老头儿特别引人注目，他留着一头长长的白发，身穿一件短上衣和一条灰色的长裤。他的身旁毕恭毕敬地站着两个跟班。

白发老头走进一只充作更衣室的大橱，关上橱门。这时，法纳林见到一个也是当律师的，身穿燕尾服系着白领结的同行，就兴致勃勃地同他聊了起来。涅赫柳多夫打量着房间里的人。前来旁听的有十五个人左右，其中两个是女的，一个年纪轻的，戴一副夹鼻眼镜，另一个头发已经花白。今天要审理的是一件报纸诽谤案，所以旁听者比平时多，这些人大多来自新闻界。

民事执行吏是一个脸色红润、相貌英俊的人，穿一套漂亮的制服。他拿着一张纸走到法纳林跟前，问他来办什么案子，听说是来办玛斯洛娃一案的，就在纸上记了一下走了。这时橱门开了，族长风度的小老头从里面走出来，他已经脱下短上衣，换上一身镶满金银边饰的官服，胸前挂满光彩夺目的奖牌，活像一只彩鸟。

小老头穿上这套引人发笑的服装，自己也觉得很窘，于是用比平时更快的脚步赶紧走进入口处对面的房间。

“他就是贝，是一个德高望重的人。”法纳林对涅赫柳多夫说，把他介绍给自己的同行，然后说，现在就要审理的这件案子他认为很有趣。

不一会儿审理开始了。涅赫柳多夫和其他旁听者一起从左边进入法庭。他们包括法纳林在内，都走到栏杆后面的旁听席上，只有一个彼得堡律师走到栏杆前的斜面写字台旁边。

枢密院的法庭要比地方法院的法庭小，布置也简单，不同的是枢密官们面前的桌子上铺的不是绿呢子，而是镶金边的深红色天鹅绒。可是，诸如守法镜、圣像、皇帝御像等行使审判职能的机关的永恒标志，在这里也是一应俱全的。民事执行吏庄严宣布：“现在开庭。”所有的人也都那样起立，身穿制服的枢密官们也都那样鱼贯而入，也都那样在高背椅子上坐定，也都那样把臂肘撑在桌子上，竭力装出一副自然的样子。

枢密官一共四人。首席枢密官是尼基京，狭长的马脸，浅灰色的眼睛，胡子刮得精光。沃尔夫若有所思地抿紧嘴唇，白净的小手翻阅着案卷。第三个是斯科沃罗德尼科夫，他是个很有学问的法学家，长得肥胖臃肿，脸上布满麻子。第四个是贝，就是那个颇具族长风度的小老头，他最后一个走进来。随着枢密官进来的还有书记长和副检察官。副检察官是个中等身材、个子瘦瘦的年轻人，脸色很黑，胡子刮得光光的，一双黑眼睛流露出忧郁的神情。尽管他穿了一套古怪的制服，涅赫柳多夫已经有六年没有见到他了，但还是一眼认出他是自己大学时代最要好的朋友。

“副检察官是谢列宁吧？”他问律师。

“是的。怎么啦？”

“我跟他很熟。他为人不错……”

“也是个很好的副检察官，办事很能干。您应该请他想想办法。”法纳林说。

“他向来凭良心做事。”涅赫柳多夫说。他回想起他与谢列宁之间的亲密关系和诚挚的友谊，回想起他身上的许多优点：心地纯真，为人诚恳，作风正派。

“现在已经晚了。”法纳林轻轻说了一句，他正在全神贯注地听已经开始的案情陈述。

现在审理的这个案子是对高等法院裁定的上诉，因为高等法院的裁定未能改变地方法院的原判。

涅赫柳多夫开始洗耳恭听，竭力想弄明白正在审理的案子的内容，但也像在地方法庭上一样，使他难以理解的主要障碍是，他们所讲的都不是主要问题，而都是些无关紧要的枝节。这个案子涉及报上刊登的一篇揭发某股份公司董事长营私舞弊的文章。此案的关键按理应是：股份公司的董事长是否确实侵吞了股东利益以及怎样去制止这种侵吞行为。可是这一点却只字未提。他们大谈特谈的是，按照法律，这家报纸的发行人究竟有没有权利刊登这一篇小品文，现在既然已经刊登，那么他犯的什么罪，是破坏名誉罪还是诽谤罪，是破坏名誉罪中包含诽谤的内容，还是诽谤罪中包含破坏名誉的内容。此外，还涉及某总署所颁布的种种法令和决定，那更是平民百姓难以理解的了。

涅赫柳多夫听得懂的只有一点，那就是陈述案情的沃尔夫虽然在昨天一再声色俱厉地对他说，枢密院不可能审理案件的事实真相，可是现在他在陈述中却分明偏袒被告，以利于撤消高等法院的裁定。这时，谢列宁一反往常的沉稳持重，突然慷慨陈词，发表自己的反对意见。谢列宁的激昂慷慨确实使涅赫柳多夫感到意外，但这是有原因的，因为他知道股份公司董事长在财务方面手脚不干净，同时他又在无意中听说，沃尔夫在此案审理的第一天晚上出席了这位富商的豪华宴会。现在，在法庭上，沃尔夫在陈述案情时，虽然措词谨慎，但还是明显地袒护被告。谢列宁怒不可遏，用异常激烈的口吻表达自己的意见。他的发言显然使沃尔夫感到无地自容：他面红耳赤，浑身发抖，默默地做了一个表示吃惊的手势，接着他装出一副公正不阿而又受人凌辱的样子，跟着其他几个枢密官走进议事室去了。

“您，说实在的，是来办哪一件案子的？”枢密官们刚一离席，民事执行吏又走过来问法纳林。

“我已经对您说过，我是来办玛斯洛娃的案子的。”

“哦，今天是要审理此案，不过……”

“不过什么？”律师问。

“不瞒您说，这个案子是不进行公开辩论的，所以枢密官先生们在对刚才一案作出裁定以后，不一定会出来了。不过，我会去通报……”

“您怎么去通报？”

“我马上去通报，马上就去。”民事执行吏又在纸上写了几个字。

枢密官们果然打算在裁定诽谤案以后，就留在议事室里，一边喝茶抽烟，一边办完其他案子，包括玛斯洛娃的案子在内。

二十一

枢密官在议事室里围着桌子刚一坐定，沃尔夫就滔滔不绝地提出必须撤消此案原判的各种理由。

首席枢密官对人向来不怀好意，今天的心情又特别坏。审理案子时，他听着案情陈述，就准备好了自己的意见。现在他坐着并不在听沃尔夫的发言，而在专心致志地想自己的心事。他在想昨天他在备忘录上记下的一件事：上面没有任命他，而是任命维利亚诺夫担任一个重要职位，对于这个职位，他早已垂涎三尺。首席枢密官尼基京深信，他对任职期间接触过的各种各样的一二等文官所作出的结论，将成为极其重要的历史档案。昨天他写了一段备忘录，猛烈抨击几个一二等文官。他说，如今的当道者要想把俄罗斯引向灭亡，而他一心救国，却遭到这几个文官的无理阻挠。实际上，他们只不过阻挠他获取比现在更多的俸禄罢了。现在他正在考虑，如何向子孙后代对这些事作一个全新的诠释。

“是的，那当然。”他对沃尔夫的发言随口应道，其实他并没有在听。

贝沉着脸在听沃尔夫发言，同时在面前的纸上描着花环。贝是个彻头彻尾的自由派。他不遗余力地捍卫六十年代[①]的传统，即使有时从公正无私的立场后退，也仅仅是为了捍卫自由主义。因此在审理此案的时候，贝主张驳回上诉，这不仅因为提出控告的股份公司董事长是个卑鄙小人，还因为控告记者诽谤就等于压制新闻自由。等到沃尔夫发言完

---

①指19世纪60年代。当时，俄国资产阶级自由派实行资产阶级改革，但是由于害怕群众运动而与沙皇制度妥协。

毕，贝撂下没有画完的花环，露出闷闷不乐的神情，因为他认为，像这种尽人皆知的道理还要他来老生常谈。他柔声柔气地、简明扼要而又令人信服地说明上诉缺乏根据。说完，他又低下白头发的脑袋，继续把花环画完。

坐在沃尔夫对面的斯科沃罗德尼科夫一直在用粗手指把胡须塞进嘴里咀嚼。贝一说完话，他就立刻停止咀嚼，用尖溜溜的嗓音大声地说，尽管股份公司的董事长是个大坏蛋，如果找得到法律根据，他也赞成撤消原判；可是既然找不到这种法律根据，那他就同意伊凡·谢苗诺维奇(贝)的意见。他说完，暗暗自喜，因为他趁机把沃尔夫奚落了一番。首席枢密官支持斯科沃罗德尼科夫的意见，于是，此案就这样被否决了。

沃尔夫显得很不高兴，特别是觉得他的不正当的偏袒似乎被人识破了，不过他装得若无其事，打开由他进行陈述的玛斯洛娃的案卷，专心地读了起来。这时枢密官们按了按铃，叫人把茶端上来，又纷纷谈起跟卡缅斯基决斗同时轰动彼得堡的另一件事。

这是关于某局局长的案子，他触犯了刑法第九百九十五条。罪行败露，被人检举。

“多么下流。”贝嫌恶地说。

“这有什么不好？我可以在图书资料里找出一个德国作家的一篇文章给您看看，他毫不隐讳地认为，这不能算犯罪，男人跟男人可以结婚，”斯科沃罗德尼科夫一边说，一边使劲猛抽夹在指根间的揉皱的香烟，接着哈哈大笑起来。

“这不可能。”贝说。

“我可以拿给您看。”斯科沃罗德尼科夫说，他一字不差地报出书名，甚至还说出了出版年份和地点。

“听说，他现在调到西伯利亚一个城市当省长去了。”尼基京说。

“这倒不错。主教会举着十字架去欢迎他。最好主教也跟他一样。

我可以向他推荐一位。”斯科沃罗德尼科夫说着，把烟蒂扔进茶碟，然后竭力把胡须塞进嘴里去咀嚼。

这时民事执行吏进来报告说，律师和涅赫柳多夫希望在审理玛斯洛娃一案时能够出庭辩护。

“说起此案，”沃尔夫说，“倒是一件风流韵事。”接着，他就把他所知道的有关涅赫柳多夫和玛斯洛娃之间的风流事儿讲了一遍。

枢密官们聊了聊这件事，抽完烟，喝完茶，就走上法庭，当众宣布对前一案件的裁定，然后开始审理玛斯洛娃一案。

沃尔夫扯起尖细的嗓门，详详细细报告了玛斯洛娃要求撤消原判的申诉，虽然在措辞上不太公正，但听得出来，他是主张撤消原判的。

“您有什么补充吗？”首席枢密官问法纳林。

法纳林站起身来，挺起穿着白衬衣的宽阔的胸脯，用生动有力、准确明白的措辞，逐条逐条地证明法院在六个方面背离了法律本义，此外，他还简要提到本案的实质，指出原判的不公正已经到了令人发指的地步。法纳林简短有力的发言所使用的语气，仿佛在表示一种歉意，因为他所坚持的观点，枢密官先生们凭着自己明察秋毫的洞察力和博大精深的法律知识，比他看得更清楚，理解得更透彻，他所以站起来发言，无非是尽到他所承担的责任罢了。听完法纳林的发言，大家觉得枢密院毫无疑问会撤消原判。法纳林发言结束后，不无得意地笑了笑。涅赫柳多夫望着他的律师，看到他面露微笑，相信这场官司一定能够打赢。可是他向枢密官们瞟了一眼，才发现只有法纳林一个人在笑，一个人在自鸣得意。枢密官和副检察官的脸上没有一丝笑容，也没有洋洋得意的神色，却露出一副厌烦的表情，仿佛在说：“你们的那一套辩护我们都听够了，顶个屁用。”他们一直等到律师把话说完，看到不再白白耽搁他们的时间了，他们才称心如意。律师发言一结束，首席枢密官就请副检察官发表意见。谢列宁的发言简单明了，他认为撤消原判的理由缺乏根据，因而主张维持原判。他说完以后，枢密官们又纷纷离席，去开会商议。议事室里大家意见分歧。沃尔夫主张撤消原判；贝了解本案的症结所在，也坚决主张撤消原判，由于他对审案经过了解得十分清楚，所以还向同事们描述了当时庭审的情景和陪审员们产生误会的经过。尼基京一向主张严格办事，执法从严，他反对撤消原判。现在就取决于斯科沃罗德尼科夫对本案的态度了。他赞成驳回上诉，其主要原因是，涅赫柳多夫出于道德准则决定同这个姑娘结婚，实在可恶之极。

斯科沃罗德尼科夫是唯物主义者、达尔文主义者，认为抽象道德的一切表现，或者更坏一点，宗教信仰的一切表现，不仅是可鄙的疯狂，而且也是对他自身的侮辱。这一场由这个妓女所引起的麻烦，以及著名律师和涅赫柳多夫本人亲自到枢密院出庭为她进行辩护，在他看来，更是可恶之极。想到这里，他不停地把胡须塞到嘴里，扮了个鬼脸，很自然地装出一副对本案一无所知的样子，似乎他只知道撤消原判的理由不充分，因此他同意首席枢密官的意见：对上诉不予批准。

上诉就这样被驳回了。

二十二

"真可怕！"涅赫柳多夫一边说着，一边同整理好公文包的律师一起走进接待室。"这样清楚的案子他们却在形式上处处挑剔，把它驳回了。真可怕。"

"这个案子是坏在法院。"律师说。

"连谢列宁也主张驳回。可怕，可怕！"涅赫柳多夫反复地说，"现在该怎么办？"

"去告御状。趁您在这里，亲自把状子呈上去。我替您写状子。"

这时身穿制服、胸佩星章、个子矮小的沃尔夫走进接待室，朝涅赫柳多夫走来。

“有什么办法呢，亲爱的公爵，你们提出的理由都不充分。”他说着闭起眼睛，耸耸窄小的肩膀，就走开了。

沃尔夫之后，谢列宁也进来了。他从枢密官那儿获悉，他的故交涅赫柳多夫在这里。

“我真没想到会在这儿见到你，”他一边说，一边朝涅赫柳多夫走过来。他淡淡地笑着，眼睛里却流露出忧郁的神情。“我根本不知道你在彼得堡。”

“我也不知道你当上了检察官。”

“是副的，”谢列宁纠正说，“你怎么会到枢密院来的？”他问，忧郁和沮丧地看着他的朋友。“我听说你在彼得堡。可是你怎么会上这儿来的？”

“我到这儿来是为了讨回公道，是为了拯救一个无辜的女人。”

“哪一个女人？”

“就是你们刚才裁定的案子。”

“哦，玛斯洛娃的案子，”谢列宁说道，他记起来了。“那个诉状完全没有根据。”

“问题不在于诉状，而在于那个女人是无罪的，却被判了刑。”

谢列宁叹了口气。

“很可能，不过……”

“不是可能，而是确实如此。”

“你怎么知道的？”

“因为我是此案的陪审员，我知道我们错在哪里。”

谢列宁陷入沉思。

“当时你就应该提出来。”他说。

“我提过。”

“你应该把这一情况写成审判笔录，同上诉状一起呈上来就好了……”

谢列宁一向公务缠身，很少参加社交活动，一点不知道涅赫柳多夫那一段风流韵事。涅赫柳多夫觉察到了这一点，决定不提他和玛斯洛娃的关系。

“是的，不过即使现在看来，原判也是十分荒谬的。”他说。

“枢密院无权如此评论。如果枢密院仅仅根据本身的观点去看原判是否公正，从而作出撤消原判的决定，那么暂且不说枢密院因此会失去一切立足点，非但不能恢复公正，相反，有可能破坏公正，”谢列宁想着刚才的那个案子，说，“现在暂且不谈这点，至少陪审团的裁决就会失去意义。”

“我只知道一点，那就是这个女人是完全无罪的，现在将她从不应得的惩罚中拯救出来的最后一点希望也丧失了。最高当局竟然批准此种纯属非法的行为。”

“枢密院没有批准，因为它没有、也无权审查案件本身，”谢列宁眯起眼睛说，“你大概住在姨妈家里吧，”他又补了一句，显然想改变话题。“我昨天听她说你在这里。伯爵夫人邀请我和你两个一起去听一个外国传教士的布道。”谢列宁淡淡一笑，说。

“是的，我去听过，令人厌恶，没听完就走了。”涅赫柳多夫愤愤地说，他心里抱怨谢列宁故意打岔。

“为什么要厌恶呢？这无非是在表达一种宗教信仰，虽然有点片面，带有教派的色彩。”谢列宁说。

“简直荒谬透顶。”涅赫柳多夫说。

“可不能这么说。只怪我们对教会的教义知之甚少，往往把我们的基本信条看成某种新发现。”谢列宁说，仿佛急于要向他的老朋友表述自己的新观点。

涅赫柳多夫用惊异的目光凝视着谢列宁，谢列宁也看着他，眼睛里不仅流露出忧郁的神情，而且也带着敌意。

“难道你也相信教会的教义？”涅赫柳多夫问。

“当然，我相信。”谢列宁说，他怔怔地直视着涅赫柳多夫的眼睛。

涅赫柳多夫叹了口气。

“真奇怪。”他说。

“不过，我们以后再谈吧，”谢列宁说，“我就去，”他回转身去对恭恭敬敬走到他跟前的民事执行吏说，“我们一定得再见见面，”他叹着气又补了一句，“能找到你吗？我每天晚上七点钟吃饭时总在家里。我住在纳杰日金斯卡亚大街，”他说了门牌号码，“我们多少年没见面了。”他又添了一句，嘴角上挂着一丝笑容，走了。

“我有空一定来。”涅赫柳多夫说。他觉得这个曾经是他最亲密的朋友谢列宁，经过这短短的一次谈话以后，突然变得生疏、格格不入而又难以理解，差一点成了仇敌。

二十三

谢列宁在大学读书的时候涅赫柳多夫就认识他了。当时他是个血气方刚的后生，忠实可靠的朋友，上流社会里知书达理的青年，待人接物很有分寸，他举止文雅，相貌英俊，同时又非常诚实正直。他不太用功，没有一点书呆子气，学习成绩却很出色，他的论文还得过金质奖章。

他不仅是在口头上，而且在实际行动上把为大众服务作为人生宗旨。他认为只有供职于国家机关，才能实现这种服务。因此他大学一毕业，就对各种工作进行系统考察，看看在哪个方面能贡献自己的力量，最后他选中了负责立法工作的办公厅二处，认为这工作对他最适宜，于是就去了那里。尽管他对工作勤勤恳恳，一丝不苟，可是他觉得这种工作并不能满足他做一个有益于公众的人的愿望，也没有使他意识到他是在做该做的事情。由于他跟器量狭小、追求虚荣的顶头上司发生冲突，这种不满足的感觉变得更加强烈，最后他离开了二处，调到了枢密院。在枢密院里，他觉得好一点，但是那种不满足的感觉仍然萦绕在他的心头。

他时时刻刻感到一切都和他的期望、和理所当然的事情截然相反。在枢密院任职期间，他的亲戚为他四处奔走，让他当上了宫廷侍从，他只得穿上绣花制服，套上白麻布胸衬，坐上马车去一家家登门道谢，感谢他们为他谋到了一个御前听差的职务。不论他怎样苦思冥想，也无法解释干这种差使的意义。他感到干这种差使比在机关里任职更“不对头”，可是另一方面，他又不能拒绝此项任命，否则就会伤了那些一意要帮他忙的人的心。再一方面，这一任命又迎合了他的劣根性。他在镜子里看到自己身穿用金丝缝成的制服，想到某些人会因此对他肃然起敬，不禁喜上眉梢。

在婚姻方面，他也遇到同样情况。有人为他撮合了从上流社会看来十分美满的婚姻。他所以结婚，也主要因为如果他拒绝这门亲事，就会伤害希望跟他结为夫妻的新娘，就会得罪撮合这门亲事的人，同时也因为和这位年轻美貌的大家闺秀结婚，迎合了他的虚荣心，使他得到某种满足。可是过了不久，这门亲事比在机关里任职，比在宫廷里当差更加“不对头”。他的妻子在生过第一个孩子以后，就不愿再有孩子了，开始过起灯红酒绿的社交生活，而且不管丈夫是否愿意，也硬拖着他一起参加。她长得并不十分漂亮，但对丈夫很忠诚。暂且不论她用这种生活毒害了她的丈夫，就是她自己，除了换来精疲力竭，可以说一无所获。尽管如此，她依旧乐此不疲。他曾经想方设法去改变这种生活方式，但是她的亲戚朋友替她撑腰，说这种生活是必不可少的，结果他的企图犹如鸡蛋碰石头，被击得粉碎。

他们有个女儿，长着一头长长的金黄色鬈发，光着两条腿。但她在父亲的眼里完全是陌生的，这主要因为她不是按照他所期望的那样培养的。他们夫妇之间存在隔阂，甚至不愿意互相了解。于是一场悄然无声、不为外人所知的、讲究礼节分寸的斗争使他的家庭生活变得十分痛苦。这样，他的家庭生活比起在机关里任职，比起在宫廷里当差更加“不对头”。

然而，最“不对头”的却是他对宗教的态度。他像所有同一圈子里的和同时代的人一样，随着知识的增长，毫不费力地挣脱了在其中受过熏陶的宗教迷信的枷锁，连他自己都不知道，是什么时候解脱出来的。他为人正派、诚实，当他刚步入青年时代，在大学同涅赫柳多夫有来往的时候，他就公开宣布不相信官方宗教。随着岁月的流逝和官职的升迁，特别是随着当时社会上反动的保守势力抬头，这种精神自由成了他行动的障碍。姑且不论家里的事情，特别是在他父亲死后做安魂礼拜，母亲要他持斋，社会舆论也多多少少要他这样做，即使在机关里，他也不得不参加祈祷、祝圣、谢恩等各种礼拜，难得有一天不参加宗教仪式，想躲开是办不到的。对于参加这种礼拜，只能两者择其一，要么假装信教(可是他为人老实，决不会这样做的)，要么承认这些宗教仪式都是虚伪的，然后重新安排生活，使自己无须参加他认为是虚伪的宗教仪式。但是为了这件看来无关紧要的事情，必须付出沉重代价，除了同周围的人作经常的斗争，还必须完全改变自己的地位，放弃公职，牺牲他自以为他的职务会给公众带来利益以及今后会给公众带来的更多利益。为了做到这点，还必须坚定地相信自己是正确的。他也确实相信自己是正确的。在我们这个时代，一个受过教育的人只要粗略懂点历史，大体了解宗教的起源以及基督教的起源和分裂，就不能不相信这种想法的合理性和正确性。他相信，他否定教会的教义是真理，也是正确的。

但是，他为生活环境所迫，他这个老实人也只好对自己撒个谎，他对自己说，为了证实不合理的事物是不合理的，首先应对不合理的事物进行研究。这是一个小小的谎言，但却将他引向更大的谎言。今天他已经陷进谎言的泥潭里去了。

他是在东正教的氛围下出生和长大的，周围的人都要求他信东正教，否则，他就不能继续从事有益于公众的活动，因此他向自己提出的东正教是否正确的问题他心中早已有了答案。同时为了弄清这个问题，他把伏尔泰、叔本华、斯宾塞、孔德①的著作放到一边，专心致志地攻读黑格尔的哲学著作和维奈、霍米亚科夫②的宗教论著。自然，他在这些著作中找到了他所需要的东西：精神上的宽慰和对宗教教义的辩护。他虽然自小受到教义的熏陶，但他的理性早已将它摒弃，然而没有宗教信仰，整个生活就会充满烦恼，而一旦信仰宗教，种种烦恼就会一扫而光。此外，他学会了常用的诡辩术，认为单独一个人的智慧是无法认识真理的，只有人类智慧的总和才能发现真理。认识真理的唯一手段就是神的启示，而神的启示只有教会才能保存，如此等等。从那时起，他就可以问心无愧、理直气壮地参加祈祷、安魂礼拜、弥撒，可以守斋，对着圣像画十字，也可以继续在政府中担任公职，使他感到在为公众谋利益，也给他缺少欢乐的家庭生活增添安慰。他自以为信仰东正教了，然而他整个身心无比强烈地感觉到，这种信仰完全“不对头”。

正因为这个缘故，他的眼神总是那样忧郁，也因为这个缘故，他见到涅赫柳多夫以后，就想起当年他们两人认识的时候，他并不是这样虚伪的，想起他过去并不是这样的人；尤其是他匆匆忙忙向涅赫柳多夫暗示自己的宗教观以后，他空前强烈地感到这一切“不对头”。他内心感到剜心般的痛苦。涅赫柳多夫为见到故交而一阵欣喜之后，也产生了同样的心情。

也因为这个缘故，他们两人虽然说好再次见面，但谁也没有主动约

---

①伏尔泰(1694—1778)，法国启蒙思想家；叔本华(1788—1860)，德国唯心主义哲学家；孔德(1798—1857)，法国哲学家。

②黑格尔(1770—1831)，德国唯心主义哲学家；维奈，19世纪瑞士神学家；霍米亚科夫(1804—1860)，俄国新斯拉夫派理论家。他们从不同立场承认基督教教义。

定时间，直到涅赫柳多夫离开彼得堡，他们也没有再见过面。

二十四

涅赫柳多夫和律师从枢密院出来，沿着人行道走去。律师吩咐他的马车跟在后面，开始对涅赫柳多夫讲述枢密官们谈论的某局局长的事。那个局长的丑事被揭露以后，非但没有依法判服苦役，反而被调到西伯利亚去当省长。律师讲完这件事的经过和全部丑闻以后，更加津津有味地讲起另一件事：一些高官显贵吞没了一笔准备建立一座纪念碑的筹款，今天早上他们曾路过那里，纪念碑至今还没有竖起来。律师还讲了某人的情妇做证券交易，赚了好几百万卢布，还讲到有个人把自己的老婆卖出去，另一个人又把她买进来。律师还讲到政府的高级官员如何营私舞弊，罪行累累，非但没有坐牢，却仍然稳坐交椅。律师肚子里的这种故事恐怕三天三夜也讲不完。他讲得津津有味，因为这些故事充分说明他作为一名律师的取财之道，比起彼得堡的达官贵人要正当得多，清白得多。涅赫柳多夫没有听他说完这些官场丑闻，就向他告辞，叫了一辆马车回河滨街的姨妈家去了。律师不禁感到十分惊讶。

涅赫柳多夫愁肠百结。他所以愁肠百结，主要因为枢密院驳回上诉，无辜的玛斯洛娃不得不忍受无谓的苦难，还因为驳回上诉，他要和玛斯洛娃共生死同命运的不变决心难以实现。此外，律师兴致勃勃讲述的那些为非作歹的丑闻，以及不时浮现在他眼前的谢列宁怀有敌意的、冷峻的、拒人于千里之外的目光，而以前他是那样可爱、坦诚、高尚，这一切都使涅赫柳多夫更加郁郁不乐。

涅赫柳多夫回到家里，看门人带点鄙夷的神情将一张字条交给他，说这是一个女人在门房里写的。原来，这张字条是舒斯托娃的母亲写的。她写道，她特意前来向她女儿的救命恩人道谢，此外，她还恳求他务必到她们那里去一次，她们住在瓦西里岛第五街某号。她还写道，维拉·叶夫列莫夫娜非常希望他去。希望他不用担心她们会唠唠叨叨地谢他，使他心烦意乱。她们不会向他当面道谢，只是想见见他。如果他有空，请他明天早上去一次。

还有一张字条，是涅赫柳多夫的老同学、宫廷侍从武官博加特廖夫写的。涅赫柳多夫曾经托他亲自把他以教派信徒名义写的状子呈给皇上。博加特廖夫用粗犷有力的笔迹写道，他会不负重托，将状子面呈皇上，不过他有一个想法，如果涅赫柳多夫先去找一下能够左右这个案子的人，向他求求情，岂不更好。

涅赫柳多夫在彼得堡逗留的几天中得到的印象使他感到要办成一件事情是完全没有希望的。他在莫斯科拟定的计划在他看来，就像青年时代的梦想，如果人们带着它走进生活，不可避免地会大失所望。不过，既然到了彼得堡，他认为就有责任去执行原来的计划。他决定先去看望博加特廖夫，然后按照他的建议，登门拜访能左右教派信徒一案的人。

他刚从皮包里取出教派信徒的状子，想重新浏览一遍，这当儿卡捷琳娜·伊万诺夫娜叫听差来请他上楼去喝茶。

涅赫柳多夫说他马上就去，于是把状子放入皮包，就到姨妈那儿去了。上楼的时候，他望了一眼窗外，忽然看见玛丽埃塔的一对栗色马停在街上，不禁喜出望外，差一点笑出声来。

玛丽埃塔头上戴着帽子，但身上穿的已不是黑色连衣裙，而是穿了一条亮丽花哨的连衣裙。她坐在伯爵夫人旁边，手里端着茶杯，一对美丽而含笑的眼睛闪闪发亮，正唧唧喳喳地说着话。涅赫柳多夫走进去的时候，玛丽埃塔刚说了一句令人发笑的话，而且是一句既令人发笑、又极不体面的脏话。涅赫柳多夫单凭这笑声就听得出来，它引得为人敦厚、嘴上长毛的伯爵夫人笑得胖胖的身子前俯后仰，而玛丽埃塔显出一副特别调皮的样子，撇着略带笑意的嘴，歪着容光焕发、喜溢眉梢的脸蛋，默默地瞅着伯爵夫人。

涅赫柳多夫从片言只语中听出，她们谈论的是当时流传在彼得堡的第二号新闻，也就是西伯利亚新省长的逸事。玛丽埃塔就是在讲这件事的时候说了一句令人发笑的话，逗得伯爵夫人笑得合不拢嘴。

“你要让我笑死了。”她咳嗽着说。

涅赫柳多夫打过招呼，在她们旁边坐下来。他刚想批评玛丽埃塔举止轻浮，她立刻变了脸色，甚至整个心情都变了，因为她发现涅赫柳多夫板着面孔，满脸不高兴。玛丽埃塔自从看到他以后，为了讨他喜欢，总想装得一本正经。她突然变得严肃起来，说她对自己的生活方式感到不满，想寻求新的目标。她这样说倒不是故作姿态，而是她此时的心情确实和涅赫柳多夫一样，虽然她无法用言语表达这究竟是一种什么样的心情。

她问涅赫柳多夫事情办得怎么样了。他便讲述了在枢密院上诉失败的经过和见到谢列宁的事。

“啊！一颗多么纯洁的心灵！真是一个见义勇为的骑士！一颗纯洁的心灵！”两位太太引用了谢列宁在上流社会中享有的美称来赞扬他。

“他妻子怎么样？”涅赫柳多夫问。

“他妻子？我不想说她坏话。可是她不了解丈夫。怎么，难道他也主张驳回上诉？”她用发自内心的同情的口气问，“这真可怕，我真为她难过。”她叹了口气补充说。

他皱起眉头，打算改变话题，就谈起了舒斯托娃，亏得玛丽埃塔帮忙，才从要塞里放出来。涅赫柳多夫向她表示感谢，感谢她在丈夫面前说了好话。他还想说，这个女人和她的全家之所以受苦，仅仅是因为没有一个人想到她们。说起这件事，就令人害怕。可是玛丽埃塔不等他把话说完，就表示对此愤慨不已。

“您不用对我说这些话，”她说，“我丈夫一告诉我她可以放出来，我就大吃一惊。既然她没有罪，为什么把她关起来？”她说出了涅赫柳多夫正想说的话。“真是岂有此理，岂有此理！”

卡捷琳娜·伊万诺夫娜伯爵夫人看到玛丽埃塔在向外甥卖弄风情，觉得很有意思。

“你知道吗？”她趁他们两人谈话间隙，插进去说，“明天晚上你上阿林家去，基泽维捷尔要在他家里布道，你也去吧。”她回过头去对玛丽埃塔说。

“他注意到你了，”她对外甥说，“我把你说的话全对他说了，他告诉我这是个好兆头。他说，你一定会回到基督的身边。你明天一定要去。玛丽埃塔，叫他一定要去。你自己也要去。”

“我，伯爵夫人，第一，没有任何权利要公爵做这做那，”玛丽埃塔望着涅赫柳多夫说，她用这种目光表示她和他在对待伯爵夫人的话，对待福音派的态度上达到充分的默契。“其次，您知道，我不太喜欢……”

“你总是喜欢唱反调，自行其是。”

“我怎么是自行其是呢？我像一个乡下女人那样信教，”她笑着说。“还有第三，”她继续说，“我明天要去看法国戏……”

“啊！你见到过那个……她叫什么名字来着？”卡捷琳娜·伊万诺夫娜问。

玛丽埃塔说了那个著名法国女演员的名字。

“你一定要去看，她演得棒极了。”

“那我先去看谁好呢，姨妈，先去看女演员还是先去看传教士？”涅赫柳多夫笑着说。

“请你别挑毛拣刺。”

“我以为还是先去看传教士，再去看法国女演员，要不，听他的说教就更加倒胃口了。”涅赫柳多夫说。

“不，还是先去看法国戏，再去忏悔。”玛丽埃塔说。

“行了，你们别拿我来取笑。传教士归传教士，看戏归看戏。为了拯救自己，完全不必把脸拉得两尺长，哭个没完。信了教，人就快活了。”

“姨妈，您比传教士还会传教。”

“这么办吧，”玛丽埃塔想了想说，“您明天到我包厢里来。”

“我担心会去不成……”

一个听差进来禀报说，有客来访，打断了他们的谈话。来客是慈善基金会的秘书，伯爵夫人就是这个团体的会长。

“这是个说起话来干巴巴的人，我还是换个地方接待他，等一会儿我再到这儿来。玛丽埃塔，你给他倒杯茶。”伯爵夫人说完，扭着腰肢，快步地向客厅走去。

玛丽埃塔脱下手套，露出一只扁平有力、无名指上戴着戒指的手。

“要喝茶吗?”她说，古怪地翘起小指头，拿起搁在酒精灯上的银壶。

她的脸色变得严肃而又忧郁。

“我很尊重别人的观点，他们却把我和我所处的地位混为一谈。我一想起这点，心里就说不出的难受。”

她说到最后几个字，似乎要哭出来了。虽然仔细分析起来，这些话并没有什么意思，即使有什么意思，也是含混不清的。但是涅赫柳多夫觉得，这些话异常深刻，异常真切，充满善意，这是因为这位年轻漂亮、衣着考究的女人说话时流露出来的炯炯放光的眼神将涅赫柳多夫迷住了。

涅赫柳多夫默默望着她，他的目光已经无法从她的脸上移开了。

“您以为我不了解您，不了解您想些什么。其实您做的事大家都知道。这是公开的秘密，我钦佩您的作为，我赞成您。”

“说实话，我不值得别人钦佩，我做的事还很少。”

“这无关紧要。我了解您的感情，也了解她……好吧，好吧，我不再说这些了，”她发现涅赫柳多夫面有愠色，就收住话头。“不过我还

了解，自从您亲眼目睹监狱里的种种苦难，种种惨状，”玛丽埃塔说，她一心想迷住他，并且凭她女性的敏感，已经猜出他最看重和最珍惜的东西是什么。“您想帮助那些受苦的人，他们由于别人的冷酷和残忍吃尽了苦，苦得无法忍受……我了解，有人可以为此献出自己的生命，我自己也愿意这样做，可是各人有各人的命运……”

“难道您对自己的命运不满意吗？”

“我吗？”她问，心里感到十分惊讶，竟然有人会向她提出这个问题。“我**应该**感到满意，因此也就满意了。可是我的心灵在觉醒……”

“不能再让它沉睡了，应该听听它的呼声，”涅赫柳多夫说，完全被她的谎言蒙骗了。

事后涅赫柳多夫不止一次地带着羞愧的心情回想起和她的谈话，回想起她那些与其说是谎言，倒不如说是有意迎合他的话，还有当她说起监狱里种种惨状和自己对农村的印象时，她那副哀怜的表情。

伯爵夫人回来的时候，他们谈得不但像是两个老朋友，而且亲如知己，在一群不了解他们的人当中，似乎只有他们两个是心心相印的。

他们谈论当道者的不公正，不幸的人们的苦难，人民的贫困，但是在热烈的交谈中，他们没有忘记秋波传情，一个似乎在问：“你能爱我吗？”另一个回答：“我能。”异性的魅力通过出人意料的迷人方式把他们相互吸引住了。

临走时，她对涅赫柳多夫说，她愿意永远为他尽力效劳，还请他明天晚上务必到剧院去找她，哪怕去一分钟也好，她还有一件重要的事要告诉他。

“是啊，要不，我什么时候再能见到您呢？”她叹了口气，补了一句，然后小心翼翼地把手套套在戴着戒指的手上。“请您答应我一定来。”

涅赫柳多夫答应了。

这天晚上涅赫柳多夫独自一人待在房间里，他躺到床上，吹灭蜡烛，久久不能入睡。他想起玛斯洛娃，想起枢密院的裁决，想起他仍旧决心跟她一起走，想起他放弃了土地所有权。突然，仿佛前来替他回答问题似的，他的眼前浮现出玛斯洛娃的脸，他看见她在叹息，她在说“我什么时候再能见到您”时的眼神和笑容，她的形象是那样清晰，好像他真的看到了她，他也笑了。“我将去西伯利亚，我这样做对吗？我放弃了财产，这样做对吗？”他问自己。

在这明亮的彼得堡的夜晚，月光透过窗帘的缝隙射进来。他对这些问题的回答却是模糊不清的，他的脑子里一团乱麻。他想召回以前的心情，重温以前的想法，然而，这些想法已经失去了原有的说服力。

“万一这一切都是我的胡思乱想，万一我无法那样生活下去，万一我对我做的事后悔了，那该怎么办？”他问自己，但无法回答。他心里感到久未有过的惆怅和绝望，他无法理清这些问题，躺在床上，辗转反侧，好像打牌输了一大笔钱似的。

二十五

第二天早晨醒来，涅赫柳多夫的第一个感觉就是他昨天做了一件见不得人的事。

他开始回忆，发现他并没有做了什么见不得人的事，也没有什么卑劣的行为，但是有过一些想法，一些不好的想法，就是他现在的种种打算，比如说，跟卡秋莎结婚，把土地交给农民都是些不能实现的、无法坚持到底的空想，这一切都是人为的、勉强的，他应该仍像过去那样生活下去。

虽然他没有做过什么坏事，可是有许多思想比坏事更坏，因为一切坏事都是由坏思想引起的。坏事可以不再去做，可以进行忏悔，然而坏思想始终可以产生坏的行为。

一种坏行为仅仅为其他各种坏行为铺平道路，可是坏思想却能拖住你顺着邪路一直滑下去。

这天早晨，涅赫柳多夫重温昨天的种种想法，不禁感到惊讶，他怎么会认为那些想法是正确的，哪怕只是一会儿。不论他打算做的事情多么新奇、多么困难，他知道这是他唯一能够走的生活道路，虽然他可以轻而易举地恢复过去的生活，然而他知道，这是一条死路。他现在觉得昨天的诱惑好比一个睡过头的人，已经不想再睡，却还要赖在床上，再舒舒服服躺一会儿，尽管他知道起床的时间到了，应该去做那些等着他去做的重要而又愉快的事情。

今天是他在彼得堡所待的最后一天，他一早就动身到瓦西里岛上去看望舒斯托娃。

舒斯托娃住在二楼。涅赫柳多夫按照看院子人的指点，从后门进去，沿着陡直的楼梯走上去，径直走进一间闷热的、散发着浓烈的食物味儿的厨房。一个上了年纪的女人戴着眼镜，系着围裙，卷起袖子，站在炉子旁边，在冒着热气的锅里搅拌着。

"您找谁？"她从眼镜架上边瞅着进来的人，厉声问道。

没等涅赫柳多夫通报自己的姓名，那女人的脸上就现出惊喜交集的神色。

"啊，公爵！"她赶紧在围裙上擦了擦手，叫了起来。"您为什么要从后门楼梯上来？您是我们的恩人哪！我是她的母亲。他们本来想把我女儿完全毁掉。您是我们的救星。"她说着，抓住涅赫柳多夫的一只手，使劲地吻它。"昨天我登门拜访过您。我妹妹特意要我去的。她住在这儿。请跟我来，从这边走，从这边走，"舒斯托娃的母亲说，一边领着涅赫柳多夫穿过一扇小门和一条阴暗狭小的过道，她一路走，一路把掖起的衣襟放下，理理头发。"我妹妹叫科尔尼洛娃，您一定听说过。"她在门口停下脚，轻轻地补了一句。"她与政治案件有过牵连。她是一个聪明绝顶的女人。"

舒斯托娃的母亲推开一扇过道门，把涅赫柳多夫领进一个小房间。

房间里放着一张桌子，桌子后面的沙发上坐着一个个儿不高、体态丰满的姑娘，她穿着一件条纹布上衣，浅黄色的鬈发披散在她苍白的圆脸四周，长得很像她的母亲。她对面的椅子上，弯腰坐着一个青年，他穿一件绣花领子的俄式衬衫，蓄着唇髭，留着黑胡子。他们两个人正谈得起劲，直到涅赫柳多夫走进房门，才回过头来。

“莉达，这位是涅赫柳多夫公爵，就是那位……”

面色苍白的姑娘蓦地从沙发上跳起来，把一绺从耳朵后面披下来的头发撩回去，睁着灰色的大眼睛惶恐地凝视着来客。

“原来您就是维拉·叶夫列莫夫娜托我营救的那个危险女人吗？”涅赫柳多夫笑着说，一边向她伸过手去。

“对，我就是，”莉季娅说。她张大了嘴，露出一排整齐漂亮的牙齿，孩子般地憨笑着。“我姨妈很想见见您。姨妈！”她亮起温柔动听的嗓子，对着房门叫了一声。

“维拉·叶夫列莫夫娜为您的被捕感到很难过。”涅赫柳多夫说。

“请坐，要不，请这里坐舒服些，”莉季娅指着男青年刚才坐过的那把破软椅说。“这是我的表哥扎哈罗夫。”她发现涅赫柳多夫正用目光打量着他，便介绍说。

男青年像莉季娅一样和蔼地笑着，向客人打招呼，等涅赫柳多夫在刚才他坐过的椅子上坐下，就从窗口那边搬过一张椅子，坐在旁边。这时从另一扇门里又走进一个十六岁左右、长着浅黄色头发的中学生，一声不响地坐到窗台上。

“维拉·叶夫列莫夫娜是我姨妈的好朋友，而我并不认识她。”莉季娅说。

这时从隔壁房间进来一个女人，穿一件白色短上衣，腰里系着皮带，生着一张聪明可爱的脸蛋。

“您好，谢谢您的光临，”她刚坐到莉季娅身旁，就开言道，“维罗奇卡怎么样？您见到她了吗？不知她是怎么熬日子的？”

“她没有怨天尤人，”涅赫柳多夫说，“她说她泰然处之。”

“哎，维罗奇卡，我了解她，”她摇摇头，笑着说，“应当了解她，她是个杰出的女人，一切为了别人，从不想到自己。”

“是的，她从不求人为她做什么事情，一心为您的外甥女操心。她一直很难过，她说，主要是因为您的外甥女被抓进去完全是无辜的。”

“是这么回事，”姨妈说，“这件事太可怕了！说实在的，她是在代我受苦。”

“完全不是这么回事，姨妈！”莉季娅说。“即使您没有托我，我也会保管那些文件的。”

“这件事我知道得比你清楚，”姨妈继续说，“您听我说，”她转过身去对涅赫柳多夫说，“这是因为有一个人托我暂时保管一些文件，我自己没有住处，就把文件放到她这儿。不料当天晚上，警方到这儿来搜查，把文件和她都带走了，一直把她关到现在，他们要她供出是从谁手里拿到这些文件的。”

“我始终没有说。”莉季娅急急地说，她神经质地撩了一下头发，虽然那绺头发并没有挡住她的脸。

“我并没有说你招供了。”姨妈顶了她一句。

“即使他们抓走米京，那也不是我供出去的。”莉季娅说，脸涨得通红，神色不安地看着四周。

“你就别说这些了，莉多奇卡。”母亲说。

“为什么不能说，我就是要说。”莉季娅说，脸仍旧涨得通红，没有一丝笑容，她不再去撩头发，而把一绺头发缠在手指上，不住地环顾四周。

“昨天你一提到这事，不就出事了吗？”

“根本没出事……你别管我，妈妈。我一声不吭，什么也没有说。他先后两次审问我，问起姨妈，问起米京，我一句话也不说。我对他声明，我不会回答他的任何问题，于是那个……佩特罗夫……”

“佩特罗夫是个密探，是个宪兵，是个大坏蛋。”姨妈插话说，她向涅赫柳多夫解释外甥女说的话。

“于是他，”莉季娅激动地赶紧往下说，“开始劝我。他说：‘您对我说的一切话不会伤害任何人，相反……如果您说了，倒可以使那些无辜的、白受罪的人恢复自由。’可我还是对他说，我不说。于是他就说：‘那么，好吧，您就什么也别说，不过，我说的，您也别否认。’于是他就开始报名字，其中也有米京。”

“你别再说了。”姨妈说。

“哎，姨妈，请您别打岔……”她不住地拉扯着一绺头发，望着四周。“不料，你们猜怎么着，第二天，有人敲着墙通知我说，米京被捕了。我心里想，是我出卖了他。这件事使我内心十分痛苦，久久地折磨着我，我简直要发疯了。”

“后来才知道，他的被捕与你根本无关。”姨妈说。

“可是我当时并不知道，我以为是我出卖了他。我在牢房里，从这边墙走到那边墙，走过来走过去，一直在想这件事。我想，是我出卖了他。我躺下来，盖上被子，好像听见有人在我耳边低声说：‘你出卖了米京，你出卖了米京。’我当然知道，那是幻觉，可是又不能不听。我想睡觉，又睡不着，我要不想，又做不到。这太可怕了！”莉季娅越说越激动，她把一绺头发缠在手指上，又把它松开，松开了又缠上，不停地打量着四周。

“莉多奇卡，你冷静一下。”母亲拍拍她的肩膀说。

可是莉多奇卡已经不能克制自已了。

“这件事所以可怕，是因为……”她又开口说，可是没有说完，就泣不成声，从沙发上跳起来，裙子被圈椅勾了一下，从房间里跑了出去。她母亲也跟着她走出去。

“吊死这帮坏蛋。”坐在窗口的中学生开口说。

“你说什么？”他的母亲问。

“我没说什么……随便说说罢了。”中学生答道，随手拿起桌上的一支香烟，点着了火，抽了起来。

二十六

“是的，单身牢房对年轻人来说是很可怕的。”姨妈说着，摇摇头，也抽起烟来。

“我想，对所有的人都是如此。”涅赫柳多夫说。

“不，并不是对所有的人都如此，”姨妈答道，“有人告诉我，对于真正的革命者，这是休息，是静养。秘密工作者永远过着动荡不定的生活，吃不饱，穿不暖，并且为自己，为别人，也为事业担忧。最后被捕了，一切都了结了，如释重负，只管坐下来休息吧。他们对我说，一旦被捕，心里反而觉得高兴。可是对于无辜的年轻人来说——像莉多奇卡这样无辜的人总是首先被捕的——第一次的打击是很可怕的。这倒不是因为失去了自由，受到粗暴的虐待，也不是因为牢房里伙食恶劣，空气浑浊，总之，这种种苦难都算不了什么。即使这种苦难再增加两倍，也是能够忍受下来的，而初次被捕时所遭到的精神打击却是无法忍受的。”

“难道您亲身经历过这种打击？”

“我吗？我坐过两次牢，”姨妈动人而又凄然地笑着说，“我第一次被捕完全是冤枉的，”她继续说道，“那时我才二十二岁，有一个孩子，而且又怀孕了。我失去自由，离开孩子，离开丈夫，这一切无论如何再痛苦也比不上精神上的痛苦，因为当时我觉得从此我不再是一个正常的人，而将变成一个任人宰割的东西。我想跟女儿告别，他们硬拉我上了马车。我问他们要把我带到哪儿去，他们回答说，到了那里你就知道了。我问他们我犯了什么罪，他们不回答我。受审以后，他们让我脱掉衣服，换上印着号码的囚衣，然后把我带到一个拱顶下面，打开牢门，将我推了进去，锁上门走了，只留下一名荷枪的哨兵，默默地在牢房门口走来走去，偶尔从门缝里张望一下。我痛苦极了。我记得，当时有一件事最让我吃惊，那就是一个宪兵军官审问我的时候，递给我一支香烟要我抽。可见，他知道人是喜欢抽烟的，可见，他也应该知道人是喜欢自由和光明的，也应该知道母亲爱孩子，孩子爱母亲。既然如此，他们为什么无情地把我同我所热爱的一切拆开，把我像一头野兽似的锁起来？遭受这样的痛苦，是一定要付出代价的。如果一个人原来相信上帝和人，相信人们应该相亲相爱，但是在遭此劫难以后，就不会再相信了。我就是从那时起不再相信人，心肠也变狠了。”她说完微微一笑。

莉季娅的母亲从刚才女儿出去的那扇门进来，她说莉季娅心情很坏，不出来了。

“为什么要毁掉一个年轻人的生命？”姨妈说，“我尤为痛心的是，这一切都是因我而起。”

“愿上帝保佑她，她呼吸呼吸乡下的空气会好起来的。”母亲说，“我们要把她送到父亲身边去。”

“是啊，要不是您帮忙，她就全完了，”姨妈说，“多谢您了。不过我请您来，是想托您将一封信转交给维拉·叶夫列莫夫娜。”她说着，从口袋里拿出信来。“信没有封口，您可以过过目，看过以后，或者撕掉，或者代为转交，总之，您看着办吧，决不能使您为难，”她说，“信里没有损害他人名声的话。”

涅赫柳多夫接过信，答应转交，就起身告辞，走到街上。

他没有把信拿出来看，封好信口，决定把它转交给维拉·叶夫列莫夫娜。

二十七

涅赫柳多夫要在彼得堡办的最后一件事，就是教派信徒的案子。他打算托他以前在军团里的同僚、如今的宫廷侍从博加特廖夫把这张御状呈上去。一清早，他坐车去拜访博加特廖夫，正好碰到他还在吃早饭，马上就要出门了。博加特廖夫生得矮壮结实，膂力过人，能空手扭弯一块马蹄铁。他善良、老实、直爽，甚至还有点自由派的思想。尽管他有这些特点，但他同宫廷关系密切，热爱沙皇和皇族，他生活在社会的最高层，却凭着某种惊人的方法，使自己只看到它的好的一面，而自己从不参与任何坏事或不体面的事。他从不指责别人，也从不批评政府的措施。他要么一言不发，要么大声嚷嚷似的大胆说出他想说的话，而且还放声大笑。他这样做并非出于某种策略，而是他的性格就是如此。

“啊，你来了，太好了。要不要吃点早饭？要不你先坐一会儿。这煎牛排味道不错。我吃饭总是这样，开头和收尾喜欢吃点实在的东西。哈——哈——哈！来，喝点酒，”他指着一瓶红葡萄酒大声说道，“我一直惦记着你。那状子我会递上去的，当面呈交皇上。我一定办到。不过，我有一个想法，如果你先去找一下托波罗夫，那就更好了。”

涅赫柳多夫听到他提起托波罗夫，不由得皱起眉头。

“这件事取决于他，最后还是要问过他才行。你去找他，说不定他当场就会答应你的请求。”

“既然你这么说，我就去找他一次。”

“那就太好了。彼得堡怎么样？给你留下什么印象？”博加特廖夫大声说，“你说说行吗？”

“我觉得像中了催眠术。”涅赫柳多夫说。

“中了催眠术？”博加特廖夫重复了一遍，哈哈大笑起来。“你不想吃，就听便吧。”他用餐巾擦了擦胡子。“那么，你去找他吗？要是他不答应，就把状子交给我，我明天呈给皇上。”他大声说着，站起身来，在胸前画了个大大的十字，看得出来，就像他擦嘴一样，显得漫不经心。他开始佩上军刀。“现在只能说再见了，我要走了。”

“我们一起走吧，”涅赫柳多夫说着，高兴地握握博加特廖夫有力的大手，并且像往常一样，每当他看到健康、朴实、生机勃勃的东西，总会在头脑里留下愉快的印象，他在大门口跟博加特廖夫分了手。

涅赫柳多夫虽然对他此行并不抱过多希望，但还是按照博加特廖夫的忠告，坐了马车去拜访托波罗夫，那个据说能定夺教派信徒一案的人。

托波罗夫所担任的职务，就他的职责而言，就存在着矛盾，只有头脑愚钝和丧失道德的人才看不出来，而托波罗夫恰恰就是具有这两种缺点的人。这种职责上的矛盾就是采取包括暴力在内的各种外部手段维护和保卫教会，而按照教义，教会是由上帝创立的，它绝不会被地狱之门和任何人为的力量所动摇。这个由上帝创立，并不为任何力量所动摇的神圣殿堂，却不得不由以托波罗夫为首的官僚们掌管的人间机构来维护和保卫。托波罗夫没有看到这种矛盾，或许是不愿意看到，因而他密切关注着天主教教士、耶稣教牧师和教派信徒，唯恐他们破坏地狱之门都无法战胜的教会。托波罗夫如同一切丧失基本的宗教感情，丧失人类平等博爱思想的人一样，确信老百姓是一种与他截然不同的生命体，确信有一样东西对于老百姓来说是不可或缺的，而对他自己来说，即使没有，也无关紧要。他的灵魂深处没有任何信仰，而且觉得这样在精神上自由自在，十分愉快，但他担心老百姓的精神状态也是这个样子。因此，照他的说法，他认为把老百姓从这种精神状态中解救出来，是他的神圣职责。

有一本烹调书说，龙虾喜欢被活活煮死。同样，他确信，老百姓生来就喜欢迷信。不过，烹调书上用的是转义，意思是说，煮熟了吃才鲜美，而他所想所说的却都是本义。

他对待他所维护的宗教，就像养鸡的人对待用来喂鸡的腐肉一样，腐肉谁见了都讨厌，可是鸡却喜欢吃，所以就应当用腐肉去喂鸡。

不用多说，什么伊维利亚圣母啦，喀山圣母啦，斯摩棱斯克圣母啦，都是愚昧的偶像崇拜，可是老百姓喜欢，信仰这些东西，因此就应该维护这种迷信。托波罗夫就是这样想的，可是从来没有意识到，老百姓之所以迷信，只是因为过去和现在世界上都存在像托波罗夫这样残酷的人，他们自己接受了教育，却没有把智慧用到该用的地方，帮助老百姓摆脱愚昧的黑暗，反而使他们在黑暗中越陷越深。

涅赫柳多夫走进托波罗夫的接待室时，他正在自己的办公室跟一个女修道院院长谈话。那院长是个生性活跃的贵族女人，她在俄国西部强制改信东正教的合并派信徒①中间传布东正教，维护东正教的势力。

在接待室里，一个专职值日官问涅赫柳多夫有什么事，当他听说涅赫柳多夫是来替教派信徒告御状的，就说能不能先让他过过目。涅赫柳多夫把状子交给他，他拿了状子走进办公室去了。这时女修道院长从办公室里走出来，向出口处走去。她头戴高筒帽，脸上飘动着面纱，身穿一条后裾拖地的黑色长裙，两只手白白净净，手指甲剔得清清爽爽，拿着一串茶晶念珠，交叉在胸前。涅赫柳多夫还没有被请进办公室。托波罗夫一边看状子，一边直摇头。他读着写得明白有力的状子，既惊讶，又不好受。

“这状子万一落到皇上手里，就会节外生枝，招来麻烦。”他读完状子心里暗想。他把状子放到桌上，按了按铃，吩咐值日官请涅赫柳多夫进来。

他想起这些教派信徒的状子，他以前也收到过他们递来的状子。事情是这样的：那些脱离东正教的基督徒先是受到训诫，后来被送上法庭受审，可是法庭却判他们无罪释放。于是，主教和省长就以他们的婚姻非法为由，硬把他们跟自己的丈夫、妻子、儿女拆散，流放到各地去。那些做丈夫的、做妻子的请求不要将他们活活拆散。托波罗夫想起了他第一次接到这件案子时的情形。当时他曾经犹豫，是否应对这件事

①16 世纪末，波兰立陶宛王国并入俄国后，实行俄国东正教和波兰天主教的合并。19 世纪波兰被瓜分后，1839 年在俄国所取得的乌克兰和白俄罗斯土地上废止教会合并，重新建立东正教，强迫合并派教徒改信东正教。

加以制止。但他知道，批准原来的决定，拆散这些农民的家庭，把他们流放到各地去，是有百利而无一害的；要是把他们留在原地，倒会带坏其他的农民，使他们也纷纷脱离东正教。况且，主教在这件事情上特别热心，因此他也就让它顺其自然了。

可是现在，这个案子有像涅赫柳多夫这样的人出面辩护，而他又跟彼得堡的许多名流有来往。这个案子可能被当作一个暴行提到沙皇面前，或是在国外报纸上披露出来，就不好办了。因此他当机立断，作出一个出人意料的决定。

“您好。”他装出一副公务缠身的样子，站着迎接涅赫柳多夫，然后开门见山谈起这个案子。

“我知道这个案子。我一看到这些人的名字，就立刻想起这不幸的案子。”他说着，拿起状子给涅赫柳多夫看。“我非常感谢您提醒我。省里头做得太过火了……”涅赫柳多夫默不作声，厌恶地望着他苍白的、毫无表情的、像假面具一样的脸。“我立即下命令撤消对他们的判决，把他们送回原籍。”

“这么说，我不用再把状子呈给皇上啰?”涅赫柳多夫说。

“完全不必如此。**我**已经向您承诺了。”他把“我”字说得特别重，显然，他坚信**他的**诚实，**他的**话就是最可靠的保证。“我最好现在就下达命令。劳驾您稍坐片刻。”

他走到桌前，写了起来。涅赫柳多夫没有坐下，居高临下地望着他狭长的光秃秃的脑门，望着他用青筋暴起的手挥笔疾书，不由得暗自惊讶，这个冷漠无情的人为什么肯做他现在做的事情，而且显得那么热心。这是为什么呢?

“嗯，写好了，”托波罗夫说着，封上信口。“您去通知您的那些当事人吧。”他撇着嘴装出微笑的样子说。

“那么，这些人为什么要无端受苦呢?”涅赫柳多夫接过信封说。

托波罗夫抬起头，笑了一笑，似乎他很乐意回答涅赫柳多夫的问题。

“这一点我没法跟您说。我只能说，我们捍卫的人民的利益是至高无上的，因此对宗教信仰问题过分热心，决不会比目前广泛存在的对这一问题过分冷淡有害和可怕。”

“可是怎么能用宗教的名义来破坏善的最基本的要求，弄得他们妻离子散呢？”

托波罗夫仍然宽容地笑着，他觉得涅赫柳多夫说的话很天真。托波罗夫自以为他高屋建瓴，是站在国家的高度上看问题，因此，无论涅赫柳多夫说什么，他总觉得他的话既天真，又偏颇。

“从个人的观点看，情况可能如此，”他说，“但从国家的观点看，情况就不完全一样。不过，对不起，少陪了。”说着，他低下头，向涅赫柳多夫伸过手去。

涅赫柳多夫握了握他的手，一句话都不说，匆匆地走了出去。他后悔跟他握手。

“人民的利益，”他重复着托波罗夫的话，“其实是你的利益，仅仅是你的利益罢了。”他走出托波罗夫的官邸时心里想道。

涅赫柳多夫的脑海里又浮现出一个个被这些所谓伸张正义、维护宗教信仰、教育人民的机关审理过的人。他想起了因贩卖私酒而判刑的农妇，因偷窃而被判刑的青年，因四处流浪而判刑的流浪汉，因纵火而被判刑的纵火犯，因侵吞公款而被判刑的银行家；他还想起仅仅要从她口里掏出必要的情报而被监禁的不幸的莉季娅，因违反东正教教规而判刑的教派信徒和因要求立宪而遭到惩罚的古尔凯维奇。涅赫柳多夫的心里十分清楚，这些人被捕，被关，被流放，完全不是因为他们违背了正义，参加了非法活动，仅仅是因为他们妨碍那些达官贵人、商贾巨富占有他们从老百姓手里聚敛起来的财富。

无论是贩卖私酒的农妇，在城里游手好闲的小偷，藏匿传单的莉季娅，破坏迷信的教派信徒，还是要求立宪的古尔凯维奇，都在妨碍他

们。因此涅赫柳多夫心里十分清楚，所有这些大大小小的官僚，从他的姨夫、枢密官和托波罗夫，一直到坐在各部办公室里的衣冠楚楚、彬彬有礼的小官吏，丝毫不因众多的无辜者受苦受难而于心不安，他们关心的只是如何清除一切危险分子。

因此，他们不仅不遵守宁可宽恕十个有罪的人而不冤枉一个无辜者的信条，恰恰相反，为了清除一个真正的危险分子，宁可惩处十个没有危险的人，就像为了剜去烂肉，不得不连好肉也一起剜去。

涅赫柳多夫觉得用这种比喻来解释当前的种种现象既简单又明了。但恰恰是这种简单明了使涅赫柳多夫反倒犹豫不定，不敢认定这种解释。这样复杂的现象总不可能用如此简单而可怕的理由来解释吧，所有那些关于正义、善、法律、信仰、上帝等等的言论总不能光是一些空话，用来掩盖最野蛮的贪婪和残忍吧。

二十八

涅赫柳多夫原定那天傍晚离开彼得堡的，但是他答应过玛丽埃塔到剧院里去看她。虽然他知道不应该这样做，可是他还是昧着良心去了，认为这样才算履行自己的诺言。

“我能挡住这种诱惑吗？”他心绪不定地想，“再试一次吧。”

他换上礼服，来到剧场。这时，《茶花女》正演到第二幕，一个外国女演员用新的演技表演害肺痨病的女人如何渐渐死去。

剧场里坐满了人。有一个人见涅赫柳多夫在打听玛丽埃塔的包厢在什么地方，立刻恭恭敬敬地指给他看。

过道里站着一个身穿号衣的跟班，他像见到熟人一样，向涅赫柳多夫鞠了一躬，为他拉开包厢的门。

对面的一排包厢里坐着的和在后面站着的人，那些在包厢旁边靠墙坐着的观众，那些坐在正厅里的观众，有的白发苍苍，有的头发花白，有的头顶全秃，有的头顶半秃，有的涂着发蜡，有的头发拳曲——全体观众都全神贯注地欣赏着一个打扮得珠光宝气、身裹绫罗绸缎的骨瘦如柴的女演员装腔作势地念着独白。包厢门打开时，有人嘘了一声，同时有两股气流，一股冷的，一股热的，向涅赫柳多夫的脸上扑来。

包厢里坐着玛丽埃塔和一个他不认识的女人，那女人披着一件红斗篷，盘着一个又高又大的发髻。此外，还有两个男人：一个是将军，也就是玛丽埃塔的丈夫，他相貌英俊，身材魁梧，神情严肃，城府很深，长着一只鹰钩鼻子，胸部用棉花和土布衬得很高，显得格外威武；另一个男人，头发浅黄，已经谢顶，两边威武的络腮胡子中间露出一小块剃得光光的下巴。玛丽埃塔，艳丽迷人，秀外慧中，身材窈窕。她穿着一件袒胸露肩的晚礼服，露出丰润结实的双肩和颈脖肩膀之间的一颗黑痣。她回过头去见是涅赫柳多夫，就用扇子指指身后的椅子，对他莞尔一笑，表示欢迎和感谢，但是在涅赫柳多夫的眼里，这笑却意味深长。她的丈夫像干一切事情那样，不动声色地看了涅赫柳多夫一眼，朝他点了点头。从他的姿态，从他同妻子交换的眼神都可以看出，他就是这位娇妻的主人和占有者。

独白念完了，剧场里掌声雷动。玛丽埃塔站起身来，提着窸窣作响的绸裙走到包厢后面，将涅赫柳多夫介绍给她的丈夫。将军眼里一直含着笑意，说了一声“幸会”，就又若无其事、高深莫测地一声不吭了。

“我本来今天要走的，可是我答应过您。”涅赫柳多夫转过身来对玛丽埃塔说。

“如果您不想来看我，那也该来看看这位杰出的女演员，”玛丽埃塔听出他话中有话，便说。“她在最后一幕里演得太精彩了。是不是这样？”她转身问丈夫。

丈夫点点头。

“这戏打动不了我的心，”涅赫柳多夫说，“这种真正的不幸我今天看得太多了……”

“您不妨坐下来说说。”

她的丈夫在一旁听着，一双眼睛越来越显露出嘲讽的笑意。

“我去看过那个在牢里关了很久、现在已经放出来的女人，她完全垮了。”

“她就是我对你提起过的那个女人。”玛丽埃塔对丈夫说。

“是啊，她能够被放出来我感到很高兴，”他点点头，心平气和地说着。涅赫柳多夫觉得连他的唇髭下面也露出了明显的讥笑。“我出去抽支烟。”

涅赫柳多夫坐下来，等着玛丽埃塔向他说她要告诉他的**某些话**，可是她一句话也没有说，甚至没有一点想说的意思，只是一个劲儿地说笑话，谈这出戏，她以为这出戏一定会使涅赫柳多夫深受感动。

涅赫柳多夫看出她并没有什么话要对他说，不过是要在他面前展示一下自己穿着晚礼服，裸露的肩膀和黑痣显得多么娇艳动人。他既感到赏心悦目，又感到俗不可耐。

她那艳丽的姿容以前遮盖了一切，如今对涅赫柳多夫来说，虽不能说已经完全揭开，但他已经看到里面隐藏着的东西。他望着玛丽埃塔，欣赏着她的姿色，可是他知道她是个虚伪的女人，她和丈夫生活在一起，眼看他用成百上千人的血泪去换取高官厚禄却无动于衷。她昨天说的一番话全是假的，目的是要使他爱上她。至于这又是为了什么，他不知道，她自己也不知道。他对她又迷恋，又厌恶。他几次想拿起帽子，起身告辞，可是几次都又留下来了。最后她的丈夫带着满口烟味回到了包厢，傲慢地用蔑视的目光瞥了涅赫柳多夫一眼，好像不认识他似的。涅赫柳多夫没有等到包厢的门关上，就走到外面过道上，找到大衣，走出剧场。

他沿着涅瓦大街步行回家，突然发现有个女人在前面宽阔的沥青路面的人行道上慢慢地走着。她个儿很高，身材匀称，装束妖冶。从她的脸上和整个体态可以看出，她知道自己有一种卖弄风骚的魅力。凡是朝她迎面走去的人和从后面赶上去的人都要朝她瞧瞧。涅赫柳多夫走得比她快，也不由自主地看了看她的脸。她的脸多半是敷了脂粉，很漂亮。她向他娇媚地回眸一笑。说也奇怪，涅赫柳多夫顿时想起了玛丽埃塔，因为这种又迷恋又厌恶的感觉，他刚才在剧场里也产生过。涅赫柳多夫很生自己的气，他匆匆赶到她前面，转身拐到海军街，然后又走到滨河街上，在那儿踱起步来，引得一名警察也心生怀疑。

"我走进剧场的时候，那个女人也是对我这样回眸一笑，"他想，"无论是这个女人的笑容，还是那个女人的笑容，含意都是一样的，不同的只是，这个女人露骨地说：'你需要我，就带我走，不需要我，就走你的路。'那个女人却假装正经，情操高尚，似乎心里根本没有这种邪念，其实骨子里是一样的。这个女人至少还老实，而那个女人却在撒谎。这个女人干这一行是为生活所迫，而那个女人只是为了寻欢作乐，发泄这种既可爱，又可恶，又可怕的情欲。这个街头妓女是一潭肮脏的臭水，专供那些口渴得顾不上恶心的人喝的。而剧场里的那个女人，却是一剂毒药，谁喝了，谁就会慢性中毒，不知不觉地死去。"涅赫柳多夫想起他同那位首席贵族之妻的交往，可耻的往事顿时涌上心头。"人身上的兽性令人可恶，"他想，"当它赤裸裸的时候，你从精神生活的高度可以看清它，藐视它，因此不论你是否落入陷阱，你还能像原来一样。不过，当这种兽性披上一层富有诗意的美丽外衣，要求你对它顶礼膜拜的时候，你就会对它敬若神明，善恶不分，终于落入陷阱。这时才真的可怕呢。"

涅赫柳多夫现在对这一点看得清清楚楚，就像看眼前的皇宫、哨所、城堡、河流、船只和交易所一样分明。

这天晚上，大地没有被给人以安宁、催人入眠的黑暗所笼罩，只有不知来自何方的朦胧的灰暗的亮光[1]。涅赫柳多夫的心里也不再被使人麻木的、无知的黑暗所笼罩。一切都清清楚楚。事情很明白，凡是被人们当作重要和美好的事物，往往是微乎其微和肮脏丑恶的，而那些光彩耀人、富丽堂皇的外衣往往掩盖着累累罪行，人们对它们已司空见惯，它们非但没有受到惩处，反而如履春风，被人们想尽办法加以美化。

涅赫柳多夫一心想忘掉这些事情，想不去看它，却无法视而不见。虽然他未能看到将他照亮的光来自何方，正像他看不到照亮彼得堡的光来自何方一样。虽然这种光显得朦胧、灰暗、不自然，他却不能不看到这种光为他照亮的东西，于是他心里既感到高兴，又感到不安。

二十九

涅赫柳多夫回到莫斯科后，第一件事就是到监狱医院把枢密院裁定维持法院原判的不幸消息告诉玛斯洛娃，并要她做好去西伯利亚的准备。

他对律师起草、现在带到牢里让玛斯洛娃签字的御状不抱多大希望。说来奇怪，他现在倒不指望告状成功。他已经做好思想准备到西伯利亚去，同流放犯、苦役犯生活在一起。一旦玛斯洛娃无罪释放，他倒很难想象如何安排自己的生活和玛斯洛娃的生活。他想起美国作家梭罗[2]的一段话，他在美国仍存在着奴隶制度的时候说过，在一个奴隶制合法化并且受到保护的国家里，正直公民的唯一出路就是监狱。自从去过彼得堡，耳闻目睹种种事情以后，涅赫柳多夫也对此很有同感。

---

① 指彼得堡的自然景观白夜。

② 梭罗（1817—1862），美国作家、思想家。1846 年 7 月因拒缴税支持美国侵略墨西哥的战争被关押一天，获释后发表了著名演说《论公民的不服从》，表示了自己的立场。

“是的，在当代俄国，一个正直的人的唯一出路就是监狱！”他想。他坐着马车来到监狱，跨进监狱高墙的时候，这种感受变得更加真切了。

医院看守人认出是涅赫柳多夫，就立刻告诉他，玛斯洛娃已经不在这里了。

“她现在在哪儿？”

“又回监狱去了。”

“为什么调她走？”涅赫柳多夫问。

“她就是那种人嘛，老爷，”看门人轻蔑地冷笑一声说，“她跟医士勾勾搭搭，被主任医生打发走了。”

涅赫柳多夫万万没有想到，玛斯洛娃和她的精神状态与他如此相近。这个消息使他大为震惊。他心里的感受就像人们听到大祸突然从天而降的消息时的感受一样。他心里很难过。他听到这个消息后的第一个感觉，就是羞愧。他首先觉得自己很可笑，因为他曾经高兴地以为她的精神状态已经起了变化。他想，她不愿意接受他的牺牲，以及对他的责备和在他面前流下的眼泪，这一切都是堕落女人施用的心计，只是想方设法利用他罢了。他现在觉得，上次探监时他已经从她身上看到不可救药的迹象，现在已经暴露无遗。当他下意识地戴上帽子，走出医院时，脑子里掠过这样的念头。

“现在该怎么办？”他问自己，“我还要跟她来往吗？我不是因她的这种行为就此可以脱身了吗？”他问自己。

然而，他刚向自己提出这个问题，就立刻明白，他认为自己就此可以脱身，撇下她不管，受到惩罚的并不是他所期望的她，而恰恰是他自己。一想到这里，他不禁害怕起来。

“不，这件事不能改变我的决心，只会增强我的决心。她的精神状态驱使她怎么做就怎么做好了。她要跟医士勾勾搭搭，就让她去勾勾搭搭，这是她的事……至于我，凭着良心去做事，”他对自己说，“我的良心要求我牺牲我的自由来赎我的罪。我要娶她为妻，哪怕是形式上的婚姻也好。不论她流放到哪里，我都要随她同行。我的这个决心是坚定不移的。”他一边十分固执地对自己说，一边走出医院，迈着稳健的脚步向监狱大门走去。

他走到监狱门口，要值班看守通报典狱长，说他希望见玛斯洛娃一面。值班看守认识涅赫柳多夫，就像熟人一样，告诉他监狱里的一条重要消息。原来的上尉已被免职，这个位子由另外一个严厉的长官来接替了。

“现在管得很紧，紧得要命，”看守说，“他在里面，我马上去报告。”

果然，典狱长在监狱里，过不多久从里面走出来见涅赫柳多夫。新典狱长长得又瘦又长，两颊的颧骨隆起，脸色阴沉，动作缓慢。

“只有在规定的日子才准许与犯人在探监室见面。”他说，眼睛不看涅赫柳多夫。

“可是我想让她在一张呈给皇上的状子上签字。”

“您可以交给我。”

“我想亲自见见她，以前我一直得到你们许可的。”

“这是以前。”典狱长扫了涅赫柳多夫一眼说。

“我有省长的许可证。”涅赫柳多夫坚持说，一边从口袋里掏出皮夹来。

“请您出示一下，”典狱长说着，仍然没有看涅赫柳多夫的眼睛，伸手接过他递过来的一张公文。他的白净的手指又长又瘦，食指上套着一枚金戒指，他慢吞吞地念了一遍。“请到办公室来。”他说。

这一次办公室里空无一人。典狱长坐到桌子后面，翻着放在桌子上的公文。他分明想在他们见面的时候留在这里。涅赫柳多夫问他能否见见政治犯博戈杜霍夫斯卡娅，典狱长干脆回答：不行。

“同政治犯见面是不允许的。”他说完，又埋头去看公文了。

涅赫柳多夫的口袋里装着给博戈杜霍夫斯卡娅的信，觉得自己好像一个预谋被揭穿了的、做了亏心事的人。

玛斯洛娃走进办公室的时候，典狱长抬起头来，既不朝玛斯洛娃看，也不朝涅赫柳多夫看，自顾自地说：

“你们可以谈了！”他说着，又埋头批阅公文了。

玛斯洛娃又是以前的装束：白上衣，白裙子，白头巾。她走到涅赫柳多夫跟前，看见他冷若冰霜，怒气冲冲，她的脸顿时涨得通红，低下眼睛，一只手不停地揉着上衣的下摆。她的窘态使涅赫柳多夫确信医院看门人的话没错。

涅赫柳多夫很想像上次那样对待她，想把手伸给她，可是做不到。他现在恨她。

“我给您带来一个坏消息，”他用平淡的口气说，既不朝她看，也不向她伸出手去。“上诉被枢密院驳回了。”

“我早已料到。”她说话的声调很古怪，好像在喘气。

要是以前涅赫柳多夫一定会问她，为什么她早就料到这样，现在，他仅仅看了她一眼。她的眼眶里满含着泪水。

但这不仅没有使他心软，反而使他更加憎恨她。

典狱长站起来，在办公室里走来走去。

尽管涅赫柳多夫现在对玛斯洛娃十分反感，可是他仍然认为有必要向她表示自己对枢密院驳回上诉一事感到十分遗憾。

“您不要灰心，”他说，“向皇上告状，也许能有结果，我指望……”

“我不是在想这件事……”她眼泪汪汪地斜睨着他，伤心地说。

“您在想什么？”

“您去过医院了，一定听他们说起我……”

“那又怎么，那是您的事。”涅赫柳多夫皱起眉头，冷冷地说。

他的自尊心受到损害而引起的强烈反感本来已经平静下去，此刻她一提到医院的事，又涌上心头，变得更加强烈了。“像他这样一个上流社会的人，任何一个名门闺秀都会觉得嫁给他是自己的福气。他却愿意做这种女人的丈夫。而她呢，偏偏又等不及了，跟一个医士勾搭上了。”他一边想，一边瞋目怒视着她。

“您在状子上签个字吧。”他说着，从口袋里拿出一个大信封，把状子抽出来放在桌上展开。她用头巾一角擦了擦眼泪，坐到桌子旁边，问他名字签在哪里。

他告诉她写什么，写在哪里。她坐到桌旁，用左手整了整右手的袖管。他站在她身后，默默地看着她俯在桌上因强忍抽泣而不时痉挛的后背。在他的心里，两种情感在斗争：恶与善，受屈辱的自尊心与对这个苦命女子的怜悯。结果，后一种情感取得了胜利。

他记不清首先产生的是哪种感情，是从内心怜悯她呢，还是先想起自己，想起自己的罪孽、自己的丑恶行为。他竟然怪罪起她来。总之，他忽然觉得自己有罪，他开始怜悯她。

她在状子上签了名，把沾上墨迹的手指在裙子上擦了擦，站起身来，对涅赫柳多夫瞧了一眼。

“不管结果怎样，也不管出什么事，我的决心是无论如何不会改变的。”涅赫柳多夫说。

他一想到自己已经原谅了她，他就对她更加爱怜。他想安慰她一番。

“我说到做到。无论您流放到哪儿，我都将和您在一起。”

“您不用这么说。”她急忙打断他的话，脸上绽出了笑容。

“您想一想路上需要什么东西？”

“好像不需要什么了。谢谢您。”

这时，典狱长走到他们跟前。涅赫柳多夫不等他提醒，就向玛斯洛娃告辞，走了出去。此刻，他感受到一种从未有过的喜悦，他心中释然，对所有的人都满怀着爱。无论玛斯洛娃的行为怎么样，都改变不了他对她的爱情，这种想法使他高兴，使他的精神境界上升到一个前所未有的高度。让她去跟医士调情吧，这是她的事。他爱她不是为了自己，而是为了她，为了上帝。

玛斯洛娃由于跟医士调情而被撵出医院，涅赫柳多夫对此信以为真，其实是这么一回事：有一次玛斯洛娃受女医士差遣，到走廊尽头的药房间去拿药水，在那里碰上一个脸上长满粉刺的高个子医士，他早就对玛斯洛娃纠缠不清，令她厌恶。这一次玛斯洛娃为了摆脱他，将他猛地一推，他倒在药架上，两只玻璃瓶子从上面倒下来打碎了。

这时主任医师刚巧经过走廊，听到打碎器皿的声音，又看到玛斯洛娃满脸通红从里面走出来，就怒气冲冲地对她喝道：

"喂，小娘们，要是你在这儿跟别人调情，我就把你撵走。到底是怎么回事？"他转过身去，从眼镜架上面严肃地看着医士说。

医士满脸堆笑，为自己开脱责任。主任医师没等他说完，抬起头，透过眼镜看了看他，然后去查病房了。当天他就叫典狱长把玛斯洛娃送回去，另派一个稳重些的女犯人来当助理护士。玛斯洛娃跟医士调情，原来就是这么一回事。因与男人调情而被撵出医院的事使玛斯洛娃感到特别伤心，因为她早就讨厌跟男人来往，自从她遇见涅赫柳多夫以后，就更加讨厌和男人来往。所有的男人，包括满脸粉刺的医士在内，根据她过去和现在的境遇，都认为有权侮辱她，现在见她不肯乖乖就范而大为惊讶。这一切使她深感委屈，不禁自怜自叹，暗暗流泪。现在，她从牢房里出来见到涅赫柳多夫，本想为自己辩白，说明她是冤枉的，因为涅赫柳多夫一定听说过这件事了。然而她刚想开口，却觉得他不会相信她说的话，她越辩解，涅赫柳多夫就会越怀疑。于是，眼泪只能往肚子里咽，她不作声了。

玛斯洛娃仍然认为，并迫使自己相信，她就像在第二次见面时说的那样，她没有原谅他，她恨他，其实，她早就又爱上了他，而且爱得那样深，凡是他要她做的，她都做到了，戒了酒，戒了烟，不再卖弄风情，还到医院里来当勤杂工。她所以这样做，因为她知道，他希望她这样做。每次他提出要跟她结婚，她都一口拒绝，拒绝接受他作出如此的牺牲，那只是因为她以前曾经对他说过过于自尊的话，现在不想改口罢了。主要的原因，是由于她知道，如果跟他结婚，他是不会幸福的。她下定决心不接受他的牺牲，然而想到他看不起她，认为她还像过去一样劣性不改，她心里感到十分痛苦。他现在也许在想她在医院里干的见不得人的丑事，这件事比她听到最后判决服苦役的消息更使她伤心。

三十

玛斯洛娃可能随同第一批犯人被遣送到西伯利亚，所以涅赫柳多夫正在为动身做各种准备。可是要做的事情太多，即使给他的时间再充裕，也永远做不完。他现在的情况跟以前完全不同。以前，他只需考虑该做些什么，而且都是为了他，德米特里·伊万诺维奇·涅赫柳多夫一个人的利益。不过，尽管生活中的全部利益都为了他一个人，可是一切却显得那样枯燥乏味。现在不同了，要做的一切事情关系到别人，不是为了他德米特里·伊万诺维奇，但这一切却变得富有意义，饶有兴味，他觉得这些事情多得做不完。

不仅如此，以前别人为德米特里·伊万诺维奇办事，总是使他感到烦恼和气愤；现在他为别人办事，心情却很愉快。

涅赫柳多夫眼下要做的事情有三类。他按平时的习惯，一丝不苟地把各种事情分了类，并且将各种文件按照分类放到三个文件夹里。

第一类事情是有关玛斯洛娃和对她的帮助。主要是为告御状而奔走，并且为西伯利亚之行做好准备。

第二类事情是处理好田产。在帕诺沃土地已经交给农民，条件是他们缴纳地租，作为农民的公益金。但是为了使这件事从法律上固定下来，必须立下契约和遗嘱，并在上面签字。在库兹明斯科耶事情还像他原来安排的那样，也就是说，他收地租，但必须规定交租期限，并且确定从中拿出多少作为生活费，留下多少给农民当公益金。他不知道西伯利亚之行要花多少钱，因此他还下不了决心放弃全部收入，而只是将它减去一半。

第三类事情是帮助关押的犯人，现在求他帮助的人越来越多。

起初，犯人们求他帮助，他总是一口答应，为他们到处奔走，尽量使他们少受点罪。可是后来，求他的人越来越多，他感到无法帮助每一个人，这样他不由自主地做起了第四类事情，最近他把大部分时间都花在这个方面。

第四类事情就是为了解答这样一个问题：所谓刑事法庭这一奇怪的机构究竟是什么东西？它是怎样产生的？为什么冒出这种东西，是怎样冒出来的？有了它，就有了监狱，就使他部分认识了关在监狱里的人，就有了从彼得保罗要塞至萨哈林岛（库页岛）的大小监狱，而成千上万的人为了这部莫名其妙的刑法在那里受苦。

涅赫柳多夫通过他同囚犯的私人关系，通过他同律师、监狱神父和典狱长的访谈，通过他查阅犯人名册，他把被捕者，也就是所谓罪犯，归纳为五种人。

第一种人，完全是无罪的，是法庭错判的牺牲品。例如，被诬告的纵火犯梅尼绍夫，例如玛斯洛娃等等。这种人为数不多，据神父估计，在百分之七左右，但是这类人的处境特别引人关注。

第二种人，是在暴怒、忌妒、酗酒等特殊情况下犯了罪而被判刑的。那些审判他们的人，如果处在同样的情况下，大概也会做出这种不轨之举来的。这一类人，据涅赫柳多夫估计，差不多占犯人总数的一半以上。

第三种人，他们认为自己的行为极其平常，甚至是良好的，可是那些制定法律的人的看法不一样，他们认为这些人的行为是犯罪，因此判了他们的刑。这一类人包括贩卖私烟的、走私的、在地主和国有大树林里割草砍柴的。还有以盗窃为生的山民、不信教的和抢劫教堂的人，也属于这一类。

第四种人之所以被定为罪犯，只因为他们的道德品质比一般人高。教派信徒就属于这种人，那些为争取独立而揭竿而起的波兰人、切尔克斯人就属于这种人，那些为反抗政府而被判刑的政治犯——社会主义者、罢工工人也属于这种人。这一类社会精英，据涅赫柳多夫估计，所占比例是很大的。

最后，第五种人，是这样一些人，社会对他们犯的罪要比他们对社会犯的罪大得多。他们被社会遗弃，经常遭欺压，受诱惑，变得愚昧无知，就像那个偷旧地毯的男孩和涅赫柳多夫在大墙内外见过的数以百计的罪犯一样。生活似乎有意一步步将他们引上被称为犯罪的道路。据涅赫柳多夫观察，许多窃贼、杀人凶手就是这样一些人。近来他同其中一些人有过接触。经过深入了解，他认为那些道德败坏、腐化堕落的人也可归入此类。新犯罪学派称他们为犯罪型的人，认为他们在社会上的存在足以证明刑法和惩罚的必要性。而在涅赫柳多夫看来，这些所谓的腐化堕落分子、行为不正常的人、犯罪型的人，社会对他们犯的罪要比他们犯的罪大得多。不过，社会不是对他们直接犯罪，而是在过去对他们父母和祖先犯下了罪。

在这些人当中，一个名叫奥霍京的惯窃特别使涅赫柳多夫感到吃惊。他是一个妓女的私生子，从小在小客栈里长大，活到三十岁也没有见过一个比警察更高尚的人。从年轻时起，他就与盗贼为伍，但他很有表演滑稽的天赋，常常吸引许多人围住他。他一面求涅赫柳多夫为他辩护，一面却嘲笑自己，嘲笑法官，嘲笑监狱，嘲笑法律，不仅嘲笑刑法，而且嘲笑上帝制定的戒律。另一个是美男子费多罗夫，他带领一帮匪徒抢劫一个年老的官吏，并且把他杀死了。费多罗夫本来是个农民，他父亲的房子被别人非法霸占，后来他只好去当兵，在军队里他爱上了一个军官的情妇，为此吃了不少苦头。他生得讨人喜欢，活泼热情，到处寻欢作乐。在他的眼里，还没有人为克制自己而放弃享乐，他也从未听到别人说过一句除了享乐还有别的生活目的的话。涅赫柳多夫心里明白，这两个人很有天赋，只是没有人培养他们，被扭曲了，就像一棵被遗弃的树木，由于无人照管而长成畸形一样。他还见到过一个流浪汉和一个女人，他们的麻木不仁和表面的冷酷无情使得别人不敢接近他们。但他无论如何也看不出，他们是属于意大利犯罪学派所说的犯罪型的。他只觉得自己讨厌他们，就像讨厌监狱外面的那些身穿礼服、戴着肩章的男人和身上缀满花边的女人一样。

因此，研究这些形形色色的人为什么都在坐牢，而另一些同他们一样的人却仍然逍遥法外，甚至当上法官审判他们，就成了涅赫柳多夫操心的第四件事情。

涅赫柳多夫起初想从书本上找到这一问题的答案，他买了许多有关这方面的书籍。他买了龙勃罗梭、嘉罗法洛、费里、李斯特、摩德斯莱、[1]塔尔德的著作，专心地读了起来。可是他越是读下去，越是感到失望。有一些人研究科学，并不是想在学术方面有所作为，比如写论文，参加辩论或是去教书，而是向科学索取解决与人们直接相关的、简单的生活问题的答案，但结果往往令人失望。涅赫柳多夫现在遇到的情况也是这样。科学给他解答了成千个同刑法有关的深奥问题，唯独没有解答他提出的这个问题。这个问题其实很简单。他问：为什么有些人有权把另一些人关起来，虐待他们，鞭笞他们，流放他们，杀害他们？而他们自己完全跟被他们虐待、鞭笞、杀害的人一样。回答他的却是各种各样的议论：人究竟有没有表达意志的自由？能不能用测量头盖骨的方法来确定犯罪型？遗传在犯罪中起什么作用？有没有先天性的道

① 嘉罗法洛、费里（均1856—1929），意大利犯罪学家，龙勃罗梭的追随者；李斯特（1789—1846），德国经济学家；摩德斯莱（1835—1918），英国心理学家。

德败坏症？什么是道德？什么是疯狂？什么是退化？什么是禀赋？气候、饮食、愚昧、模仿、催眠、情欲对犯罪产生什么影响？什么是社会？社会的责任是什么？等等，等等。

这种种奇谈怪论使涅赫柳多夫想起有一次一个放学回家的孩子是怎样回答他提出的问题的。涅赫柳多夫问他有没有学会拼写。“学会了，”男孩答道。“好，你拼一下‘爪子’这个词。”“什么爪子？狗爪子吗？”男孩调皮地反问。涅赫柳多夫在这些科学论著中为他提出的主要问题找到的就是这种反问式的答案。

那些书本里有许多睿智、深奥、有趣的见解，但是对他提出的主要问题却避而不答：一些人有什么权利惩罚另一些人？那些书非但没有回答这个问题，反而种种议论归结成一点，那就是为惩罚作辩解，认为惩罚必不可少，此乃天经地义。涅赫柳多夫看了很多书，但都是断断续续，他把找不到答案归咎于自己钻研不深，希望以后能找到答案。因此，他还不敢肯定最近一直在思考着的答案是否是正确的[①]。

三十一

包括玛斯洛娃在内的一批犯人定于七月五日出发。涅赫柳多夫准备在同一天跟她一起走。动身前一天，涅赫柳多夫的姐姐、姐夫一起进城，想跟弟弟见一次面。

姐姐娜塔莉娅·伊万诺夫娜·拉戈任斯卡娅比弟弟涅赫柳多夫大十岁。他的成长多少受到姐姐的影响。他小时候，姐姐很喜欢他。后来，她快出嫁的时候，姐弟俩相处得亲密无间，就像两个同龄人，虽然一个是二十五岁的姑娘，一个是十五岁的少年。当时她爱上了弟弟的朋

---

①指第27章结尾中提出的答案。

友尼科连卡·伊尔捷涅夫，后来他死了。姐弟俩都喜欢尼科连卡，因为他们志趣相投，都具有四海之内皆兄弟的好思想。

后来，他们两人都堕落了：他在军队里服役，生活很不检点；她嫁了人，只是为了满足自己的肉欲。而她丈夫不仅不喜欢以前他姐弟俩认为最神圣、最珍贵的东西，甚至对这些东西根本不理解，还把她原来追求道德完善和为民众服务的生活目标说成是虚荣心作怪和想在别人面前出风头。

拉戈任斯基既无名望，又无产业，却是个工于心计的官场老手。他在自由派和保守派之间巧妙周旋，左右逢源，什么时候哪一派能为他带来最大利益，他就在什么时候利用哪一派。不过，他所以能在司法界飞黄腾达，主要是他具有一种特殊本领能博得女人们的欢心。他在国外认识涅赫柳多夫一家的时候，已经过了而立之年，他爱上了年龄也不轻的娜塔莎。虽然母亲认为门户不相当，反对这门亲事，但他们还是结婚了。尽管涅赫柳多夫尽力克制自己的感情，不去想这件事情，但是他仍然非常憎恶姐夫。涅赫柳多夫所以对姐夫反感，是因为他感情庸俗，目光短浅，刚愎自用，但最主要的一个原因，就是他姐姐竟然会如此疯狂、专一地从肉体上爱上这样一个精神贫乏的人，并且为了讨好他而扼杀了自己身上的许多优点。娜塔莎竟然成了这个浑身粗毛、脑袋光秃、刚愎自用的家伙的妻子。涅赫柳多夫每次想到这儿，心里就非常难过。他甚至讨厌他们的孩子。每次听说娜塔莎要生孩子，他总会产生一种哀怜的感情，仿佛她从这个同他们格格不入的人身上又传染到了什么脏东西。

拉戈任斯基夫妇有两个孩子，一男一女，这次没有带来。他们住在一家大旅馆里的头等房间里。娜塔莉娅·伊万诺夫娜一落脚，就坐马车到母亲的老房子去，但是没有找到弟弟。阿格拉费娜·彼得罗夫娜告诉她，弟弟已经搬到一个带家具的公寓里去住了。于是她就到那里去找他。在一条光线昏暗、白天也要点灯的臭气熏天的走廊里，一个衣衫肮脏的打杂工对她说公爵不在家。

娜塔莉娅·伊万诺夫娜想到弟弟房间去，留一张字条给他。打杂工就领她去了。

她走进有两个小房间的套房，仔细打量着。她看到处处都收拾得干干净净、整整齐齐，就像以前在家里一样。房间里陈设的简朴更使她感到吃惊，因为以前并不是这样的。她看见写字桌上放着一只她熟悉的镶着铜狗的吸墨纸床，整整齐齐地叠着几只文件夹，还有纸张、文具、几本《刑法典》、一本英文版的亨利·乔治的著作和一本法文版的塔尔德的著作，书里还夹着一把她熟悉的象牙大弯刀。

她坐到桌子旁，给他写了一张字条，要他务必去找她一次，而且今天就去。她对眼前见到的一切觉得不可思议，摇摇头，回旅馆去了。

娜塔莉娅·伊万诺夫娜只关心弟弟两件事情：一是他要跟卡秋莎结婚，这是她在她居住的城里听到的，大家都在传说这件事。二是他要把土地交给农民。这件事也已尽人皆知，许多人认为这是政治性的危险行动。他要跟卡秋莎结婚，娜塔莉娅·伊万诺夫娜一方面感到高兴，她欣赏弟弟的这种果断精神，她好像又回到了她出嫁前和弟弟一起度过的美好年月；可是另一方面，她一想到弟弟要跟这样一个堕落的女人结婚，心里不禁感到害怕。这后一种心情更为强烈。她决定无论如何要说服他，阻止他，虽然她知道，要做到这一点是极其困难的。

至于另一件事，把土地交给农民，她倒并不介意。不过，她的丈夫为此十分生气，要她劝阻弟弟。伊格纳季·尼基福罗维奇说这种行为是草率从事，目空一切，如果能对这种行为作出解释的话，只能解释为好出风头、自吹自擂、哗众取宠。

"把土地连同租金一起交给农民，这样做究竟有什么意思？"他说，"如果他真想这样做，他可以通过农民银行把土地卖出去。这倒还有点意思。总之，他这种行为，近乎精神不正常。"伊格纳季·尼基福罗维奇说，心里盘算着涅赫柳多夫是否需要监护人的问题。他要妻子好好跟涅赫柳多夫谈谈他这个违背常理的意图。

三十二

涅赫柳多夫回到家里，发现桌上姐姐留下的字条，就立刻坐车去找她。这时已是傍晚。伊格纳季·尼基福罗维奇在另一个房间里休息，娜塔莉娅·伊万诺夫娜一个人迎接她的弟弟。她穿了一条紧身的黑绸连衣裙，胸前扎着一个红花结，头发乌黑、蓬松，梳成时髦的发式。她竭力把自己打扮得年轻漂亮，分明是为了博得同龄的丈夫的喜欢。她一看见弟弟进来，立刻从沙发上站起来，拖着窸窣作响的长裙，快步迎上前去。他们接吻，相视而笑。他们相视的目光意味深长，只可意会，不可言传，但依旧充满着真诚。接着他们开始交谈，但说的不全是真话。自从母亲去世以后，姐弟俩还没有见过面。

"你胖了，显得更年轻了。"

她开心得噘起了嘴唇。

"你可瘦了。"

"伊格纳季·尼基福罗维奇怎么样？"

"他在休息，昨天一夜没睡好。"

姐弟俩本来有许多话要说，但都没有说，可是他们的眼神却说出了他们想说而没说出的话。

"我到你那儿去过。"

"是的，我知道。我搬出去住了。我嫌房子太大，一个人住在那里感到孤单寂寞。现在我什么也不需要，你把家具什么的统统拿走吧。"

"是的，阿格拉费娜·彼得罗夫娜对我说了。我十分感谢你，不过……"

这时旅馆的茶房送来一套银茶具。

他们看着茶房摆茶具，一句话也不说。娜塔莉娅·伊万诺夫娜坐到茶几对面的圈椅上，默默地斟着茶。涅赫柳多夫也一言不发。

“怎么说呢，德米特里，我全知道了。”娜塔莎看了他一眼，终于开口了。

“是吗？你知道了，我很高兴。”

“她干起那种事以后，难道你能指望她改过自新吗？”

他挺直身子，坐在一把小椅子上，垂手恭听她说话，好好领会她的意思，好好回答她的话。自从他最近一次同玛斯洛娃相会以来，他的心里充满着宁静的快乐，对任何人都产生好感。

“我不要改造她，而是要改造我自己。”他答道。

娜塔莉娅·伊万诺夫娜叹了口气。

“除了结婚，还有其他办法可想。”

“可是我认为这是最好的办法，况且它能把我带到一个可以使我成为有用之才的天地里去。”

“我认为，”娜塔莉娅·伊万诺夫娜说，“你不会得到幸福的。”

“问题不在于我个人的幸福。”

“当然，如果她是一个有心肝的女人，她也不可能得到幸福，甚至不可能有这种指望。”

“她的确也没有指望。”

“我明白，然而生活……”

“生活又怎么样呢？”

“生活要求的是另外的东西。”

“生活要求我们做应该做的事，除此之外，没有别的要求。”涅赫柳多夫望着她的脸说。虽然她的眼角和嘴边已出现细细的皱纹，但她的脸仍然很漂亮。

“我真不明白。”她叹口气说。

“可怜的姐姐！她怎么会变成这样？”涅赫柳多夫想。他回忆起娜塔莎结婚前的样子，无数的童年回忆在他的心头交织起对姐姐的一片温情。

这时伊格纳季·尼基福罗维奇像平时一样昂首挺胸，踏着轻快的步子，笑着走了进来，他戴着的眼镜、秃顶和黑胡子都闪闪发亮。

“您好，您好。”他装腔作势地说。

（虽然在他结婚以后的最初一段时间里，他们竭力用“你”相称表示亲热，但后来还是恢复用“您”来称呼。）

他们握了握手，伊格纳季·尼基福罗维奇轻松地在一把圈椅上坐了下来。

“我不打搅你们谈话吗？”

“不，我说话、做事向来不瞒着别人。”

涅赫柳多夫一看到这张脸，一看到这双毛茸茸的手，一听见家长式的自以为是的口气，他的温情顿时消失了。

“是啊，我们正在谈他的打算，”娜塔莉娅·伊万诺夫娜说，“要给你倒杯茶吗？”她拿起茶壶问。

“好的，说实话，您究竟有何打算？”

“我打算跟一批犯人一起去西伯利亚。其中有一个女人，我认为我对她有罪。”涅赫柳多夫说。

“我听说，您不仅是跟她一起去，而且还要……”

“对，只要她同意，我还要跟她结婚。”

“原来如此！要是您不嫌烦，不妨向我解释一下您这样做的动机。我实在不理解。”

“我的动机是，这个女人……她走向堕落的第一步……”涅赫柳多夫为一时找不到恰当的字眼来表达而生自己的气。“我的动机是，犯罪的是我，受到惩罚的却是她。”

“既然她受到惩罚，她不会无罪的。”

“她完全无罪。”

涅赫柳多夫带着不必要的激动心情把这一案件的始末细说了一遍。

“是的，这是审判长的一时疏忽，导致陪审员在答复时考虑不周。不过，在这种情况下，可以向枢密院提出上诉。”

“枢密院驳回了上诉。”

“枢密院驳回了，这就说明上诉的理由不充分，”伊格纳季·尼基福罗维奇说，显然，他也完全同意社会上的一种普遍说法，就是认为法庭辩论的结果就是真理。“枢密院不可能审查案情的全部事实真相。如果法庭审判确实有误，那就应该上告皇上。”

“已经上告了，可是毫无成功的希望。他们会查问司法部，司法部再查问枢密院，枢密院再重述一遍自己的裁定，结果，无辜者照样受到惩罚。”

“第一，司法部不会去查问枢密院，”伊格纳季·尼基福罗维奇摆出故作大度的样子，笑着说，“司法部会向法庭调阅原始案卷，如果发现错误，就会作出相应的结论。第二，无辜的人从来不会受到惩罚，即使有，也是极少数的例外。受到惩罚的人总是有罪的。”伊格纳季·尼基福罗维奇露出得意的微笑，不紧不慢地说。

“可我确信事实正好相反，”涅赫柳多夫说。他对姐夫的说法很反感。“我确信，被法庭判刑的人，一大半是无罪的。”

“这话是什么意思？”

“我说的无罪是直接意义上的无罪。例如，这个被控犯毒死人命罪的女人就没有罪。还有，最近我认识一个农民，被控犯杀人罪，其实他没有杀过人。还有母子两个人被控犯纵火罪，其实是东家自己放的火，他们也差一点被定罪。”

“是的，误判向来是难免的，将来也会发生，人类的机构不可能十全十美。”

“再说，大量的犯人是无罪的，这是因为他们在某种特定的环境里哺育成长，他们不认为自己的所作所为是犯罪。”

“对不起，您的观点不免失之偏颇。做贼的都知道偷东西不对，不应该偷，偷东西是不道德的。”伊格纳季·尼基福罗维奇若无其事地笑着说，既自鸣得意，又略带几分蔑视，他的这种笑容更加激怒了涅赫柳多夫。

“不，他们不知道，人家对他们说：别偷东西，可是他们看到并知道，工厂老板用压低工资的方法来盗窃他们的劳动，知道政府和政府官员们用收税的方法不断地盗窃他们的财物。”

“这是无政府主义的言论。”伊格纳季·尼基福罗维奇用平静的口气给内弟的话下了一个结论。

“我不知道这是什么，我说的是事实，”涅赫柳多夫说，“他们知道政府在盗窃他们的东西，他们知道，我们这些地主从他们手中夺走了应当成为公共财产的土地，早就在偷他们的东西了，后来，他们在被夺走的土地上捡了一些树枝当柴烧，我们就把他们投进监牢，硬要他们承认自己是贼。不过，他们心里明白，做贼的不是他们，而是夺走了他们土地的人。因此，让被盗窃的东西物归原主，是他们对家庭应尽的责任。”

“您的话我不明白，即使明白，也不敢苟同。土地不可能不是私有财产。如果您把土地分掉……”伊格纳季·尼基福罗维奇已经断定涅赫柳多夫是个社会主义者，认为社会主义的理论就是平分土地，而平分土地是十分愚蠢的。他可以轻易驳倒这种理论。“如果您现在把土地平分给大家，明天这些土地又会转到那些勤劳而又精明的人手中。”

“没有人想平分土地。土地不应成为某一个人的私有财产，不应成为买卖或租佃的对象。”

“私有财产权是上帝赋予人类的，没有私有财产权就会丧失耕种土地的兴趣。一旦消灭了私有财产权，我们就会回到野蛮时代，”伊格纳季·尼基福罗维奇盛气凌人地说，他重复着旨在维护土地私有权的陈词滥调。他认为这种论调是驳不倒的，因为它的依据就是对土地的占有欲，是土地私有制必要性的标志。

“恰恰相反，只有消灭了土地私有制，土地才不会像现在这样抛荒。现在地主霸占土地，就好比狗占马槽一样，自己不会种，又不准会种地的人来种。”

“您听我说，德米特里·伊万诺维奇，这简直是在发疯！难道在当前能消灭土地私有制吗？我知道，这是您一直在谈论着的话题，但恕我直言……”伊格纳季·尼基福罗维奇说到这里，脸色发白，声音发抖，显然，这个问题击中了他的要害。“我劝您在实际解决这个问题之前，仔细考虑一下。”

“您说的是我的个人问题吗？”

“是的。我认为，像我们这些有一定地位的人应当承担由这种地位产生的责任，应当维护从祖先手里继承下来的生活条件，并把它传给子孙后代。”

“我认为我的责任是……”

“请让我把话说完，”伊格纳季·尼基福罗维奇不让对方打断他的话，继续往下说，“我不是替我自己说话，也不是替我孩子说话。我孩子的生活是有保障的。我挣的钱足够我们生活，而且我认为，我的孩子将来也会生活得很好。所以恕我直言，我反对您草率从事，这并不是出于我的个人利益，而是在根本上不同意您的做法。我劝您多读点书，三思而行。”

“好吧，我的事让我自己决定，我自己知道，什么书该读，什么书不该读。”涅赫柳多夫说，他气得脸色铁青，同时觉得双手冰凉。他快按捺不住心中的怒火了，就不再说下去，默默地喝起茶来。

三十三

“怎么，孩子们好吗？”涅赫柳多夫等心情稍稍平静下来以后，问姐姐。

姐姐对他说了两个孩子的情况，说他们跟奶奶住在一起。她看到弟弟跟丈夫不再争论下去，感到很高兴，就讲起孩子们怎样玩旅行游戏，就像她弟弟小时候玩布娃娃——一个小黑人、一个法国小姑娘。

“你还记得？”涅赫柳多夫笑着说。

“你一定不会想到，他们玩起来跟你小时候一模一样。”

一场不愉快的谈话结束了。娜塔莎总算放下心来，可是她不愿当着丈夫的面只谈弟弟才听得懂的话。为了使大家都有共同的话题，她谈起刚刚从彼得堡传来的一则新闻，说卡缅斯基决斗身亡，他的母亲因失去独生儿子而悲痛欲绝。

伊格纳季·尼基福罗维奇说他不赞成把在决斗中杀人致死排除在普通刑事罪之外。

他的这种说法遭到涅赫柳多夫的反驳。于是，他们又围绕着原来就意见分歧的同一个话题争论起来，他们两人各执己见，相互批驳，谁也说服不了谁。

伊格纳季·尼基福罗维奇感到涅赫柳多夫在谴责他，蔑视他的全部工作，他想向涅赫柳多夫指出，他的观点是完全错误的。而涅赫柳多夫对姐夫干预他在土地处理方面的事情感到十分恼火（他的内心深处认为，他姐姐、姐夫，他们的两个孩子，作为他的财产继承人，是有权进行干预的），这姑且不论。最使涅赫柳多夫愤慨的是，那些在他看来十分荒谬和罪恶的事情，这个目光短浅的人仍然信心十足而心安理得地认为，是正确的和合法的。他的这种妄自尊大的态度激怒了涅赫柳多夫。

“那么，法官会怎样处理呢？”涅赫柳多夫问。

“法庭会判处决斗的一方服苦役，就像普通杀人犯一样。”

涅赫柳多夫的双手又是一阵发凉，他激动地说了起来。

“那又怎么样呢？”他问。

“那就摆平了。”

“这么说来，法院活动的全部目的就是摆摆平啰。”涅赫柳多夫说。

“难道还有别的目的吗？”

“维护阶级利益。我认为，法院只不过是维护代表我们这个阶级利益的现存制度的一种行政工具。”

“这倒是一种全新的观点，”伊格纳季·尼基福罗维奇淡淡一笑说。“通常认为，法院的使命并不是这样的。”

“理论上可以这么说，但是就我所看到的，实际上并非如此。法院的唯一目标就是维持社会现状，为此，它迫害和处决那些品德高尚并想提高社会道德水平的所谓政治犯，同时又惩处那些品德低下的犯罪型的人。”

“第一，您说的所谓政治犯被处决，是因为他们品德高尚，您的这个观点我不能同意。他们中间的大部分人都是社会渣滓，跟您所说的那些品德低下的犯罪型的人没有多少区别，同样的堕落。”

“可是我认识一些人，他们的品德比审判他们的法官不知要高多少，那些教派信徒都是品德高尚、意志坚强的人……”

伊格纳季·尼基福罗维奇有个习惯，他说话的时候不喜欢别人打岔，他根本不听涅赫柳多夫说些什么，只管自己往下说，这使涅赫柳多夫更加恼火。

“您说法院的宗旨是维护现存制度，这个观点我也不能同意。法院有其自身的宗旨，那就是或者改造……”

“好一个关在监狱里改造。”涅赫柳多夫插嘴说。

“……或者消除那些威胁社会生存的道德败坏分子和横行不法的暴徒。”伊格纳季·尼基福罗维奇固执地继续说。

“问题就在这里，现在的社会既不能做到这一点，又不能做到那一点。社会对此束手无策。”

“这话什么意思？我听不懂。”伊格纳季·尼基福罗维奇尴尬地笑笑说。

“我想说的是，合理的惩罚其实只有两种，那就是古代惯用的体罚和死刑，但是随着社会风气的改善，这些刑罚用得越来越少了。”涅赫柳多夫说。

“这话出自于你的口中，听起来倒很新鲜。”

“是的，把一个人痛打一顿，使他以后不再做要挨打的事，这是合情合理的；砍掉一个有害于社会的危险分子的脑袋，这也是合情合理的。这两种惩罚都是合情合理的。可是，把一个游手好闲和学坏样走上歧途的人关进监狱，使他们的生活既有保障，又可以无所事事，跟那些极端堕落的人混在一起，这又有什么意义呢？还有，出于某种原因，把一个犯人从图拉省押解到伊尔库茨克省，或者从库尔斯克省押解到别的地方，这样来来回回，国家要在每个犯人身上花掉五百多卢布，这又有什么意义呢？……”

“不过，话说回来，他们害怕这种公费旅行。要是没有这种旅行和监狱，我们就不可能像现在这样坐在这里。”

“这些监狱不能保证我们的安全，因为这些人不会坐一辈子牢，总有一天会放出来的。相反，监狱会使他们更加放荡，更加堕落，也就是说，他们的危险性变得更大了。”

“您是想说，应当改进现行的惩戒制度。”

“改进是不可能的。改进监狱所需的经费要大大超过国民教育的经费。那样就会增加人民的负担。”

“不过，即使惩戒制度有缺陷，也不应当取消法院。”伊格纳季·尼基福罗维奇又没有听内弟说话，只管自己往下说。

“这些缺陷是无法弥补的。”涅赫柳多夫提高嗓门说。

“那怎么办？把他们都杀掉？还是像某一位政要所建议的那样，把他们的眼珠挖出来？”伊格纳季·尼基福罗维奇得意洋洋地笑着说。

“对，这样做虽说很残酷，但很奏效。可是现在的办法既残酷又不奏效，而且极其愚蠢，使人无法理解，一个头脑健全的人怎么能参与像刑事法庭那样荒谬而残酷的工作。”

“我就是一个参与者。”伊格纳季·尼基福罗维奇铁青着脸说。

“这是您的事。不过我无法理解。”

“我看您对许多事情都不理解。”伊格纳季·尼基福罗维奇说，他的声音在发抖。

“我在法庭上亲眼看见副检察官处心积虑要治一个不幸的男孩的罪。每一个头脑正常的人都会同情他的。我还知道，另一个检察官在审讯教派信徒时，竟然认为读福音书是触犯刑法。总之，法院的全部工作就是干这些毫无意义的残酷的勾当。”

“如果我是这样想，就不会做这个工作了。”伊格纳季·尼基福罗维奇说着站起身来。

涅赫柳多夫发现姐夫的眼镜下面有一点东西在闪光。“难道是眼泪？”涅赫柳多夫想。不错，那是受到别人凌辱而流出的眼泪。伊格纳季·尼基福罗维奇走到窗口，掏出手绢，清了清喉咙，擦了擦镜片，又把眼镜摘下，擦擦眼睛。他转身回到沙发旁边，点燃一支雪茄，没有再说一句话。涅赫柳多夫看到他把姐夫和姐姐得罪到这个地步，心里感到很难受，很惭愧，特别是因为他明天就要起程，以后再也见不到他们了。他怀着羞愧的心情向他们告了别，坐车回家去了。

“我说的话极有可能是正确的，至少他没有办法驳倒我。但是我不应当用那种口气对他说话。我心里如此恨他，用话去凌辱他，使可怜的娜塔莎这样伤心，这说明我本性难改。”他想。

三十四

包括玛斯洛娃在内的一批犯人定于下午三点钟从火车站起程。为了亲眼看到他们从监狱出来，并且跟他们一起到车站去，涅赫柳多夫打算十二点以前赶到监狱。

涅赫柳多夫在整理衣物和文件时，看到自己的一本日记，就拿起来翻了几页，并重新读了最近写的一段话。这段话是他在动身到彼得堡去以前写的："卡秋莎不愿接受我的牺牲，她宁肯牺牲自己。她胜利了，我也胜利了。我觉得她的心灵在发生变化，我很高兴，可是又不敢相信这是真的。虽然我不敢相信，但我觉得她在复活。"紧接着的一段话是："我遇到一件很痛苦、又很高兴的事。我听说她在医院里表现不好。我突然感到万分痛苦，没有料到会这样痛苦。我跟她说话的时候，对她又厌恶又痛恨，但后来突然想到自己，我痛恨她做的事我自己也做过很多次，即使现在还有这种念头。我顿时厌恶我自己，而她应该得到怜悯。想到这里，我的心情舒坦多了。只要我们始终及时地看到眼中的梁木[①]，我们就会变得善良。"他在今天的日记里写道："在娜塔莎那里，恰恰由于自以为是，我变得无情无义，恶言相对，至今心头还十分沉重。可是有什么办法呢？从明天起，新的生活开始了。别了，永别了，旧生活。百感交集，却无法理出头绪。"

第二天醒来，涅赫柳多夫的第一个感觉就是悔不该和姐夫吵嘴。

"我不能一走了事，"他想，"应当去向他赔礼道歉。"

但是，他看了看怀表，发觉现在去已经来不及了，他必须赶快动身，否则就赶不上这批犯人走出监狱的时间。涅赫柳多夫匆匆收拾好行装，吩咐看门人和随他同行的费多西娅的丈夫带着行李直接去火车站，自己立刻雇了辆马车直奔监狱。押送犯人的火车比涅赫柳多夫搭乘的邮车早开两个小时，因此，他把房钱全部结清，不打算再回来了。

---

① 见《新约 · 马太福音》第 7 章第 3 节："为什么看见你弟兄眼中有刺，却不想自己眼中有梁木呢？"

现在正值闷热的七月天气。街上的石子、房屋和铁皮屋顶经过闷热的一夜之后，还没有冷却下来，又把余热送到凝固的热烘烘的空气中。没有一丝风，即使偶尔吹来一阵，带来的却是尘土飞扬和满是油漆味的又臭又热的浊气。街上行人稀稀落落，他们都紧贴着房屋，在阴影下行走。只有被太阳晒得黑黢黢的、穿着树皮鞋的修路民工蹲在街道中央，用铁锤把石子砸到滚烫的沙地里。脸色阴沉的警察，穿着本白色的制服，挂着橘黄色的武装带，没精打采地倒换着两脚站在街心。还有一些公共马车叮叮当当地在街上川流不息，车厢向阳的一面挂着窗帘，拉车的马头上套着白布罩，只露出两只竖起的耳朵。

涅赫柳多夫抵达监狱门口的时候，那一批犯人还没有从里面出来。监狱里，从凌晨四点起就开始交接犯人，工作十分紧张，直到现在还没有结束。这批流放的犯人，男犯六百二十三名，女犯六十四名。这些犯人都必须按照名册逐一验明，并且把病号和体弱者挑出来，移交给押送队。新上任的典狱长、两个副手、一个大夫、一个医士、一个押解官、一个文书都坐在院子里靠墙荫凉处的一张桌子周围。桌上放着一大沓公文和各种文具。他们挨个儿叫名字，叫到一个，过去一个，对他们逐一进行审查、询问，然后登记在册。

现在桌子有一半已晒到太阳了。荫凉处也开始热起来，没有风，加上站在那里的犯人呼出的热气，显得更加闷热。

“怎么搞的，简直没完了！”押解队长说完，猛抽一口烟。他又高又胖，脸膛红润，肩膀耸起，胳膊很短，浓密的唇髭盖住了嘴巴。他不停地抽烟。“累死人了。你们从哪儿弄来这么多人？还有很多吗？”

文书看了看名册说：

“还有二十四名男的和几个女的。”

“喂，你们站着干吗？都过来！……”押解队长对那些排队站着还未经核对过的犯人喝道。

犯人们在太阳底下排着队，已经足足等候了三个小时。

这项工作是在监狱里进行的，至于监狱外面，大门口像平时一样站着一名荷枪的士兵，还停着二十来辆大车，准备装载犯人的行李和体弱的犯人。在街角上站着好些犯人的亲友，等候犯人出来再见一面，如果有机会的话，再说上几句话，捎给他们一点东西。涅赫柳多夫也挤在这些人中间。

他在这儿站了将近一个小时。这时，从大门里传来铁镣的哐啷声、脚步声、凶狠的吆喝声、咳嗽声和人群低低的谈话声。这样持续了五分钟左右。在这段时间里只见几个看守在边门里进进出出。最后，传出了一声口令。

监狱的大门隆隆地打开了。铁镣的哐啷声听得更加清晰。一队穿白军装的扛着枪的押解兵走到街上，在大门外边整整齐齐站成一个大圆圈;显然，这一套程式他们早已习以为常了。他们站好以后，又传来一声口令。男犯两人一排，拖着沉重的脚镣艰难地从里面走出来，他们头发剃光，戴着薄饼样的囚帽，一只手扶住背在背上的袋子，另一只手前后摆动着。走在前面的苦役犯一律穿着灰色长裤和背上缝着一块红色方布的囚袍。他们当中有老有少，有瘦有胖，脸色有白、有红、有黑，有留唇髭的，有留大胡子的，还有不留胡子的，有俄罗斯人，有鞑靼人，还有犹太人，一个个哐啷哐啷地拖着脚镣，使劲地挥动着一条胳膊，好像要走远路似的，但走了十几步路就停住了，很驯服地改成四人一排，依次站好。紧随在他们后面从大门里涌出来的也是一批男犯，也都剃光了头，也穿着同样的囚服，却没有戴脚镣，但是每两个人用一副手铐铐在一起。他们是流放犯……他们走得很快，到了大门口停下，四人一排站好。他们的后面是各村社判处的流放犯，再接下去是女犯，也按先后次序排好队：前边是穿灰囚袍、系灰头巾的苦役犯，然后是流放犯，以及自愿跟随丈夫一起流放的女人，她们装束各异，有的城里打扮，有的乡下打扮。有几个女犯用囚袍的衣襟裹着婴儿，抱在怀里。

有些女犯还随身带着会走路的孩子，有男孩，也有女孩。这些孩子就像马群里的小马驹，夹在犯人们中间。男犯们默默地站着，只是偶尔咳嗽几声，相互交谈几句。女犯们却一直唧唧喳喳说个没完。涅赫柳多夫觉得，玛斯洛娃走出来的时候，他看到她了。可是后来，她却在人群中消失了。他只看见一群排在男犯后面的带着孩子、背着袋子的灰色生物，她们仿佛失去了人类的特征，尤其失去了女性的特征。

尽管在监狱里已经清点过全部犯人，但押解兵重又点名，跟刚才的清点数核对一遍。这次清点时间拖得特别长，因为有些犯人走来走去，妨碍了押解兵的清点工作。押解兵一边骂着，一边将犯人推来推去，重新进行清点，犯人们只得听从摆布，肚子里却憋着一团火。等到重新清点完毕，押解官发出一声口令，犯人的队伍顿时骚动起来。那些身体虚弱的男犯、女犯和孩子争先恐后地朝大车跑去，他们先把行囊扔到车上，然后自己再爬上去。那些抱着大声啼哭的婴儿的女犯，那些争抢座位而兴高采烈的孩子，那些精神沮丧、脸色阴沉的男犯都坐上了大车。

有几个男犯人脱下帽子，走到押解官面前求他什么。涅赫柳多夫后来知道他们要求搭车。涅赫柳多夫看见押解官一声不吭，连眼皮都不抬一抬，自顾自地吸烟。突然他抬起短胳膊，朝那犯人挥过去，那犯人料到自己要挨打，赶紧缩起光头，拔腿就走。

“我要叫你尝尝当贵族老爷的滋味，好让你一辈子记住！靠两条腿走去吧！”押解官吆喝着。

只有一个戴着脚镣、步履蹒跚的高个子老头被准许搭车。涅赫柳多夫看见他脱下薄饼帽子，画了个十字，向大车走去。可是他那双拖着脚镣、软弱无力的腿，爬了好久都没有爬上去。亏得车上有个女人抓住他的一只手，硬把他拉了上去。

大车上都已装满了行囊，行囊上也坐满了被准许搭车的人，这时押解官才摘下军帽，擦了擦额头、光头和又红又粗的脖子，然后在胸前画了个十字。

“全体注意，起步走！”他下了口令。

士兵们咔嚓咔嚓地枪上肩，犯人们脱下帽子，有几个人用左手画着十字。送行的人大声喊着，犯人们也大声地应答着。许多女人号啕大哭。由身穿白军装的士兵围起来的犯人队伍起程了。脚上的锁链扬起一阵阵尘土。士兵在前面开路，后面是戴脚镣的犯人，四人一排，然后是流放犯和两个人铐在一起的村社农民，再后面是女犯。最后是装着行李和身体虚弱的犯人的大车，其中一辆车上，一个女人坐在行李的高处，裹紧衣服，不停地呼天抢地号啕大哭。

三十五

队伍拉得很长，前头的人已经走得看不见了，后面载着行李和老弱病残的大车才刚刚启动。等到大车一启动，涅赫柳多夫就坐上一旁等候的马车，吩咐车夫赶上队伍，看看男犯中间有没有熟人，然后再在女犯中间找到玛斯洛娃，问问她是否收到他送去的东西。天气很热，没有一点儿风，上千只脚扬起的尘土在街心走着的犯人们头上弥漫着。犯人们走得很快。涅赫柳多夫乘坐的马车驾着的不是快马，只能慢慢地向前赶。一排排从未见过的面目狰狞的怪物，迈着上千只穿着同样鞋袜的脚，合着脚步的节拍，前后摆动着空着的手，似乎在为自己鼓气。他们人数众多，外表一模一样，又处在这样一个十分特殊的环境下，以致涅赫柳多夫觉得他们仿佛不是人，而是一种可怕的怪物。过了一会儿，他慢慢地在苦役犯中认出了凶犯费多罗夫，在流放犯中认出了小丑奥霍京和一个求他帮过忙的流浪汉。直到这时，他才驱散了这种印象。犯人们几乎个个回过头来，斜视着那辆赶上来的轻便马车和坐在马车上不断打量着他们的老爷。费多罗夫扬了扬头，表示他认识涅赫柳多夫。奥霍京朝他眨了眨眼睛。可是两个人都没有向他鞠躬致意，他们知道这是犯禁的。涅赫柳多夫的马车赶上了女犯队伍，他一眼就发现了玛斯洛娃。她走在第二排。这一排靠边的一名女犯，红红的脸庞，黑黑的眼睛，短短的双腿，长得很难看，把囚袍前摆掖在腰里，她就是“俊姑娘”。走在她旁边的是个孕妇，吃力地拖着两腿。第三个就是玛斯洛娃。她肩上扛着行囊，眼睛望着前方，神情安详而坚定。这一排的第四个人是个年轻漂亮的姑娘，穿一件短袍，像村姑一样扎着头巾，走起路来很有精神，她就是费多西娅。涅赫柳多夫跳下马车，向女犯队伍跑过去，想问问玛斯洛娃有没有收到东西，身体怎么样，但是被一名挨着队伍边上走着的军士发现了，立即赶了过来。

“不行，老爷，不准靠近队伍。”他一边走过来，一边大声喊。

那军士走过来，认出是涅赫柳多夫(监狱里的人都认识涅赫柳多夫)，就向他举手敬了个礼，在他身边站住，说：

“现在不行。到车站就可以了，在这儿不行。别掉队，快走！”他对犯人们吆喝道。接着，他抖擞一下精神，不顾炎热，迈开穿着漂亮新皮靴的双脚，一溜小跑回到原来的位置上。

涅赫柳多夫退到人行道上，吩咐车夫赶着马车跟在后面，自己跟着队伍一起走。队伍经过之处都引起行人的注意，大家既同情他们，心里又有点害怕。坐在马车里的人都从车窗里探出头来，目送着他们走过去，直到看不见为止。过路的行人都纷纷驻足，惊恐地看着这可怕的场面。有的人走过去施舍一点钱，押解兵就把钱收下。有的人像中了催眠术，迷迷糊糊跟在队伍后面走，走了一段路以后才停下来，摇摇头，目送着队伍向前走去。人们互相招呼着，纷纷从家里跑出来，或是从窗口里探出身来，呆呆地望着这支可怕的队伍，沉默不语。在一处十字路口，犯人队伍挡住了一辆豪华的四轮轻便马车。赶车人的座位上坐着一个满面油光、臀部肥大的车夫，穿着一件背上钉着两排纽扣的号衣。马车的后座上坐着一对夫妻，妻子身子消瘦，脸色苍白，戴一顶浅色帽子，撑着一把色彩鲜艳的阳伞。丈夫戴一顶高筒礼帽，穿一件做工精致的浅色大衣。他们对面坐着他们的两个孩子： 女孩打扮得十分漂亮，娇嫩得像朵小花，披着一头浅发，也撑着一把鲜艳的阳伞。八岁的男孩，脖子细长，锁骨凸出，头上戴一顶拖着两根长飘带的水手帽。父亲怒气冲冲地责怪车夫没有抢在队伍前头穿过马路。母亲嫌恶地眯起眼睛，皱紧眉头，把绸阳伞压得很低，遮住整个脸，好挡住阳光和灰尘。臀部肥大的马车夫听着主人有欠公正的责备，气呼呼地皱起眉头，因为是主人叫走这条路的。他费力地勒住那几匹笼头底下和脖子上累得大汗淋漓、毛色闪闪发光、一心想往前冲的黑马。

警察一心想讨好这辆豪华马车的主人，想把犯人队伍拦住，放马车过去，但他感到这支队伍中有一种悲怆肃穆的气氛，即使为了这位阔绰的老爷，也不能破坏这种气氛。他只是举手敬了个礼，表示他对阔佬的尊敬，然后严厉地望着犯人，好像发誓在任何情况下要保护好马车上的贵客，不让他们受到犯人的侵袭。于是，那辆马车不得不等整个队伍走完，直到最后一辆装着行李和坐在行李上的女犯的大车在隆隆声中走过去，才开始起动。在最后一辆大车上坐着一个歇斯底里的女人，她刚刚安静下来，一看到这辆豪华马车，又尖叫号哭起来。直到这时，马车夫才把缰绳轻轻一抖，那几匹黑色骏马扬起蹄子，拉起轻轻跳动的胶轮马车，沿着驿道朝别墅奔驰而去。丈夫，妻子，女儿和脖子细长、锁骨凸出的男孩都是去那儿度假行乐的。

父亲也好，母亲也好，都没有向两个孩子解释，他们所见的情景是怎么一回事，因此孩子们只好自己来解答这个问题。

小姑娘根据父母脸上的表情，料想这些人跟父母及其亲友完全不一样，是一些坏人，所以就该这样对待他们。正由于这个缘故，小姑娘心里只觉得害怕，直到那些犯人走得看不见了，她才高兴起来。

脖子细长的男孩眼睛一眨都不眨地盯着犯人们看。在这个问题上，他的答案可不一样。他直接从上帝那里得到启示，坚定地相信，这些人跟他、跟所有的人完全一样，因此一定有人对他们干了不该干的坏事，他很可怜这些人。但是他既害怕戴着镣铐、剃光头发的犯人，也害怕硬逼他们戴上镣铐剃光头发的人。正因为这个缘故，男孩的嘴巴鼓得越来越大，好不容易才忍住不哭，他认为在这个时候哭太难为情了。

三十六

涅赫柳多夫像犯人们一样，快步向前走着。他虽然穿得很少，只穿一件薄大衣，还是感到很热，尤其是街上弥漫的尘土，凝固不动的热烘烘的空气更加使人闷得喘不过气来。他走了半里路光景，又坐上马车。可是马车走在街心，他坐在里面觉得更热了。他竭力回想昨天同姐夫的谈话，但是现在想起这件事来不再像早晨那样感到焦虑不安了。这种思绪已被犯人走出监狱和列队出发的观感所压倒。另一个主要的原因，就是现在热得使人实在难受。在围墙旁边的树荫底下，一个卖冰激凌的小贩蹲在地上，有两个实科中学的学生脱掉帽子，站在他跟前。一个男孩正津津有味地舔着牛角小匙，另一个男孩正等着小贩舀着黄糊糊的东西将杯子装满。

“哪儿可以喝点东西解解渴？”涅赫柳多夫问马车夫，他实在渴得熬不住了，想提提精神。

“这儿有一家小饭店，挺不错的。”马车夫说着拐了个弯，把涅赫柳多夫带到一家挂着大招牌的饭店门口。

肥胖的掌柜只穿着一件衬衫，坐在柜台里面，几个堂倌穿着脏得发黑的白制服，由于没有顾客，干坐在饭桌旁边，这时他们好奇地打量着这位稀客，赶快迎上前去伺候。涅赫柳多夫要了一瓶矿泉水，在离窗较远的一张铺着脏桌布的小桌子旁边坐了下来。

店堂里还有两个人，坐在另一张桌子边。桌上放着茶具和一只白玻璃瓶，他们一面擦着额头上的汗，一面客客气气地算着账。其中一个人皮肤黝黑，已经秃顶，只有后脑勺上还留着一圈黑头发，就跟伊格纳季·尼基福罗维奇一样。这使涅赫柳多夫又想起昨天跟姐夫的谈话。他很想在动身之前跟姐夫和姐姐再见一面。“动身之前恐怕来不及了，”他想，“还是写封信去。”他要来信纸、信封、邮票，一面喝着冒气泡的清凉矿泉水，一面考虑写些什么。可是他脑子里乱七八糟，怎么也写不好信。

“亲爱的娜塔莎，昨天我跟伊格纳季·尼基福罗维奇闹得很不愉快，我不能就这样一走了事……”他开始写道。“往下怎么写呢？要他原谅我所说的话吗？可是我说的都是心里话。如果我向他道歉，他会以为我已经改变初衷。再说，他是在干涉我的私事。不，我不能这样写。”想到这里，他对这个同他格格不入、自以为是、毫不理解他的人又产生了憎恨。涅赫柳多夫把这封没有写完的信放进口袋，付了账，走到街上，坐上马车追赶那批犯人去了。

天越来越热，墙壁和石铺路面仿佛都在冒热气。脚踩在石铺路上就像在火上烤。涅赫柳多夫一碰上马车的涂漆挡泥板，就像被火烫了一下似的。

马有气无力地跑着，马蹄均匀地敲击着尘土飞扬、坎坷不平的路面。马车夫不住地打盹儿。涅赫柳多夫坐在车上，什么也不想，呆呆地望着前面。在一条斜坡上，在一幢大楼的门前聚集着一群人和一名荷枪的押解兵。涅赫柳多夫吩咐马车停下。

“发生了什么事？”他问一个扫院子的人。

“有个犯人出了事。”

涅赫柳多夫跳下马车，向人群走去。在靠近人行道的坎坷不平的倾斜的石铺路上，头朝下脚朝上躺着一个中年男犯，他宽肩膀、红脸膛、红胡子、扁鼻梁，身穿灰囚衣、灰长裤。他仰面躺着，摊开两只全是褐斑的手，手心向下。他睁着两只呆滞的布满血丝的眼睛，望着天空。他那厚实的胸脯要经过很长的时间才均匀地透一下气，嘴里发出哼哼唧唧的声音。旁边站着一个皱紧眉头的警察、一个货郎、一个邮差、一个店里的掌柜、一个打着阳伞的老太太和一个手提空篮子的小男孩。

“他们太虚弱了，关在牢里，只剩下一口气了，现在又把他们带到这么毒的日头底下烤。”掌柜对走过来的涅赫柳多夫说，他好像在呵责谁。

“他恐怕就要死了。”打阳伞的女人哽咽着说。

“快解开他的衬衫。”邮差说。

警察伸出粗壮的手指，哆哆嗦嗦地解开犯人青筋暴起的红脖子上的带子，他显然又激动又紧张，但仍然认为必须对这群人训斥一顿。

“你们干吗围在这儿？大热天的，把风都挡住了。”

“事先应该请医生检查检查，把身体实在不行的留下，现在可好，连半死不活的都拉出来了。”掌柜有意显示自己干起事来有一套。

警察解开犯人衬衣上的带子，站起身来，向四周扫了一眼。

“散开，散开！不关你们的事，有什么好看的？”他说着，转过脸来对着涅赫柳多夫，希望得到他的支持，可是他从涅赫柳多夫的眼神里看不到有什么表示，就对着押解兵看。

可是押解兵站在一边，只顾打量着自己被踩歪的靴跟，压根儿没有想到替警察解围。

“该管的人不管。活活把人折磨死，到底有没有王法？”

“虽说是囚犯，可毕竟也是人嘛。”人群中有人说。

“把他的头枕得高些，再给他一点水喝。”涅赫柳多夫说。

“已经去拿水了。”警察答道，把手插到犯人腋下，费力地把他的身体拖到高一点的地方。

“干吗围着一大堆人？”突然传来一声暴雷般的怒吼。一个身穿洁白耀眼的制服和脚登更加耀眼刺目的长筒皮靴的警官，大步流星地朝围住犯人的人群走来。“散开！这儿没你们的事！”他朝着人群喝道，其实他还不知道为什么这儿围着一大堆人。

他挤到人群中间，看见一个奄奄一息的犯人躺在地上，便赞许地点点头，好像他早就料到会出这种事情，他转身对警察说：

“这是怎么搞的？”

警察报告说，刚才有一批犯人经过这里，这个犯人倒了下来，押解兵说把他留在这里了。

“那有什么大不了的，把他拉到分局去，你去叫一辆马车。”

“扫院子的去叫了。”警察说着，举手敬了个礼。

那个掌柜说了一句今天天气很热。

“这关你屁事？啊？滚你的蛋。”警官说着，狠狠地瞪了他一眼。掌柜挨了顿臭骂，只得不吭声了。

“应当让他喝点水。”涅赫柳多夫说。

警官狠狠地瞪了他一眼，但是没有说什么话。扫院子的端着一罐水走过来。警官吩咐警察给犯人喝水。警察托起犯人仰着的头，打算把水灌到他嘴里，但犯人没有咽下去，水顺着胡子流走了，把上衣的前襟和沾满灰尘的麻布衬衣弄湿了。

“往脑袋上泼水！”警官命令道。警察摘下犯人头上的薄饼样的囚帽，把水泼到火红色的鬈发上和光秃秃的脑门上。

犯人的眼睛好像受了惊吓，睁得大大的，可是情况并没有好转，肮脏的泥水顺着面颊淌下来，嘴里仍然哼哼唧唧有节奏地呻吟着，整个身体在不停地哆嗦。

“这里不是有辆马车吗？就用这辆，”警官指着涅赫柳多夫雇来的马车，对警察说。“把车赶过来，喂，说你呢！”

“有客人了。”马车夫眼皮抬都不抬，阴阳怪气地说。

“这是我雇的马车，”涅赫柳多夫说，“你们借去用吧，钱我来付。”他又对马车夫补了一句。

“还站着干吗？”警官高声说。“快动手！”

警察、扫院子的、押解兵把奄奄一息的犯人抬起来，放到马车上，让他在座位上坐好，可是他自己坐不住，脑袋老是往后仰，整个身体从座位上往下滑。

“让他躺平！”警官命令道。

“没关系，长官，我送他去。”警察说着，紧挨着垂危的犯人坐好，把强壮有力的右手插到他的腋下，抱住他的身体。

押解兵托起犯人没有裹包脚布而只穿着囚鞋的脚塞到赶车人座位的下面，让他的两条腿伸直。

警官向四周打量了一下，发现犯人的一顶薄饼样的帽子丢在马路上，就拾了起来，戴到犯人向后倒下的湿漉漉的脑袋上。

“走！”他命令道。

马车夫气呼呼地回头看了看，摇摇头，掉转马头，由押解兵护送着，向警察分局慢慢地走去。犯人的脑袋不停地前后左右晃动，他的身体也不停地往下滑，坐在旁边的警察也只得不停地把他的身体往上拉。押解兵走在马车旁边，也不时地把犯人的两条腿放放好。涅赫柳多夫跟在马车后面走着。

三十七

马车载着犯人，经过一个站岗的消防队员身旁，驶进警察分局的院子，在一个门口停了下来。

院子里，几个消防队员卷起袖管，一面大声说笑，一面冲洗着几辆大板车。

马车一停下，就有几名警察围了上来。他们抓住犯人的两腋，抬起他的双腿，把已经断了气的躯体从被他们踩得吱嘎作响的马车上抬下来。

那个送犯人来的警察从马车上跳下来，甩动着发麻的手臂，摘下帽子，在胸前画了个十字。尸体被抬了进去，送到楼上。涅赫柳多夫也跟着他们走进去。尸体被送进一间又小又脏的房间，里面放着四张病床。两张床上坐着两个穿长袍的病人，一个歪着嘴，脖子上扎着绷带；另一个害的是肺痨病。另外两张床空着。他们就把犯人抬到其中的一张床上。这时，有个矮子，眨巴着眼睛，抖动着双肩，身上穿了一套衬衣衬裤，脚上套着袜子，又轻又快地走到抬进来的犯人跟前，看了看他，又看了看涅赫柳多夫，哈哈大笑起来。这是关在急诊室里的一个疯子。

“他们想吓唬我，”他说，“没门，办不到。”

警官和一名医士紧跟着抬尸体的警察走了进来。

医士走到死人跟前，摸了摸他那布满褐斑、微微发黄的手，那只手虽然还没有完全发硬，但是已经变得惨白了。医士把犯人的手提起来，又放开，那只手毫无知觉地落到死者的肚皮上。

“没救了，”医士摇摇头说，但显然为了例行公事，他还是解开死者湿漉漉的粗布衬衫，把自己的鬈发撩到耳朵后面，俯下身，将耳朵贴在犯人一动不动的蜡黄的高胸脯上。大家都屏息静气。医士直起腰来，又摇了摇头。他看见犯人一动不动地睁着两只淡蓝色的眼睛，便伸出一根手指，拨一拨犯人的一张眼皮，又拨了拨另一张眼皮。

“你们吓不倒我，吓不倒我。”疯子一边说，一边向医士啐唾沫。

“怎么样？”警官问。

“怎么样？”医士跟着他说。“应该送到停尸房去。”

“你得留点儿神，是不是真的死了？”警官问。

“错不了。”医士说着，不知为什么拉拉死者的衬衫，把袒露的胸脯盖好。“我去叫人把马特维·伊万内奇请来，让他来看一下也好。彼得罗夫，你去一下。”医士说着，就走开了。

“把他抬到停尸房去，”警官说，“你过后到办公室来一下，签个字。”他对寸步不离犯人的押解兵说。

“是。”押解兵答道。

几个警察抬起尸体下楼去了。涅赫柳多夫想跟着下去，可是疯子拦住了他。

“您不是跟他们一伙的，请给一支烟抽吧。”他说。

涅赫柳多夫拿出一盒烟递给他。疯子扬起眉毛，连珠炮似的讲起来，说他们如何用种种暗示方法来折磨他。

“他们全都跟我作对，还装神弄鬼地折磨我……”

“对不起，我有事。”涅赫柳多夫说，不等他说完，就走到院子里，想看看他们把尸体抬到什么地方去。

几个警察抬着尸体穿过院子，进入地下室。涅赫柳多夫也想跟在后面进去，被警官挡在外面。

“您要干什么？”

“不干什么。”涅赫柳多夫答道。

“不干什么，那就走开。”

涅赫柳多夫只得听从，无可奈何地朝自己雇来的马车走去。马车夫在打瞌睡。涅赫柳多夫叫醒他，又坐上马车赶往火车站。

马车驶出不到一百步，迎面又来了一辆大车，由一个荷枪的押解兵押送着，车上也躺着一个犯人，看上去已经断了气。那犯人仰天躺着，留着黑黑的大胡子，光头上的那顶薄饼样帽子已经滑到脸上，盖住了鼻梁，随着大车的颠簸，他的脑袋不时地抖动，敲着车板。大车车夫穿着一双大皮靴，走在大车旁赶车，后面跟着一名警察。涅赫柳多夫拍拍车夫的肩膀。

“瞧，他们干的好事！”车夫勒住马说。

涅赫柳多夫跳下马车，跟在大车后面，又经过站岗的消防队员身边，走进警察分局的院子。院子里，消防队员已经把几辆车子冲洗好了，只有一个又高又瘦的消防队长站在那里。他戴着一顶带蓝帽圈的制帽，双手插在口袋里，直眉瞪眼地看着一个消防队员在遛着的一匹膘肥体壮的浅黄色公马，公马的一条前腿有点儿瘸。消防队长怒气冲冲地跟一个站在旁边的兽医说着话。

警官也站在那里。他看见又拉来一具死尸，就立刻走到大车跟前。

“从哪儿拉来的？”他不以为然地摇摇头，问。

“从老戈尔巴托夫斯卡亚街上拉来的。”警察回答。

“是犯人吗？”

“是的，长官。”

“已经是第二个了。”警官说。

“瞧，简直乱套了！不过，天气也实在太热，”消防队长说完，转过身去对牵着浅黄色瘸腿马的消防队员喝道：“把它牵到拐角上的单马栏里去，我要好好教训教训你这个狗崽子，你把这些好马都糟蹋了，它们可比你这个混蛋小子值钱得多。”

这个死者也像刚才的那个一样，由几个警察从大车上抬下来，送到急诊室，涅赫柳多夫像中了催眠术似的，一直跟着他们走去。

“您有什么事？”一名警察问他。

他没有理会，一直跟着他们把死者送进去。

疯子正坐在病床上，使劲地抽着涅赫柳多夫送给他的香烟。

“啊，您又回来啦！”他说着，哈哈大笑起来。他看见死人抬进来，就皱起眉头。“又来了一个，”他说，“已经看腻了，我又不是孩子，对吗？”他带着疑问的微笑对涅赫柳多夫说。

涅赫柳多夫打量着这个死者，现在已经没有人挡住他的视线，原来用帽子盖住的脸，现在看得清清楚楚。第一个犯人长得很丑；可是，这个犯人无论相貌还是身材都长得特别好看。他正当壮年，身体强健。尽管他的头发被剃去一半，怪模怪样，但是他天庭饱满，一对乌黑的眼睛虽已失去光泽，但仍然显得很美，小巧的鹰钩鼻子和细柔的黑唇髭都显得美丽动人。他的嘴唇虽然已经发青，还依然含着笑意；短短的胡子只盖住下半截脸，在剃光头发的半边脑袋上露出一只端正好看的、不大的耳朵。他神情安详、端庄、和善。姑且不论从这张脸上可以看出，他的高尚情操原本可以得到发扬，但现在却被葬送了，从他的双手和戴着镣铐的双脚的小巧的骨骼，从他匀称的四肢的强壮肌肉可以看出，他是一个杰出的、强壮的、灵巧的人类动物。作为一种动物，他在同类中也远比那匹由于受伤而使消防队长生气的浅黄色公马完美得多。可是，他却被折磨死了，不仅没有人把他当作一个人来加以怜恤，而且也没有人把他当作一个活活被断送性命的会做工的动物来加以怜恤。他的死在所有人心里引起的唯一心情，是恼火，因为尸体快要腐烂，必须赶快抬走，这都是多出来的麻烦事。

警察分局长带着大夫和医士走进急诊室。大夫长得矮壮结实，穿一件茧绸上衣，一条紧紧裹住粗腿的茧绸裤子。警察分局长是个矮胖子，红扑扑的圆脸像个皮球。他有个习惯，先鼓起腮帮子，然后把气慢慢吐出来，这样脸就显得更圆了。大夫坐到死者旁，也像医士刚才那样，摸了摸死者的双手，听了听他的心脏，然后站起身，把自己的裤管拉拉直。

“死了。”他说。

警察分局长把腮帮子鼓得圆圆的，又慢慢地把气吐出来。

“他是哪个监狱的？”他问押解兵。

押解兵作了回答，并且提醒他说，死者还戴着镣铐。

“我会叫人拿下来的。谢天谢地，总算这里有铁匠。”警察分局长说，然后又鼓起腮帮子，走到门口，慢慢地把气吐出来。

“怎么会这样的？”涅赫柳多夫问大夫。

大夫透过眼镜对他看看。

“什么叫怎么会这样？您是说他们怎么会中暑而死的吗？他们蹲在牢里，一个冬天不活动，不见阳光，突然走到太阳底下，再说今天又那么热，挤在这么多的人中间走，空气不流通，所以就中暑了。”

“那么，为什么要流放他们？”

“这您要去问他们，不过，请问您究竟是什么人？”

“我是旁观者。”

“哦！……对不起，我没有闲工夫。”大夫说着，恼火地把裤腿往下拉拉直，就去查看别的病床了。

“说说，你好点了吗？”他对脸色苍白、脖子上裹着绷带的歪嘴病人说。

这时疯子坐在自己的病床上，不再抽烟，一个劲儿地朝大夫吐唾沫。

涅赫柳多夫下楼，走到院子里，从消防队的马匹、几只母鸡和一个戴铜盔的哨兵旁边走过去，出了大门，叫醒正在打盹的车夫，坐上马车，向火车站赶去。

三十八

涅赫柳多夫抵达火车站的时候，犯人们已经坐在带有铁栅窗的车厢里了。月台上站着一些送行的人，他们没有被准许靠近车厢。押解人员今天特别操心。从监狱到车站，一路上除了涅赫柳多夫看见的那两个以外，还有三个犯人中暑死亡，其中一个也像前两个一样，被送到附近的警察分局，还有两个都是在车站上倒下的[①]。押解人员操心的，并不是在他们的押送下死了五个本来可以救活的犯人。他们根本不把此事放在心上。他们操心的只是死了人，必须依法办理各种各样的手续：把死者及其材料、衣物送到有关部门，把他们的名字从押送到下城的犯人名册中勾掉。办这些事很麻烦，特别在这样的大热天，办起来更加吃力。

押解人员现在正忙于处理这些事情，因此在没有办完以前，不准涅

①19世纪80年代初，一批犯人在从布蒂尔斯基监狱被押往下城火车站途中，一天中有五名犯人连续中暑死亡。

Ж.Д

赫柳多夫和其他送行的人靠近车厢。涅赫柳多夫偷偷塞了些钱给一个军士，总算被放了过去。不过，军士要他快点说完话马上离开，免得被长官看见。这列火车一共有十八节车厢，除了长官坐的那一节以外，每一节车厢都装满了犯人。涅赫柳多夫沿着车厢窗口走过去，细听着里面的动静。每节车厢里都响着哐哐啷啷的镣铐声，乱哄哄的忙碌声，还夹杂着毫无意思的下流话。但是出乎涅赫柳多夫的意料，没有一处在谈论途中死去的同伴。他们谈的多半是他们的行李，路上喝的水，挑哪个座位好。涅赫柳多夫从一节车厢的窗子里望进去，只见押解兵们在车厢的过道上给犯人们卸手铐，犯人们纷纷把手伸出来，一个押解兵用钥匙打开手铐的锁，把手铐卸掉。另一个押解兵把一副副手铐收起来。涅赫柳多夫走过装男犯的车厢，来到装女犯的车厢。第二节车厢里传出一个女人平稳的呻吟："哎哟哟，哎哟哟，老天爷！哎哟哟，哎哟哟，老天爷！"

涅赫柳多夫走过这节车厢，按照一个押解兵的指点，走到第三节车厢的窗口。涅赫柳多夫刚把头凑到窗口，一股充满浓重的汗臭味的热气扑面而来，同时女人们唧唧喳喳的说话声也听得清清楚楚。一排排长凳上都坐满了女犯，她们有的穿着长袍，有的穿着短衫，热得满头大汗，面色通红，在高声地说话。涅赫柳多夫凑近铁栅窗的脸引起了她们的注意。离窗较近的几个女犯立刻住了口，向他走过去。玛斯洛娃穿了一件短衫，没有扎头巾，坐在对面窗口。皮肤白净、面带笑容的费多西娅坐在她旁边，离这边窗口近些。她认出窗外站着的是涅赫柳多夫，就推了推玛斯洛娃，向她指了指窗口。玛斯洛娃赶紧站起来，用头巾把黑头发包好，汗水涔涔、红彤彤的脸蛋上绽开了爽朗的笑容，走到窗口，双手抓住铁栅。

"天真热啊。"她快活地笑着说。

"东西收到了吗？"

"收到了，谢谢。"

“还需要些什么吗？”涅赫柳多夫问，他觉得闷热的车厢里就像蒸汽澡堂一样。

“什么也不需要了，谢谢。”

“能有水喝就好了。”费多西娅说。

“对，能有水喝就好了。”玛斯洛娃也跟着说。

“难道不给你们水喝吗？”

“送来过，都喝光了。”

“我这就去，”涅赫柳多夫说，“我去向押解兵要点水来，我们要到下城才能再见面。”

“难道您也去吗？”玛斯洛娃假装不知，高兴地瞧了他一眼，说。

“我坐下一趟火车走。”

玛斯洛娃沉默不语，过了几秒钟，才深深地叹了口气。

“这是怎么回事，老爷，听说有十二个犯人给折磨死了，这是真的吗？”一个面孔铁板的上了年纪的女犯用男人一样的粗嗓音问。

这个女犯就是科拉布廖娃。

“死掉十二个，我没听说过，我只知道死了两个。”涅赫柳多夫答道。

“我听说死了十二个。他们造了这样的孽，难道没有报应？这些该死的恶魔！”

“你们女人中间有没有害病的？”涅赫柳多夫问。

“女人的身子骨要硬健些，”另一个矮小的女犯笑着说，“只是有一个快要生孩子了。听，她在嚷嚷呢。”她指着隔壁的车厢说。从那节车厢里不住地传来呻吟。

“您刚才说我们还需要什么，”玛斯洛娃说，她竭力抿住嘴唇，不露笑意。“能不能让这个女人留下来，要不然，她太受罪了。您最好去跟长官说说。”

“好，我去说。”

“还有，能不能让她跟丈夫塔拉斯见上一面，”她用目光示意面带微笑的费多西娅，添了一句说。“她丈夫也跟您一起走。”

“老爷，不准交谈。”传来一个押解军士的声音。他不是放涅赫柳多夫过来的那个军士。

涅赫柳多夫从车厢旁走开，去找长官，为临产的女犯和塔拉斯求情。可是找了好久没有找到，问押解兵，他们也不知道长官去了哪里。他们来来去去，忙忙碌碌，有的押着一个犯人到什么地方去，有的忙着给自己买吃的，有的把自己的行李装进车厢，有的侍候着跟押解官一起上路的太太，他们都不情愿回答涅赫柳多夫的问题。

直到第二遍铃声响过，涅赫柳多夫才找到押解官。那军官用一只短手抹了抹盖住嘴巴的唇髭，耸起肩膀，不知为一件什么事在训斥司务长。

“您找我有什么事吗？”他问涅赫柳多夫。

“车上有个女人要生孩子了，所以我想应该……”

“让她去生好了。等生下来再说。”押解官说，使劲地摆动两只短短的胳膊，朝自己乘坐的车厢走去。

这时列车长手里拿着哨子走过来。紧接着响起最后一遍铃声和哨声，从月台上送行的人群中和女犯的车厢里传来一片哭泣声。涅赫柳多夫和塔拉斯并排站在月台上，望着一节节带有铁栅窗的车厢和车厢里一个个男人剃光的脑袋在眼前闪过。随后是女犯的第一节车厢，从车窗里可以看见里面的女犯，有的戴着头巾，有的没戴头巾，接着是第二节车厢，从里面传来一阵阵临产女人的呻吟。再后面是玛斯洛娃坐的那节车厢。她和几个女犯站在窗口，望着涅赫柳多夫，神色凄然地对他笑着。

三十九

涅赫柳多夫搭乘的那趟列车离开车还有两个小时。他本想利用这段时间再到姐姐那儿去一次，可是在经历了今天早上的种种情景之后，现在他激动不已，身子骨像散了架似的，一坐到头等车厢候车室的小沙发上，就觉得睡意浓浓，他侧过身去，把一只手垫在面颊下面，就呼呼地睡着了。

一个身穿礼服、胸佩证章、手臂上搭着餐巾的侍者走过来叫醒了他。

“老爷，老爷，您是涅赫柳多夫公爵吗？有位太太在找您。”

涅赫柳多夫霍地站起来，揉了揉眼睛，这才记起他在什么地方和今天早上发生的种种事情。

他的脑海里浮现的是：囚犯的队伍，死尸，带有铁栅窗的一节节车厢和关在里面的女犯，其中一个就要分娩，痛苦地呻吟着，却没有人去照料她，另一个在铁栅窗里对他凄然地笑着。可是他此刻看到的却是另一番景象：面前的桌子上摆着各种酒瓶、花瓶、大烛台、餐具，手脚麻利的侍者在桌子旁边来回穿梭。候车厅的深处有一个吧台，吧台里边的酒柜前站着一名侍者，吧台上放着果盘和酒瓶，有几个旅客背对着外面站在吧台前面喝酒。

涅赫柳多夫刚从沙发上坐起来，脑子也稍微清醒了些，这时发现房间里的每个人都在好奇地望着门外，好像发生了一件什么事情。他也朝门外望去，只见一伙人抬着一把圈椅，上面坐着一位头上裹着纱巾的太太。在前面抬着的是一个跟班，涅赫柳多夫觉得很面熟。后面一个戴着镶金绦的制帽，也是他认识的一个看门人。圈椅后面跟着一个穿戴雅致的侍女，她头发鬈曲，身上系着围裙，手里提着一个包裹、一只装着圆滚滚东西的皮套子和几把阳伞。再后面是科尔恰金公爵，他生着厚厚的嘴唇、易患中风的粗脖子，挺起胸脯，头戴一顶旅行帽，他的后面是米西和她的表兄米沙，还有那个涅赫柳多夫认识的外交官奥斯滕。他脖子细长，喉结凸出，脸上笑嘻嘻的，心情总是很愉快。他一面走，一面有声有色、明显地带有几分戏谑的口气同笑嘻嘻的米西说话。走在最后的是一名大夫，他气呼呼地抽着烟。

科尔恰金一家正从他们城郊的庄园搬到下城铁路线上的公爵夫人姐姐的庄园去。

由抬圈椅的仆人、侍女和大夫组成的行列浩浩荡荡进入女宾候车室，引起所有在场旅客的好奇和尊敬。老公爵在桌旁坐定，立刻叫来侍者点了几样酒菜。米西和奥斯滕也在餐厅里站停下来，刚要坐下，看见门口走进一个他们认识的女人，就立刻迎上前去。她就是娜塔莉娅·伊万诺夫娜。她由阿格拉费娜·彼得罗夫娜陪着走进餐厅，打量着四周。她几乎同时看见了米西和自己的弟弟。她只是向涅赫柳多夫点点头，就走到米西跟前，在跟她吻过以后，又转身走到弟弟跟前。

“我终于找到你了。”她说。

涅赫柳多夫站起来同米西、米沙和奥斯滕打过招呼，就站在那里跟他们聊了起来。米西告诉他，他们乡下的房子被火烧了，只好住到姨妈家去。奥斯滕趁机说了一个关于火灾的趣闻。

涅赫柳多夫没有听奥斯滕说笑话，转过身去对姐姐说：

“我很高兴你能来这儿。”

“我早就来了，”她说，“我是和阿格拉费娜·彼得罗夫娜一起来的。”她指了指阿格拉费娜·彼得罗夫娜。她头戴帽子，身穿防雨布大衣，显得亲切而庄重，不好意思地从远处向涅赫柳多夫鞠了一躬，她不愿意在一旁打扰他。“我们在到处找你。”

“我在这儿睡着了。我很高兴你能来这儿，”涅赫柳多夫重复了一遍，“我本来想给你写封信。”他说。

“真的吗？”她吃惊地问。“有什么事吗？”

米西和她的男伴看到他们姐弟俩正在谈论私事，就走开了。涅赫柳多夫和姐姐在靠窗的一张天鹅绒沙发上，挨着别人放着的行李、毛毯和帽子坐了下来。

“我昨天从你们那儿出来，本想回去向姐夫赔个不是，可是我不知

道他是否会接受，”涅赫柳多夫说，“我和姐夫谈得不很投机，心里很难过。”他说。

“我知道，”姐姐说，“我相信你不是故意的，你一定知道……”

她的眼眶里满含着泪水，她轻轻地拍拍涅赫柳多夫的手。她的话虽然说得有些含糊，可是涅赫柳多夫完全理解，并为这句话所要表达的意思所感动。她的这句话是想表示，除了她对丈夫倾注了全身心的爱之外，她对他，对自己弟弟的爱，在她看来也是重要而宝贵的，因此弟弟和自己丈夫之间的任何不和都会使她感到万分痛苦。

“谢谢，谢谢你……哎，今天我看见什么了，”他突然想起第二个死去的犯人，说，“有两个犯人被害死了。”

“怎么被害死的？”

“就是这么死的。这样的大热天押到街上，有两个犯人就中暑死了。”

“这不可能！怎么会呢？今天？刚才？”

“对，刚才。我看见他们的尸体。”

“为什么要害死他们？谁害死他们的？”

“是那些硬把他们押出来的人。”涅赫柳多夫义愤填膺地说。他觉得她在用她丈夫的眼光看待这件事。

“啊，天哪！”阿格拉费娜·彼得罗夫娜走到他们跟前说。

“我们对这些人的不幸遭遇几乎一无所知，可是我们理应知道，”涅赫柳多夫望着老公爵，继续说道。老公爵脖子上已围好餐巾，坐在放着一瓶清凉果汁饮料的桌子旁边。他这时也回过头来瞧了涅赫柳多夫一眼。

“涅赫柳多夫！”他叫道，“要不要喝点解解暑，出门喝一点再好没有了。”

涅赫柳多夫谢绝了，转过身来。

“你打算怎么办？”娜塔莉娅·伊万诺夫娜继续说。

“只能尽力而为。我不知做些什么才好，但总觉得该做些什么。我要尽自己的力量去做。”

“对，对，我明白。那么，你跟这一家人……”她用目光示意科尔恰金，笑着说，“难道真的断绝往来了？”

“彻底断了，我想这对双方来说，都不会感到遗憾的。”

“可惜。我觉得很可惜。我喜欢她。不过，即使如此，你又为什么作茧自缚呢？”她胆怯地说。“你为什么一定要跟着去呢？”

“我觉得应该去。”涅赫柳多夫严肃地、干巴巴地说了一句，他不希望再谈这件事。

可是，他立刻又感到羞愧，不该对姐姐如此冷淡。“为什么我不把心里话都掏出来对她说呢？”他想。“就让阿格拉费娜·彼得罗夫娜听见好了，”他看了老管家一眼，对自己说。阿格拉费娜·彼得罗夫娜在场反倒促使他把自己的决心再对姐姐说一遍。

“你是指我打算跟卡秋莎结婚这件事吗？可是，我决心跟她结婚，她却一口回绝了我，”他说，声音有些发抖，他一说起这件事声音总是要发抖。“她不希望我作出牺牲，而宁愿牺牲自己。她现在的处境那么苦，付出的代价太高了，我不能接受她的牺牲，即使这种牺牲是出于一时冲动。所以我要跟着她去，她到哪儿，我也到哪儿，我要尽自己的一切力量去帮助她，去分担她的厄运。”

娜塔莉娅·伊万诺夫娜默默无言。阿格拉费娜·彼得罗夫娜用探询的目光看着娜塔莉娅·伊万诺夫娜，摇摇头。这时原来的那一伙人又从女宾候车室走出来，仍由长相英俊的跟班菲利普和看门人抬着公爵夫人。她吩咐把椅子放下，向涅赫柳多夫招招手要他过去。她露出一副疲惫不堪的可怜相，向他伸出一只戴满戒指的白净的手，心悸地等着他有力的握手。

“太可怕了！”她说的是酷热的天气。“我受不了啦，这种天气快要把我折磨死了。”接着她说了一阵俄罗斯气候的恶劣，又请涅赫柳多夫到她府上去做客，然后示意继续抬她走。“您一定要来啊，”她扭过长脸，又对涅赫柳多夫叮嘱了一句。

涅赫柳多夫走到月台上。公爵夫人的队伍向右拐了个弯，朝头等车厢走去。涅赫柳多夫同搬行李的脚夫，还有自己背着行囊的塔拉斯一起向左边走去。

“这就是我的同伴。”涅赫柳多夫指指身边的塔拉斯，对姐姐说，关于塔拉斯的遭遇他已经对姐姐说了。

“你真的坐三等车厢吗？”娜塔莉娅·伊万诺夫娜看见弟弟在三等车厢前站停下来，提着行李的脚夫和塔拉斯一起走进这节车厢，就问。

“是的，这样我方便一些，可以和塔拉斯在一起，”他说，“对，还有一件事，”他补充说，“迄今为止我还没有把库兹明斯科耶的土地交给农民，万一我死了，这些地就由你的孩子继承吧。”

“德米特里，别说这种话。”娜塔莉娅·伊万诺夫娜说。

“如果我真的把土地交给了农民，有一点我要说明，那就是我其余的东西将归你的孩子，因为我未必会结婚，就是结了婚也不会有孩子……所以……”

“德米特里，别说这种话。”娜塔莉娅·伊万诺夫娜说。不过，涅赫柳多夫看出她听了这些话很高兴。

前面，在头等车厢旁边站着一小群人，还望着科尔恰金公爵夫人被抬上去的那节车厢。其他的乘客都已在各自的位子上坐好，迟到的乘客急匆匆地走着，把月台的地板踩得咚咚作响。列车员们关上车门，招呼旅客入座，请送行的人下车。

涅赫柳多夫走进被太阳烤得又热又臭的车厢，立刻又走到外面的刹车台上。

娜塔莉娅·伊万诺夫娜戴着一顶时髦的帽子，披着斗篷，和阿格拉费娜·彼得罗夫娜并排站在车厢旁边，显然想找话说，但不知说什么好。她甚至连“给我写信”这样的话也觉得说不出口，因为她和弟弟早就嘲笑过这种送行的客套话。姐弟之间充满温馨的骨肉之情一下子被刚才那几句关于财产继承的谈话破坏了。他们感到彼此疏远了。因此，火车一启动，娜塔莉娅·伊万诺夫娜反而感到高兴。她只不过点点头，带着忧伤中略有几分亲切的神情说：“再见，德米特里，再见！”可是这节车厢刚驶离，她就盘算起怎样把刚才她和弟弟的谈话告诉丈夫，她的神情又变得严肃和忧虑起来。

尽管涅赫柳多夫对姐姐感情很好，没有任何恶意，也没有对她隐瞒过任何事情，可是现在和她待在一起心里觉得很沉重，很别扭，巴不得早一点离开她。他感到，以前那个同他亲密无间的娜塔莎已经不复存在，现在的娜塔莎仅仅是一个和涅赫柳多夫格格不入的、浑身长着黑黪黪粗毛的、令人讨厌的丈夫的奴隶。他对这一点看得很清楚，因为当他一谈起她丈夫感兴趣的事，也就是把土地交给农民和继承财产的事，她才显得神采飞扬。这使涅赫柳多夫感到很伤心。

四十

庞大的三等车厢被火热的太阳晒了一整天，又挤满了人，闷得叫人透不过气来，涅赫柳多夫一直站在外面的刹车台上，没有回到车厢里去。但是在这里也呼吸不到新鲜空气，直到列车从两排房屋中开出去，才吹来了穿堂风。涅赫柳多夫敞开胸膛，深深地吸了口气。“对，他们是被害死的，”他在心里又重复了一遍对姐姐说过的这句话，他的脑海里又浮现出今天看到的一幕幕情景，第二个死去的犯人的漂亮的面庞、含笑的嘴唇、神情庄严的前额、头皮刮得发青的头颅和头颅下边端正的耳朵，又栩栩如生地出现在他的眼前。“然而，最可怕的是，他被害死了，却没有人知道谁害死了他，但他的确是被害死的。”他也跟别的犯人一样，照马斯连尼科夫的命令，被押解出来的。马斯连尼科夫不过例行公事，在一张印好的文件上用歪歪扭扭的花体字签上自己的大名，往下一发了事，当然不会考虑自己应负什么责任。那个专门检查犯人身体的监狱医生，更加不会认为自己有责任。他认真履行自己的职责，把体弱的病人挑出来，无论如何也想不到天气会这样热，把他们押解出来又那么迟，而且又是这么多的人挤在一起。至于典狱长呢？……他不过执行上司命令，某月某日将多少名男女苦役犯、流放犯押解到某地。押解官同样也没有过错。他的职责只是就地查收人数，然后到了某地再把犯人如数交出去。他按照惯例把那批犯人押解上路，万万没有料到，像涅赫柳多夫见到的那两个身强力壮的犯人会支持不住，中暑而死。谁都没有责任，可是人的的确确被害死了，而且正是被那些对这些人的死亡毫无责任的人害死的。

“这种事所以会发生，”涅赫柳多夫想，“就是因为所有这些人——省长、典狱长、警官、警察，都认为如今的世风无须人与人之间保持正常的关系。说实话，所有这些人，马斯连尼科夫也好，典狱长也好，押解官也好，要是他们不是省长、典狱长和军官，就会反复考虑二十次：这样热的天气，这样多的人挤在一起，赶他们上路，行吗？即使上了路，中途也会停下来休息二十次，要是看到有人体力不支，喘着粗气，也会把他们从队伍里叫出来，让他们到阴凉处喝口水，休息片刻。要是发生了不幸，也总会表现出一点恻隐之心。现在他们所以没有这样做，并且不让别人这样做，无非是因为他们并不把这些人当作人看待，也没有意识到他们对这些人应负的责任，他们一向把官职和恪守职责置于人际关系的准则之上。问题的症结就在于此，”涅赫柳多夫想，“只要承认世界上有比爱心更加重要的东西，哪怕只承认一个小时，哪怕只在某一个特殊场合承认一下，那么任何一种损人利己的罪行都是干得出来的，而且干得心安理得。”

涅赫柳多夫陷入沉思，全然不知天气已经起了变化，太阳已被向前飘浮的低低的浊云遮住。一大片灰白色的云层从西方的地平线上压过来，远处的田野和树林上空已经下起阵雨。雨云送来湿润的空气。闪电时而划破乌云，轰鸣的雷声和隆隆的车轮声越来越频繁地交织在一起。乌云越逼越近，被风吹得打斜的雨点开始落到刹车台和涅赫柳多夫的大衣上。他走到刹车台的另一边，呼吸着湿润的新鲜空气和从早就渴望甘霖的土地散发出来的麦香。他望着从眼前掠过的果园、树林、金黄色的黑麦地、依旧碧绿的燕麦地和种着正在开花的深绿色马铃薯的黑油油的田畦。大地上的一切都仿佛涂了一层清漆，绿的更绿，黄的更黄，黑的更黑。

“下吧，再下吧！”涅赫柳多夫望着甘霖普降下的田野、果园、菜园显得生机盎然，心中十分高兴。

这场大雨下了没有多久。一部分雨云变成雨水落下来，另一部分随风飘走了，最后残留下来的是稀疏的小雨点，垂直地落到湿漉漉的地面上。太阳又露出来了，田野上闪闪发光。东方地平线上出现一道低垂的彩虹，色彩绚丽，其中的紫色特别耀眼，只是彩虹的一端显得有些残缺。

“哦，我刚才在想什么？”涅赫柳多夫在问自己。这时自然界的变化已经结束，列车驶入高坡之间的山沟。“是啊，我在想所有这些人：典狱长、押解官，还有其他一些当官的，大都是温和善良的，只是因为当了官，才变得如此心狠手辣。”

他想起他对马斯连尼科夫讲起监狱里的情景时他的那种冷漠无情的态度，他想起典狱长的严厉、押解官的残忍，他竟然不准老弱病残的犯人搭车，对在火车上临产的女犯的痛苦熟视无睹。“所有这些人都是铁石心肠，丝毫没有一点恻隐之心，无非是因为他们当了官。他们当了官，心里就渗不进一点仁爱的感情，就像用石块铺砌的土地渗不进雨水一样，”涅赫柳多夫望着山沟两旁用杂色石块砌起的斜坡想。他看见落到坡上的雨水并没有渗进泥里，而是汇成一股股水流往下泻去。“也许，这山沟两边的斜坡非砌石块不可，但是看到这些土地现在变得寸草不长真叫人感到伤心，因为这些土地本来可以长出麦子、青草、灌木和树林，就像山沟上边的土地一样。人也是一样，”涅赫柳多夫想，“也许，这些省长、典狱长、警察都是少不了的，可是看到这些人已经丧失人性，也就是丧失仁爱和同情，却令人不寒而栗。”

“问题的症结就在这里，”涅赫柳多夫想，“这些人把不成其为法律的东西看成法律，却不承认上帝亲自写在人们心灵上的万古永恒、不容背弃的戒律才是法律。正因为如此，我跟这些人很难相处，”涅赫柳多夫想，“我简直怕他们，这些人也确实可怕，比强盗还可怕。强盗有时还有恻隐之心，而这些人却一点也没有。他们的心里根本不存在恻隐两字，就像石头里种不出庄稼一样。他们的可怕之处就在于此。大家都说，普加乔夫、拉辛[①]这些人很可怕，那些人要比他们可怕一千倍，”他继续想，“如果有人提出一个心理学的问题：怎样才能使当代的人们、基督徒、人道主义者，一切善良的人干出最可怕的罪行而又不觉得自己在犯罪？那么，答案只有一个，那就是维持现状，必须让那些人当省长、典狱长、军官和警察。也就是说，第一，要让他们相信世界上有一种工作，叫做国家公职，担任公职的人可以不把老百姓当人看待，也不需要人与人之间的兄弟情谊；第二，要那些国家公职人员互相勾结起来，这样，不论他们如何草菅人命，其后果不必由某个个人承担。没有这些条件，就不可能在我们这个时代干出像我今天所见的那些可怕的事情。问题的症结在于，人们认为社会上存在一种场合，在这种场合下，人与人之间不需要有爱心。然而这种场合是不存在的。对待一件东西可以不需要爱心，砍树、制砖、打铁可以不需要爱心，可是对待人不能没有爱心，就像对待蜜蜂不得不小心谨慎一样，这是由蜜蜂的本性决定的。如果你对待蜜蜂不多加小心，就既会伤害蜜蜂，也会伤害自己。对待人也是一样，而且不能不这样，因为人与人之间的互爱是人类生活的

---

① 俄国 17、18 世纪著名的农民起义领袖。

基本法则。诚然，人不能像强迫自己工作一样，强迫自己去爱，但是不能因此可以得出结论，对待别人可以不要爱心，特别是当你对别人有所求的时候。如果你对别人没有爱心，你就乖乖地坐着，”涅赫柳多夫在心里对自己说，“你就自己形影相吊，对物而坐，想做什么就做什么，就是不要去跟人打交道。只有肚子饿的时候，吃东西才有益无害；同样，只有当你有了爱心，去同人打交道，才会有益无害。一旦你容忍自己不必以爱心去对待别人，就像你昨天对待姐夫一样，那么，今天我亲眼所见的种种对人的残忍的野蛮行为就会无穷无尽。我一生经历过的种种痛苦也将绵延下去，永无止境。是的，是的，情况就是如此，”涅赫柳多夫想。“这太好了，太好了！”他对自己反复说，心里感到双重的欣喜：一方面，在一天酷热之后，凉风习习，分外爽快；另一方面，长期盘踞在心头的疑问终于得到了彻底澄清。

四十一

涅赫柳多夫乘坐的那节车厢只坐满了一半旅客。他们中间有仆役、工匠、工人、肉商、犹太人、店员、妇女、工人的老婆，还有一名士兵、两位太太，其中一个年轻，另一个上了年纪，裸露的手臂上戴着好几只手镯。另外，还坐着一个面孔铁板的老爷，头上戴着一顶缀有帽徽的黑制帽。这些人都已找到座位，安静地坐着，有的在嗑瓜子，有的在吸烟，有的在跟邻座的乘客兴致勃勃地聊天。

塔拉斯喜气洋洋地坐在过道右边的长椅上，还在旁边给涅赫柳多夫留了个位子。他跟坐在对面的乘客正谈得起劲，那个人肌肉强健，敞着胸膛，外面套一件粗呢长外衣，涅赫柳多夫后来知道他是个花匠，乘车到外地去打工。涅赫柳多夫想走过去坐到塔拉斯旁边，半路上看见一个白胡子老头儿，就在他身边站住了。老头儿仪表堂堂，穿一件土布长袍，正在跟一个一身农村打扮的年轻女人说着话。女人旁边坐着一个七岁左右的小姑娘，两只脚还碰不到地板。她穿了一件新做的无袖长衣，淡得近乎白色的头发扎成一条辫子，嘴里不停地嗑着瓜子。老头儿回过头来看了看涅赫柳多夫，就掖起长袍的前摆，在磨得发亮的长椅上腾出一个位子，亲热地说：

“您请坐吧。”

涅赫柳多夫谢过以后，就在他腾出来的位子上坐了下来。涅赫柳多夫刚坐定，那女人又继续刚刚被打断的谈话。她说她丈夫在城里怎样招待她，现在她回乡下去。

“上次谢肉节，我去过一次，这一次，托上帝的福，又去了，”她说，“求上帝保佑，今年能去城里过圣诞节。”

“这是好事！”老头儿回头看看涅赫柳多夫说，“你要常去看看他，一个年轻男人待在城里要学坏的。”

“不，老大爷，我家的那口子可不是那种人。他从来不干傻事，规规矩矩像个黄花闺女，挣的钱全都往家里寄，自己一个子儿也不留，他很喜欢这小女孩，看见她，甭提多高兴啦。”那女人笑着说。

小姑娘一边吐瓜子壳，一边听母亲说话。她那双文静而机灵的眼睛看看老头儿的脸，又看看涅赫柳多夫的脸，仿佛要证实她母亲说的全是实话。

“他是个明事理的人，这再好也没有了，”老头儿说，“那么，他也不来这个吗？”他用目光示意坐在过道另一边的一对工人模样的夫妇，添了一句。

那男人拿着一瓶伏特加对准嘴巴，仰起头，咕嘟咕嘟地喝着。他的老婆手里拿着装酒瓶的袋子，盯着丈夫看。

“不，我家男人不喝酒，不抽烟，”跟老头儿攀谈的女人还想趁机夸夸自己的丈夫。“像他这样的男人，老大爷，打着灯笼也难找啊，他真是好样的。”她又转身对涅赫柳多夫说。

“这再好也没有了。”老头儿看看喝酒的工人，又说了一遍。

那工人对着酒瓶喝了几口，就把它递给妻子。妻子接过酒瓶，笑着摇摇头，也把瓶口对准嘴巴。那工人发觉涅赫柳多夫和老头儿盯住他看，就扭过头来对他们说：

“怎么啦，老爷？是不是在看我们喝酒？我们干活的时候，谁也没有看见，我们一喝酒，大家全看见了。我挣了钱，自己喝点酒，也给老婆喝几口。别的什么都不想了。”

“是啊，是啊。”涅赫柳多夫不知道如何回答是好。

“我说的话对吗，老爷？我老婆可是个守规矩的女人！我对她很满意，因为她会疼我。我说得对吗，玛夫拉？”

“喏，拿去吧，我不想多喝了，”妻子说着把酒瓶还给他。“你在那儿嘀咕什么呀？”她又说了一句。

“瞧，她就是这个德性，”工人接着说，“她一会儿挺好，一会儿又像轴上没上油的大车，唧唧喳喳地叫。玛夫拉，我说得对吗？”

玛夫拉格格地笑着，带着几分醉意摆了摆手。

“瞧，他又胡扯了……”

“瞧，她就是这个德性，好的时候挺好，可是过不了多久，牛脾气一来，什么事都干得出……我说的是实话。老爷，请您多包涵。我喝得多了点儿，现在可怎么办？……”工人说着，就躺了下来，把头枕在满面笑容的妻子的膝盖上，睡觉了。

涅赫柳多夫在老头儿身旁又坐了一会儿。老头儿对他讲了自己的身世，说他是个砌炉匠，干了五十三年活，一生中砌过多少炉灶数也数不清，现在想歇歇，可总是歇不下来。最近他在城里给孩子们找了份工作，现在回乡去看看家里人。涅赫柳多夫等老头儿说完，站起身来，朝塔拉斯替他留着的座位走去。

“老爷，您请坐，我把袋子挪到这边来。”坐在塔拉斯对面的花匠抬起头看看涅赫柳多夫，亲热地说。

“宁受挤，也不受气，”塔拉斯用唱歌般的声调笑嘻嘻地说，然后伸出强有力的手臂把两普特重的袋子轻轻松松地举起来，放到窗口。“地方有的是，站站也行，钻到长椅子下面也行。这儿倒是安静，不会发生吵架！”他和颜悦色地说。

塔拉斯说他自己如果不喝酒，就没有话可说，一喝酒，说起话来就没完没了，而且都是好词儿。的确，塔拉斯在头脑清醒的时候，总是不声不响；当他碰到特殊情况，难得喝点酒之后，就特别喜欢说话。他说的话很多，说得又很有道理，很朴实，很真诚，尤其是很亲切。他说话的时候，那双善良的、浅蓝色的眼睛和亲切含笑的嘴唇总使人产生温馨的感觉。

他今天的心情就是这样。他看到涅赫柳多夫走过来，就暂时收住了话头。他放好袋子，按照原样坐好，把两只有力的劳动的手放到膝盖上，直视着花匠的眼睛，又继续讲自己的事情。他对这个新认识的同伴详详细细地述说自己妻子的遭遇，讲她为什么被流放，他现在为什么要跟她一起到西伯利亚去。

涅赫柳多夫还是第一次听到他讲得这样详细，所以他听得很有兴趣。不过，他坐下来听的时候，塔拉斯已经讲到下毒的事已经发生，家里人都知道这是费多西娅干的。

“我在向他吐苦水，”塔拉斯转过脸对涅赫柳多夫诚恳地说，“我遇上这样一位热心肠的朋友，就聊了起来，我也就讲讲我的事。”

“对，对。”涅赫柳多夫说。

“你听我说，老哥，这件事就这么查出来了。我妈手里拿着那块放过毒的面饼说：‘我要去报告警察。’我爹是个懂道理的人，他说：‘慢着，老太婆，这小娘儿们还是个黄毛丫头，她自己也不知道干了什么事。我们要原谅她，她也许会明白过来的。’可是这有什么用？我妈一句话都听不进去。她说：‘要是我们把她留在家里，她就会把我们当成蟑螂都毒死的。’老哥，她说完就去找警察了。警察一下子就闯到我们

家里……当下把证人都传了去。”

“那么，你当时怎么样？”花匠问。

“我吗，老哥，肚子疼得直打滚，嘴里直吐，五脏六腑好像都翻了个个儿，一句话也说不出来。我爹马上套好车，叫费多西娅坐上去，先到警察局，再由警察局转送到法官那里。她呢，老哥，一到那里就全部认了罪，后来又向法官一五一十地招供了。她从哪儿弄来的砒霜，怎样把砒霜揉进面饼里。法官问：‘你为什么要干这种事？’她说：‘因为我讨厌他，我宁可到西伯利亚去，也不要跟他一块儿过日子。’她是说不愿意跟我一块儿过，”塔拉斯笑着说，“她就这样全部认了罪。我不说你也知道，她被关进牢里，我爹一个人回来了。这时正好是农忙，我们家只有我妈是女的，而且身体很不好。我们想，这下可怎么办，能不能把她保出来。我爹就跑去找长官，找了一个，不成，又去找一个，又不成，他一连找了五个。我们打算不再到处奔走了，不料遇上一个衙门里的小官。这家伙是个天下少有的机灵鬼。他说：‘你给我五卢布，我就把她保出来。’后来讲定三卢布。没有法子啊，老哥，我只得把她织的粗麻布典押出去，给了他钱。他拿起一张公文纸就写，”塔拉斯拖长声调说，就像讲开枪似的，“一眨眼的工夫就写好了。当时我已经能起床了，亲自赶着马车到城里去。老哥，我这就到了城里。我在客栈里把马拴好，拿了公文就去监狱。‘你有什么事？’我就如此这般地说了一遍，说我老婆关在你们监狱里。他说：‘有公文吗？’我马上把公文递过去。他看了看说：‘你等在这儿。’我就在一条长凳上坐下来。太阳已过晌午。过了一会儿，出来一个当官的。他说：‘你就是瓦尔古绍夫吗？’‘我就是。’他说：‘你现在就把她领回去。’他们立刻把牢门打开，把她带了出来。她穿着自己的衣服，整整齐齐的。我说：‘行了，我们走吧。’她说：‘你难道是走着来的？’‘不，我赶车来的。’我们到了客栈，结清了账，把马套上车，把剩下的干草铺在车上，上面再盖一块粗麻布，她坐上板车，扎好头巾。我们就赶着车回去了。她一声不吭，我也一声不吭。快到家的时候，她才开口问：‘怎么样，妈好吗？’我说：‘好。’她又问：‘那么爹呢？’我说：‘也很好。’她说：‘塔拉斯，请原谅我干的傻事，我自己也不知道会干出这种事来。’我对她说：‘再说这些话有什么用呢，我早就原谅你了。’我不想再说了。一回到家里，她就跪在我妈面前。我妈说：‘上帝会宽恕你的。’我爹招呼她一声以后说：‘过去的事还提它干吗？往后好好过日子吧。眼下没工夫说这些，现在该下地收割了。在斯科罗德诺耶那边，那块上过肥的黑麦地，上帝保佑，长得又密又壮，镰刀都插不进去，麦穗和麦穗都绞在一起，沉甸甸的，都倒伏了。得收割了。明天你就跟塔拉斯一块儿下地去。’老哥，她二话不说，马上就干活去了。她干活真卖力，看得我眼都傻了。那时我们家租了三俄亩地，上帝保佑，黑麦、燕麦都是大丰收。我割麦，她打捆，要不我们俩就一起割。我干起活来很利落，是个好把式；她呢，比我更利落，什么活都拿得起。我老婆心灵手巧，年纪又轻，身体又棒。老哥，她干活像在玩命，我只得硬逼她停下歇一会儿。回到家里，手指肿了，胳膊又酸又疼，该歇一会儿，可她呢，连晚饭也不吃，就跑到粮仓里，去打第二天早上用的草绳。她完全变了。”

“那么，她对你亲热吗？”花匠问。

“那还用说，她跟我形影不离，就像一个人似的。我的心思她都知道。我妈虽然还生她的气，可是她也说：‘我们的费多西娅好像被人调了包，完全变了。’有一次，我们赶了两辆大车去装麦捆，我跟她坐在前面的大车上。我对她说：‘费多西娅，你当初怎么会想起干那种事的？’她说：‘怎么会的？不愿意跟你一起过呗。我想，我情愿死，也不能跟你一起过。’我说：‘那么，现在呢？’她说：‘现在啊，你是我的心上人。’”塔拉斯说到这儿顿了一下，一面幸福地笑着，一面惊讶地摇摇头。“我们收完庄稼，把大麻泡在水里，就回来了，”他沉默了一会，继续说，“没想到，传票来了，要开庭审判。可是我们早就忘了，为什么要审判她。”

“除了魔鬼，还有谁能干出这种事来呢？”花匠说，“难道好端端的一个人会想到去害死别人吗？我们那儿，就有一个人……”花匠刚开了个头，火车却慢慢地停了下来。

“大概到站了，”他说，“下去喝点水吧。”

谈话中断了。涅赫柳多夫跟着花匠出了车厢，走到湿漉漉的木板地的站台上。

四十二

涅赫柳多夫刚走到车厢门口，就看见车站广场上停着几辆豪华的轻便马车，有套四匹马的，有套三匹马的，马儿匹匹都膘肥体壮，脖子上的小铃铛叮当作响。当他走到被雨淋湿而发黑的月台上，看见头等车厢前面站着一群人。其中最显眼的是一个又高又胖的太太，戴着一顶插着珍禽羽毛的帽子，披着一件雨披。旁边站着一个高个子青年，两腿细长，穿了一套自行车运动服，手里牵着一条脖子上套着贵重颈圈的肥壮的大狗。他们身后站着几个仆人，拿着雨衣雨伞，还有一个马车夫，都是来接客人的。这一群人，从胖太太到手掖长袍前摆的马车夫，个个都是心宽体胖，怡然自得。这一群人的四周立刻围上一批好奇心特强和喜欢拍有钱人马屁的人，当中有戴红制帽的站长，一个宪兵，一个夏天每逢火车一到总来这里看热闹的、穿着俄罗斯民族服装、戴着项链的瘦姑娘，一个电报员以及几个男女乘客。

涅赫柳多夫认出那个牵狗的青年人就是正在读中学的科尔恰金家的少爷，那个胖太太就是公爵夫人的姐姐。科尔恰金一家正打算搬到她的庄园里去住。列车长身穿镶着金绦的金灿灿的制服，脚蹬亮锃锃的皮靴，看到菲利普和系白围裙的脚夫正小心翼翼地将坐在折椅上的长面孔公爵夫人安然无恙地抬出来，赶紧拉开车厢门，而且为了表示恭敬，一直不松手。公爵夫人被抬到站台上，姐妹俩见了面，互致问候，还听到她们用法语交谈，问公爵夫人坐轿式马车还是坐敞篷马车。接着以手持阳伞和帽盒的鬈发侍女殿后的队伍，向车站大门走去。

涅赫柳多夫不想跟他们照面，再告别一次，就在原地站住，不向车站出口走去，等这支队伍过去再说。公爵夫人带着儿子、米西、大夫和一个侍女走在前面，老公爵和他的大姨子跟在后面。涅赫柳多夫站得离他们比较远，只听见他们用法语交谈的片言只语，其中公爵所说的一句话不知什么缘故，连同他的腔调和声音都给涅赫柳多夫留下深刻的印象。当然，这种情况也是常有的。

“啊，他确是个上等人，上等人。”他声如洪钟，自鸣得意，不知在说一个什么人。他和大姨子由毕恭毕敬的列车员、脚夫们簇拥着，走出车站。

正在这时，从车站拐角处走出一群不知从哪儿来的工人，他们穿着树皮鞋，背着羊皮袄和袋子，走到月台上。工人们跨着雄赳赳的步伐走到离得最近的一节车厢旁边，想上去，马上被列车员赶走了。工人们没有停下脚步，你踩我的脚，我踩你的脚，继续向前跑，到了第二节车厢旁边，就争先恐后地往上挤，肩上背的行囊不时地被车角、车门钩住。这时另一个站在车站大门口的列车员看见他们要上车，就厉声对他们吆喝起来。已经上车的工人赶紧退下来，又迈开大步向下一节车厢走去，也就是向涅赫柳多夫乘坐的那节车厢走去。列车员又上前拦住他们。他们停下来，准备再往前走，可是涅赫柳多夫告诉他们车厢里有空位子，可以上去。工人们听了他的话，上了车。涅赫柳多夫也跟着他们一起上了车。工人们正要找位子坐下，可是那个戴着缀有帽徽的帽子的老爷和两个太太，看到他们肆无忌惮地坐下来，认为这是对他们的侮辱，坚决反对，并且动手赶他们下去。这二十来个工人，有年纪大的，有年纪很轻的，个个又黑又瘦，疲惫不堪，他们分明觉得自己做错了事，立刻穿过车厢往前走，背上的行囊不住地撞在车座、板壁和车门上。显然，他们打算走到天边，只要别人允许他们坐下，哪怕坐到一枚钉子上也行。

“你们往哪儿跑，鬼东西？就在这儿找个位子坐下。”另一个列车员从对面走过来喝住他们。

“这倒是新鲜事！”两位太太中的一个年轻的说，自以为她一口漂亮的法语一定能引起涅赫柳多夫的注意。那位戴手镯的太太皱眉蹙额，一直在用鼻子嗅着，说什么跟这些浑身发臭的乡巴佬坐在一起真是万分荣幸。

工人们仿佛躲过一场灾难，如释重负，心里很高兴。他们停下脚步，纷纷找位子坐下，肩膀一甩，卸下背上的行囊，把它们塞到长椅底下。

跟塔拉斯聊天的花匠坐的不是他自己的位子，这时就回到自己的座位上。这样，塔拉斯旁边和对面就空出了三只座位。三个工人坐了下来。他们看到涅赫柳多夫走过来，再加上他一身老爷的打扮，不由得心里发慌，赶紧站起来想走。涅赫柳多夫请他们坐着好了，自己在靠近过道的一条长椅的扶手上坐下来。

一个五十岁上下的工人跟另一个年轻工人互使了一下眼色，流露出困惑甚至惶恐的神情。他们看到涅赫柳多夫不像别的老爷那样骂他们，赶他们走，反而把位子让给他们坐，感到又吃惊，又困惑。他们甚至担心会不会因此惹出什么祸来。不过，当他们看到这里并没有圈套，看到涅赫柳多夫和塔拉斯在随便聊天，这才放下心来，他们叫年纪轻的一个坐到行李上，把位子让出来给涅赫柳多夫坐。起初，坐在涅赫柳多夫对面的上了年纪的工人总是佝偻着身子，尽力把穿着树皮鞋的脚缩起来，生怕碰到老爷身上。后来他跟涅赫柳多夫、塔拉斯谈得很亲热，当他讲到得意时，为了引起涅赫柳多夫的注意，还用手背拍拍他的膝盖。他讲述了自己的种种情况，讲到他在泥炭沼泽田里干活，已经干了两个半月，每个人大约挣了十卢布，有一部分工钱已经在受雇时预支了，现在他们就是把工资拿回家去的。他说，他们都是在齐膝深的水里干活，从日出干到日落，只有吃午饭的时候才休息两个钟头。

“没有干惯活的人当然觉得很苦，”他说，“干惯了，也就觉得没啥。我们只希望伙食能好一些。开头伙食很糟，后来大伙儿发火了，伙食才好起来，干起活来也就不累了。”

接着他又讲，他出外做工二十八年，挣来的钱全交给家里，起先交给父亲，后来交给哥哥，现在交给当家的侄儿。他一年挣五六十卢布，自己只拿两三卢布零用钱，买点烟叶，买点火柴。

“我真对不起家里人，有时累了，也要喝点伏特加。”他补了一句，脸上露出负疚的微笑。

他还讲到男人们出门在外，女人怎样当家，又讲到今天动身之前包工头请他们喝了半桶白酒，还讲到他们中间已经有一个人死了，一个人害了病，现在他们送他回去。他说的那个病人就坐在这节车厢的角落里。他是个毛孩子，脸色灰白，嘴唇发紫，一看就知道是发疟子，现在还没有退烧。涅赫柳多夫走到他跟前，但那男孩用冷峻而痛苦的目光看了他一眼，使得他不敢问什么。他劝老头儿买些奎宁给他吃，并把药名写在小纸片上交给他。涅赫柳多夫想给他一点钱，可是老工人说不要，他自己有买药的钱。

“我到过不知多少地方，这样好心的老爷从没见过。他不仅不打你，而且还让出位子给你坐。可见，老爷也是有好有坏的。”末了，他对塔拉斯说。

“是啊，这是一个全新的世界，一个迥然不同的新世界。”涅赫柳多夫心里想着，看着这些筋骨强健、却干瘦如柴的四肢，粗糙的土布衣服，黝黑、疲惫、亲切的面孔，并感到他的周围都是全新的人，他们有高尚的兴趣，有真正劳动者的快乐和痛苦。

“瞧，他们才是真正的上等人，”涅赫柳多夫想起科尔恰金公爵说过的这句话，也想起科尔恰金之流那个醉生梦死、挥金如土的世界以及他们俗不可耐的兴趣。

他就像一个发现陌生而美丽的新世界的旅行家，内心充满着无比的喜悦。

第三部

一

包括玛斯洛娃在内的这批犯人已经走了大约五千俄里。一路上，玛斯洛娃跟刑事犯一起坐火车，乘轮船，到了彼尔姆[①]，涅赫柳多夫才打通关节，把玛斯洛娃调到政治犯当中，这是随这批犯人一起来的博戈杜霍夫斯卡娅给他出的主意。

彼尔姆以前的那段路程对玛斯洛娃来说，无论是肉体上还是精神上都感到非常痛苦。肉体上的痛苦来自环境的拥挤、肮脏以及臭虫、跳蚤的骚扰。精神上的痛苦来自跟虫子一样讨厌的男人，虽然每到一站，都要换上一批，但都同样死乞白赖，纠缠不休，使她不得安宁。女犯和男犯之间，女犯和男看守、男押解兵之间淫乱成风。因此，一个女犯，尤其是年轻的女犯，如果她不愿意利用女人的特殊功能，就必须时刻戒备。一个人经常处于恐惧和抗争的状态是非常痛苦的。玛斯洛娃因为长得漂亮迷人，大家又知道她过去的一段历史，更容易受到骚扰。由于她对纠缠她的男人坚决不从，这些男人就认为是受到了莫大的侮辱，就更加对她怀恨在心。自从她跟费多西娅和塔拉斯接近以后，她的处境有了好转。塔拉斯得知他的妻子遭到别的男人袭击以后，主动提出要加入犯人队伍来保护她，所以到了下城以后，他就以犯人的身份出现在行进的队伍里。

自从调到政治犯的队伍以后，玛斯洛娃的处境在各个方面都得到了改善。政治犯的住宿条件比较好，伙食也比较好，受到的待遇也不那么粗暴，这些都姑且不论。玛斯洛娃调到政治犯中间以后，不再受男人的欺侮，不必提心吊胆过日子，也没有人再提起她现在极想忘记的往事。不过，这次调动的最大好处是她认识了一些人，他们对玛斯洛娃起了决定性的好影响。

玛斯洛娃获准在押解途中跟政治犯住在一起，但由于她身体健康，走路的时候仍旧跟着刑事犯的队伍。从托木斯克[②]开始，她就一直步行。跟她一起步行的还有两名政治犯：玛丽娅·帕夫洛夫娜·谢季宁娜，她就是涅赫柳多夫在探望博戈杜霍夫斯卡娅时，使他倾倒的那个长着一双丹凤眼的漂亮姑娘；另一个是流放到雅库茨克省[3]的西蒙松，黑黑的皮肤，蓬松的头发，眼窝凹得很深，涅赫柳多夫在那次探监的时候，也见到过他。玛丽娅·帕夫洛夫娜所以步行，因为她把车上的座位让给了一个怀孕的刑事犯了。而西蒙松徒步行走，那是因为他认为享受阶级特权[4]是不公平的。这三个人跟其他坐大车的政治犯不一样，一清早就得和刑事犯一起赶路，而其他政治犯可以晚一些出发。这种情况一直维持到进入大城市前的最后一个羁押站，进了大城市以后，就由一个新的押解官来接收这批犯人。

那是九月里的一个阴雨连绵的早晨。一会儿下雪，一会儿又下雨，还伴随着阵阵寒风。这批犯人，包括四百名男犯和大约五十名女犯，都集合在羁押站的院子里，其中一部分犯人围着押解官，他在把这两天的伙食费分发给犯人组长。另一部分犯人向放进院子里来的小贩买东西吃。院子里人声嘈杂：犯人们有的在数钱，有的在买吃的东西，女贩们尖声尖气地嚷嚷着。

卡秋莎和玛丽娅·帕夫洛夫娜都穿着长筒皮靴和羊皮袄，扎着头巾，从羁押站的房间里走出来，向女贩们走去。女贩们都蹲在北边墙脚下一块背风的地方，抢着兜售自己的东西：新鲜面包、馅饼、鱼、面条、麦粥、牛肝、牛肉、鸡蛋、牛奶；有一个女贩甚至还卖烤乳猪。

西蒙松身上穿一件橡胶短上衣，脚上穿一双羊毛长袜，用带子绑紧，外面套一双胶鞋(他是素食主义者，不使用动物的皮革)。他也在院子里，等待出发。他站在门廊旁边，把自己的感想记到笔记本上。他是

---

①西伯利亚西部的一个城市。
②西伯利亚中部城市。
③雅库茨克省位于西伯利亚东部。
④指俄国民粹派大多出身于贵族，享有坐车的特权。

这样写的：

“如果细菌能观察和研究人的指甲，它就会认为这是无机物。同样，我观察地球的外壳，也会认为地球是无机物。这是不正确的。”

玛斯洛娃说好价钱，买了几个鸡蛋、一串面包圈、几条鱼和几个新鲜的白面包，把这些东西放进袋子里，而玛丽娅·帕夫洛夫娜还在跟几个女贩算账，这时犯人们开始行动起来。大家都已经沉寂下来，纷纷站好队。押解官走出来，对犯人作出发前的最后一次训话。

一切都按常规进行：清点人数，检查镣铐是否完好无损，犯人成对排好，用手铐锁在一起。突然传来军官一声震雷似的怒吼、打人的响声和孩子的啼哭声。大家顿时静了下来，随后人群里响起低低的怨言声。玛斯洛娃和玛丽娅·帕夫洛夫娜向人声嘈杂的方向走去。

二

玛丽娅·帕夫洛夫娜和卡秋莎走到人声喧闹的地方，只见一个留着很长的淡黄唇髭的、身体结实的军官，皱紧眉头，正用左手揉着右手的手心，原来他刚刚打了一个犯人的耳光，把手打疼了。他嘴里不停地骂着不堪入耳的下流话。他面前站着一个剃光半边头发、身穿短衣短裤的瘦长个儿的男犯，他的一只手擦着被打得出血的脸，另一只手抱着一个裹着头巾的、尖声哭叫的小女孩。

“我要教训教训你这个(他夹了一句下流话)，看你还敢不敢顶嘴(又是一句下流话)，把孩子交给娘儿们，”军官嚷着，“快戴上手铐。”

原来，这个被村社判处流放的农民，他的妻子在托木斯克患伤寒病死了，给他留下了一个小女孩。那军官一定要他戴上手铐，犯人就顶了他一句，说戴了手铐就不能再抱孩子。那军官本来心里就有气，一听这话，更加火冒三丈，就动手打了这个胆敢违抗命令的犯人。①

在遭受毒打的犯人的对面，站着一个押解兵和一个留着黑胡子的男犯。这个男犯一只手戴着手铐，愁眉不展，一会儿看看军官，一会儿看看抱着小女孩的挨打的犯人。军官再一次命令押解兵将小女孩带走。这时越来越多的犯人嘀咕起来，表示不满。

“从托木斯克一直走到这里，从没叫他戴过手铐。”从队伍后排传来一个嘶哑的声音。

“又不是小狗，是个孩子。”

“叫他把这小姑娘放哪儿去？”

“这是违法行为。”另一个人说。

“这话是谁说的？”军官仿佛被蛇突然咬了一口，喊道，一面向人群冲过去。“我叫你领教领教什么是法律。是谁说的？是你？还是你？”

“大家都在说。因为……”一个大脸盘的矮个子犯人说。他还没有把话说完，军官就左右开弓，朝他的脸打过去。

“你们想造反啦！我要让你们尝尝造反的滋味。我要把你们像狗一样统统毙掉。上司只会对我说声谢谢。把小女孩带走！”

人群平静下来。一个押解兵从犯人手里夺过不停哭叫的小女孩。另一个押解兵给无可奈何伸出手来的犯人戴上手铐。

“把她带到娘儿们那儿去。”军官整整挂军刀的皮带，大声命令押解兵。

小女孩挣扎着从头巾里伸出小手，涨红着脸哭个不停。这时玛丽娅·帕夫洛夫娜从人群里站出来，走到押解兵跟前。

“军官先生，把这小女孩交给我吧。”

抱着小女孩的押解兵停住了脚步。

① 这是德·阿·李涅夫所著《押解》一书中描写的一件事。

“你是什么人？”军官问。

“我是政治犯。”

显然，玛丽娅·帕夫洛夫娜漂亮的脸蛋和她那双明媚的大眼睛对军官起了作用(他在交接犯人时，已经见到过她)。他默默地对她看看，好像在反复考虑什么。

“我无所谓。你愿意，就带走。你可怜他们，这很好，不过，他跑了，谁来负责。”

“他抱着小孩，怎么能跑得掉。”玛丽娅·帕夫洛夫娜说。

“我没有工夫跟你们闲扯。你要，就抱走。”

“我能交给她吗？”押解兵问。

“给她吧。”

“到我这儿来。”玛丽娅·帕夫洛夫娜说。她竭力哄小女孩走到她身边。

可是小女孩从押解兵手里挣脱以后，就尖叫着朝父亲那儿跑去，不肯走到玛丽娅·帕夫洛夫娜跟前。

“您不用着急，玛丽娅·帕夫洛夫娜，她会到我这儿来的。”玛斯洛娃说着，从袋子里拿出一个面包圈。

小女孩认识玛斯洛娃，现在看到她的脸和面包圈，就向她走过去。

事情总算解决了。这时大门已经打开，犯人们走到外面排好队。押解兵又将人数清点了一遍。大家把行囊放到车上，捆好，又让体弱的犯人坐上车。玛斯洛娃抱着小女孩走到女犯的队伍里，和费多西娅站在一起。西蒙松一直注视着刚才发生的事，现在他昂首阔步向押解官走去。押解官刚把事情安排停当，准备坐上四轮马车出发。

“您的做法很不对头，军官先生。”西蒙松说。

“滚回去，这不关您的事。”

“我就是要管，我要对您说，您的做法很不对头。”西蒙松从两道浓眉下面射出犀利的目光，盯住军官的脸说。

“准备好了吗？全体注意，起步走。”军官对西蒙松不理不睬，大声喊道，然后搭着赶车士兵的肩膀，钻进了四轮马车。

队伍向前蠕动，拉得很长，穿过浓密的树林，沿着两边是沟渠、中间碾满车辙的泥泞道路前进。

三

玛斯洛娃在城里过了六年的放荡奢侈、娇生惯养的生活，又在监狱里和刑事犯一起过了两个月，现在和政治犯住在一起，虽然处境艰难，但心情很愉快。他们每天走二十到三十俄里，伙食很好，走两天休息一天。这样，她的身体变得结实起来。一路上，她结识了许多新朋友，为她揭示了她以前一无所知的生活乐趣。现在跟她一起同行的人，照她的说法，都**好得出奇**，她不仅以前没有见过，连想也没有想到过。

“我被判刑的时候，哭了，”她说。“其实，我要永远感谢上帝。它使我懂得许多道理，要是还像以前那样生活，一辈子都不会懂得的。”

玛斯洛娃毫不费力地弄懂了这些人从事政治活动的动机，因为她也是普通老百姓，自然十分同情他们。她明白这些人站在老百姓一边，反对作威作福的老爷们。虽然这些人以前也是老爷，但是为了老百姓，宁愿放弃特权，甚至牺牲自己的自由和生命。这使她更加敬重他们，钦佩他们。

她钦佩所有的新同伴，尤其钦佩玛丽娅·帕夫洛夫娜。她不仅是钦佩她，而且怀着特殊的崇敬心情热爱她。她感到惊讶的是，这个出身于富裕的将军家庭的漂亮姑娘，会讲三种外语，可是她过的生活就像一名普通的女工，把有钱的哥哥捎给她的东西都分发给狱中的难友。她的穿着不仅朴素，甚至显得十分寒碜，对自己的外表打扮毫不在意。有一点使玛斯洛娃尤其感到惊讶，那就是她从不搔首弄姿。因此玛斯洛娃也就更加仰慕她。玛斯洛娃看到，玛丽娅·帕夫洛夫娜知道自己长得很美，并且为此感到自豪，但是她不仅不因男人们欣赏她的美貌而高兴，相反感到害怕，对谈情说爱充满着厌恶和恐惧。凡是了解她的男人，即使倾心于她，也不敢有所表示，对待她只能像男人和男人之间的交往一样。有些陌生的男人往往对她纠缠不休，据她说，全凭她力气大才把他们撵走。她为此感到自豪。"有一次，"她笑着说，"有个老爷在街上缠住我不放，我就使劲抓住他，一拉一推，吓得他拔腿就逃。"

她说，她后来成了革命者，是因为她从小就厌恶豪门生活，而喜欢过平民生活。她常常挨骂，因为她常常待在女佣的房间里、厨房里、马厩里，而不喜欢坐在客厅里。

"我跟厨娘和车夫待在一起，心里总是很快活，而跟老爷、太太混在一起，觉得很无聊，"她说。"后来，我开始懂事了，我看到我们的生活太腐败。母亲死了，我不喜欢父亲。十九岁那年我离家出走，跟随一个女伴进了一家工厂当女工。"

离开工厂后，她住到乡下，后来又回到城里，住在一家地下印刷所里。不久她被捕了，被判处服苦役。玛丽娅·帕夫洛夫娜从来不谈自己的事情，卡秋莎是从别人那里知道她被判苦役，是因为在搜查时，有一个革命者在暗中开了一枪，她把这个罪名揽到了自己身上。

自从认识她以来，玛斯洛娃发现，无论在什么地方，无论在什么情况下，她从来不为自己着想，而一心关心别人，帮助别人，不论大事小事，替别人排忧解难。现在和她在一起的同志当中有一个叫诺沃德沃罗夫的，戏称她是慈善迷。这话一点不错。她生活的全部乐趣就是寻找机会为别人服务，就像猎人寻找猎物一样。这种热心的举动已经成了她的习惯，成了她的终身事业。她从事这种活动已经得心应手。凡是了解她的人也把这种事情看得平平常常，凡是需要她帮助的，都向她提出来。

玛斯洛娃刚加入他们的队伍时，玛丽娅·帕夫洛夫娜对她很反感，有点儿嫌弃她。卡秋莎注意到了这一点，不过后来她发现玛丽娅·帕夫洛夫娜在尽量克制自己，对她特别亲热，特别体贴。这样一个不平常的人竟然对她如此温柔体贴，使玛斯洛娃深受感动。于是，玛斯洛娃向她敞开心扉，不知不觉地接受了她的观点，不由自主地处处仿效她的榜样。卡秋莎的拳拳爱心感动了玛丽娅·帕夫洛夫娜，她也喜欢上了卡秋莎。

这两个女人相处十分亲密，是因为她们都对性爱十分厌恶。一个憎恨性爱，因为她饱尝了苦果；另一个虽然没有这种经历，但认为性爱是一种难以理解的、辱没人格的丑事。

四

玛丽娅·帕夫洛夫娜的影响是玛斯洛娃心甘情愿接受的一种影响，其原因是，玛斯洛娃喜欢玛丽娅·帕夫洛夫娜。西蒙松的影响是另一种影响，其原因是，西蒙松爱上了玛斯洛娃。

无论什么人，有时候是按照自己的思想去生活，去做事情，有时候按照别人的思想去生活，去做事情。在多大程度上按照自己的思想去生活，在多大程度上按照别人的思想去生活，这是人与人之间的主要区别。有些人在大多数场合下运用自己的思想，就像玩智力游戏一样，把自己的理智当做卸去传动皮带的飞轮，而在行动上却屈从于别人的思想，也就是屈从于习俗、传统和法律。有些人则把自己的思想看作一切行动的主要动力，几乎总是倾听自己理智的要求，服从这种要求，只是偶尔在经过分析批判以后，才听从别人作出的决定。西蒙松就是这样的人。他总是用理智来检验自己的思想，然后作出决定，一旦作出决定，就付诸于行动。

当西蒙松还是个中学生的时候，他就断定父亲做军需官积攒起来的钱是不义之财。他对父亲说，应该把这些钱财分给老百姓。他父亲不但不听，反而把他痛骂一顿。他一气之下离家出走，从此不再用父亲的钱。他认为当今的一切罪恶之所以存在，都是由于老百姓没有受过教育。于是，他毅然离开大学，参加了民粹派，下乡当了一名教师，理直气壮地向学生和农民宣传他认为是正确的东西，批判他认为是错误的东西。

他被捕了，受到了审讯。

法庭上，他直言不讳地说，法官无权审问他。当法官对他的话置之不理，继续审问他的时候，他决定一言不发，拒绝回答任何问题。于是，他被流放到阿尔汉格尔斯克省。他在那里为自己制定了一套宗教教义，以此来指导自己的一切行动。这个宗教教义的主要内容是：世间万物都是有生命的，不存在没有生命的东西。我们认为，没有生命的物体和无机物只不过是我们无法理解的庞大有机体的一个组成部分，因此人作为这个有机体的一个分子，其任务就是要维护这个有机体及其每一个组成部分的生命。因此他认为残杀生命是一种犯罪行为。他反对战争，反对死刑，反对任何屠杀，不仅反对屠杀人类，也反对屠杀一切动物。在婚姻问题上，他也有自己的理论。他认为繁衍子孙只是人类的低级功能，人类的高级功能是为活着的人服务。他用血液中存在吞噬细胞这一事实来证明自己这一思想的正确性。他认为未婚男女就像是吞噬细胞，他们的责任就是帮助有机体中弱小有病的部分。自从他确定了这个生活宗旨以后，他就一直身体力行，尽管他年轻时也曾一度沉湎于花天酒地的生活。他现在和玛丽娅·帕夫洛夫娜一样，都把自己当成人世间的吞噬细胞。

他对玛斯洛娃的爱与他的理论并不相悖，因为他的爱情是柏拉图式的。他认为这种爱情非但不会妨碍他像吞噬细胞那样去为弱者服务，而且会更加激励他去这样做。

除了解决精神问题他与众不同，解决各种实际问题，他也与众不同。他对待一切具体事情都有自己的理论，有一套规则：每天工作几个小时，休息多少时间，吃什么东西，穿什么衣服，怎样生炉子，怎样点灯。

虽然如此，西蒙松待人接物却十分腼腆，十分谦虚，然而他一旦作出决定，就谁也拦不住他。

就是这样一个人爱上了玛斯洛娃，并因此对她产生了决定性的影响。玛斯洛娃凭着女人的敏感，很快就发现西蒙松在爱她，她想到她竟然会在这个不平常的人的心中唤起了爱情，对自己也看重起来。涅赫柳多夫向她求婚是出于宽宏大量和过去的一段往事；而西蒙松爱的却是今天的她，是因为他的确喜欢她，才爱上了她。此外，西蒙松认为她和别的女人不一样，是一个不平常的女性，品德特别高尚。他指的究竟是哪些品德，玛斯洛娃虽然不太清楚，但不管怎样，为了不欺骗他，她总是尽力而为，把自己的美好品德表现出来，这就促使她在力所能及的范围内成为一个好人。

这个情况早在监狱里就开始了。有一次，在探视政治犯的时间里，她发觉他那双纯洁、善良的深蓝色眼睛从饱满的前额和眉毛下面定定地直视着她。那时她就发现这人有些特别，望着她的眼神也显得很特别。她还发现他直竖的头发和紧锁的双眉显示出来的严肃，目光中流露出来的稚童般善良和纯洁十分和谐地表现在同一张脸上，这实在令人惊讶。后来，到了托木斯克，她调到政治犯中间，又见到了他。虽然他们没有说过一句话，但是从互相交换的目光中可以看出，他们都没有忘记对方，并且在各自的心里占据了重要地位。在这以后，他们之间也没有进行过意义深长的谈话，但是玛斯洛娃觉得，凡是她在场，他的话总是说给她听的，为了她，他总是竭力把话说得明白易懂。自从西蒙松加入到刑事犯的步行行列以后，他们两人就更加接近了。

五

从下城到彼尔姆的这段路上，涅赫柳多夫和卡秋莎只见过两次面：一次在下城，在犯人们坐上四周围着铁丝网的驳船之前；另一次在彼尔姆，在监狱办公室里。这两次见面，他发现卡秋莎沉默寡言，态度冷漠。他问她身体好不好，需要什么东西，她的回答总是吞吞吐吐，心猿意马，而且他觉得她说话带有责备的口气，这以前她也有过这种情况。当时由于遭到某些男人的纠缠，她的心情显得特别忧郁，这使涅赫柳多夫十分难过。他担心在押解的路上她会受到环境艰苦、生活淫乱的影响，从而重新走上自暴自弃和对生活绝望的道路，在这种情况下，她会迁怒于他，拼命抽烟酗酒来忘怀一切。但是他无法帮助她，因为在起程后的最初几天里，他没有机会跟她见面。直到她被调到政治犯中间之后，他才知道自己的担心是多余的。相反，每次见面，他都感到她的内心发生越来越明显的变化，而这种变化正是他所希望看到的。在托木斯克第一次见面时，她又变得像出发前一样。她见到他，不皱眉头，也不感到窘困；相反，高高兴兴、大大方方地迎接他，感谢他的帮助，特别感谢他把她调到现在和她一起相处的人们中间来。

经过两个月的押解，她的内心变化也在外表上表现出来。她瘦了，黑了，好像人也老了。她的两鬓和嘴角出现了皱纹。她用头巾把头包住，不让头发垂到前额上。从穿着、发型到待人接物，已经没有一丝一毫卖弄风情的痕迹。她身上已经发生和正在发生的这种变化使涅赫柳多夫感到莫大的欣喜。

他现在对她的感情和以前完全不一样。这种感情不同于诗意洋溢的初恋，更不同于后来肉体的性爱，甚至也不同于法庭判决后出于责任和虚荣而决心跟她结婚时所表露出来的心情。这种感情是一种最单纯的爱怜和同情，他第一次在监狱里同她见面时，以及后来去过医院之后，都产生过这样的心情。当时他竭力克制自己对她的反感，鼓起勇气原谅捏造出来的她和医士之间的不正当关系（后来真相大白，她是受冤枉的）。现在他对卡秋莎就是怀着这种感情。不过，有一点是不同的，当时是出于一时冲动，而现在却是始终不渝的。现在，他无论想什么事，做什么事，总是满怀爱怜和同情，不仅对卡秋莎，而且对每一个人。

这种感情似乎打开了涅赫柳多夫的心扉，使本来找不到出路的爱的暖流喷涌而出，流向他所遇到的每一个人。

涅赫柳多夫感到，在这次旅途中他一直处于兴奋状态。他不由自主地关心和体贴所有的人，从马车夫、押解兵直到与他打过交道的典狱长和省长。

在这段时间里，自从玛斯洛娃调到政治犯中间以后，涅赫柳多夫有机会结识许多政治犯。先是在叶卡捷琳堡，在那里政治犯们都集中关在一个大牢房里，行动很自由。后来在押解途中，又认识了跟玛斯洛娃在一起的五个男犯和四个女犯。涅赫柳多夫认识了流放的政治犯们以后，他对他们的看法完全改变了。

自从俄国革命运动①开始以来，尤其是三月一日事件②以后，涅赫柳多夫一直对革命者不抱好感，蔑视他们。他所以持这种态度，首先因为他们在斗争中采用残酷和恐怖的手段反对政府，特别是他们用残忍的暗杀手段，其次使他反感的是，他们个个自命不凡。可是，当他和他们接近以后，了解到他们经常无缘无故地遭到政府的迫害，他才明白他们采取这种手段也是不得已而为之。

尽管所谓的一般刑事犯也遭到惨无人道的折磨，但是在判刑之前和

---

①指19世纪中叶俄国民粹派的革命运动。

②指1881年3月1日沙皇亚历山大二世被民意党人刺死。

判刑之后总还在法律上做点表面文章。然而，对待政治犯，连这点表面文章也不做。涅赫柳多夫看到的舒斯托娃一案，以及后来许多新认识的政治犯的案件就是这样的。政府对付这些人就像撒网捕鱼一样，凡是落网的鱼统统拖到岸上来，然后把需要的大鱼挑出来，至于小鱼，就听其自然，任它在岸上死掉，晒干。政府当局就是这样把数以百计的不仅没有犯过罪而且也不可能危害政府的人抓了起来，关进牢里，有时候一关就是几年。他们在牢里有的害了肺痨，有的发了疯，有的自尽身亡。他们所以一直被关在牢里，仅仅因为找不出释放他们的理由。同时，他们被关在牢里，可以随叫随到，便于提审，在需要的时候，让他们就某一个问题作证。即使根据政府的观点，这些人也是无罪的，但是他们的命运往往取决于宪兵队长、警官、密探、检察官、法官、省长、大臣等人的个人意志，忙闲程度和情绪好坏。这些官僚有时闲得发慌或者为了表功，就大肆逮捕，然后根据自己的或者上司的心情来决定，把抓起来的人关进监狱还是释放。而他们的上司，也要看他是否要立功以及跟大臣的关系如何来决定，是把抓来的人流放到天涯海角还是把他们关进单身牢房，或者判处他们流放、服苦役、死刑。要不，只要有一位太太来向他求情，他就可以马上放人。

就像打仗一样，别人怎样对付他们，他们自然也就怎样对付别人。以军人为例，他们始终是社会舆论的焦点，这些舆论不仅掩饰军人们犯下的罪行，而且还把这些罪行说成是功勋。同样，政治犯们也拥有自己团体的社会舆论，在这种舆论的影响下，他们冒着失去自由，失去生命，失去人最宝贵的一切东西的危险，进行残酷的斗争。在他们看来，这并非是罪恶，而是一种英勇行为。这就向涅赫柳多夫说明一个奇怪的现象：为什么一些秉性温顺的人，原来不仅不忍心杀生，甚至不忍心目睹它们遭殃，如今却能面不改色地动手杀人。几乎所有的人都认为，在一定情况下，杀人作为一种自卫和争取实现全民幸福这一崇高目标的手段，是合法的、正当的。正因为他们赋予自己的事业以崇高的意义，所以他们自命不凡。自然这也是由于政府对他们没有等闲视之，残酷镇压他们的结果。为了能承受住他们所承受的磨难，他们必须自命不凡。

涅赫柳多夫经过对他们的深入了解，深信他们并不像有些人想象的那样是十足的坏人，也不像另一些人想象的那样是十足的英雄，而是一些凡人。像任何地方一样，其中有好人，有坏人，也有不好不坏的人。这些人中间，有些人成了革命者，因为他们真心认为有责任同当前的恶势力作斗争。当然有些人投身革命，是出于虚荣心和为了达到个人目的。然而，大多数人参加革命却是出于寻求冒险、玩生命游戏的愿望。涅赫柳多夫在战争时期常常遇到过这种人，一般的热血青年都有这种感情冲动。他们和一般人的区别在于，他们的道德标准高于社会公认的道德标准，这是一般人所不能比的。他们不仅必须做到清心寡欲，安于清贫，忠诚老实，大公无私，而且要为共同的事业时刻准备牺牲一切，甚至自己的生命。因此，在这些人中间，凡是高于一般水平的人，总是出类拔萃，成为品德高尚的典范；而那些低于一般水平的人，也就显得特别差劲，他们表里不一，故作姿态，同时又自以为是，夜郎自大。因此，涅赫柳多夫对其中一些新朋友，不仅敬重他们，而且衷心热爱他们，而对另外一些新朋友则十分冷淡。

六

卡秋莎所在的队伍里有一个害肺痨的青年人，叫克雷利佐夫，被流放去服苦役。涅赫柳多夫特别喜欢这个小伙子。早在叶卡捷琳堡，涅赫柳多夫就认识他了，后来在押解的路上又跟他见过几次面，也跟他谈过话。那是在夏天，有一次在羁押站里休整了一天，涅赫柳多夫几乎都跟他待在一起。克雷利佐夫在交谈中对他讲了自己的身世，讲到自己怎样成了一个革命者的。他入狱前的经历很简单。他的父亲是南方一个省里的大地主，他小时候父亲就去世了。他是个独生子，母亲将他抚养长大。无论是在中学还是在大学，他学习都很轻松。大学数学系毕业时他的成绩名列榜首，得了硕士学位。有人建议他留在大学里或出国深造，可是他犹豫不决。当时他爱上了一个姑娘，想同她结婚，并且到地方自治局去工作。他什么事都想做，可就是拿不定主意。这时，有几个大学同学要他给公共事业捐点钱，他知道这种公共事业就是革命事业，当时他对此毫无兴趣，但出于同窗情谊和自尊心，免得别人说他胆小怕事，也就捐了。收钱的人被捕了，搜出了一张字条，知道是克雷利佐夫捐过钱。于是他遭到逮捕了，起初关在警察分局，后来投进了监狱。

"在关押我的那个监狱里，"克雷利佐夫对涅赫柳多夫说（他胸脯凹瘪，臂肘撑住膝盖，坐在高高的板床上，只是偶尔用他那激情洋溢、聪明善良、明澈闪亮的眼睛对涅赫柳多夫瞧瞧），"那个监狱对犯人管得并不太严，我们不仅可以敲墙传递消息，而且可以在过道里走来走去，随便交谈，互相分送食品和烟草；到了晚上甚至还齐声唱歌，我本来有一副好嗓子。是啊，要不是我母亲太伤心，我待在牢里也不错，甚至很愉快，很有意思。顺便提一下，我在那儿认识了大名鼎鼎的佩特罗夫（他后来在要塞里用玻璃割破喉咙自杀了）和其他的人。当时我还不是个革命者。我还认识了隔壁牢房里的两个人。他们都是因涉嫌波兰宣言[①]案被捕的。后来他们在被押往火车站的途中企图逃跑，受到了审判。一个是波兰人，叫洛津斯基，另一个是犹太人，叫罗佐夫斯基。是啊，这个罗佐夫斯基还完全是个孩子。他说，他十七岁，可是看上去只不过十五岁左右。人生得很瘦小，很活泼，一双黑眼睛炯炯有神，像所有的犹太人一样很有音乐天才。他还在变嗓，可是唱起歌来很好听。是啊，我看见他们两个人被送上法庭。他们早上被带走的，晚上回来，说他们被判了死刑。谁也没料到会这样。他们并没有犯什么罪，只是想从

① 指19世纪60年代波兰进步力量反对俄国沙皇专制制度的起义宣言。

押解兵手中逃走，而且也没有伤人。再说，判处罗佐夫斯基这样一个孩子死刑，太不公正了。我们这些关在牢里的人都以为这只是吓唬他们一下，这个判决是不会获准的。开头几天，大家都心神不定，后来渐渐平静下来，又像原先那样打发日子。是啊，可是有一天晚上，一名看守走到我的牢房门口，偷偷告诉我说，来了几个木匠，在搭绞架。我一时没有明白究竟是怎么回事，什么绞架不绞架的。可是看守老头却焦急万分。我看了他一眼，才明白过来，这绞架是为我们那两个人准备的。我想敲敲墙壁，把这消息告诉其他难友，可是我又怕被他们两个人听见。难友们也默默无言。显然，他们也知道了这件事。这天晚上，过道上、牢房里一片死寂。我们没有敲墙壁，没有唱歌。十点钟的时候，那个看守又来告诉我说，从莫斯科调来一名刽子手。他说完，就走了。我想叫住他，要他回来。突然，我听见罗佐夫斯基从过道对面的牢房里对我高声叫道：'您怎么啦？您为什么叫他？'我对他撒了个谎说，他是来给我送烟草的。可是罗佐夫斯基好像猜到了什么，就问我，为什么我们不唱歌，为什么我们不敲墙壁。现在我已经记不起来我当时是怎样回答的。我赶快走开，不跟他说话。是啊，那真是个可怕的夜晚。整个晚上我仔细听着各种声音。第二天凌晨，我突然听见过道的门打开了，走进来许多人。我站在窗洞口看着。过道里亮着一盏灯。第一个进来的是典狱长。他是个大胖子，平时自以为是，独断专行。现在他面无人色，垂头丧气，惊惶失措。他后面跟着副典狱长，双眉紧锁，一脸杀气。最后是一名卫兵。他们经过我的门口，在隔壁的牢房前面站停下来。我听见副典狱长怪声怪气地喊道：'洛津斯基，起来，穿上干净衣服！'是啊。后来我听见牢门嘎吱一响，他们走了进去。后来我又听到洛津斯基的脚步声，他走到过道的对面。我只看见典狱长一个人，他脸色苍白地站在那里，一会儿把纽扣解开，一会儿又把纽扣扣上，不时地耸耸肩膀。是啊。突然，他好像受到什么惊吓，往边上一闪。原来是洛津斯基从他面前走过，来到我的牢房门口。他是个英俊小伙子，典型的波兰人面孔，很漂亮，前额宽阔饱满，长着一头浓密柔软的淡黄色鬈发，一双美丽的天蓝色眼睛，是个风华正茂、英姿勃发的青年人。他站在我牢房的窗洞前，因此他的脸我看得很清楚。他脸色灰白、干瘦，很可怕。‘克雷利佐夫，有烟吗？’我刚把烟拿出来，可是副典狱长似乎怕耽误时间，就掏出自己的烟盒递给他。他拿了一支烟，副典狱长替他划亮火柴。他开始抽烟，似乎在沉思。过了一会儿，他好像想起什么，就开始说道：‘又残酷，又不公正。我什么罪也没有。我……’我一直凝视他那白净、娇嫩的脖子，看见它在颤动，他没有再说下去。是啊。这时，我听见罗佐夫斯基在过道里用尖细的犹太人的嗓音叫着。洛津斯基把烟蒂一扔，从我的牢房门前走开了。接着，罗佐夫斯基出现在我的窗洞前。他那张充满稚气的脸涨得通红，冒着汗，一双乌黑的眼睛里满含着泪水。他也穿一身干净的衣服，裤腰太大，只能用两只手提着，浑身直打哆嗦。他把凄楚的脸凑近我的窗洞说：‘阿纳托利·彼得罗维奇，医生是不是给我开了润肺汤？我不舒服，我还要喝一碗润肺汤。’谁也没有理他。他用探询的目光看看我，又看看典狱长。他究竟想说什么，我直到现在都不明白。是啊。突然副典狱长把脸一沉，又用刺耳的尖叫声吆喝起来：‘开什么玩笑？快走。’罗佐夫斯基显然不理解厄运正等待着他，他好像在急匆匆地赶路，沿着过道三步并作两步地走到别人前面。可是后来，他站住不肯走了，我听见他尖声哭叫，又听见一片喧嚣声和跺脚声。他尖声地叫着，哭着。后来声音渐渐远去。过道的门哐啷一声关上了，四周又沉寂下来……是啊。他们就这样被绞死了。两个人都被用绳子绞死了。另外一个看守亲眼目睹这个场面，回来告诉我说，洛津斯基没有反抗，而罗佐夫斯基挣扎了好久，他们硬把他拖上绞架，把他的脑袋塞进绳套里。是啊。那个看守傻里傻气的。他说：‘老爷，人家对我说，上绞架很可怕。其实一点也不可怕。他们被吊死的时候，肩膀只抖了两下。’说着，他装了个样子，肩膀猛地往上一耸，又往下一落。‘接着，刽子手把绳子一拉，绳套收紧些，这就完事了。他们再也不动了。'‘一点也不可怕。'”克雷利佐夫把看守的话又重复了一遍，想笑，没有笑出来，却号啕大哭起来。

随后他久久地沉默不语，吃力地喘着气，把涌到喉咙里的呜咽压了下去。

“从那时起，我就成了革命者。是啊。”他的心情渐渐平静下来，简短地讲完了自己的身世。

他加入了民意党，还当了破坏小组组长，其任务是对政府采取恐怖手段，迫使它放弃政权，并以此来唤起民众。他带着这个使命到处奔走，一会儿到彼得堡，一会儿出国，一会儿到基辅，一会儿到敖德萨，屡屡取得成功。后来他的一个亲信出卖了他。他被捕了，受到审判，在狱中度过了两年，被判了死刑，后来改判终身苦役。

他在狱中害了肺痨，根据他现在的处境，看来只能再活几个月。他知道自己活不长，但对自己所做的事并不后悔。他说，如果他有第二次生命，他还会把它献给革命事业，那就是摧毁现在的社会制度，不让他所看到的种种惨象卷土重来。

克雷利佐夫的身世以及同他的交往，使涅赫柳多夫懂得了许多他以前不懂的事。

七

押解官同犯人从羁押站出发时，为了一个孩子发生了冲突。那一天涅赫柳多夫投宿在一家客店里，早晨醒得很晚，起身后又写了几封信，准备带到城里去寄，因此离开客店要比平时迟一些，没有能够像往常一样在中途赶上犯人队伍。当他到达下一个羁押小站附近的村庄时，已经是黄昏时分了。村子里有一家小客店，店主是一个身体肥胖、脖子又白又粗的老寡妇。涅赫柳多夫在那里烘干身上的衣服，在一间挂着许多圣像和画的干净的客房里喝过茶，就匆匆忙忙赶到羁押站去找押解官，请求准许他同玛斯洛娃见面。

在以前的六个羁押站里，尽管押解官不断更换，但是都不让涅赫柳多夫进入室内，因此他已经有一个多星期没有见到卡秋莎了。他们所以管得这样紧，是因为正在迎候一位主管监狱的重要官员前来视察。可是这位长官对这些羁押站都不屑一顾，来了就走了。所以涅赫柳多夫指望，今天早晨才接收这批犯人的押解官能像当初那样，准许他同犯人见面。

女店主劝涅赫柳多夫雇一辆四轮马车到位于村边的羁押站去，但涅赫柳多夫却乐意走着去。客店里的一名年轻伙计做他的向导。他肩宽体壮，脚蹬一双刚擦过油、焦油味很重的大皮靴。天空中弥漫着浓雾，天色很黑。那伙计走出店门，在灯光照不到的地方，只要走出三步，涅赫柳多夫就已经看不见他的人影，只听见他的大皮靴踩在厚厚的泥浆里发出的吧唧吧唧的响声。

涅赫柳多夫跟着带路的伙计穿过教堂前的广场和两旁房子灯火通明的长街，来到一片漆黑的村边。不久，在黑暗中透过浓雾隐现出一点亮光，那是羁押站附近的路灯的灯光。橘红色的光点越来越大，越来越亮。栅栏的木桩，走动的哨兵的身影，刷着条纹的木柱和岗亭都依稀可见了。哨兵发现有人过来，照例大喝一声："什么人？"他发觉来的不是自己人，就声色俱厉地说："不准在栅栏前停留！"可是，为涅赫柳多夫带路的伙计面对哨兵的一副凶相却镇定自若。

"你这小子，火气倒挺大的！"他对哨兵说，"把你们头儿请出来，我们在这儿等着。"

哨兵没有答话，对着边门喊了一声，站在那儿目不转睛地看着宽肩膀的伙计借着灯光用木片刮去涅赫柳多夫皮靴上的泥巴。木栅栏里传来男男女女嘈杂的说话声。大约过了三分钟，只听见哐当一声，边门打开了。一个身披军大衣的站长从黑暗中走到路灯下面，问他们有什么事。涅赫柳多夫把准备好的名片和一张因私事求见的字条交给他，请他转交给押解官。站长比他那个手下的好说话，可是好奇心特别强。他一定要涅赫柳多夫告诉他为什么要亲自见押解官，他是什么人。显然，他想趁机捞点外快，不肯轻易放过这个机会。涅赫柳多夫对他说，他有一件特殊的事情找押解官，请他把字条送进去，过后一定好好谢他。站长接过字条，点了点头，走了。他走后不久，只听见边门又是哐当一声，从里面走出来几个女人，手里拿着筐子、篮子、瓦罐和袋子，一面唧唧喳喳地用西伯利亚方言说着话，一面从边门里走出来。这几个女人都不是乡下人打扮，而是像城里人那样穿着大衣和皮袄，裙子束得很高，头上包着方巾。她们借着灯光好奇地打量着涅赫柳多夫和带路的伙计。有一个女人一看见宽肩膀的小伙子，喜出望外，立刻用西伯利亚的骂人话娇声娇气地骂起他来。

“你这死鬼，怎么到这儿来啦？”她问小伙子。

“你瞧，我是送这位客人来的，”小伙子答道，“你送什么东西来了？”

“奶制品，他们叫我明天早上再送去。”

“他们没叫你在这儿过夜吗？”小伙子问。

“你这该死的，别嚼舌头！”她笑着嚷道，“咱们一起回村吧，你送送我们。”

小伙子还说了一些俏皮话，不光逗得几个女人哈哈大笑，连站岗的哨兵也禁不住笑起来。接着，他转过身对涅赫柳多夫说：

“怎么样，您一个人回去行吗？会不会迷路？”

“行，能找到。”

“您过了教堂，看见有一排两层楼的房子，从右面数起第二家就是了。喏，这木棍您拿着。”说着，他把随身带着的一根竖起来有一人多高的长木棍交给涅赫柳多夫。然后他啪嗒啪嗒地拖着一双大皮靴同那几个女人一起消失在黑暗中。

透过浓雾，仍隐约听见不时被女人们打断的小伙子的说话声。这时又听见开启边门的响声，站长从里面走了出来，他请涅赫柳多夫随他一起去见押解官。

八

这个小站跟西伯利亚沿途的大小羁押站一样，有一个院子，四周用一根根尖头原木桩围起来。院子里有三间平房，其中最大的一间装着铁栅窗，是供犯人住宿的。另一间住押解队，还有一间住军官兼做办公室。现在这三间平房里都灯火通明，尤其在这种地方，它很容易引起人们的错觉，以为在这光线明亮的四壁之间条件一定很好，很舒适。每间房子的门廊前都点着灯，围墙附近也点着五六盏路灯，把院子照得通亮。一个军士领着涅赫柳多夫沿着一块木板走到最小的那间平房的门廊前面。他登上三级台阶，然后让涅赫柳多夫走到他前面，走进一间点着一盏小灯、煤油味很重的前室。一个穿着粗布衬衣、黑色长裤，打着领带的士兵站在火炉旁边。他脚上只套着一只黄颜色的长筒皮靴，弯着腰，用另一只靴筒子给茶炊扇风。他一见涅赫柳多夫进来，就丢下手里的活，帮他脱下身上的皮衣，然后走进里屋。

“他来了，长官。”

“去叫他进来。”他怒气冲冲地说了一声。

“您从这门进去。”士兵说完，又去忙着烧茶炊了。

第二个房间里点着一盏吊灯，中间放着一张铺着桌布的桌子，上面摆着吃剩的饭菜和两只酒瓶。桌子旁边坐着一个军官，他满面红光，留着长长的淡黄色的唇髭，身穿一件把宽阔的胸脯和肩膀裹得紧紧的奥地利式上装。在这个暖烘烘的房间里除了烟味，还有一股刺鼻的劣等香水味儿。押解官见了涅赫柳多夫，稍稍欠了欠身，用像讥讽又像疑惑的目光凝视着他。

“您有什么事？”他问，不等对方答话，就对着房门喊起来：“别尔诺夫，茶炊什么时候能烧好？”

“马上就好。”

“我马上揍你一顿，让你好好记住！”押解官两眼一瞪，嚷道。

“来了！”士兵一面叫着，一面端着茶炊走进来。

涅赫柳多夫站在一旁等着士兵把茶炊放好（军官瞪着一双绿豆小眼恶狠狠地盯着那士兵，好像要找准地方揍他一顿）。茶炊放好以后，军官就开始煮茶，然后从旅行食品箱里拿出一只装白兰地的四角形长颈玻璃瓶和几块牛奶鸡蛋饼干。他把这些东西都放到铺着桌布的桌子上，又转过身来问涅赫柳多夫：

“我能为您做些什么？”

“我想见一个女犯人。”涅赫柳多夫站着说。

“是不是政治犯？这是法律禁止的。”军官说。

“这女人不是政治犯。”涅赫柳多夫说。

“您请坐。”军官说。

涅赫柳多夫坐下来。

“她不是政治犯，”他又说了一遍，“但根据我的请求，并经你们最高长官批准，允许她跟政治犯在一起……”

“哦，我知道，”军官打断他的话说，“是不是那个个子矮矮、皮肤黑黑的女人？行，您可以见她。要抽烟吗？”

他把烟盒推到涅赫柳多夫面前，然后小心翼翼地斟了两杯茶，把一杯茶送到涅赫柳多夫面前。

“请喝茶。”他说。

“谢谢，我想见见……”

“夜长着呢，有的是时间。我派人把她叫来。”

“能不能不把她叫到这里，让我到她住的房间里去？”涅赫柳多夫说。

“到政治犯那儿去？这是违法的。”

“你们以前放我进去过好几次。要是你们怕我暗中传递东西，那我通过她也是可以办到的。”

“哦，这是不可能的， 我们要搜她身的。”军官说，令人厌恶地笑了起来。

“好吧，你们也可以搜我的身。”

“不过，不搜也行，”军官一边说，一边拿起打开塞子的酒瓶，凑到涅赫柳多夫的杯子上。“要不要再喝一点？那就随便吧。住在西伯利亚这个鬼地方，能见到像您这样一位有教养的人，真是太高兴了。我不说您也明白，干我们这一行，再伤心也没有了。一个人过惯了舒服生活，到了这儿，真是苦透了。人家总以为，像我们这些当押解官的都是些没有受过教育的粗人，可是他们就不想一想，我们也并不是命里注定非得干这一行的。”

这位军官红通通的脸，他的香水气味，他手上的戒指，特别是他不堪入耳的笑声，都使涅赫柳多夫十分反感。然而，涅赫柳多夫今天也像在整个旅途中一样，始终抱着严肃认真的态度，对任何人都不怠慢，都不蔑视，跟每个人谈话时都“正儿八经”，这是他给自己定下的一条规矩。他听完押解官的话，知道他由于十分同情他管辖下的那些人的痛苦，内心很沉重，就严肃地对他说：

“我想，您的职务可以减轻别人的痛苦，您也就能借此得到安慰，”他说。

“他们有什么痛苦？他们本来就是那种人。”

“他们有什么特别？”涅赫柳多夫说。“他们跟大家一样。其中还有无罪的人。”

“当然，什么样的人都有。当然，他们也怪可怜的。别的押解官一点不肯马虎，我呢，只要办得到，总是设法减轻他们的痛苦。宁可我自己受罪，也不让他们吃苦。别的押解官动不动就依法办事，再不然就干脆枪毙。可我总是可怜他们。要不要再给您倒点茶？再喝点吧，”他边说边给他倒茶。“说实话，您要见的那个女人究竟是个什么人？”他问。

“她是个不幸的女子。落到一家妓院里，她遭人诬陷，说她毒死了人。其实，她是个安分的女人。”涅赫柳多夫说。

押解官摇摇头。

“是啊，这种事情是有的。我对您说件事：在喀山，有一个女人叫爱玛。她是个匈牙利人，两只眼睛长得完全像波斯人，”他继续说道，一想到这件事，就忍不住笑起来。“她举止优雅，简直像位伯爵夫人……”

涅赫柳多夫打断他的话，又回到原来的话题上。

“我想，趁他们现在还归您管，您可以改善一些他们的处境。我相信，您这样做了以后，心里会感到宽慰的。”涅赫柳多夫说，尽可能把字音咬得清晰些，就像跟外国人或者跟孩子说话那样。

押解官忽闪着两只眼睛看着涅赫柳多夫，看得出来，他急不可耐地等着他把话说完，好把关于长着一双波斯人眼睛的匈牙利女人的故事继续讲下去。显然，这个女人的形象眼下在他的脑海里仍然栩栩如生，把他的思绪完全吸引过去了。

“是的，您说得很对，确实是这样，”他说。“我也很可怜他们。不过，我还是要跟您讲爱玛的故事。您猜她干了些什么？……”

“我对这件事不感兴趣，”涅赫柳多夫说，“我干脆对您说吧，我以前也是另一种人，可是我现在痛恨用这种态度去对待女人。”

押解官吃惊地对涅赫柳多夫瞧了一眼。

“要不要再给您倒点茶？”他说。

“不，谢谢。”

“别尔诺夫！”押解官叫道，“把这位先生带到瓦库洛夫那儿，对他说，放这位先生到单独关押政治犯的房间里去，可以一直待到点名的时候。”

九

涅赫柳多夫由传令兵领着，又走到昏暗的院子里，几盏路灯射出幽暗的红光。

“上哪儿？”迎面过来的一个押解兵问为涅赫柳多夫带路的传令兵。

“到五号隔离室去。”

“这里走不通，上锁了。要从那边一个门里绕过去。”

“干吗要上锁？”

“站长锁的。他自己进村去了。”

“好吧，那就从这边走。”

传令兵带着涅赫柳多夫到了另一个门廊，然后沿着一条木板路走到另一个门口。这时从里面传来嗡嗡的说话声和走动的声音，仿佛一箱准备分群的蜜蜂。涅赫柳多夫走进去，推开房门，嗡嗡声更响了，变成叫嚷、谩骂和哄笑。还听见叮叮当当的镣铐声。空气中散发着他所熟悉的粪便和煤焦油的恶臭。

这两种印象（夹杂在人声中的镣铐的哐啷声和难闻的恶臭）混合在一起，使涅赫柳多夫在精神上感到恶心般的难受，渐渐地在生理上也感到恶心。这两种印象混合在一起，此起彼落，使涅赫柳多夫十分难受。

涅赫柳多夫走进羁押站的门廊，一眼就看见里面放着一只臭气熏天的大木桶，也就是所谓的“马桶”，一个女人坐在马桶边上，对面站着一个头发剃光一半的、戴着一顶薄饼样帽子的男人。他们正在说话。那男犯一见涅赫柳多夫进来，眨眨眼睛说：

“就是皇上也憋不住尿啊。”

那女人放下长袍的下摆，不好意思地低下了头。

从门廊往里是一条过道，过道两边的拘押室都敞开着房门。第一间里住着带家眷的犯人，再过去一个大房间，住着单身犯人。过道的尽头有两个小间，是专门关押政治犯的。这个羁押站原定容纳一百五十名犯人，现在却关了四百五十个人，显得拥挤不堪。犯人们在房间里住不下，只得挤在过道里，有的人不是坐着，就是躺着，有的人拿着空水壶或者拿着盛着开水的水壶来来回回走动。塔拉斯也混在这些人中间。他从后面赶上来，亲切地向涅赫柳多夫打招呼。塔拉斯那张厚道和气的面孔变得很吓人，鼻子上、眼睛下，青一块紫一块的。

“你怎么啦？” 涅赫柳多夫问。

“出了点事。”塔拉斯笑着说。

“他们老是打架。”押解兵轻蔑地说。

“全为了娘儿们，”一个跟在后面的犯人插进来说，“他跟独眼龙费季卡干了一架。”

“费多西娅怎么样？”涅赫柳多夫问。

“没什么，身体很好。我现在就是拿开水去给她泡茶的。”塔拉斯说着，走进带家属的犯人拘押室。

涅赫柳多夫向门里看了一眼。整个房间挤满了男男女女，有的坐在板床上，有的蹲在板床下面。房间里晾着快干的湿衣服，冒着一股股蒸汽。女人们一刻不停地叫嚷着。旁边一间是单身犯人的拘押室，更加拥挤，连门口和过道上也站满了人，他们身上穿着湿漉漉的衣服，吵吵嚷嚷，正在分什么东西，或者在解决一件什么事情。押解兵向涅赫柳多夫解释说，监狱里有个开赌场的犯人，专门借钱给别的犯人，谁一时还不出，就用一张纸牌充当借据，现在犯人头正凭这些借据，从借钱的犯人的伙食费中扣下钱来还给债主。一些站在近处的犯人看见军士和一个老爷走来，就立刻住了口，横眉瞪眼地打量着他们。涅赫柳多夫发现，在分钱的犯人中间有他认识的苦役犯费多罗夫。他身边总带着一个皮肤白净、眉头紧皱、面孔好像浮肿、模样怪可怜的小伙子，还有一个满脸麻子、鼻子烂掉、面目可憎的流浪汉。这个人可不简单，他曾经越狱逃跑。据说，在原始森林里他杀死了同伴，吃他的肉。现在，这个流浪汉一个肩膀上搭着一件湿漉漉的长袍，站在过道上，嘲笑地对涅赫柳多夫横眉竖眼，也不给他让路，涅赫柳多夫只能从他身边绕过去。

尽管涅赫柳多夫对这种场面已经司空见惯，尽管在这三个月里他经常看到这四百名刑事犯历尽艰难，无论是赤日炎炎，还是尘土飞扬，他们总是拖着沉重的镣铐，沿着大路不停地行进或是作短暂的休息，逢到天气暖和，他还看到有些男女犯人在羁押站的院子里公开通奸的可怕场面。尽管如此，他每次来到他们中间，像眼下这样发现大家的目光都集中在他身上的时候，他总是感到十分羞愧和内疚。使他最痛苦的是，在羞愧和内疚的心情中还夹杂着不可遏制的厌恶和恐惧。他知道，他们现在的处境使他们不得不如此，然而他仍然无法消除对他们的厌恶。

“他们过得倒挺舒服，这些寄生虫，”涅赫柳多夫走到政治犯拘押室的门口，听见背后有人在说，“这些家伙有什么不称心的，反正不会肚子疼。”一个嘶哑的声音说，还添了一句下流话。

这时，传来一阵轻蔑的嘲笑声。

十

带路的军士经过单身犯拘押室时，对涅赫柳多夫说，他将在点名前来接他，说完转身走了。军士刚走开，就有一个男犯人提着脚镣上的铁链，光着脚大步走到涅赫柳多夫跟前，浑身发出一股刺鼻的汗酸臭，悄悄地对他说：

“老爷，您出面来管管吧。那小伙子上了别人的圈套，人家把他灌醉了，今天交接犯人的时候，他自己说是卡尔马诺夫。您出面管管吧，我们不能管，会被打死的。”男犯说，神色慌张地四下张望，连忙从涅赫柳多夫跟前走开了。

事情原来是这样的。一个叫卡尔马诺夫的苦役犯，怂恿一个相貌跟他相似的终身流放犯跟他互换姓名：苦役犯去流放，而那个判处流放的小伙子代他去服苦役。

涅赫柳多夫早就知道这件事情，因为那个犯人一星期前就把这个蒙骗手法告诉了他。涅赫柳多夫点点头表示明白，他会尽力而为，然后，他头也不回，向前走去。

在叶卡捷琳堡，涅赫柳多夫就认识了这个犯人。当时他托涅赫柳多夫说情，准许他的妻子跟他一起走。他的举动使涅赫柳多夫感到惊讶。这个人中等身材，普通农民模样，三十来岁，因谋财害命未遂罪被判服苦役。他叫马卡尔·杰夫金，犯罪经过很奇怪。他对涅赫柳多夫说，这罪不是他马卡尔犯下的，而是附在他身上的魔鬼干出来的。他说，一天有个过路人来找他父亲，愿出两卢布要他父亲用马拉雪橇把他送到四十俄里外的一个村庄去。父亲就叫马卡尔送他去。马卡尔套上马，穿好衣服，就同那个过路人喝起茶来。过路人一边喝茶，一边告诉马卡尔，说他是回去成亲的，随身还带着在莫斯科挣来的五百卢布。马卡尔一听此话，就跑进院子，找了把斧头塞到雪橇的草垫子下面。

“我自己也不知道干吗要带把斧头，”他说，“只听见有个声音对我说：‘带上斧头。’我就把斧头带上了。我们坐上雪橇上路了。一路上平安无事。我也忘了那把斧头。眼看离村庄只剩六俄里路了，我们的雪橇从土道拐上大路，往山坡上爬。我从雪橇上跳下来，跟在后面走。这时那个声音又轻轻地对我说：‘你还犹豫什么？你一上了山，大路上就有人，前面就是村庄。他就会带着钱走掉了。要动手，现在就动手，还等什么。’我弯下腰，假装把铺在雪橇上的干草整理一下，这时那把斧头好像自己跳到了我的手上。他回过头来一看，就说：‘你想干什么？’我抡起斧子向他砍去。他很机灵，马上从雪橇上跳下，抓住我的两手。他说：‘你这个坏蛋，想干什么？……’他把我推倒在雪地上，我也不还手，任凭他摆布。他用一根宽腰带捆住我的双手，把我扔到雪橇上，一直把我送到区警察局。我就这样坐了牢，受到了审判。村社替我说情，说我是个好人，从来没有做过坏事。东家也为我说好话，可是我没有钱请律师。”马卡尔说，“所以就被判四年刑。”

现在，就是这样一个人要搭救自己的同乡。他知道，他说出这些话是有生命危险的，万一别人知道这件事是他干的，一定会把他掐死。尽管如此，他还是把这个监狱中的秘密告诉了涅赫柳多夫。

十一

政治犯住的是两个小间。门外是一条两头封死的过道。走进这段过道，涅赫柳多夫看见的第一个人就是西蒙松。他身穿一件短上衣，手里拿着一根松木劈柴，蹲在炉火生得很旺、热气直往炉门里抽的炉子跟前。

他见到涅赫柳多夫，没有站起来，用浓眉下的一双眼睛从下到上打量着他，然后向他伸出一只手去。

“我很高兴您能来这里，我正想跟您见一次面。”他直视着涅赫柳多夫的眼睛，意味深长地说。

“有什么事吗？”涅赫柳多夫问。

“过一会儿再说，我现在正忙着。”

说完，西蒙松继续生他的炉子。他生炉子也有一套独特的理论，即尽量减少热能的消耗。

涅赫柳多夫刚想走进第一扇门，玛斯洛娃却从另一扇门里走出来。她手里拿着一把扫帚，弯着腰，将一大堆垃圾和灰尘往炉子那边扫过去。她穿着一件白色短上衣，裙子的下摆掖在腰里，脚上穿一双长筒袜子，为了挡灰，头上的一块方巾一直包到齐眉。她一见涅赫柳多夫，就直起腰来，脸涨得通红，神情十分活泼。她放下扫帚，在裙子上擦了擦手，径直走过去，站到他面前。

"您在收拾房间吗？" 涅赫柳多夫说，一边向她伸过手去。

"是的，这是我的老本行，"她说着，微微一笑。"这里脏得难以想象。我们打扫了一遍又一遍。怎么样，毛毯干了吗？"她回过头去问西蒙松。

"快干了。"西蒙松用一种异样的目光望着她说，这使涅赫柳多夫感到很惊讶。

"好吧，过一会儿来拿，我还要把一件皮袄拿来烘烘干。我们的人都在里面。"她一面对涅赫柳多夫说，一面指指旁边的门，自己走进了前面的另一扇门。

涅赫柳多夫推开门，走进一间不大的拘押室。板床上放着一盏小小的铁皮油灯，射出微弱的光线。屋子里很冷，空气中弥漫着尘土、潮气和烟草味。油灯只照亮它周围的一圈地方。板床都隐没在暗处，四周墙上一个个黑影在晃动。

在这间不大的拘押室里，除了两个主管伙食的男犯出去打开水和拿食品以外，所有的人都在。涅赫柳多夫的老朋友维拉·叶夫列莫夫娜也在这里，她更瘦了，脸色也更黄了。她睁着一双惊恐的大眼睛，额头上暴起粗粗的青筋，头发剪得很短，身上穿着一件灰色短上衣。她坐在一张摊开的报纸前面，上面撒满烟草，正急匆匆地把烟草装进做烟卷用的空纸筒里。

这里还有一个很讨涅赫柳多夫喜欢的女政治犯，她叫埃米莉娅·兰采娃。她负责管理内务，给涅赫柳多夫的印象是，哪怕条件再艰苦，也能显示出她女人的持家才能和女性独具的魅力。现在她坐在油灯旁边，卷起袖管，用一双黝黑而漂亮的手很麻利地拭干大大小小的茶杯，把它们放到铺在板床上的毛巾上。兰采娃虽然年轻，但长得并不漂亮，看上去很聪明，脸上的神情总是很温和，只要一笑，她的脸就立刻变得活泼可爱，更加迷人。现在，她就面带这样的笑容迎接涅赫柳多夫。

“我们以为您已经回到俄罗斯，压根儿不会再来了。”她说。

玛丽娅·帕夫洛夫娜也在这里，她坐在灯光照不到的较远的角落里，正在帮一个淡黄头发的小女孩做一些什么事，那小女孩用悦耳的童音咿咿呀呀地说个没完。

“您能来这儿，真是太好了。见到卡佳了吗？”她问涅赫柳多夫。“瞧，我们这儿来了个小客人。”她指指小女孩说。

阿纳托利·克雷利佐夫也在这儿。他面容消瘦苍白，穿着一双毡靴，弯着腰，盘着腿，坐在远处角落里的板床上。他的两只手插在短皮袄的袖管里，浑身打颤，一双害热病的眼睛望着涅赫柳多夫。涅赫柳多夫正想走过去，忽然看见房门右边坐着一个身穿橡胶上衣、长着一头淡褐色鬈发、戴副眼镜的男犯，一面整理着行李，一面在同相貌俊美、面带笑容的格拉别茨交谈。他就是著名的革命家诺沃德沃罗夫。涅赫柳多夫赶紧跟他打招呼。他所以急急忙忙打招呼，是因为在这批政治犯中他最不喜欢这个人。诺沃德沃罗夫闪着浅蓝色眼睛，透过眼镜看着涅赫柳多夫，然后皱起眉头，伸出一只瘦长的手同他握手。

“怎么样，旅途愉快吗？”他说，听得出来，口气里带着嘲笑。

“是啊，见到许多有趣的事情。”涅赫柳多夫答道，他装作不知道在嘲笑他，只当是一种客气的表示。说完，他就走到克雷利佐夫的床前。

涅赫柳多夫表面上装得满不在乎，但内心里对诺沃德沃罗夫这个人远不是满不在乎的。显然，诺沃德沃罗夫的这番话和他的不友好的举措搅乱了他的良好情绪。涅赫柳多夫感到心灰意懒，闷闷不乐。

“您身体怎么样？”他握着克雷利佐夫冷得发抖的手说。

“没什么，只是身子暖不过来，衣服全湿透了，”克雷利佐夫说着赶紧把手藏到短皮袄的袖筒里。“这里冷得要命。瞧，窗子都破了。”他指指铁栅外面的两扇破窗子。“您怎么啦，为什么一直不来？”

“他们一直不放我进来，管得很紧，今天一个军官还算客气。”

“哼，好一个客气的军官！”克雷利佐夫说，“您不妨去问问玛莎①，他今天早上干了些什么。”

玛丽娅·帕夫洛夫娜仍旧坐在那里，对他讲了今天早晨从羁押站出发时那个小女孩的遭遇。

“我以为，必须集体提出抗议，”维拉·叶夫列莫夫娜用果断的语气说，同时又用犹豫和惊恐的目光看看这个人的脸，又看看那个人的脸。“弗拉基米尔②提过抗议了，光靠一个人是不够的。”

“提什么抗议？”克雷利佐夫恼怒地皱起眉头说。显然，维拉·叶夫列莫夫娜表现出来的哗众取宠、装腔作势和神经过敏惹得他十分生气。“您是不是在找卡佳？”他问涅赫柳多夫。“她一直在干活。这一间，我们男人住的，她打扫过了，现在打扫女犯人住的房间。就是跳蚤扫不掉，拼命地咬人。玛莎在那儿干什么？”他问，扭过头示意玛丽娅·帕夫洛夫娜坐着的那个角落。

“她在给养女梳头。”兰采娃说。

“她不会把虱子弄到我们身上来吧？”克雷利佐夫问。

“不会，不会，我很当心的。她现在干净多了，”玛丽娅·帕夫洛夫娜说，“您带她走吧，”她对兰采娃说，“我现在帮卡佳干活去，再替她把披巾拿去。”

埃米莉娅接过小女孩，像一个慈爱的母亲一样，紧紧搂住她两条胖乎乎的光胳膊，抱到自己的膝盖上坐好，然后给了她一块糖吃。

玛丽娅·帕夫洛夫娜出去了，不一会儿，两个男犯拿着开水和食品

---

①玛丽娅的爱称。

②西蒙松的名字。

走了进来。

十二

进来的两个人中有一个是青年，个子不高，身材瘦削，穿一件挂面短皮袄和一双长筒皮靴。他手里提着两壶热气腾腾的开水，腋下夹着用方巾包着的面包，脚步轻快地走了进来。

"原来是我们的公爵驾到，"他说着，将茶壶放到几只茶杯中间，并随手将面包交给玛斯洛娃[①]。"我们买到了好东西。"他说，一边脱掉皮袄，把它从大家的头顶上扔到板床的角落里。"马尔凯尔买到了牛奶、鸡蛋。今天简直可以开舞会了。基里洛夫娜[②]总是把屋子收拾得又干净又美观，"他看着兰采娃，笑着说，"好，现在你来泡茶吧。"他对她说。

这个人的外表、动作、说话的声音以及目光都洋溢着勃勃生气和欢乐。进来的另一个人，个子也不高，骨瘦如柴，面色灰白，两颊下陷，颧骨突出，生着一双分得很开的漂亮的淡绿色眼睛和两片薄薄的嘴唇。他跟那个年轻人相反，神情沮丧，没精打采。他身穿一件旧棉大衣，长筒靴子外面还套着雨靴。他提着两只瓦罐和两只树皮篮子，把东西放到兰采娃跟前，就走过来向涅赫柳多夫点点头，眼睛一直盯着他看。然后他才勉强地向涅赫柳多夫伸出一只汗津津的手，慢吞吞地把从篮子里拿出来的食品挨个儿放好。

这两名政治犯都是平民出身。第一个是农民纳巴托夫，第二个是工人马尔凯尔·孔德拉季耶夫。马尔凯尔参加革命时，已经是三十五岁的

---

① 此处可能是作者笔误，从上下文看，应为兰采娃。

② 兰采娃的父名。

中年人，而纳巴托夫，十八岁就参加革命了。纳巴托夫从乡村小学毕业后，因成绩优异，考进了中学，并且靠当家庭教师维持到中学毕业。毕业时，他获得了金质奖章，但是没有进大学，因为还在读七年级的时候，他就决心叶落归根，深入民间去开导那些被人遗忘的弟兄。他真的这样做了。他先在一个大村庄里当文书，但是不久就遭被捕，因为他在农民中间宣读小册子和组织生产消费合作社。第一次，他在监狱里蹲了八个月，放出来以后，仍然受到暗中监视。他获释以后，立刻转到另一个省的一个村庄，在那里当了一名教师，又开始从事原来的活动。于是他再一次被捕，这一次他被关了一年零两个月。在狱中，他的革命信念变得更加坚定了。

第二次出狱后，他被流放到彼尔姆省。他从那里逃跑了。又被抓了回来，关了七个月，然后流放到阿尔汉格尔斯克省。由于他拒绝向新沙皇宣誓效忠，又被流放到雅库茨克地区。因此他成年以后的一半时间都是在监狱和流放中度过的。这种流徙不定的生活丝毫没有使他变得怨天尤人，也没有使他意志消沉，反而激励了他的斗志。他活泼好动，食欲很强，总是生气勃勃，活泼开朗，热心工作。他无论做什么事从不后悔，也不好高骛远，而总是把全部智慧才能和经验投入到现实生活中。他出了监狱，就为自己确定的目标而奋斗，也就是教育、团结以农村平民为主的劳动者。一旦坐了牢，他仍然精力充沛、脚踏实地工作，以便同外界保持联系，并且根据现有条件尽量安排好生活，这不仅是为了自己，而且也是为了集体。他首先是个村社社员，他觉得自己一无所求，对现在的生活已经心满意足了，但是为了村社集体，他对自己提出很多要求，无论是体力劳动还是脑力劳动，都可以废寝忘食、昼夜不停地工作。他出身农民，勤劳聪明，干活利索，善于自制，待人谦虚，不但能珍重别人的感情，而且也能倾听别人的意见。他的老母亲还健在，是个农村寡妇，不识字，满脑子迷信。纳巴托夫一直照顾她，只要他没有坐牢，就常常回去看望她。他每次回家，总是嘘寒问暖，帮她干活，同时也常去看望以前的农民弟兄，和他们一起抽劣等烟草卷成的狗腿烟，同他们斗拳比武，并且开导他们，让他们意识到自己受了欺骗，应该从这种欺骗的桎梏中挣脱出来。当他自己思索或向别人宣传革命会给老百姓带来什么好处的时候，他这个平民出身的革命者总以为革命以后老百姓的生活条件不会有什么改变，只不过获得了土地，赶走了地主和官僚。在他的思想里，革命不应改变老百姓的基本生活方式。在这一点上，他同诺沃德沃罗夫以及他的追随者马尔凯尔·孔德拉季耶夫的观点存有分歧。根据他的观点，革命不应该摧毁这座他所热爱的华丽、坚固、巍峨的古老大厦，而只需将内部的房间重新分配一下。

在宗教方面，他也是个典型的农民。他从不考虑不切实际的问题，从不考虑万物的起源，也不考虑死后的生活。在他的心目中，上帝只不过是他至今认为没有必要提出的一种假说。这和阿拉戈[①]的看法是相同的。至于世界是怎样创造的，是摩西说得对，还是达尔文说得对，他根本不关心。他的战友们都认为达尔文学说很重要，而他觉得这种学说跟六天中创造世界一样，只是一种思想游戏罢了。

他对世界是怎样产生的这个问题并不感兴趣，因为他始终面临的问题是如何使人们在世界上生活得好一些。关于未来的生活，他也从来不去考虑。他内心深处有一种从祖先传下来的、庄稼人共有的根深蒂固的信念，那就是世界上动物和植物都是永存的，不过是一种形式变化成另一种形式而已，比如粪肥变成谷子，谷子变成母鸡，蝌蚪变成青蛙，青虫变成蝴蝶，橡实变成橡树。同样人也不会消亡，只是发生变化而已。他相信这种说法，所以他总是勇敢地、甚至高高兴兴地面对死亡，并且坚强地忍受通向死亡之路的煎熬，但是他不愿意也不善于谈论这个问题。他热爱工作，一天到晚忙于实际活动，并且带动其他同志一起参与。

---

①阿拉戈（1786—1853），法国物理学家、天文学家。

这批犯人中间的另一名政治犯叫马尔凯尔·孔德拉季耶夫，他也出身于平民，但气质完全不同。他十五岁就做工，开始抽烟喝酒，以排遣心头模模糊糊感觉到的屈辱。他第一次感到屈辱，是在过圣诞节的那一天。他们这些当童工的孩子被带去参加老板娘家举行的新年枞树晚会。在晚会上，他和小伙伴们得到的礼物是只值一戈比的小笛子、一个苹果、一个金纸包的核桃和一个干无花果，可是老板的孩子们得到的是玩具，在他的眼里仿佛是仙女下凡赠送的礼物，他后来才知道，这些玩具的价值都在五十卢布以上。他二十岁的时候，一位著名的女革命家到他们厂里来当工人，发现孔德拉季耶夫才能出众，就送书和小册子给他看，跟他谈心，向他阐述为什么他的生活这样贫困，怎样才能改善这种生活。当他知道自己和别人能够从这种受压迫的状况中得到解放，他就比以前更加觉得这种不公平的现状是极为残酷和可怕的。他不仅渴望自身的解放，而且要求严惩那些造成和维护这种不公平的现状的人。有人对他说，实现这种可能需要知识，于是他如饥似渴地学习起来。虽然他不清楚如何凭知识去实现社会主义理想，但他相信，既然知识能为他揭示现状的不合理，那么知识也能纠正这种不合理。此外，知识也使得他看问题比别人高明。因此他戒酒戒烟，一有空就读书。自从他当了仓库管理员以后，空余的时间就更多了。

女革命家教他读书，对他贪婪的求知欲和吸收知识的非凡能力感到十分惊讶。两年里，他学会了代数、几何以及他特别喜爱的历史，博览了各种文学作品和评论著作，特别是社会主义著作。

后来孔德拉季耶夫和女革命家一起被捕，因为从他家里抄出了许多禁书。他被投入监狱，后来被流放到沃洛格达省。在那里他认识了诺沃德沃罗夫，又读了许多革命书籍，并且牢记在心，更坚定了他的社会主义思想。流放期满以后，他曾领导一次工人大罢工，捣毁了工厂，打死了厂长。他再次锒铛入狱，被判处剥夺公民权利和流放西伯利亚。

他对待宗教也像对待现有的经济制度一样，持否定态度。当他懂得

从小受到熏陶的宗教原来是荒诞无稽的东西，他就竭力摆脱它，起先心里有点害怕，后来却很高兴。他仿佛要为自己和祖祖辈辈所受的欺骗进行报复，一有机会总要尖刻地挖苦、嘲笑教士和宗教信条。

他已养成清心寡欲的习惯，没有太多的奢望。他像一切从小劳动惯的人一样，肌肉发达，凡是力气活，他干起来都很轻松、利落，但是他对时间最为珍惜，不论在监狱里，还是在押解途中，都没有中断过学习。他现正在钻研马克思著作第一卷①，十分爱惜地把它藏在行李里，当作无价之宝。他对同志们都很疏远、冷淡，唯独对诺沃德沃罗夫特别崇拜。凡是诺沃德沃罗夫对事物发表的观点，他都视为无可辩驳的真理。

他从根本上看不起女人，认为她们是一切必要工作的绊脚石。但是他对玛斯洛娃倒十分怜悯，对她很亲切，认为她是下层阶级受上层阶级剥削的一个实例。正因为这样，他不喜欢涅赫柳多夫，不同他交谈，也不跟他握手，只有在涅赫柳多夫主动同他打招呼的时候，他才伸出手去跟他握一下。

十三

炉子生好，房间里渐渐暖和起来。茶也煮开了，冲到大大小小的茶杯和茶罐里，再加入牛奶，面包圈、新鲜面包、白面包、煮鸡蛋、牛奶、牛头、牛蹄都摆到了桌子上。大家都凑到一张当桌子用的板床四周，喝着，吃着，说着。兰采娃坐在一只箱子上给大家倒茶。除了克雷利佐夫，其他的人都围在她四周。克雷利佐夫脱掉湿漉漉的短皮袄，用烘干的毛毯裹住身子，躺在自己的床铺上，同涅赫柳多夫聊天。

---

①指《资本论》第1卷。

一路上他们又受冻，又淋雨，到了这里又发现处处肮脏凌乱，不得不辛辛苦苦打扫干净，现在吃了东西，喝了热茶，大家都感到心情十分愉快。

隔墙传来刑事犯们跺脚、叫嚷和骂人的声音，似乎在提醒他们外部的环境是个什么样子，这使他们更加觉得特别舒服。他们仿佛置身在大海中的一个小岛上，可以一时免受周围的凌辱和苦难的淹没，所以他们每个人都精神焕发、兴高采烈，他们海阔天空、无所不谈，唯独对自己的处境和将来的命运只字不提。除此以外，像所有的青年男女一样，特别是他们这些人被迫地相处在一起，无疑也会产生错综复杂的感情，有情投意合的，也有勉强凑合的。他们每个人几乎都在恋爱。诺沃德沃罗夫爱上了终日笑吟吟的漂亮姑娘格拉别茨。格拉别茨是高等女校的年轻学生，很少思考问题，对革命漠不关心，然而她受到时代潮流的影响，卷进某个案子，被流放到西伯利亚。入狱前，她生活的主要乐趣在于博得男人的欢心。后来在审讯期间，在狱中，在流放途中，她仍然没有改变这种生活态度。现在在押解途中，诺沃德沃罗夫追求她，使她得到安慰，她也爱上了他。维拉·叶夫列莫夫娜是个多愁善感的女人，却没有唤起别人对她的爱情。她一会儿爱纳巴托夫，一会儿爱诺沃德沃罗夫，总指望她的爱情能得到对方的回报。克雷利佐夫对玛丽娅·帕夫洛夫娜的感情有点像恋爱。像其他的男人爱女人一样，他爱玛丽娅·帕夫洛夫娜，可是他知道她对爱情的态度以后，他就巧妙地把这种感情深藏起来，表面上装出友谊和感恩的姿态，似乎感谢她对自己无微不至的照顾。纳巴托夫和兰采娃之间的恋爱关系非常复杂。如果说，玛丽娅·帕夫洛夫娜是个十分贞洁的处女，那么兰采娃是个对丈夫绝对忠诚的妻子。

当她十六岁，还在读中学的时候，就爱上了彼得堡大学学生兰采夫，十九岁那年就嫁给了他，当时他还在读大学。她丈夫升入四年级的时候，卷进了学潮，被驱逐出彼得堡，从此成了一个革命者。她也放弃了正在学习的医学专业，追随丈夫，也成了革命者。如果她不认为她的丈夫是世界上最优秀、最聪明的男人，她就不会爱上他，如果她不爱上他，也就不会同他结婚。然而，一旦爱上了，并且嫁给了她心目中世界上最优秀、最聪明的男人，她自然就要像这个世界上最优秀、最聪明的男人一样，去理解生活和生活的目的。起初他认为生活就是读书，因此她也这样理解生活。后来，他成了革命者，她也就成了革命者。她能有力地证明现行制度是不能容忍的，人人都有责任为推翻这一制度而进行斗争，并且为建立一种新的政治经济制度而努力，在这种制度下，人的个性能够得到自由发展，等等。她觉得她确实是这样想的，这样感到的，实际上，她只是认为，凡是她丈夫所想的都是绝对真理。她所追求的只不过是如何才能同自己的丈夫在思想上完全融合一致，因为只有这样，她才感到精神上的满足。

离夫别子使她万分难过(孩子由她母亲领去抚养)，但她忍受了别离的痛苦，表现得十分坚强和镇定，因为她明白，她忍受痛苦是为了丈夫，为了他们的事业，而这事业无疑是完全正确的，因为她的丈夫正在为此奋斗。她在思想上同丈夫永不分离。她以前没有爱过任何人，现在，除了自己的丈夫，也不可能爱上任何人。然而纳巴托夫对她的忠贞而纯洁的爱情打动了她的心，使她心情激动。他品德高尚，性格坚强，而且是她丈夫的朋友，竭力像对待自己的妹妹一样对待她。可是他对她的态度偶尔也掺入了超越兄妹的亲近感，这使他们双方都感到惶惶不安，但却使眼下艰苦的生活增添了色彩。

在这一群人中，只有玛丽娅·帕夫洛夫娜和孔德拉季耶夫两个人完全没有卷入恋爱的潮流。

十四

涅赫柳多夫照例总是等大家喝过茶、吃完晚饭，才跟卡秋莎单独说说话。现在他坐在克雷利佐夫的床边，跟他聊天，心里也抱着这样的打算。涅赫柳多夫顺便告诉他，马卡尔求过他帮忙以及马卡尔犯罪的经过。克雷利佐夫目光炯炯地注视着涅赫柳多夫的脸，全神贯注地听着他讲。

“是啊，”他突然开口说，“我常常这样想，我们跟他们肩并肩地走在一起，可是‘他们’究竟是些什么人？我们就是为了这些人才跋山涉水，但我们并不了解他们，也不想了解他们。而他们呢，更糟糕，恨我们，把我们视为敌人。这太可怕了。”

“这没什么可怕的，”诺沃德沃罗夫一直听着他们说话，这时也插话说。“群众向来是崇拜权力的，”他用刺耳的声音说，“政府掌权时，他们就崇拜政府，痛恨我们，如果将来我们掌了权，他们就会崇拜我们……”

这时从隔壁传来一阵谩骂声、撞墙声、锁链的哐啷声、尖叫声和叫喊声。不知是谁挨了打，有人在叫：“救命啊！”

“瞧瞧他们这群野兽！我们怎么可能跟他们交朋友？”诺沃德沃罗夫悠悠然地说。

“你说他们是野兽，可是你听听涅赫柳多夫刚才说的那件事吧，”克雷利佐夫愤愤然地说，然后讲了马卡尔如何舍己救乡亲的事。“这可不是什么野兽干出来的事，而是英雄行为。”

“多愁善感！”诺沃德沃罗夫讥讽地说。“我们很难理解这些人的感情和行为的动机。你以为他心肠好，骨子里说不定是在忌妒那个苦役犯呢。”

“你为什么不愿意看到别人身上的优点呢？”玛丽娅·帕夫洛夫娜突然怒不可遏地对他说（她对所有的人都称呼“你”）。

“不存在的东西是无法看到的。”

“他冒着惨死的危险，难道能说这是不存在的东西吗？”

“我认为，”诺沃德沃罗夫说，“如果我们想做我们的事业，那么首要的条件，”孔德拉季耶夫本来在灯下看书，这时放下书，仔细听他老师讲话。“就是不能凭空幻想，而要正视现实。我们所做的一切都是为了人民群众，而不要指望从他们那里得到什么。群众是我们的工作对象，只要他们像现在这样因循苟且，就不可能成为我们的同志，”他像发表演讲似地说。“正因为如此，在我们还没有为他们创造好发展过程以前，要指望他们的帮助，那完全是一种幻想。”

“什么叫发展过程？”克雷利佐夫涨红了脸说。“我们常说我们反对专横和霸道。难道这不就是最可怕的霸道吗？”

“这里不存在丝毫的霸道，”诺沃德沃罗夫心平气和地答道，“我只不过说，我知道人民应走哪一条路，而且能够向他们指出这一条路。”

“但是你凭什么相信你指出的这条路一定是正确的呢？难道这不就是产生过宗教法庭[①]和大革命屠杀[②]的那种霸道吗？他们当时也是根据科学认为那是唯一正确的道路。”

“他们迷失方向，但这不能证明我也迷失方向。况且，思想家的空想和经济学的数据是有很大区别的。”

诺沃德沃罗夫的声音响彻整个拘押室，只有他一个人在说，大家都静静地听着。

“老是争论不休。”玛丽娅·帕夫洛夫娜趁他说话间隙插嘴说。

“您自己对这个问题有什么看法？”涅赫柳多夫问玛丽娅·帕夫洛夫娜。

“我认为阿纳托利说得很对，不能将我们的观点强加给人民。”

“那么您呢，卡秋莎？”涅赫柳多夫笑着问她。他希望她回答，却又担心她会说出不恰当的话来。

---

① 中世纪天主教会为消灭异教徒而设置的司法警察机构。
② 指 18 世纪法国雅各宾派专政时期以革命的恐怖手段镇压革命的敌人。

“我觉得老百姓总受欺负，”她涨红了脸说，“老百姓太受欺负了。”

“对，米哈伊洛夫娜，说得很对，”纳巴托夫高声说，“老百姓受尽欺负，不能让他们再受欺负了。这就是我们的任务。”

“这是关于革命任务的奇谈怪论。”诺沃德沃罗夫说完，一声不吭，气冲冲地抽起烟来。

“我无法跟他谈下去。”克雷利佐夫低声说，然后就默不作声了。

“最好还是别谈。”涅赫柳多夫说。

十五

尽管诺沃德沃罗夫受到所有革命者的尊敬，尽管他很有学问，大家公认他很聪明，然而涅赫柳多夫却认为，像他这样的革命者就道德品质而言，不如一般人，甚至大大低于一般人的水平。这个人的智商，就像分数中的分子一样，是很大的，可是他对自己的评价，就像分母一样，却是无穷大的，远远超过他的智商。

这个人在精神生活方面，同西蒙松截然相反。西蒙松具有男人的气质，他们的所作所为都受自己的思想的指导和支配。诺沃德沃罗夫的气质却带有女性的特征。他们的思想活动一部分倾向于如何达到由感情决定的目标，另一部分则是为了证实由感情产生的行为是正确的。

尽管诺沃德沃罗夫把自己的革命活动说得天花乱坠，头头是道，但是在涅赫柳多夫看来，他不过是为了沽名钓誉，出人头地。起初，由于善于吸收别人的思想，并且能够准确地加以表达，他在求学期间，在十分看重才能的师生中间(无论是在中学、大学，还是在读硕士学位的时候)始终名列榜首，他对此心满意足。可是等他拿到文凭，离开学校以后，这种领先地位也就不复存在。对诺沃德沃罗夫没有好感的克雷利佐夫对涅赫柳多夫说过，为了在新的环境里再露头角，诺沃德沃罗夫突然改变自己的观点，从一个渐进的自由派摇身一变，成了红色的民意党人。由于他在性格上缺乏产生怀疑和犹豫的道德观、审美观，他很快在革命队伍中确立了党内的领袖地位，从而满足了他的虚荣心。他一旦选定了方向，就不再怀疑，不再犹豫，所以他相信他决不会犯错误。在他看来，一切都异常简单明了，毋庸置疑。在他的狭隘片面的观点的影响下，一切确实变得十分简单明了，照他的话说，只要做得合乎逻辑就行。他的过分自信迫使别人要么对他敬而远之，要么对他唯命是从。他的活动主要是在年轻人中间进行的。他们往往把他的极端自信当作深谋远虑和真知灼见。这样，大多数人都听命于他，他在革命者的圈子里也就树起很高的威望。他的活动就是准备暴动，通过暴动夺取政权，召开代表大会，在会上通过他制定的纲领。他深信这个纲领能够解决一切问题，因此非执行这个纲领不可。

同志们敬佩他的大胆果断，但不喜欢他。他也不喜欢别人，把一切杰出人物都看成自己的政敌，只要有可能，他总喜欢像老公猴对付小猴那样地对待他们。他恨不得剥夺别人的全部智慧、全部才能，免得他自己才能的发挥受到阻碍。他只对那些崇拜他的人才善意相待。这次在流放途中，他对待接受他宣传的工人孔德拉季耶夫，对待同时爱上他的维拉·叶夫列莫夫娜和漂亮的格拉别茨，就是持这种态度。虽然他在原则上主张解决妇女问题，但在心底里却认为女人都是愚蠢的、卑贱的，被他爱上的女人是个例外，譬如他现在所爱的格拉别茨。他认为只有这些女人才是与众不同的，也只有他才能发现她们身上的优点。

他认为男女关系问题也像其他问题一样，简单明了，只要承认恋爱自由，就能得到彻底解决。

他有过一个非正式的妻子，还有一个正式的妻子，后来同她离了婚，因为他认为他们之间没有真正的爱情，现在又打算跟格拉别茨缔结新的自由婚姻。

他看不起涅赫柳多夫，因为他认为他对待玛斯洛娃完全是“虚情假意”，尤其是因为他在看待现行制度的缺点和纠正它的方法上竟然和他，诺沃德沃罗夫唱反调，甚至提出自己的看法、一个公爵的看法，也就是说，提出愚蠢的看法。涅赫柳多夫知道诺沃德沃罗夫对他的态度，他痛心地感到，尽管他一路上心情很好，但是对付这种人不得不以其人之道，还治其人之身，再也无法克制对他的强烈反感。

十六

从隔壁房间里传出一个长官的说话声。大家都安静下来，接着站长带着两个押解兵走进来。点名开始了。站长指着每个人计算人数。当他点到涅赫柳多夫时，就赔着笑脸对他说：

“公爵，点名以后您就不能待在这儿了，您该走了。”

涅赫柳多夫知道他话中有话，便走到他跟前，把事先准备好的三卢布悄悄塞到他手里。

“哎，真拿您没办法！那就再待一会儿吧。”

站长刚要离开，另外一个军士走了进来，后面跟着一个瘦高个儿的男犯，他留着稀稀拉拉的胡子，一只眼睛被打伤了。

“我是来领女儿的。”男犯说。

“瞧，我爸爸来了，”突然响起了一声清脆的童音，一个长着浅黄头发的小脑袋从兰采娃身后钻出来。兰采娃正在同玛丽娅·帕夫洛夫娜和玛斯洛娃一起把兰采娃捐出来的一条裙子替小女孩改一件衣服。

“是我，孩子，是我。”布佐夫金亲热地说。

“她在这儿挺好，”玛丽娅·帕夫洛夫娜说，同情地望着布佐夫金打伤的脸。“把她留在这儿吧。”

“几位太太在替我做新衣服呢，”小女孩指着兰采娃手上的针线活说，“多好看，多漂亮。”她咿咿呀呀地说。

“你愿意在我们这儿过夜吗？”兰采娃抚摸着小女孩说。

“我愿意。我要爸爸也留下来。”

兰采娃脸上绽开了笑容。

“你爸爸不能留在这儿，”她说，“你就把她留在这儿吧。”她对小女孩的父亲说。

“那就留下吧。”站长站在门口说，然后就和军士一起走了。

纳巴托夫等押解兵一离开，就走到布佐夫金跟前，拍拍他的肩膀说：

“怎么，老弟，你们那儿的卡尔马诺夫真的要跟别人对调吗？”

布佐夫金和蔼可亲的脸一下子愁云密布，他的眼睛仿佛蒙上了一层白雾。

“我们没听说。也许不会吧。”他说。他没有拭去蒙着眼睛的白雾，又对女儿叮嘱了一句：“好吧，阿克休特卡，你就跟太太们在这儿一起享福吧，”说完，他就匆匆地走了。

“这事他全知道，他们果真调包了，”纳巴托夫说，“那您怎么办呢？”

“我到了城里就去报告长官。他们两个人的模样我都认得出来。”涅赫柳多夫说。

大家都默不作声，显然，他们生怕再发生争吵。

西蒙松一直沉默着，双手枕着头，躺在角落里的板床上。这时他霍地坐起来，下了床，轻手轻脚地绕过坐着的人，走到涅赫柳多夫跟前。

“我现在能和您谈谈吗？”

“当然可以。”涅赫柳多夫说着站起身来，跟着他走出去。

卡秋莎望了一眼站起来的涅赫柳多夫，同他的目光相遇，她的脸顿时涨得通红，似乎困惑不解地摇摇头。

“我想告诉您的是这么一件事，”他们两人一起走到过道里，西蒙松开口说。在过道里，刑事犯们的喧闹声和叫嚷声听得特别清楚。涅赫柳多夫皱起眉头，可是西蒙松却只当是没有听见似的。“我知道您跟卡捷琳娜·米哈伊洛夫娜的关系，”他继续说道，一双善良的眼睛专注地直视着涅赫柳多夫的脸。“所以我认为有责任……”他想继续说下去，但是门口有两个人一下子同时叫起来，在争吵一件什么事情，把他的话打断了。

“我对你说，蠢货，这不是我的！”一个声音嚷道。

“恨不得卡死你这个魔鬼！”另一个沙哑的声音说。

这时玛丽娅·帕夫洛夫娜走到过道里。

“这里怎么能谈话呢？”她说，“你们到那儿去谈吧，那儿只有维罗奇卡一个人。”她说着，就在前面带路，走进隔壁一个小房间，显然是单身拘押室，现在供女政治犯住宿。维拉·叶夫列莫夫娜用被子蒙着头躺在板床上。

“她害偏头痛，睡着了，听不见的。我可要走了！”玛丽娅·帕夫洛夫娜说。

“不，你别走，”西蒙松说，“我没有什么秘密要对别人隐瞒，更何况是对你。”

“那好吧，”玛丽娅·帕夫洛夫娜说着，就像孩子一样，左右扭动着身子，把屁股挪到板床的里边坐定下来，准备听他们谈话，她的一双美丽的丹凤眼望着远处。

“我要说的是这么一件事，”西蒙松又从头说起，“我知道您跟卡捷琳娜·米哈伊洛夫娜的关系，所以，我认为我有责任向您说明我对她的态度。”

“究竟是什么事啊？”涅赫柳多夫问。他暗暗赞赏西蒙松在说话中表现出来的那种坦诚相见的态度。

“就是我想同卡捷琳娜·米哈伊洛夫娜结婚……”

“这太出人意料啦！”玛丽娅·帕夫洛夫娜说，她的一双眼睛直盯着西蒙松。

“……并且决定向她求婚，要她做我的妻子。”西蒙松继续说。

“我能为您做些什么呢？这要取决于她。”涅赫柳多夫说。

“是的，但是没有得到您的同意，她是作不了决定的。”

“为什么？”

“因为在您跟她的关系没有完全明确以前，她是不能够作出选择的。”

“就我而言，这个问题已经根本解决了。我愿意做我应做的事情，除此以外，我还愿意改善她的处境。然而，我不愿意她因此受到任何束缚。”

“是的，可是她不希望您为她作出牺牲。”

“根本谈不上牺牲。”

“可是我知道，她是绝对不会改变这个决定的。”

“那您又为什么要跟我谈这件事呢？”涅赫柳多夫说。

“她希望您也同意这个决定。”

“我怎么能同意不去做我认为应该做的事呢？我只有一句话要说，那就是我是不自由的，而她是自由的。”

西蒙松默默无言，沉思着。

“那好，我就这样对她说。您别以为我迷上了她，”他继续说，“我真心爱她，是因为她是个历尽苦难的、难得的好姑娘。我对她一无所求，可是非常愿意帮助她，改善她的处境……”

涅赫柳多夫听见西蒙松的声音在发抖，感到很奇怪。

“……改善她的处境，”西蒙松继续说，“如果她不愿意接受您的帮助，就让她接受我的帮助吧。只要她同意，我就提出请求，把我流放到她监禁的地方。四年时间不能算长。我愿意留在她身边，也许这样能减轻她的痛苦……”他又激动得说不出话来了。

“我还能说什么呢？”涅赫柳多夫说。“我很高兴，她能找到像您这样的保护人……”

“这正是我想知道的，”西蒙松继续说，“我想知道，既然您爱她，愿她得到幸福，那么您认为她和我结婚会幸福吗？”

“一定会的。”涅赫柳多夫爽直地说。

“这件事由她决定，我仅仅希望她这颗历尽煎熬的心灵能得到安宁。”西蒙松看着涅赫柳多夫说，脸上显出孩子般温顺的神情，这种神情出现在这个向来脸色阴沉的人的脸上，是别人万万想不到的。

西蒙松站起身，握住涅赫柳多夫的手，把脸凑到他跟前，腼腆地笑了笑，吻了他一下。

“那我就这样去对她说。”他说完走了出去。

十七

“哎，怎么回事啊？！”玛丽娅·帕夫洛夫娜说。“他恋爱了，他真的恋爱了。我万万没有想到弗拉基米尔·西蒙松居然像孩子一样愣头愣脑地谈起恋爱来了。真是太奇怪了，说实话，很可悲。”她叹了口气，说完了她的话。

“那么，卡佳呢？您认为她会怎样对待这件事？”涅赫柳多夫问。

“她吗？”玛丽娅·帕夫洛夫娜欲言又止，显然，在考虑怎样更确切地回答他的问题。“她吗？您知道，尽管她有过一段不光彩的历史，但是她的本性还是很纯洁的……对人体贴入微……她爱您，爱得很深，只要不拖累您，哪怕去做一件出于好心的坏事，她也是感到幸福的。对她来说，跟您结婚是可怕的堕落，比以前更堕落，因此她是绝对不会同意跟您结婚的。同时，您的出现更使她感到不安。”

“那怎么办，我该走掉啰？”涅赫柳多夫说。

玛丽娅·帕夫洛夫娜孩子般天真地笑了笑。

“对，从某种程度上说，应该这样做。”

“我怎么从某种程度上做到这点呢？”

“我是在瞎说。不过，我想告诉您，她大概已经看出他那种近乎疯狂的爱有点儿荒唐（其实他并没有向她表白过），所以心里又感到高兴，又有点害怕。我对恋爱这种事，可以说是一窍不通，但我觉得他的感情虽然藏而不露，但不外乎是一般男人的那种感情。他说，这种爱情能激励他的精神，是柏拉图式的爱情。可是照我的看法，这种爱情即使与众不同，它的基础无疑是肮脏的……就像诺沃德沃罗夫和格拉别茨之间的爱情一样。”

玛丽娅·帕夫洛夫娜一接触到她感兴趣的话题，就把涅赫柳多夫的问题丢到一边了。

“那么，我究竟应该怎么办呢？”涅赫柳多夫问。

“我想，您应该找她谈一次，把事情说说清楚总是好的。您跟她谈谈，我现在就去把她叫来。您看好吗？”玛丽娅·帕夫洛夫娜说。

“那就麻烦您了。”涅赫柳多夫说。玛丽娅·帕夫洛夫娜走了出去。

涅赫柳多夫独自坐在斗室里，听着维拉·叶夫列莫夫娜轻微的呼吸和偶尔发出的呻吟，听着从隔着两个房间传来的刑事犯们的喧闹声，心里充满着一种不可名状的感觉。

西蒙松的一番话使他从自己承诺的责任中解脱出来。他意志脆弱时，这种责任就变得沉重而不可思议。可是此时，他不仅不感到高兴，甚至觉得很痛苦。他觉得西蒙松的求婚使他超尘拔俗的行为无法实现，也降低了他承受的自我牺牲在自己和别人的心目中的价值。既然这样一个和她素昧平生的好人愿意与她同甘苦共命运，那么他的牺牲就显得微不足道了。也许，这是一种普通的忌妒心理：他已经习惯上接受了她的爱，无法容忍她再爱别人。他本来打算在她服刑期间同她生活在一起，现在这个计划一下子被打破了。如果她真的要嫁给西蒙松，他就没

有必要再待在这里，必须重新制定他的生活计划。正在他纷乱的思绪还来不及理清的当口，房门突然打开了，随着刑事犯们骤然响起的声浪（那里大概发生了一件意外事件）玛斯洛娃走了进来。

她快步走到涅赫柳多夫跟前。

“是玛丽娅·帕夫洛夫娜叫我来的。”她站在涅赫柳多夫身边对他说。

“是的，我有话要跟您说。不过您先坐下。弗拉基米尔·伊万诺维奇跟我谈过了。”

她坐下来，两只手放在膝盖上，心情很平静，可是，当涅赫柳多夫一提到西蒙松的名字，她的脸顿时涨得通红。

“他对您说了些什么？”她问。

“他对我说，他要跟您结婚。”

她的脸上一下子爬满了皱纹，现出痛苦的表情。她一句话也不说，只是垂下了眼睛。

“他想问问我是否同意，有什么意见。我说，这件事取决于您，应该由您来决定。”

“啊，这是怎么回事啊？为什么要这样做呢？”她说，一边用眼瞟了一下他的眼睛。她的这种目光总是使涅赫柳多夫感到怦然心动。他们默默地相视了几秒钟。这种目光蕴含着千言万语要向对方倾诉。

“您应该作出决定。”涅赫柳多夫又说了一遍。

“我能决定什么呢？”她说。“一切都早已决定了。”

“不，您应该决定是否接受弗拉基米尔·伊万诺维奇的求婚。”涅赫柳多夫说。

“我这样一个苦役犯怎么能做别人的妻子？为什么我还要去害弗拉基米尔·伊万诺维奇呢？”她皱起眉头说。

“如果您能获得特赦呢？”涅赫柳多夫说。

“唉，请您别管我的事。我不想再说了。”说着她站起身，走了出去。

十八

涅赫柳多夫跟着卡秋莎回到男犯拘押室，只见人人都激动万分。纳巴托夫喜欢到处走动，喜欢搭讪，喜欢观察，这时给大家带来了一个惊人消息。原来他在墙上发现了被判服苦役的革命家佩特林写的一张字条。大家都以为佩特林早已到了喀拉河一带，哪知道他不久前才和一批刑事犯途经此地。

“八月十七日，”字条上写道，“我单独同刑事犯一起起程。涅维罗夫曾和我一起同行，可是他在喀山疯人院里上吊自尽了。我身体健康，精神很好，希望一切顺利。”

大家都在议论佩特林的处境和涅维罗夫自杀的原因。克雷利佐夫却一言不发，心神专注，一对炯炯有神的眼睛定定地看着前面。

“我丈夫对我说过，涅维罗夫关在彼得保罗要塞时就精神失常，常常见到鬼魂。”兰采娃说。

“是啊，他是个诗人，又是个幻想家，这样的人是受不了关单身牢房的，”诺沃德沃罗夫说，“拿我来说吧，我关在单身牢房里的时候，就不准自己胡思乱想，而是把时间支配得有条有理，所以我总能顺利地熬过去。”

“有什么熬不过去的？每次把我关进来，我倒觉得挺高兴，”纳巴托夫声情激越地说，显然，他想驱散压抑愁闷的心情。“本来我总是提心吊胆，生怕自己被捕，还要拖累别人，损害事业，可是一旦坐了牢，什么责任都没有了，可以好好地喘口气。你就乖乖坐下来抽抽烟吧。”

“你跟他很熟吗？”玛丽娅·帕夫洛夫娜不安地望着克雷利佐夫顿时变色的瘦脸，问道。

“涅维罗夫是幻想家吗？”克雷利佐夫突然开口道，他上气不接下气，仿佛他叫嚷了好一阵子或歌唱了好长时间。“涅维罗夫这个人，我们的看门人说他是天下少有……是的……他是个像水晶一样通体透明的人。是啊……他不但不会说谎，更不会弄虚作假。他不但脸皮薄，而且浑身上下好像被剥了皮似的，根根神经都在外面。是啊……他的性格很复杂，也很丰富，并不是那种……哦，现在说这些话有什么用呢！”他沉默了一会。“我们一直在争论究竟怎样做更好，”他恶狠狠地皱起眉头，说，“是先教育人民，后改变生活方式呢，还是先改变生活方式，再教育人民。还有究竟怎样进行斗争的问题：是用和平宣传的方式，还是采用恐怖手段？是啊，我们一直争论不休。可是他们没有进行争论，他们了解自己从事的事业。死不死掉几十个人、几百个人，而且都是好人，他们都无所谓。恰恰相反，他们巴不得这样的好人全部死光。是的，赫尔岑[①]说过，十二月党人被取缔之后，社会上教养水平就下降了。怎么能不下降呢！后来，赫尔岑和他同一辈的人都也被取缔。现在轮到涅维罗夫他们了……”

“人是杀不绝的，”纳巴托夫激昂地说，“总会有人活着把事业继承下去的。”

“不，如果我们姑息他们，就不会有人活下来，”克雷利佐夫提高嗓门说，不让别人打断他的话。“给我一支烟。”

“抽烟对你可不好啊，阿纳托利，”玛丽娅·帕夫洛夫娜说，“请你别再抽了。”

“哼，你别管，”他生气地说，然后抽起烟来，可是立刻咳嗽不止，难受得好像要呕吐。他吐了一口唾沫，继续说道：“我们的做法不对，是的，做法不对。我们不应该纸上谈兵，应该把所有的人团结起来……去消灭他们。就是这样。”

---

①赫尔岑（1812—1870），俄国作家、革命民主主义者。

“可是他们也是人。”涅赫柳多夫说。

“不，他们不是人，他们能做出这种事来，就不能算是人……听说，有人造出了炸弹、飞艇。对，我们要坐着飞艇上天，向他们的头上扔炸弹，把他们像臭虫一样一个个地消灭干净……对。因为……”他刚要往下说，可是脸一下子涨得通红，咳得更加厉害了，并且口吐鲜血。

纳巴托夫急忙跑到外面去抓雪。玛丽娅·帕夫洛夫娜拿来缬草酊让他喝，可是他双目紧闭，伸出一只苍白的干瘦的手把她推开，沉重而急促地喘着气。用雪和凉水使他稍稍镇定下来，大家扶他上床睡好。这时涅赫柳多夫也向大家告辞，然后跟着早就等在一边来接他的军士走了出去。

这时刑事犯都安静下来，大部分人都已入睡。尽管各个房间的板床上、板床下、过道里都睡满了人，但还是容纳不下所有的人，有的犯人只得头枕着行李，身上盖着湿漉漉的囚袍，躺在走廊的地板上。

从牢房的门里，从走廊上不时传来阵阵鼾声、呻吟和梦呓。到处都可以看见一堆堆盖着囚袍的身躯，紧紧地挤在一起。只有在刑事犯的单身牢房里，还有几个人没有睡，他们在墙角里围着一个蜡烛头坐着，一见押解兵过来，就赶紧把蜡烛吹灭。还有一个老头儿坐在走廊里的油灯下，光着身子捉衬衫上的虱子。关押政治犯的牢房，空气虽然也被病菌污染，但比起这里臭气熏天的浑浊空气似乎要干净得多。那盏冒烟的油灯似乎被迷雾笼罩着，使人感到窒息。要穿过这条走廊，而且又要不踩着或者绊着睡觉的人，必须先看清前面什么地方可以落脚，然后再找下一个落脚的地方。有三个人显然没有在走廊里找到地方，只得躺在门廊里，紧挨着一只从裂缝里渗出粪水来的、臭不可闻的便桶。其中一个是涅赫柳多夫在一路上经常见到的傻老头。另一个十岁左右的孩子。他躺在两个男犯中间，一只手托着脸颊，头枕在另一个男犯的腿上。

涅赫柳多夫走出大门，停下脚步，敞开胸膛，尽情地呼吸着清凉的空气。

十九

天空中星光灿烂。涅赫柳多夫沿着已经上冻、只有少数几处还渗出泥浆的路回到客栈，敲了敲黑洞洞的窗户。一个宽肩膀的伙计光着脚板走出来开门，让他进了门廊。右面的一间漆黑的小木棚里传来马车夫如雷的鼾声。前面院子里传来几匹马咀嚼燕麦的响声。左面一扇门通向打扫干净的客房。在这间干净的客房里有一股苦艾和汗臭味，板壁后面不知谁睡在那里，发出阵阵均匀而强有力的鼾声。圣像前点着一盏红玻璃罩的长明灯。涅赫柳多夫脱掉衣服，把方格毛毯铺在漆布沙发床上，放好随身带来的牛皮枕头，躺下来，头脑里重温着这一天的所见所闻。涅赫柳多夫今天看到的最可怕的一幕，就是那个头枕在男犯腿上、躺在从便桶中渗出来的粪水中的男孩。

尽管今天晚上他同西蒙松和卡秋莎的谈话出乎他的意料，而且又是那样至关重要，但他没有去想这件事，因为他和这件事的关系太复杂，说不准以后究竟会怎么样，所以他干脆把它丢开，不去想它。然而那些不幸者的形象在他的脑海里变得越来越清晰，他们在令人憋闷的空气中喘息，在便桶渗出的粪水中睡觉，尤其是那个头枕在一个男犯腿上睡觉的天真的男孩一直在他的脑海中挥之不去。

知道在遥远的地方一些人正在折磨另一些人，把他们引向堕落，使他们受到非人的屈辱和煎熬，这是一回事；可是在这三个月中天天目睹一些人腐蚀和折磨另一些人，那完全又是另一回事。涅赫柳多夫正感受到这一点。在这三个月里他不止一次地问自己："我是不是疯了，所以才看到别人看不到的事情，还是做出那些我看到的事情的人疯了？"然而，做出那些令人吃惊和感到可怕的事情的人(这种人实在太多)深信他们的所作所为不仅必要，而且意义重大，有利社会，那就很难说他是疯子。但是他也不能承认自己是疯子，因为他知道自己的神志很清醒。所以，他为此始终感到困惑不解。

这三个月的见闻使涅赫柳多夫得出这样的印象：一些人利用法院和行政机关从社会上抓走一批最神经质、最激烈、最易冲动、最富才华、最刚强的人，他们不像别人那样狡猾和谨小慎微，并不比那些享有自由的人更有罪，对社会更危险。首先，这批人被关在牢里，流放在外，判服苦役，成年累月无所事事，不愁吃穿，脱离自然，脱离家庭，脱离劳动，总而言之，他们脱离人类的自然生活和精神生活。其次，这些人在拘禁他们的地方遭到种种平白无故的耻辱，例如戴镣铐，剃光半边头发，穿着象征耻辱的囚服，也就是说，这些弱者被剥夺了过美好生活的主要动力：言论自由、羞耻心和自尊心。第三，他们时刻有生命危险，因为在监狱里疫病盛行，犯人们积劳成疾，惨遭毒打，至于因中暑、水淹、火灾而死的意外事故就更不用说了。置身于这种恶劣的环境里，即使最善良、最高尚的人也会出于自卫的本能，干出惨无人道的事来，并且也会原谅别人的这种行为。第四，他们被迫同那些生活极端腐化的淫棍、凶手、歹徒生活在一起(尤其是生活在这种藏污纳垢的地方)，这些极端腐化分子无时无刻不在千方百计地腐蚀尚未完全腐化的人，就像酵母使面团发酵一样。最后，第五，凡是受到这种影响的人，总是通过各种令人信服的方式，即通过别人强加于他们头上的种种惨绝人寰的行为——虐待儿童、妇女、老人，毒打，用树条、皮鞭抽打，悬赏不论死活抓住逃犯的人，拆散夫妻，唆使有夫之妇与有妇之夫姘居，枪毙，绞刑——使人懂得一个道理，那就是各种暴力、酷刑、兽行只要对政府有利，非但不会遭到禁止，反而会受到政府的认可，何况都是用来对付那些身陷囹圄，遭受贫困和不幸的人。

所有这些办法似乎都是精心设计出来的，以便制造在任何其他条件下无法产生的极端堕落和淫逸，然后把这些恶习最大规模地传播到人民中去。“这就像下达任务似的，用最完善、最可靠的方式去腐蚀尽可能多的人。”涅赫柳多夫深入分析监狱里和流放途中发生的种种事情，暗自想道。每年都有成千上万的人遭到极端腐蚀，等他们无药可救时，才将他们释放出狱，以便他们把在监狱里染上的恶习传播给大众。

在秋明、叶卡捷琳堡和托木斯克等地的监狱里，在沿途的各个羁押站里，涅赫柳多夫看到这个由社会本身提出的目标正在顺利地实现。俄国的平民百姓现在已经抛弃素来具有的公众道德、农民道德和基督教道德，而接受了盛行于监狱里的那种道德，其主要精髓就是：任何对人的侮辱、暴行、残杀，只要有利可图，都是可以容许的。凡是蹲过监狱的人，都会有一种切肤之感，那就是教会和先哲们所弘扬的尊重人、同情人的道德风尚在实际生活中已被摈弃，因此不必再继续遵循。涅赫柳多夫从他所认识的犯人身上都看到了这一点，无论是费多罗夫、马卡尔，还是在流放途中和犯人一起生活过两个月的塔拉斯。塔拉斯那种伤风败俗的观点使涅赫柳多夫大为惊讶。一路上，涅赫柳多夫听人说起，一些流浪汉暗中怂恿同伴一起逃入原始森林，然后将他们杀死，吃他们的肉。他亲眼目睹一个人被指控犯了这种罪，他本人也供认不讳。最骇人听闻的是，这类吃人事件并非绝无仅有，而是屡有发生。

只有在这些司法机关的特殊培养下产生的恶习，才能使一个俄罗斯人堕落为嗜血成性的流浪汉，他们的思想已经超越了尼采[①]的最新学说，认为一切事情都可以放手去做，而且都是可以容许的。他们向犯人宣扬这种理论，然后再散布到人民群众中去。

对于目前发生的一切事情的唯一解释，按书本上的说法，完全是为了制止犯罪，威慑罪犯，改造罪犯和依法惩办。但是实际上，这四种作用都是说说而已。制止犯罪变成了扩散犯罪，威慑罪犯变成了鼓励罪犯，许多人就像流浪汉那样，自愿来蹲监狱。改造罪犯变成了系统地传染恶习，而政府的惩处不仅不能缓和报复情绪，反而在原来没有这种情

---

① 尼采（1844—1900），德国唯心主义哲学家，“生命哲学”的创始人之一。

绪的人民中间培养这种情绪。

“他们究竟为什么要这样做呢？”涅赫柳多夫问自己，但是找不到答案。

最使他感到惊奇的是，这一切并非偶然，也不是出于误会，更不是绝无仅有的一次，而是数百年来一脉相承的。不同的只是，以前对犯人是劓鼻割耳，后来在犯人身上打烙印，绑在铁杆上，现在则给犯人戴上手铐，押送犯人用的是火车、轮船，而不是马拉的大车。

政府里的公职人员对涅赫柳多夫说，那些使他气愤的事是由于监狱和流放地的设施不完善引起的，这种状况随着新式监狱的建成，是能够得到纠正的。这种解释不能使涅赫柳多夫感到满意，因为他觉得，使他气愤的并非是监狱的设施是否完善。他读过塔尔德的著作，书中介绍的改良监狱里装有电铃，使用电刑。这种改良式的暴行使他更加气愤。

使涅赫柳多夫气愤的主要是，法院和政府机关有一批官僚，他们领取从人民头上搜刮来的高额俸禄，干的只是从由同一类官僚出于同一类动机所写的本本中引经据典，把凡是违反他们所制定的法律的行为纳入各种法律条文，然后根据这些条文把人送到他们眼不见为净的地方，而这些人在粗暴残忍的典狱长、看守和押解官的淫威下，成千上万地在精神上和肉体上死亡。

经过对监狱和羁押站的深入了解，涅赫柳多夫看出在犯人中间蔓延开来的种种恶习：酗酒、赌博、暴行以及囚徒们犯下的骇人听闻的罪行，包括人吃人在内，都不是出于偶然，也不是像那些头脑古板的学究为了袒护政府所说的那样，是一种退化、犯罪型和反常现象，而是关于人惩罚人这种莫名其妙的谬见所引起的必然后果。涅赫柳多夫看出，人吃人的事情并非起源于原始森林，而是起源于政府和上上下下各个部门，只不过在原始森林里最后收场罢了。他看出，像他姐夫那样的人以及所有的法官、其他官僚，从民事执行吏到部长，他们根本不关心公正和人民福利，只是挂在嘴上说说而已，他们追逐的是卢布，是因为他们制造腐化和苦难有功而赏给他们的卢布。这显然是不言而喻的。

“难道这一切都是出于误会？怎样才能使所有这些官僚拿到薪金，甚至奖金，而不去做他们现在做的事呢？”涅赫柳多夫想。他想着想着，听到外面鸡啼二遍。尽管他身体稍一动弹，跳蚤就像喷泉一样在他的四周飞蹦，他还是酣然入睡了。

二十

涅赫柳多夫一觉醒来，马车夫早已赶着马车外出了。老板娘喝完茶，掏出手帕擦了擦汗涔涔的粗脖子，走进来说羁押站里的一个士兵捎来一封信。信是玛丽娅·帕夫洛夫娜写的。她说，克雷利佐夫这次发病要比他们预料的严重。“我们一度想把他留下，我也想留下来照顾他，可是没有得到允许，因此只能带他一起走，但是担心半路上出事。是否请您到城里去疏通一下。要是能让他留下，也能让我们中间有一个人留下来照顾他就好了，如果为此一定要我嫁给他，我也心甘情愿。”

涅赫柳多夫打发伙计到驿站去叫马车，自己赶紧整理行装。他还没喝完第二杯茶，就有一辆三驾驿车叮叮当当地驶来，车轮在冰冻的泥泞里滚动，就像在石板路上一样隆隆作响。马车在客店门前停下来，涅赫柳多夫向粗脖子老板娘付清了房钱，急急忙忙走出门，坐上马车，吩咐车夫快马加鞭赶上犯人队伍。果然，在离牧场不远的地方，他就赶上了装载行李和病人的大车，这些大车正慢吞吞地在冰冻的泥泞里向前滚动（不见押解官，他坐着马车走在前面）。士兵们显然喝了酒，兴高采烈地聊着天，跟着车队，走在路的两边。大车很多。前面的马车上，每辆坐六名刑事犯，挤在一起。后面的三辆马车上坐着政治犯，每辆坐三名。最后一辆大车上坐着诺沃德沃罗夫、格拉别茨和孔德拉季耶夫，倒数第二辆上坐着兰采娃、纳巴托夫和一个患风湿病的女犯，玛丽娅·帕夫洛夫娜把自己的座位就是让给她了。倒数第三辆马车上铺着干草，放着枕头，克雷利佐夫躺在上面，玛丽娅·帕夫洛夫娜坐在他身边的赶车人的座位上。涅赫柳多夫吩咐车夫在克雷利佐夫躺着的那辆大车旁停下，自己向他走过去。一个醉醺醺的押解兵朝涅赫柳多夫摆摆手，但涅赫柳多夫并不理会他，一直走到大车跟前，抓住马车的栏杆，在旁边走着。克雷利佐夫穿着羊皮袄，戴着羊羔皮帽子，嘴上蒙着一块手绢，看上去更加消瘦苍白。他那一对漂亮的眼睛显得更大、更闪亮。他的身子被大车颠得微微摇晃，眼睛直勾勾地看着涅赫柳多夫。问他身体怎么样，他只是闭上眼睛，生气地摇摇头。显然，一路颠簸已经使他精疲力竭。玛丽娅·帕夫洛夫娜坐在大车的另一边。她和涅赫柳多夫意味深长地交换了一下眼色，表示对克雷利佐夫的健康状况十分忧虑，然后装作很开心的样子谈起话来。

“看来，那军官也觉得不好意思了，”她大声说，好让涅赫柳多夫在辘辘的车轮声中听清她的话。“他们给布佐夫金取下了手铐。现在他自己抱着女儿。卡佳和西蒙松跟他们在一块儿，维罗奇卡和我换了个位子，也在那儿。”

克雷利佐夫指着玛丽娅·帕夫洛夫娜说了一句话，可是听不清楚说的什么。他皱起眉头，显然在忍住咳嗽，摇了摇头。涅赫柳多夫把头凑过去，想听清他的话。于是克雷利佐夫把嘴上的手绢移开，低声地说：

“我现在好多了。但愿不要感冒。”

涅赫柳多夫点了点头，和玛丽娅·帕夫洛夫娜互使了一下眼色。

“您说说，三个天体的问题解决得怎么样？”克雷利佐夫又低声地说道，吃力地苦笑了一下，“是个难题吧？”

涅赫柳多夫听不懂他的话，玛丽娅·帕夫洛夫娜向他解释说，这是一道确定太阳、月亮、地球三个天体关系的著名数学问题，克雷利佐夫开玩笑地把它比喻为涅赫柳多夫、卡秋莎、西蒙松之间的三角关系。克雷利佐夫点点头，表示玛丽娅·帕夫洛夫娜对他这句玩笑话解释得很

确切。

“这个问题不应该由我来解决。”涅赫柳多夫说。

“您收到我的信了吗？能办得到吗？”玛丽娅·帕夫洛夫娜问。

“我一定去办。”涅赫柳多夫说。他发现克雷利佐夫脸上露出怏怏不乐的神情，就回到自己的马车上，在凹陷的车垫上坐下来，双手扶住马车的边沿，因为道路坑坑洼洼，颠得他身子直摇晃。他开始追赶穿着灰色囚袍和短皮袄、戴着脚镣和双人手铐的囚犯队伍，这支队伍首尾相接，足足有一俄里长。涅赫柳多夫向道路对面望去，认出了卡秋莎的蓝头巾，维拉·叶夫列莫夫娜的黑大衣和西蒙松的短上衣、绒线帽和外面扎着一根好像系凉鞋的带子的白羊毛袜。他跟女犯们走在一起，兴致勃勃地说着话。

女犯们看见涅赫柳多夫，都向他点头致意，西蒙松庄重地掀了掀帽子。涅赫柳多夫觉得没有什么话要对他们说，就没有吩咐马车夫停车，径直赶到他们前面去了。马车又驶上平坦的大道，马车夫赶着车跑得更快了，但是为了赶到行进在道路两边的长长的车队的前头，不得不离开平坦的大道，从小路绕过去。

这条布满深深车辙的大路穿行在一片浓密的针叶林里。两边的白桦树和落叶松的叶子还没有完全掉尽，现出耀眼的土黄色。路程过半，已经到树林的尽头，道路两边是一片广阔的田野，出现了修道院的金十字架和拱顶。天气放晴，雾消云散，太阳高悬在树林上空。湿润的树叶、水塘、教堂的拱顶和十字架都在阳光下闪闪发光。右前方，在灰蓝色的天边，显现出影影绰绰的群山。涅赫柳多夫乘坐的三套车来到近郊的一个大村庄。村街上到处是人：有俄罗斯人，也有戴着古怪帽子、穿着奇装异服的外族人。一些喝得醉醺醺的和没有喝过酒的男男女女围着小店、小饭店、酒馆、货车挤来挤去，吵吵嚷嚷。看来，这里离城市不远了。

马车夫甩起鞭子，抽了一下拉右边套的马，紧了紧缰绳，侧身坐到

赶车座位上，好让缰绳往右边收。他显然想一试身手，故意赶着马车在大街上一路飞奔，一直跑到河边的渡口。这时，一艘渡船正从对岸划到水流湍急的河中心。在这边岸上，大约有二十辆货车等着摆渡。涅赫柳多夫等候的时间不算太长。渡船逆流而上，划到上游的浪高处，又被急流冲下来，不多一会儿，就靠上了木板码头。

船工们个个长得身躯高大，肩宽体壮，肌肉发达，穿着羊皮袄和长筒靴，一声不响地操作着。他们熟练地抛出缆索，套在木桩上，然后打开船门，把停在渡船上的货车放上岸去，再把岸上的货车和见水就惊的马匹接连不断地装上船。宽阔、湍急的河水拍打着两侧的船舷，把缆绳绷得紧紧的。渡船装满了，涅赫柳多夫的车子和卸下来的马停在船的一侧，四周挤满了货车，这时船工不顾没有上船的旅客的要求，就关上船门，解开缆绳，开船了。渡船上一片寂静，只听见船工们沉重的脚步声和马蹄踏船板的嘚嘚声。

二十一

涅赫柳多夫站在船舷，望着宽阔湍急的河水。他的脑海里交替浮现出两个人的形象：一个是奄奄一息的克雷利佐夫，他怒容满面，脑袋被大车颠得颤颤栗栗；一个是卡秋莎的身影，她精神抖擞地同西蒙松一起沿着路边向前走着。一个形象——面临死亡却又没有想到自己会死的克雷利佐夫使他的心情沉重而悲伤。另一个形象——获得西蒙松爱情的、正坚定有力地走上正路的、生气勃勃的卡秋莎，本应使涅赫柳多夫感到高兴，但是他的心头却十分沉重，而且无法摆脱。

城里奥霍特尼茨基教堂的大铜钟敲响了，洪亮的钟声在河面上荡漾。站在涅赫柳多夫身边的马车夫和所有赶大车的一个个摘下帽子，在胸前画十字。只有一个站在栏杆边上的、头发蓬乱的矮老头(涅赫柳多夫起初没有看到他）没有画十字，而是抬着头直愣愣地盯着涅赫柳多夫看。这老头身穿一件打补丁的短衫和一条粗呢裤子，脚蹬一双补过的长筒靴。他肩上背着一只不大的袋子，头戴一顶破旧的高筒皮帽。

“老头儿，你为什么不做祷告？”涅赫柳多夫的马车夫戴上帽子，扶扶正，问他，“难道你不信教？”

“你叫我向谁祷告？”头发蓬乱的老头儿咄咄逼人地反问道。他说得很快，但口齿很清楚。

“当然是向上帝祷告。”马车夫讥讽地说。

“那你指给我看看，他在哪儿？上帝在哪儿？”

老头儿的神情严肃坚定，马车夫这才感到他遇到了一个强有力的对手，顿时心里有点发慌，但是表面上不动声色，绝不能闷声不响，在这么多人面前丢脸。于是赶紧回答说：

“在哪儿？当然在天上。”

“你去过吗？”

“去过也好，没去过也好，反正大家都知道应该向上帝祷告。”

“谁也没见过上帝在什么地方。这是活在父亲心里的独生子①说的。”老头儿板着面孔，皱起眉头，急急地说。

“看上去，你不是基督徒，是个山顶洞人，你去向山洞祷告吧。”马车夫说着，把马鞭杆子塞进腰里，整了整边套马的皮轭。

有一个人笑起来。

“那么，老大爷，你信什么教呢？”一个站在船舷大车旁边的中年男子问。

“我什么教也不信。除了我自己，谁也不信，谁也不信。”老头儿回答得又快又干脆。

“怎么能只相信自己呢？”涅赫柳多夫也不由自主地加入了谈话。

---

①父亲指上帝，独生子指耶稣。

“这样会做错事的。”

“我这辈子没做错过事。”老头儿晃了晃脑袋，断然地回答说。

“为什么会有各种各样的宗教信仰呢？”涅赫柳多夫问。

“这是因为大家都相信别人，而不相信自己。我以前也相信过别人，结果像走进原始森林一样迷了路。我迷失了方向，别指望再走出来。有人信旧教，有人信新教，有人信安息日派，有人信鞭身派，有人信教堂派，有人信反教堂派，有人信奥地利教派，有人信莫罗勘派，有人信阉割派。各种教派都说自己好，其实他们都像瞎眼的狗崽子一样，到处乱爬。信仰各种各样，可是灵魂只有一个。你也有，我也有，他也有。这就是说，每个人只要相信自己的灵魂，大家就能走到一块儿。只要每个人都相信自己，就能做到同心协力。”

老头儿大声说着，不停地环顾四周，显然希望有更多的人听他说话。

“您抱这种信仰是不是已经很久了？”涅赫柳多夫问他。

“我吗？很久了。为此我受了二十三年的迫害。”

“您是怎样受到迫害的？”

“我受迫害，就像以前基督受迫害一样。他们把我抓去，送我上法庭，送我到教士那儿，送我到读书人那儿，送我到法利赛人[①]那儿，最后把我送进了疯人院。可是他们对我束手无策，因为我是个自由人。他们问我：‘你叫什么名字？’他们以为我会给自己取个名字，可是我什么名字都不要。我放弃了一切：没有名字，没有栖身之地，没有祖国，我一无所有。我就是我。我叫什么名字？我叫人。别人问我：‘你多大年岁？’我说，我没有计算，也无法计算，因为我过去、现在、将来永远存在。别人问我：‘你的父母是谁？’我说，除了上帝和大地，我没有父亲，也没有母亲。上帝就是我的父亲，大地就是我的母亲。别

① 公元前2世纪至公元2世纪犹地阿（意为犹太的土地）社会宗教派别的代表。

人又问我：‘你承认沙皇吗？’我为什么不承认呢？他当他自己的沙皇，我做我自己的沙皇。人家说：‘简直没法跟你说话。’我说，我又没有求你跟我说话。他们就是这样来折磨我。”

“那么您现在上哪儿？”涅赫柳多夫问。

“天知道上哪儿呢。找得到活就干，找不到活干就去要饭。”老头儿看到渡船就要靠岸，得意洋洋地看看周围听他说话的人，不再说下去了。

渡船靠上了对岸。涅赫柳多夫掏出钱包，想给老头儿一点钱。他拒绝了。

“钱我不要。我要面包。”他说。

“哦，请原谅。”

“说不上原谅不原谅，你并没有得罪我。要得罪我也办不到。”老头儿说着，把放在地上的袋子扛上肩。这时涅赫柳多夫雇来的马车也上了岸，套上了马。

“老爷，您倒很乐意跟他说话，”马车夫等到涅赫柳多夫给过身强力壮的船工酒钱，坐上马车以后，就对他说，“哼，这个流浪汉满口胡说八道。”

二十二

马车上了小山冈，马车夫转过身来问涅赫柳多夫：

“送您上哪家旅馆？”

“哪一家好些？”

“这儿要数西伯利亚旅馆最好，不过久科夫旅馆也不错。”

“那就随便吧。”

马车夫又侧身坐下，赶着马加速前进。这座城市也和别的城市一样：一样的带阁楼的房子和绿色屋顶，一样的一座大教堂，一样的小铺，大街上一家家商店，连警察也一模一样。只是房子几乎都是木结构的，街道的路面也没有铺碎石。马车夫把车子赶到一条最热闹的街上，在一家旅馆门口停下。可是，旅馆里已经住满了人，只能再去找另一家。另一家旅馆有一个空房间。涅赫柳多夫两个月来第一次重又置身于他生活惯的比较清洁舒适的环境里。虽然涅赫柳多夫下榻的房间算不上十分讲究，但在经历了驿车、客店和羁押站的生活以后，还是感到十分惬意。住下以后的第一件事，就是清洗身上的虱子，自从他光顾羁押站以后，他从来没有彻底清除过。他放好行李，立刻坐上马车到澡堂去。洗过澡，换上城里人的装束：浆过的衬衫、压出褶子的长裤、礼服和大衣，然后就去找当地长官。旅馆的看门人叫来一辆套着一匹膘肥体壮的吉尔吉斯骏马、行驶起来吱嘎作响的四轮马车。车夫把涅赫柳多夫送到一幢华丽的大楼前，门口站着几个哨兵和一名警察。宅前宅后都是花园，花园里白杨树和白桦树的叶子已经凋谢，露出光秃秃的树枝，只有枞树、松树和冷杉依旧枝繁叶茂，蓊蓊郁郁。

将军身体不适，不见客。涅赫柳多夫还是要求听差把他的名片送进去。过了一会儿，听差出来，带来满意的答复：

“将军请您进去。”

这里的前厅、听差、传令兵、楼梯、铺着光可鉴人的镶木地板的客厅，这一切都和彼得堡十分相似，只不过更加阔气，更加肮脏。涅赫柳多夫被带到书房里。

将军面孔浮肿，生着一只大蒜鼻子，额头上有几个鼓包，秃顶，眼睛底下挂着眼袋，是个容易上火的人。他身穿一件鞑靼式绸缎睡袍，一只手拿着一支香烟，另一只手拿着一只带银托的玻璃杯，坐着喝茶。

“您好，先生！恕我穿着睡袍见客，不过，总比不见好。”他说，拉起睡袍裹住有厚厚肉褶的粗脖子。“我身体不好，不常出门。是什么风把您吹到我们这个偏僻的小城来了？”

“我是跟随一批犯人到这儿的，其中有一个人和我关系很密切。我这次登门拜访，一是为了我这个朋友，二是为了另一件事相求阁下。”

将军深深地吸了口烟，喝了口茶，然后把香烟在孔雀石烟灰缸上摁灭，用一双浮肿的炯炯有神的小眼睛盯住涅赫柳多夫，仔细听着。他只打断涅赫柳多夫一次，为的是问他要不要吸烟。

将军是一位有学问的军人，他认为自由主义思想、人道主义思想是可以同他的职业调和的。但他生性聪明，为人善良，他很快就发觉这种调和是不可能的。为了逃避经常出现的内心矛盾，他只能以酒浇愁，而且喝得越来越多，这种恶习在军队中十分盛行。在经历了三十五年军旅生涯以后，他就变成了一个医生们所谓的嗜酒成癖者。他全身都浸透了酒精。只要能尝到一点醉醺醺的滋味，他什么酒都喝。喝酒成了他的第一需要，不喝酒就活不下去。每天傍晚，他总是喝得酩酊大醉，不过他已经完全适应这种状态，所以走起路来并不踉跄，也不会胡言乱语，即使他胡言乱语，由于他地位显赫，别人也会把它当作金玉良言的。只有早晨，也就是现在涅赫柳多夫见到他的时候，他才像是个头脑清醒的人，才能听懂别人对他说的话，以自己的行动多多少少证明他喜爱的一句谚语还是有道理的，那就是：“酗酒不糊涂，难能又可贵。”最高当局知道他是个酒鬼，但是他受的教育还是比别人多一点，虽然他的学问仍停留在酗酒成癖以前的水平上，而且他办事大胆，手段灵活，仪表堂堂，即使喝醉了酒，也能举止得体，所以一直让他当官，身居显要。

涅赫柳多夫告诉他，他所关心的人是个女的，她被错判了刑，为了她的事，已经告了御状。

“那么，现在您想怎么样呢？”将军说。

“彼得堡方面已经答应我，有关这个女人的命运的消息至迟这个月通知我，并且直接寄到这儿……”

将军仍然盯着涅赫柳多夫看，伸出指头又粗又短的手按了按桌上的铃，然后嘴里吐着烟，声音特别响亮地咳了几声，继续听涅赫柳多夫说下去。

“所以，我想求您，如果可能的话，在没有收到对那张状子的批复之前，暂时把这个女人留在这里。”

这时，一个身穿军服的勤务兵走了进来。

“你去问一下，安娜·瓦西里耶夫娜起床了没有，”将军对勤务兵说，“再送一点茶来。您还有什么事吗？”将军回过头来问涅赫柳多夫。

“我还有一个请求，”涅赫柳多夫继续说，“这件事涉及一个政治犯，他也在这一批犯人中间。”

“原来是这么回事！”将军意味深长地点点头说。

“他身染重病，危在旦夕，必须把他留在这里的医院里，有一个女政治犯自愿留下来照顾他。”

“她是不是他的亲属？”

“不是，但只要能让她留下来照顾他，她打算嫁给他。”

将军用炯炯有神的眼睛直视着涅赫柳多夫，一声不吭地听着，显然，他想用这种目光使对方感到窘迫。他一个劲儿地抽着烟。

他等涅赫柳多夫把话说完，从桌上拿起一本书，很快地用手指蘸蘸唾沫，一页页翻起来，找到有关婚姻的条款，读了一遍。

“她判了什么刑？”

“服苦役。”

“结婚并不能改善他们的处境。”

“不过……”

“让我把话说完。即使一个自由人同她结婚，她也必须服满刑期。我想提一个问题：谁判的刑重，是他，还是她？”

“他们俩判的都是苦役。”

“那倒是对上号了，”将军笑着说。“他受什么罪，她也跟着受什么罪。他因病可以留下，”他继续说，“我们当然会设法减轻他的病痛。不过她，即使同他结婚，也不能留在这里……”

“夫人正在喝咖啡。”勤务兵进来报告说。

将军点了点头，继续说：

“不过，让我再考虑一下。他们叫什么名字？请您写在这里。”

涅赫柳多夫写下了他们的姓名。

“这件事我办不到，”将军听到涅赫柳多夫要求同一个病人见面，就说。“对您我当然不会怀疑，”他说，“您关心他，关心别的人，而且您有钱。在我们这里，一切都可以用钱来买通。有人对我说，必须根除贿赂。可是，大家都在贪污受贿，怎么能根除得了？官越小，钱就拿得越多。是啊，他在五千俄里以外受贿，叫人怎么查呢？他们在那里是土皇帝，就像我在这儿一样，”他笑了起来。“您一定和政治犯见过面了，是不是您给了钱，他们才放您进去的？”他笑着说。“是不是这样？”

“对，确实如此。”

“我明白您不得不这样做。您想见那个政治犯，您同情他，而典狱长或是押解官就收了您的钱，因为他的薪水只有那么点儿，还要养活一家人，不能不受点贿赂。我要是处在他的地位，或者处在您的地位，我也会像他，或者像您这么做。可是，我现在处在自己的位子上，决不容许自己超越法律最严格的字面意义所规定的范围。这正是因为我也是人，也会有恻隐之心，可是我又是一个忠于职责的人，在一定条件下才能获得信任，我不能辜负这种信任。好吧， 这件事就到此为止吧。那么，现在您来说说京城的情况吧。”

于是，将军开始问这问那，说东道西，显然想借此机会听听新闻，又想显示一下自己的不凡和人道主义精神。

二十三

“请问，您在哪儿下榻？住在久科夫旅馆吗？那儿太糟了。您到我这儿来吃饭吧，”将军一面送走涅赫柳多夫，一面说，“下午五点钟。您会说英语吗？”

“会，会说。”

“那就太好了。是这么回事，这儿来了个英国旅行家。他正在研究西伯利亚流放和监狱的情况。今天他要到我家里来吃饭。您也来吧。我们五点钟开饭，我内人一向要求准时用餐。关于怎样处理那个女人，还有那个病人，到时候我会给您答复，说不定能留下一个人来照顾他。”

涅赫柳多夫拜辞了将军，心里感到特别兴奋，精神也为之一振，就坐上马车直奔邮局而去。

邮局是一间低矮的拱顶平房。几个邮务员坐在斜面办公桌后面，把邮件分发给拥挤在一起的人群。一个邮务员歪着脑袋，熟练地把一个个信封推到面前，不停地打上邮戳。他们没有让涅赫柳多夫久等，等他一报姓名，就把一大堆邮件递给他，其中有汇款、信件、书籍，还有最近一期的《祖国纪事》。涅赫柳多夫拿了信，走到一条长凳跟前，长凳上已经坐着一个当兵的，手里拿着一本书，在等着领取邮件。涅赫柳多夫在他旁边坐了下来，开始翻阅收到的信，其中有一封是挂号信，信封很漂亮，上面清晰地盖着鲜红的火漆印。他拆开信封一看，原来是谢列宁写来的，还附了一张公文，血顿时涌上他的脸，心也一下子揪紧了。这是对卡秋莎一案的批复。结果会是怎么样？难道是驳回上诉？涅赫柳多夫匆匆看了一遍写来的信。信里的字写得很小，字迹潦草，难以辨认，但笔力遒劲。他看完信以后，不由得高兴地松了口气。批复带来了喜讯。

“亲爱的朋友！”谢列宁写道。“我们之间的最后一次交谈给我留下了深刻印象。关于玛斯洛娃一案，你的看法是正确的。我仔细查阅了档案，发现这的确是一件令人愤慨的冤案。但此案只能由你递交诉状的上诉委员会加以纠正。我将设法协助该委员会裁决此案，现在随信附上减刑公文的副本，地址是卡捷琳娜·伊万诺夫娜伯爵夫人给我的。公文正本已发往她收审期间的拘押地。大概会立即转发到西伯利亚总署。我现在尽速将这一喜讯通知你。紧握你的手。你的谢列宁。”

公文内容如下：“皇帝陛下受理御状办公厅。立案某某号，案卷某某号。某某科，某年某月某日。奉皇帝陛下受理御状办公厅主任令，特通知小市民叶卡捷琳娜·玛斯洛娃，皇帝陛下御览玛斯洛娃之御状，体恤下情，恩准所请，着将该犯所判苦役改为流放，于西伯利亚近处执行。”

这个消息不仅令人高兴，而且意义十分重大。涅赫柳多夫希望为卡秋莎、也为自己做到的事，现在都如愿以偿了。的确，她的处境发生了变化，也使他们之间的关系更加复杂了。以前她是苦役犯，他提出要同她结婚，只不过是一种虚假的婚姻，仅仅为了改善一下她的处境。现在已经没有什么东西阻碍他们生活在一起了。可是涅赫柳多夫没有做好这方面的准备。再说，她同西蒙松的关系又该怎样处理呢？她昨天所说的一番话又是什么意思呢？如果她同意和西蒙松结合，这究竟是好事还是坏事？他心乱如麻，理不出头绪，就干脆不再去想了。“这一切以后都会清楚的，”他想，“现在要赶快见到她，把这个好消息告诉她，把她释放出来。”他以为他手头有公文副本，就足以能办到这件事。他走出邮局，吩咐车夫送他到监狱。

虽然将军不准涅赫柳多夫上午探监，但是他凭经验知道，在高级官员那里无法办到的事情，往往到了下级官员手里就很容易办到。所以他决定想办法闯进监狱，把这个喜讯告诉卡秋莎，也许就能马上把她释放出来，同时再打听一下克雷利佐夫的健康状况，并把将军的话转告给他和玛丽娅·帕夫洛夫娜。

典狱长身材魁梧，气宇轩昂，留着唇髭和一直长到嘴角的络腮胡子。他接见涅赫柳多夫，态度十分严厉，直截了当地告诉他，未经上级批准，外人一律不准入内探监。涅赫柳多夫对他说，在京城里他是经常出入监狱的。典狱长回答说：

“这很可能，但我绝对不容许。”听他的口气，好像在说：“你们这些京城里来的老爷，以为能够吓住我们，难倒我们，可是我们虽然身居东西伯利亚，非但知道要严守法纪，而且要给你们一点颜色看看。”

皇帝陛下办公厅的公文副本对典狱长也不起作用。他一口拒绝放涅赫柳多夫进去探监。涅赫柳多夫天真地以为，只要他一出示御批公文副本，玛斯洛娃就能立刻获释，不料典狱长仅仅冷笑一声说，要他放人，必须有他顶头上司的命令。他只答应一件事，那就是通知玛斯洛娃，说她已经获准减刑，一旦接到上级命令，就会立即释放她，一个钟头都不会耽误。

至于克雷利佐夫的健康状况，他也拒绝提供任何消息，他说他甚至不能说出，监狱里有没有这名犯人。涅赫柳多夫一无所获，只能怏怏地坐上马车回旅馆去了。

典狱长所以如此严格，主要是监狱里人满为患，比平时多收了一倍的犯人，而且此时正在流行伤寒。在路上，马车夫告诉涅赫柳多夫说，“监狱里人死得很多。犯人们不知得了一种什么病，每天都要埋掉二十来具尸体。”

二十四

尽管涅赫柳多夫没有获准探监，他仍然精神抖擞、情绪高昂地坐马车去省长办公室，打听他们是否已经收到玛斯洛娃减刑的批文。批文还没有送到，因此涅赫柳多夫一回到旅馆，一分钟也不耽搁，赶紧写信把这个情况告诉谢列宁和律师。他写完信，看了看怀表，已经到去将军家吃饭的时候了。

路上他又在想：卡秋莎对减刑会抱什么态度？她会被安置到什么

地方？他将怎样跟她一起生活？西蒙松怎么办？她对西蒙松的态度究竟怎样？他想起发生在卡秋莎身上的变化，也想起了她的过去。

“应该忘记过去的一切，从脑子里一笔勾销，”他想着，又连忙把有关她的念头从他的脑子里赶走。“到时候会清楚的。”他对自己说，接着考虑等一会儿对将军说些什么。

将军府的宴会排场很阔气，充分显示达官显贵的奢华生活。涅赫柳多夫以前也过惯了这种生活，但是长期以来他非但失去了这种奢华的享受，甚至连最起码的舒适环境都不能保证，因此这样的宴会使他感到特别愉快。

女主人是一位彼得堡上流社会中的老派女人，在尼古拉的宫廷里做过女官，法语说得十分流利，说俄语反倒有点别扭。她身子挺得笔直，两只手摆动起来臂肘总是紧贴腰部。她文静娴雅，对丈夫十分恭顺，甚至有点儿忍气听命；对待客人异常亲热，当然也是因人而异，有所区别。她把涅赫柳多夫当成自己人，使他在不知不觉中接受她无微不至的奉承。这使涅赫柳多夫重新意识到自己的高贵，心里感到甜滋滋的。她使他感到这次西伯利亚之行虽然有点异想天开，但却是高尚之举，并认为他是一位超尘拔俗的人。这种微妙的奉承和将军府里阔绰的排场使涅赫柳多夫悠然忘返，他沉湎于优雅的陈设，品尝着美味佳肴，怀着轻松愉快的心情同他熟悉的圈子里的文人雅士谈笑风生，他觉得以往几个月的生活仿佛是一场梦，现在梦醒了，他又回到现实中。

在宴会上，除了将军的女儿、女婿和副官等家里人，还有一个英国人，一个开采金矿的商人，一个从西伯利亚边境城市来的省长。涅赫柳多夫很喜欢这些人。

那英国人身体健壮，面色红润，法语说得很糟，但是他的英语说得像演说家一样，抑扬顿挫，优美动听。他见多识广，讲了许多美国、印度、日本和西伯利亚的见闻，是一个有趣的人。

开采金矿的年轻商人原来是个农民的儿子，今天他穿了一套在伦敦定做的配上钻石纽扣的燕尾服，家里有丰富的藏书，为慈善事业捐过许多钱，信奉欧洲自由主义思想。涅赫柳多夫很喜欢这个人，对他很感兴趣，因为他是欧洲文化通过熏陶的方式接种到健康农民身上的成功典型。

那个从边境城市来的省长，原来就是涅赫柳多夫在彼得堡时街头巷尾到处议论的某局局长。他长得很胖，头上的鬈发稀稀拉拉，一双浅蓝色的眼睛显得很温柔，下身特别肥胖，两只精心保养的细皮白肉的手上戴满戒指，脸上总是挂着讨人喜欢的笑容。省长所以受到男主人的青睐，因为在众多的贪官污吏中只有他没有受贿。女主人酷爱音乐，弹得一手好钢琴。她器重这位省长，是因为他也是一位出色的音乐家，常常同她四手联弹。涅赫柳多夫今天的心情特别高兴，以致连这样的一个人也没有使他反感。

下巴刮得发青的副官显得精力充沛，有说有笑，到处大献殷勤，他的热心十分讨人喜欢。

涅赫柳多夫最喜欢的是将军的女儿和她的丈夫这对可爱的年轻夫妇。将军的女儿长得并不漂亮，但是忠厚老实，整个身心都扑在头两个孩子身上。她跟她的丈夫因恋爱而结婚，为此同父母曾进行“长期的抗争”。她丈夫是个自由派，曾获得莫斯科大学的副博士学位，为人谦虚，天资聪颖，在政府里从事统计工作，特别是从事非俄罗斯民族的统计工作，研究他们，热爱他们，竭尽全力要把他们从绝种的边缘拯救出来。

大家对涅赫柳多夫不仅蔼然可亲，而且显然感到由衷的高兴，因为他们认为这位新朋友是位非常有趣的人物。将军身穿军装，脖子上挂着白十字勋章出来主持晚宴，他见了涅赫柳多夫，就像见到老朋友一样打了个招呼，立刻邀请客人喝伏特加和吃冷盘。将军问涅赫柳多夫，上午离开他家以后做了些什么，涅赫柳多夫回答说，去了邮局，获悉早晨谈起的那个犯人已经得到减刑，同时又请求将军能准许他去探监。

将军显然对吃饭时谈公事十分不满，他皱起眉头，默不作声。

“您想喝点伏特加吗？”他转身用法语问走过来的英国人。英国人端起酒杯，一饮而尽。他说，他今天参观了大教堂和工厂，还希望看看羁押解送犯人的大监狱。

“那正好，”将军对涅赫柳多夫说，“你们两位一起去。您给他们开张通行证，”他对副官说。

“您打算什么时候去？”涅赫柳多夫问英国人。

“我希望能在晚上参观监狱，”英国人说，“所有的人都在监狱，没有任何准备，一切都保持原样。”

“哦，他是想看看我们的美妙之处吧？就让他去看吧。我写过呈文，可是他们不听。那就让他们听听外国报纸的评论吧。”将军说着走到餐桌旁，女主人一一招呼客人入席。

涅赫柳多夫坐在女主人和英国人中间。坐在他对面的是将军的女儿和某局前任局长。

席间的谈话时断时续，一会儿谈到英国人说起的印度，一会儿谈到法国人远征东京[1]，遭到将军严厉谴责，一会儿又谈到在西伯利亚泛滥的欺诈和受贿现象。涅赫柳多夫对这些谈话都不感兴趣。

饭后，大家都到客厅里喝咖啡。涅赫柳多夫跟英国人和女主人饶有兴趣地谈起了格莱斯顿[2]，他觉得自己发表了许多真知灼见，引起他们两个人的关注。涅赫柳多夫享用了一顿丰盛可口的菜肴，品尝了香醇浓郁的美酒，现在坐在软绵绵的沙发上喝着咖啡，周围都是和蔼可亲、彬彬有礼的上等人，心里越来越高兴。当女主人应英国人的要求和前任局长坐到钢琴后面，一起弹起他们最拿手的贝多芬第五交响曲时，涅赫柳多夫深深地陶醉了，这种内心感受已经好久没有产生过了，仿佛直到现

---

①越南北部地区沦为法国殖民地期间(1884—1945年)的名称。

②格莱斯顿(1809—1898)，英国首相，自由党领袖。对内曾实行一些不彻底的改革，对外推行殖民扩张政策。

在才知道他是一个多好的人啊。

钢琴好，交响曲弹得也出色。至少喜欢和熟悉这首交响曲的涅赫柳多夫是这样感觉的。他听着优美的行板，觉得鼻子一阵发酸，因为他被自己和自己的高尚情操深深感动了。

涅赫柳多夫感谢女主人的盛情款待，说他很久没有像今天这样快活过。他正想告辞，不料，将军的女儿神情果断地走到他面前，涨红了脸说：

“您刚才问起我的两个孩子，您想去看看吗？”

“她总以为人家都有兴趣去看她的孩子，”母亲笑着说。她觉得女儿太天真，说话没有分寸。“公爵可没有这种雅兴。”

“恰恰相反，我非常非常感兴趣，”涅赫柳多夫说，他被这种溢于言表的幸福的母爱所感动。“请带我去看看吧。”

“她领公爵去看自己的小宝宝了，”将军笑着叫起来。他正在同女婿、金矿老板、副官围着牌桌打牌。“您去吧，去尽尽义务吧。”

年轻的妈妈想到客人就要对自己的孩子评头论足，显得十分激动，赶紧抢在涅赫柳多夫前头走进内室。他们来到第三个房间，那房间很轩敞，四周糊着白色壁纸，点着一盏扣着深色灯罩的小灯，并排放着两只小床，小床中间坐着一个穿白色短披肩的奶娘，她相貌和善，颧骨突出，长得像西伯利亚人。奶娘站起身来向他们鞠躬。年轻妈妈走到第一张小床跟前，俯下身子端详着孩子。小床上安静地睡着一个两岁的小女孩，张开着小嘴巴，长长的鬈发披散在枕头上。

“这是卡佳。”年轻妈妈说。她看到一只白嫩嫩的小脚丫子露在毯子外面，就拉了拉天蓝条纹的线毯给它盖上。“好看吗？她才两岁！”

“太漂亮了！”

“这是瓦秀克，是他外公起的名字。他完全是另一种模样，西伯利亚人。是吗？”

“是个可爱的孩子。”涅赫柳多夫望着那个趴着睡觉的小胖墩，说。

“是吗？”年轻妈妈意味深长地笑着说。

涅赫柳多夫不禁想起脚镣手铐、剃光半边头发的脑袋、殴打、淫乱，想起奄奄一息的克雷利佐夫，想起卡秋莎和她的全部身世。他多么羡慕眼前的生活，多么希望自己也能过上眼前这样的恬静优雅的幸福生活。

涅赫柳多夫连连称赞这两个孩子，多少满足了贪婪地听着这些夸奖的母亲，然后跟着她回到客厅。英国人已经在那里等着他，因为他们约好一起坐车去参观监狱。涅赫柳多夫向老少两代主人告辞，同英国人一起走到将军府的大门口。

天气骤变。鹅毛大雪漫天飞洒，街道、屋顶、花园里的树木、门前的台阶、马车的车顶、马背上都披上了银装。英国人有一辆自备的轻便马车。涅赫柳多夫就吩咐英国人的马车夫将马车驶往监狱，他自己一个人坐辆雇来的柔软舒适的轻便马车，跟在后面。轻便马车在雪地上艰难地向前行驶着，此刻他想到要去履行一项不愉快的义务，心情显得十分沉重。

二十五

阴森森的监狱，门前站着岗哨，门口放着一盏风灯，尽管门口的台阶、屋顶和墙壁都已披上一层洁白的外衣，但是监狱正面的一排窗子却灯火通明。这个画面给涅赫柳多夫的印象比早晨所见到的更加阴森可怕。

神气十足的典狱长走到门口，凑近门灯，把将军签发给涅赫柳多夫和英国人的通行证看了一遍，困惑不解地耸耸粗壮的肩膀，但还是执行命令，请两位来访者跟他一起进去。他首先把他们领到院子里，然后穿过右边的门，登上楼梯走进一间办公室。他请他们坐下，问他们有什么事要他效劳。他听说涅赫柳多夫希望现在就能同玛斯洛娃见面，就派看守去把她叫来，自己准备回答英国人提出的问题。涅赫柳多夫充当他们两人的翻译。

“这座监狱按设计规定可以容纳多少人？”英国人问。“现在这里关押着多少犯人？多少男人，多少女人，多少儿童？多少苦役犯，多少流放犯，多少自愿跟着来的？有多少害病的？”

涅赫柳多夫给英国人和典狱长当翻译，听了也没去仔细考虑他们话里的意思，他想到就要和卡秋莎见面，而自己思想上却毫无准备，不免紧张起来。他正在给英国人翻译，翻到一半，听见越来越近的脚步声，接着办公室的门打开了，按照老规矩，先是一个看守走进来，随后是卡秋莎。她身穿囚衣，头上扎着一块方巾。涅赫柳多夫一见到卡秋莎，感到心里十分沉重。

“我要生活，我要家庭和孩子，我要过人的生活。”当卡秋莎没抬起眼睛，快步走进来的时候，他的脑海里倏然闪过这样的念头。

涅赫柳多夫站起来，朝着她走了几步，发现她神情严肃，满脸不高兴，又像那次她责备他时那样。她脸上红一阵，白一阵，手指痉挛地卷着衣边，时而对他望望，时而又垂下眼睛。

“您减刑了，知道吗？”涅赫柳多夫说。

“知道了，看守对我说了。”

“只要公文一到，您就可以出去，随便您住到哪儿都可以。让我们一起来考虑一下……”

她赶紧打断他的话。

“我没有什么要考虑的。西蒙松上哪儿，我也上哪儿。”

尽管十分激动，她还是抬起眼睛看着涅赫柳多夫，把这一句话说得又快又清楚，好像早已准备好要说的话。

“原来是这样！”涅赫柳多夫说。

“是的，德米特里 · 伊万诺维奇，如果他要我跟他一起生活，”她惊惶地收住话头，然后改口说，“如果他要我待在他身边，我还有什么比这样更好呢？我应该认为这是一种幸福。我还能有什么选择呢？……”

“二者必居其一：要么她真的爱上了西蒙松，根本不希望我为她作出牺牲；要么她仍然爱着我，拒绝我是为了我的幸福，不惜破釜沉舟，把自己的命运同西蒙松联结在一起。”涅赫柳多夫想，心里不禁感到羞愧，他觉得自己的脸在发烧。

“如果您真的爱他……”他说。

“还谈什么爱不爱的。我早就不去想它了。弗拉基米尔 · 伊万诺维奇的确跟别人不一样。”

“当然，”涅赫柳多夫说，“他是个非常不错的人，所以我想……”

她又打断他的话，似乎怕他说出不该说的话，或者怕自己不能把话说完。

“别再说了，德米特里 · 伊万诺维奇，如果我做的事不合您的心愿，那就请您原谅我，”她用神秘的目光斜睨着涅赫柳多夫的眼睛，“是的，看来结果就是这样。您需要有自己的生活。”

她说的这番话正是他刚才自己心里想的，但是此刻他已不再想这些，他的想法和心情已经完全改变了。他不仅感到羞愧，而且为失去她而感到惋惜。

“我没有料到会这样。”他说。

“您为什么要待在这儿受苦呢？您已经吃了不少苦了。”她说着，苦涩地笑了笑。

“我没有受苦，我过得很好，如果有可能，我仍然愿意为您出力。”

“我们……”她说到“我们”的时候，看了涅赫柳多夫一眼，“我们什么都不需要。您为我做的事已经够多了。要是没有您……”她想说下去，可是嗓音发抖了。

“您不必谢我。”涅赫柳多夫说。

“何必算账呢？我们的账上帝会算的。”她说，一双乌黑的眼睛里莹莹地闪着泪光。

“您是一个多好的女人啊！”他说。

“我是好女人？”她含着眼泪说，脸上浮出凄然的笑容。

“您的事办完了吗[①]？”这时英国人问。

“马上就好[②]。”涅赫柳多夫答道，接着又向卡秋莎打听克雷利佐夫的情况。

她克制住激动的感情，平心静气地把自己知道的情况告诉了涅赫柳多夫。一路上，克雷利佐夫的身体很虚弱，一到这里就被送进医院。玛丽娅·帕夫洛夫娜放心不下，要求去医院照顾他，可是上面不准。

“那么我可以走了吗？”她看到英国人在一旁等他，就说。

“我不想告别，我还要同您见面的。”涅赫柳多夫说。

“请原谅我。”她用几乎听不见的声音喃喃地说。他们两人四目交接。从她那古怪的斜睨的目光里，从她不说“别了”而说“请原谅我”的凄然的笑容里，涅赫柳多夫领悟到她作出这个决定是出于他所推测的后一种原因：她爱他，认为自己同他结合就要毁掉他的一生；而她同西蒙松一起远走高飞，就可以使他得到解脱。此刻，她为自己的心愿得到实现而感到欣慰，同时又为即将同他分别而感到痛苦。

她握了握他的手，急忙转身走出办公室。

涅赫柳多夫回过头去看看英国人，打算跟他一起走，可是英国人正在笔记本上记着什么。涅赫柳多夫不想打扰他，就坐到靠墙的一张木椅上，突然感到全身乏力。他觉得很累，并不是因为夜里失眠，并不是因为旅途劳顿，也不是因为心情过于激动，而是因为他觉得他活得实在太

---

①②原文为英文。

累了。他靠着椅背，闭上眼睛，一下子就睡着了，睡得那样深沉，那样酣畅。

“怎么样？现在去看看牢房好吗？”典狱长问。

涅赫柳多夫醒过来，发觉自己睡在这里，不禁暗自惊奇。英国人已经写完笔记，想去参观牢房。涅赫柳多夫疲惫而冷漠地跟着他走去。

二十六

典狱长、英国人和涅赫柳多夫在几名看守的陪同下，穿过门廊走到臭得令人恶心的走廊上。迎面碰到两个犯人对着地板撒尿，不由得吃了一惊。然后，他们走进第一间关押苦役犯的牢房。牢房中间放着一排排板床，犯人们都已躺下了，一共有七十人。一个个头靠头身贴身地躺在床上。参观人一进来，所有的人都拖着锁链，哐啷哐啷地爬起来，站在床边，新剃的阴阳头闪闪发亮。只有两个人仍旧躺在床上。一个是年轻人，脸色通红，一看就知道在发烧。另一个是老头儿，在不停地唉声叹气。

英国人问，那个年轻人是否已经病了很久。典狱长说他是今天早上才生病的，而那个老头儿是个老胃病，可是没法让他住院，因为医院里早已住满了病人。英国人不满地摇摇头说，他想对这些犯人讲几句话，请涅赫柳多夫替他当翻译。原来，英国人这次旅行的目的，除了要写一篇介绍西伯利亚流放和牢狱生活的文章以外，还有一个目的，就是宣传通过信教和赎罪来拯救自己。

“请您告诉他们，基督怜悯他们，爱他们，”他说，“而且为他们而死。如果他们相信，他们就会得救。”他说话的时候，全体犯人都站在床边默默地垂手恭听。“请您告诉他们，”他最后说，“我说的道理这本书里都有。这儿有识字的吗？”

这里识字的大约有二十几个人。英国人从手提包里拿出几本精装的《新约全书》，于是有几只肌肉发达、长着坚硬黑指甲的手从粗麻布衬衫的袖口里伸出来，争先恐后地向他要书。他在这间牢房里发了两本福音书，然后走到第二间牢房。

第二间牢房的情况也一样。也是那么闷，那么臭。前面的两个窗户之间挂着一幅圣像。门的左边放着一只便桶。犯人们也是身贴身拥挤地躺在床上。他们也是那么一骨碌地爬起来，笔直地站在床边。也有三个人起不了床。其中两个勉强从床上坐起来，一个人继续躺着，对进来的人看都不看。这三个人都在害病。英国人同样把刚才的一套话说了一遍，同样发给两本福音书。

从第三间牢房里传出一片叫嚷声和吵架声。典狱长敲敲门，喊道："立正！"牢门一开，除了两个病人和两个打架的，全体犯人在床边肃然而立。那两个打架的横眉竖眼，扭在一起，这个揪住那个的头发，那个又抓住这个的胡子。直到看守跑到他们跟前，他们才放开手。一个人的鼻子被打出了血，不住地用袖管擦着流出来的鼻涕、血和口水；另一个人在捋去被对方拔下来的一根根胡须。

"班长！"典狱长厉声喊道。

一个相貌英俊、身强力壮的人走了出来。

"我怎么也管不住他们，长官。"班长嬉皮笑脸地说。

"那就让我来管教他们。"典狱长皱着眉头说。

"他们为什么打架？①"英国人问。

涅赫柳多夫就问班长他们为什么打架。

"为了一块包脚布，他拿错了别人的包脚布。"班长仍然笑着说。

涅赫柳多夫把他的话告诉给了英国人。

"我想对他们说几句话。"英国人转身对典狱长说。

---

①原文为英文。

涅赫柳多夫把这话翻译给典狱长听。典狱长说："可以。"于是英国人拿出他那本皮封面的福音书。

"劳驾您替我翻译一下，"他对涅赫柳多夫说，"你们吵嘴、打架，可是为我们而死的基督向我们提供了解决争吵的另一种方法。请您问问他们，他们是否知道按照基督教义应该怎样对付欺负我们的人？"

涅赫柳多夫把英国人的话和问题翻译了过去。

"是不是报告长官，由长官来明断？"有一个犯人斜睨着神气十足的典狱长，探询地说。

"揍他一顿，他就不会再欺负人了。"另一个犯人说。

有几个犯人赞许地笑了。涅赫柳多夫把他们的回答翻译给英国人听。

"请您告诉他们，根据基督教义，要做的恰恰相反：要是有人打他的右脸，你把左脸也转过去让他打。"英国人一面说，一面做出把脸凑过去让别人打的样子。

涅赫柳多夫把这话翻译了过去。

"最好他自己先尝尝味道。"有一个人说。

"要是他两边都挨了耳光，看他还拿什么送给别人打？"一个躺在床上的病人说。

"那就让别人把你打个稀巴烂。"

"嘿，那就来试试吧。"一个站在后面的人说，快活地笑起来。一牢房的犯人都禁不住笑起来，连那个挨打的犯人也一边抹着血和鼻涕，一边哈哈大笑起来。几个病人也笑了。

英国人并没有感到尴尬，他请涅赫柳多夫转告他们，有些事看来似乎做不到，但对信徒来说，就能够做到，而且很容易做到。

"您问问他们是否喝酒。"

"喝的。"有一个人说，接着又是一片嘻嘻哈哈的笑声。

这间牢房里有四个病人。英国人问，为什么不把病人集中在一个牢房里。典狱长回答说，他们自己不愿意。这些都不是传染病人，而且有一名医士照料他们，给他们治病。

“他有一个多星期没有露面了。”一个犯人说。

典狱长没有答理他，把客人带到下一个牢房。又是打开牢门，又是全体起床，肃然而立，又是英国人分发福音书。在第五个牢房、第六个牢房，在左边牢房、右边牢房，都是一样的程式。

他们从苦役犯牢房来到流放犯牢房，从流放犯牢房到被村社判刑的农民牢房和随行家属的房间。到处都一样，犯人们饥寒交迫，百无聊赖，身染疾病，受尽欺凌，身陷囹圄，就像一头头困兽。

英国人发完预定数量的福音书，不再继续分发了，甚至也不再布道了。惨然的景象，尤其是令人窒息的空气使他精力消耗殆尽。他从这个牢房走到那个牢房，听着典狱长介绍每个牢房里的犯人情况，嘴里不停地说：“很好，很好[①]”。涅赫柳多夫像梦游一样，恍恍惚惚地走着，他感到精疲力竭，万念俱灰，却没有勇气回绝别人，中途告退。

二十七

在流放犯的一间牢房里，涅赫柳多夫惊奇地发现早晨在渡船上遇见的怪老头儿。这个老头儿头发蓬乱，满脸皱纹，上身只穿一件肩头磨破的烟灰色的脏衬衫，下身穿着同样破旧的长裤，光着脚板坐在板床旁边的地板上，疑虑重重地看着进来的人。从脏衬衫的破洞里露出他那骨瘦如柴的身子，显得可怜而衰弱，可是脸上的神色却比在渡船上更加凝重，更有生气。犯人们也像别的牢房里一样，一见长官进来，都从床上跳起来，身子笔直地站着，可是老头儿却坐着不动。他的目光咄咄逼

---

① 原文为英文。

人，两道眉毛愤怒地倒竖着。

“站起来！”典狱长对他厉声喝道。

老头儿一动不动，只是轻蔑地冷笑一声。

“只有你的奴才才会站在你面前，我可不是你的奴才。瞧你的头上还有烙印呢……”老头儿指着典狱长的额头说。

“你说——什——么？”典狱长走到他跟前，威胁说。

“我认识这个人，”涅赫柳多夫连忙对典狱长说，“你们为什么把他抓进来？”

“警察局说他没有身份证，就送到这儿来了。我们要求他们不要把这种人送来，可他们还是照送不误。”典狱长说，愤怒地对老头儿侧目而视。

“看来你也是基督的敌人。”老头儿对涅赫柳多夫说。

“不，我是来参观的。”涅赫柳多夫说。

“怎么，你们是来开开眼界，来看看基督的敌人怎么折磨人的吗？那就看吧。他们把人一批批抓进来，锁在铁笼子里。人应当靠辛勤劳动谋生，可是他们却把人锁起来，像养猪一样地养着，不让干活，把人都变成了畜生。”

“他在说什么？”英国人问。

涅赫柳多夫说，老头儿责骂典狱长把人都关起来。

“您问问他，他认为应该怎样对付那些不守法的人？”英国人说。

涅赫柳多夫把这句问话翻译了过去。

老头儿怪笑了一声，露出一口整齐的牙齿。

“法律！”他用轻蔑的语调重复了一遍，“那些基督的敌人首先欺压百姓，霸占田地，抢劫财产，统统占为己有，把反对他们的人都打死，然后再定出法律，说什么不准抢劫，不准杀人。他们应该先定出法律。”

涅赫柳多夫把这一番话翻译给英国人听。英国人微微一笑。

“您问问他，究竟应该怎样对付小偷和杀人犯。”

涅赫柳多夫又把这句话翻译了过去。老头儿严厉地皱起眉头。

“你告诉他，叫他先刮掉身上反基督的烙印，到那时他就看不见小偷和杀人犯了。你就这样对他说。”

“他疯了[1]。”英国人听完涅赫柳多夫翻译过来的老头儿的话说，然后耸耸肩膀，走出牢房。

“各人自扫门前雪，莫管他人瓦上霜。谁该受惩罚，谁该得到宽恕，上帝都知道，用不着我们操心，”老头儿说，“自己主宰自己，这样就不用别人来主宰了。走吧，走吧，”他补上一句，怒容满面地皱起眉头，眼睛炯炯有神地看着仍然滞留在牢房里的涅赫柳多夫。“你看够了吧，反基督的奴才怎样把人喂虱子的。走吧，走吧！”

涅赫柳多夫走到过道上，看见英国人和典狱长站在一间门开着的空牢房前面。英国人问，这间牢房是派什么用场的。典狱长说，这是停尸房。

“哦！”英国人听了涅赫柳多夫的翻译之后，表示要进去看一看。

停尸房是一间不大的普通牢房。墙上点着一盏小油灯，暗淡的光线照着堆在角落里的几只麻袋、木柴和右边板床上的四具死尸。第一具尸体，身上穿着麻布衬衫和裤子，身材高大，留着山羊胡子，剃着阴阳头。尸体已经僵硬，两只发青的手原来显然是交叉在胸前的，现在已经分开，两只光脚也已分开，脚掌竖起。他的旁边躺着一个老太婆，她穿着一身白衣白裙，光着脚，没扎头巾，梳着一条又短又细的辫子，瘦小蜡黄的脸上布满皱纹，鼻子很尖。老太婆旁边还有一具男尸，穿着一件紫色衣服。这颜色使涅赫柳多夫想起了一个人。

他走上前去，仔细打量着这具尸体。

向上翘起的山羊胡子，挺拔漂亮的鼻子，高高的白净的额头，稀疏

---

①原文为英文。

的鬈发。他认得这张熟悉的面容，简直不敢相信自己的眼睛。昨天他还见过这张脸，它是那么激昂愤慨，又是那么痛苦，今天它已变得平静、安详而又无比美丽。

是的，他就是克雷利佐夫，或者至少是他物质生命体留下的遗迹。

“他受苦受难是为了什么？他活着又是为了什么？这些问题他现在明白了吗？”涅赫柳多夫想。他觉得这些问题的答案是没有的，除了死亡，什么也没有。他的心情坏透了。

涅赫柳多夫没有同英国人告别，就要求看守把他领到院子里，他觉得必须独自一人好好思考一下今晚经历的一切，于是坐上马车回旅馆去了。

二十八

涅赫柳多夫回到旅馆，没有上床睡觉，而在房间里不停地踱来踱去。他跟卡秋莎的事已经结束。她不再需要他，这使他感到又伤心又羞愧。然而，此刻并不是这件事使他感到痛苦，而是另一件事，它不仅没有结束，而且比以往任何时候都痛苦地折磨着他，要求他拿出实际行动。

这些日子里，特别是今天，在这座可怕的监狱里，他亲眼目睹种种惨无人道的罪行，那扼杀了亲爱的克雷利佐夫的种种罪行正在愈演愈烈，势不可挡，不仅看不到有战胜它的可能，甚至不知道怎样才能战胜它。

他的脑海里浮现出被冷酷无情的将军们、检察官们、典狱长们关押在病菌弥漫的空气里的成千上百个受尽侮辱的人，他想起那个怒斥长官的、放任不羁的、被当作疯子的老头儿，他想起夹在其他尸体中的、含恨而死的克雷利佐夫那张漂亮而蜡黄的脸。究竟是他涅赫柳多夫疯了，还是那些自认为头脑清醒而做出这些事来的人疯了？这个以前提出过的问题此刻更加固执地出现在他的面前，要求他回答。

他走得累了，也想得累了，就坐到灯前的一张沙发上，随手翻开英国人送给他留作纪念的福音书，这是他刚才清理口袋时丢在桌子上的。“据说，这本书有问必答，”他想着，然后翻开福音书，开始读他翻到的地方。那是《马太福音》第十八章。

一　当时门徒进前来，问耶稣说，天国里谁是最大的。

二　耶稣便叫一个小孩子来，使他站在他们当中，

三　说：我实在告诉你们，你们若不回转，变成小孩子的样式，断不得进天国。

四　所以凡自己谦卑像这小孩子的，他在天国里就是最大的。

“对，对，是这样。”他想起只有在降低自己身份的时候，才能感受到生活的恬静和欢乐。

五　凡为我的名，接待一个像这小孩子的，就是接待我。

六　凡使这信我的一个小子跌倒的，倒不如把大磨石拴在这人的颈项上，沉在深海里。

“为什么说：**‘凡为我的名，接待一个像这小孩子的’**？接待他到什么地方？**‘凡为我的名’**，这又是什么意思？”他问自己，觉得这些话他一点也不懂。“为什么要把大磨石拴在颈项上，沉在深海里？不，这话说得好像不对：不确切，不清楚，”他想起以前读过好几次福音书，一读到这些含糊不清的地方，就读不下去。他读完了第七、第八、第九和第十节。这几节里讲到将人绊倒，讲到他们必须进入永生，讲到把人丢在地狱的火里来惩罚他们，讲到孩子的使者常见天父的面。“可惜，这些话很不连贯，”他想，“不过还是从中有所得益。”

十一　人子来，为要拯救失丧的人。

十二　一个人若有一百只羊，一只走迷了路，你们的意思如何？他岂不撇下这九十九只，往山里去找那只迷路的羊么？

十三　若是找着了，我实在告诉你们，他为这一只羊欢喜，比为那没有迷路的九十九只欢喜还大呢。

十四　你们在天上的父，也是这样不愿意这小子里失丧一个。

“是的，天父是不愿意让他们死去的，但是他们成千上百地死了，而且无法拯救他们。”他想。

二十一　那时彼得进前来，对耶稣说：主啊！我弟兄得罪我，我当饶恕他几次呢？到七次可以么？

二十二　耶稣说：我对你说，不是到七次，乃是到七十个七次。

二十三　天国好像一个王，要和他仆人算账。

二十四　才算的时候，有人带了一个欠一千万银子的来。

二十五　因为他没有什么偿还之物，主人吩咐把他和他妻子儿女，并一切所有的都卖了偿还。

二十六　那仆人就俯伏拜他，说：主啊！宽容我，将来我都要还清。

二十七　那仆人的主人，就动了慈心，把他释放了，并且免了他的债。

二十八　那仆人出来，遇见他的一个同伴，欠他十两银子，便揪着他，掐住他的喉咙，说：你把所欠的还我。

二十九　他的同伴就俯伏央求他，说：宽容我吧，将来我必还清。

三　十　他不肯，竟去把他下在监里，等他还了所欠的债。

三十一　众同伴看见他所作的事，就甚忧愁，去把这事都告诉了主人。

三十二　于是主人叫了他来，对他说：你这恶奴才！你央求我，我就

把你所欠的都免了。

三十三　你不应当怜恤你的同伴，像我怜恤你么？

“难道仅仅如此吗？”涅赫柳多夫读完这些段落，突然大声说道。他的内心却在说：“是的，仅仅如此。”

于是，涅赫柳多夫也遇到了一切追求精神生活的人常常遇到的情况。这种情况就是，他起初以为古怪荒诞甚至可笑的思想，越来越被生活所证实，他突然发现，这原是十分平凡的、毋庸置疑的真理。现在他懂得了，要把受苦受难的人们从惨不忍睹的罪恶中拯救出来，其唯一可靠的方法就是人们在上帝面前承认自己永远有罪，因此，既不能惩罚别人，也不能使别人改邪归正。现在他开始明白，他在监狱里看到的种种令人毛骨悚然的罪恶以及制造这些罪恶的人的心安理得的态度，都是由于他们想做一件做不到的事：他们自己罪行累累，却要使别人改恶从善。伤风败俗的人想去改造伤风败俗的人，并想采取生硬的办法去达到目的。这样做所造成的后果是，一些缺钱而贪财的人就把无端惩罚别人和改造别人当成自己的职业，自己却极端堕落，又不断地使那些受他们折磨的人也跟着堕落下去。现在他开始明白，为什么会产生他亲眼所见的那些惨景，怎样做才能消灭那些惨景。他找不到的答案，那正是基督回答彼得的那段话：要永远地、无数次地饶恕一切人，因为世界上没有无罪的人，因此也就不可能去惩罚别人和改造别人。

“可是这一切不可能这样简单，”他对自己说，但同时他又清楚地看到，这种观点虽然与他过去一贯的看法相反，起初觉得它很古怪，却无疑是正确的解答，不仅在理论上，而且在实践上都是这样。“怎样对付作恶的人，难道让他们永远得不到惩罚吗？”这种惯常的反驳现在已经不会使他张口结舌。如果惩罚果真能减少犯罪，改造罪犯，那么这样的反驳或许有点道理。然而事实证明，后果恰恰相反，由于一部分人无权改造另一部分人，那么你能做到的唯一明智的事情，就是不再做这种非但是有害无益，甚至是伤天害理的残酷的事。“几百年来，你们始终在严惩你们认为有罪的人。那么，结果怎样呢？这种人绝迹了吗？他们非但没有绝迹，人数反而增加了，因为不仅添了一批因受惩罚而变得堕落的罪犯，还添了一批审判别人、惩罚别人的罪犯，这就是那些审判官、检察官、侦讯官和狱吏。”涅赫柳多夫现在明白，社会和社会秩序所以能够存在，并不是因为存在那些专事审判别人和惩罚别人的合法罪犯，而是因为尽管社会上存在这种腐败现象，人们毕竟是相怜相爱的。

涅赫柳多夫希望在同一本福音书里找到能证实这种思想的文字，就开始从头读起。他读着一向使他感动的《登山训众》[①]，今天才第一次发现这段训诫并非抽象的美好思想，提出的大部分要求也并非高不可攀而难以实现，而是浅近明了、切实可行的戒律。一旦执行这些戒律(这是完全做得到的)，人类社会就会确立全新的秩序，到那时不仅涅赫柳多夫切齿痛恨的暴力会自行消亡，而且人类追求的至高无上的幸福——建立人间天堂，也能得以实现。

这些戒律共有五条。

第一条戒律(《马太福音》第五章第二十一节至第二十六节)是人不仅不可杀人，而且不可对弟兄动怒，不可将别人看得分文不值，称别人为“拉加”[②]。如果与人发生争吵，就应在向上帝献礼以前，即向上帝祷告以前，同他和好。

第二条戒律(《马太福音》第五章第二十七节至第三十二节)是人不仅不可奸淫，而且不可贪恋女色，一旦同一个女人结为夫妻，就应忠贞不渝。

第三条戒律(《马太福音》第五章第三十三节至第三十七节)是人不应在许诺做某事时起誓。

---

①见《新约·马太福音》第5章。

②意即“废物”。

第四条戒律(《马太福音》第五章第三十八节至第四十二节)是人不仅不可以眼还眼，以牙还牙，而且当有人打你右脸时，应当把左脸也转过来由他打，应当宽恕别人对你的欺负，要逆来顺受。无论别人向你提出什么要求，都不应加以拒绝。

第五条戒律(《马太福音》第五章第四十三节至第四十八节)是人不仅不可恨仇敌，打仇敌，而且要爱仇敌，帮助仇敌，为仇敌效力。

涅赫柳多夫凝视着油灯的火光直发愣。他想起生活中的种种丑行，又设想如果人们能够从这些戒律中受到教益，这种生活将会变得怎样，于是他的内心充满了很久未曾有过的喜悦，仿佛历尽了长期的劳累和痛苦之后突然找到了宁静和自由。

他一夜未睡，就像许许多多读福音书的人一样，读着读着，终于悟出了以前反复读过却未能发现的这些字句的真正含义。他像海绵吸水一样，贪婪地吸取书中揭示出来的重要的、必不可少的、令人欣喜的道理。他觉得他读到的一切都似曾相识，似乎把他早已知道却没有充分领悟和相信的道理加以证实。现在他领悟了，相信了。

然而，他不仅领悟和相信人们执行这些戒律就能得到至高无上的幸福，他还领悟和相信，只要人人执行这些戒律，就无须再做别的事情。人类生活的唯一合理的意义就在于此。任何背离戒律的行为都是错误的，立刻会受到惩罚。这是从全部教义里总结出来的道理，关于葡萄园的比喻[①]把这个道理说得更加清楚，更加有说服力。一些园户原来是被

---

① 《新约 · 马太福音》第 21 章第 33 节至第 41 节：“〔耶稣说：〕你们再听一个比喻。有个家主，栽了一个葡萄园，周围圈上篱笆，里面挖了一个压酒池，盖了一座楼，租给园户，就往外国去了。收果子的时候近了，就打发仆人，到园户那里去收果子。园户拿住仆人，打了一个，杀了一个，用石头打死一个。主人又打发别的仆人去，比以前更多；园户还是照样待他们。后来打发他的儿子到他们那里去，意思说，他们必尊敬我的儿子。不料，园户看见他儿子，就彼此说，这是承受产业的。来吧，我们杀他，占他的产业。他们就拿住他，推出葡萄园外，杀了。园主来的时候，要怎样处治这些园户呢？他们说，要下毒手除灭那些恶人，将葡萄园另租给那按着时候交果子的园户。”

派到葡萄园去为园主干活的，却把葡萄园当作他们的私产，仿佛园里的一切都是为他们置办的，他们的活儿就是在这园里寻欢作乐，于是他们忘记了园主，杀害凡是向他们提到园主、提到他们对园主应尽义务的人。

“我们的所作所为也是这样，”涅赫柳多夫想，“我们向来抱有一种荒谬的信念，认为我们自己就是生活的主人，人活在世界上就是为了享乐。这显然是荒谬的。要知道，既然我们被打发到世界上来，那是出于某一个人的意志，为了达到某一种目的。可是我们却断定，我们活着就是为了享乐，显然，我们不会有好结果的，就像不执行园主意志的园户一样。主人的意志都体现在这些戒律里。只要人们执行这些戒律，人间就会建立起天堂，人们就会得到至高无上的幸福。”

“你们要先求他的国和他的义。这些东西都要加给你们了。”①可是，我们却先要求这些东西，而且显然没有求到手。

“那么，这就是我的终身事业，做完一件，再做一件。”

从这天晚上起，涅赫柳多夫开始了一种全新的生活。不仅因为他步入一个新的生活环境，而且因为他从此以后遭遇的一切对他来说都具有一种与过去截然不同的意义。至于他生活的新旅程将会怎么结束，那只有等到将来才会知道。

①《新约·马太福音》第6章第24节至第34节：“〔耶稣说：〕一个人不能事奉两个主。不是恶这个爱那个，就是重这个轻那个。你们不能又事奉上帝，又事奉玛门〔指“财利”〕。……所以不要忧虑，说，吃什么，喝什么，穿什么。这都是外邦人所求的。你们需用的这一切东西，你们的天父是知道的。你们要先求他的国，和他的义。这些东西都要加给你们了。所以不要为明天忧虑。”

译文名著精选书目

傲慢与偏见	〔英〕简·奥斯丁　著　王科一　译
简·爱	〔英〕夏洛蒂·勃朗特　著　祝庆英　译
基督山伯爵	〔法〕大仲马　著　韩沪麟　周克希　译
少年维特的烦恼	〔德〕歌德　著　侯浚吉　译
茶花女	〔法〕小仲马　著　王振孙　译
呼啸山庄	〔英〕艾米莉·勃朗特　著　方平　译
悲惨世界	〔法〕雨果　著　郑克鲁　译
堂吉诃德	〔西班牙〕塞万提斯　著　张广森　译
红与黑	〔法〕司汤达　著　郝运　译
雾都孤儿	〔英〕狄更斯　著　荣如德　译
欧叶妮·葛朗台／高老头	〔法〕巴尔扎克　著　王振孙　译
莎士比亚四大悲剧	〔英〕莎士比亚　著　孙大雨　译
泰戈尔抒情诗选	〔印〕泰戈尔　著　吴岩　译
乱世佳人	〔美〕玛格丽特·米切尔　著　陈良廷等译
鲁滨孙历险记	〔英〕笛福　著　黄杲炘　译
安娜·卡列尼娜	〔俄〕列夫·托尔斯泰 著　高惠群等　译
十日谈	〔意〕薄伽丘　著　方平　王科一　译
福尔摩斯探案精选	〔英〕柯南·道尔　著　梅绍武　屠珍　译
老人与海	〔美〕海明威　著　吴劳等　译
漂亮朋友	〔法〕莫泊桑　著　王振孙　译
巴黎圣母院	〔法〕雨果　著　管震湖　译
双城记	〔英〕狄更斯　著　张玲　张扬　译
最后一片叶子	〔美〕欧·亨利　著　黄源深　译
瓦尔登湖	〔美〕梭罗　著　徐迟　译
一九八四	〔英〕奥威尔　著　董乐山　译
复活	〔俄〕列夫·托尔斯泰　著　安东　南风　译
三个火枪手	〔法〕大仲马　著　郝运　王振孙　译
苔丝	〔英〕哈代　著　郑大民　译
变色龙	〔俄〕契诃夫　著　汝龙　译
钢铁是怎样炼成的	〔俄〕奥斯特洛夫斯基　著　王志冲　译
浮士德	〔德〕歌德　著　钱春绮　译
太阳照常升起	〔美〕海明威　著　赵静男　译
莎士比亚喜剧五种	〔英〕莎士比亚　著　方平　译
理智与情感	〔英〕简·奥斯丁　著　武崇汉　译
罪与罚	〔俄〕陀思妥耶夫斯基　著　岳麟　译
羊脂球	〔法〕莫泊桑　著　郝运　王振孙　译
鼠疫	〔法〕加缪　著　刘方　译
青年艺术家画像	〔爱尔兰〕乔伊斯　著　朱世达　译

我是猫	〔日〕夏目漱石 著 刘振瀛 译
神曲	〔意〕但丁 著 朱维基 译
红字	〔美〕霍桑 著 苏福忠 译
到灯塔去	〔英〕伍尔夫 著 瞿世镜 译
格列佛游记	〔英〕斯威夫特 著 孙予 译
大卫·考坡菲	〔英〕狄更斯 著 张谷若 译
道连·葛雷的画像	〔英〕王尔德 著 荣如德 译
童年／在人间／我的大学	〔俄〕高尔基 著 高惠群等 译
城堡	〔德〕卡夫卡 著 赵蓉恒 译
汤姆·索亚历险记	〔美〕马克·吐温 著 张建平 译
九三年	〔法〕雨果 著 叶尊 译
铁皮鼓	〔德〕格拉斯 著 胡其鼎 译
卡拉马佐夫兄弟	〔俄〕陀思妥耶夫斯基 著 荣如德 译
远大前程	〔英〕狄更斯 著 王科一 译
马丁·伊登	〔美〕杰克·伦敦 著 吴劳 译
名利场	〔英〕萨克雷 著 荣如德 译
嘉莉妹妹	〔美〕德莱塞 著 裘柱常 译
细雪	〔日〕谷崎润一郎 著 储元熹 译
哈克贝里·芬历险记	〔英〕马克·吐温 著 张万里 译
儿子与情人	〔英〕劳伦斯 著 张禹九 译
野性的呼唤	〔英〕杰克·伦敦 著 刘荣跃 译
牛虻	〔英〕伏尼契 著 蔡慧 译
包法利夫人	〔法〕福楼拜 著 周克希 译
达洛卫夫人	〔英〕伍尔夫 著 孙梁 苏美 译
永别了，武器	〔美〕海明威 著 林疑今 译
喧哗与骚动	〔美〕福克纳 著 李文俊 译
猎人笔记	〔俄〕屠格涅夫 著 冯春 译
圣经故事	〔美〕阿瑟·马克斯威尔 著 杨佑方等 译
希腊神话	〔俄〕库恩 编著 朱志顺 译
格林童话	〔德〕格林兄弟 著 施种等 译
月亮和六便士	〔英〕毛姆 著 傅惟慈 译
失乐园	〔英〕弥尔顿 著 刘捷 译
海底两万里	〔法〕凡尔纳 著 杨松河 译
丧钟为谁而鸣	〔美〕海明威 著 程中瑞 译
安徒生童话	〔丹麦〕安徒生 著 任溶溶 译
了不起的盖茨比	〔美〕菲茨杰拉德 著 巫宁坤等 译
虹	〔英〕劳伦斯 著 黄雨石 译
摩格街谋杀案	〔英〕爱伦·坡 著 张冲 张琼 译
坎特伯雷故事集	〔英〕乔叟 著 黄杲炘 译
战争与和平	〔俄〕列夫·托尔斯泰 著 娄自良 译
环游地球八十天	〔法〕凡尔纳 著 任倬群 译
人生的枷锁	〔英〕毛姆 著 张柏然 张增健 倪俊 译